国家特色专业包头师范学院汉语言文学专业建设丛书

北朝诗校注

◎ 赵建军　孙红梅　赵彩娟/校注

南開大學出版社

图书在版编目（CIP）数据

北朝诗校注 / 赵建军，孙红梅，赵彩娟校注．-- 天津：南开大学出版社，2014.5

（国家特色专业包头师范学院汉语言文学专业建设丛书）

ISBN 978-7-310-04443-6

Ⅰ．①北… Ⅱ．①赵… ②孙… ③赵… Ⅲ．①古典诗歌-注释-中国-北朝时代 Ⅳ．①I222.739.2

中国版本图书馆CIP数据核字(2014)第063186号

南开大学出版社出版发行
出版人：孙克强

地址：天津市南开区卫津路94号　邮政编码：300071
营销部电话：（022）23508339　（022）23500755
营销部传真：（022）23508542　邮购部电话：（022）23502200

*

北京天正元印务有限公司印刷
全国各地新华书店经销

*

2014年5月第1版　2014年5月第1次印刷
710×1000毫米　1/16　26.75印张　446千字　2000册
定价：52.00元

如有质量问题请与本社营销部联系调换，电话：（022）23507125

丛书总序

包头师范学院汉语言文学专业始建于1958年，是国家于上世纪在西北地区建立的高等师范专科学校的院系之一；专业建立之初就汇集了来自全国各地的众多名家，如古代文学研究方面的卢兴基先生、现当代文学研究方面的丁尔纲先生、中学语文教学法研究方面的韩雪屏先生等诸多学者，他们从各个方面为汉语言文学专业的建设与发展奠定了坚实的基础。前贤导引，后人进取，历经半个多世纪的上下求索、不懈努力，汉语言文学专业于2007年获批内蒙古自治区高等教育品牌专业，成为包头师范学院第一批品牌专业，又在2010年获批国家高等教育特色专业建设点。凡此，充分表明了汉语言文学专业建设得到了国家和社会的高度认可。然而，获得荣誉的同时，我们又感到极大的压力：究竟怎样在国家特色专业建设中“充分体现学校办学定位，在教育目标、师资队伍、课程体系、教学条件和培养质量等方面，具有较高的办学水平和鲜明的办学特色，获得社会认同并具有较高社会声誉”（教高司函〔2008〕208号《教育部关于加强质量工程本科特色专业建设的指导性意见》）才能办出人才培养质量上乘、特色鲜明的专业呢？为此，我们一方面加大专业课程建设优化与改革的力度，从学生专业课程体系的改革入手，使专业必修课程教学内容向“专而精”、“深而博”发展；同时倾力打造师范特色，设置了“教师教育方向”“语文教学方向”和与之直接关联的“语言学及应用语言学方向”三大系列课程，力求打破学科、专业之间的界限，实现人文社科专业的共融、相通，强化学生自主学习、自我发展和个性化、创新能力的培养。另一方面，我们把提升教师业务素质与特色专业建设有机结合，把人才培养与研究基础教育、服务基础教育有机结合，探索、总结特色专业建设的一点一滴，将特色专业建设真正落实于彰显办学实力、服务社会、锻造人才、提高教育教学质量、深化内涵式发展上。

在国家级特色专业的建设过程中，我们严格要求广大教师潜心研究专业教学规律、基础教育规律、教师教育特性，不断提高自身专业素养，多方进行课堂教学、教育实习等方面的改革，强化了师范生语文教学能力培养的改革与研究。在多年不断积淀的基础上，广大教师根据学科特长与社会所需，凝炼了多种研究成果。我们将这些研究成果加以梳理，形成了“提高汉语言文学专业学生专业素养”“服务基础教育”“教师教育”三个方向的系列成果（总计15种）。其中“提高中文专业学生专业素养”系列成果（8种）：

《中国古代草原文学研究》（王素敏、温斌编著）

《北朝诗校注》（赵建军、孙红梅、赵彩娟等校注）

《中国古代文学作品补选》（赵彩娟、郁慧娟、温斌编著）

《中国文学经典文本细读理论与个案批评》（诗歌、散文部分）（张学凯主编）

《中国文学经典文本细读理论与个案批评》（小说、戏剧部分）（田中元主编）

《现代汉语实用修辞学》（倪素平、丁素红编著）

《申论写作研究》（运丽君编著）

《写作技法研究》（吴素娥、金鹏善编著）

“服务基础教育”系列成果（4种）：

《中小学汉字教学研究》（刘彩霞编著）

《汉语语言要素的语境研究》（张金梅编著）

《古诗如月》（郁慧娟、李春丽、孙红梅编著）

《初中语文外国文学经典细读与欣赏》（李国德编著）

“教师教育”系列成果（3种）：

《语文阅读教学文本研究的理论与实践》（张学凯编著）

《义务教育阶段基于新课标的语文学科评价研究》（刘旭、李文星编著）

《新课程·新理念·新视域》（刘丽丽编著）

文章百年事，得失寸心知。我们深知知识、视野有限；真诚希望能得到大家的批评、指正。

付版在即，感谢包头师范学院领导的大力支持。

我们将继续努力，不断续写“中文不老”的历史传奇，为包头师范学院的发展贡献力量。

是为序。

2013.8.10

目　录

丛书总序…………………………（1）

北　魏　诗

卷　一

韩延之…………………………（1）
宗钦…………………………（2）
段承根…………………………（6）
游雅…………………………（8）
北魏孝文帝元宏…………………………（8）
高允…………………………（10）
王子乔…………………………（10）
刘昶…………………………（16）
王肃…………………………（17）
彭城王元勰…………………………（17）
李谧…………………………（17）
郑道昭…………………………（18）
阳固…………………………（21）
北魏孝明帝元诩…………………………（23）
北魏孝庄帝子攸…………………………（24）
北魏节闵帝元恭…………………………（24）
崔鸿…………………………（25）
冯元兴…………………………（26）

卷　二

萧综…………………………（27）
崔巨伦…………………………（28）
董绍…………………………（28）
卢元明…………………………（29）
李骞…………………………（30）
祖莹…………………………（31）
鹿悆…………………………（32）
李谐…………………………（33）
常景…………………………（33）
褚缉…………………………（35）
温子昇…………………………（35）
胡叟…………………………（39）
济阴王元晖业…………………………（40）
中山王元熙…………………………（40）
高孝纬…………………………（41）
王容…………………………（41）
王德…………………………（41）
周南…………………………（42）
祖叔辨…………………………（42）
袁曜…………………………（42）
张斐裳…………………………（43）
宋道玙…………………………（43）

文明太后冯氏 ……………… (44)
谢氏 ………………………… (44)
陈留长公主 ………………… (45)
卷　三
杂歌谣辞 …………………… (46)
杂曲歌辞 …………………… (66)
卷　四
仙道 ………………………… (67)

北　齐　诗

卷　一
斛律丰乐 …………………… (76)
高昂 ………………………… (77)
萧祗 ………………………… (78)
萧放 ………………………… (79)
陆法和 ……………………… (80)
卢询祖 ……………………… (81)
裴让之 ……………………… (82)
裴讷之 ……………………… (84)
邢邵 ………………………… (85)
郑公超 ……………………… (90)
杨训 ………………………… (90)
袁奭 ………………………… (91)
荀仲举 ……………………… (92)
魏收 ………………………… (92)
刘逖 ………………………… (98)
卷　二
祖珽……………………………(101)
安德王高延宗………………(102)
萧悫……………………………(104)
萧毂……………………………(111)
马元熙…………………………(112)
阳休之…………………………(112)
颜之推…………………………(114)
赵儒宗…………………………(118)
甄彬……………………………(118)
杨子华…………………………(118)
冯淑妃…………………………(119)
崔氏……………………………(120)
惠化尼…………………………(121)
卷　三
杂歌谣辞………………………(122)
谚语……………………………(133)
卷　四
郊庙歌辞………………………(144)
燕射歌辞………………………(163)
舞曲歌辞………………………(172)
仙道……………………………(175)
鬼神……………………………(177)

北　周　诗

卷　一
周明帝宇文毓………………(179)
李昶……………………………(181)
高琳……………………………(183)
宗懔……………………………(183)
宗羁……………………………(185)
萧撝……………………………(185)
王褒……………………………(188)
杨文佑…………………………(210)
周宣帝宇文赟………………(210)
赵王宇文招…………………(210)

滕王宇文逌…………………（211）

王晞…………………………（211）

卷　二

庾信…………………………（212）

卷　三

庾信…………………………（263）

卷　四

庾信…………………………（319）

孟康…………………………（366）

徐谦…………………………（367）

杂歌谣辞……………………（368）

卷　五

郊庙歌辞……………………（370）

燕射歌辞……………………（392）

卷　六

释氏…………………………（408）

尚法师………………………（411）

仙道…………………………（411）

后　记………………………（425）

北 魏 诗

卷 一

韩延之

延之，字显宗[(1)]，南阳堵阳人[(2)]。仕晋位平西府录事参军，后奔姚兴[(3)]。明元帝泰常二年入魏[(4)]，为虎牢镇将，赐爵鲁阳侯。太平真君中卒[(5)]。

【注释】

（1）显宗：延之效忠晋室，以刘裕父名翘，字显宗，于是己字显宗，名子为翘，以示不臣刘氏。

（2）堵（zhě）阳：今河南省方城县东。

（3）姚兴：（366—416）十六国时期后秦统治者。字子略，赤亭（今甘肃陇西西）人，羌族，姚苌长子，继姚苌为后秦国君。公元394年—416年在位。

（4）明元帝：拓跋嗣（392—423），北魏的第二任皇帝（409—423），鲜卑族人。他是北魏道武帝拓跋珪的儿子，太武帝拓跋焘的父亲。403年被立为太子，409年诛杀谋逆的拓跋绍后，登基为帝，改元永兴。410年，北伐大破柔然。423年，亲征刘宋，辟地三百里。423年，由于御驾亲征，积劳成疾而终，享年32岁。谥号为明元皇帝，庙号太宗。拓跋嗣文武双全，在位期间，勤政爱民，拓展疆土，励精图治，在北魏历史中处于承上启下的枢纽地位。泰常：416年4月—423年12月。

（5）太平真君：北魏太武帝拓跋焘的年号，440年6月—451年6月。

赠中尉李彪诗[(1)]

贾生谪长沙[(2)]，董儒诣临江[(3)]。愧无若人迹，忽寻两贤踪。追昔渠阁游[(4)]，策驽厕群龙[(5)]。如何情愿夺[(6)]，飘然独远从。痛哭去旧国，衔泪届新邦[(7)]。哀哉无援民，嗷然失侣鸿[(8)]。彼苍不我闻[(9)]，千里告志同。

【注释】

（1）中尉：此处指御史中尉，北朝魏置，即御史中丞，负责监察百官。李彪：后魏卫国人，字道固。举考廉，孝文帝时累迁秘书丞，参著作事。从（司马）迁（班）固之体，创为纪、传、表、志之目。前后六度使齐，南人奇其謇谔。迁御史中尉，以严酷称。后以专恣为李冲所劾，除名还乡。宣武帝时在秘书省，白衣修史，除通直散骑常侍。卒，谥刚宪。

（2）贾生：即贾谊（前201—前169），洛阳（今河南洛阳东）人。西汉政论家、文学家，最早的汉赋作家之一。年少即以文才超众著称，二十馀岁，被汉文帝召为博士。后被权贵中伤，谪为长沙王太傅。四年后，复被召回，为文帝宠子梁怀王太傅。怀王坠马而死，他自伤失职，忧郁而死，年仅三十三岁。世称贾生或贾太傅、贾长沙。

（3）董儒：即董仲舒（前179—前104），汉广川（今河北枣强县东北）人，景帝时为博士。武帝时以贤良对策称旨见重，拜江都相。后因言灾异事下狱，几死，不久赦免，再出为胶西相，恐久而获罪，乃告病而家居。朝廷每有大事，常谴使就其家咨询。临江：应作“江都”。董仲舒曾作江都相。

（4）渠阁：即石渠阁，西汉皇家藏书地，在未央宫北。

（5）策：鞭打，用鞭子赶。驽：劣马，这里比喻才能低下。厕（cè）：夹杂在里面，参与。

（6）情愿：心愿。

（7）届：到。

（8）嗷（áo）然：哀号貌。

（9）彼苍：指上天。《诗·国风·鸨羽》：“彼苍者天，歼我良人。”

宗　钦

钦，字钦若，金城人(1)。仕沮渠蒙逊为中书郎、世子洗马(2)。太武平凉州(3)，入魏，拜著作郎。太平真君十一年被诛。

【注释】

（1）金城：今甘肃皋兰县西南。

（2）沮渠蒙逊（366—433）：即北凉武宣王，临松卢水（今甘肃张掖）人，匈奴族，十六国时期北凉的建立者。公元401年—433年在位。

（3）太武：魏太武帝拓跋焘（408—452）。

赠高允诗十二章(1)

嵬峨恒岭(2)，滉瀁沧溟(3)。山挺其和(4)，水耀其精(5)。启兹令族(6)，应期诞生。华冠众彦，伟迈群英(7)。

于穆吾子(8)，含贞蘊茂(9)。如彼松竹，陵霜擢秀(10)。味老思冲(11)，玩易体复(12)。戢翼九皋(13)，声溢宇宙。

我皇龙兴(14)，重离叠映(15)。刚德外彰，柔明内境。乾象奄气(16)，坤后山竞(17)。风无殊音(18)，俗无异径。

经纬曰文(19)，著述曰史。斟酌九流(20)，错综幽旨(21)。帝用训[1]谘，明发虚拟(22)。广辟四门(23)，披延髦士(24)。

尔应其求，翰飞东观(25)。口吐琼音(26)。手挥霄翰(27)。弹毫珠零，落纸锦粲。坟无凝割[2](28)，典无滞泮(29)。

山降则谦(30)，含柔为信(31)。林崇日渐(32)，明外斯进[3](33)。有邈夫子，兼兹四慎。弱而难胜，通而不峻(34)。

南董邈矣[4](35)，史功不申。固倾佞窦(36)，雄秽美新(37)。迁以陵腐(38)，邕由卓泯(39)。时无逸勒(40)，路盈摧轮(41)。

尹佚谟周(42)，孔明述鲁(43)。抑扬群致，宪章三五(44)。昂昂高生(45)，纂我遐武(46)。勿谓古今，违规易矩[5]。

自昔索居(47)，沈沦西藩(48)。风马既殊(49)，标榜莫缘(50)。开通有运，暗遇当年。披衿暂面(51)，定交一言。

谘疑秘省(52)，访滞京都。水镜叔度(53)，洗惔田苏(54)。望仪神婉(55)，即象心虚。悟言礼乐(56)，探赜诗书[6](57)。

履霜悼迁(58)，抚节感变(59)。嗟我年迈(60)，迅踰激电(61)。进乏由赐(62)，退非回宪(63)。素发掩玄(64)，枯颜落蒨(65)。

文以会友，友由知己。诗以明言，言以通理。盼坎迷流(66)，觌艮暗止(67)。庶尔虬光[7](68)，回鳞曲水[8](69)。

【校记】

[1] 讲：《诗纪》作“训”。

[2] 凝：《魏书》作“疑”。

[3] 外：《诗纪》云：“一作‘升’。”

[4] 董：《诗纪》作“熏”。

[5] 违：《魏书》作“建”。《诗纪》同。

[6] 探赜：《魏书》作“采研”。《诗纪》同。

[7] 庶：《魏书》作“伊”。

[8] 回：《诗纪》作“肆”。

【注释】

(1) 高允：小传见本卷“高允”。

(2) 恒岭：《读史方舆纪要》卷十二：“恒岭。县西二百里。《志》云：恒山在县西，与曲阳县接界。”据此，恒岭即恒山。

(3) 滉瀁（huàngyàng）：深广之貌。沧溟：指大海。

(4) 和：和顺，谐和。

(5) 精：精华。

(6) 启：开启。令族：指名门世族。

(7) 伟：高明，出众。迈：超过。

(8) 于穆（wūmù）：赞叹词。

(9) 含贞：蕴藏贞德。藉茂：凭借才德。

(10) 陵霜：傲霜。擢秀：擢，抽，拔；秀，生长茂盛的植物。比喻人才秀出。

(11) 味老：玩味《老子》。思冲：思考冲和之道。《老子》："万物负阴而抱阳，冲气以为和。"

(12) 玩（wán）：研讨。易：《周易》。复：《周易》卦名。

(13) 戢翼：敛翅，止飞。九皋：深远的水泽淤地。《诗·小雅·鹤鸣》："鹤鸣于九皋，声闻于野。"

(14) 龙兴：喻新王朝的兴起。

(15) 重离：《易·离》："明两作离，大人以继明照于四方。"孔颖达疏："明两作离者，离为日，日为明。"《离》卦为离上离下相重，故以"重离"指太阳。

(16) 乾象：乾卦象天，故称天象为乾象。奄：覆盖。

(17) 坤厚：《易·坤》："坤厚载物，德合无疆。"

(18) 风：乐曲的通名。

(19) 经纬：《左传·昭公二十八年》："经纬天地曰文。"

(20) 九流：战国时的九个学术流派，即儒家、道家、阴阳家、法家、名家、墨家、纵横家、杂家、农家。又有小说家一派合为十家，后来作各学术流派的泛称。

(21) 幽旨：深奥玄妙的旨趣。

(22) 明发：阐明。虚拟：设想。

(23) 四门：北魏于四门建学，置四门博士。

(24) 髦士：英俊之士。

(25) 翰飞：高飞。《诗·小雅·小宛》："宛彼鸣鸠，翰飞戾天。"东观：泛指宫中藏书和著述处。

(26) 琼音：对人言辞、诗文的美称。

(27) 霄翰：指毛笔。

(28) 坟：三坟，借指古代典籍。疑割：疑惑难解。

(29) 典：五典，借指古代典籍。滞泮：滞碍不通。

(30) 谦：《易》卦名。《象》曰："地中有山，谦，君子以裒多益寡，称物平施。"

(31) "含柔"句：指具有诚信的品格。《易·中孚》："中孚，柔在内而刚得中。"孚即诚信之义。

(32) "林崇"句：指懂得渐进的道理。《易·渐》："山上有木，渐。"林崇即山上有木。

(33) "明外"句：指具有上进的精神。《易·晋》："晋，进也，明出地上。"

(34) 峻：高而陡峭。

(35) 南董：春秋时期齐史官南史和晋史官董狐的合称，二人都以直笔不讳著称。

(36) 固：班固（32—92），汉扶风安陵人，字孟坚。此处指班固因窦宪事下狱一事。倾：倒塌，覆灭。

(37) 雄：扬雄（前53—公元18），西汉蜀郡成都人，字子云。扬雄在王莽时为大夫，校书天禄阁。美新：赞美王莽的新朝，扬雄作过《剧秦美新论》。

(38) 迁：司马迁（前145—前86），汉夏阳人，字子长，《史记》作者。此处指司马迁替李陵辩护，被汉武帝下狱处宫刑一事。

(39) 邕：蔡邕（132—192），东汉陈留人，字伯喈，汉灵帝时拜郎中，此处指董卓征蔡邕为祭酒后，累迁为中郎将，后以卓党死狱中一事。

(40) 逸勒：超群出众的驭手。

(41) 摧轮：折毁车轮。

(42) 尹佚：周初史官。《史记·周本纪》："尹佚策祝曰：'殷之末录季纣，殄废先王明德，侮蔑神祇不祀，昏暴商邑百姓，其章显闻于天皇上帝。'"谟：谋划。

(43) 孔：孔子。明：左丘明。述：传述，传承。阐述前人成说。

(44) 宪章：效法。三五：三皇五帝。

(45) 昂昂：挺特貌，志行高超貌。高生：指高允。

(46) 纂：继承。遐武：前人之足迹，往古之事迹。

(47) 索居：散处，独居。

(48) 藩：藩镇。

(49) 风马：《左传·僖公四年》："君处北海，寡人处南海，唯是风马牛不相及。"殊：不同。

(50) 标榜：夸耀声名。

(51) 披衿：亦作"披襟"。犹披心，谓推诚相与。

(52) 秘省：秘书省，掌国籍的官署。

(53) 水镜：以水和镜的清明比喻人的明鉴或性格爽朗。叔度：汉黄宪字，汝南慎阳人。品学超群，尤以气量广远著称。《世说新语·德行》："叔度汪汪如万顷之陂，澄之不清，扰之不浊，其器深广，难测量也。"

(54) 洗悋：减少吝啬。悋，同"吝"。田苏：晋国贤人。

(55) 婉：温顺，谦恭和顺。

(56) 悟言：相遇谈话。"悟"通"晤"。

(57) 探赜：窥探幽深。探，窥探求取。赜，幽深难见。

(58) 履霜：即"履霜坚冰至"，意思是行于霜上而知严寒冰冻将至。悼迁：感伤变迁。

(59) 抚节：击节。

(60) 嗟（jiē）：叹词，表忧叹、感叹。

(61) 激电：闪电。

(62) 乏：不是。由：子路，姓仲，名由。赐：子贡，姓端木，名赐。

(63) 回：颜回。宪：原宪。

(64)"素发"句：指白发变黑。

(65)"枯颜"句：指容颜衰老。蒨：本或作"茜"，引申指大红色。

(66)"盼坎"句：指自己处于危难，心存疑惑。坎，《易》卦名。《易·坎》："习坎，重险也。水流而不盈，行险而不失其信。"

(67)"觌艮"句：说自己昧于知止的道理。觌（dí），见，相见。艮，八卦之一。《易·艮》："艮，止也。"

(68) 虬：古代传说中有角的小龙。

(69) 曲水：迂回曲折的河水。

段承根(1)

承根，武威姑臧人，仕魏为著作郎。太平真君十一年，以崔浩撰史事(1)，同被诛。

【注释】

(1) 崔浩：公元？—450年。北魏清河东武城人。字伯渊，小名桃简。太宗拓跋嗣初拜博士祭酒，累官至司徒。仕魏三朝，军国大计，多所参赞。崔浩工书，并通经史，长天文历学，后作《国书》三十卷，为鲜卑诸大臣所忌，太平真君十一年（450），以矫诬罪诛死灭族。

赠李宝诗七章(1)

世道衰陵(2)，淳风殆缅(3)。衢交问鼎(4)，路盈访玺[1]。狗竞争驰(5)，天机莫践。不有真宰(6)，榛棘谁翦[2](7)。

于皇我后(8)，重明袭焕(9)。文以息烦，武以静乱。剖蚌求珍(10)，搜严采干(11)。野无投纶(12)，朝盈逸翰(13)。

自昔凉季(14)，林焚渊涸(15)。矫矫公子(16)，鳞羽靡托(17)。灵慧虽奋(18)，祆氛未廓(19)。凤戢昆丘(20)，龙潜玄漠(21)。

数不常抚(22)，艰极则夷(23)。奋翼幽裔(24)，翰飞京师(25)。珥蝉紫闼(26)，仗节方畿(27)。弼我王度(28)，庶绩缉熙(29)。

自余幽沦(30)，眷参旧契。庶庇馀光，优游卒岁(31)。忻路未淹(32)，离辔已际(33)。顾难分岐，载张载继。

闻诸交旧，累圣叠曜(34)。淳源虽漓(35)，民怀余劭[3](36)。思乐哲人，静以镇躁。蔼彼繁音(37)，和此清调(38)。

询下曰文，辩讦曰明。化由礼治，政以宽成。勉崇仁教，播德简刑。倾首景风(39)，迟闻休声(40)。

【校记】

[1] 玺：《诗纪》作“壐”。

[2] 翦：《魏书》作“揃”。

[3] 余：《魏书》作“馀”。

【注释】

(1) 李宝：西凉王李皓孙，字怀素，小字衍孙。沈雅有度量，骁勇善托接。伯父为沮渠蒙逊所灭，宝北奔，臣于蠕蠕，遗民颇归附。后沮渠无讳为太武所败，弃城遁走，宝遂修缮城府，规复先业。奉表归城，拜镇西大将军、敦煌公，入朝，除内都大官，文成帝时官镇北大将军。卒，谥宣。

（2）衰陵：衰败陵夷。

（3）淳风：淳厚朴实的风俗。殆缅：或已远去。缅，远。

（4）“衢交”句：道路上都问鼎的人。问鼎，图谋王位。

（5）狥竞：争逐。

（6）真宰：天为万物的主宰，故称真宰。

（7）榛棘：犹荆棘。引申为阻塞。翦：剪除，消灭。

（8）于皇：赞叹词。于，音 wū。后，古代天子和列国诸侯皆称“后”。

（9）重（chóng）明：明而又亮。袭焕：前后相继，光彩焕发。

（10）剖蚌求珍：将蚌壳剖开，以取里面的珍珠。比喻求取贤良的人材或求获珍品。

（11）搜严：搜访严光。《后汉书·严光传》：“少有高名，与光武同游学。及光武即位，乃变名姓，隐身不见。帝思其贤，乃令以物色访之。”采干：采用徐干。《三国志·魏书》注引《先贤行状》：“（干）轻官忽禄，不耽世荣。建安中，太祖特加旌命，以疾休息。后除上艾长，又以疾不行。”

（12）投纶：犹言垂钓。纶：钓丝。

（13）逸翰：指疾飞的鸟。比喻杰出的人才。

（14）自昔：往昔，从前。凉季：北凉末年。

（15）“林焚”句：指人才无所寄托。

（16）矫矫：武勇之貌。

（17）鳞羽：比喻行迹。靡托：无处托身。

（18）灵慧：神异的智慧。

（19）祅氛：不祥的云气，借指灾乱。廓：清除。

（20）戢（jí）：止，停止。昆丘：亦作“崐丘”，亦作“崐邱”，即昆仑山。

（21）玄漠：犹漠北，指北方边疆。

（22）数：命运。扰：混乱，烦乱。

（23）夷：平和，平易。

（24）奋翼：犹奋翅。多以喻人振奋而起。幽裔：远僻之地。

（25）翰飞：高飞。

（26）珥：插。珥蝉：古侍从之臣冠加貂蝉。紫闼：指帝王宫廷。

（27）方畿：天子领属的方千里之地，这里指京师。

（28）弼：辅正。

（29）庶绩：各种事功。缉熙：光明。

（30）幽沦：沉沦。

（31）优游：悠闲自得。卒岁：终年。

（32）淹：久留，滞留。

（33）际：适当其时。

（34）“累圣”句：历代圣贤前后辉映。

（35）淳：质朴，淳厚。漓：薄。

（36）劭（shào）：美好。

（37）繁音：繁密的音调。

(38) 清调：汉乐府相和歌曲的曲调之一。
(39) 倾首：仰起头，表示敬仰。景风：祥风。
(40) 休声：赞美声。

游 雅

雅，字伯度，小名黄头，广平任人(1)。和平二年卒，赠相州刺史。

【注释】

(1) 广平：广平郡，在今河北省南部。

诗

《魏书》曰："高允重雅才，而雅轻薄允才。允性柔宽，不以为恨。允将婚于邢氏，雅劝允婚于其族，允不从。"雅曰：

人贵河间邢(1)，不胜广平游(2)。人自弃伯度，我自敬黄头。

【注释】

(1) 河间：位于今河北省内，属沧州市管辖。
(2) 不胜：不如。

北魏孝文帝元宏

宏，献文帝拓跋弘长子。皇兴三年，立为皇太子。五年八月，即位，改元三：延兴、承明、太和。太和二十年，改姓元氏。太和二十三年卒，年三十三，谥曰孝文皇帝。有集三十九卷。

县瓠方丈竹堂飨侍臣联句诗(1)

《北史》曰：兼中书侍郎，郑道昭从征沔北(2)，孝文飨臣于县瓠方丈竹堂。道昭与兄懿俱侍坐，乐作酒酣，孝文乃作歌。

白日光天兮无不曜[1](3)，江左一隅独未照[2](4)。（帝）愿从圣明兮登衡、会[3](5)，万国驰诚混内外[4](6)（彭城王勰）。云雷大振兮天门辟[5](7)，率土来宾一正历(8)（郑懿）。舜舞干戚兮天下归[6](9)，文德远被莫不思[7](10)（郑道昭《北史》作邢峦）。皇风一鼓兮九地匝(11)，戴日依天清六合[8](12)（邢峦。《北史》作郑道昭）。遵彼汝坟兮昔化贞(13)，未若今日道风明(14)。（帝）文王政教兮晖江沼(15)，宁如大化光四表[9](16)。（宋弁）

【校记】

[1] 白日：《太平御览》作"日月"。《事类赋》同。

［2］隅：《太平御览》“隅”下有“兮”字。《事类赋》同。

［3］明：《事类赋》作“主”。

［4］诚：《太平御览》“诚”下有“兮”字。《事类赋》同。内：《北史》作“日”。《诗纪》云：“一作‘日’”。

［5］门：《太平御览》作“地”。《事类赋》同。

［6］戚：《太平御览》作“戈”。《事类赋》同。

［7］被：《太平御览》“被”下有“兮”字。《事类赋》同。

［8］天：《太平御览》“天”下有“兮”字。《事类赋》同。

［9］如：《太平御览》作“知”。《事类赋》同。化：《御览》“化”下有“兮”字。《事类赋》同。

【注释】

（1）飨：用酒食招待人。联句诗：赋诗时人各一句或几句，合而成篇叫联句。最早有汉武帝及诸臣合作的《柏梁诗》。此诗表达了孝文帝及诸臣一统宇内的远大政治抱负。

（2）沔：水名，在陕西省，是汉水的上流。郑道昭：传见本卷。

（3）曜（yào）：照耀。

（4）江左：江南。一隅：一角。

（5）衡：衡山。会：会稽山。衡会，指南方。

（6）驰诚：向远方的人表达诚意。

（7）天门：天上的门。后也指帝王宫殿的门。

（8）率土：境域之内。正历：历法。

（9）舜舞干戚：干、戚：盾牌和大斧，古时的两种兵器。用武器作跳舞的工具。执干戚舞：比喻以美德代替武力来感化敌人，治服敌人。语出《韩非子·五蠹》：“当舜之时，有苗不服，禹将伐之。舜曰：‘不可。上德不厚而行武，非道也。’乃修教三年，执干戚舞，有苗乃服。”

（10）远被：远及，传布远方。

（11）九地：佛教用语，又名九有。三界共有九地，其中欲界占一地，其他色界和无色界各占四地，即五趣杂居地。这里指整个世界。匝：周遍。

（12）戴日：敬奉太阳。六合：天地四方。

（13）遵彼汝坟：出自《诗经·国风·周南·汝坟》。《毛传》：“美文王之化行乎汝坟之国，妇人能闵其君子，犹勉之以正也。”遵：循，沿。汝坟：古汝水上的堤防。汝：汝河，源出河南省。坟：大防，大堤。贞：正。

（14）道风：道德风操。谓超凡脱俗的风貌。

（15）文王：周文王。晖：同“辉”。光辉，引申为照耀。

（16）宁如：岂如。大化：广远深入的教化。四表：四方极远的地方。

歌

《后魏略》曰：孝文帝南巡至新野，临潭水而见菖蒲花，乃歌曰云云，遂建两菖蒲寺美之。

两菖蒲(1)，新野乐(2)。

【注释】

(1) 菖蒲：一种菖蒲科的水生草本植物，有香味。菖蒲喜生于沼泽、沟边、湖边，整个温带基本都能找到它，全国各地也都有分布。菖蒲可以提取芳香油。端午节有把菖蒲叶和艾捆一起的习俗。

(2) 新野：在今河南省西南部。

高　允

允，字伯恭，渤海蓨人。献文末(1)，授怀州刺史。太和二年(2)，拜镇军大将军，领中秘书事，加光禄大夫。太和十一年卒，年九十八。有集二十一卷。

【注释】

(1) 献文：北魏献文帝拓跋弘（454—476），465年至471年在位。

(2) 太和：北魏孝文帝拓跋宏的第三个年号（477—499）。

罗敷行(1)

邑中有好女，姓秦字罗敷。巧笑美回盼，鬒发复凝肤(2)。脚著花文履，耳穿明月珠(3)。头作堕马髻(4)，倒枕象牙梳。姌姌善趋步(5)，襜襜曳长裾(6)。王侯为之顾，驷马自踟蹰(7)。

【注释】

(1) 罗敷：人名。《玉台新咏·古乐府·日出东南隅行》（一作《陌上桑》，又作《艳歌罗敷行》）："秦氏有好女，自言名罗敷。"晋崔豹《古今注·音乐》："秦氏，邯郸人。有女名罗敷，为邑人千乘王仁妻。仁后为越（赵）王家令，罗敷出采桑于陌上，赵王登台见而悦之，因饮酒欲夺焉。罗敷乃弹筝，作《陌上桑》歌以自明焉。"行：乐府和古诗的一种体裁，如汉乐府有《长歌行》、《短歌行》，魏晋有《燕歌行》、《从军行》等。

(2) 复：覆盖，引申为庇护。凝肤：洁白润泽的皮肤。《诗·卫风·硕人》："肤如凝脂。"

(3) 明月珠：即夜光珠，因珠光晶莹似月光，故名。

(4) 堕马髻：古代妇女发髻名，头发松垂，像要堕马的样子，故名。

(5) 姌姌（rǎnrǎn）：柔弱之貌。

(6) 襜襜（chānchān）：摇动之貌。长裾：指长衣。

(7) 踟蹰：来回走动。

王子乔(1)

王少卿，王少卿，超升飞龙翔天庭。遗仪景(2)，云汉酬(3)，光骛电逝忽若浮(4)。骑日月，从列星，跨腾太廓踰杳冥[1](5)。寻元气(6)，出天门，穷览有无穷道根(7)。

【校记】

[1] 太：原作“人”。《乐府诗集》作“太”。据改。杳：《乐府诗集》作“窅”。

【注释】

(1) 王子乔：传说中古仙人。《文选·古诗十九首》之十六：“仙人王子乔，难可与等期。”注：“《列仙传》曰：‘王子乔者，太子晋也，道人浮丘公接以上嵩高山。’”

(2) 仪景：指月亮。仪，通“娥”。娥，嫦娥。

(3) 云汉：银河。酬：劝酒。

(4) 光骛电逝：极言飞行之快。骛，奔驰。

(5) 跨腾：奔驰，腾跃飞行。太廓：天空。踰：即“逾”。超过。杳冥：指天空，高远之处。

(6) 元气：天地未分前混沌之气。

(7) 道根：大道的根本。

答宗钦诗十三章(1)

高允为著作郎，与崔浩同撰史。宗钦赠诗以相规讽，允答之云云。后崔浩竟坐暴扬国恶，与宗钦同被诛，允以太子救得免。

汤汤流汉(2)，蔼蔼南都(3)。载称多士，载耀灵珠(4)。邈矣高族，代记丹图(5)。启基郢域[1](6)，振彩凉区(7)。

吾生倜傥[2](8)，诞发英风(9)。绍熙前绪(10)，奕世克隆(11)。方圆备体(12)，淑德斯融(13)。望倾群雄[3]，响振华戎[4](14)。

响振伊何[5](15)，金声克著[6](16)。匡赞西藩(17)，拯厥时务(18)。放志琴书[7](19)，恬心初素(20)。潜思渊渟[8](21)，秀藻云布(22)。

上天降命，祚钟有代(23)。协耀紫宸(24)，与乾作配(25)。仁迈春阳(26)，功隆覆载(27)。招延隐叟(28)，永贻大赉(29)。

伊余栎散(30)，才朽质微[9]。遭缘幸会，忝与枢机(31)。窃名华省(32)，厕足丹墀(33)。愧无荧烛[10](34)，少益天晖(35)。

明升非谕[11](36)，信渐难兼(37)。体卑处下(38)，岂曰难谦。进不弘道(39)，退失渊潜[12](40)。既惭朱阙(41)，亦愧闾阎(42)。

史班称达(43)，扬蔡致深(44)。负荷典策(45)，载蹈于心[13]。四辙同轨，覆车相寻(46)。敬承嘉诲(47)，永佩明箴(48)。

远思古贤，内寻诸己(49)。仰谢丘明(50)，长揖南史。遐武虽存(51)，高踪难拟(52)。夙兴夕惕(53)，岂获恬止(54)。

时之圮矣[14](55)，灵运未通(56)。风马殊隔，区域异封。有怀西望，路险莫从。王泽远洒，九服来同(57)。

在昔平吴(58)，二陆称宝(59)。今也克凉，吾生独矫(60)。道映儒林(61)，义为群表。我思与之，均于纻缟(62)。

仁乏田苏(63)，量非叔度(64)。韩生屡降(65)，林宗仍顾[15](66)。千载旷游，遘兹一遇(67)。藻咏风流(68)，鄙心已悟(69)。

年时迅迈(70)，物我俱逝。任之斯通，拥之则滞。结驷贻尘(71)，屡空亦敝(72)。两闻可守[16]，安有回赐。

诗以言志，志以表丹。慨哉刎颈，义已中残。虽曰不敏(73)，请事金兰(74)。尔其励之(75)，无忘岁寒(76)。

【校记】

[1] 郢：《文馆词林》作“邦”。

[2] 倜傥：《魏书》作“朗到”。《诗纪》同。

[3] 雄：《文馆词林》作“儁”。

[4] 振：《魏书》作“骇”。《诗纪》同。

[5] 振：《魏书》作“骇”。《诗纪》同。

[6] 克：《魏书》作“允”。《诗纪》同。

[7] 放：《魏书》作“肃”。《诗纪》同。

[8] 渊：《文馆词林》作“泉”。

[9] 朽质：《魏书》作“至庸”。《诗纪》同。

[10] 荧：《魏书》作“萤”。

[11] 升：《诗纪》作“外”。

[12] 渊：《文馆词林》作“深”。

[13] 蹈：《文馆词林》作“谄”。

[14] 时：《诗纪》作“世”。圮，原作“圯”，于义未安，当为“圮”之误。

[15] 顾：《魏书》作“物”。《诗纪》同。

[16] 闻：《魏书》作“间”。《诗纪》同。

【注释】

(1) 宗钦：见本卷宗钦小传。

(2) 汤汤（shāngshāng）：大水急流之貌。

(3) 蔼蔼：盛多之貌，犹言济济。南都：即南阳。在东汉时，南阳是光武帝刘秀发迹之地，故有“南都”、“帝乡”之称。

(4) 灵珠：灵蛇珠的简称。灵蛇珠，即灵蛇报于隋侯之珠，以其珍奇，喻俊才智慧。

(5)“代纪”句：世代记录于史籍。丹图，即丹书，此处指史籍。

(6) 郢域：指楚地。郢为楚国的首都。

(7) 凉区：西晋末年至北魏，各族统治者在西北地区先后建立了五个以凉为国号的割据政权，即五凉（前、后、南、北、西）。宗钦曾仕后梁。

(8) 倜傥：卓越豪迈。

（9）诞发：大显。

（10）绍熙：继承前业，发扬昌盛。前绪：前人的事业。

（11）奕世：累世，一代接一代。克：能。隆：使成长。

（12）备体：犹齐备，完整。

（13）淑德：美德。

（14）华戎：华，我国古称华夏，简作华。戎：古代泛指我国西部少数民族。

（15）伊何：为何，作什么。

（16）金声：卓越的名声。

（17）匡赞：辅佐。西藩：指北凉。因其在魏之西，故称。

（18）厥：其。

（19）放志：放纵心志。

（20）初素：朴素。

（21）潜思：深思。渊渟：深静。

（22）秀藻：优美的词藻。云布：云气布散。形容众多，到处都是。

（23）祚：福。钟：集中。有代：犹言本朝。

（24）紫宸：帝王、帝位的代称。

（25）与乾作配：即与天相配，以言君主地位崇高。《易·说卦》："君为天……为君。"

（26）迈：超过。春阳：春日的和煦阳光。

（27）功隆：功业高于。覆载：即天覆地载，比喻帝王的恩德。

（28）招延：招请，延请。

（29）贻：赠送。大赉（lài）：大赏赐。

（30）伊：助词。栎散：语出《庄子·人间世》，比喻无用之才。

（31）忝：辱，有愧于，常用作谦辞。枢机：朝廷的机要部门或职位。

（32）窃名：以不正当手段获得名声，这里是谦辞。华（huá）省：指职务亲贵的官署。

（33）厕足：插足，涉足。也作侧足。丹墀（chí）：古代宫殿前的台阶，漆成红色，称为丹墀。

（34）萤烛：比喻微弱的光。

（35）少益：很少有益于。

（36）明：指《周易·明夷》，《象》曰："'明入地中，明夷'。君子以莅位用晦而明。"升：指《周易·升》，《象》曰："地中生木，升。君子以顺德，积小以高大。"谕：知道，理解。

（37）信渐：参见本卷宗钦《赠高允诗》注（30）、（31）。

（38）体卑：地位卑微。

（39）弘道：使道发扬光大。

（40）渊潜：喻隐居不仕。

（41）朱阙：宫殿前红色的双柱。借指皇宫、朝廷。

（42）闾阎：本指里巷的门，借指平民、民间。

（43）史班：汉代大史学家太史公司马迁和班固的并称。达：通达事理。

（44）扬蔡：扬雄、蔡邕的并称。

（45）典策：亦作“典册”。记载典章制度等的重要册籍。

（46）覆车：倾覆的车子，比喻前人的失败。相寻：连续。

（47）嘉诲：美好的教诲。

（48）明箴：高明的劝戒。

（49）“内寻”句：即“反求诸己”。

（50）丘明：即左丘明，春秋时鲁国人。相传曾任鲁太史。为《春秋》作传，成《春秋左氏传》，简称《左传》。

（51）遐武：前人之足迹。

（52）高踪：高尚的行迹。拟：效法，模仿。

（53）夙兴：很早起来。形容勤奋。夕惕：谓至夜晚仍怀忧惧，工作不懈。

（54）恬止：恬静。

（55）圮（pǐ）：毁。

（56）灵运：好运。

（57）九服：相传古代天子所住京都以外的地方按远近分为九等，叫九服。方千里称王畿，其外方五百里称侯服，又其方五百里叫甸服，又其外方五百里叫男服，又其外方五百里叫采服，又其外方五百里叫卫服，又其外方五百里叫蛮服，又其外方五百里叫夷服，又其外方五百里叫镇服，又其外方五百里叫藩服。以后泛指全国。

（58）在昔：从前，往昔。

（59）二陆：晋陆机、陆云兄弟齐名，时人称为“二陆”。《晋书·陆机传》：“太康末，与弟云俱入洛，造太常张华，华素重其名，如旧相识。曰：‘伐吴之役，利获二俊。’”

（60）矫：强。

（61）儒林：儒家学者之群。

（62）纻（zhù）缟（gǎo）：纻衣与缟带。《左传·襄公二十九年》：“（吴季札）聘于郑，见子产，如旧相识，与之缟带，子产献纻衣焉。“后因以“纻缟”为友朋交谊之典。

（63）田苏：晋国贤人，后借指贤德长者。

（64）叔度：黄宪字叔度，黄叔度品学超群，尤以气量广远著称。

（65）韩生：秦朝人。项羽进入咸阳后，投项羽，为其谋臣。

（66）林宗：东汉郭太，字林宗，品学为时人所重。

（67）遘（gòu）：遭遇。

（68）藻咏：指诗文。

（69）鄙心：犹言己心。谦词。

（70）迅迈：迅速逝去。

（71）结驷：用以指乘驷马高车之显贵。

（72）屡空：经常贫困。谓贫穷无财。

（73）不敏：不才，自谦之辞。

（74）金兰：言交友之投合。

（75）励：劝励，勉励。

（76）岁寒：一年的寒冬。此处隐指“岁寒松柏”，比喻在逆境艰困中而能保持节操的人。

咏贞妇彭城刘氏诗八章

渤海封卓妻刘氏，彭城人。成婚一夕，卓官于京师，以事见法。刘氏在家，忽形梦想，知卓已死，哀泣不止。经旬凶问果至，遂愤叹而终，时人比之秦嘉妻云。高允念其义高而名不著，乃为之诗曰：

两仪正位(1)，人伦肇甄(2)。爰制夫妇(3)，统业承先。虽曰异族，气犹自然。生则同室，终契黄泉(4)。

封生令达(6)，卓为时彦(7)。内协黄中(8)，外兼三变(9)。谁能作配，克应其选。寔有华宗(10)，挺生淑媛(11)。

京野势殊，山川乖互(12)。乃奉王命，载驰在路。公务既弘，私义获著(13)。因媒致币(14)，遘止一暮。

率我初冠(15)，眷彼弱笄(16)。形由礼比，情以趣谐。忻愿难常，影迹易乖(17)。悠悠言迈，戚戚长怀(18)。

时值险屯(19)，横离尘网。伏锧就刑(20)，身分土壤。千里虽遐(21)，应如影响(22)。良嫔洞感(23)，发于梦想。

仰惟亲命(24)，俯寻嘉好。谁谓会浅，义深情到。毕志守穷，誓不二醮(25)。何以验之，殒身是效(26)。

人之处世，孰不厚生(27)。心存于义，所重则轻。结愤钟心[1](28)，甘就幽冥(29)。永捐堂宇(30)，长辞母兄。

茫茫中野(31)，翳翳孤丘(32)。葛藟冥蒙[2](33)，荆棘四周。理苟不昧(34)，神必俱游。异哉贞妇，旷世靡俦(35)。

【校记】

[1] 愤：《魏书》作“忿”。

[2] 藟：原作“虆”，于义未安，当作“藟”。

【注释】

(1) 两仪：天地。

(2) 肇：开始。甄：彰明。

(3) 爰：于是。

(4) 契：投合。

(6) 令达：令，善，美好。达，通达事理。

(7) 时彦：当时的贤俊、名流。

(8) 黄中：黄，中和之色，喻内德之美。

(9) 三变：《论语·子张》：“尹子有三变：望之俨然，即之也温，听其言也厉。”

(10) 寔（shí）：是，此。华宗：犹贵族。彭城刘氏为南北朝时名门望族。

(11) 挺生：挺拔生长。亦谓杰出。淑媛：出身优越或美好的女子。

(12) 乖互：违背，抵触。

(13) 私义：指个人合乎正义的行为。

(14) 致币：送达聘礼。

(15) 初冠：古代男子二十而冠，始行冠礼。

(16) 弱笄：笄，簪。以簪结发成人，相当于男子之冠礼。古代女子许婚者十五而笄，二十而嫁，未许婚者，二十而笄。

(17) 乖：背离，不一致。

(18) 长怀：一直怀念。

(19) 险屯（zhūn）：艰难。

(20) 锧（zhì）：古行刑之具，为腰斩时所用砧板。

(21) 遐：远。

(22) 影响：影之随形，响之应声。

(23) 良嫔：贤良的妻子，贤妻。洞感：深感。

(24) 惟：听从。

(25) 二醮：即再醮，旧谓女子改嫁。

(26) 殒身：死去，丧失生命。效：证验，效果。

(27) 厚生：重视保养身体。

(28) 结愤：愤恨抑郁。

(29) 就：趋近，接近。

(30) 捐：舍弃。堂宇：本指房屋，代指家庭。

(31) 中野：荒野之中。

(32) 翳翳：晦暗不明。丘：坟墓。

(33) 蕌：葛藤。冥蒙：幽暗不明。

(34) 不昧：不暗，真实可信。

(35) 靡俦：没有同类。

刘　昶

昶，字休道。宋文帝第九子，封晋熙王，位中书令。废帝立，为徐州刺史，奔魏。孝文以为持节、都督吴越彭楚诸军事、大将军，镇徐州。太和二十一年卒，年六十二。

断句诗

《南史》曰：昶兵败奔魏，弃母妻，惟携妾一人骑马自随，在道慷慨为断句。

白云满鄣来(1)，黄尘暗天起。关山四面绝(2)，故乡几千里。

【注释】

(1) 鄣：即“亭鄣”，古代边塞要地设置的城堡。

（2）绝：断，阻隔。

王 肃

肃，字恭懿，琅邪临沂人。仕齐为秘书丞。太和中，奔魏，累迁尚书令、扬州刺史。景明二年卒，年三十八。

悲平城诗

悲平城[(1)]，驱马入云中[(2)]。阴山常晦雪，荒松无罢风[(3)]。

【注释】

（1）平城：今山西大同市东。

（2）云中：今内蒙古托吉克托县北。

（3）罢（pí）：软弱。

彭城王元勰

勰，字彦和，献文帝第六子。太和九年，封始平王，转中书令，改封彭城王。宣武永平元年被杀[(1)]。

【注释】

（1）宣武：北魏宣武帝元恪（483—515），499年—515年在位。永平：宣武帝年号，508年8月—512年4月。

应制赋铜鞮山松诗[(1)]

《北史》曰：勰从孝文帝幸代都，次于上党之铜鞮山[(2)]。路傍有大松树十数株，帝赋诗示勰曰："吾作诗虽不七步，亦不言远。汝可作之，比至吾间令就也。"勰时去帝十步，且行且作，未至帝所而就。

问松林，松林经几冬。山川何如昔？[(3)]风云与古同。

【注释】

（1）应制：亦称应诏，即应帝王之命。魏晋以来称应帝王之命而作的诗文为应诏，也称应制。

（2）铜鞮（dī）山：今山西沁县有铜鞮固城，县西南有山，名铜鞮山。

（3）昔：以前，从前。

李 谧

谧，字永和，赵郡平棘人[(1)]。州再举秀才，公府二辟[(2)]，并不就[(3)]。延昌四年卒[(4)]。

【注释】

(1) 平棘：今河北省赵县城南。
(2) 二辟：两次被征召。
(3) 不就：不就职，谓不接受任命。
(4) 延昌：北魏宣武帝年号，512年4月—515年12月。

神士赋歌

周孔重儒教(1)，庄老贵无为(2)。二途虽如异，一是买声儿(3)。生乎意不惬(4)，死名用何施。可心聊自乐，终不为人移(5)。脱寻余志者(6)，陶然正若斯(7)。

【注释】

(1) 周孔：周公与孔子。
(2) 庄老：庄子与老子。
(3) 买声：博取声誉。
(4) 意不惬：不满意，不称心。
(5) 移：改变。
(6) 脱：假若。
(7) 陶然：闲适欢乐的样子。

郑道昭

道昭，字僖伯，荥阳开封人。孝文时中书学生，迁秘书郎，拜主文中散。徙员外散骑侍郎、秘书丞、兼中书侍郎。寻正除中书郎，转通直常侍。宣武即位，徙司徒谘议参军，拜国子祭酒，又为司州州都，迁秘书监。出为光州刺史，转青州刺史，复入为秘书。熙平元年卒。

于莱城东十里与诸门徒登青阳岭太基山上四面及中顶扫石置仙坛诗

寻日爰丘素(1)，陵月开靖场[1](2)。东峰青烟寺，西顶白云堂。朱阳台望远(3)，玄灵崖色光(4)。高坛周四岭，中明起前岗。神居杳汗眇(5)，接景拂霓裳(6)。□微三四子，披霞度仙房。潇潇步林石，缭缭歌道章(7)。空谷和鸣磬，风岫吐浮香(8)。冷冷□虚唱，郁郁绕松梁(9)。伊余莅东国(10)，杖节牧齐疆(11)。乘务惜暂暇，游此无事方。依岩论孝老(12)，斟泉语经庄(13)。长文听远义(14)，门徒森山行。踌躕念岁述[2](15)，幽衿烛扶桑(16)。栖盘时自我(17)，岂云蹈行藏(18)。

【校记】

［1］陵：原作“嵯”，《金石补》作“陵”，据改。

［2］踌躕：当作“踟躕”。

【注释】

（1）寻日：平日。丘素：疑为“丘索”之误。丘索，古代典籍《八索》、《九丘》的并称，后泛指古代典籍。

（2）靖场：道场。

（3）朱阳：指南方。

（4）玄灵：指北方。

（5）汗眇：同“汗漫”，广大没有边际。

（6）霓裳：神仙的衣裳。

（7）道章：道教歌曲。

（8）岫（xiù）：山洞。

（9）松梁：松木制的屋梁。

（10）东国：东方。

（11）杖节：执持旌节。古代帝王授予将帅兵权或遣使四方，给旌节以为凭信。齐疆：齐地。

（12）孝老：指老子。

（13）经庄：指庄子。

（14）远义：深远的意蕴。

（15）踌躕：犹豫不决。岁述：岁月流逝。

（16）扶桑：神话中的树名，太阳升起的地方，因借指太阳。

（17）栖盘：寄居盘桓。

（18）蹈：疑当作“韬”，藏。行藏：行止，行迹。

与道俗□人出莱城东南九里登云峰山论经书诗

靖觉镜□津(1)，浮生厌人职(2)。辟志访□游，云峻期登涉。拂衣出州□，缓步入烟域。苔替□迳□，巄嵷星路逼(3)。霞□□宏，凤驾缘虚垲(4)。披衿接九贤，合盖高顶极。峥嵘非一□，林峦迭峻瞰。双阙承汉开，绝巘虹萦刿(5)。涧岨禽迹迷，窦狭鸟过亟。层穴通月□，飞岫陵地亿。回首眄京关(6)，连州□莱即。还济河渐□，□来尘玉食。藏名隐仙丘，希言养神直。依微姑射踪(7)，□□朱台日。尔时春岭明，松沙若点殖。攀石坐危□，□□栖倾侧。谈对洙巘宾(8)，清赏妙无色。图外表三玄(9)，经中精十力(10)。道音动齐泉，义风光韶棘。此会当百龄，斯观宁心识。目海浅毛流，□崖瞥鸿翼。相翔足终身，谁辩瑶与□。万象自云云(11)，焉用挂情忆。盘桓竟何为，云峰聊可息。

【注释】

(1) 靖觉：平息心念。

(2) 人职：人事。

(3) 巃嵷：山势高峻貌。

(4) 凤驾：仙人的车乘。

(5) 绝巘（yǎn）：极高的山峰。

(6) 盻（xì）：看。京关：京城。

(7) 姑射：神仙或美人之称。

(8) 洙：水名。巘：岭名。

(9) 三玄：魏晋南北朝流行玄学，以《周易》、《老子》、《庄子》为三玄。

(10) 十力：佛教称佛和菩萨所具有的十种智力。

(11) 云云：同“芸芸”，众多貌。

登云峰山观海岛诗

山游悦遥赏，观沧眺白沙(1)。云路沈仙驾(2)，灵章飞玉车(3)。金轩接日彩(4)，紫盖通月华(5)。腾龙蔼星水(6)，翻凤暎烟家(7)。往来风云道，出入朱明霞。雾帐芳宵起(8)，蓬台植汉邪(9)。流精丽旻部(10)，低翠曜天葩(11)。此瞩宁独好，斯见理如麻。秦皇非徒驾，汉武岂空嗟(12)。

【注释】

(1) 眺：望，往远处看。

(2) 云路：上天之路，升仙之路。沈：同“沉”，降。

(3) 灵章：指道教的经典、符箓。玉车：指仙人乘坐之车。

(4) 金轩：装饰华贵的车舆。日彩：太阳的光彩。

(5) 紫盖：紫色车盖。帝王仪仗之一。借指帝王车驾，这里指仙人车驾。月华：月光，月色。

(6) 蔼：即“蔼蔼”，云气很盛的样子。

(7) 暎：同“映”。

(8) 雾帐：如帐幔的云雾。

(9) 蓬台：仙人所居之处。

(10) 流精：传说中的楼阙名。《文选·陆倕》：“北荒明月，西极流精。”李善注引东方朔《十洲记》：“昆仑山有三角，其角一正东有墉城，有流精之阙，西王母所治也。”旻：天，天空。

(11) 天葩：非凡的花。

(12) 空嗟：空叹。

咏飞仙室诗(1)

岩堂隐星霄，遥檐驾云飞。郑公乘日至(2)，道士投霞归(3)。

【注释】

(1) 飞仙室：乃仙家境界，气势壮阔。

(2) 郑公：诗人自称。乘日：谓乘坐日车。语出《庄子·徐无鬼》："有长者教予曰：'若乘日之车而游于襄城之野。'"

(3) 投：向。

阳　固

固，字敬安，北平无终人(1)。太和中为大将军刘昶法曹参军，累迁尚书侍御史。明帝即位，除尚书考功郎中。京兆王继为司徒，辟为从事中郎。府解，除前军将军。正光四年卒(2)，年五十七。

【注释】

(1) 无终：在今天津蓟县一带。

(2) 正光：北魏孝明帝元诩的年号，520 年七月—525 年六月。

刺谗诗(1)

《北史》曰："宣武末中尉王显当权，固每直言其过，以此衔固(2)。又有人间之，显因奏固免官，遂阖门自守，作《刺谗》、《疾幸》诗二首。"

巧佞巧佞(3)，谗言兴兮。营营习习(4)，似青蝇兮(5)。以白为黑，在汝口兮。汝非蝮虿(6)，毒何厚兮(7)。巧佞巧佞[1]，一何工矣。伺间伺忿[2](8)，言必从矣。朋党噂沓(9)，自相同矣。浸润之谮(10)，倾人墉矣(11)。成人之美，君子贵焉。攻人之恶，君子愧焉[3]。汝何人斯，谮毁日繁。予实无罪[4]，何骋汝言[5](12)。番番缉缉(13)，谗言侧入(14)。君子好谗，如或弗及。天疾谗说，汝其至矣。无妄之祸(15)，行将及矣。泛泛游凫(16)，弗制弗拘。行藏之徒，或智或愚。维余小子[6]，未明兹理。毁与行俱，言与衅起(17)。我其惩矣，我其悔矣。岂求人兮，思恕在己[7]。

【校记】

[1] 巧佞巧佞：《魏书》作"巧巧佞佞"。《北史》同。

[2] 伺：《魏书》、《北史》作"司"。下同。

[3] 愧：《魏书》、《北史》作"耻"。

[4] 予：《北史》作"子"。

[5] 何骋汝言：《魏书》作"骋汝诡言"。

[6] 子：《魏书》作"人"。

[7] 思：《魏书》作"忠"。《北史》同。

【注释】

(1) 刺谗：讽刺奸佞之徒之谗言可鄙。

(2) 衔：藏在心中，怀恨。

(3) 巧佞：机巧奸诈，阿谀奉承。

(4) 营营：象声词，拟苍蝇飞舞声，形容苍蝇往来的样子。习习：盛多之貌。

(5) 青蝇：苍蝇。诗以苍蝇比喻谗人，《诗·小雅·青蝇》："营营青蝇，止于樊，岂弟君子，无信谗言。"

(6) 蝮（fù）虿（chài）：蛇、蝎类的毒虫的古称。泛指有毒的物类。

(7) 厚：深，多。

(8) 伺间：利用空隙或漏洞。伺忿：瞅准别人生气的时候。

(9) 噂（zǔn）嗒（tà）：议论纷纷。

(10) 浸润：像水一样慢慢渗入。谮（zèn）：无中生有地说人坏话。

(11) 墉：城墙。

(12) 骋：发挥，施展。

(13) 番番（bō）：一次又一次。缉缉（jī）：附耳私语声，多形容花言巧语。

(14) 侧入：从旁而入。

(15) 无妄：六十四卦卦名之一。乃论述料想不到的祸福的卦。

(16) 游凫：指浮游的野鸭。

(17) 衅：祸乱，祸患。

疾幸诗(1)

彼谄谀兮，人之蠹兮(2)。刺促昔粟(3)，罔顾耻辱(4)。以求媚兮，邪干侧入(5)。如恐弗及，以自容兮。志行褊小[1](6)，好习不道(7)。朝挟其车，夕承其舆(8)。或骑或徒(9)，载奔载趋。或言或笑，曲事亲要(10)。正路不由，邪径是蹈(11)。不识大猷(12)，不知话言。其朋其党，其徒实繁。有诡其行，有佞其音。籧篨戚施(13)，邪媚是钦(14)。既谗且妒[2](15)，以逞其心。是信是任，乱是以多[3]。其始不慎[4]，末如之何。习习宰嚭(16)，营营无极。梁丘寡智(17)，王鲋浅识(18)。伊戾息夫(19)，异世同力。江充赵高(20)，甘言似直(21)。竖刁上官(22)，擅生羽翼(23)。乃如之人，僭爽其德(24)。岂徒丧邦，又亦覆国。嗟尔中下，其亲其昵。不谓其非，不觉其失。好之有年，宠之有日。我思古人，心焉若疾。百凡君子[5]，宜其慎矣。覆车其鉴[6]，近可信矣。言既备矣，事既至矣。反是不思，维尘及矣。

【校记】

[1] 褊：原作"偏"，《魏书》作"褊"，《北史》同，据改。

[2] 谗且妒：《魏书》作"诡且妬"。

[3] 乱是：《魏书》、《北史》作"败其"。《诗纪》云："《北史》作'败其'。"

[4] 其：《北史》作"不"。

[5] 百凡：《魏书》作"凡百"。《北史》同。

［6］其：《魏书》作“之”。《诗纪》云：“一作‘之’。”

【注释】

（1）疾幸：痛斥佞幸小人。

（2）蠹：蛀蚀器物的虫子。

（3）刺促：忙碌急迫。昔粟：犹“窸窣”，形容轻微细碎的声，这里形容鬼鬼祟祟。

（4）罔顾：不顾及，罔，无，没有。

（5）邪干：以不当的方式进见。侧入：见前诗注（14）。

（6）志行：志向和操行。褊小：气量狭窄。

（7）不道：无道，胡作非为。

（8）“朝挟”二句：谓早晚随侍车的左右，竭力趋奉。

（9）徒：徒步行走。

（10）曲事：曲意奉事。亲要：贵戚势要。

（11）蹈：行。

（12）大猷：谓治国大道。

（13）籧（qú）篨（chú）：亦作“籧蒢”。有丑疾不能俯身的人。戚施：比喻谄谀献媚的人。

（14）钦：敬佩，恭敬。

（15）姤：疑当作“诟”，辱骂。

（16）宰嚭：即太宰嚭。本名伯嚭，系春秋时楚伯州犁之孙。楚诛伯州犁，伯嚭奔吴，吴以为大夫，后任太宰，故称太宰嚭。伯嚭谄事吴王夫差，谗毁伍子胥，最终导致吴国被越所灭。

（17）梁丘：梁丘据，春秋时齐国大夫，很得齐景公欢心。齐景公曾说：“唯据与我和夫。”（《左传·昭公二十年》）

（18）王鲋：乐王鲋也叫乐桓子。为春秋晋国晋平公时大夫。乐王鲋得宠于晋平公，但叔向说他只是一个“从君者”。（《左传·襄公二十一年）

（19）伊戾：春秋宋寺人，诬告太子勾结楚国欲作乱，事明被烹。息夫：息夫躬，字子微，西汉河内河阳人。汉哀帝初，召待诏，因告发东平王谋逆事，擢光禄大夫左曹给事中，封宜陵侯。后失宠，下狱，死。

（20）江充：汉邯郸人，此引江充诬告太子行丞蛊事。赵高：秦宦官，始皇死于沙丘，二世立，赵高大权独揽。

（21）甘言：动听的话。

（22）竖刁：春秋齐之宦官。上官：上官大夫，与屈原同时，以谗言中伤屈原，楚怀王因而疏远屈原。

（23）羽翼：党羽。

（24）僭爽：虚伪，违背。

北魏孝明帝元诩

诩，宣武帝第二子，延昌元年立为皇太子。四年正月即位，改元五：熙平、神龟、正光、孝昌、武泰。在位十三年，武泰元年卒，年十九。谥曰孝明皇帝。

幸华林园宴群臣于都亭曲水赋七言诗

化光造物含气贞[1]，恭己无为赖兹英[2]。（帝）

【注释】

（1）化光：德化光大。造物：创造事物。

（2）恭己：谓恭谨以律己。英：杰出人物。

北魏孝庄帝元子攸

子攸，彭城王勰第三子。明帝时，封武城县公，进封长乐王。明帝崩，尔朱荣立之为帝，改元永安。三年，为尔朱兆所弑，年二十四。谥曰孝庄皇帝。

临终诗

《伽蓝记》曰：庄帝既诛尔朱荣，右仆射尔朱世隆至高都，立长广王晔为主，遣颍川王尔朱兆举兵向京师。大军失利，遂执帝还晋阳，缢于三级寺。帝临崩作诗曰：

权去生道促[1]，忧来死路长。怀恨出国门[2]，含悲入鬼乡。隧门一时闭[3]，幽庭岂复光[4]。思鸟吟青松，哀风吹白杨。昔来闻死苦，何言身自当[5]。

【注释】

（1）权：权势。生道：生存之道。促：缩解，短促。

（2）国门：都城之门。

（3）隧门：迎着大门的道路。

（4）幽庭：幽深的庭院。

（5）当：承受。

北魏节闵帝元恭

恭，字修业，广陵惠王羽之子。正始中，袭爵，位给事黄门侍郎。庄帝崩，尔朱世隆等奉帝即位，改元普泰。二年，为高欢所杀，年二十。

诗

朱门久可患[1]，紫极非情玩[2]。颠覆立可待，一年三易换。时运正如此，惟有修真观[3]。

【注释】

（1）朱门：红漆门。古代王侯贵族的住宅大门漆成红色，表示尊贵。

（2）紫极：紫微垣为皇极之地，因称帝王宫殿为紫极。

（3）真观：即真空观，佛教术语，就是无人无我无众生无寿者相。

联句诗

《北史》曰：普泰二年正月乙酉，中书舍人元翙献酒肴。帝因与元翌及孝通等兼奏弦管，命翙吹笛，帝亦亲和之。因使元翌等嘲，以酒为韵。孝通曰云云，帝曰：‘卿所谓寿，岂容徒然？’便命酌酒赐孝通，仍命更嘲，不得中绝。孝通即竖忠为韵，翙曰云云。

既逢尧舜君，愿上万年寿。（孝通）平生好玄默(1)，惭为万国首。（帝）

圣主临万机(2)，享世永无穷。（元翙）岂唯被丰草(3)，方亦及昆虫(4)。（孝通）朝贤既济济，野苗又芃芃(5)。（元翌）君臣体鱼水(6)，书轨一华戎(7)。（帝）微臣信庆渥(8)，何以答华嵩(9)。（孝通）

【注释】

（1）玄默：沉静无为。

（2）万机：指帝王日常的纷繁政务。

（3）被：覆盖。

（4）昆虫 ：虫类的统称。

（5）芃芃（péng）：形容植物茂盛。

（6）体：体验。

（7）一：统一。华戎：华夏族和少数民族。

（8）微臣：卑贱之臣。常用作谦词。庆渥（wò）：恩泽。

（9）华嵩：华山与嵩山，形容恩德广大深厚。

崔　　鸿

鸿，字言鸾。历为彭城工国左常侍、尚书虞曹郎中、给事中兼祠部郎、镇南行台长史、三公郎中、员外散骑常侍、中散大夫、司徒长史。正光初，撰高祖世宗《起居注》。孝昌初，拜给事黄门侍郎，加散骑常侍、齐州大中正。寻卒，有《十六国春秋》一百二卷。

咏宝剑诗

宝剑出昆吾(1)，龟龙夹采珠。五精初献术(2)，千户竟论都。匣气冲牛斗(3)，山形转鹿卢(4)。欲知天下贵，持此问风胡[1](5)。

【校记】

[1]《御览》三百四十四作“梁崔鸿”。

【注释】

(1) 昆吾：山名，《山海经·中山经》："又西二百里曰昆吾之山，其上多赤铜。"

(2) 五精：五方之星。

(3) 牛斗：十八宿中的斗宿和牛宿。晋雷焕见斗牛间有异气，认为那是"宝剑之精，上彻于天耳"。后雷焕为丰城令，在县监狱掘得一个石函，中有龙泉、太阿二宝剑。事见《晋书·张华传》。

(4) 鹿卢：剑名，因剑柄端作鹿卢形，故名。

(5) 风胡：亦称"风胡子"、"风壶"，春秋时楚人，精于识剑。

冯元兴

元兴，字子盛，东魏郡肥乡人。仕为殿中郎，迁侍读。普泰初为光禄大夫，领中书舍人。出除东郡太守卒。

浮萍诗

《北史》曰：元兴世寒，因元乂之势，托其交道(1)，相为引用(2)。乂既赐死，兴亦被废，乃为《浮萍诗》以自喻。

有草生碧池，无根绿水上[1]。脆弱恶风波，危微苦惊浪。

【校记】

[1] 绿：《魏书》作"缘"。

【注释】

(1) 交道：交情。

(2) 引用：引荐任用。

北　魏　诗

卷　二

萧　综

综，字世谦，梁武帝第二子，封豫章王。普通四年为南兖州刺史，镇彭城。奔魏，历司徒太尉，尚寿阳公主。魏建义二年卒。

听钟鸣

《伽蓝记》曰：洛阳城东建阳里有台，高三丈，上作二精舍(1)。有钟，撞之，闻五十里，太后移在宫内，置凝闲堂。初，梁豫章王萧综闻此钟声，遂造《听钟歌》三首行于世。

历历听钟鸣(2)，当知在帝城。西树隐落月，东窗见晓星。雾露朏朏未分明(3)，乌啼哑哑已流声(4)。惊客思，动客情。客思郁纵横，翩翩孤雁何所栖。依依别鹤半夜啼，今岁行已暮。雨雪向凄凄，飞蓬旦夕起。杨柳尚翻低。气郁结(5)，涕滂沱。愁思无所托，强作《听钟歌》。

【注释】

(1) 精舍：最初是指儒家讲学的学社，后来也指出家人修炼的场所为精舍。
(2) 历历：分明可数。
(3) 朏朏（fěi）：日月初出，光明未盛之貌。
(4) 哑哑（yā）：象声词。禽鸟鸣声。
(5) 郁结：多指心情郁闷，有难以解开的缠结。

悲落叶

悲落叶，联翩下重叠(1)。重叠落且飞，从横去不归。长枝交荫昔何密，黄鸟关关动相失(2)。夕蕊杂凝露，朝花翻乱日。乱春日，起春风，春风春日此时同。一霜两霜犹可当，五晨六旦已飒黄(3)。乍逐惊风举(4)，高下任飘飏(5)。悲落叶，落叶何时还？夙昔共根本，无复一相关。各随灰土去，高枝难重攀。

【注释】

(1) 联翩：鸟飞的样子，形容连续不断。

(2) 关关：鸟鸣声。

(3) 飒黄：衰枯而变黄。

(4) 惊风：强烈的风。

(5) 飘飏：飘扬。飘动飞扬。

崔巨伦

巨伦，字孝宗，博陵安平人。以世宗挽郎，除冀州镇北府墨曹参军、太尉记室参军。庄帝三年卒。

五月五日诗

《魏书》曰：叔楷为殷州，巨伦在州陷贼。敛恤亡存(1)，为贼所义。葛荣闻其名(2)，欲用为黄门侍郎，巨伦心恶之。五月五日，集会官僚，令巨伦赋诗。巨伦乃曰：

五月五日时，天气已大热。狗便呀欲死(3)，牛复吐出舌。

【注释】

(1) 敛恤亡存：即“敛亡恤存”，收敛死者，救助生者。

(2) 葛荣：北魏末河北农民起义首领，初为怀朔镇（今内蒙古固阳西南）镇将，鲜卑族。武泰元年（528）九月，魏柱国大将军尔朱荣率精骑7000（一说骑兵7万）攻义军于滏口（今河北磁县西北），兵败被杀。

(3) 呀：张口。

董　绍

绍，字兴远，新蔡鲖阳人。起家四门博士，累迁洛阳刺史。尔朱天光以为行台从事(1)，贺拔岳请为开府谘议参军(2)。孝武西迁，除御史中丞。

【注释】

(1) 尔朱天光：(496—532)，北魏北秀容川（今山西朔县北）人。尔朱荣堂侄。荣南下，留镇肆州。建义元年（528），率贺拔岳、侯莫陈悦西讨万俟鬼奴起义军，俘鬼奴及萧宝寅等，坑杀义军一万七千人。孝庄帝被杀，与尔朱世隆立节闵帝。旋至夏州，镇压宿勤明达义军。后在与高欢争夺中，被杀。

(2) 贺拔岳：(？—534)，一名阿斗泥。神武尖山（今山西朔州）人，敕勒族。能左右驰射，骁勇过人。初从父兄参加镇压破六韩拔陵起义，后转投尔朱荣，为别将、都督。武泰元年（528），孝明帝暴崩，尔朱荣率兵赴洛阳。贺拔岳为先锋。尔朱荣在河阴杀死朝臣，意欲自立，贺拔岳谏阻，乃立孝庄帝。赐为樊城乡男。累迁左光禄大夫、武卫将军。永熙三年（534），在高欢的挑唆下，在平凉（今甘肃平凉西南）被侯莫陈悦所杀，部众被宇文泰所收，建立了西魏政权。

高平牧马诗

《北史》曰：绍为贺拔岳谘议参军，岳携绍于高平牧马。绍悲而赋诗曰：

走马川之阿[(1)]，马渴饮黄河。宁谓胡关下[(2)]，复闻楚客歌。

【注释】

（1）阿：河水弯曲之处。

（2）胡关：近胡地之关，如雁门、玉门，阳关之类。

卢元明

元明，字幼章，范阳涿人[(1)]。永安初，兼尚书令。孝武登阼[(2)]，迁尚书右丞，转散骑常侍。有集十七卷。

【注释】

（1）涿：北魏范阳郡涿县，范阳郡治所，在今河北省涿州市。

（2）登阼：即位，登上皇位。

晦日泛舟应诏诗[(1)]

轻灰吹上管[(2)]，落蓂飘下蒂[(3)]。迟迟春色华[(4)]，晼晼年光丽[(5)]。

【注释】

（1）晦日：农历每月的最后一天。

（2）“轻灰”句：古人将芦苇茎中的薄膜烧或灰，置于律管之中，存放在门户密封的室中，到了某一气节，相应律管中的灰就会自动飞动，以此测定气节。

（3）蓂（míng）：蓂荚，传说中尧时的一种瑞草。亦称“历荚”。

（4）迟迟：舒缓貌。

（5）晼晼：日将暮。

梦友人王由赋别诗

自兹一去后，市朝不复游[(1)]。

【注释】

（1）市朝：市，交易买卖的地方。朝，官府治市的处所。因指市朝为争名夺利的地方。

李　骞

骞，字希义，赵郡平棘人。位散骑常侍、尚书左丞。使梁，坐事免。后除黄门侍郎。死于晋阳。

赠亲友

《北史》曰：骞为尚书左丞，坐免(1)，论者以为非罪(2)。骞尝赠亲友卢元明、魏收诗，盖失职之志云。

幽栖多暇日(3)，总驾萃荒坰(4)。南瞻带宫雉(5)，北睇拒畦瀛(6)。流火时将末(7)，悬炭渐云轻(8)。寒风率已厉，秋水寂无声。层阴蔽长野(9)，冻雨暗穷汀(10)。侣浴浮还没，孤飞息且惊。三褫俄终岁(11)，一丸曾未营(12)。闲居同洛涘(13)，归身欵武城(14)。稍旅原思藿(15)，坐梦尹勤荆(16)。监河爱斗水[1](17)，苏子惜馀明[2](18)。益州达友趣[3](19)，廷尉辩交情(20)。岂若忻蓬荜(21)，收志偶沉冥(22)。

【校记】

[1] 斗：《北史》作“升”。《诗纪》云：“一作‘升’。”

[2] 惜：《诗纪》作“借”。

[3] 友：《魏书》误作“反”。

【注释】

(1) 坐免：因事或因罪免职。

(2) 非罪：不获罪。

(3) 幽栖：隐居。

(4) 总驾：驰驱车马。萃：聚。荒坰（jiōng）：郊野。

(5) 宫雉：皇宫的围墙。雉，古代计算城墙体积的单位。

(6) 睇（dì）：视，望。拒：对。畦：田地的量词，这里指田地。瀛：池泽。

(7) 流火：《诗经·豳风·七月》：“七月流火，九月授衣。”火，星名，或称大火星，即星宿。夏历五月黄昏，火见于正南方，方向最正而位置最高。夏历七月，星的位置由中天逐渐而降，知暑将退而秋将至。这里指七月。

(8) 悬炭：古代测度夏至、冬至的方法。谓悬土、炭于衡器两端，轻重平均。冬至一阳生，则炭重而沉；夏至一阴生，则土重而沉。见《史记·天官书》。

(9) 层阴：指密布的浓云。

(10) 汀：水边平地，小洲。

(11) 三褫（chǐ）：《易·讼》：“上九，或锡之鞶带，终朝三褫之。”意为虽赐之以鞶带，但一天之内又三次剥夺。此处指革除官职。终岁：一年到头。

(12) 一丸：指弹丸之地。一块很小的地方。营：筹划，寻求。

(13) 洛涘：洛水边。潘岳《闲居赋》：“于是退而闲居，于洛之涘。”

(14) 欵：同“款”，至。武城：县名，属山东省。

(15) 原思：即原宪，字子思，孔子弟子。藋（diào）：灰藋，别名小藜、小叶藜等，为一年生草本植物。

(16) 尹勤：《东观汉记》卷十六：“尹勤治《韩诗》，事薛汉。身牧豕，事亲至孝，无有交游，门生荆棘。”

（17）“监河”句：《庄子·外物》：“庄周家贫，故往贷于监河侯。监河侯曰：‘诺，我将得邑金，将贷子三百金，可乎？’庄子忿然作色曰：‘周昨来，有中道而呼者，周顾视，车辙中有鲋鱼焉。’周问之曰：‘鲋鱼来，子何为者耶？’对曰：‘我东海之波臣也，君岂有斗升之水而活我哉？’周曰：‘诺，我且南游吴、越之王，激西江之水而迎子，可乎？’鲋鱼忿然作色曰：‘吾失吾常与，我无所处。吾得斗升之水然活耳。君乃言此，曾不如早索我于枯鱼之肆！’”

（18）“苏子”句：《战国策·秦策二》：“甘茂去秦，且之齐。出关，遇苏子。曰：‘君闻夫江上之处女乎？’苏子曰：‘不闻。’曰：‘夫江上之处女，有家贫而无烛者，处女相与语，欲去之。’家贫无烛者将去矣，谓处女曰：‘妾以无烛故，常先至扫室布席。何爱馀明之照四壁者？幸以赐妾，何妨于处女？妾自以有益于处女，何为去我？’处女相语以为然，而留之。今臣不肖，弃逐于秦而出关，愿为足下扫室布席，幸无我逐也！’苏子曰：‘善。请重公于齐。’”苏子即苏秦。

（19）“益州”句：西汉王吉（？—前48），字子阳，琅琊皋虞（今山东省即墨市）人，曾任益州刺史。“吉与贡禹为友，世称‘王吉在位，贡禹弹冠’，言其取舍同也。”（《汉书·王吉传》）

（20）“廷尉”句：《史记·汲黯郑当时列传》：“下邽翟公有言，始翟公为廷尉，宾客阗门；及废，门外可设雀罗。翟公复为廷尉，宾客欲往，翟公乃大署其门曰：‘一死一生，乃知交情，一贫一富，乃知交态。一贵一贱，交情乃见。’”

（21）蓬荜：蓬门荜户，贫者所居。

（22）沉冥：幽居匿迹。

赠明少遐诗

《酉阳杂俎》曰：梁遣黄门侍郎明少遐、兼通直散骑常侍贺文发，宴魏使李骞、崔劼。温凉毕，少遐咏骞赠其诗云云，依依然可想。骞曰：“未若‘灯花寒不结’，最拊时事。”少遐报诗中有此语。

萧萧（一作肃）风帘举[1]。

【注释】

（1）萧萧：摆动之貌。

祖　莹

莹，字元珍，范阳遒人。孝文时，拜太学博士，累迁国子祭酒，领给事黄门郎。孝武登阼[1]，封文安县子。天平初，以功迁仪同三司[2]，进爵为伯，卒。

【注释】

（1）登阼：登上皇位。

（2）仪同三司：官名。始于东汉。本意指非三公（司马、司徒、司空）而给以与三公同等的待遇。魏晋以后，将军开府置官属者称开府仪同三司。至南北朝末，遂以仪同三司为一种官号，并置开府仪同大将军、仪同大将军等官。

悲彭城

《北史》曰：尚书令王肃于省中咏《悲平城》诗，彭城王勰甚嗟其美，欲使更咏，乃失语云："公可更为诵《悲鼓城》诗?"肃戏勰云："何意呼悲平城为彭城也?"勰有惭色，莹在座，即云："悲彭城，王公自未见。"肃云："可为诵之。"莹应声为之，肃甚嗟赏(1)，勰亦大悦。

悲彭城(2)，楚歌四面起。尸积石梁亭，血流睢水里(3)。

【注释】

（1）嗟赏：犹赞赏，叹赏。

（2）彭城：今江苏铜山县。

（3）睢水：古水名，也名睢河。

鹿　悆

悆，字永吉，济阴乘氏人(1)。初为真定公元子直国中尉，累迁金紫光禄大夫、兼尚书右仆射。天平中，除梁州刺史，为反者郑荣业执送关中。

【注释】

（1）济阴：今山西省荣河县境。

讽真定公诗二首

《北史》曰：悆为真定公元子直国中尉，恒劝以忠廉之节，尝赋五言诗云云。子直少有令闻，悆欲善其终，故以讽焉。

峄山万丈树(1)，雕镂作琵琶。由此材高远，弦响藹中华(2)。

援琴起何调(3)，幽兰与白雪(4)。丝管韵未成(5)，莫使弦响绝(6)。

【注释】

（1）峄山：又名"邹峄山"、"邹山"、"东山"，邹城市东南。据《尚书·禹贡》，徐州的贡品有"峄山孤桐"，为制作乐器的优质材料。

（2）藹：盛多的样子。中华：我国古代华夏族兴起于黄河流域，居四方之中，因称其地为中华，亦称中原、中国，后来中华遂成为我国的称号。

（3）援：执，持。

（4）"幽兰"句：《幽兰》与《白雪》都是古琴曲名。宋玉《讽赋》："中有鸣琴焉，臣援而鸣之，为《幽兰》、《白雪》之曲。"

（5）丝管：弦乐器和管乐器。

（6）绝：尽，断绝。

李　谐

谐，字虔和，顿丘人，受父前爵彭城侯。自太尉参军历尚书郎、北海王颢抚军司马，入为中书侍郎，加辅国将军、相州大中正、光禄大夫，除金紫光禄大夫。元颢入洛，以为给事黄门侍郎。孝静初，征为魏尹，兼散骑常侍，为聘使主。至石头，转秘书监。武定二年卒，年四十九。有录行于世。

释奠诗(1)

沛泽南朝(2)，峒山北面。帝曰师氏，陈牲委奠(3)。神具醉止，薄言嘉宴(3)。

【注释】

（1）释奠：古代学校的一种典礼，陈设酒食以祭奠先圣先师。

（2）沛泽：指古代沛邑的大泽，相传为汉高祖斩白蛇之处。

（3）陈牲：陈列牺牲。委奠：摆设祭品。

（4）薄：发语词。言：发语词。

江浦赋诗

《谈薮》曰：李谐，彭城王嶷之孙，尚书平之子。俊爽有才辩，为黄门侍郎，除散骑常侍，为聘梁使。事毕，江浦赋诗曰：

帝献二仪合(1)，黄华千里清(2)。边笳城上响，寒月浦中明。

【注释】

（1）二仪：天地。

（2）黄华：似为河流名，今不详。

（3）边笳：亦作“边加”，即胡笳。我国古代北方边地少数民族的一种乐器，类似笛子。

常　景

景，字永昌，河内温人。孝文时为门下录事，累迁车骑将军、右光禄大夫、秘书监，曾拟刘琨作《扶风歌》十五首(1)。永安二年，除中军将军、黄正门。永熙二年，监议事。武定八年卒。

【注释】

（1）扶风歌：是西晋刘琨在公元307年（晋怀帝永嘉元年）受任并州刺史，九月末自京城洛阳前往并州治所晋阳（今山西太原西南）途中所作。充分反映途中的艰辛情状和胸间的忠愤，慷慨悲凉，是我国中世纪诗歌创作中一篇罕见的杰作。

赞四君诗四首

《北史》曰：景淹滞门下，积岁不至显官。以蜀司马相如、玉褒、严君平、扬子云皆有高才而无重位，乃托意以赞之。

长卿有艳才(1)，直致不群性(2)。郁若春烟举(3)，皎如秋月映。游梁虽好仁(4)，仕汉常称病(5)。清贞非我事(6)，穷达委天命(7)。

王子挺秀质(8)，逸气干青云(9)。明珠既绝俗，白鹄信惊群(10)。才世苟不合，遇否途自分(11)。空枉碧鸡命(12)，徒献金马文(13)。

严君情沈静[1](14)，立志明霜雪。味道综微言(15)，端蓍演妙说(16)。才屈罗仲口(17)，位结李强舌(18)。素尚迈金贞[2](19)，清标陵玉彻[3](20)。

蜀江导清流，扬子挹馀休(21)。含光绝后彦(22)，覃思邈前修(23)。世轻久不赏，玄谈物无求(24)。当途谢权宠(25)，置酒得闲游(26)。

【校记】

［1］君：《初学记》作“公”。情：《初学记》作“体”。

［2］尚：《初学记》作“节”。

［3］彻：《初学记》作“澈”。

【注释】

(1) 艳才：写作美妙文章的才能。《汉书·叙传》：“文艳用寡，子虚乌有。”

(2) 直致：直而没有曲折。不群：卓然特立，与众不同。

(3) 郁：茂盛貌。春烟：春天水泽、草木间蒸发的雾气。

(4) 游梁：《汉书·司马相如传》：“相如因病免，客游梁，得与诸侯游士居。”

(5) 称病：《史记·司马相如传》：“相如常有消渴疾，尝称病闲居，不慕官爵。”

(6) 清贞：清白坚贞。

(7) 穷达：困厄与显达。委：顺从。

(8) 秀质：美质。

(9) 逸气：超脱世俗的气概、气度。干：干犯，抵触。

(10) 白鹄：三国时代的名马，又名“白鹤”。为曹氏一族所拥有的名马，三国时谚曰：“凭空虚跃，曹家白鹤。”

(11) 遇否：遇不遇。《汉书·扬雄传》：“遇不遇，命也。”

(12)“空枉”句：《汉书·王褒传》：“后方士言益州有金马、碧鸡之宝，可祭祀致也，宣帝使褒往祀焉。褒于道病死，上闵惜之。”

(13) 金马：金马门，汉代官门名。西汉故事，凡才学之士被征召，都待诏金马门。《汉书·王褒传》：“益召高材刘向、张子乔、华龙、柳褒等待诏金马门。”又“上乃征褒。既至，诏褒为圣主得贤臣，颂其意。”

(14) 沈静：即“沉静”。沉稳闲静，平静。

(15) 味道：体会道理。微言：精深微妙的言辞。

（16）蓍（shī）：蓍草。古代常以其茎用作占卜。演：推演。

（17）“才屈”句：《高士传》：“有富人罗冲者问君平曰：‘君何以不仕?’曰：‘无以自发。’冲为君平具车马衣粮。君平曰：‘吾病耳，非不足也。我有馀而子不足，奈何以不足奉有馀?’冲曰：‘吾有万金，子无儋石，乃云有馀，不亦谬乎!’君平曰：‘吾前宿子家，人定而役未息，昼夜汲汲，未尝有足。今我以卜为业，不下床而钱自至，犹馀数百，尘埃厚寸，不知所用，此非我有馀而子不足耶?’冲大惭。”

（18）“位结”句：《汉书·扬雄传》：“扬雄仕京师，数为朝廷在位贤者称君平德。杜陵李强素善雄，久之为益州牧，喜谓雄曰：‘吾真得严君平矣!’雄曰：‘君备礼以待之，彼人可见而不可得离也。’强心以为不然。乃至蜀，致礼与相见，卒不敢言以为从事，乃叹曰：‘扬子云诚知人。’”

（19）迈：超过。金贞：如金之坚贞。

（20）陵：超越，逾越。

（21）挹：取。休：美善。

（22）含光：蕴含光彩。后彦：后来的才俊。

（23）覃思：深思。邈：通“藐”，轻视，小看。前修：犹前贤。

（24）玄谈：玄远的谈论。《汉书·扬雄传》：“子云少好学，博览无所不见，以为经莫大于《易》，故作《太玄》。”

（25）当途：指掌握政权，也指掌握政权的人。权宠：指受君王宠幸而有权势的人。

（26）置酒：《汉书·扬雄传》：“雄家贫嗜酒，好事者载酒肴从游学。”

褚　绢

戏为诗

《南史》曰：褚绢在魏，魏人欲用之。魏元会[1]，绢戏为诗曰：

帽上着笼冠[2]，袴上着朱衣[3]。不知是今是，不知非昔非。

【注释】

（1）元会：皇帝于元旦朝会群臣。

（2）笼冠：汉代的武弁大冠，是古代形如覆杯、前高后锐，以白鹿皮所做的弁和帻的复合体。

（3）袴：同“裤”。朱衣：红色的公服。

温子昇

子昇，字鹏举，冤句人。宣武时为广阳王渊客。熙平初，补御史，历朝请、李神俊荆州录事参军。建义初为南主客郎中。元颢入洛，以为中书舍人。孝庄还宫，复为舍人，迁散骑常侍、中军大将军。齐文襄引为大将军谘议参军，见疑，下晋阳狱，饿死。有集三十九卷。

白鼻騧[1]

少年多好事，揽辔向西都。相逢狭斜路[2]，驻马诣当垆[3]。

【注释】

(1) 騧（guā）：体黄嘴黑的马。

(2) 狭斜：狭窄弯曲。

(3) 当垆：卖酒的代称。垆，放酒坛的土墩。

结袜子[1]

谁能访故剑[2]，会自逐前鱼[3]。裁纨终委箧[4]，织素空有馀[5]。

【注释】

(1) 结袜子：乐府古辞名。

(2) 故剑：古代女子称谓。汉宣帝娶民间女子为妻。即位后公卿议立霍光之女为后，宣帝下诏“求微时故剑”。大臣领司其意，议立民女许氏为后。后以此称结发之妻。

(3) 前鱼：引魏王与龙阳君事，后以前鱼喻失宠背弃的人。《战国策·魏策四》：“魏王与龙阳君共船而钓，龙阳鱼得十馀鱼而泣下。王曰：‘有所不安乎？如是，何不相告也?’对曰：‘臣无敢不安也。’王曰：‘然则何为涕出?’曰：‘臣为王之所得鱼也。’王曰：‘何谓也?’对曰：‘臣之始得鱼也，臣甚喜，后得又益大，今臣直欲弃臣前之所得矣。今以臣凶恶，而得为王拂枕席，今臣爵至人君，走人于庭，辟人于途。四海之内，美人亦甚多矣，闻臣之得幸于王也，必褰裳而趋王。臣亦犹曩臣之前所得鱼也，臣亦将弃矣！臣安能无涕出乎?’魏王曰：‘误！有是心也，何不相告也?’于是布令于四境之内，曰：‘敢有言美人者，族。’”

(4)“裁纨”句：班婕妤《怨歌行》：“新裂齐纨素，鲜洁如霜雪。裁为合欢扇，团团似明月。出入君怀袖，动摇微风发。常恐秋节至，凉飚夺炎热。弃捐箧笥中，恩情中道绝。”纨，精细的白色丝绸。箧：箱，大曰箱，小曰箧。

(5)“织素”句：《玉台新咏·古诗》：“新人工织缣，故人工织素。织缣日一匹，织素五丈馀。将缣来比素，新人不如旧。”

安定侯曲

封疆在上地[1]，钟鼓自相和。美人当窗舞，妖姬掩扇歌[2]。

【注释】

(1) 上地：肥沃的土地。

(2) 妖：艳丽妩媚。

敦煌乐[1]

客从远方来，相随歌且笑。自有敦煌乐，不减安陵调[2]。

【注释】

（1）敦煌乐：乐府杂曲歌辞之一。

（2）不减：不次于。安陵调：康金声《温子昇集笺校全译》："安陵调或为魏时谣俗杂歌，大约流行于安陵境内，故名。"按：北魏有安陵县，地在今河北吴桥县西北。

凉州乐歌二首(1)

远游武威郡(2)，遥望姑臧城(3)。车马相交错，歌吹日纵横。

路出玉门关，城接龙城坂(4)。但事弦歌乐[1]，谁道山川远。

【校记】

[1] 但：《初学记》作"阻"。

【注释】

（1）凉州：州名，治所在今甘肃省武威县。

（2）武威：位于甘肃省中部，河西走廊的东端。

（3）姑臧：武威郡之治所。

（4）龙城坂：后魏龙城县之大坂，地在今甘肃岷县。坂，山坡，斜坡。

捣衣诗

长安城中秋夜长，佳人锦石捣流黄(1)。香杵纹砧知近远(2)，传声递响何凄凉。七夕长河烂，中秋明月光。螮蝀塞边绝候雁(3)，鸳鸯楼上望天狼(4)。

【注释】

（1）锦石：有纹理的美石。流黄：褐黄色的物品。此处所指绢。

（2）香杵：捣衣棒槌的美称。砧：捶、砸或切东西的时候，垫在底下的器具。

（3）螮蝀塞：今居庸关。历史上又称军都关。螮蝀，即土蜂，又称细腰蜂，关上筑土室以候望，如螮蝀之掇土为房，故名。

（4）天狼：星名，在东南。在古代的星相学中，把天狼星视为胡兵、夷将，若有异动，则胡兵来犯。

从驾幸金墉城诗(1)

兹城实佳丽，飞甍自相并(2)。胶葛拥行风(3)，岧峣闷流景(4)。御沟属青洛(5)，驰道通丹屏(6)。湛淡水成文(7)，参差树交影。长门久已闭(8)，离宫一何静(9)。细草缘玉阶，高枝荫桐井。微微夕渚暗，肃肃暮风冷。神行扬翠旗(10)，天临肃清警(11)。伊臣从下列(12)，逢恩信多幸(13)。康衢虽已泰(14)，弱力将安骋。

【注释】

（1）金墉城：北魏初年为"河南四镇"之一。今称故址为阿斗城。

(2) 飞甍：高屋脊。比喻高大的屋宇。

(3) 胶葛：广阔长远的样子。

(4) 岧（tiáo）峣：山高峻、高耸之貌。闷：关闭，深闭。流景：闪耀的光彩。

(5) 御沟：流经皇宫的河道。属：连。青洛：指洛水。

(6) 驰道：本指秦王朝所修的国道，这里指宽阔的道路。丹屏：即“罘罳”，门屏。

(7) 湛淡：亦作“湛澹”。清澈。

(8) 长门：汉宫名。在今西安城东南。

(9) 离宫：古代帝王于正式宫殿之外别筑宫室，以便随时游处，谓之离宫，言与正式宫殿分离。

(10) 神行：指皇帝出行。翠旗：饰以翠羽的旗帜。

(11) 天临：上天照临下土。喻天子出行。清警：旧时帝王出行，清除道路，警戒行人。

(12) 伊：助词，无义。

(13) 信：诚然。

(14) 康衢：指四通八达的大路。

春日临池诗(1)

光风动春树(2)，丹霞起暮阴。嵯峨映连璧(3)，飘摇下散金(4)。徒自临濠渚(5)，空復抚鸣琴(6)。莫知流水曲(7)，谁辩游鱼心(8)。

【注释】

(1) 临池：来到池边。

(2) 光风：雨止日出时的和风。

(3) 嵯（cuō）峨：山高峻貌。这里指树的倒影形状如山。

(4) 飘摇：飘动，这里指水中的霞影动荡。

(5) 临濠渚：《庄子·秋水》：“庄子与惠子游于濠梁之上。庄子曰：‘儵鱼出游从容，是鱼之乐也。’惠子曰：‘子非鱼，安知鱼之乐?’庄子曰：‘子非我，安知我之不知鱼之乐。’惠子曰：我非子，固不知子矣；子固非鱼也，子之不知鱼之乐全矣!’庄子曰：‘请循其本。’子曰：‘汝安知鱼乐’云者，既已知吾知之而问我，我知之濠上也。’”濠，水名，在今安徽省境内。

(6) 抚鸣琴：《列子·汤问》：“伯牙善鼓琴，钟子期善听。伯牙鼓琴，志在高山，钟子期曰：‘善哉！峨峨兮若泰山!’志在流水，钟子期曰：‘善哉！洋洋兮若江河!’伯牙所念，钟子期必得之。”

(7) 流水曲：参见注（6）。

(6) 游鱼心：参见注（5）。

咏花蝶诗

素蝶向林飞，红花逐风散。花蝶俱不息，红素还相乱(1)。芬芬共袭予[1](2)，葳蕤从可玩[2](3)。不慰行客心[3]，遽动离居叹[4](4)。

【校记】

[1] 予：《诗纪》作“手”。

[2] 从：《文苑英华》作“徒”。

[3] 不：《文苑英华》作“可”。

[4] 居：《文苑英华》作“君”。注云：“疑作‘居’。”

【注释】

(1) 红素：红指花，素指蝶。

(2) 袭：接触，熏染。

(3) 葳（wēi）蕤（ruí）：形容羽毛装饰华丽鲜艳的样子。

(4) 遽：忽。

相国清河王挽歌(1)

高门讵改辙(2)，曲沼尚馀波(3)。何言吹楼下，翻成薤露歌(4)。

【注释】

(1) 清河王：即元怿，字宣仁。孝文帝第四子。博涉经史，有文才。

(2) 讵：何，岂。

(3) 曲沼：曲池，曲折迂回的池塘。

(4) 薤（xiè）露：薤上的露水。《薤露》为汉代的挽歌。

胡　叟

叟，字伦许，安定临泾人(1)。以姚氏将衰，遂入长安观风化(2)。后入沮渠牧犍(3)，不得志，乃归魏，赐爵复始男。好属文，善典雅之辞，工鄙俗之句。

【注释】

(1) 安定：今甘肃中部。

(2) 风化：风俗教化。

(3) 沮渠牧犍：北凉义和三年（433年）蒙逊去世，牧犍继立，即河西王位，改元永和。当时北魏一统华北已势不可挡，永和七年（439年）北魏攻姑臧，牧犍出降，北凉亡，北魏统一华北，牧犍也成为十六国时代最后一位君主。北魏太武帝太平真君八年（447年），有人密告牧犍谋反，遂被太武帝赐死，谥哀王。

示程伯达诗

《北史·本传》曰：叟入沮渠牧犍，牧犍遇之不重，叟乃为诗。示所知广平程伯达，其略曰：

群犬吠新客，佞暗排疏宾。直途既已塞[1]，曲路非所遵。望卫惋祝鮀(1)，眄楚悼灵均[2](2)。何用宣忧怀(3)，托翰寄辅仁(4)。

【校记】

[1] 已：《魏书》作“以”。

[2] 眄：《魏书》作“眄”。

【注释】

(1) 祝鮀：即祝佗，字子鱼，春秋时卫人，官大祝，孔子称其佞。

(2) 灵均：屈原别号灵均。

(3) 何用：何以。

(3) 托翰：寓情笔墨。辅仁：本指朋友之间互相帮助以成就仁义之道。《论语·颜渊》：“曾子曰：‘君子以文会友，以友辅仁。’”这里指朋友。

济阴王元晖业

晖业位司空、太尉，加特进，领中书监，录尚书事。北齐初，为文宣所杀。

感遇诗

《北史》曰：晖业在魏，以时运渐谢。不复图全，唯事饮啗(1)。尝赋诗曰：

昔居王道泰(2)，济济当群英。今逢世路阻，狐兔郁纵横(3)。

【注释】

(1) 饮啗：亦作“饮啖”，吃喝。

(2) 泰：通畅，安宁。

(3) 狐兔：狐和兔，以喻坏人、小人。

中山王元熙

熙，字子真。累迁光禄勋、湘州刺史。为元义所杀。

绝命诗二首

义实动君子，主辱死忠臣。何以明是节，将解七尺身(1)。（示寮吏）

平生方寸心，殷勤属知己(2)。从今一销化(3)，悲伤无极已。（别知友）

【注释】

(1) 解：剖开、分割肢体。

(2) 属（zhǔ）：连。殷勤：情感恳切。

(3) 销化：消散泯灭。

高孝纬

空城雀

百雉何寥廓[1]，四面风云上。纨素久为尘[2]，池台尚可仰。啾啾雀噪城，郁郁无欢赏[3]。日暮萦心曲，横琴聊自奖。

【注释】

（1）百雉：谓三百丈长的城墙。《左传·隐公元年》："都城过百雉，国之害也。"这里指城池。寥廓：冷清，冷落。

（2）纨素：精致洁白的细绢。

（3）郁郁：忧闷。

王　　容

大堤女

宝髻耀明珰[1]，香罗鸣玉佩[2]。大堤诸女儿，一一皆春态。入花花不见，穿柳柳阴碎。东风拂面来，由来亦相爱。

【注释】

（1）宝髻：初为古代女子发髻的一种，通常发髻上装饰有各种精美华丽的头饰，后泛指各种古代女子发式。明珰：用珠玉串成的耳饰。

（2）香罗：绫罗的美称。

王　　德[1]

【注释】

（1）王德：武川人，字天恩，以战功封深泽县男。除平凉郡守，虽不知书，但决断处分，良吏无以过。常从文帝征伐，累有战功，官至泾州刺史。卒谥"献"。

春　　词

春花绮绣色[1]，春鸟弦歌声。春风复荡漾，春女亦多情。爱将莺作友，怜傍锦为屏。回头语夫婿，莫负艳阳征[2]。

【注释】

（1）绮绣：彩色丝织品。

（2）艳阳：指春天的明媚春光。征：迹象。

周　南

晚妆诗

青楼谁家女(1)，当窗启明月。拂黛双蛾飞(2)，调脂艳桃发。舞罢鸾自羞(3)，妆成泪仍滑。愿托嫦娥影，寻郎纵燕越(4)。

【注释】

(1) 青楼：指显贵家之闺阁。

(2) 拂黛：以黛画眉。

(3) 鸾：凤凰之类的神鸟。

(4) 燕越：燕与越，言相去遥远。

祖叔辨

千里思

细君辞汉宇(1)，王嫱即虏衢(2)。寂寂人迳阻(3)，迢迢天路殊(4)。忧来似悬旆(5)，泪下若连珠(6)。无因上林雁(7)，但见边城芜。

【注释】

(1) 细君：人名，汉元封中，乌孙使献马，愿得尚汉公主，为昆弟。武帝乃遣江都王建女细君为公主，嫁乌孙王。汉宇：汉朝的疆宇。

(2) 王嫱：引昭君出塞事。虏：中国古代对北方外族的贬称。衢：大路，四通八达的道路。

(3) 寂寂：孤单，冷落。迳：同“径”。

(4) 迢迢：形容道路遥远或水流绵长。

(5) 悬旆（pèi）：亦作“悬旆”。比喻心神不安。《战国策·楚策一》：“寡人卧不安席，食不甘味，心摇摇如悬旆，而无所终薄。”

(6) 连珠：连成串的珍珠。

(7) 上林雁：《汉书·苏武传》：“（武）教使者谓单于，言天子射上林中，得雁，足有系帛书，言武等在某泽中。”这里指故国的书信。上林：秦汉时皇家园林，在今陕西西安、咸阳地区。

袁　曜

释奠诗(1)

南庠贵齿(2)，东学尚亲。卑躬下问，降礼师臣(3)。圆冠济济(4)，方领恂恂[5]。肄业既终[6]，舍奠爰始[7]。韶音递奏[8]，笙镛间起[9]。茨夏愔愔[10]，晬容亹亹[11]。德奢并惭，陈信焉耻。

【注释】

(1) 释奠：参见本卷李谐《释奠诗》注 (1)。

(2) 庠 (xiáng)：殷、周时代的学校。贵齿：犹尊老。谓尊重上了年岁的人。

(3) 降礼：礼节低于常规定例。师臣：对居师保之位或加有太师官号的执政大臣的尊称。

(4) 圆冠：圆形的帽子。儒生的装束。济济：众多的样子。

(5) 方领：直衣领。儒生的装束，指代儒生。恂恂：恭谨温顺的样子。

(6) 肄业：修习课业。

(7) 舍奠：即释奠。

(8) 韶音：犹言韶乐。《韶》：相传为舜时乐曲，孔子谓之尽善尽美。

(9) 笙镛：亦作“笙庸”。古乐器名。镛，大钟。

(10) 愔 (yīn) 愔：安和貌。

(11) 晬 (zuì) 容：谓容貌温和润泽。亹亹 (wěi)：本义缓慢流动，无止无休的意思，可以用来形容孜孜不倦。

张斐裳

五言诗

异林花共色[1]，别树鸟同声。

【校记】

[1] 林：一作“秋”。

宋道玙

道玙初以才学被召，与秘书丞孙惠蔚典校群书，复自太学博士转京兆王瑜法曹参军。

赠张始均诗

《魏书》曰：道玙又曾赠著作佐郎张始均诗[1]，其末章云云。道玙既不免难，始均亦遇世祸，时咸怪之。

子深怀璧忧[2]，余有当门病。

【注释】

(1) 张始均，字子衡，有文才，官著作佐郎，改陈寿《魏志》为编年之体，广益《异闻》为三十卷。

（2）怀璧：《左传·桓公十年》："虞叔有玉，虞公求旃。弗献，既而悔之，曰：'周谚有之，匹夫无罪，怀璧其罪。吾焉用此，其以贾害也。'乃献之。"喻怀才遭嫉。

文明太后冯氏

后长乐信都人，文成践极(1)，以贵人立为皇后(2)。

【注释】

（1）践极：登极，即位。

（2）"以贵人"句：冯氏本为文成帝后。帝崩，后自投火中，左右救之，乃苏。献文帝即位，尊为皇太后。乙浑谋逆，后密定大策，诛浑，遂临朝听政。后行不正，内宠李奕，帝因事诛之。后不得意，帝暴崩。孝文帝立，尊为太皇太后，复临朝。年四十九崩，谥"文明"。

青台歌(1)

青台雀，青台雀，缘山采花额颈着。

【注释】

（1）青台歌：《太平御览》卷一百七十八《居处部六》引《郡国志》："金河府青台，方山北五里，文明太后恒于六宫游戏，因歌曰：……其曲并在太乐部。"按：方山，在今山西省大同市北。

谢　　氏

赠王肃诗

《伽蓝记》曰：洛阳城南正觉寺，尚书令王肃所立也。肃在江南，娶谢氏女。及至京师，复尚公主。其后谢氏为尼来奔，作诗赠肃。公主亦代肃赠谢，肃闻之甚恨，遂造正觉寺以憩之。

本为箔上蚕(1)，今作机上丝。得路逐胜去[1](2)，颇忆缠绵时[2]。

【校记】

[1] 路：原作"络"，《洛阳伽蓝记》作"路"，据改。

[2] 缠：原作"纆"，《洛阳伽蓝记》作"缠"，据改。

【注释】

（1）箔：养蚕的器具，多用竹制成。

（2）得路：指仕途得意。逐胜：追寻胜景。

陈留长公主(1)

【注释】

（1）陈留公主：北魏孝文帝的第六妹。初封彭城公主，适刘承绪。承绪卒，寡居，改封陈留公主，又嫁王肃。肃卒，复寡居。

代答诗

针是贯线物[1](1)，目中恒任丝[2](2)。得帛缝新去，何能衲故时(3)。

【校记】

［1］线：原作“绅”，《洛阳伽蓝记》作“线”，据改。

［2］恒任：原作“长纴”，《洛阳伽蓝记》作“恒任”，据改。

【注释】

（1）缋：穿。

（2）目：指针眼儿。

（3）衲：缝补。此处谐音“纳”，含接纳之意。

北　魏　诗

卷　三

杂歌谣辞

咸阳宫人为咸阳王禧歌[1](1)

《魏书》曰：高祖崩，禧受遗辅政。性憍奢(2)，贪淫财色。姬妾数十，意尚不已。昧求货贿，奴婢千数，田业盐铁遍于远近。世宗览政，禧意不安，遂谋反。禧被擒获，送华林都亭(3)。世宗亲问事源，遂赐死私第。其宫人歌曰云云，其歌遂流至江表(4)，北人在南者，虽富贵，弦管奏之，莫不洒泣。

可怜咸阳王，奈何作事误。金床玉几[2]不能眠，夜踏霜与露[3]。洛水湛湛弥岸长(5)，行人那得渡。

【校记】

[1]《诗纪》百九并作“咸阳王歌”。又《太平御览》七百十引“误、露二韵”。

[2] 几：《魏书》作“肌”，《诗纪》同。

[3] 夜踏霜与露：《乐府诗集》作“夜起踏霜霜”，《诗纪》云：“一作‘夜起踏霜霜’。”

【注释】

(1) 禧：即元禧，献文帝二子，字永寿，太和中封咸阳王，加侍中，出为冀州刺史。孝文崩，禧受遗诏辅政，进位太保。性骄奢，贪淫财色，昧求货贿。宣武览政，禧意不安，以谋反诛。

(2) 憍：同“骄”。

(3) 华林都亭：北魏迁都洛阳后的司法审讯机关。

(4) 江表：指江南。

(5) 湛湛：水深貌。

河北民为裴侠歌[1](1)

《北史》曰：裴侠，大统中为河北郡守(2)。躬履俭素，爱民如子。郡旧有渔夫三十人以供郡守，侠悉罢之。又有丁三十人供郡守役，侠亦不私。并收庸为市官马，岁时既积。马遂成群。去职之日，一无所取。民歌之云：

肥鲜不食，丁庸不取(3)。裴公贞惠，为世规矩(4)。

【校记】

[1]《乐府诗集》八十六作“裴公歌”。《御览》二百六十二、《诗纪》百九作“裴公歌”。

【注释】

(1) 裴侠：解（相当于今山西省永济西南）人，字嵩和，幼聪慧异常，北魏正光年间奉朝请，从孝武西迁，赐爵清河县伯，从战沙苑，先锋陷阵，以功进侯爵，后为河北郡守。清慎奉公，号独立使君，孝闵时进公爵，累官工部中大夫，卒谥贞。

(2) 大统：西魏文帝年号，535年—551年。

(3) 丁庸：向官府交纳用于代替劳役的钱或物。

(4) 规矩：矫正圆形方形之器。这里指裴侠为人公正廉直。

时人为上高里歌

《洛阳伽蓝记》曰：迁京之始(1)，朝士住其中，迭相讥刺，竟皆去之。惟有造瓦者止其内，京师瓦器出焉。世人歌曰：

洛阳城北上高里，殷之顽民昔所止(2)。今日百姓造甕子(3)，人皆弃去住者耻。

【注释】

(1) 迁京：指的是北魏孝文帝时将都城从平城（今山西大同）迁到洛阳的历史事件。

(2) 殷之顽民：指的是殷商的遗民。

(3) 甕：同“瓮”。

湘川渔者歌(1)

《水经注》曰：衡山东南二面(2)，临映湘川，自长沙至此(3)。江湘七百里，中有九背(4)。故渔者歌曰：

帆随湘转，望衡九面。

【注释】

(1) 湘川：指湘江。

(2) 衡山：今湖南境内名山。号称五岳之一，为南岳。

(3) 长沙：今湖南长沙市。

(4) 九背：形容江水曲折。

赵郡为李曾谣[1](1)

《北史》曰：李曾，道武时(2)，为赵郡太守(3)，令行禁止。并州丁零数为山东害(4)，曾能得百姓死力，不敢入境。贼于常山界得一死鹿(5)，贼长谓赵郡地也，责之，还令送鹿故处，其见惮如此。郡人为之谣曰：

诈作赵郡鹿，犹胜常山粟。

【校记】

[1]《诗纪》百九作“赵郡谣”。

【注释】

(1) 李曾：以教授为业，道武帝时征拜博士，出为赵郡太守，令行禁止，并州丁零惮不入境。

(2) 道武：指北魏道武帝拓跋珪（371—409）。

(3) 赵郡：今河北赵县。

(4) 并州：北魏时为今山西一代。丁零：魏晋南北朝时期活跃于蒙古高原的突厥系游牧民族，与中原时有冲突。山东：古时一般指峭山以东，指代中原。

(5) 常山：郡名，今河北正定县。

河东民为元淑谣[1](1)

《北史》曰：淑，字买仁。弯弓三百斤，善骑射。孝文时为河东太守。河东俗多商贾，罕事农桑。淑下车劝课(2)，躬往教示。二年间家给人足，为之谣曰：

泰州河东(3)，杼柚代舂(4)。元公至止，田畴始理(5)。

【校记】

[1]《诗纪》百九作“河东谣”。

【注释】

(1) 河东：河东郡，在今山西省西南部。

(2) 劝课：鼓励与督责。

(3) 泰州：今山西省永济市。

(4) 杼柚：织布机上的两个部件，此处泛指纺织。舂：用杵臼捣谷类等。

(5) 田畴：田地。

宣武孝明时谣(1)

《北史》曰：孝武帝永熙三年遇酖而崩(2)，初宣武孝明间谣云云。识者以为索谓魏本索发(3)。焦梨狗子指宇文泰(4)，泰小字黑獭也。

狐非狐，貉非貉，焦梨狗子啮断索(5)。

【注释】

(1) 宣武：北魏宣武帝元恪，公元499—515年在位。孝明：北魏孝明帝元诩，公元515年—528年在位。

(2) 孝武帝：北魏孝武帝元修，字孝则，北魏最后一位皇帝。永安三年，封为平阳王。普泰初年，转任侍中、镇东将军、仪同三司、兼为尚书右仆射，后又改加侍中、尚书左仆射。532年被高欢立为帝。534年与高欢决裂，高欢带兵从晋阳南下，孝武帝率众入关中投奔宇文泰，后被泰毒杀。永熙：孝武帝的第三个年号，公元532年12月—534年12月。酖：毒酒。

（3）索发：把头发编成像绳索一样的辫子，代指北魏。北魏统治者为鲜卑族，早期鲜卑族男子剃发，并将剩余头发编成几绺辫子。被中原人蔑称为"索虏"。

（4）焦梨狗子：皮肤像烧焦了梨木一样黑的、像狗一样的动物，暗指宇文泰。

（5）啮：咬。

孝明时洛下谣[1](1)

《北史》曰：永熙二年(2)，窦泰破尔朱荣(3)，神武入洛(4)。尔朱仲远部下有都督张子期自滑台归命[2](5)，神武斩之。斛斯椿由是不安(6)，乃与南阳王宝炬等构神武于魏帝(7)，故魏帝心贰于贺拔岳(8)。初，孝明之时，洛下以两拔相击(9)，谣言云云。好事者以二拔谓拓拔、贺拔，言俱将衰之兆。

铜拔打铁拔，元家世将末(10)。

【校记】

［1］《诗纪》百九作"二拔谣"。

［2］尔朱仲远：逯钦立《先秦汉魏晋南北朝诗》误作"尔朱仲"，据《魏书》列传六十二、六十三应为"尔朱仲远"。

【注释】

（1）孝明：参见前诗注（1）。洛下：洛阳。

（2）永熙：参见前诗注（2）。

（3）窦泰：字世宁，大安捍殊人也。先为统万镇将，累迁侍中、京畿大都督，寻领御史中尉。东魏天平三年（536），带兵攻打西魏，次年兵败自杀，追赠司徒。尔朱荣：（493—530），字天宝，北秀容（山西朔县西北）人，先世为契胡部酋长，祖先居于尔朱川（今山西西北部流经神池、五寨、保德县之朱家川），故以尔朱为姓氏，后为北魏权臣。在北魏后期政权中，尔朱荣凭借镇压人民起义，迅速壮大了其军事力量，擢为游击将军、冠军将军、平北将军、北道都督，后来加升大都督，统领并、肆、汾、广、恒、云六州诸军事。孝庄帝建义元年（528），他扶植北魏孝庄帝（元子攸）即位，女儿尔朱英娥又成为孝庄帝的皇后。并随后发动了河阴之变，"沉胡太后及幼主于河"，诱骗王公百官二千多人至河阴（今河南孟津县），以铁骑包围，尽杀之。从而完全掌控朝政。同年八月，尔朱荣镇压了葛荣领导的河北起义。永安三年（530）九月，孝庄帝计杀尔朱荣。

（4）神武：指北齐神武帝高欢。

（5）尔朱仲远：尔朱荣从弟，亦掌兵权。滑台：古地名。即今之河南省滑县。北魏时为军事要塞。归命：归顺。

（6）斛斯椿：斛斯椿，字法寿（493—534），广牧富昌人，北魏大臣。斛斯椿在六镇叛乱时奔投尔朱荣，因为人佞巧而颇得尔朱荣之喜好，随尔朱荣平定葛荣、讨伐元颢。尔朱荣被诛杀，斛斯椿依附萧衍所立汝南王元悦，当尔朱兆攻入洛阳后又背叛元悦，重新投入尔朱氏门下，官职也随之节节高升。高欢大败尔朱氏，斛斯椿尽杀尔朱氏部曲，降于高欢，但因自己数次反覆，惧为高欢所不容，便离间孝武帝元修与高欢，获得元修信任，掌握军政大权。534年，斛斯椿唆使元修出兵讨伐高欢，被击败，遂西逃入关中依附宇文泰，不久病死，北魏遂分裂为东西两部分。

(7) 宝炬：即西魏文帝元宝炬。公元535—551年在位。

(8) 魏帝：指北魏孝武帝元修。贺拔岳：北魏将领，后出走叛逃。

(9) 拔：同“钹”，打击乐器。

(10) 元家：北魏皇室由拓跋氏而改成汉姓元。意指北魏统治者。

清河民为宋世良谣[1]

《北史》曰：后魏宋世良(1)，孝庄时为清河太守(2)。才识闲明，尤善政术。郡东南有曲堤，成公一姓阻而居之(3)，群盗多萃于此，人为之语云云。世良施八条之制，盗奔他境。人又谣云云。

宁度东吴会稽[2](4)，不历成公曲堤(5)。

曲堤虽险贼何益(7)，但有宋公自屏迹[3](8)。

【校记】

[1]《乐府诗集》八十七作“曲堤谣”。《御览》二百六十二、《诗纪》百九作“曲隄谣”。

[2] 度：《太平御览》作“使”。

[3] 但：《太平御览》作“得”。

【注释】

(1) 后魏：指北魏。

(2) 孝庄：北魏孝庄帝，公元528—530年在位。清河：大体位置位于今河北省清河县一带。

(3) 成公：复姓。

(4) 会稽：郡名，秦置，治所在吴县，即今江苏东南部及浙江西部。

(5) 历：度，越过。

(6) 屏迹：敛迹，避匿。

洛中童谣二首

《北史》曰：尔朱彦伯(1)，节闵帝时封博陵郡王(2)，位侍中，及张劝等掩袭尔朱世隆(3)。神武执彦伯(4)，与世隆同斩于阊阖门(5)外。悬首于斛斯椿门树，先是洛中谣云云，至是并验。

三月末，四月初。扬灰簸土觅真珠[1]。

头去顶，脚根齐。驱上树，不须梯。

【校记】

［1］扬：原作“杨”。《太平御览》作“阳”。《魏书》、《北史》皆作“扬”，据改。真：《事类赋》作“珍”。

【注释】

（1）尔朱彦伯：尔朱荣从弟。

（2）节闵帝：北魏节闵帝元恭（498—532），531年—532年在位。永安三年（530）尔朱荣侄子尔朱兆从汾州（今山西汾阳）率骑兵入洛阳，杀孝庄帝，立元恭为帝。532年被高欢所废，其后毒死。谥号节闵帝，又称广陵王或前废帝。

（3）尔朱世隆：尔朱世隆（500—532），字荣宗。尔朱荣的堂弟。尔朱荣被北魏孝庄帝所杀，尔朱世隆兄弟和尔朱兆等四面齐攻都城，庄帝派遣前华阳太守段育前来谢罪，尔朱世隆将他杀死。后与尔朱度律等共推长广王元子晔为帝，世隆被封为开府仪同三司、尚书令、乐平郡王，加太傅，行司州牧，增邑五千户。至河阳与尔朱兆会合。张劝率骑逮获世隆，斩之。年仅三十三岁。张劝：疑为张欢。

（4）神武：见本卷《孝明时洛下谣》注（4）。

（5）阊阖门：北魏宫城的正南门。

西魏时童谣

《史通》曰：魏本索头[(1)]，故当时有童谣曰云云。诸如此类，难可弃遗。而《周史》以为其事非雅，略而不载。赖君懋编录[(2)]，故得权闻于后。

玃玃头团圞[(3)]。河中狗子破尔苑[(4)]。

【注释】

（1）索头：鲜卑旧俗，辫发于头，故称索头。

（2）君懋：王劭，字君懋，生卒年不详，太原晋阳（今山西太原）人。北齐北周时为中书舍人，入隋，任著作郎。著有《齐志》20卷，《齐书》100卷、《平贼记》3卷、《隋书》80卷。

（3）团圞：浑圆。

（4）苑：指宫殿。

东魏童谣

《魏纪》曰：孝武帝既入关，渤海王高欢议立清河王子善见[(1)]，以奉明帝之后[(2)]，是为孝静皇帝[(3)]。迁都于邺[(4)]，为东魏。自是军国政务皆归相府。先是童谣云云。按青雀子谓静帝。实清河王之世子[(5)]。鹦鹉谓齐神武，即高欢也。后竟为齐所灭。

可怜青雀子，飞来邺城里。羽翮垂欲成[(6)]，化作鹦鹉子。

【注释】

（1）善见：东魏孝静帝元善见，鲜卑族，孝文帝曾孙。公元534年—550年在位。

（2）明帝：指北魏孝明帝。

(3) 孝静皇帝：见注释(1)。

(4) 邺：今河北省临漳县，东魏都城。

(5) 清河王：元怿(487—520)，字宣仁。孝文帝第四子。封清河王。博涉经史，有文才。

(6) 羽翮(hé)：翅膀。

东魏武定末童谣(1)

《北齐书》曰：武定五年，神武崩(2)。七月戊戌，魏帝诏以文襄为渤海王(3)。辛卯，王遇盗而殂(4)。时年二十九，葬于峻成陵(5)。齐受禅，追谥为文襄皇帝，庙号世宗。时有童谣曰云云，识者以为王将殂之兆也。

百尺高竿摧折，水底燃灯灯灭[1](6)。

【校记】

[1] 灯：《隋书》作“澄”。

【注释】

(1) 武定：东魏孝静帝年号，公元543—550年。

(2) 神武：指高欢。

(3) 文襄：指高澄，高欢长子。因后被追谥为文襄皇帝，故称。

(4) 殂：死去。

(5) 峻成陵：在今河北磁县。

(6)“百尺”二句：“百尺高竿”暗示“高”，“水底燃灯”影射“澄”(繁体“灯”作“澄”)，“摧折”、“灯灭”皆有死亡之意。

祖珽引魏世谣(1)

《北齐书》曰：河间王孝琬骄矜自负(2)。河南王之死，诸王在宫莫敢举声，唯孝琬大哭而出，和士开与祖珽谮之(3)。初魏世谣言云云，珽以说曰：“河南、河北河间也，金鸡鸣，孝琬将建金鸡而大赦(4)。”帝颇惑之。

河南种谷河北生。白杨树头金鸡鸣。

【注释】

(1) 祖珽：传见《北齐诗》卷二作者小传。

(2) 河间：指今天的河北河间地区。孝琬：高澄第三子，封河间王。

(3) 和士开：和士开(524—571)，河北人。先世是西域胡人，姓素和氏，改为和氏。和士开最早投靠高湛。天保年初，高湛被封长广王(今山东平度)，和士开任开府行参军。太宁元年(561)，武成帝高湛即位，和士开任给事黄门侍郎。太宁四年，升为尚书右仆射。

(4) 金鸡：古代颁布赦诏时的仪仗，设金鸡于竿，鸡以黄金饰首，故名金鸡。

柳楷引谣(1)

《北史》曰：时山东、关西寇贼充斥，王师屡北(2)，人情沮丧。萧宝夤自以出师累年(3)，糜费尤广，一旦屡败，虑见猜责，内不自安，朝廷颇亦疑阻，及遣御史中尉郦道元为关中大使(4)。宝夤谓密欲取己，将有异图，问河东柳楷(5)。楷曰："大王齐明帝子(6)，天下所属。今日之举，实允人望，且谣言云云。'武王有乱臣十人，乱者理也(7)。'大王将理关中，何所疑虑。"道元行达阴盘驿(8)，宝夤密遣其将郭子恢等攻杀之。

鸾生十子九子殨(9)。一子不殨关中乱。

【注释】

(1) 柳楷：字孝则，善草书，颇涉文史。太平中历肆州骠骑府太史，颇有声誉，终抚军司马。

(2) 屡北：败北失利。

(3) 萧宝夤：萧宝夤（485或486—530），字智亮，是南朝齐明帝萧鸾的第六子，后投靠北魏，但致力于图取南朝。

(4) 郦道元：字善长（466或472—527），北魏地理学家，散文家。曾在平城、洛阳等地担任中央官员，严厉打击权豪。北魏孝昌三年（527），任关中大使监视萧宝夤，结果在阴盘驿被萧派人杀害，著有《水经注》。

(5) 关中大使：类似钦差大臣的官职。

(6) 齐明帝：齐明帝萧鸾（452—498），字景栖，小名玄度，庙号高宗，南朝齐的第五任皇帝。为始安贞王萧道生之子、齐高帝萧道成之侄。他在494年至498年期间在位，共5年。

(7) "武王有"句：语见《论语·泰伯》。周武王利用周商更替之际的十名殷商遗臣治国，反倒获得成功。

(8) 阴盘驿：在今陕西临潼附近。

(9) 鸾：凤凰之类的神鸟，这里指齐明帝。

诘汾力微谚[1]

《北史》曰：北魏圣武皇帝讳诘汾(1)，尝田于山泽(2)，欻见辎軿自天而下(3)。既至，见美妇人自称天女，受命相偶，旦日请还。期年复会于此，言终而别。及期，帝至先田处。果见天女，以所生男授帝曰："此君之子也。"当世为帝王，即始祖神元皇帝(4)也。故时人谚曰：

诘汾皇帝无妇家，力微皇帝无舅家。神元讳力微

【校记】

[1]《诗纪》百九作"诘汾歌"。

【注释】

(1) 北魏圣武皇帝：拓跋诘汾，北魏皇帝的先祖，北魏追尊的第十四位始祖。

(2) 田：打猎。

(3) 欻：忽然。辎軿：指妇人所乘的四面遮蔽的车辆。

(4) 神元皇帝：拓跋力微（174—277），220年至277年在位，是北魏开国皇帝拓跋珪

的五世祖。

广平百姓为李波小妹语[1](1)

《魏书》曰：广平人李波，宗族强盛，残掠生民，公私咸患。百姓为之语云云。刺史李安世设方略诱波等杀之，州内肃然。

李波小妹字雍容，褰裙逐马如卷蓬(2)。左射右射必叠双。妇女尚如此，男子那可逢[2]。

【校记】

[1]《诗纪》百九作“李波小妹歌”。

[2] 那：《诗纪》作“安”。

【注释】

(1) 广平：今河北邯郸附近。

(2) 褰裙：把裙子扎起来。卷蓬：又称飞蓬、转蓬。一种蓬蒿，常被大风刮得乱滚。

时人为李崇元融语(1)

《魏书》曰：宣武灵皇后幸左藏(2)，王公嫔主已下从者百馀人，皆令任力负布绢，即以赐之。多者过二百馀匹，少者百馀匹。唯长乐公主手持绢二十匹而出，示不异众而无劳也，世称其廉。仪同(3)、陈留公李崇，章武王融，并以所负过多，颠仆于地。崇乃伤腰，融至损脚。时人为之语曰：

陈留章武，伤腰折股。贪人败类，秽我明主。

【注释】

(1) 李崇：顿丘人，字继长。孝文初为荆兖二州刺史，俱有称绩，迁凉州刺史，讨平氐蛮。延昌初，都督淮南诸军事。深沉有将略，宽厚善御众。在州十年，前后屡破边寇，号曰卧虎。然好财货，贩肆聚敛，为时论所鄙。官终开府相州刺史，卒谥武康。元融：字永兴，袭封章武王，孝明时累迁河南尹。恣性聚敛，为中尉纠弹，削爵。汾夏山胡叛敌，诏复融封讨之，寡经略为胡所败，后又为葛荣所败，被杀。谥庄武。

(2) 宣武：北魏宣武帝元恪（483—515，499—515在位）为孝文帝元宏次子，母高照容。左藏：北魏朝廷的国库。

(3) 仪同：相当于三公的荣誉官衔，为皇帝决策提供重要意见的官员。

时人为安丰中山济南三王语[1](1)

《魏书》曰：济南王彧少与从兄安丰王延明、中山王熙并以宗室博古文学齐名。尚书郎范阳卢道将谓吏部清河崔休曰：“三人才学虽无优劣，然安丰少于造次(2)，中山皂白太多(3)，未若济南风流况雅[2]。”时人为之语曰：

三王楚楚尽琳琅[3](4)，未若济南备圆方(5)。

【校记】

[1]《诗纪》百九作“三王歌”。

[2] 况：《魏书》作“沉”，《北史》作“宽”。

[3] 楚尽：《北史》无“楚尽”二字。

【注释】

(1) 安丰：元延明，袭封安丰王，博览群书，兼有文藻。先为徐州刺史，得人誉，及讨元法僧，迁都督徐州刺史，招携新故，人悉安业。孝庄时守河桥。元颢败，奔梁，死于江南，出帝初谥文宣。济南三王：济南王元彧，字文若，袭封济南王，又改封临淮王。少有才学，时誉甚美。尔朱荣入洛，杀害元氏，遂奔梁。武帝深相器待。孝庄践祚，请还。武帝以礼遣。尔朱荣死，除司徒公，防河阴。及尔朱兆率众奄至，被获，不屈，为群胡所殴，卒。中山：王元熙，字真兴，好学，俊爽有文才，然轻躁浮动，累迁相州刺史。初熙为清河王怿所昵，及刘腾、元叉隔绝二宫，矫诏杀怿，熙乃起兵上表，剪除元叉。熙兵起甫十日，为其长史柳元章等所杀。谥文庄。

(2) 少于：略微。造次：轻率。

(3) 皂白：是非。

(4) 楚楚：鲜明貌，也谓才能出众。琳琅：精美的玉石，喻美好。

(5) 圆方：外圆内方，指为人处世，外表随和，内心严正。

时人为祖莹袁翻语[1](1)

《魏书》曰：祖莹，范阳遒人也(2)。与陈郡袁翻齐名秀出(3)，时人为之语曰：

京师楚楚(4)，袁与祖。洛阳翩翩[2](5)，祖与袁。

【校记】

[1]《诗纪》百九作“袁祖谣”。

[2] 阳：《北史》作“中”。

【注释】

(1) 祖莹：参见《北魏诗》卷二祖莹小传。袁翻：字景翔，以才学擅美一时，名位俱重。当时贤达，咸推重之。然独善其身，排抑后进，为论者所鄙。建义初遇害河阴，有文笔百余篇。

(2) 遒：今河北涿州附近。

(3) 陈郡：在今河南周口一带。

(4) 楚楚：参见前诗注（4）。

(5) 翩翩：形容风采、文词美好。

同门生为李谧语[1](1)

《北史》曰：李谧少好学，周览百氏(2)。初师事小学博士孔璠(3)。数年后，璠还就谧请业。同门生为之语曰：

青成蓝，蓝谢青。师何常，在明经(4)。

【校记】

[1]《诗纪》百九作“李谧歌”。

【注释】

(1) 李谧：字永和，少好学，博通诸经，周览百氏。著有《明堂制度论》，延长中卒，诏谥贞靖处士。

(2) 百氏：百家，指百家之学。

(3) 小学博士：北魏时期创立四门小学，选用儒生充任博士，以传授儒家经典。

(4) 明经：通晓经术。

时人为元颐元钦语(1)

《魏书》曰：安寿袭爵，高祖赐名颐。颐弟衍。衍弟钦，字思若。少好学，有令誉。时人语曰：

皇宗略略(2)，寿安、思若[1]。

【校记】

[1] 逯按：上言“安寿”，此言“寿安”，当有一误。

【注释】

(1) 元颐：景穆帝孙，袭爵阳平王，累迁怀朔镇大将军，都督三道诸军事。北讨，大破蠕蠕，除朔恒等州刺史。元钦：字思若，位尚书右仆射，寻除司州牧。少好学。早有令誉，及晚年贵重，为识者所轻。后除司空，于河阴遇害。

(2) 略略：形容气宇轩昂。

时人为王嶷语(1)

《魏书》曰：时南州多事(2)，文奏盈几(3)，讼者填门。嶷性儒缓(4)，委随不断(5)，终日在坐昏睡而已。李䜣、邓宗庆等号为明察，勤理时务，而二人终见诛戮，馀十数人，或黜或免，唯嶷卒得自保。时人为之语曰：

实痴实昏，终得保存。

【注释】

(1) 王嶷：字道长，孝文初为南部尚书，在任十四年。时南州多事，讼者填门，嶷性儒缓，终日昏睡，而卒得自保。官终内都大官。

(2) 南州：指南部地区。

(3) 盈几：满案。

(4) 儒缓：宽柔。

(5) 委随：软弱无能。

百姓为公孙轨语(1)

《魏书》曰：初世祖将北征，发民驴以运粮。使轨部诣雍州(2)，轨令驴主皆加绢一匹乃与受之，百姓为之语曰云云，众共嗤之，坐徵还。

驴无强弱。辅脊自壮[1]。

【校记】

[1] 辅脊：《太平御览》作“负绢”。

【注释】

(1) 公孙轨：字元庆，明元时为中书郎，出从征讨。太武平赫连昌，引诸将帅入其府藏，轨独无所取。后兼大鸿胪，持节拜氐王杨玄为南秦王，使还称旨，拜尚书，赐爵燕京公，出为武牢镇将，卒。

(2) 雍州：关中地区。

时人为王遵业王延业语[1](1)

《魏书》曰：王遵业与崔光、安封王延明等参定服章。及光为肃宗讲《孝经》(2)，遵业预讲，延业录义，并应诏作《释奠侍宴诗》。时人语曰：

英英济济(3)，王家兄弟。

【校记】

[1] 王延业：原作“王延明”，因《魏书》或作“延明录义”而误，中华书局本《魏书》作“延业”，据改。

【注释】

(1) 王遵业：太原晋阳（今山西太原南）人。风仪清秀，涉猎经史，位著作佐郎，撰《起居注》，参定服章，与考明讲筵，领黄门郎。

(2) 肃宗：北魏孝明帝元诩（510—528；在位 515—528），庙号肃宗孝明皇帝。

(3) 英英：俊美貌。济济：美好貌。

桑乾乡里为房景伯语(1)

《魏书》曰：房景伯生于桑乾，涉猎经史，诸弟宗之。及弟妓亡，疏食终丧，期不内御(2)。其次弟景先亡，其幼弟景远朞年哭临(3)，亦不内寝。乡里为之语曰：

有义有礼，房家兄弟。

【注释】

(1) 桑乾：今河北蔚县东北。房景伯：字长晕，少以孝闻，被荐除齐州辅国长史。清河盗起，除清河太守，抚平之。后司空长史，以母疾去官。性淳和，涉猎经史。居弟妹丧，终丧蔬食不内寝，居母丧，不食用咸菜，遂得水病卒。

(2) 内御：与妻子过夫妻生活。

（3）朞（jī）年：一年。

时人为崔楷语[1]

《魏书》曰：楷性严烈，能摧挫豪强。故时人语曰：

莫獬豸[2]，付崔楷。

【注释】

（1）崔楷：字季则，博陵安平人。释谒为奉朝请，后为尚书左主客郎中、伏波将军、太子中舍人。以殷州刺史抗击葛荣，城陷被杀。

（2）獬豸：古代传说中的异兽（一说独角兽），能辨是非曲直。

李彪引谚[1]

《魏书》曰：世宗践阼[2]，因论求复旧职，修史官之事。乃表曰："史官叙录，未充其盛。美随日落，善因月稀。"故谚曰云云。今乞以静处，以终前志。

一日不书，百事荒芜。

【注释】

（1）李彪：字道固（444—501），顿丘卫国人也，孝文赐名焉。家寒微，少孤贫，有大志，好学不倦。举孝廉。孝文帝时，累迁秘书丞，参著作事。前后六度使齐，南人服其謇谔。迁御史中丞，以严酷称。宣武帝时，白衣修史，除通直散骑常侍，卒。

（2）世宗：北魏世宗宣武帝元恪（483—515），499年四月—515年正月在位，庙号世宗，谥号宣武皇帝。践阼：继位登基。

邢峦引俗谚[1]

《魏书》曰：邢峦表曰：俗谚云云，臣虽不武，忝备征将，前宜可否，颇实知之。臣既谓难，何容强遣？

耕则问田奴，绢则问织婢。

【注释】

（1）邢峦：字洪宾，少好学，博览书史，有文才干略。累官散骑常侍，兼尚书，屡与梁战，有功。官终殿中尚书，卒谥文定。

高谦之引谚[1]

《魏书》曰：高谦之上疏曰：谚云云，此言虽小，可以喻大。

迷而知反，得道未远[2]。

【注释】

（1）高谦之：字道让，少事后母孝，以孝闻，释褐奉朝请，加宣威将军，孝昌初为河阴县令，有当官之称。李神轨谗于灵太后，赐死。朝士莫不哀之，永安中追谥康。

（2）得道：找到正确的道路。

贼为杨津语[(1)]

《魏书》曰：杨津，孝昌初以本官行定州事[(2)]。时薛修礼、杜洛周残掠州境[(3)]，津修理战具，更营雉堞[(4)]，又于城中广作地道，潜兵涌出。置炉铸铁，持以灌贼，贼遂语曰：

不畏利槊坚城，惟畏杨公铁星。

【注释】

（1）杨津：字罗汉，少端谨，以气度见称。历岐州刺史，皆有声。后为尔朱天光所害，谥孝穆。

（2）孝昌：525年六月—528年正月，是北魏孝明帝元诩的第三个年号。定州：今河北保定市。

（3）薛修礼、杜洛周：当时北方的农民起义军领袖。

（4）雉堞：本指城墙上的齿状矮墙，这里泛指城墙。

相府为裴汉语[(1)]

《周书》曰：裴汉，大统五年[(2)]，除大丞相府士曹行参军[(3)]，补墨曹参军[(4)]。汉善尺牍[(5)]，尤便簿领[(6)]，相府为之语曰：

日下粲烂有裴汉[(7)]。

【注释】

（1）裴汉：字镜民，少聪敏，涉猎经史。为大将军、谭公会记室参军。后历宋王实侍读，转记室，迁司录。宣政初，吏部上士。大象末，春官府都上士。

（2）大统：535年正月—551年十二月，是西魏文帝元宝炬的第一个年号。

（3）士曹行参军：掌管工程营造的官职。

（4）墨曹参军：负责文章的官职。

（5）尺牍：古人书写的工具，这里代指文章写作。

（6）簿领：账目档案资料。

（7）粲烂：形容辞采华丽。

杨衒之引语[(1)]

《洛阳伽蓝记》曰：尔朱兆入洛阳[(2)]，纵兵大掠。时有秀容胡骑数十人入寺淫秽，自此后颇获讥讪，京师语曰：

洛阳男儿急作髻，瑶光寺尼夺作婿[(3)]。

【注释】

（1）杨衒之：北魏北平人，曾任奉朝请、期城郡太守、抚军府司马、秘书监等职，著有《洛阳伽蓝记》。

(2) 尔朱兆：字万仁，尔朱荣从子。为人骁猛善骑射，能手格猛兽，胆勇绝人，跟随尔朱荣常为前锋都督，从击平邢杲、元颢等都有功。尔朱荣被诛杀后，尔朱兆与尔朱世隆、尔朱仲远、尔朱度律等人起兵为尔朱荣报仇，攻入洛阳，杀死北魏孝庄帝，尔朱兆自封为大将军，率军占据晋阳，遥控朝政。但不久北魏各地纷纷起兵勤王，原尔朱荣得力干将高欢也与尔朱兆决裂，尔朱兆与高欢决战于韩陵山，大败而逃，被高欢追击走投无路，只得自缢而死。

(3) 瑶光：北魏洛阳城内的尼姑寺庙。

杨衒之引谣语

《洛阳伽蓝记》曰：齐土之民，民俗浅薄，虚谈高论，专在荣利。太守初欲入境，皆怀砖叩首以美其意，及其代下还家(1)，以砖击之，言其向背速于反掌。是以京师谣语曰云云，怀砖之义起在于此。

狱中无系囚(2)，舍内无青州(3)。假令家道恶，腹中不怀愁[1]。

【校记】

[1] 腹：《太平广记》作“肠”。

【注释】

(1) 代下：代替。

(2) 系囚：在押的犯人。

(3) 青州：指青州人。

杨衒之引京师语

《洛阳伽蓝记》曰：洛水上南北两岸门巷修整，闾阖填列(1)。别立市于洛水南，号曰四通市。伊洛之鱼，多于此卖。士民须脍(2)，皆诣取之(3)，鱼味甚美。京师语曰：

洛鲤伊鲂(4)，贵于牛羊。

【注释】

(1) 闾阖：门。填列：密集并列。

(2) 脍：本指细切的肉，这里指鱼肉。

(3) 诣：前往。

(4) 伊：伊水，洛水的支流。

杨衒之引京师语

《洛阳伽蓝记》曰：白马寺柰林蒲萄异于馀处(1)，柰林实重七斤，蒲萄实伟于枣，味并殊美，冠于中京。帝至熟时，常诣取之。宫人得之，转饷亲戚(2)。京师语曰：

白马甜榴，一实直牛(3)。

【注释】

（1）蒲萄：葡萄。

（2）饷：同“飨”，以酒食招待客人，泛指请人受用。

（3）直：同“值”。

杨衒之引游侠语

《洛阳伽蓝记》曰：洛阳大市西，有退酤、治觞二里，里内之人多酝酒为业(1)。河东人刘白堕善能酿酒，季夏六月，时暑赫曦(2)，以罂贮酒(3)，曝于日中。经一旬，其酒不动，饮之香美，醉而经月不醒[1]。永熙年中(4)，南青州刺史毛鸿宝赍酒之藩(5)，路逢劫贼。盗饮之即醉，皆被擒获，因此复谓奸酒。游侠语曰：

不畏张弓拔刀，唯畏白堕春醪(6)。

【校记】

[1] 而，原作“面”，《洛阳伽蓝记》作“而”，据改。

【注释】

（1）酝：酿酒。

（2）赫曦（xī）：炎暑炽盛。

（3）罂（yīng）：口小肚大的瓶。

（4）永熙：北魏孝武帝元修的年号，532年十二月—534年十二月。

（5）赍（jī）：带着。

（6）春醪（láo）：春酒，酒的美称。

杨衒之引秦民语

《洛阳伽蓝记》曰：河间王琛有婢朝云，善吹篪(1)，能为《团扇歌》、《陇上声》。琛为秦州刺史(2)，诸羌外叛(3)，屡讨之不降，琛令朝云假为贫妪，吹篪而乞。诸羌闻之，悉皆流涕，迭相谓曰(4)：“何为弃坟井(5)，在山谷为寇也?”即相率归降，秦民语曰：

快马健儿，不如老妪吹篪。

【注释】

（1）篪：古代一种竹管乐器，像笛子。

（2）秦州：今甘肃天水。

（3）羌：西南地区的部族，五胡乱华之一的民族。

（4）迭：连着。

（5）坟井：指家乡。

阚骃引语(1)

《十三州志》曰：山乘县人俗贪伪，好持马鞭行邑，故语曰：

沛国龙穴至山乘[2]，诈托旅使若奔丧，道遇寇抄失资粮。

【注释】

(1) 阚骃：字玄阴，敦煌（今属甘肃）人。北魏前期地理学家、经学家。

(2) 沛国：今安徽淮北一带。

郦道元引橘洲谚[1]

《水经注》曰：水又北，迳昭山西[2]，山下有旋泉，深不可测，故言昭潭无底也[3]。湘水又北迳南津城西，西对橘洲，谚曰：

昭潭无底橘洲浮。

【注释】

(1) 橘洲：地名。自古以产橘著名，在湖南长沙市湘江中。又名水鹭洲、水陆洲、橘子洲、长岛。

(2) 迳：经过。

(3) 昭潭：在湖南长沙县南，湘潭县北昭山下。亦名湘州滩。相传其无底，为湘水最深处。

郦道元引俗谚论清泉河[1]

《水经注》曰：魏氏《土地记》曰：清泉河上承桑乾河，东流与潞河合，湿水东入渔阳[2]，所在枝分，故俗谚云云云。盖以高梁微涓浅薄[3]，裁足津通[4]，冯藉涓流[5]，方成川甽[6]，清泉至潞，所在枝分，更为微津，散漫难寻故也。

高梁无上源，清泉无下尾。

【注释】

(1) 清泉河：今永定河。

(2) 渔阳：今北京密云一带。

(3) 高梁：水名。在北京市西直门外。为玉河上游，即玉泉山水所经。微涓：极小的水流。

(4) 津通：水无阻碍地流动。

(5) 冯藉：凭借。

(6) 川甽（quǎn）：河流。

郦道元引古语论南北岈

《水经注》曰：汉水又西，迳南岈、北岈中，上下有二城相对。左右坟陇低昂[1]，亘山被阜[2]，古语云云云，诸葛亮表言祁山县出租五百，有民万户，瞩其丘墟，信为殷[3]矣。

南岈北岈，万有馀家。

【注释】

（1）坟陇：坟墓。

（2）阜：土山。

（3）殷：众多的样子。

郦道元引涝滩净滩谚

《水经注》曰：汉水又东，谓之涝滩。冬则水浅，而下多大石。又东为净滩，夏水急盛，川多湍洑[1]，行旅苦之。故谚曰云云，言二滩阻碍。

冬涝夏净，断官使命[2]。

【注释】

（1）湍洑（fú）：急流形成的漩涡。

（2）断官使命：断绝官员任务的道路。

郦道元引语

《水经注》曰：绵水自上诸县[1]，咸以灌溉。故语曰：

绵洛为没沃[2]。

【注释】

（1）绵水：即今绵阳河，源出于四川绵竹县北，南流至广汉入洛江。

（2）没沃：灌，浇。

高允引谚[1]

《魏书》曰：允上酒训，其词曰：酒之为状，变惑情性，岂止于病，乃损其命。谚亦有云云云。言所益者，止于一味之益，不亦寡乎？言所损者，夭年乱志，夭乱之损，不亦夥乎？

其益如毫，其损如刀。

【注释】

（1）高允：参见《北魏诗》卷一作者小传。

贾思勰引言论力耕[1]

《齐民要术》曰：自天子以下，至于庶人，四肢不勤，思虑不用，而事治求赡者，未知闻也。不耕不食，安可不自力哉？谚曰云云。是以樊迟请学稼[2]，孔子答曰："不如老农。"然则圣贤之智犹有所未达，而况于凡庸者乎？

智如禹汤，不如常耕。

【注释】

（1）贾思勰：益都（今属山东省寿光市）人，生活于我国北魏末期和东魏（公元六世纪），曾经做过高阳郡（今山东临淄）太守。是中国古代杰出的农学家。

（2）樊迟：孔子七十二弟子之一。名须，字子迟，多言而躁。学稼：学习农业的知识。

贾思勰引谚论种谷树木

《齐民要术》曰：且天子亲耕，皇后亲蚕，况夫田父而窳惰乎[1]！李衡于武陵龙阳汎洲上作宅[2]，种柑橘千树，吴末柑橘成，岁得绢数千疋。樊重预作器物[3]，先种梓漆[4]，时人嗤之。然积以岁月，皆得其用，此种殖之不可已也，谚曰云云，此之谓也。

一年之计，莫如种谷。十年之计，莫如树木。

【注释】

（1）田父：老农。窳惰：懒惰。

（2）李衡：三国时吴人，曾为丹阳太守。

（3）樊重：生卒年不详，西汉末南阳湖阳（今南阳市唐河县）人。善于经营产业，田宅广袤。他是东汉光武帝刘秀的舅舅。

（4）梓漆：梓树与漆树，古代以为制琴瑟之材。

贾思勰引谚论锄地

《齐民要术》曰：又锄耨以时[1]，谚曰云云，此之谓也。尧汤旱涝之年，则不敢保[2]，虽然，此乃常式。古人云：耕锄不以水旱息功，必获丰年之收。

锄头三寸泽。

【注释】

（1）锄耨：锄杂草，整理土地。

（2）尧汤旱涝：在尧汤那样的太平时期发生旱涝也不足为奇。

贾思勰引谚论养牛马

《齐民要术》曰：服牛乘马，量其力能。寒温饮饲，适其天性，如不肥充繁息者未之有也。谚曰云云，务在充饱调适而已。

羸牛劣马[2]，寒食下[2]。

【注释】

（1）羸：瘦弱。

（2）寒食：冷、凉的食物。马牛喜寒食。

贾思勰引河西语[1]

《齐民要术》曰：《广志》曰：东墙色青黑[2]，粒如葵子，似蓬草，十一月熟。出幽、凉、并、乌地。河西语曰云云，《魏书》曰：乌凡地宜东墙，能作白酒。

贷我东墙，偿我田粱。

【注释】

（1）河西：黄河以西，这里指今甘肃、青海黄河以西地区。

（2）东墙：植物名，即“沙蓬”，产于北方沙地，九十月间成熟，籽可熟，也可榨油。

仇儒造妖言(1)

《魏书》曰：仇儒不乐内徙，亡匿赵郡(2)。推群盗赵准为主，妄造妖言云：

燕东倾(3)，赵当续。欲知其名，淮水不足(4)。

【注释】

（1）仇儒：时任中山太守，因不满内徙遂逃亡。

（2）赵郡：今河北高邑县一带。

（3）燕：后燕政权，五胡十六国时期鲜卑族所建立的政权（384年—407年），后被北魏所灭。

（4）淮：“淮”字的部首水字旁去掉一个点就是“准”。

魏孝武帝迁长安时谚(1)

《通鉴》曰：梁中大通六年六月(2)，魏丞相欢谋迁都(3)。帝遂下制书，敕欢咎恶，欢勒兵南出。秋七月乙丑，魏主亲勒兵十余万，屯河桥，以斛斯椿为前锋[1](4)。椿请精骑两千，夜渡河，掩其劳弊。帝始然之。黄门侍郎杨宽说帝曰：“椿若渡河，万一有功。是灭一高欢，生一高欢矣。”帝遂敕椿停行。椿叹曰：“顷荧惑入南斗(5)，今上信左右间构(6)，不用吾计，岂天道乎？”丙午，欢引军渡河。戊申，帝西奔长安。八月，入长安，以雍州廨舍为宫(7)。以泰为大将军，雍州刺史，兼尚书令，军国之政咸取决焉。先是，荧惑入南斗，去而复还，留止六旬。上以谚云云云，乃跣而下殿以禳之(8)。及闻魏主奔，惭曰：虏亦应天象耶。

荧惑入南斗，天子下殿走。

【校记】

［1］椿：原作“春”，误。

【注释】

（1）魏孝武帝：元脩，字孝则，北魏最后一位皇帝（532—534）。

（2）中大通：公元529年十月—534年十二月，是梁武帝萧衍的第四个年号，共计5年馀。

（3）欢：高欢。

（4）斛斯春：参见本卷《孝明时洛下谣》注（6）。

（5）荧惑：火星别名。因隐现不定，令人迷惑，故名。南斗：星名。南斗六星，即斗宿。

(6) 间构：离间构陷。

(7) 廨舍：指官署。

(8) 跣：光脚。禳：消除灾祸。

杂曲歌辞

阿那瑰

《北史》曰：阿那瑰，蠕蠕国主也[1]。《通典》曰：蠕蠕自拓跋初徙云中，即有种落。后魏太武神麚中强盛，尽有匈奴故地。阿那瑰，孝明帝时蠕蠕国主，辞云匈奴主也。

闻有匈奴主，杂骑起尘埃。列观长平坂[2]，驱马渭桥来。

【注释】

(1) 蠕蠕：即柔然游牧民族。

(2) 长平：今山西高平县西北。

杨白花

《梁书》曰：杨华，武都仇池人[1]，少有勇力，容貌雄伟。魏胡太后逼通之，华惧及祸，乃率其部曲降梁。胡太后追思之，不能已，为作《杨白华歌》，使宫人连臂踏足歌之，声甚凄惋。《南史》曰：杨华本名白花，奔梁后名华，魏名将大眼之子。

阳春二三月，杨柳齐作花。春风一夜入闺闼[2]，杨花飘荡落南家。含情出户脚无力，拾得杨花泪沾臆[3]。秋去春还双燕子，愿衔杨花入窠里。

【注释】

(1) 武都仇池：甘肃陇南一带。

(2) 闺闼：内室。

(3) 臆：当胸之处。

北　魏　诗

卷　四

仙　道

老子化胡经玄歌

敦煌唐写本《老子化胡经》共十卷。一至九卷为文，十卷为玄歌，计《化胡歌》七首。《尹喜哀叹》五首，《太上皇老君哀歌》七首，《老君十六变词》十八首，都为三十七首，约八千言，逯按：出《三藏记集》。《老子化胡经》作于西晋王浮，以之攻击佛教。又《北山录》云：《化胡经》，晋时王浮道士所撰，一卷，后渐添成十一卷。据此《化胡经》一书后世续有增益，正类其他道书也，而此卷《玄歌》按其所涉史实，知为北魏时代之作。《化胡歌》第二首云："致令天气怒，太上踏地瞋。寺庙崩倒澌，龙王舐经文。八万四千弟子，一时受大缘"，《老君十六变词》第十三首云："不玩道法贪治生，掆心不坚还俗经。八万四千受罪缘，破塔毁庙诛道人，打歜铜像削取金"，所言毁寺焚经诛戮沙门，实指北魏太武帝太真君七年灭佛一事，前此无史实也。证此卷《玄歌》之出在太武帝毁法之后。又按，《老君十六变词》第一首云："合口诵经声璅璅，眼中泪出珠子碟。北齐颜之推《颜氏家训》已引之。化胡歌之二"我在舍卫时"至"太上踏地瞋"等句，北周甄鸾《笑道论》已引之，俱证此卷《玄歌》保存齐、周以前原貌也。又《魏书·释老志》于叙述太武灭佛之后，言文成帝嗣位，诏复佛法。天下承风，朝不及夕。往时所毁佛寺仍还修矣，佛像经论皆复得显。此其叙录与《老君十六变词》所谓"未容几时还造新，虽得存立帝恐心"亦合，可见《玄歌》之问世去文成帝时代并不久。

化胡歌七首(1)

我往化胡时，头载通天威。金紫照虚空(2)，焰焰有光晖。胡王心懭戾(3)，不尊我为师。吾作变通力，要之出神威。麾月使东走，须弥而西颓(4)。足踏轧巛桥，日月左右回。天地昼暗昏，星辰牙差驰。众灾竞地起，良医绝不知。胡王心怖怕，叉手向吾啼。作大慈悲教，化之渐微微。落簪去一食，右肩不著衣。男曰忧婆塞，女曰忧婆夷。化胡今宾服，游神于紫微(5)。

我在舍卫时，约敕瞿昙身(6)。汝共摩诃萨，赍经教东秦[1]。历落神州界[2]，迫至东海间。广宣至尊法[3]，教授聋俗人。与子威神法，化道满千年。年终时当还[4]。慎莫恋中秦。致令天气怒[5]，太上踏地瞋。寺庙崩倒澌，龙王舐经文。八万四千弟子，一时受大缘。轮转五道头(7)，万元一升仙。吾子三天上，愍子泪流连。念子出行道，不能却死缘。不能陵虚空，束身入黄泉。天门地户塞，一去不能还。虽得存禋嗣(8)，使子常塞心。逆天违地理，灾考加子身。神能易生死，由子行不真。三十六天道，终卒归无形。

我昔西化时，登上华岳山(9)。举目看昆仑(10)，须弥⊥悬(11)。矫翼履清虚(12)，倏忽到西天。但见西王母，严驾欲东旋。玉女数万千，姿容甚丽妍。天资绝端严，齐执皇灵书。诵读仙圣经，养我同时姝，将我入天庭。皇老东向坐，身体皦然明，受我仙圣道，接度天下贤。

我昔西化时，登上华岳山。北向视玄冥(13)，秦川荡然平(14)。汉少杂类多，不信至真言。吾后千馀年，白骨如丘山。尸骸路草野，流血成洪渊。不忍见子苦，故作大秦吟。哀欢卄头[7]，以示通中贤。见机降时世，不值苦以辛。

我昔化胡时，西登太白山。修身岩石里，四向集诸仙。玉女檐浆酪[8]，仙人歌玉文。天龙翼从后，白虎口驰刚。玄武负钟鼓(15)，朱雀持幢幡(16)。化胡成佛道，丈六金刚身。时与决口教，后当存经文。吾升九天后，克木作吾身。

我昔离周时，西化向罽宾(17)。路由函关去，会见尹喜身(18)。尹喜通窈冥(19)，候天见紫云(20)。知吾当西过，沐浴斋戒身。日夜立香火，约敕守门人。执简迎谒请，延我入皇庭。叩搏亦无数，求欲从我身。道取人诚信，三日口不言。吾知喜心至，遗喜五千文。欲得求长生，读之易精神。将喜入西域，迁喜为真人。

我西化胡时，涉天靡不遥。牵天覆六合，艰难身尽婴。胡人不识法，放火烧我身。身亦不缺损，乃复沉深渕。龙王折水脉，复流不复行。愚人皆哀叹，枉此贤人身。吾作腾波炁，起立上著天。日月头上皦，光照亿万千。胡王心方悟，知是我圣人。叩头求悔过，今欲奉侍君。伏愿降灵气，怒活国土人[9]。吾视怨家如赤子，不顾仇以嫌。化命一世士，坐卧诵经文。身无荣华芳，后毕得升天。吾告时世人，三界里中贤。欲求长生道，莫爱千金身。出身著死地，返更得生缘。火中生莲花，尔乃是至真。莫有生煞想，得道升清天。未负即真信，丧子千金身。

我昔学道时，登崖历长松。盘屈幽谷里，求觅仙圣公。食服泥洹散(21)，渐得不死踪。九重室中得见不死童，身体绝华丽，二仪中无双(22)。遗我元气药，忽然天圣聪。

【校记】

［1］教：《广弘明集》作“来”。

［2］落：《广弘明集》作“洛”。

［3］至：《广弘明集》作“世”。

［4］终：《广弘明集》作“满”。

［5］致：《广弘明集》作“无”。

［6］气：《广弘明集》作“帝”。

［7］此句缺一字。

［8］檐：疑为“担”。

［9］怒：当作“恕”。

【注释】

(1) 化胡：即化胡使成道。胡，本指中国北部与西部各少数民族，此处指中国境外的西北部国家。

(2) 金紫：金印紫绶。

(3) 懭戾：失意怅惘。戾，乖张。

(4) 须弥：佛教传说山名，意译为妙高、妙光。

(5) 紫薇：即乾坤。

(6) 瞿昙：为佛之代称。

(7) 五道：佛教称天、人、畜生、地狱、饿鬼为五道。加阿修罗为六道。

(8) 裡嗣：后世子孙。

(9) 华岳：高大的山。

(10) 昆仑：山名，在新疆西藏之间，西接帕米尔高原，东延入青海省境内，层峰叠岭，势极高峻。古代有关昆仑的神话传说。

(11) 𠄌：悬挂东西的样子。

(12) 清虚：指清虚府或清虚殿，即月宫。

(13) 玄冥：北方之神。

(14) 秦川：地名，自大散关以北达于岐雍，夹魏川南北岸，沃野千里，以秦之故国，故称秦川。

(15) 玄武：北方太阴之神，其形象为龟，一说为龟蛇合称。

(16) 朱雀：南方七星宿的总名。

(17) 罽宾：汉代西域国名，梵语迦湿弥罗，在今喀布尔河下游流域克什米尔一带。

(18) 尹喜：人名，周时关令。相传老子西游至函谷关，喜强留，老子授《道德经》五千言而去。

(19) 窈冥：深远，奥妙。

(20) 紫云：祥瑞的运气。

(21) 泥洹（huán）：即涅槃。

（22）二仪：天地。

尹喜哀叹五首

尹喜告世人：欲求长生道，莫求时世荣。我昔得道时，身为关府君。一日三赏赐，杂彩以金银。不以为己有，施与贫穷人。白日沾王事，夜便习灵仙。餐松食苦柏，微命乃得存。精诚神明佑，守真仰苍天[1]。感得天地道，遇见老君身。难我以父母，却遗五千文。秘室熟读之，三年易精神。授我仙圣方，都体解自然。

我昔上九天[2]，下向视玄冥。但见飞仙士，列翼影清天。朝宗九天主，太上皇老君。涤荡六府中[3]，受读仙圣文。王乔得圣道[4]，游行五岳间。服炁食玉英，受命与天并。

昔往学道时，登岳历高堽[5]。动见百丈谷，赫赤道里长。有无极神炁，何以到西方。元以度赤谷，垂泪数千行。自念宿罪重，五内心摧伤[6]。

我昔求道时，迳历数千崖。浮游八荒外[7]，徒跣身无衣[8]。东过日出界，西寻清山累。足底重趼生，手中抱少微[9]。道见西王母，问我子何归。耻身不学道，意欲觅仙师。感我精诚至，乞我鞋以衣。尔乃得学道，仙炁渐微微[10]。父母怪我晚，昼夜悲嗥啼。大道与俗返，一往不复归。高志日日远，不觉心肝摧。虽得不死道，日月垂微微。心精不退转，今作天人师。

昔往学道时，踪迹亦难寻。东到日出界，树木郁郁深。南到阎浮提[11]，大火烧我身。西到俱地尼，但见金城门。青龙绕城腹，白虎守城前。冲天金楼殿，太上居湛然[12]。光影耀虚空，仙人绝端严。齐执黄卷书，口诵长生文。北向入玄冥，大水湛湛深。绕天数百迎，足底重趼生。尔乃得仙道，把揽天地神。子能述吾道，白日得升天。

【注释】

（1）守真：保持自然本性。

（2）九天：中央与八方。

（3）六府：同“六腑”，指胃、大胃、大肠、三焦、膀胱、胆。

（4）王乔：即仙人王子乔。

（5）堽：山脊，同“冈”。

（6）五内：五脏，指心、肝、脾、肺、肾五种器官。

（7）八荒：八方荒远的地方。

（8）徒跣（xiǎn）：赤足步行。

（9）少微：星名。一名处士星。共四星，在太微西南，今属狮子座。后常用以比喻处士。

(10) 仙炁（qì）：即仙气。

(11) 阎浮提：梵语，即南赡部洲。阎浮，树名。提。提波之略，意译为洲，洲上阎浮树最多，胡谓阎浮提洲指中华及东方诸国，实则佛经专指印度语。

(12) 太上：太上老君。

太上皇老君哀歌七首

三十六宫主，太上皇老君。哀愍下世士，垂神教世贤。子欲脩冥福，先当体窈冥。生时得尊贵，不如过去荣。仙驾龙车[1]，迎子游清天。上登金楼殿，坐卧虚空间。飞则飞仙从，威仪上柱天。朝登天东头，暮到于天西。戏乐九天外，纵意极周旋。駈使役百鬼(1)，总统于万金。

吾哀世愚民，不信冥中神。恃力害良善。不避贤行人。驰马骋东西，自谓常无前。善恶必有报，业缘须臾间(2)。神明在上见，遣使直往牵。从上头底收，系著天牢门。五毒更互加(3)，恶神来剋侵。口吟不能言，妻子呼仓天。莫怨神不佑，由子行不仁。

吾哀时世人，不信于神明。先人与种福，子孙履上行。衣厚饭得饱，灾考不到门。口气头嘘天，自谓常终日，看师真辽然。得病叩头请，外恭心不敬。神明以知人，三魂系地狱，七魄悬著天。三魂消散澌(4)，五神不安宁。伺命来执宰，丞相踏地瞋。左神不削死，右神不著生。生神不卫护，煞神来入身(5)。或患腰背痛，或患头目疼。百脉不复流，奋忽入黄泉。天门地户閇(6)，一去不复还。

吾哀世愚人，不信冥中神。生时不恭敬，死便偿罪缘。典官逐后駈，牵北走东西。抱沙填江海，负石累高山。白日不得食，夜分不得眠。朝与杖一百，暮与鞭一千。不堪考对苦(7)，卖罪与生人。两两共相牵，遂至死灭门。皆由不敬道，神明考樋人(8)。何不敬真神，生死得升天。生荣死者乐，生死得蒙恩[2]。

吾哀时世人，不信冥中神。一门有十息(9)，纵意行不仁。神明鉴无外，终不滥煞人。或夭华秀子，或夭妙少年。门崩户以坏，学者如浮云。死亦不脱岁，悲哭仍相寻。妻子沉堙澌(10)，一身孤独存。呼天天玄远，呼地地亦深。不能自怨责，各道怨师尊。虽欲思善道，十子不复还。

吾告时世人，脩道宜殷勤。恩亦不虚生，神明必报人。昔有刘仲伯，精诚于道门。勤恶使从善，岁会集群贤。香火日夜勤，亦能感仓天。命尽应当死，众神与表天。三魂飞杨澌[3]，七魄入死星。右神削死籍，左神著生名。伺命来极济，左相踏地瞋。普告二十狱，拔出仲伯身。三魂还复流，七魄还入身。血脉还运转，百节方更坚。面目更端严，肉骨更鲜明。死卧三七日，寝尸还更生。

吾告时世人，髐骨不别真(11)。闲时不共语，急便来求人。死者如流水，去者如浮云。秦川屯军马，中庭生蓁榛。百中不留一，到思吾本言。何不学仙道，人身常得存。

【校记】

[1] 此句少一字。

[2] 得：原重“得”字。

[3] 杨，当作“扬”。

【注释】

(1) 駈：同“驱”。

(2) 业缘：佛教指善业生善果，恶业生恶果的因缘。谓一切众生的境遇死生都由前世业缘所决定。

(3) 五毒：五种酷刑。

(4) 澌（sī）：尽。

(5) 煞神：迷信者所说的凶恶可怕的神。

(6) 閇：同“闭”。

(7) 考：击。

(8) 考樀：拷打。樀（zhé），槌。

(9) 息：子息。

(10) 堙：沉没，废弃。澌：竭尽，尽。

(11) 髐（xiāo）骨：尸骨。

老君十六变词

一变之时，生在南方亦如火。出胎堕地能独坐，合口诵经声琐琐(1)。眼中泪出珠子（硃），父母世间惊怪我。复畏寒冻来结果，身着天衣谁知我。

二变之时，生在西岳在汉川。寄生王家练精神，出胎堕地谁语言，晃晃昱昱似金银(2)。三十六色绮罗文，国王欢喜会群臣。英儒雅士平论[1]，忽然变化作大人。发眉皓白头柱天。

三变之时，变形易体在北方。出胎堕地能居床，合口诵经声琅琅[2]。额上三午十二行，两手不门把文章。配名天地厚阴阳，从石入金快翱翔。

四变之时，身在东方身青葱。出胎堕地能瞳舂[3]，合口诵经声雍雍(3)。白日母抱夜乘龙，昆仑山上或西东，上天入地登虚空，仙人侍从数万重。当此之时神炁通。

五变之时，生在中都在洛川，嵩高少室岭岑颠。中央修福十万年，教授仙人数万千。齐得升天入青云，降鉴周室八百年。运终数尽向罽宾(4)，化胡成佛还东秦，敷杨道教整天文[4]。

六变之时，生在乾地西北角。图画天地立五岳，处置星辰叙四渎(5)。二十八宿注乡曲(6)，日月照曜为下国。走如流水得周局，智者察之知急速。雨泽以时槩(7)，万人食之大化足。

七变之时，生在北方在海嵎。出胎堕地声由由，好喜歌舞无忧愁。造作音乐作箜篌(8)，万帝来请用解忧。黄河为路行竟头，一身涉世快游游。

八变之时，生在东北在艮地。图尽天地我次比，白衣居士维摩诘[5](9)。欲结坐禅须谙炁，通畅经书有舍利(10)。见吾相好须信企，感子单诚不延次，齐得升天不堕地。

九变之时，下人黄泉正地柱[6]。开辟天地施地户，四炁非阳立冥所。虽有人民不能语，吾入身中施六府。胁为傍通心为主，从此以来能言语。尊卑大小有次绪，万天称传道为父。

十变之时，生在东南出风门。尽出天道安山川，置立五岳集灵仙。吹嘘寒暑生万民，烦炁众生人得真。置立五藏施心神，动作六神能语言。有生有死须臾间，如水东流何时还？邂逅相代不得停，何不习善求长生？槩散流俗入胶盆，不能免离丧子身。欲求度世于中禅，搦心不坚固仙根。音聋音痖教不伦，由子前身谤经文，论说道士毁圣人。在恶必报受罪缘，但勤自责莫怨天。

十一变之时，生在南方阎浮地。造作天地有作为，化生万物由婴儿。阴阳相对共相随，众生禀气各自为。番息众多满地池，生活自卫由乘靡，劫数灭尽一时亏。洪水滔天到月支，选擢种民留伏羲。思之念之立僧柢，唯有大圣共相知。

十二变之时，生在西南在黄昏。时人厌贱还老身。善权方略更受新，寄胎托俗蟒虵身(11)。胎中诵经不遇人，左胁而出不由关。堕地七步杂秽间，九龙洗浴人不闻。国王欢喜立东宫，与迎新妇守衢夷。八百伎女营乐身，八研四升不破禅。破散库藏施贫人，道十八人诣宫门，贾作大丑婆罗门。借问太子何时还，王心不语动王情。骑王白象触王瞋，先师知意不与言。擿著擅特在丘[7]，投身饿虎求道门，变为白狗数百身，稽骨须弥示后人。传语后学须精勤，莫贪秽辱丧子身，沉累六趣更生难。不信我语至时看。

十三变之时，变形易体在罽宾。从天而下无根元，号作弥勒金刚身。胡人不识举邪神，兴兵动众围圣人，积薪国北烧老君。太上慈愍怜众生，渐渐诱进说法轮。剔其须发作道人。横被无领涅槃僧(12)，蒙头著领待老君。手捉锡杖惊地虫，卧便思神起诵经。佛炁错乱欲东秦，梦应明帝张慜迎。白象驮经诣洛城，汉家立子无人情。舍家父母习沙门，亦无至心逃避兵。不玩道法贪治生，搦心不坚还俗经。八万四千应罪缘，破塔怀庿诛道人[8]。打坏铜像削取经，未荣几时还造新[9]。虽得存立帝恐心。

十四变之时，变形易像在金卫，沙门围城说经偈，至著罪人未可济。胡人闻之心恐怔，将从群党来朝拜，叩头悔过求受戒。剋肌剋骨誓不退，烧指练臂自盟誓。男不娶妻坐思禅，死为尸陁 馁鹰鹞。迁神涅槃舍利弗，骨得八斛散诸国。如此迁达离烦欲，苦身求道立可得。

十五变之时，西向教化到罽宾。胡国相厘还迦夷，侵境暴耗买育人。男子守塞优婆夷，吾入国中作善词，说化男子受三归(13)。渐渐诱进说法轮，剔其须发作道人。阳为和上阴阿尼，假作父母度僧尼。师徒相度理无私，迁神涅槃归紫微。四镇安穆和我神，胡人思念长吁啼。铸作金像法我形，三时入礼求长生。寂寂寞寞不应人，佤头视地仰看天。大圣正真何时还。

十六变之时，生在蒲林号有遮。大富长者树提阇，有一手巾像龙虵。遣风吹去到王家，国王得之大叹吒。兴兵动众来向家，离舍百里见莲花。国有审看一月夜，王心恶之欲破家。忽然变化白净舍(14)，出家求道号释迦。

五百岁之时，乘龙驾虎道得昌。汉地广大历记长，三十六人计弟兄。超度北阙云中翔，新卢酒出俱行尝。娥媚山边做细昌，当此之时乐未央。伊耶乐生寿命长。

六百岁之时，一世以去二世归。城郭如故时人非。观者众多知我谁，死生各异令人悲。何不学道世欲衰。踟蹰西北长吁谁，伊耶乐生治太微。

【校记】

[1] 此句缺一字。

[2] 原缺“口”字。

[3] 瞳：当作“撞”。

[4] 杨：当作“扬”。

[5] 靡：当作“摩”。

[6] 人：当作“入”。

[7] 此句缺一字。

[8] 怀：当作“坏”。

[9] 荣：当作“容”。

【注释】

(1) 琐琐：细微，细碎。

(2) 晃晃昱昱：明盛貌，明亮貌。

(3) 雍雍：和乐貌。

(4) 运：命运。

(5) 叙四渎：叙，次序，次第。四渎，指长江、黄河、淮河、济水。

(6) 二十八宿：古代天文学家将黄道的恒星分成二十八个星座，称为二十八宿。乡曲：乡下。

(7) 五槃：五谷。槃，同“谷”。

(8) 箜篌：乐器名。《旧唐书·音乐志二》谓依琴制作，似瑟而小，七弦，以拨弹之，如琵琶。

(9) 维摩诘：释迦同时人，也作毗摩罗诘，义译无垢称，或作净名。

(10) 舍利：佛骨。

(11) 蟒虵：即蟒蛇。

(12) 涅槃：谓脱离一切烦恼，进入自由无碍的世界。后僧人死，也叫涅槃。

(13) 三归：佛教合称归依佛、归依法、皈依僧为三归。“归”亦作“皈”。

(14) 净舍：洁净的住舍，指佛寺。

北　齐　诗

卷　一

斛律丰乐

斛律羡，字丰乐，斛律金次子(1)，朔州敕勒部人也(2)。少有机警，尤善射艺，高祖见而称之(3)。世宗擢为开府参军事(4)。迁征虏将军、中散大夫，加安西将军，进封大夏县子，除通州刺史。显祖受礼，进号征西，别封显亲县伯。

【注释】

(1) 斛律金（公元488—567），字阿六敦，生于南北朝北魏时期，性格耿直，善于骑射，长于用兵，在北魏是具有丰富军事经验的名将。

(2) 朔州：今山西省朔州。

(3) 高祖：北齐神武帝高欢（496—547），鲜卑名为贺六浑，祖籍渤海郡蓨县（今河北景县南），世居怀朔镇（今内蒙古包头东北，一说内蒙古固阳），成为鲜卑化的汉人。他是东魏王朝的建立者之一，也是北齐王朝的奠基人。

(4) 世宗：高澄（521—549），字子惠，北齐高祖神武帝高欢长子，祖籍渤海调蓨，怀朔出生，东魏权臣。为高欢正妻娄氏所生，自幼聪明过人，具备政治天赋，深得高欢喜爱。北齐时追谥为世宗文襄帝。

歌

谈薮曰(1)：北齐高祖常宴群臣，酒酣，各令歌。武卫斛律丰乐歌曰云云。帝曰："丰乐不谄，是好人也。"

朝亦饮酒醉，暮亦饮酒醉。日日饮酒醉，国计无取次(2)。

【注释】

(1) 谈薮：南朝宋刘义庆《世说新语·赏誉》："裴仆射时人谓为言谈之林薮。"刘孝标注引《惠帝起居注》："頠理甚渊博，赡于论难。"后因以"谈薮"指知识渊博，对答如流。宋胡继宗《书言故事·谈论》："称人谈论不竭为谈薮。"

(2) 国计：国家的方针大计。取次：任意，随便。引申为充裕、宽舒。

高　昂

昂，字敖曹，北海人。齐神武起(1)，昂倾意附之，因成霸业。除侍中司徒，兼西南道都督，元象元年为周军所杀(2)，年四十八。

【注释】

(1) 神武：北齐神武帝高欢（496—547）。

(2) 元象（538年1月—539年11月）是东魏孝静帝元善见的第二个年号，历时近2年。元象元年：公元538年。

征行诗

垄种千口牛[1]，泉连百壶酒。朝朝围山猎，夜夜迎新妇。

【校记】

[1] 牛：《太平广记》作“羊”。

从军与相州刺史孙腾作行路难(1)

卷甲长驱不可息[1]，六日六夜三度食。初时言作虎牢停(2)，更被处置河桥北。回首绝望便萧条(3)，悲来雪涕还自抑。

【校记】

[1] 卷：《诗纪》作“春”。

【注释】

(1) 孙腾：石安人，字龙雀。性质直，解吏事。初为神武都督府长吏，累迁尚书仆射，由是志气骄盈，专为聚敛，朝野深非笑之。卒谥“文”。

(2) 虎牢：古地名，在今河南荥阳汜水镇。

(3) 萧条：寂寥，澄静。

赠弟季式诗

怜君忆君停欲死，天上人间无可比。走马海边射游鹿，偏坐石上弹鸣雉。昔时方伯愿三公(1)，今日司徒羡刺史。

【注释】

(1) 愿：思念。三公：《尚书·周官》：“立太师、太傅、太保。兹惟三公，论道竟邦，燮理阴阳，官不必备，惟其人。”《春秋公羊传》：“天子三公者何？天子之相也。天子之相则何以三？自陕而东者，周公主之；自陕而西者，召公主之；一相处乎内。”两相印证，三公是天子之下的最高管理的称呼，辅佐天子。中国古代朝廷中最尊显的三个官职的合称。《礼记》：“天子三公、九卿、二十七大夫、八十一元士。”“设四辅及三公，不必备，惟其人。言使能也。”又《汉书·百官公卿表》：“太师、太傅、太保，是为三公”（德韶者居之）；“或说司马主天，司徒主人，司空主土，是为三公”（才高者居之）；或说“丞相主民，太尉主军，御史大夫主法”（德才兼备者居之）。

萧　祇

祇，字敬式，梁南平王伟次子[1]，封定襄侯。侯景乱[2]，起兵内援，会州人以城应景，遂奔东魏[3]，历位太子少傅[4]。齐天保初[5]，授右光禄大夫[6]、国子祭酒[7]。西魏克江陵[8]，留邺都卒。

【注释】

（1）萧伟（476—533）：字文达，梁文帝第八子。梁武帝天监元年，封建安郡王，十七年（518）改封南平郡王，官至中书令、大司马。中大通五年卒。谥曰“元襄”。萧伟卒年《南史》做中大通四年（532）。

（2）侯景：是羯族人，曾是东魏将领，投靠西魏。梁武帝为收复中原而招纳侯景，封为河南王。梁宗室子弟萧渊明被东魏俘获，梁武帝打算用侯景与东魏进行交换。这件事激怒了侯景。公元548年举兵反叛。他率军攻入京城建康，将皇宫围住。第二年，攻破皇城，困死萧衍，自己当丞相，执掌朝政，到551年，他进而自封为帝。

（3）东魏：北朝的朝代之一，从北魏分裂出来的割据政权。都邺，有今河南汝南，江苏徐州以北，河南洛阳以东的原北魏统治的东部地区。

（4）太子少傅：官名。与太子少师、太子少保合称太子三少或东宫三少。并正二品掌奉太子以观三公之道德而教谕焉。后逐渐成为虚衔。太子太师，太子太傅，太子太保都是东宫官职，均负责教习太子。太子太师教文，太子太傅教武，太子太保保护其安全。太子少师，太子少傅，太子少保均是他们的副职。

（5）天保：北齐是中国南北朝时期北朝时的王朝之一，公元550年—577年。550年（庚午年五月戊午日），由文宣帝高洋取代东魏建立，国号齐，建元天保，建都邺，史称北齐。历经文宣帝高洋，废帝高殷，孝昭帝高演，武成帝高湛，后主高纬，幼主高恒六帝，577年被北周消灭，共享国二十八年。

（6）右光禄大夫：官名。晋始于光禄大夫外加置。隋炀帝定散官称号为九大夫、八郎。左光禄大夫正二品，右光禄大夫次之，从二品。

（7）国子祭酒：古代学官名。晋武帝咸宁四年设，以后历代多沿用。为国子学或国子监的主管官。

（8）西魏：（535—556年），中国南北朝时期的一个北方朝代，由宇文泰拥立北魏孝文帝的孙子元宝炬为帝，与高欢所掌控的东魏对立，建都长安。至557年被北周取代，经历两代三帝，历时二十二年。

香茅诗

蹑駚芳不歇[1]，霜繁绿更滋。擢本同三脊，流芳有四时。粗根缩酒易，结解舞蚕迟。终当入楚贡，岂羡咏陈诗。

【注释】

(1) 鶗鴂（tíjué）：鸟名，即杜鹃鸟。

和回文诗和湘东王后园

危台出岫迥(1)，曲涧上桥斜[1]。池莲隐弱茇，径篠落藤花。

【校记】

[1] 涧：《类聚》作“磵”。

【注释】

(1) 危台：高台。

萧　放

放，字希逸，祇子，袭爵为清河郡公(1)。武平中(2)，待诏文林馆(3)，颇善丹青，见知齐后主(4)，累迁太子中庶子(5)、散骑常侍(6)。

【注释】

(1) 清河：位于河北省东南部、南运河西岸。东与山东省武城、夏津两县隔河相望，西与威县交界，北与故城县、南宫市为邻，南与临西县毗连。

(2) 武平：(570年正月—576年十二月）是北齐后主高纬的年号，历时6年余。

(3) 文林馆：是北齐后主设立的一个以文人学士为主体的机构，其规模之盛，曾在南北朝后期造成了广泛的影响。

(4) 齐后主：北齐后主高纬（556年—577年)，字仁纲，南北朝时期北齐第五位皇帝(565年—577年在位)。父亲是北齐武成帝高湛，母为胡皇后。

(5) 太子中庶子；官名。战国时国君、太子、相国的侍从之臣。秦、汉为太子侍从官，历代沿置。北齐领门下坊。

(6) 散骑常侍：官名。汉有散骑，为皇帝侍从，又有中常侍，性质同。东汉省散骑，改以宦官任中常侍。魏文帝并散骑与中常侍为一官，如称散骑常侍，以士人任职。入则规谏过失，备皇帝顾问，出则骑马散从。资深者称祭酒散骑常侍。魏末增加员额，新增者为员外散骑常侍。晋武帝令员外散骑常侍二人，与散骑常侍共同轮流值班，称通直散骑常侍。魏、晋散骑常侍与侍中共平尚书奏事。多是显职。散骑常侍本隶门下，南北朝属集书省。梁曾另设散骑省，旋省。隋属门下省。

冬夜咏妓诗

佳丽尽时年，合瞑不成眠(1)。银龙衔烛烬(2)，金凤起炉烟(3)。吹篪先弄曲(4)，调筝更撮弦。歌还团扇后，舞出妓行前。绝代终难及，谁复数神仙。

【注释】

(1) 合瞑：闭目，闭目入睡。

（2）银龙：龙样烛台。

（3）金凤：凤样香炉。

（4）篪：古代一种用竹管制成像笛子一样的乐器，有八孔。

咏竹诗

怀风枝转弱，防露影逾浓。既来丹穴凤[(1)]，还作葛陂龙[(2)]。

【注释】

（1）丹穴：山名。《山海经·南山经》："又东五百里曰丹穴之山。"

（2）葛陂：地名，今河南新蔡县北，道家传说东汉汝南人费长房投杖与此，杖化为龙。

陆法和

法和，不知何许人，隐于江陵百里洲[(1)]。妙解神术，预见萌兆。再为梁元帝破贼[(2)]，任郢州刺史[(3)]，封江乘县公[(4)]。元帝败，入齐，文宣以为大都督荆州刺史[(5)]、湘郡公。无病而终。

【注释】

（1）百里洲：位于湖北省枝江市的南部，长江在百里洲西部分成南北两支，主流在北（左），支流在南（右），向东行进30余公里后，在新闸附近汇合。百里洲的面积大约为213平方公里，70多公里长的江堤环绕全洲，据说过去人们认为围绕全洲外走一圈，路程达100多华里，故称之为"百里洲"。

（2）梁元帝：萧绎（508—554年），字世诚，小字七符，自号金楼子，汉族，南兰陵（今江苏武进）人。南北朝时期梁代皇帝（552年—554年在位），元帝。梁武帝萧衍第七子，梁简文帝萧纲之弟。记载里说他善画佛画、鹿鹤、景物写生，技巧全面，尤其善于画域外人的形貌。传世的《职贡图》是北宋年间的摹本。

（3）郢州：隋以前的郢州一般指后来的鄂州，治所在今武汉市武昌。南朝宋从荆、湘、江、豫四州析置。

（4）江乘县：秦始皇三十七年（公元前210年）东巡，在金陵停留期间，废弃前朝楚国金陵邑，设立秣陵、江乘等县，隶属会稽郡。

（5）荆州：位于湖北省中南部，江汉平原的腹地，历史上曾为楚国故都。

谶诗二首

《北史本传》曰：法和书其所居屋壁而涂之，及剥落，有文二首。

其　一

十年天子为尚可，百日天子急如火，周年天子迭代坐[1]。

【校记】

[1] 迭：《北齐书》作“递”。《北史》同。《隋书·五行志》曰：时文宣帝享国十年而崩，废帝嗣立百馀日，用替厥位。孝昭即位一年而崩，此其效也。

其　二

一母生三天。两天共五年[1]。

【校记】

[1] 娄太后生三天子。自孝昭即位，至武成传位后主，共五年。

卢询祖

询祖，范阳涿人(1)，有术学。文辞华美，与族人思道俱为北州人俊(2)，历太子舍人(3)、司徒记室卒(4)。有集十卷。

【注释】

(1) 范阳：范阳是中国古代的地名和行政区划名。范阳在历史上所辖区域多有变动，约在今北京市和河北省保定市北部。从唐大历四年（769 年）起，所谓“范阳”则仅限于涿州范阳县，为涿州治所，在今河北省涿州市。广义上的范阳有时和幽州通用。

(2) 卢思道：卢思道（公元 531 年—582 年）北朝隋之际诗人。字子行。范阳（今河北涿州）人。年轻时师事“北朝三才”之一邢劭（字子才），以才学重于当时，仕于北齐。齐宣王卒，朝臣各作挽歌 10 首，择善者用之，思道十得其八，时称“八米卢郎”。北齐末待诏文林馆。北周灭齐后入长安，官至散骑侍郎。隋开皇元年卒。一生的主要文学活动在北朝。北州：犹塞北，指我国长城以北地区。

(3) 太子舍人：官名。汉有此官，秩二百石，选良家子孙任职，轮番宿卫，似郎中。晋有十六人，职务似散骑、中书等侍郎。南北朝沿设。

(4) 记室：东汉置，诸王、三公及大将军都设记室令史，掌章表书记文檄。

赵郡王配郑氏挽词

《诗纪》云(1)：“北史赵郡王睿，齐神武从子也(2)，娶郑述祖女为妃(3)。”

【注释】

(1)《诗纪》：古诗总集。又名《古诗纪》。明代冯惟讷（1512—1572）编。冯惟讷字汝言，号少洲。山东临朐人。嘉靖年间进士，官至江西左布政使，以光禄卿的身份离职。擅长诗文，曾纂集书籍多种，著有《冯光禄集》。《古诗纪》156 卷。前集 10 卷，录先秦古逸诗；正集 130 卷，录汉至隋代诗歌；外集 4 卷，录古小说、笔记中所传仙鬼之诗；别集 12 卷，选录前人对古诗的评论。它收罗宏富，是中国现存最早的一部专门搜辑古诗的总集。

(2) 齐神武：即高欢（496 年—547 年），鲜卑化汉族，鲜卑名贺六浑，为北魏、东魏权臣，也是北齐政权的奠基者。

(3) 郑述祖：字恭文，荥阳开封人。祖羲，魏中书令。父道昭，魏秘书监。述祖少聪敏，好属文，有风检，为先达所称誉。释褐司空行参军。天保初，累迁太子少师、仪同三司、兖州刺史。时穆子容为巡省使，叹曰："古人有言：'闻伯夷之风，贪夫廉，懦夫有立。'今于郑兖州见之矣。"

君王盛海内，伉俪尽寰中(1)。女仪掩郑国(2)，嫔容映赵宫(3)。春艳桃花水，秋度桂枝风。遂使丛台夜(4)，明月满床空。

【注释】

(1) 伉俪：伉，对等、匹敌之意。如《谷梁传》："使世子伉诸侯之礼而来朝。"俪，结缘、配偶之意。如《左传·成公十一年》："已不能庇其伉俪而亡之。"孔颖达对伉俪有解释："伉俪者，言是相敌之匹耦（偶）。"后来称事业上有成就可相匹敌的夫妇为伉俪，也称一般夫妇为伉俪。

(2) 掩：遮蔽，遮盖。

(3) 嫔：古代皇宫里的女官，皇帝的妾，侍从。映：照耀。

(4) 丛台：台名，战国时，赵国筑。在邯郸城内，数台连筑，故名。

中妇织流黄[1](1)

别人心已怨，愁空日复斜。然香望韩寿(2)，磨镜待秦嘉(3)。残丝愁绩烂，馀织恐缣赊[2](4)。支机一片石(5)，缓转独轮车。下帘还忆月，挑灯更惜花。似天河上景，春时织女家。

【校记】

[1]《乐府诗集》三十五作陈卢询，《诗纪》百十作卢询。《诗纪》另别卢询于询祖后。并注云：名见《颜氏家训》，曰范阳卢询，疑即卢询祖也。乐府作陈人。逯按：乐府盖误作陈脱去祖字，今姑列卢询祖下。

[2] 缣：《乐府》作"嫌"。

【注释】

(1) 流黄：褐黄色，此处至褐黄色之织物。

(2) 韩寿：晋南阳堵阳人，字德真，美姿容。

(3) 秦嘉：东汉陇西人，字士会。作《赠妇诗》。

(4) 馀：宽松，迟缓。

(5) 支机一片石：汉传说为天上织女用以支撑织布机的石头。

裴让之

让之，字士礼，河东间喜人(1)。魏天平中(2)，举秀才，迁主客郎。历中书舍人(3)、散骑常侍(4)，齐受禅，封宜都县男，除清和太守，后被罪赐死。

【注释】

(1) 河东：河东代指山西永济。因黄河流经山西省的西南境，则山西在黄河以东，故这块地方古称河东。秦汉时指河东郡地，在今山西运城、临汾一带。唐代以后泛指山西。

（2）魏：指东魏。天平：元善见，鲜卑族，孝文帝曾孙，清河文宣王元亶之子也。元善见文武双全，美容仪。力能挟石狮子以逾墙，射无不中。从容沉雅，有孝文风。北魏孝武帝永熙三年十月，经高欢和百僚的详细商议后，决定立元善见为皇帝，即位于邺城东北，改元天平，东魏正式建立，年仅十一岁。由于年幼，由权臣高欢辅政。高欢权倾朝野，令孝静帝如坐针毡。高欢死后，其子高澄承继父职，权势更大。公元549年，高洋再继任父兄之职，他见篡魏之时机已到，于次年迫帝禅位于己，改国号“齐”，东魏亡。禅位后次年被高洋以毒酒毒死，终年仅二十八岁，谥号孝静帝。

（3）中书舍人：中书舍人，官名。舍人始于先秦，本为国君、太子亲近属官，魏晋时于中书省内置中书通事舍人，掌传宣诏命。南朝沿置，至梁，除通事二字，称中书舍人，任起草诏令之职，参与机密，权力日重。

（4）散骑常侍：官名。汉有散骑，为皇帝侍从，又有中常侍，性质同。东汉省散骑，改以宦官任中常侍。魏文帝并散骑与中常侍为一官，如称散骑常侍，以士人任职。入则规谏过失，备皇帝顾问，出则骑马散从。资深者称祭酒散骑常侍。

有所思

梦中虽蹔见，及觉始知非。展转不能寐，徙倚独披衣[1]。悽悽晓风急[2]，晻晻月光微(1)。室空常达旦[3]，所思终不归。

【校记】

［1］徙：《文苑》误作“徒”。

［2］悽悽：《文苑》作“凄凄”。

［3］常：《文苑》作“当”。

【注释】

（1）晻晻：黑暗貌，昏暗貌。汉蔡邕《愁霖赋》：“瞻玄云之晻晻兮，听长空之淋淋。”南朝梁陶弘景《冥通记》卷一：“其夕三更中，复闻一人扣户云：‘范帅来！’未应已进……从者唯三人，衣色黑晻晻不可别。”

从北征诗

沙漠胡尘起(1)，关山烽燧惊(2)。皇威奋武略，上将总神兵。高台朔风驶[1]，绝野寒云生。匈奴定远近，壮士欲横行[2](3)。

【校记】

［1］高：《文苑》误作“商”。

［2］行：《类聚》作“驰”。

【注释】

（1）沙漠句：言北征军之高昂士气。

（2）烽燧：即烽火。白天放烟叫烽，夜间举火叫燧。

(3) 横行：纵横驰骋，谓所向无阻。

公馆谯酬南使徐陵诗(1)

嵩山表京邑，钟岭对江津(1)。方域殊风壤(2)，分野各星辰。出境君图事，寻盟我恤邻。有才称竹箭，无用忝丝纶。列乐歌钟响，张旃玉帛陈。皇华徒受命[1]，延誉本无因[2]。韩宣将聘楚(3)，申胥欲去秦(4)。方期饮河朔[3]，翻属卧漳滨。礼酒盈三献[4](5)，宾筵盛八珍(6)。岁稔鸣铜雀(7)，兵戢坐金人。云来朝起盖，日落晚摧轮[5]。异国犹兄弟，相知无旧新。

【校记】

[1] 徒：《初学记》作"荣"，《文苑》同。

[2] 延：《初学记》作"垂"，《文苑》同。

[3] 期：《初学记》作"当"，《文苑》同，《诗纪》云：一作"当"。

[4] 盈三：《文苑》作"三盈"。

[5] 摧：《类聚》作"催"，《初学记》、《文苑》作"推"。

【注释】

(1) 钟岭：钟山，即紫金山。

(2) 方域：四方疆域，全国。

(3) 韩宣：即韩宣惠王，韩昭侯之子。

(4) 申胥：申包。

(5) 三献：古代祭祀时献酒三次，即初献爵、亚献爵、终献爵，合称"三献"。《仪礼·聘礼》："荐脯醢，三献。"《后汉书·百官志二》："光禄勋，卿一人……郊祀之事，掌三献。"宋王禹偁《南郊大礼》诗之三："三献欲终侵曙色，百神齐下散天香。"明杨慎《江祀记》："肃将天祝，幽赞于神明，举爟张乐，三献望燎已，事乃竣。"

(6) 八珍：原指八种珍贵的食物，后来指八种稀有而珍贵的烹饪原料。其具体所指随时代和地域而不同。《礼记·内侧》所列：淳熬（肉酱油浇饭）、淳母（肉酱油浇黄米饭）、炮豚（煨烤炸炖乳猪）、炮牂（煨烤炸炖羔羊）、捣珍（烧牛、羊、鹿里脊）、渍（酒糖牛羊肉）、熬（烘制的肉脯）和肝膋（网油烤狗肝）八种食品。淳熬：肉酱油烧稻米饭；淳母：肉酱油烧黄米饭；炮豚：煨烤炸炖乳猪；炮：煨烤炸炖母羔；捣珍：烧牛、羊、鹿里脊；渍：酒糟牛羊肉；熬：类似五香牛肉干；肝网油：网油包烤猪肝。"珍用八物"：是指牛、羊、麋、鹿、豕（猪）、狗、狼。

(7) 岁稔：年成丰熟。

裴讷之

讷之，字士言，让之(1)弟。弱冠为平原公掌书记(2)，文宣朝(3)，累官至太子舍人(4)。

【注释】

(1) 裴让之：字士礼，生年不详，大约卒于北齐天保六年（555 年）。河东闻喜（今山西闻喜县）人。历仕东魏、北齐两朝，官至中书舍人，颇有政绩，且以诗文知名于世。

(2) 弱冠：古人二十岁行冠礼，以示成年，但体犹未壮，还比较年少，故称“弱”。冠，指代成年。古代男子 20 岁叫作“弱”，这时就要行“冠礼”，即戴上表示已成人的帽子。掌书记：全名节度掌书记，唐代官制，景龙元年（707 年）设置，秩为从八品，类似汉代至南北朝时期的记室参军，为掌管一路军政、民政机关之机要秘书。《新唐书》卷四十九下《百官志四下》“外官”条：“掌书记，掌朝覲、聘问、慰荐、祭祀、祈祝之文与号令升绌之事。”

(3) 文宣：北齐文宣帝高洋（529 年—559 年；在位 550 年—559 年），字子进，南北朝时期北齐开国皇帝，在位 10 年。他是东魏权臣、北齐神武皇帝（追谥，实际尚未即位）高欢次子、北齐文襄皇帝（亦为追谥，实际尚未即位）高澄的同母弟，汉族人。

(4) 太子舍人：见前文《卢询祖》注（3）。

邺馆公谯诗

晋楚敦盟好(1)，侨札同心赏[1](2)。礼成樽俎陈(3)，乐和金石响(4)。朝云驾马进，晓日乘龙上。双阙表皇居，三台映仙掌。当阶篁篠密(5)，约岸荷蕖长。束带尽欣娱，谁言鸳归两。

【校记】

[1] 札：《类聚》误作“礼”。

【注释】

(1) 晋楚句：言使成欢娱之情。

(2) 侨札：侨，春秋时郑大夫公孙侨（子产）。札：吴季札。季札至郑，与子产互赠缟带、衣。后因以此比喻朋友缔交。

(3) 樽俎：盛酒食的器具。樽以盛酒，俎以盛肉。

(4) 金石：钟磬类乐器。

(5) 篁篠：竹林。

邢 邵

邵，字子才，河间郑人[1]。仕魏为宣武帝挽郎(1)，历奉朝请，著作佐郎(2)，累迁中书侍郎(3)、散骑常侍(4)、国子祭酒(5)、尚书令侍中(6)、黄门侍郎(7)。北齐皇建中，出除骠骑将军、西兖州刺史。武成时，入为中书令，迁太常卿(8)，兼中书监(9)，摄国子祭酒(10)，后授特进。有集三十卷。

【校记】

[1] 郑：《北齐书》作“鄚”。

【注释】

(1) 宣武帝：太和二十一年（497）被孝文帝立为太子，太和二十三年（499）四月十二日即位，一共在位16年。延昌四年（515）正月，因病逝于皇宫式乾殿，终年33岁。

(2) 著作佐郎：官名。三国魏始置，属中书省，掌编撰国史。晋代改属秘书省，号称大著作。南朝末期为贵族子弟出身之管。至唐代主管著作局，掌撰拟文字，曾一度改称司文郎中。著作郎下有著作佐郎、校书郎、正字等官。

(3) 中书侍郎：中书侍郎，中书省的长官，副中书令，帮助中书令管理中书省的事务，是中书省固定编制的宰相。中书令在汉朝开始设置，郎称之为中书郎，魏由通事郎改置，晋朝加“侍”，正式称为中书侍郎，东晋又曾一度改为通事郎。

(4) 散骑常侍：官名。汉有散骑，为皇帝侍从，又有中常侍，性质同。东汉省散骑，改以宦官任中常侍。魏文帝并散骑与中常侍为一官，如称散骑常侍，以士人任职。入则规谏过失，备皇帝顾问，出则骑马散从。资深者称祭酒散骑常侍。魏末增加员额，新增者为员外散骑常侍。

(5) 国子祭酒：古代学官名。晋武帝咸宁四年设，以后历代多沿用。为国子学或国子监的主管官。

(6) 尚书令：官名．始于秦，西汉沿置，本为少府的属官，掌文书及群臣的奏章．汉武帝时以宦官司担任（又称中书令），汉成帝时改用士人．东汉政务归尚书，尚书令成为对君主负责总揽一切政令的首脑．

(7) 黄门侍郎：黄门侍郎，又称黄门郎，秦代初置，即给事于宫门之内的郎官，是皇帝近侍之臣，可传达诏令，汉代以降沿用此官职。

(8) 太常卿：太常，中国古代官名，掌宗庙礼仪。原名奉常，汉景帝中元六年（前144）改太常；也有认为西汉初年名为太常，汉惠帝改为奉常，汉景帝时恢复旧称。新朝王莽改名秩宗。东汉再次恢复为太常。太常的主要职责，一是主管祭祀社稷、宗庙和朝会、丧葬等礼仪。祭祀时充当主祭人皇帝的助手。二是主管皇帝的寝庙园陵及其所在的县。

(9) 中书监：官名。三国魏始置，与中书令职务相等而位次略高。东汉以来，尚书权重，录尚书省权利犹大，实际上掌管机要。新设中书省以分尚书之权，是曹魏加强中央集权的新措施。为后来隋唐时期的三省六部制的萌芽。

(10) 国子祭酒：国子祭酒，是古代学官名。晋武帝咸宁四年设，以后历代多沿用。为国子学或国子监的主管官。

思公子

绮罗日减带，桃李无颜色(1)。思君君未归，归来岂相识。

【注释】

(1) 绮罗句：言思妇怀人之幽怨。

三日华林园公宴诗

回銮自乐野[1](1)，弭盖属瑶池(2)。五丞接光景[2]，七友树风仪[3](3)。芳春时欲遽，览物惜将移。新萍已冒沼，馀花尚满枝。草滋径芜没，林长山蔽亏。芳筵罗玉俎[4]，激水漾金卮(4)。歌声断以续，舞袖合还离[5]。

【校记】

[1] 自：《岁时杂咏》作“首”。

[2] 丞：《岁时杂咏》误作“水”。

[3] 友：《初学记》作“反”，《岁时杂咏》作“度”，《文苑》同。

[4] 芳：《艺文类聚》作“方”，《初学记》同。

[5] 以：《岁时杂咏》、《文苑英华》作“且”，《诗纪》云：一作“且”。

【注释】

(1) 乐野：即大乐之野。《山海经·海外西经》：“大乐之野，夏后启于此舞《九代》。”

(2) 属：连接。瑶池：传说中西王母所居之地，在昆仑山上。

(3) “五丞”二句：《战国策·齐策四》：“尧有九佐，舜有七友，禹有五丞。”

(4) 卮：酒器，容量四升。

冬夜酬魏少傅直史馆诗

年病从横至[1]，动息不自安[2]。兼豆未能饱，重裘讵解寒(1)。况乃冬之夜，霜气有馀酸。风音响北牖，月影度南端。灯光明且灭，华烛新复残[3]。衰颜依候改[4]，壮志与时阑(2)。体羸不尽带，发落强扶冠。夜景将欲近[5]，夕息故无宽。忽有清风赠(3)，辞义婉如兰[6]。先言叹三友[7]，次言惭一官[8]。丽藻高郑卫(4)，专学美齐韩(5)。审谕虽有属[9]，笔削少能干[10]。高足自无限，积风良可抟。空想青门易[11]，宁见赤松难。寄语东山道，高驾且盘桓[12]。

【校记】

[1] 横：《初学记》作“衡”。

[2] 不自：《初学记》或作“自不”。

[3] 华烛：《文苑》作“烛花”。

[4] 改：《文苑》作“晚”。

[5] 景：《文苑》作“行”。

[6] 义：《文苑》作“气”。

[7] 叹：《文苑》作“难“，注云：一作“叹”。

[8] 次：《初学记》作“末”，《文苑》云：一作“末”。

[9] 谕：《初学记》作“喻”，《文苑》同，《诗纪》云：一作“喻”。

[10] 干：《初学记》或作“刊”，《诗纪》云：一作“刊”。

[11] 门：《初学记》作“云”。

[12] 且：《文苑》作“尚”，注云：一作“且”。

【注释】

(1) 讵：何，岂。

(2) 阑：晚，残尽。

(3) 清风：文风清雅之作品。

(4) 郑卫：指郑、卫二国的音乐。秦李斯《上书秦始皇》："今弃叩缶击瓮而就郑卫，退弹筝而取《韶》《虞》，若是者何也?"《南史·萧惠基传》："自宋大明以来，声伎所尚，多郑卫，而雅乐正声鲜有好者。"

(5) 齐韩：《诗经》有鲁齐韩三家皆今文。齐韩，当指齐诗、韩诗。

冬日伤志篇

昔时惰游士[1]，任性少矜裁。朝驱玛瑙勒[2](1)，夕衔熊耳杯[3]。折花步淇水[4](2)，抚瑟望丛台。繁华夙昔改，衰病一时来。重以三冬月，愁云聚复开。天高日色浅，林劲鸟声哀[5]。终风激檐宇，馀雪满条枚。遨游昔宛洛，踟蹰今草莱(3)。时事方去矣，抚己独伤怀[6]。

【校记】

[1] 惰：《类聚》作"堕"。

[2] 驱：《类聚》作"驰"，《诗纪》云：一作"驰"。

[3] 夕：《初学记》作"暮"。

[4] 步：《类聚》作"赠"，《初学记》、《文苑》同，《诗纪》云：一作"赠"。

[5] 声：《类聚》作"鸣"，《初学记》、《文苑》同。

[6] 伤怀：《类聚》作"怀哉"。《初学记》、《文苑》同，文苑又注：《初学记》作"伤怀"。《类聚》三、《初学记》三并作"冬日伤志诗"。

【注释】

(1) 玛瑙：玉属也。出自西域，文理交错，有似玛瑙。故其方人因以名之。或以系颈，或以饰勒。勒：马络头。

(2) 淇水：在河南省北部。古为黄河支流，南流至今汲县东北淇门镇南入河。东汉建安中，曹操于淇口作堰，遏使东北流，注入白沟（今卫河），以通漕运，此后遂成为卫河支流。

(3) 草莱：草茅、杂草之类。专指荒芜未垦的土地。

七夕诗

盈盈河水侧(1)，朝朝长叹息。不吝渐衰苦，波流讵可测。秋期忽云至，停梭理容色。束衿未解带，回銮已沾轼(2)。不见眼中人，谁堪机上织。愿逐青鸟去(3)，暂因希羽翼。

【注释】

(1) 盈盈：清澈的样子。

(2) 轼：车厢前的扶手横木。

(3) 青鸟：神话传说中为西王母取食传信的神鸟。《山海经·西山经》："又西二百二十里，曰三危之山，三青鸟居之。”郭璞注：“三青鸟主为西王母取食者，别自栖息于此山也。”《艺文类聚》卷九一引旧题汉班固《汉武故事》：“七月七日，上（汉武帝）于承华殿斋，正中，忽有一青鸟从西方来，集殿前。上问东方朔，朔曰：‘此西王母欲来也。’有顷，王母至，有两青鸟如乌，侠侍王母旁。”后遂以“青鸟”为信使的代称。

齐韦道逊晚春宴诗[1]

日斜宾馆晚，风轻麦候初(1)。檐喧巢幕燕(2)，池跃戏莲鱼(3)。石声随流响，桐影傍岩疏。谁能千里外，独寄八行书[2](4)。

【校记】

［1］《诗纪》云观题似韦道逊所作，《文苑英华》作邢邵，姑列于此。

［2］寄：《文苑英华》作“倚”。

【注释】

（1）麦候：农历四月。

（2）巢幕燕：《左传·襄二十九年》：“夫子之在此也，犹燕之巢于幕上。”

（3）戏莲鱼：《乐府·江南》：“鱼戏莲叶间。”

（4）八行书：《后汉书·窦章传》“更相荐引”，李贤注引马融《马窦伯向书》曰：“孟陵奴来，赐书，见手迹。欢喜何量，见于面世。书虽两纸，纸八行，行七字。”后因指书信。

应诏甘露诗

膏露且渐洽(1)，凝液汭旍旗(2)。草木尽沾被，玉散复珠霏。谁谓穹昊远(3)，道合若应机(4)。

【注释】

（1）洽：广博，周遍。

（2）旍旗：同旌旗，旗帜的通称。

（3）穹昊：犹穹苍。

（4）机：事物演化的迹象。

贺老人星诗(1)

瑞动星光照(2)，化穆月轮重(3)。庶徵符祉箓(4)，将以赞时雍(5)。

【注释】

（1）老人星：即南极老人星、寿星。《史记·封禅书》司马贞《索隐》：“寿星，盖南极老人星也。见则天下现安，故祠之以祷福寿。”

（2）瑞：祥瑞，古人附会自然界出现的某种现象为吉祥之兆。

（3）化穆：教化和顺。

（4）庶徵：某事发生前的许多迹象，征候。祉：福。帝王称其所谓天赐的符命之书。

（5）时雍：《书·尧典》："黎民于变时雍。"孔传："时，是，雍，和也。"后指时世太平。

诗

安得金仙术，两臆生羽翼。

郑公超

公超，后主时为奉朝请[1]，待诏文林馆[2]。与祖珽等同撰《御览》[3]。

【注释】

（1）后主：北齐后主高纬（556—577），字仁纲，北齐末代皇帝，武成帝高湛长子，母亲是胡皇后，任用奸佞，导致亡国。

（2）文林馆：官署名。北齐时设置，掌管著作及校理典籍，并培训生徒，设置学士。北周时改称崇文馆。《唐六典》八："宋太始至齐永明，有总明馆，梁有士林馆，北齐有文林馆，后周有崇文馆。或典校，或司撰，或兼训生徒，若今宏文馆之任也。"

（3）《修文殿御览》：是北齐后主高纬时官修的一部类书。

送庾羽骑抱诗

旧宅青山远，归路白云深。迟暮难为别[1]，摇落更伤心[2]。空城落日影，迥地浮云阴。送君自有泪，不假听猿吟。

【注释】

（1）迟暮句：言送别时难舍难分之情。

（2）摇落：凋谢，零落。

杨　训

训，后主时为通直散骑侍郎[1]，待诏文林馆[2]，同修《御览》[3]。

【注释】

（1）散骑侍郎：散骑侍郎，正式的说法应该是"员外散骑常侍"，意思是额外增补的散骑常侍，品级上应该略低于散骑常侍。后主：见前文《郑公超》注（1）。

（2）文林馆：官署名。北齐时设置，掌管著作及校理典籍，并培训生徒，设置学士。北周时改称崇文馆。《唐六典》八："宋太始至齐永明，有总明馆，梁有士林馆，北齐有文林馆，后周有崇文馆。或典校，或司撰，或兼训生徒，若今宏文馆之任也。"

（3）《御览》：见前文《郑公超》注（3）。

群公高宴诗

中郎敷奏罢(1)，司隶坐朝归。开筵引贵客，馔玉对春晖。尘起金吾骑，香逐令君衣。绿酒犀为椀，鸣琴宝作徽(2)。寸阴良可惜，千金本易挥。

【注释】

(1) 敷奏：陈述奏进。敷，陈述。奏，进。

(2) 徽：琴徽，击弦的绳。后称七弦琴琴面上的十三个指示音节的标志为徽。

袁 奭

奭，字元明，陈郡人(1)，梁司空昂之孙(2)。萧庄时(3)，以侍中奉贡至齐，及庄败，除琅邪王俨大将军谘议，入文林馆(4)，迁太中大夫(5)。

【注释】

(1) 陈郡：秦置陈郡，或为陈国、淮阳国、淮阳郡。辖今豫东、豫南及安徽近30个县市的广大地区，领12县：陈县、固陵、阳夏、柘县、苦县、新阳、汝阴、寝县、新蔡、平舆、上蔡、项县。其中心地区在今河南省周口市一带。魏晋南北朝时有籍贯本地的士族陈郡谢氏，最为知名。

(2) 昂：袁昂（461—540）。

(3) 萧庄：（548年—577年），557年到560年为南梁皇帝，梁元帝之孙，世子萧方等之子。

(4) 文林馆：见前文《萧放》注（3）。

(5) 太中大夫：官名。秦官，掌论议，汉以后各代多沿置。唐、宋为文散官第八阶，从四品上。宋元丰属制用以换左右谏议大夫。后定为文官第十一阶，金称大中大夫，从四品。元升为从三品。明亦称大中大夫，为从三品加授之阶。

从驾游山诗

天游[1]响仙跸(1)，春望动神衷(2)。涧水含初溜[2]，山花发早丛[3]。玉舆明淑景(3)，珠旗转瑞风。平原与上路[4]，佳气远葱葱。

【校记】

[1] 天游：《初学记》作“游天”，《文苑》作“从天”。

[2] 含：《初学记》作“合”。

[3] 丛：《初学记》误作“聚”。

[4] 路：《诗纪》云：一作“洛”。

【注释】

(1) 仙跸：指天子的车驾。

(2) 神衷：神明的内心。旧时常用以称颂帝王的意旨。

（3）玉舆：古代帝王出行时，禁止行人以清道。后指帝王的车驾或行幸之处。

荀仲举

仲举，字士高，颍川人⁽¹⁾。仕梁为南沙令，后至齐，入文林馆⁽²⁾，出为义宁太守⁽³⁾。

【注释】

（1）颍川：颍川是郡名。战国秦王政十七年（前230）置。以颍水得名。治阳翟（今禹州市）。辖境相当今河南登封市．宝丰以东．尉氏．郾城以西，新密市以南，叶县．舞阳以北地。其后治所屡有迁移，辖境渐小，东魏武定时移冶颍阴（北齐改长社，隋改颍川唐又改长社，今许昌市）。隋初废，大业及唐天宝．至德时又曾改许州为颍川郡。

（2）文林馆：见前文《萧放》注（3）。

（3）太守：太守，原为战国时代郡守的尊称。西汉景帝时，郡守改称为太守，为一郡最高行政长官。

铜雀台

高台秋色晚，直望已凄然[1]。况复归风便，松声入断弦[2]。泪逐梁尘下，心随团扇捐⁽¹⁾。谁堪三五夜，空对月光圆[3]。

【校记】

[1] 直望：《文苑英华》作“铜雀”，注云：一作“直置”，又作“直望”。

[2] 断：《文苑英华》作“管”，注云：一作“断”。

[3] 圆：《乐府》作“圜”。

【注释】

（1）捐：舍弃。

魏　收

收，字伯起，钜鹿下曲阳人⁽¹⁾。仕魏典起居注，俄兼中书舍人⁽²⁾，与温子升、邢子才齐名，世号三才⁽³⁾。齐天保初⁽⁴⁾，除中书令⁽⁵⁾，兼著作郎⁽⁶⁾，后除光禄大夫⁽⁷⁾、尚书右仆射⁽⁸⁾。武平三年卒⁽⁹⁾。有《后魏书》三十卷、集七十卷。

【注释】

（1）钜鹿：郡名，秦置，汉因之。曲阳：战国时期，曲阳县曾先后为鲜虞、中山和赵国地。秦始皇统一六国后，分天下为三十六郡，始置曲阳县，属巨鹿郡。汉高帝元年（前206），设恒山郡，后曰常山郡，曲阳县属之。文帝元年（前179）曲阳改称“上曲阳”。三国时至晋朝上曲阳属常山郡。北齐天宝七年（556）上曲阳县复称曲阳县。

（2）中书舍人：中书舍人，官名。舍人始于先秦，本为国君、太子亲近属官，魏晋时于中书省内置中书通事舍人，掌传宣诏命。南朝沿置，至中书舍人梁，除通事二字，称中书舍人，任起草诏令之职，参与机密，权力日重。甚至专断朝政。隋唐时，中书舍人在中书省掌制诰（拟草诏旨），多以有文学资望者充任。隋炀帝时曾改称内书舍人，武则天时称凤阁舍人。

（3）温子升：温子升是晋朝将军温峤的后世子孙，亲温晖，曾任兖州左将军长史，行济阴郡事。北魏孝明帝初，在全国选拔辞人补充御史之职时，他在8000名应考人中名列榜首，一举成名，补为御史，时年22岁。547年（东魏武定五年），元瑾作乱，高澄疑子升同谋，把他囚入晋阳狱。是年饿死狱中，有《文笔》35卷及《永安记》3卷传于世。明人辑有《温侍读集》。邢子才：生于魏孝文帝太和二十年（496），记忆力强，十岁能属文，少游洛阳，因雨五天读完一部《汉书》，仕北魏、北齐两朝，历官骠骑将军、西兖州刺史、中书令、国子监祭酒、加特进等，与魏收、温子升号称三才子（世称“北地三才”）。卒年不详。撰有文集三十卷。

（4）齐：北齐（550—577），是中国南北朝时的北方王朝之一。550年（庚午年五月戊午日），由文宣帝高洋取代东魏建立，国号齐，建元天保，建都邺，史称北齐。

（5）中书令：中书令，官名。汉武帝时以宦官担任中书，称中书令，置令与仆射为其长，掌传宣诏命等。中书令、尚书令在西汉并置，与谒庭令、内者令等宦官都是由士人担当。

（6）著作郎：中书令，官名。汉武帝时以宦官担任中书，称中书令，置令与仆射为其长，掌传宣诏命等。中书令、尚书令在西汉并置，与谒庭令、内者令等宦官都是由士人担当。

（7）光禄大夫：战国时代置中大夫，汉武帝时始改为光禄大夫，秩比二千石，掌顾问应对。隶于光禄勋。魏晋以后无定员，皆为加官及褒赠之官：加金章紫绶者，称金紫光禄大夫；加银章紫绶者，称银青光禄大夫。

（8）尚书右仆射：尚书仆射，尚书省的副官，尚书令为虚职后，尚书仆射成为尚书省的长官，唐朝初年和北宋后期成为名副其实的首席宰相。

（9）武平：武平（570—576）是北齐后主高纬的年号，历时6年余。

美女篇二首

楚襄游梦去[(1)]，陈思朝洛归[(2)]。参差结旌旆，掩霭顿骖騑[(3)]。变化看台曲，骇散属川沂。仍令赋神女，俄闻要虙妃[(4)]。照梁何足艳，升霞反奋飞。可言不可见，言是复言非。

【注释】

（1）楚襄游梦：昔者楚襄王与宋玉游于云梦之台，望高唐之观。

（2）陈思朝归洛：用曹植作《洛神赋》事。

（3）骖騑：古代驾车的马若是三匹或四匹，就有骖、服之分。中间驾辕的马叫服，两旁的马叫骖。一说服左边的马叫骖，服右边的马叫騑。骖服和骖騑，又泛指拉车的马或车马。

(4) 虙妃；相传是伏羲氏之女，溺死洛水，遂为洛水之神。也写作“宓妃”。

□□□□□，我帝更朝衣。擅宠无论贱，入爱不嫌微。智琼非俗物，罗敷本自稀(1)。居然陋西子(2)，定可比南威(3)。新吴何为误，旧郑果难依。甘言诚易污，得失定因机。无憎药英妒，心赏易侵违。

【注释】

(1) 罗敷：人名。后为貌美而有节操的妇女的统称。

(2) 西子：西施，以美著称。后常用作绝色美女的代称。

(3) 南威：古美女名，南之威的省称。春秋时晋国的美女。南威与西施并称“威施”，均是美女的代称。《战国策·魏策二》：“晋文公得南之威，三日不听朝，遂推南之威而远之，曰：‘后世必有以色亡其国者。’”三国魏曹植《与杨德祖书》：“盖有南威之容，乃可以论其淑媛。”晋葛洪《抱朴子·论仙》：“不可以无盐宿瘤之丑，而谓在昔无南威西施之美。”

永世乐

绮窗斜影入，上客酒须添(1)。翠羽方开美(2)，铅华汗不沾。关门今可下，落珥不相嫌(3)。

【注释】

(1) 绮窗：雕画花纹的窗户。

(2) 翠羽：本义为翠绿色的羽毛，这里喻美人之眉。

(3) 珥：耳饰。

棹歌行

雪溜添春浦(1)，花水足新流[1]。桃发武陵岸(2)，柳拂武昌楼(3)。

【校记】

[1] 水：《文苑英华》作“木”。

【注释】

(1) 溜：雪融化而形成的檐前滴水。

(2) 武陵：“武陵”这一地名，最早出现在西汉初年。《汉书·地理志》记载：“武陵郡，高帝置，莽曰建平。属荆州。(领) 县十三：索（今常德市武陵区、鼎城区、汉寿县地，故城今鼎城区韩公渡镇城址村）、孱陵（今湖北公安县与湖南安乡、澧县、津市、南县、华容等县地）、临沅（今常德市武陵区、鼎城区大部和桃源县地）、沅陵（今沅陵、泸溪、吉首、麻阳等县地）、镡成（今洪江市、靖州、绥宁、会同、通道、中方等县地，错入今贵州省境）、无阳（今芷江、新晃、怀化等县地，错入今贵州省境）、迁陵（今保靖县地，错入今重庆市境）、辰阳（今辰溪、麻阳、花垣、凤凰等县地）、酉阳（今永顺、龙山、古丈等县地，错入今重庆市境）、义陵（今溆浦县地）、佷山（今湖北长阳县地）、零阳（今慈利、石门、临澧、澧县等县地）、充（今永定区、桑植县地）”。武陵郡又称“义陵郡”。其来历据晋人常林《义陵记》云：“项羽弑义帝于郴，武陵人缟素哭于招屈亭，高帝闻而义之，故曰义陵。”郡治义陵县（一说治索县）。建置时间，据《后汉书·郡国志》武陵郡下原注：“秦昭王置，名黔中郡。高帝五年（前202）年更名。”[《水经注·沅水》记为“汉高祖二年（前205年)]

（3）武昌：武昌县在周代属楚，秦属南郡。前201年设置江夏郡，设沙羡县，治涂口（现在的江夏区金口街道)。378年改汝南县。581年改江夏县，589年改治郢城（现在的武汉市武昌区)。

挟琴歌

春风宛转入曲房(1)，兼送小苑百花香。白马金鞍去未返，红妆玉箸下成行(2)。

【注释】

（1）曲房：深幽隐的密室。

（2）玉箸：玉做的筷子，亦指思妇的眼泪。

后园宴乐诗

束马轻燕外(1)，猎雉陋秦中(2)。朝车转夜毂，仁旗指旦风。式宴临平圃，展卫写屠穹(3)。积崖疑造化，导水逼神功。树静归烟合，帘疏返照通。一逢尧舜日(4)，未假北山丛。

【注释】

（1）束：约束，限制。

（2）陋：鄙薄。

（3）卫：箭羽。

（4）尧舜：唐尧和虞舜的并称。远古部落联盟的首领。古史传说中的圣明君主。

喜雨诗

霞晖染刻栋，础润上雕楹(1)。神山千叶照，仙草百花荣。泻溜高斋响，添池曲岸平。滴下如珠落，波回类璧成。气调登万里，年和欣百灵(2)。定知丹甑出(3)，何须铜雀鸣。

【注释】

（1）础润：础，础石。柱子的基石润湿了（就是要下雨的征候)。础润即地面反潮，大雨来临之前，空气湿度较大，地面温度较低，靠近地面的水汽遇冷凝聚为小水珠，另外，地面含有的盐分容易吸附潮湿的水汽，故地面反潮预示大雨将至。

（2）百灵：百神。

（3）丹甑：炊器。古代传说丰年所出的一种瑞物。《宋书·符瑞志下》：“丹甑，五谷丰熟则出。”南朝梁简文帝《大法颂序》：“桂薪不斧，而丹甑自熟。玉皋讵率，而银瓮斯满。”南朝梁孙柔之《瑞应图·丹甑》：“王者弃淫污之物，则丹甑出。一曰行年丰即出。”

看柳上鹊诗

背岁心能识[1]，登春巢自成。立枯随雨霁，依枝须月明(1)。疑是雕笼出，当由抵玉惊(2)。间关拂条软(3)，回复振毛轻。何独离娄意，傍人但未听(4)。

【校记】

[1] 背：《文苑英华》误作“皆”。

【注释】

(1) 依枝句：观雀以抒明月而不见用之叹。

(2) 抵玉：价值与玉相当。抵，价值相当。

(3) 间关：象声词，鸟鸣声。

(4) 离娄：人名，古之明目者。

晦日泛舟应诏诗

袅袅春枝弱，关关新鸟呼(1)。棹唱忽逶迤，菱歌时顾慕(2)。睿赏芳月色[1]，宴言忘日暮。游豫慰人心[2](3)，照临康国步(4)。

【校记】

[1] 芳：《太平御览》作“方”。月：《艺文类聚》作“日”。

[2] 游：《太平御览》作“犹”。

【注释】

(1) 关关：鸟鸣声。

(2) 菱歌：采菱之歌。顾慕：《文选》嵇康《琴赋》：“或绯徊顾慕，拥郁抑按。”吕向注：“顾慕、拥郁、抑按，声驻而不散貌。”

(3) 游豫：游乐。

(4) 照临：指君主的统治。国步：国家的运势。

月下秋宴诗

此夕甘言宴[1]，月照露方涂[2](1)。使星疑向蜀(2)，剑气不关吴(3)。良交契金水(4)，上客慰萱苏(5)。何必应刘辈，还来游邺都(6)。

【校记】

[1] 甘：《初学记》作“具”。

[2] 方涂：《初学记》作“华浮”。

【注释】

(1) 涂；即“涂涂”，《楚辞·九叹·逢纷》：“白露纷以涂涂。”王逸注：“涂涂，厚貌。”

（2）使星：用《后汉书·方术列传》李合典。

（3）剑气：用《晋书·张华传》“丰城剑气”典。

（4）金水：五行生克，金生水。后以喻交情深厚。

（5）萱苏：《初学记》卷二七王朗《与魏太子书》：“不遗惠收，所以慰沃，奉读欢笑，以籍饥渴，虽复萱草忘忧，皋苏释劳，无以加也。”萱，萱草。苏，紫苏。

（6）应刘：应玚和刘桢。邺都：邺都在今河北大名东北。

五日诗

麦凉殊未毕，蜩鸣早欲闻。暄林尚黄鸟，浮天已白云。辟兵书鬼字，神印题灵文(1)。因想苍梧郡(2)，兹日祀东君[1](3)。

【校记】

[1] 东：《初学记》作“陈”，《文苑英华》、《万花谷》同。

【注释】

（1）灵：神灵。

（2）苍梧：县名，在广西东南。

（3）东君：《东君》一诗为屈原所作，该诗祭祀对象是什么神，古无异辞，都说是日神。洪兴祖《楚辞补注》云：“《博雅》曰：‘朱明、耀灵、东君、日也。’《汉书·郊祀志》有东君。”朱熹《楚辞集注》云：“此日神也。”

庭柏诗

古松图偃盖，新柏写炉峰(1)。凌寒翠不夺，迎暄绿更浓(2)。茹叶轻沈体，咀实化衰容。将使中台麝，违山能见从。

【注释】

（1）偃盖：形容松树枝叶横垂，张大如伞盖之状。炉峰：江西省庐山，香炉峰的省称。

（2）暄：温，暖。

蜡节诗

凝寒迫清祀(1)，有酒宴嘉平(2)。宿心何所道(3)，藉此慰中情(4)。

【注释】

（1）清祀：阴历十二月祭的别名。

（2）嘉平：腊月的别称。

（3）宿心：一向的心愿，往日的本心。

（4）中情：内心的思想感情。

七月七日登舜山诗

述职无风政[1]，复路阻山河。还思麾盖日，留谢此山阿[2]。

【注释】

(1) 述职：到职。

(2) 山阿：山中曲处。

论叙裴伯茂诗[1]

临风想玄度[2]，对酒思公荣。

【注释】

(1) 裴伯茂：北魏学者。河东（今山西永济）人，学涉群书，北魏末为行台郎中、散骑常侍、中书侍郎，后加中军大将军。曾作《豁情赋》，表示服膺庄子哲学。他说："复究览庄生，具体齐物，物我两忘，是非俱遣，斯人之达．吾听师焉。"（《魏书·裴伯茂传》）。《魏书》卷五有传，撰写《晋书》，未成而卒。

(2) 玄度：东晋许询。

大射赋诗

尺书徵建邺[1]，折简召长安[2]。

【注释】

(1) 建邺：称源于公元 282 年（晋太康三年）南京古地名。徵：征召。

(2) 折简：指书札或信笺。召：呼唤。

刘　逖

逖，字子长。彭城人[1]，齐文襄以为永安公参军[2]。武成时[3]，迁散骑常侍[4]，武平四年[5]，与崔季舒等同诛[6]。

【注释】

(1) 彭城：徐州古称彭城，又名涿鹿，已有六千年文明史。

(2) 齐文襄：高澄逝世后，被后来的北齐政权追封为北齐文襄皇帝。参军：古代官名。即参军事。参军或参军事，本参谋军务之称。

(3) 武成（559—560）是北周明帝宇文毓的年号，历时年余。

(4) 散骑常侍：官名。秦、汉时设散骑（皇帝的骑从）和中常侍。三国魏置由汉代散骑和中常侍合并而成。在皇帝左右规谏过失，以备顾问。

(5) 武平：是北齐后主高纬的年号，历时 6 年余（570—576)。

(6) 崔季舒（？—573)，字叔正。博陵安平（今山东益都）人。南北朝时北齐官吏。

对雨诗

重轮宵犯毕(1)，行雨旦浮空。细落疑含雾[1]，斜飞觉带风。湿槐仍足绿，沾桃更上红[2]。无由似玄豹(2)，纵意坐山中。

【校记】

[1] 含雾：《文苑》作“寒露”。

[2] 桃：《文苑》作“莲”。

【注释】

(1) 重轮：日月外围所观之光圈。

(2) 玄豹：汉刘向《列女传・陶答子妻》：“南山有玄豹，雾雨七日而不下食者，何也？欲以泽其毛而成文章也，故藏而远害。”后喻怀才畏忌而隐居的人。

秋朝野望诗

驻车凭险岸，飞盖历平湖。菊寒花稍发，莲秋叶渐枯。向浦低行雁，排空转噪乌。若将君共赏，何处减城隅。

浴温汤泉诗[1]

骊岫犹怀土[2](1)，新丰尚有家(2)。神井堪消疹[3](3)，温泉足荡邪。紫苔生石岸，黄沫拥金沙[4]，振衣殊未已。翻能停使车[5]。

【校记】

[1]《诗纪》云：声偶作“剂邈诗”，非也。《艺文类聚》九，《初学记》七作“浴温汤”，《文苑英华》百六十四作“浴温”，无作者名。

[2] 土：《艺文类聚》作“玉”。

[3] 疹：《艺文类聚》作“疢”，《初学记》作“厉”。

[4] 沫：《初学记》作“叶”，《文苑英华》同。

[5] 能：《类聚》作“然”。

【注释】

(1) 骊岫：指骊山。

(2) 新丰：县名，故城在今陕西临潼县东北。

(3) 神井：神井奇灵异的井。

清歌发诗(1)

扇中通曼脸(2)，曲里奏阳春(3)。久应迷座客，何啻起梁尘(4)。

【注释】

(1) 清歌：不用乐器伴奏的歌唱。

（2）曼：善，细腻。

（3）阳春：古歌曲名。是一种比较高雅难学的曲子。

（4）啻：但，只。

北　齐　诗

卷　二

祖　珽

斑，字孝徵，范阳遒人(1)。起家秘书郎(2)，拜尚书左仆射(3)，出为徐州刺史(4)。武平中(5)。卒于州。

【注释】

(1) 范阳：范阳在历史上所辖区域多有变动，约在今北京市和河北省保定市北部。

(2) 秘书：官名。三国魏始置，属秘书省，掌管图书经籍，或称“秘书郎中”。南朝士族子弟以为出身之官。唐代一度改称“兰台郎”。后魏后各代另置校书郎校雠典籍，订正讹误，以秘书郎专管图书收藏及校写。

(3) 尚书左仆射：尚书仆射，尚书省的副官，尚书令为虚职后，尚书仆射成为尚书省的长官。

(4) 刺史：刺史，职官，汉初，文帝以御史多失职，命丞相另派人员出刺各地，不常置。汉武帝元封五年（前 106）始置，“刺”，检核问事之意。刺史巡行郡县，分全国为十三部（州），各置部刺史一人，后通称刺史。刺史制度在西汉中后期得到进一步发展，对维护皇权，澄清吏治，促使昭宣中兴局面的形成起着积极的作用。王莽称帝时期刺史改称州牧，职权进一步扩大，由监察官变为地方军事行政长官。

(5) 武平：是北齐后主高纬的年号，历时 6 年余（570—576）。

从北征诗

翠旗临塞道，灵鼓出桑乾(1)。祁山敛雰雾(2)，瀚海息波澜。戍亭秋雨急[1]，关门朔气寒(3)。方系单于颈(4)，歌舞入长安。

【校记】

[1] 戍：《类聚》误作“或”。

【注释】

(1) 灵鼓：古乐器，祭地祇用之。

(2) 祁山：山名，在甘肃西和县西北。雰（fēn）：雾气

(3) 朔气：寒气。

(4) 单于：是匈奴人对他们部落联盟的首领的专称，意为广大之貌。单于始创于匈奴著名的冒顿单于的父亲头曼单于，之后这个称号一直继承下去，直到匈奴灭亡为止。而东汉三国之际，有乌丸、鲜卑的部落使用单于这个称号。至两晋十六国，皆改称为大单于的称号，但地位已不如以前。

望海诗

登高临巨壑(1)，不知千万里。云岛相接连[1]，风潮无极已[2]。时看远鸿度，乍见惊鸥起[3]。无待送将归[4]，自然伤客子。

【校记】

[1] 接连：《事类赋》作“连接”。

[2] 潮：《事类赋》作“涛”。

[3] 乍：《初学记》作“但”，《文苑英华》同。

[4] 无待：《初学记》、《文苑英华》作“不假”，《诗纪》云：一作“不假”。

【注释】

(1) 巨壑：大海。

挽　　歌

昔日驱驷马[1]，谒帝长杨宫(1)。旌悬白云外，骑猎红尘中。今来向漳浦(2)，素盖转悲风。荣华与歌笑，万事尽成空。

【校记】

[1] 日：《诗纪》云：一作“时”。

【注释】

(1) 长杨宫：汉行宫名，因宫有长杨树而名。故址在今陕西周至县东南。

(2) 漳浦：漳水之滨。

安德王高延宗

延宗，文襄帝澄第五子(1)，文宣帝天保六年(2)，封安德王。出为定州刺史(3)，历司徒、太尉(4)。后主奔并，以为相国(5)、并州刺史(6)。武平七年十二月十四日，即皇帝位，改元德昌(7)，是月为周所灭。

【注释】

(1) 文襄帝：北齐文襄皇帝是北齐的第二任君主，名高澄，是一位颇有建树的皇帝。

(2) 文宣帝：名高洋，于550年逼迫东魏孝静帝元善见禅位，自立为帝，定国号为大齐，改元天保，建都邺，年仅二十一岁，为北齐显祖文宣帝。在位前期勤于政事，以法驭

下，并能任用杨愔等人，勤于武备，征伐四克。后来神智昏乱，猜忌残暴，虐杀兄弟，饮酒无节制，最后因饮酒过量无法饮食。天保十年（559 年），高洋去世，时年仅 31 岁，他的谥号为文宣皇帝，庙号为显祖，太子高殷即位。武成帝曾于天统初，改其谥为景烈，庙号威宗。武平初，赵彦深执政，复帝本谥，庙号仍为显祖。天宝六年：（550 年五月—559 年十二月）是北齐文宣帝高洋的第一个年号，历时 9 年余

（3）定州：太行山东麓，华北平原西缘，河北省中部偏西。刺史：刺史，官名。汉武帝废除了沿秦而置的监御史制度，将全国划分为十三州（又称部），各州任免刺史一人。

（4）司徒：中国、朝鲜、代职官。西周始置，位次三公，与六卿相当，与司马、司空、司士、司寇并称“五官”，金文多作“司土”，与司马、司工（即司空）合称“三有司”。是管理土地、人民的官，与后世的户部尚书相当。春秋时沿置。汉哀帝时丞相改称大司徒，东汉时改称司徒，成为三公之一。太尉：太尉，中国秦汉时中央掌军事的最高官员，秦朝以“丞相”、“太尉”、“御史大夫”并为“三公”。后逐渐成为虚衔或加官。太尉之名最早见于《吕氏春秋》。

（5）相国：相国是古官名。春秋战国时，除楚国外，各国都设相，称为相国、相邦或丞相，为百官之长。

（6）并州：古属冀州之域，虞舜以冀州南北太远，分置并州。应邵曰：“地在两谷之间，故曰并州。”夏仍为冀州地，周曰并州。《周礼·职方》：“正北曰并州，其山镇曰恒山，薮曰昭余祁，川曰滹沱、呕夷；浸曰涞、易。”据《舆地广记》载，周并州包括今山西全境和河北、内蒙部分地区。刺史：官名。汉武帝废除了沿秦而置的监御史制度，将全国划分为十三州（又称部），各州任免刺史一人。此时的刺史为监察官，受御史中丞管辖，以六条诏书监察本州郡县官，秩八百石，较太守的秩比二千石为低。汉成帝时，改刺史为州牧。汉哀帝初，改归旧制，不久复称为州牧。东汉初又复称刺史。汉灵帝时，改刺史为州牧，位居太守上，掌握一州军政大权，成为一级地方行政长官。魏晋南北朝，以刺史领州，多带使持节、持节、假节、都督诸军事衔。隋文帝废郡，以州领县，则刺史与前代太守无异。隋唐时期，炀帝、玄宗、武则天都曾经废州改郡，不久仍其旧。晚唐五代时，节度使、观察使所领诸州不得径自奏事上计，节度使甚至自署刺史，导致刺史职任渐轻。宋代以朝臣充知州，刺史成为专供武臣迁转的虚衔。

（7）德昌：德昌（576 年十二月）是北齐政权安德王高延宗的年号。

经墓兴感诗

夜台长自寂[(1)]，泉门无复明[(2)]。独有鱼山树[(3)]，郁郁向西倾。睹物令人感，目极使魂惊。望碑遥堕泪[(4)]，轼墓转伤情[(5)]。轩丘终见毁[(6)]，千秋空建名。

【注释】

（1）夜台：坟墓。

（2）泉门：墓门。

（3）鱼山：曹植葬于此。

（4）“望碑”句：《晋书・羊祜传》：“襄阳百姓于岘山祜平生……”

（5）轼墓：《礼记・檀弓下》：“过墓则轼，过祀则下。”

（6）轩丘：古地名。相传为轩辕黄帝所居之处。

萧　悫

悫（què），字仁祖，兰陵人(1)，梁宗室上黄侯晔之子。天保中入齐(2)，武定中为太子洗马(3)。后主时，为齐州录事参军(4)，待诏文林馆(5)。后入隋，有集九卷。

【注释】

（1）兰陵：中国古代名邑。据传因附近土陵兰草繁茂、兰花芳香而得名。春秋时，鲁国在此设次室邑，战国时，楚国始设立兰陵县，公元前255年，著名思想家、教育家荀子应楚相春申君所邀任兰陵令近二十年，后居于兰陵著书立说，死后葬于兰陵。此后历代在兰陵设立郡县，北宋始置兰陵镇，属丞县（今枣庄市峄城区）。

（2）天宝：北齐文宣帝高洋的年号。

（3）太子洗马：太子洗马，也简称为洗马，是一个中国古代官职，属于太子官属，即东宫官，是太子的随从官员，最早设立于汉朝。洗，通假于“先”，洗马也就是先马，意思是在马前做先导。

（4）录事参军：中国古代官名。晋代置，亦称录事参军事，为王府、公府及大将军府等机关的属官，掌管各曹文书，纠查府事。

（5）文林馆：见前文“萧放”注（3）。

临高台

崇台高百尺，迥出望仙宫[1]。画栱浮朝气[2](1)，飞梁照晚虹。小衫飘雾縠(2)，艳粉拂轻红。笙吹汶阳筱[3](3)，琴奏峄山桐(4)。舞逐飞龙引，花随少女风。临春今若此，极宴岂无穷[4]。

【校记】

［1］迥：《文苑英华》作“回”。

［2］朝：《乐府》、《诗纪》并云：一作“云”。

［3］汶：《文苑英华》误作“文”。

［4］宴：《乐府》作“燕”。

【注释】

（1）画栱；有画饰的斗拱。

（2）雾縠：如薄雾的轻纱。縠（hú），今之轻纱，薄如雾。

（3）汶阳：县名，故址在今山东宁阳县北。

（4）峄山：山名，即邹山，在山东邹县东南。

上之回

发轫城西畤[1](1)，回舆事北游。山寒石道冻，叶下故宫秋。朔路传清警，边风卷画旒(2)。岁馀巡省毕，拥仗返皇州[2]。

【校记】

[1] 畤：《文苑英华》误作“畴”。

[2] 拥仗：《文苑英华》作“按节”，注云：一作拥仗。《诗纪》云：一作按节。

【注释】

(1) 发轫：启行。轫：杀车木。畤：(zhì)，祭天地及古代帝王的处所。

(2) 旒：(liú) 古旗帜下边悬垂的饰物。

飞龙引(1)

河曲衔图出(2)，江上负舟归。欲因作雨去，还逐景云飞(3)。引商吹细管(4)，下徵泛长徽(5)。持此凄清引，春夜舞罗衣。

【注释】

(1) 引：乐曲体裁之一，有序曲体裁之一，有序曲之意。

(2) 河曲衔图：用《周易》一书来源的传说。

(3) 景云：祥云。

(4) 商：五音之一。

(5) 徵：五音之一。

奉和济黄河应教诗

大蕃连帝室(1)，骖驾奉皇猷(2)。未明驱羽骑(3)，凌晨方画舟。津城度维锦(4)，岸柳夹缇油(5)。钟声飏别岛[1]，旗影照苍流。早光生剑服(6)，朝风起节楼。滔滔细波动，裔裔轻舷浮(7)。回桡避近碛，放舳下前洲。全疑上天汉，不异谒蓬丘(8)。望知云气合，听识水声秋。从君何等乐[2]，喜从神仙游。

【校记】

[1] 钟：《文苑英华》作“饶”，注云：《初学》作“钟”。《诗纪》云：一作“铙”。

[2] 君：《乐府》作“军”。

【注释】

(1) 蕃：屏障，通“藩”。

(2) 皇猷：帝王的谋略或教化。

(3) 羽骑：羽林军的骑兵。

(4) 津：渡口。

(5) 缇 (tí)：桔红色。

(6) 剑服：剑士的服装。《庄子·说剑》："庄子曰：'请治剑服。'治剑服三日，乃见太子。"

(7) 裔裔：络绎不绝以次渐进。

(8) 蓬丘：出自汉东方朔撰的《十洲记》。《十洲记》记载汉武帝听西王母说大海中有祖洲、瀛洲、玄洲、炎洲、长洲、元洲、流洲、生洲、凤麟洲、聚窟洲等十洲，便召见东方朔问十洲所有的异物，后附沧海岛、方丈洲、扶桑、蓬丘、昆仑五条。是虚构的仙境之地。

和崔侍中从驾经山寺诗

钩陈夜警徼[1]，河汉晓参横[2]。游骑腾文马[3]，前驱转翠旌(1)。野禽喧曙色，山树动秋声。云表金轮见(2)，岩端画栱明[4]。塔疑从地涌，盖似积香成。泉高下溜急，松古上枝平[5]。仪台多壮思[6]，丽藻蔚缘情。自嗤非照庑[7]，何以继连城(3)。

【校记】

[1] 警：《初学记》作"瞻"。

[2] 参：《文苑英华》、《诗纪》并云：一作"从"。

[3] 文：《文苑英华》云：一作"云"。

[4] 栱：《初学记》作"拱"。《文苑》同，又注：宋本作"栱"。

[5] 枝：《文苑英华》云：一作"梢"。

[6] 台：《文苑英华》作"容"，注云：《初学记》作"合"。

[7] 庑：《诗纪》云：一作"乘"。

【注释】

(1) 翠旌：即翠旍，"盖兮翠旍，登九天兮抚彗星"。王逸注："言司命以孔雀之翅为车盖，悲翠之羽为旗旍。"

(2) 金轮：太阳。

(3) 连城：形容物之贵重。

奉和悲秋应令诗[1]

秋天拟文学(1)，秋水擅庄蒙。草湿蒹葭露，波卷洞庭风。便坐翻桑叶，长坂歇兰藂。檐喧犹有燕，陂静未来鸿(2)。蝉噪闻疑断，池清映似空。刘安悲落木(3)，曹植叹征蓬(4)。重明岂凝滞，无累在渊冲。随时四序合(5)，应物五情同(6)。发言形恻隐，睿作挺神功。下材均朽木，何以慕雕虫(7)。

【校记】

[1]《文苑英华》百七十九作王胄奉和悲秋应令。《诗纪》百十。又《初学记》三作秋日诗。引蒙、风、丛、鸿、空五韵。《文苑英华》注云：此篇前五韵按《初学记》作萧悫秋

日诗。《文苑》一百五十八卷复云庾信作。而此卷乃十韵。共题王胄作。观其辞意。只是一篇。当以此本为正。逯按：文苑此篇署王胄作，次于江总、萧悫之前。然王胄随人，依时代次序不应在前，仍以作萧悫者为是。今两存之，并说明如上。

【注释】

(1) 拟：起草，编写。

(2) 陂：泽畔障水之岸。

(3) 刘安：(前179—前122)，西汉皇族，淮南王。汉高祖刘邦之孙、淮南厉王刘长之子。汉文帝8年（前172)，刘长被废王位，在旅途中绝食而死。汉文帝十六年（前164)，文帝把原来的淮南国一分为三封给刘安兄弟三人，刘安以长子身份袭封为淮南王，时年十六岁。

(4) 曹植：(192—232)，字子建，沛国谯（今安徽亳州市）人，是曹操与武宣卞皇后所生第三子，生前曾为陈王，支渠世后谥号“思”，因此称陈思王，是三国时期曹魏著名的文学家。

(5) 四序：指春、夏、秋、冬四季。《魏书·律历志上》：“然四序迁流，五行变易。”

(6) 五情：泛指人的情感。《文选·曹植·上责躬应诏诗表》：“形象相吊，五情愧赧。”刘良注：“五情：喜、怒、思、忧、恐。”

(7) 雕虫：雕饰。语出《荀子·大略》：“天子雕弓，诸侯彤弓，大夫黑弓，礼也。”杨倞注：“雕，雕画文饰。”“虫”可通“彤”，《说文》：“彤，丹饰也。”

屏风诗

秦皇临碣石(1)，汉帝幸明庭(2)。非关重游豫(3)，直是爱长龄。读记知州所，观图见岳形。晓识仙人气，夜辨少微星(4)。服银有秘术，蒸丹传旧经。风摇百影树，花落万春亭。飞流近更白，丛竹远弥青。逍遥保清畅(5)，因持悦性情。

【注释】

(1) 碣石：古山名，在河北昌黎之北。

(2) 明庭：即明堂，古帝王祀神灵，朝诸侯之地。

(3) 游豫：游乐。

(4) 少微：星名，一名处土星。

(5) 清畅：清悠流畅。汉·张衡《西京赋》：“女娥坐而长歌，声清畅而委蛇。”

奉和元日诗(1)

帝宫通夕燎(2)，天门拂曙开。瑞云生宝鼎，荣光上露台(3)。华山不凋叶，宜城万寿杯(4)。遥见飞凫下，悬知叶县来[1]。

【校记】

[1] 悬：《初学记》作“玄”。叶：《初学记》作“郏”。《岁时杂咏》、《文苑》同。县：

《事文类聚》作“令”。《诗纪》云：声偶作令。

【注释】

(1) 元日：农历正月初一。

(2) 燎：火炬。

(3) 露台：高台。

(4) 宜城：县名，属湖北省。

奉和初秋西园应教诗[1]

池亭三伏后，林馆九秋前(1)。清泠间泉石[2]，散漫杂风烟(2)。蕖开千叶影，榴艳百枝然。约岭停飞旆[3](3)，凌波动画船。

【校记】

[1]《初学记》三。《文苑英华》百，《万花谷后》三作萧悫诗。《金陵玄观志》作晋阳休之初秋西园诗。

[2] 泠：《初学记》作“冷”。《文苑》、《玄观志》、《万花谷》同。

[3] 旆：《玄观志》作“辔”。

【注释】

(1) 九秋：秋季九十天。

(2) 散漫：弥漫四散。风烟：风尘。

(3) 旆：旗帜的通称。

奉和冬至应教诗

天宫初动磬，缇室已飞灰(1)。暮风吹竹起，阳云覆石来。拆冰开荔色[1]，除雪出兰栽[2]。惭无宋玉辨(2)，滥吹楚王台。

【校记】

[1] 拆冰：《初学记》作“析冰”。《岁时杂咏》作“圻水”。

[2] 栽：《岁时杂咏》作“裁”。

【注释】

(1) 缇室：古代观察天气、气候之室。

(2) 宋玉辨：指宋玉《九辨》。

奉和望山应教诗

仙游本多趣，复此上秋初。岩低石倒险，岭高松更疏[1](1)。峰形疑鸟翅[2]，塞路似狼居。瞩望情无已[3](2)，词殚意有馀(3)。

【校记】

[1] 高：《文苑》误作“嵩”。疏：《文苑》误作“峰”。

［2］峰：《文苑》误作“疏”。

［3］情：《文苑》作“清”。

【注释】

（1）岩低句：言山势险峻。

（2）瞩：望。

（3）殚：尽。

奉和咏龙门桃花诗(1)

旧闻开露井(2)，今见植龙门。树少知非塞，花高异少源[1](3)。论时应未发，故欲影归轩。秖言经摘罢[2]，犹胜逐风翻。

【校记】

［1］源：《初学记》作“原”。少源：作“小园”。

［2］秖：《文苑英华》作“抵”。经：《文苑英华》作“轻”。

【注释】

（1）龙门：今河南洛阳市南。

（2）露井：无覆盖之井。

（3）少源：即少陵原，地名，在陕西长安县南。

春庭晚望诗

春庭聊纵望，楼台自相隐。窗梅落晚花，池竹开初笋。泉鸣知水急，云来觉山近。不愁花不飞，到畏花飞尽。

秋思诗

《颜氏家训》曰(1)：“兰陵萧悫工于篇什(2)，尝有《秋思诗》云：‘芙蓉露下落，杨柳月中疏。’时人未之赏也，吾爱其萧散。宛然在目。颍川荀仲举(3)、琅琊诸葛汉亦以为尔(4)，而卢思道之徒雅所不惬。”

【注释】

（1）《颜氏家训》：是我国南北朝时北齐文学家颜之推的传世代表作。他结合自己的人生经历、处世哲学等写成。是我国历史上第一部内容丰富、体系宏大的家训，也是一部学术著作。阐述立身治家的方法，其内容涉及许多领域，强调教育体系应以儒学为核心，尤其注重对孩子的早期教育，并对儒学、文学、佛学、历史、文字、民俗、社会、伦理等方面提出了自己独到的见解。文章内容切实，语言流畅，具有一种独特的朴实风格，对后世的影响颇为深远。

（2）萧悫：（约公元561年前后在世）字仁祖，兰陵人。生卒年不详，约北齐武成帝太宁元年前后在世。工于诗咏。天保中，公元554年左右入齐。武平中，公元572年（左右）

为太子洗马。陈后主时，为齐州录事参军，待诏文林馆。卒于隋。悫曾于秋夜赋诗，其两句云："芙蓉露下落，杨柳月中疏"。颇为知音所赏。有集九卷，(《隋书志》及《两唐书志》)行于世。

(3) 颍川：颍川是郡名。战国秦王政十七年（前230）置。以颍水得名。治阳翟（今禹州市）。辖境相当今河南登封市宝丰以东，尉氏、郾城以西，新密市以南，叶县、舞阳以北地。其后治所屡有迁移，辖境渐小，东魏武定时移冶颍阴（北齐改长社，隋改颍川唐又改长社，今许昌市）。荀仲举：生卒年不详，约北齐文宣帝天保初年前后在世。工诗咏。世居江南。仕梁为南沙令。从萧明于寒山，被执长乐王尉粲甚礼之舆粲剧饮，嚙粲指至骨。文宣帝知之，杖仲举一百。入馆，除符玺郎。后以年老家贫，出为义宁太守。仲举与赵郡李概交好。概死，仲举因至其宅，为五言诗十六韵以伤之，词甚悲切，世称其美。

(4) 琅琊：位于安徽省。

清波收潦日(1)，华林鸣籁初(2)。芙蓉露下落，杨柳月中疏。燕帏缃绮被(3)，赵带流黄裾(4)。相思阻音息[1]，结梦感离居。

【校记】

[1] 息：《诗纪》云：《玉台》作"信"。

【注释】

(1) 潦：雨水大，也指雨后的大水。

(2) 华林：宫苑名，故址在今洛阳市东。

(3) 缃绮：浅黄色的丝绸。《乐府诗集·相和歌辞三·陌上桑》："缃绮为下裙，紫绮为上襦。"

(4) 流黄：褐黄色。

听琴诗

洞门凉气满，闲馆夕阴生。弦随流水急，调杂秋风清(1)。掩抑朝飞弄(2)，凄断夜啼声。至人齐物我(3)，持此悦高情[1](4)。

【校记】

[1] 持此：《文苑英华》云：一作"时与"。

【注释】

(1) 弦随句：言琴声高妙令人出尘。

(2) 掩抑：低沉。

(3) 齐物我：物我齐一。出自《庄子·齐物论》的"天地与我并生，而万物与我为一"。

(4) 高情：超逸的情致。

和司徒铠曹阳辟疆秋晚诗[1]

叶疏知树落，香尽觉荷衰。山薮良多思(1)，田园聊复归。

【校记】

[1]《诗纪》云：辟疆，休之之子。

【注释】

(1) 山薮：山深林密之地。

春日曲水诗[1]

落花无限数，飞鸟排花度。禁苑至饶风(1)，吹花春满路。岩前片石迥如楼，水里连沙聚作洲。二月莺声才欲断，三月春风已复流。分流绕小渡，堑水还相注(2)。山头上望水云[2]，水底看山树。舞馀香尚存[3]，歌尽声犹住。麦垄一惊翚(3)，菱潭两飞鹭。飞鹭复惊翚，倾曦带掩扉。芳飙翼还幰(4)，藻露挹行衣。

【校记】

[1] 杂言：《诗纪》云：《初学记》作“春赋”。

[2] 上：《初学记》无上字。是。

[3] 存：《初学记》作“在”。

【注释】

(1) 饶风：饶风岭之省。在今陕西西乡县东北。

(2) 堑：壕沟，护城河。

(3) 翚：古书上指有五彩羽毛的雉。伊、洛而南，素质、五采皆备成章曰翚（《尔雅》）。郭璞注：翚亦雉属。言其毛色光鲜。

(4) 幰：读作 xiǎn，车上的帷幔。“常乘高幰车。”

萧　　毂

野田黄雀行

弱躯愧彩饰[1]，轻毛非锦文。不知鸿鹄志[2](1)，非是凤皇群。作风随浊雨[3](2)，入曲应玄云(3)。空城旧侣绝，沧海故交分[4]。宁死明珠弹(4)，且避鹰将军。

【校记】

[1] 愧：《文苑英华》作“惭”。《乐府》、《诗纪》云：一作“惭”。

[2] 知：《文苑英华》作“如”，注云：一作“知”。鹄：《文苑英华》作“鹤”，注云：一作“鹄”。

[3] 浊：《文苑英华》作“濯”。《诗纪》云：一作“濯”。

[4] 交：《文苑英华》作“朋”。

【注释】

(1)“不知”句：《史记·陈涉世家》：“燕雀安知鸿鹄之志。”

(2)作风：周处《风土记》：“六月则有东南长风，俗名黄雀长风。”

(3)“入曲”句：《晋书·乐志下》：“汉时有《短箫铙歌》，其曲有……《玄云》、《黄爵行》、《钓竿》等曲，列于鼓吹，多序战阵之事。”

(4)明珠弹：《艺文类聚》卷九十二引《太玄经》：“明珠弹雀，费不当也。”

马元熙

元熙，字长明，河间人(1)。初以通直待诏文林馆(2)，武平中(3)，授皇太子孝经(4)，在内甚得名誉。隋开皇中(5)，终于秦王文学。

【注释】

(1)河间：河间之名始于战国，因处九河流域而得其名，古称瀛洲。地处华北平原腹地，居京、津、石三角中心。

(2)文林馆：见前文《萧放》注(3)。

(3)武平(570—576)：是北齐后主高纬的年号，历时6年余。

(4)孝经：《孝经》，中国古代儒家的伦理学著作。

(5)开皇：隋朝隋文帝杨坚的年号，历时19年余。

日晚弹琴诗

上客敞前扉(1)，鸣琴对晚晖。掩抑歌张女，凄清奏楚妃。稍视红尘落，渐觉白云飞。新声独见赏，莫恨知音稀。

【注释】

(1)上客：尊贵的客人。

阳休之

休之，字子烈，北平无终人。仕魏，累官给事黄门侍郎(1)，入齐，迁吏部尚书左仆射(2)。周武平齐，赴长安，历纳言(3)、太子少保(4)，除和州刺史(5)。隋开皇二年罢仕(6)。终于洛阳。

【注释】

(1)黄门侍郎：黄门侍郎是宦官官职，秦汉时，宫门皆黄色，故号黄门。黄门侍郎因在黄门内供职而得名。黄门侍郎照顾皇帝饮食起居的，与伴读是有区别的。吏部尚书：吏部尚书，中国古代官名，六部中吏部的最高级长官。

(2)左仆射：仆射初置一人，至汉献帝建安四年(199)始分置左右仆射。自此以后，或二或一，置二人则分左右。左右仆射分领尚书诸曹，左仆射又有纠弹百官之权，权力大于右仆射。尚书令阙，则左右仆射为省主。魏晋以后，仆射已处于副相地位，号称端副

（尚书令称端右）。

（3）纳言：官名。《书·舜典》："命汝作纳言，夙夜出纳朕命，惟允。"孔传："纳言，喉舌之官，听下言纳于上，受上言宣于下，必以信。"

（4）太子少保：太师，太傅，太保，都是东宫官职。太师教文，太傅教武，太保保护其安全。少师，少傅，少保均是他们的副职。后来已是名存职异，只是一个荣誉称号。

（5）刺史：刺史，官名。汉武帝元封五年（前106）始置。"刺"，检核问事之意。秦每郡设御史，任监察之职，称监察院御史（监察御史）。汉初省，旋复置。文帝以御史多失职，命丞相另派人员出刺各地，不常置。武帝元封初，废诸郡监察御史。继之，分中国为十三部（州），各置部刺史一人，后通称刺史。

（6）隋开皇二年：公元581年，周静帝禅让，杨坚登基，正式建立了隋朝，是为隋文帝，改元开皇，开皇二年，是指公元581年。

春日诗

迟迟暮春日(1)，霭霭春光上(2)。柔露洗金盘，轻丝缀珠网。渐看阶莛蔓，稍觉池莲长。蝴蝶映花飞，楚雀缘条响。

【注释】

（1）迟迟：和舒貌。

（2）霭霭：云盛貌。

咏萱草诗[1]

开跗幽涧底[2](1)，散彩曲堂垂。优柔清露湿，微穆惠风吹(2)。朝朝含丽景，夜夜对华池[3](3)。

【校记】

[1]《文苑英华》三百二十七作"萱草"。

[2] 跗：《初学记》作"附"。

[3] 华：《文苑英华》作"花"。

【注释】

（1）开跗句：言萱草之清贞。

（2）穆：温和。惠风：柔和的风，出自晋·王羲之《兰亭集序》："是日也，天朗气清，惠风和畅。"

（3）华池：传说在昆仑山上的仙池。

正月七日登高侍宴诗

广殿丽年辉[2](1)，上林起春色(2)。风生拂雕辇，云回浮绮翼[3]。

【校记】

[1] 辉：《岁时广记》作"年"。

［2］回：《岁时广记》作“过”。

［3］绮：《岁时广记》作“倚”。

【注释】

(1) 广殿句：言宴时美景。

(2) 上林：苑名，秦旧苑，其地在今陕西长安。

秋　诗

日照前窗竹，露湿后园薇。夜蛩扶砌响[1]，轻蛾绕烛飞。

【校记】

［1］蛩：《初学记》作“虫”。

赠马子结兄弟诗

三马俱白眉。

颜之推

之推，字介，琅邪临沂人(1)。初为湘东王常侍(2)，元帝即位，以为散骑侍郎(3)。后奔齐，累官黄门侍郎(4)、平原太守(5)，齐亡入周，为御史上士。开皇中(6)，太子召为文学，以疾终。有《颜氏家训》七卷(7)、《集灵记》二十卷(8)、《冤魂志》三卷(9)、《集》三十卷。

【注释】

(1) 琅邪临沂：在今山东省诸城县东南海滨。

(2) 常侍：常侍是中常侍或散骑常侍的简称。秦与西汉的中常侍，东汉以宦官充之。魏、晋以下的散骑常侍，均由士人充当。

(3) 散骑侍郎：散骑侍郎，正式的说法应该是“员外散骑常侍”，意思是额外增补的散骑常侍，品级上应该略低于散骑常侍。散骑常侍，魏晋时期开始设置，前身是汉代的散骑和中常侍（著名的汉末十常侍，不过中常侍是加官，无实权），主要职责是“入则规谏过失，备皇帝顾问，出则骑马散从。”

(4) 黄门侍郎：黄门侍郎是宦官官职，秦汉时，宫门皆黄色，故号黄门。黄门侍郎因在黄门内供职而得名。黄门侍郎照顾皇帝饮食起居的，与伴读是有区别的。

(5) 太守：太守，原为战国时代郡守的尊称。西汉景帝时，郡守改称为太守，为一郡最高行政长官。

(6) 开皇：(581年二月—600年十二月)：隋朝政权隋文帝杨坚的年号，历时19年馀。

(7)《颜氏家训》是南北朝时北齐文学家颜之推的的传世代表作。他结合自己的人生经历、处世哲学，写成《颜氏家训》一书告诫子孙。《颜氏家训》是中国历史上第一部内容丰富、体系宏大的家训，也是一部学术著作，其内容涉及许多领域，强调教育体系应以儒学为核心，尤其注重对孩子的早期教育，并对儒学、文学、佛学、历史、文字、民俗、社会、伦理等方面提出了自己独到的见解。文章内容切实，语言流畅，具有一种独特的朴实风格，对后世的影响颇为深远。

(8) 隋代有《集灵记》二十卷存世，在唐代有十卷本流传.《隋书》和《旧唐书》的《经籍志》都将《集灵记》归入“史部·杂传”类，是由于对该书性质认识不清，分类欠妥. 在宋代《集灵记》散佚，并开始陆续辑录. 今存《集灵记》中六条灵异故事来源于民间传说，除第二条是五代十国时期定型的故事，第五条灵异故事的定型时间难以确定外，其他四条灵异故事都最晚在萧梁时期定型. 从《集灵记》的著录归类、名称和现存内容来看，属于灵异故事的编集本.

(9)《冤魂志》:、共三卷，南北朝人颜之推（531—591 后）撰。原书已佚，今所见者为后人辑本。现存六十则故事，部分或出自作者见闻，大多则见于史传，而内容均为冤魂复仇。

神仙诗

红颜恃容色，青春矜盛年。自言晓书剑，不得学神仙(1)。风云落时后，岁月度人前。镜中不相识，扪心徒自怜。愿得金楼要(2)，思逢玉钤篇(3)。九龙游弱水(4)，八凤出飞烟。朝游采琼实，夕宴酌膏泉。峥嵘下无地，列缺上陵天(5)。举世聊一息，中州安足旋。

【注释】

(1) 自言句：言世人岁月蹉跎，何如学仙。

(2) 金楼：梁元帝所撰《金楼子》。

(3) 玉钤（qián）篇：传说周时太公撰《玉钤》六篇。

(4) 弱水：泛指险而遥远的河流。

(5) 列缺：闪电。

古意诗二首

十五好诗书，二十弹冠仕(1)。楚王赐颜色(2)，出入章华里。作赋凌屈原(3)，读书夸左史。数从明月燕[1]，或侍朝云祀(4)。登山摘紫芝(5)，泛江采绿芷(6)。歌舞未终曲，风尘暗天起。吴师破九龙，秦兵割千里。狐兔穴宗庙，霜露沾朝市。璧入邯郸宫，剑去襄城水。未获殉陵墓[2]，独生良足耻。悯悯思旧都(7)，恻恻怀君子(8)。白发窥明镜，忧伤没余齿。

【校记】

[1] 数从：《太平御览》作“屡陪”。燕：《太平御览》作“宴”通。

[2] 未：《艺文类聚》作“不”。

【注释】

(1) 弹冠：弹去冠上的灰尘；整冠。出于《韩诗外传》：“故新沐者必弹冠，新浴者必振衣。莫能以己之皭皭，容人以混污然。”

(2) 颜色：色彩。

(3) 屈原：(前340—前278)，战国末期楚国辞赋家。

(4) 朝云：女神名，用楚怀王巫山神女事，后好事者因为立庙，号曰朝云。

(5) 紫芝：菌名，本身的一种，可做菜食，入药。

(6) 芷：香草名，一年生。

(7) 悯悯：忧伤貌。

(8) 恻恻：悲痛的样子。

宝珠出东国，美玉产南荆。隋侯曜我色(1)，卞氏飞吾声(2)。已加明称物，复饰夜光名。骊龙旦夕骇(3)，白虹朝暮生。华彩烛兼乘，价值讵连城[1]。常悲黄雀起，每畏灵蛟迎(4)。千刃安可舍，一毁难复营。昔为时所重，今为时所轻。愿与浊泥会，思将垢石并。归真川岳下(5)，抱润潜其荣。

【校记】

[1] 值讵：《类聚》作“直距”。是。

【注释】

(1) 隋侯：昔隋侯因使入齐，路行深水沙边，见一小蛇，于热沙中宛转，头上出血。隋侯怜之，下马以鞭拨入水中。一夕，梦见一山儿持珠来，见隋侯，且拜且曰：“曩蒙大恩，救护得生，今以珠酬，请勿却。”及旦，见一珠在床侧。其珠璀璨夺目，世称“隋侯珠”，乃稀世之珍也。事见《搜神记》。

(2) 卞氏：据《韩非子和氏》记载，楚人卞和在荆山上伐薪得美玉，于是将此宝献给楚厉王，楚厉王让王宫里的玉石匠鉴别，玉石匠粗略地看了一下便说：“这是一块普通的石头。”厉王认为卞和有意欺骗他，下令砍去了卞和的左脚。武王登基后，卞和再次捧着玉石去献给武王。武王又命令玉石匠鉴别，玉石匠还是说：“就是一块石头啊!”武王又下令砍去了卞和的右脚。文王登基后，“和乃抱其璞而泣于荆山下，三日三夜，泪尽而继之以血”。文王使人问之，他说：“臣非悲刖，宝石而题之以石，贞士而名之为诳，所以悲也!”王使人理其石，里面果然是宝，派玉匠剖璞，琢成一块价值连城的希世珍宝“和氏璧”。

(3) 骊龙：传说中的龙。黑龙。《尸子》卷下：“玉渊之中，骊龙蟠焉，颔下有珠。”晋葛洪《抱朴子·祛惑》：“凡探明珠，不于合浦之渊，不得骊龙之夜光也。”

(4) 灵蛟：古代传说中的一种动物。

(5) 川岳：犹山川。归真：还其本来。

从周入齐夜度砥柱[1]

《北史·本传》曰(1)：荆州为周军所破(2)，大将军李穆送之推往弘农(3)，令掌其兄阳平公远书翰。遇河水暴长，具船将妻子奔齐，经砥柱之险(4)，时人称其勇决。

【注释】

(1)《北史》：是汇合并删节记载北朝历史的《魏书》、《北齐书》、《周书》而编成的纪传体史书。魏本纪五卷、齐本纪三卷、周本纪二卷、隋本纪二卷、列传八十八卷，共一百卷。记述从北魏登国元年（386）到隋义宁二年（618）的历史。《南史》与之为姊妹篇，是由李大师及其子李延寿两代人编撰完成的。

（2）荆州：地处湖北省中南部，位于江汉平原腹地。

（3）李穆：西魏、北周时期的将领．弘农：弘农县是中国古代汉朝至北宋期间长期设置的一个县级行政区划，始终是弘农郡的治所，但是其所在地有迁移。汉武帝置弘农郡时，在秦国名关函谷关边置县为郡治，也名弘农，是弘农县之始，位置在今天河南省灵宝市东北黄河沿岸。

（4）砥柱：山名。又称厎柱山、三门山。在今河南省三门峡市，当黄河中流。以山在激流中矗立如柱，故名。今因整治河道，山已炸毁。《文选·宋玉》："交加累积，重叠增益，状若砥柱，在巫山下。"李善注："砥柱，山名。"北魏郦道元《水经注·河水四》："砥柱，山名也，昔禹治洪水，山陵当水者凿之，故破山以通河，河水分流，包山而过，山见水中若柱然，故曰砥柱也。"

侠客重艰辛，夜出小平津(1)。马色迷关吏，鸡鸣起戍人。露鲜华剑彩，月照宝刀新。问我将何去，北海就孙宾。

【校记】

[1]《诗纪》云：梁词人丽句作惠慕道士诗，题云犯虏将逃作。

【注释】

（1）小平津：古渡口名，也名河阳津，在今河南孟津县东北。

和阳纳言听鸣蝉篇[1]隋卢思道同赋

听秋蝉，秋蝉非一处[2]。细柳高飞夕，长杨明月曙。历乱起秋声，参差搅人虑。单吟如转箫，群噪学调笙。乍飘流曼响(1)，多含断绝声。垂阴自有乐，饮露独为清。短緌何足贵，薄羽不羞轻。螗螂翳下偏难见(2)，翡翠竿头绝易惊。容止由来桂林苑(3)，无事淹留南斗城。城中帝皇里，金张及许史(4)。权势热如汤，意气喧城市。剑影奔星落，马色浮云起。鼎俎陈龙凤，金石谐宫徵。关中满季心，关西饶孔子。讵用虞公立国臣，谁爱韩王游说士。红颜宿昔同春花，素鬓俄顷变秋草。中肠自有极，那堪教作转轮车。

【校记】

[1]《诗纪》云：此篇见《初学记》，红颜以下脱误。俟再考。

[2] 乍：《诗纪》字缺。

【注释】

（1）曼响：悠长的声音。

（2）螗螂：即螳螂。

（3）容止：形貌举动。

（4）金张：汉金日家、张汤后世。后因以金张为功臣世族的代称。许史：指汉宣帝时两家外戚。许，汉宣帝许皇后家。史，宣帝母家。皆显贵。

诗

悬鱼掩金扇(1)。

【注释】

(1) 悬鱼：喻清廉，用《后汉书》羊续事。

赵儒宗

咏龟诗

有灵堪托梦[1](1)，无心解自谋。不能蓍下伏(2)，强从莲上游[2]。负图非所冀，支床空见留[3](3)。傥蒙一曳尾(4)，当为屡回头。

【校记】

[1] 托：《文苑》作“作”，注云：《初学记》作“记”。

[2] 游：《文苑》作“浮”。

[3] 床：《文苑》误作“状”。

【注释】

(1) 灵：灵龟，龟的一种，《释鱼》“一日神龟，二日灵龟”。

(2) 蓍（shī）蓍草，卜用具。

(3) 负图句：用龟献河图事。

(4) 傥蒙句：用《庄子·秋水》尾涂中事，喻自由自在的隐逸生活。

甄　彬

南朝梁国中山（今河北定县）人。

诗

五月披羊裘(1)，负薪岂拾遗。

【注释】

(1) 裘：皮衣。

杨子华

子华，官直阁将军(1)、员外散骑常侍(2)，尝画马于壁，夜听啼长鸣，如索水草。图龙于素，舒卷则云气萦集，武成帝重之(3)，居禁中，天下号为画圣。

【注释】

(1) 直阁将军：南北朝将军名称。直阁，意指值勤于殿阁。北齐始置，北魏时从三品下，位居中垒将军之上。

(2) 散骑常侍：官名。汉有散骑，为皇帝侍从，又有中常侍，性质同。东汉省散骑，改以宦官任中常侍。魏文帝并散骑与中常侍为一官，如称散骑常侍，以士人任职。入则规谏过失，备皇帝顾问，出则骑马散从。资深者称祭酒散骑常侍。魏末增加员额，新增者为员外散骑常侍。晋武帝令员外散骑常侍二人，与散骑常侍共同轮流值班，称通直散骑常侍。魏、晋散骑常侍与侍中共平尚书奏事。多是显职。散骑常侍本隶门下，南北朝属集书省。梁曾另设散骑省，旋省。

(2) 武成帝：高湛（537—568），北齐武成帝，年号太宁、河清，东魏权臣高欢第九子，孝昭帝高演之同母弟。幼时亦其得父亲喜爱。北齐建国后，被文宣帝封为长广王。孝昭帝高演继位后，甚为宠信他，权倾朝野。不久高演患得重病，临死时为了不让自己的儿子高百年落得高殷的命运，决定传位于弟，公元 561 年，高湛继位，改元太宁，是为武成帝。武成帝昏庸无能，沉湎于美色之中，不思国事，北齐岌岌可危。公元 565 年，传位于太子高纬，自任太上皇，最后也因为酒色过度而死，终年 32 岁。葬于永平陵，谥号武成皇帝，庙号世祖。

诗

画牡丹处极分明。

冯淑妃

淑妃，名小怜，后主大穆后从婢也(1)。穆后爱衰，以五月五日进之，号曰续命。慧黠(2)，工歌，后主惑之，立为左皇后。周师取平阳，后主以淑妃奔洪洞戍(3)，复奔青州(4)，为周武所获，以赐代王达(5)。

【注释】

(1) 后主大穆后：北齐后主高纬也是个沉溺声色的代表人物，他所迷恋的冯淑妃，本来是大穆后的从婢，名小怜。高纬对大穆后爱衰之后，即移情于小怜，纵情淫乐，以图一快，即使倾国覆邦也在所不惜。

(2) 慧黠：聪慧而狡猾。

(3) 洪洞：地处山西省南部，临汾盆地北端，东倚巍峨矗立的中镇霍山，西屏峰峦叠嶂的吕梁山，川流不息的汾河水由北向南纵贯其间；是山西省第一人口大县；这里是中华民族古老文明的发祥地之一，自然风光雄伟绮丽，洪洞县历史悠久，在唐、虞、夏、商时代，洪洞、赵城均为冀州之域。西周时洪洞为杨侯国，古城在今县城东南 18 公里的范村附近。

(4) 青州：在古代是《禹贡》“九州”之一，大体指泰山以东至渤海的一片区域。

(5) 代王达：代奰王宇文达，字度斤突，文帝子。性果决，善骑射。武成初，封代国公，邑万户。天和元年，拜大将军、右宫伯，拜左宗卫。建德初，进位柱国，出为荆淮等十四州十防诸军事、荆州刺史。在州有政绩，高祖手敕褒美之。所管沣州刺史蔡泽黩贷被讼，赃状分明。以其世著勋庸，不可加戮；若曲法贷之，又非奉上之体。乃令所司，精加按劾，密表奏之。事竟得释，终亦不言。其处事周慎如此。达雅好节俭，食无兼膳，侍姬不过数人，皆衣绨衣。又不营资产，国无储积。左右尝以为言，达从容应之曰："君子忧道不忧贫，何烦于此。"三年，进爵为王。出为益州总管。高祖东伐，以为右一军总管。齐淑妃冯氏，尤为齐后主所幸，齐平见获，帝以达不迩声色，特以冯氏赐之。宣帝即位，进位上柱国。大象元年，拜大右弼。其年，诏以潞州上党郡邑万户为代。达出就国。二年，朝京。其年冬，为隋文帝所害，及其世子执、弟蕃国公转等，国除。

感琵琶弦诗

《北史·后妃传》曰(1)：淑妃侍代王达。弹琵琶。因弦断。作诗曰：

【注释】

(1)《北史》：见《从周入齐夜度砥柱》诗序注（1）。

虽蒙今日宠，犹忆昔时怜。欲知心断绝，应看膝上弦。

崔　　氏

崔氏，卢士深妻。

靧面辞

虞世南(1)《史略》曰：北齐卢士深妻，崔林义之女，有才学，春日以桃花靧儿面。咒曰：

【注释】

(1) 虞世南：唐代诗人，凌烟阁二十四功臣之一，字伯施，余姚人，唐初书法家，文学家。隋炀帝时官起居舍人，唐时历任秘书监、弘文馆学士等。

取红花，取白雪[1]，与儿洗面作光悦。取白雪，取红花，与儿洗面作妍华[2]。取花红，取雪白，与儿洗面作光泽。取雪白，取花红，与儿洗面作华容(1)。

【校记】

[1] 取红花，取白雪句：《太平御览》作："取花红。取雪白。"

[2] 妍：《岁时广记》作"光"。

【注释】

(1) 华容：美丽的容貌。

惠化尼

谣

《北齐书》曰[(1)]：天平三年[(2)]，神武西讨[(3)]，令窦泰自潼关入[(4)]。四年，泰至小关，为文帝所袭，众尽没，泰自杀。初，泰将发邺[(5)]，邺有惠化尼谣云。

【注释】

(1)《北齐书》：唐朝史家李百药撰，属纪传体断代史，共50卷，纪8卷，列传42卷，记载上起北魏分裂前十年左右，接续北魏分裂、东魏立国、北齐取代东魏，下迄北齐亡国，前后约五十馀年史实，而以记北齐历史为主。

(2) 天平：东魏元善见的第一个年号即天平。天平这个年号共用四年，从公元534到公元537年。

(3) 神武：北齐神武帝高欢（496—547），鲜卑名为贺六浑，祖籍渤海郡蓨县（今河北景县南），世居怀朔镇（今内蒙古包头东北，一说内蒙古固阳），成为鲜卑化的汉人。他是东魏权臣，也是北齐的奠基人。

(4) 窦泰（? —537）：字世宁，大安捍殊人也。本出清河观津，曾祖罗，魏统万镇将，因居北边。父乐，魏末破六韩拔陵为乱，与镇将杨钧固守，遇害。泰贵，追赠司徒。潼关：位于陕西省渭南市潼关县北，北临黄河，南踞山腰。《水经注》载："河在关内南流潼激关山，因谓之潼关。"始建于东汉建安元年（196）。潼关是关中的东大门，历来为兵家必争之地。

(5) 邺：古地名，今河南省安阳市的简称。

窦行台，去不回。

北齐诗

卷三

杂歌谣辞

敕勒歌[1]

《乐府诗集》云[2]：《乐府广题》曰：北齐神武攻周玉壁[3]，士卒死者十四五，神武恚愤疾发[4]。周王下令曰：高欢鼠子[5]，亲犯玉壁，剑弩一发，元凶自毙。神武闻之，勉坐以安士众，悉引诸贵，使斛律金唱敕勒[6]，神武自和之。其歌本鲜卑语[7]，易为齐言，故其句长短不齐。

【注释】

(1) 敕勒：中国古代民族，属于原始游牧部落，又称赤勒、高车、狄历、铁勒、丁零（丁灵）。敕勒人最早生活在贝加尔湖附近。匈奴人称其为丁零，鲜卑人因其使用车轮高大的车子，称之为高车。汉朝击溃北匈奴之后，敕勒的地域开始南移，与中原的汉人交往。公元4世纪末至6世纪中叶，继匈奴、鲜卑之后，敕勒人和柔然人活动于中国大漠南北和西北广大地区。敕勒族又名丁零、高车、回鹘，是今天维吾尔族的主要族源。4世纪中叶，生活在阴山一带的敕勒人大都已鲜卑化。敕勒歌：乐府杂曲歌辞名。

(2)《乐府诗集》：《乐府诗集》是继《诗经》之后，一部总括我国古代乐府歌辞的著名诗歌总集，由宋代郭茂倩所编。现存100卷，是现存收集乐府歌辞最完备的一部。主要辑录汉魏到唐、五代的乐府歌辞，兼及先秦至唐末的歌谣，共5000多首。它搜集广泛，各类有总序，每曲有题解。

(3) 北齐神武：北齐神武帝高欢（496—547），鲜卑名为贺六浑，祖籍渤海郡蓨县（今河北景县南），世居怀朔镇（今内蒙古包头东北，一说内蒙古固阳），成为鲜卑化的汉人。他是东魏权臣，也是北齐的奠基人。

(4) 恚愤：(huìfèn) 愤怒。《后汉书·隗嚣传》："九年春，嚣病且饿，出城餐糗糒，恚愤而死。"

(5) 鼠了：詈词。谓卑微不足称道的人。

(6) 斛律金：生于南北朝北魏时期，朔州敕勒族人（今山西朔州）。他的高祖是当时敕勒有名的部落首领倍侯利。《魏书》记载说："倍侯利质直，勇健过人，奋戈陷阵，有异于众，北方人畏之。"

（7）鲜卑：鲜卑族是我国北方阿尔泰语系游牧民族，其族源属东胡部落，兴起于大兴安岭山脉。中国古代游牧民族。先世是商代东胡族的一支。秦汉时从大兴安岭一带南迁至西剌木伦河流域。曾归附东汉。匈奴西迁后尽有其故地，留在漠北的匈奴10多万户均并入鲜卑，势力逐渐强盛。

敕勒川，阴山下(1)，天似穹庐(2)，笼盖四野。天苍苍，野茫茫，风吹草低见牛羊。

【注释】

（1）阴山：山脉名，起于河套西北，绵亘于内蒙古自治区，与内兴安岭相接。

（2）穹庐：毡帐，即今俗称"蒙古包"，是游牧民族住宿的帐房。

兖州民为郑氏父子歌[1]

《北齐书》曰(1)：郑述祖累迁兖州刺史(2)，有人入市盗布，其父怒曰：何忍欺仁者，执之以归首，述祖特原之。自是之后，境内无盗，人歌之曰：

【校记】

[1]《乐府诗集》八十六、《诗纪》百十一并作郑公歌。

【注释】

（1）《北齐书》：唐朝史家李百药撰，属纪传体断代史，共50卷，纪8卷，列传42卷，记载上起北魏分裂前十年左右，接续北魏分裂、东魏立国、北齐取代东魏，下迄北齐亡国，前后约五十馀年史实，而以记北齐历史为主。

（2）郑述祖：字恭文，荥阳开封人。祖羲，魏中书令。父道昭，魏秘书监。述祖少聪敏，好属文，有风检，为先达所称誉。释褐司空行参军。天保初，累迁太子少师、仪同三司、兖州刺史。时穆子容为巡省使，叹曰："古人有言：'闻伯夷之风，贪夫廉，懦夫有立。'今于郑兖州见之矣。"兖州：黄帝创九州，兖州为其一，早称负夏、夏，商属徐州，周属鲁国，春秋为鲁国负瑕邑，战国改为瑕丘；秦属薛郡；汉武帝元朔二年（前127）变为侯国；东汉夏置瑕丘县；三国时属兖州商平国；南朝宋元嘉三十年（453）更置兖州；隋文帝开皇十三年（593）析邹县、汶阳、平原三县复置瑕丘县；宋大观四年（1110）改为瑕县，后改称嵫阳县；明洪武三年（1370）并入兖州，十八年复置嵫阳县，成化七年（1471）改为滋阳县。

大郑公，小郑公，相去五十载，风教尚犹同[1]。

【校记】

[1]尚犹：《北齐书》作"犹尚"，《北史》同。

邯郸郭公歌(1)

《乐府广题》曰：北齐后主高纬(2)，雅好傀儡(3)，谓之郭公，时人戏为郭公歌。及将败，果营邯郸，高郭声相近，九十九，末数也。滕口(4)，邓林也，大儿，谓周帝，太祖子也。高冈，后主姓也。雉，鸡类，武成小字也。后败于邓林，尽如歌言，盖语妖也。

【注释】

(1) 邯郸：县名，属河北省。邯，山名。郸，训“尽”，谓邯山至此而尽，故名。

(2) 北齐后主高纬：北齐后主高纬（556—577），字仁纲，汉族，南北朝时期北齐第五位皇帝（565 年—577 年在位）。父亲是北齐武成帝高湛，母为胡皇后。

(3) 傀儡：用土木制成的偶像。《列子·汤问》记：周穆王时巧匠偃师造假物倡者，即后来的木偶人。傀儡在汉代用于丧乐及嘉会，隋唐已用于表演故事，宋代更加盛行。有杖头傀儡、悬线傀儡、药发傀儡、水傀儡、肉傀儡等。

(4) 滕口：张口放言。

邯郸郭公九十九，技两渐尽入滕口。大儿缘高冈，雉子东南走。不信吾言时，当看岁在酉。

济北民为崔伯谦歌(1)

《北齐书》曰(2)：崔伯谦除济北太守(3)，恩信大行，乃改鞭，用熟皮为之，不忍见血，示耻而已。有朝贵行过郡境，问人太守治政何如。对曰：府君恩化，古者所无。因诵民为歌曰：

【注释】

(1) 济北：地名。故城在今山东省长清县南。崔伯谦：字士逊，神武时召补相府功曹，称其清直奉公，天宝初累迁济北太守，恩信大行，后为银青光禄大夫卒。

(2)《北齐书》：唐朝史家李百药撰，属纪传体断代史，共 50 卷，纪 8 卷，列传 42 卷，记载上起北魏分裂前十年左右，接续北魏分裂、东魏立国、北齐取代东魏，下迄北齐亡国，前后约五十馀年史实，而以记北齐历史为主。见《兖州民为郑氏文子歌》注释（1）。

(3) 崔伯谦：士逊，博陵人。父文业，巨鹿守。伯谦少孤贫，善养母。高祖召赴晋阳，补相府功曹，称之曰：“清直奉公，真良佐也。”迁瀛州别驾。世宗以为京畿司马，劳之曰：“卿骋足瀛部，已著康歌，督府务殷，是用相授。”族弟暹，当时宠要，谦与之僚旧同门，非吉凶未曾造请。后除济北太守，恩信大行，乃改鞭用熟皮为之，不忍见血，示耻而已。有朝贵行过郡境，问人太守治政何如。对曰：“府君恩化，古者所无。”因诵民为歌曰：“崔府君，能治政，易鞭鞭，布威德，民无争。”客曰：“既称恩化，何由复威？”曰：“长吏惮威，民庶蒙惠。”民有贫弱未理者，皆曰：“我自有白须公，不虑不决。”后为银青光禄大夫，卒。太守：原为战国时代郡守的尊称。西汉景帝时，郡守改称为太守，为一郡最高行政长官。

崔府君，能治政[1]，易鞭鞭[2](1)，布威德，民无争[3]。

【校记】

[1] 治：《北史》作“临”。

［2］易：《北史》“易”上有“退田”二字。鞭：《北史》不重“鞭”字。

［3］民：《北史》作“人”。

【注释】

（1）易：改变。

文宣时谣(1)

《北史·本纪》曰(2)：文宣时谣：按帝以午年生；故曰马子。三台石季龙旧居(3)，故曰石室，三千六百日，十年也。文宣在位十年，果如谣言。

【注释】

（1）文宣：高洋（529年—559年；在位550年—559年），字子进，南北朝时期北齐开国皇帝，在位10年。

（2）《北史》：是汇合并删节记载北朝历史的《魏书》、《北齐书》、《周书》而编成的纪传体史书。魏本纪五卷、齐本纪三卷、周本纪二卷、隋本纪二卷、列传八十八卷，共一百卷。记述从北魏登国元年（386）到隋义宁二年（618）的历史。《南史》与之为姊妹篇，是由李大师及其子李延寿两代人编撰完成的。

（3）石季龙（295—349）：原名石虎，字季龙。因避讳，只称其字。石季龙才六七岁时，有善于看面相的人就说：“此儿貌奇有壮骨，贵不可言。”石虎早年丧父，从小随母亲生活，由石勒的父亲抚养长大，不少史家因此误会，把石季龙当成石勒的弟弟。

马子入石室，三千六百日。

废帝时童谣三首

《北史》曰(1)：杨愔，齐文宣时尚太原公主，位至尚书令(2)，骠骑大将军(3)。文宣大渐，愔与侍中燕子献，黄门侍郎郑子默并受遗诏辅政。时常山、长广二王位地亲逼。愔等与尔朱浑天和谋，欲裁夺威权，由是深相疏忌，并为二王所害。先是童谣云云。羊为愔也。角文为用刀，道人谓废帝小名，太原公主尝作尼，故曰阿麽姑，愔子献、天和皆尚帝姑。故曰道人姑夫云。

【注释】

（1）《北史》：是汇合并删节记载北朝历史的《魏书》、《北齐书》、《周书》而编成的纪传体史书。魏本纪五卷、齐本纪三卷、周本纪二卷、隋本纪二卷、列传八十八卷，共一百卷。记述从北魏登国元年（386）到隋义宁二年（618）的历史。《南史》与之为姊妹篇，是由李大师及其子李延寿两代人编撰完成的。

（2）尚书令：始于秦，西汉沿置，本为少府的属官，掌文书及群臣的奏章，汉武帝时以宦官司担任（又称中书令），汉成帝时改用士人，东汉政务归尚书，尚书令成为对君主负责总揽一切政令的首脑。

（3）骠骑大将军：骠骑将军为古代军队中重要官职，对一些立有大功的高级军官或者重臣，皇帝会给予大将军或骠骑将军的称号，以示尊重，实际还是皇帝的高级顾问或代理人，并非一定掌握军队。

白头羊[1]䍐秃[2]，羖历头生角。

【校记】

[1] 头羊：《北齐书》作“羊头”。

[2] 䍐：《北齐书》作“尾”。

羊羊吃野草，不吃野草远我道，不远打尔脑。

阿麽姑[1]，祸也，道人姑夫，死也。

【校记】

[1] 麽：《北齐书》作“麼”。

孝昭时童谣

《北史》曰(1)：初，孝昭之诛杨愔也，谓武成云(2)：“事成，以汝为皇太帝。”及践位，乃使武成在邺主兵，立子百年为皇太子。武成不平，欲有异谋。先是童谣云云。时丞相府在城中，即旧中兴寺也，鳧翁谓雄鸡。盖指武成小字步落稽也，道人，济南王小名也。打钟，言将被击也，后武成用卜者言不举兵，孝昭寻崩，武成即位。

【注释】

(1)《北史》：是汇合并删节记载北朝历史的《魏书》、《北齐书》、《周书》而编成的纪传体史书。魏本纪五卷、齐本纪三卷、周本纪二卷、隋本纪二卷、列传八十八卷，共一百卷。记述从北魏登国元年（386）到隋义宁二年（618）的历史。《南史》与之为姊妹篇，是由李大师及其子李延寿两代人编撰完成的。见《废帝时童谣三首》注释（1）。

(2) 武成：北齐世祖武成皇帝高湛（537—569），小字步落稽，河北景县人，北齐第四任皇帝（561—565），武成帝。东魏权臣高欢第九子，母亲为娄氏，文襄帝高澄、文宣帝高洋、孝昭帝高演的同母弟。

中兴寺内白鳧翁，四方侧听声雍雍(1)，道人闻之夜打钟。

【注释】

(1) 雍雍：和谐貌。

武成殂后谣[1]

《三国典略》曰(1)：周平齐(2)，齐幼主、胡太后等并归于长安(3)。初，武成殂后有谣云云(4)。调甚悲苦，至是应焉。又曰：高纬所幸冯淑妃(5)，名小怜也。

【注释】

(1)《三国典略》：是一部由唐玄宗时期学者丘悦编写的编年体史书，它记录了西魏及北周、东魏及北齐、梁及陈三方面的重要历史。

(2) 周：指北周；齐：指北齐。

(3) 胡太后：是北齐安定郡（治所在高平，今宁夏固原）人，其父为胡延之，母亲为范阳卢道约的女儿。天保（北齐文宣帝高洋的年号，550—559）初年，长相出众的胡氏在朝廷选美中被选为长广王妃。公元561年，武成皇帝高湛继承了北齐的皇位后，将长广王妃胡氏册立为皇后。

(4) 武成：北齐世祖武成皇帝高湛（537—569），小字步落稽，河北景县人，北齐第四任皇帝（561年—565年在位），武成帝。东魏权臣高欢第九子，母亲为娄氏，文襄帝高澄、文宣帝高洋、孝昭帝高演的同母弟。见《孝昭时童谣》注释（2）。

(5) 高纬：北齐后主高纬（556—577），字仁纲，汉族，南北朝时期北齐第五位皇帝（565年—577年在位）。父亲是北齐武成帝高湛，母为胡皇后。

千钱买果园[1]，中有芙蓉树。破家不分明[2]，莲子随它去。

【校记】

[1] 钱：《乐府》作“金”。果：《乐府》作“药”。

[2] 家：《御览》作“券”。

武平元年童谣

《隋书》曰(1)：武平元年童谣，按其年四月，陇东王胡长仁谋遣刺客杀和士开(2)，事露。反为士开所谮而死(3)。

【注释】

(1)《隋书》：《隋书》是唐代官修正史的代表作，《隋书》弘扬秉笔直书的优良史学传统，品评人物较少阿附隐讳，保存了大量政治、经济以及科技文化资料，是唐初所修五代史中较好的一部。它的纪传部分有本纪5卷，列传50卷，记载隋朝38年的历史。志的部分有十个门类30卷，记载的是整个南北朝时期的典章制度史，又称《五代史志》。由长孙无忌、于志宁等人修成于高宗显庆年间。

(2) 陇东王胡长仁：是武成皇后的大哥。能歌善舞更善喝酒，“饮酒至数斗不乱”。和士开：北齐佞臣之多，在历史上是很突出的一个现象。和士开（523—570），便是其中最有代表性的一个。字彦通，为武成帝臣。后主立，除尚书令，封淮阳王。后为琅邪王俨所诛。

(3) 谮：谗也。

狐截尾，你欲除我我除你。

武平中童谣

《隋书》曰(1)：武平二年童谣，小儿唱讫，一时拍手云，杀却。至七月二十五日，御史中丞琅邪王俨执士开(2)，送于南台而斩之(3)。

【注释】

(1)《隋书》：隋书是唐代官修正史的代表作，《隋书》弘扬秉笔直书的优良史学传统，品评人物较少阿附隐讳，保存了大量政治、经济以及科技文化资料，是唐初所修五代史中较好的一部。它的纪传部分有本纪5卷，列传50卷，记载隋朝38年的历史，志的部分有十个门类30卷，记载的是整个南北朝时期的典章制度史，又称《五代史志》，由长孙无忌、于志宁等人修成于高宗显庆年间。见《武平元年童谣》注释（1）。

(2) 御史中丞：官名。秦始置。汉朝为御史大夫的次官，或称御史中执法，秩千石。

(3) 南台：御史台，以在富阙太西南，故称南台。

和士开(1)，七月三十日，将你向南台。

【注释】

(1) 和士开：字彦通，为武成帝臣。后主立，除尚书令，封淮阳王。后为琅邪王俨所诛。见《武平元年童谣》注释（2）。

又

《隋书》曰(1)：是岁又有童谣，七月，士开被诛。九月，琅邪王遇害。十一月，赵彦深出为西州刺史(2)。

【注释】

(1)《隋书》：隋书是唐代官修正史的代表作，《隋书》弘扬秉笔直书的优良史学传统，品评人物较少阿附隐讳，保存了大量政治、经济以及科技文化资料，是唐初所修五代史中较好的一部。它的纪传部分有本纪5卷，列传50卷，记载隋朝38年的历史，志的部分有十个门类30卷，记载的是整个南北朝时期的典章制度史，又称《五代史志》，由长孙无忌、于志宁等人修成于高宗显庆年间。见《武平元年童谣》注释（1）。

(2) 赵彦深（507—576）：原名隐，字彦深，避齐庙讳以字行。南阳宛（今河南南阳）人，后为平原（今山东平原）人。性聪敏，善书计，初为尚书令司马子如贱客，供写书。子如善其无误用为书令史，补大丞相功曹参军。文翰多出其手，号为敏给。后封宜阳王，武平四年（573）转司徒。卒年七十。见《北齐书本传》。西州：新疆境内。

七月刈禾伤早，九月吃糕正好。十月洗荡饭瓮(1)，十一月出却赵老[1]。

【校记】

[1]《北史·綦连猛传》曰：七月刈禾太早，九月啖糕未好。本欲寻山射虎，激箭旁中赵老。与此稍异。

【注释】

(1) 饭瓮：一种盛饭的陶器，腹部较大。

曲岩祖珽为斛律光造谣二首[1]

《北史》曰：齐人解宜阳之围，其丞相斛律明月至汾东(1)，周将韦孝宽参军曲岩颇和卜筮(2)。谓孝宽曰：来年东朝必大相杀戮。孝宽因令岩作谣歌曰云云，又言云云，祖珽续之曰云云(3)，明月竟以此诛。《诗纪》云：今按，百升者，斛也。明月，光字也。高山谓齐，齐姓高也。盲老公谓珽，珽先因罪失明也。饶舌老母谓令萱，令萱本妇人也。

【校记】

[1]《诗纪》百十一作后主时童谣。

【注释】

(1) 宜阳、汾北之战：天和四年八月，北齐将独孤永业攻扰周边，北周人杀孔城（今河南伊川西南）守将能奔达以城降北齐。九月，北周武帝宇文邕命齐公宇文宪与柱国李穆等率军击北齐，筑崇德等五城后围攻宜阳，并断绝宜阳粮道。五年正月，北齐派斛律光率步骑3万救宜阳。虽屡破周军，但未解宜阳之围。与周军对峙10旬，乃筑统关、丰化（均在今河南宜阳境）二城，以通宜阳粮道而还，斛律光退走时，周军追击，被斛律光纵军击败。开府仪同三司宇文英、梁景兴等被俘。十二月，斛律光自平阳进抵汾北，筑华谷、龙门（今山西河津西）二城，与韦孝宽对峙，并进围定阳（今山西吉县）。宇文宪闻讯，即解宜阳之围，驰救汾北，宇文护亦出屯同州（今陕西大荔），与之呼应。六年正月，斛律光在汾北筑13城，拓地500余里。韦孝宽自玉壁发动攻击，为斛律光所败。三月，北周宇文宪自龙门渡河，攻拔北齐军新筑之五城，迫使斛律光退守华谷。为策应汾北，北齐太宰段韶、兰陵王高长恭率军下南抵御北周军，攻克柏谷城（今河南宜阳南）后返回。四月，北周将宇文纯攻拔宜阳等9城，斛律光率步骑5万救之。六月，宇文护命参军郭荣增援宇文宪，被段韶袭破，齐军遂包围定阳。段韶急攻未下，遣高长恭选精兵千余，埋伏定阳东南涧口，以防守将杨敷突围出走。不久，城中粮尽，援军滞留不进，杨敷等于夜间突围，遭高长恭伏击大败。北齐军占领汾州和姚襄城（今山西吉县西北黄河东岸）。这时，宜阳等九城仍被北周军占领，斛律光与北周军在宜阳城下交战，取北周建安（今河南宜阳西）等四戍，俘千余人而还。

(2) 韦孝宽（509—580）：名叔裕，字孝宽，汉族，京兆杜陵（陕西西安南）人，南北朝时期西魏、北周杰出的军事家、战略家。韦孝宽少以字行，所以皆称其为韦孝宽，而很少称韦叔裕。韦孝宽的祖父韦直善，为北魏冯翊、扶风二郡守；父亲韦旭，曾为武威郡守，建义初，后为大行台右丞、辅国将军、雍州大中正，永安二年，拜右将军、南豳州刺史。

(3) 祖珽：生卒不详，字孝征，莹子。范阳遒（今涞水县）人。神情机警，词藻遒逸，少驰令誉，为世所推起京秘书郎，对策高等，为尚书仪曹郎中。尝为冀州刺史，为齐神武所知。

百升飞上天[1]，明月照长安[2]。

【校记】

[1] 升：《北史》或作“斗”。

[2] 照：《御览》作“耀”。

高山不推自崩[1]，槲木不扶自竖[2]。盲老公背上下大斧[3]，饶舌老母不得语[4]。

【校记】

[1] 推：《周书》、《御览》、《诗纪》作“榷”。《北史》或作“榷”。

[2] 木：《北齐书》作“树”。《御览》同。竖：《诗纪》作“举”，以上二句，《北齐书》或作“高山崩。槲树举”。

[3] 公：《北齐书》或作“翁”。上下：上下二字，《诗纪》只作“受”字。

[4] 饶舌：《北齐书》或作“多事”。

武成时童谣

《北齐书》曰(1)：娄太后凡孕六男二女，皆感梦(2)，孕文襄则梦一断龙。孕文宣则梦火龙。首尾属天地，张口动目，势状惊人。孕孝昭则梦蠕龙于地，孕武成则梦龙浴于海，孕魏二后并梦月入怀，孕襄城、博陵二王梦鼠入衣下，后未崩。

有童谣曰云云，及后崩。武成不改服，绯袍如故，帝于昆季次实九。盖其徵验。

【注释】

(1)《北齐书》：唐朝史家李百药撰，属纪传体断代史，共50卷，纪8卷，列传42卷，记载上起北魏分裂前十年左右，接续北魏分裂、东魏立国、北齐取代东魏，下迄北齐亡国，前后约五十馀年史实，而以记北齐历史为主。见《兖州民为郑氏父子歌》注释（1）。

(2) 娄太后：北齐武明皇后（501—562）娄昭君，北齐文宣帝高洋生母。北齐代郡平城人（今大同）。鲜卑人。赠司徒内干之女，太原王娄昭之姐。儿子显祖文宣皇帝高洋、北齐孝昭帝高演、武成帝高湛先后称帝，高澄被追谥为文襄皇帝，两个女儿分别成为北魏孝武帝和东魏孝静帝的皇后。

九龙母死不作孝。

北齐末邺中童谣(1)

《隋书》曰(2)：北齐末，邺中有童谣云云，未几，齐为周所灭，周都关中，故云西家也。

【注释】

(1) 邺中：县名，故城在今河北临漳县北。

(2)《隋书》：唐武德四年（621），令狐德棻提出修梁、陈、北齐、北周、隋等五朝史的建议。次年，唐朝廷命史臣编修，但数年过后，仍未成书。贞观三年（629），修五朝史，由魏征“总知其务”，并主编《隋书》。参加隋书编修的还有颜师古、孔颖达、许敬宗等人。《隋书》共八十五卷，其中帝纪五卷，列传五十卷，志三十卷。分为两阶段成书，从草创到全部修完共历时三十五年。

金作扫帚玉作把，净扫殿屋迎西家。

武平末童谣

《隋书》曰(1)：武平末有童谣，时穆后母子淫辟(2)，干预朝政。时人患之，穆后小字黄花，寻逢齐亡，欲落之应也。

黄花势欲落，清尊但满酌[1]。

【校记】

[1] 尊但满：《北齐书》作“觞满杯”。

【注释】

(1)《隋书》：唐武德四年（621），令狐德棻提出修梁、陈、北齐、北周、隋等五朝史的建议。次年，唐朝廷命史臣编修，但数年过后，仍未成书。贞观三年（629），修五朝史，由魏征“总知其务”，并主编《隋书》。参加隋书编修的还有颜师古、孔颖达、许敬宗等人。《隋书》共八十五卷，其中帝纪五卷，列传五十卷，志三十卷。分为两阶段成书，从草创到全部修完共历时三十五年。见《北齐末邺中童谣》注释（2）。

(2) 穆后：北齐末代皇后穆黄花（生卒不详），北齐后主高纬皇后。字舍利（又称邪利）。她是高纬的第三位皇后。穆皇后的母亲轻霄，原本是穆子伦的一位婢女。后来不知道什么原因到侍中宋钦道家当婢女，被宋钦道强奸后，生下黄花。穆黄花原先是高纬的第一位皇后斛律氏的侍婢。时间一长，受到高纬的宠爱，封为“舍利太监”称号。公元572年，在陆令萱的帮助下，被高纬立为皇后。穆氏当上皇后，高纬不仅内心高兴，还常常取悦于她。高纬为了给穆氏做珍珠裙衣，曾派胡商带着三万匹锦彩与北周交易珍珠。而穆氏自从当了皇后之后，几乎每时每刻都把高纬拴在身边，整天跟他把酒对饮，两人经常喝得大醉。穆黄花小人得志，最后竟然连亲生母亲轻霄都不相认。公元576年，北周大军压境，高纬的娘胡太后和儿媳穆黄花因为亡国沦为娼妓。她们俩一起高张艳帜，在长安当起了妓女。

徐之范引童谣

《北齐书》曰(1)：徐之才大善医术(2)，太宁二年春(3)，武明太后又病(4)，之才弟之范为尚药典御(5)，敕令诊候。内史皆令呼太后为石婆，盖有俗忌，故改名以厌制之。之范出，告之才曰：童谣云云云。今太后忽改名，私所致怪。之才曰：跂求伽，胡言去已，豹祠嫁石婆，岂有好事。斩冢作媒人。但令合葬自斩冢，唯得紫綖靴者，得至四月，何者？紫之为字此下系，綖者熟，当在四月之中。之范问靴是何义，之才曰：靴者革旁化，宁是久物。至四月一日，后果崩。

【注释】

(1)《北齐书》：唐朝史家李百药撰，属纪传体断代史，共50卷，纪8卷，列传42卷，记载上起北魏分裂前十年左右，接续北魏分裂、东魏立国、北齐取代东魏，下迄北齐亡国，前后约五十馀年史实，而以记北齐历史为主。见《兖州民为郑氏父子歌》注释（1）。

（2）徐之才：（492—572），南北朝时期一代名医，出身世医家庭，其先祖为徐熙，南朝丹阳（县治在今安徽当涂丹阳镇）人，人称“东海徐氏”。

（3）太宁（561—562）：是北齐武成帝高湛的年号，历时数月。

（4）武明太后：指娄太后。

（5）尚药典御：古代医官名。南北朝时期，南朝梁代始设尚药局，其长官称为奉御。

周里跂求伽，豹祠嫁石婆。斩冢作媒人，唯得一量紫綖靴。

杨子术引谣言

《北齐书》曰(1)：魏宁以善推禄命(2)，徵为馆客(3)。武成亲试之(4)，皆中，乃以己生年月托为异人而问之。宁曰：“极富贵，今年入墓。”武成惊曰：“是我。”宁变辞曰：“若帝王自有法。”又有阳子术，语人曰：“谣言云云，且四八天之大数，太上之祚，恐不过此。”既而武成崩。年三十二也。

【注释】

（1）《北齐书》：唐朝史家李百药撰，属纪传体断代史，共50卷，纪8卷，列传42卷，记载上起北魏分裂前十年左右，接续北魏分裂、东魏立国、北齐取代东魏，下迄北齐亡国，前后约五十馀年史实，而以记北齐历史为主。见《兖州民为郑氏父子歌》注释（1）。

（2）魏宁：巨鹿人，善推禄命。

（3）馆客：门客，幕宾。

（4）武成（559—560）：是北周明帝宇文毓的年号，历时年余。

卢十六(1)，稚十四[1]，犍子拍头三十二(2)。

【校记】

[1] 稚：《北史》作“雉”。

【注释】

（1）卢：良。

（2）犍子：阉过的牛。

清河民为宋世良谣

《北齐书》曰(1)：宋世良施八条之制(2)，盗奔他境。民又谣曰云云。后齐天保中大赦，郡先无一囚，群吏拜诏而已。

【注释】

（1）《北齐书》：唐朝史家李百药撰，属纪传体断代史，共50卷，纪8卷，列传42卷，记载上起北魏分裂前十年左右，接续北魏分裂、东魏立国、北齐取代东魏，下迄北齐亡国，前后约五十馀年史实，而以记北齐历史为主。见《兖州民为郑氏父子歌》注释（1）。

（2）宋世良：南北朝时期北魏广平人，字元友。拜清河太守，郡东南有曲堤，盗之所萃。世良施八条之制，盗奔他境。民谣曰：“曲堤虽险贼何益，但有宋公自屏迹”。值大赦，郡先无一囚，率群吏拜诏而已。代至，倾城阻道，莫不攀辕涕泣。卒于东郡太守。

曲堤虽险贼何益[1]，但有宋公自屏迹。

【校记】

［1］虽：《御览》或作“之”。

谚 语

清河民为曲堤语(1)

《北齐书》曰(2)：宋世良出除清河太守(3)，在郡未几，声问甚高(4)。郡东南有曲堤，成公一姓阻而居之，群盗多萃于此。人为之语曰：

【注释】

（1）清河：清河之名始于汉代。据《嘉靖广平府志》载，汉高帝四年（公元前203年）置清河郡（治在青阳县，即今清河县地），因境内有清河流经而得名（《水经注》记：“清河又迳清阳县故城西”）。东汉时郡治徙于甘陵县（今山东省临清市和河北省临西县地），遂更名甘陵郡。三国、魏时，郡、县（甘陵县）均改名为清河，但其县并非今清河县境（治在今山东省临清市）。北齐时，于今清河县地设武城县，并迁清河郡治此，于开皇六年（586）改武城县名清河县，自此清河县才名副其实。曲堤；曲堤镇是历史文化名镇。夏朝时为一小国都城。商初为逄伯陵属地。商末为蒲姑氏之地。西周至战国属齐地。秦代著县治。汉朝改为朝阳县，汉景帝四年（前153）并入章丘县，称阳丘朔镇。三国至刘宋为著县。北周建德六年（577）并入临邑县。

（2）《北齐书》：唐朝史家李百药撰，属纪传体断代史，共50卷，纪8卷，列传42卷，记载上起北魏分裂前十年左右，接续北魏分裂、东魏立国、北齐取代东魏，下迄北齐亡国，前后约五十馀年史实，而以记北齐历史为主。见《兖州民为郑氏父子歌》注释（1）。

（3）宋世良：南北朝时期北魏广平人，字元友。拜清河太守，郡东南有曲堤，盗之所萃。世良施八条之制，盗奔他境。民谣曰：“曲堤虽险贼何益，但有宋公自屏迹”。值大赦，郡先无一囚，率群吏拜诏而已。代至，倾城阻道，莫不攀辕涕泣。卒于东郡太守。太守：原为战国时代郡守的尊称。西汉景帝时，郡守改称为太守，为一郡最高行政长官。历代沿置不改。南北朝时期，新增州渐多。

（4）声问：名誉，名声。

宁度江吴会稽[1](1)，不历成公曲堤。

【校记】

［1］度：《御览》或作“使”。

【注释】

（1）会稽：今绍兴。华夏第一圣都、阆苑仙都、历史上的大都会。会稽因绍兴会稽山得名，公元前2198年，夏禹大会诸侯于此，成立中国第一个朝代“夏”，会稽从此名震华夏，成为中华文明象征。绍兴境内建于夏代的“侯城”即被认为是中国最早的城市建筑。

元稹赞“会稽天下本无俦，任取苏杭作辈流”，左传赞“禹会诸侯于会稽，执玉帛者万国”。又云“兹古今之大都会兮，为九牧之冠冕”。

齐人为苏珍之宋世轨语(1)

《北史》曰(2)：宋世轨，齐天保中为大理少卿(3)，执狱宽平(4)，多所全济。大理正苏珍之以平干知名(5)。时人以为二绝。寺中语曰：

【注释】

(1) 宋世轨：幼好法律，天保时为大理少卿，执法宽平。时苏珍之为大理正，亦以明敏称。寺中人语曰：“决定嫌疑苏珍之，视表见里宋世轨。”时人以为寺中二绝。

(2)《北史》：是汇合并删节记载北朝历史的《魏书》、《北齐书》、《周书》而编成的纪传体史书。魏本纪五卷、齐本纪三卷、周本纪二卷、隋本纪二卷、列传八十八卷，共一百卷。记述从北魏登国元年（386）到隋义宁二年（618）历史。《南史》与《北史》为姊妹篇，是由李大师及其子李延寿两代人编撰完成的。见《废帝时童论三首》注释（1）。

(3) 天保（550—559）：是北齐文宣帝高洋的第一个年号，历时9年余。大理寺少卿，官职名。大理少卿：官署名。相当于现代的最高法庭，掌刑狱案件审理。秦汉为廷尉，北齐为大理寺，历代因之，清为大理院。

(4) 执狱：治狱，审判案件。

(5) 大理正：官名。原为廷尉正。北齐以大理寺为署名，廷尉正亦改称大理正。

决定嫌疑苏珍之[1]，视表见里宋世轨。

【校记】

[1] 决定嫌疑：《北齐书》或作“断决无疑”。

省中为祖珽裴让之语[1](1)

《后魏书》曰(2)：祖珽，字孝徵。裴让之，字士礼。俱崇文学。邢劭(3)，省中为之语曰：

【校记】

[1]《御览》二百八十引三国典略，六百四十四引后书，七百四十四引《后魏书》。又《北齐书》及《北史·裴让之传》、《诗纪》百十一并引上一句。逯按。后魏原作《后汉书》。今据扬州刻本改正。

【注释】

(1) 省中：宫禁之中。汉蔡邕《独断》：“禁中者，门户有禁，非侍御者不得入，故曰禁中。孝元皇后父大司马阳平侯名禁，当时避之，故曰省中。”祖珽：字孝征。范阳（今河北容城）人，祖莹之子。开始为秘书郎、尚书仪曹郎中，主管仪注。聚敛贪财，骄纵淫逸，后为秘书丞。裴让之：字士礼，生年不详，大约卒于北齐天保六年（555年）。河东闻喜（今山西闻喜县）人。历仕东魏、北齐两朝，官至中书舍人，颇有政绩，且以诗文知名于世。

（2）《后魏书》：唐张大素著《后魏书》，一百卷。

（3）邢劭：北朝齐文学家。字子才。河间鄚（今河北任丘北）人。十岁能作文，为当时名士所赏识。北魏明帝初，授奉朝请，迁著作佐郎。后任中书侍郎、国子祭酒等职。北齐时累官骠骑将军、西兖州刺史，太常卿兼中书监，后授特进，死于任上。

多奇多能祖孝徵[1]，能赋能诗裴让之。

【校记】

［1］奇：《太平御览》或作“伎”。

文林馆中为陆乂语(1)

《北史》曰(2)：陆乂待诏文林馆，兼中书舍人(3)，加通直散骑常侍(4)，于五经最精熟(5)，馆中谓之石经(6)。人为之语曰：

【注释】

（1）文林馆：见《萧放》注释（3）。陆乂：字旦，陆仰子，代人也。袭爵始平侯。乂聪敏博学，有文才，年十九举司州秀才。历秘书郎、南阳王文学、通直散骑侍郎，待诏文林馆，兼散骑侍郎。迎陈使，还，兼中书舍人，加通直散骑常侍。乂于《五经》最精熟，馆中谓之石经。人为之语曰：“《五经》无对，有陆乂。”

（2）《北史》：见《废帝时童谣三首》注释（1）。

（3）中书舍人：中书舍人，官名。舍人始于先秦，本为国君、太子亲近属官，魏晋时于中书省内置中书通事舍人，掌传宣诏命。南朝沿置，至中书舍人梁，除通事二字，称中书舍人，任起草诏令之职，参与机密，权力日重。甚至专断朝政。

（4）常侍是中常侍或散骑常侍的简称。秦与西汉的中常侍，东汉以宦官充之。魏、晋以下的散骑常侍，均由士人充当。

（5）五经：指儒家的五圣经，即《周易》、《尚书》、《诗经》、《礼记》、《春秋》。温柔宽厚，《诗》教也；疏通知远，《书》教也；广博易良，《乐》教也；洁静精微，《易》教也；恭俭庄敬，《礼》教也；属词比事，《春秋》教也。

（6）石经：是中国古代刻于石碑，摩崖上的儒家经籍和佛道经典。此处指陆乂。

五经无对，有陆乂。

颜之推引俗谚论教子(1)

《颜氏家训》曰(2)：吾见世间无教而有爱，饮食运为，资其所欲，宜诫翻奖，应呵反笑。至有识知，谓法当耳。骄慢已习，方复制之。捶挞至死而无戚，忿怒日隆而增怨。逮于成长，终为败德(3)。孔子云“少成若天性，习惯成自然”，是也。俗谚曰云云，诚然斯语。

【注释】

（1）颜之推（531—约 595）：字介，汉族，琅邪临沂（今山东临沂）人。中国古代文学家，生活年代在南北朝至隋朝期间。颜之推曾著有《颜氏家训》，在家庭教育发展史上有重要的影响，是北朝后期重要散文作品。《北齐书》本传所载《观我生赋》，亦为赋作名篇。

（2）《颜氏家训》：是我国南北朝时北齐文学家颜之推的的传世代表作。他结合自己的人生经历、处世哲学等写成，是我国历史上第一部内容丰富、体系宏大的家训，也是一部学术著作。阐述立身治家的方法，其内容涉及许多领域，强调教育体系应以儒学为核心，尤其注重对孩子的早期教育，并对儒学、文学、佛学、历史、文字、民俗、社会、伦理等方面提出了自己独到的见解。文章内容切实，语言流畅，具有一种独特的朴实风格，对后世的影响颇为深远。

（3）败德：败坏德义，败坏品德。《书·大禹谟》："侮慢自贤，反道败德。"孔传："反正道，败德义。"

教妇初来，教儿婴孩。

颜之推引谚论治家

《颜氏家训》曰：妇人之性，率宠子婿而虐儿妇，宠婿则兄弟之怨生焉，虐妇则姊妹之谗行焉。然则女之行留皆得罪于其家者，母实为之。至有谚云云，此其相报也。家之常弊，可不戒哉。

落索阿姑餐[(1)]。

【注释】

（1）落索：冷落，萧索。

时人为陈元康语[(1)]

《北齐书》曰[(2)]：世宗入辅京室，崔暹[(3)]、崔季舒[(4)]、崔昂等并被任使[(5)]。张亮、张徽纂并高祖所待遇[(6)]，然委任皆出元康之下。时人语曰：

【注释】

（1）陈元康：广宗人，字云人、云猷，颇涉文史，机敏有干用。高欢用为大丞相公曹，内掌机密，善陈事意。高澄时累迁大行台左丞，后伤重卒。谥文穆。

（2）《北齐书》：唐朝史家李百药撰，属纪传体断代史，共50卷，纪8卷，列传42卷，记载上起北魏分裂前十年左右，接续北魏分裂、东魏立国、北齐取代东魏，下迄北齐亡国，前后约五十馀年史实，而以记北齐历史为主。见《兖州民为郑氏父子歌》注释（1）。

（3）崔暹：安平人，字季伦，少避地北海，神武见而悦之。以为左丞吏部郎。宣武初，遣御史中尉。神武崩，文襄以之为度支尚书，兼仪射。天保末，为右仆射，卒。

（4）崔季舒：安平人，字叔正，涉猎经史，有当世才，文襄主政，转大将军中兵参曹。后擢拜中书郎。后被斩。

（5）崔昂：字怀远，文襄辅政，召摄京畿长史事，执法甚严。齐受禅。迁散骑常兼大司农卿。后策拜仪同兼右仆射，和清中坐事，除名，卒。

（6）张亮：隰城人，字伯清，初事尔朱兆，入齐授丞相参军，累官光禄，封安定县男。

三崔二张[1](1)。不如一康[2]。

【校记】

［1］二：《太平广记》作“两”。

［2］康：《太平广记》康上有“陈元”二字。

【注释】

（1）三崔：指东汉文学家崔骃、崔瑗、崔寔父子孙三人。“三崔”都是东汉大臣，善于文辞，所写表达政见、抒发感情之赋、碑铭、箴、颂等，较有文学影响。南朝梁刘勰《文心雕龙·时序》：“自安、和以下，迄至顺、桓，则有班、傅、三崔、王、马、张、蔡。”其中，崔骃成就稍大。其赋，刘勰赞为“入博雅之巧”。崔瑗以铭、颂、箴为善，而崔寔则以《政论》为当世所称颂。

邺下为陆仲让语(1)

《北齐书》曰(2)：崔暹子达拏(3)，年十三，暹命儒者权会教其说“周易”两字(4)。乃集朝贵名流，令达拏高座开讲。赵郡睦仲让阳屈之，暹喜跃。奏为司徒中郎(5)，邺下为之语曰云云。此皆暹之短也。

【注释】

（1）邺：古地名，在今河北省临漳县西。

（2）《北齐书》：见《兖州民为郑氏父子歌》注释（1）。

（3）崔暹：安平人，字季伦，少避地北海，神武见而悦之。以为左丞吏部郎。宣武初，遣御史中尉。神武崩，文襄以之为度支尚书，兼仪射。天保末，为右仆射，卒。

（4）权会（约500—约575）：北朝齐臣。字正理，河间鄚（河北任丘）人。家贫好学，精通诸经。仕齐，初为四门博士。德高学博，拜师求学者甚众。《北史·儒林上》言其“志尚沈雅，动遵礼则”、“性恬静，不慕荣势，耻于左宦”。注《易经》，行于世。

（5）中郎：官名，郎官的一种，即省中之郎，为帝王近侍官。战国始设，汉代沿置，秩为比六百石，属光禄勋（秦及汉初为郎中令），习称中郎。其职为管理车、骑、门户，担任皇帝的侍卫和随从。初分为车郎、户郎、骑郎三类，长官则设有车、户、骑三将，其后逐渐不加区分。东汉除三署外又分属虎贲、羽林中郎将。曹魏仍有中郎将。晋、南北朝又有从事中郎，则为将帅之幕僚。隋唐至清，各部皆沿置郎中，分掌各司事务，为尚书、侍郎、丞之下的高级部员。《汉书·百官公卿表上》：“郎中，皆无没，多至千人……比三百石。”又“郎中有车、户、骑三将，秩皆比千石”。

讲义两行得中郎[1]。

【校记】

［1］讲义：《御览》作“解经”。

时人为唐邕白建言(1)

《北齐书》曰(2)：唐邕、白建方贵(3)，时人言曰云云。徐之才蔑之(4)。元日[5]，对邕为诸令史祝曰："见卿等位，当作唐白。"

并州赫赫唐与白。

【注释】

(1) 唐邕：字道和，晋阳人。累官中书监尚书令，封晋昌王，在齐一代专典兵机，性识明敏。后降周，迁凤周刺史。白建：字彦誉，阳邑人。初入大丞相府任骑兵曹，典执文帐，明解书计。武平末历特进中中书令卒。建勤于在公，以温柔自处，以典执兵马，历位卿相。

(2)《北齐书》：见《兖州民为郑氏父子歌》注释（1）。

(3) 白建：字彦举，生年不详，卒于北齐武平七年（576）。原籍太原阳邑（今山西太谷县），北朝北齐之大臣。东魏武定八年（550），高洋废东魏孝静帝，建立北齐王朝，白建初任大丞相府骑正曹。这是掌兵马的官员。任职期间，他遵于职守，"典执文帐，明解书计"，被同僚推重和尊敬。北齐天保十年（559），高殷继位，白建擢兼中书舍人，后又任大丞相骑兵参军。

(4) 徐之才（492—572）：南北朝时期一代名医，出身世医家庭，其先祖为徐熙，南朝丹阳（县治在今安徽当涂丹阳镇）人，人称"东海徐氏"。

(5) 元日：本以为吉日，农历正月初一为元旦，为一年的第一天。元日还有很多别名，如元朔、元正、正旦、端日、岁首、新年、元春等等。但古人只有农历，没有阴历，所以正月初一最正确。

时人为裴皇甫二姓兄弟语

《北齐书》曰[1]：裴让之[2]、诹之及皇甫和[3]、弟亮并知名于落[4]。时人语曰：

诹胜于让。和不如亮。

【注释】

(1)《北齐书》：见《兖州民为郑氏父子歌》注释（1）。

(2) 裴让之：字士礼，生年不详，大约卒于北齐天保六年（555）。河东闻喜（今山西闻喜县）人。历仕东魏、北齐两朝，官至中书舍人，颇有政绩，且以诗文知名于世。

(3) 裴诹之：字士正，裴让之弟。少好儒学，释褐太学博士。尝从常景借书百卷，十许日便返。景疑其不能读，每卷策问，应答无遗。景叹曰："应奉五行俱下，祢衡一览便记，今复见之于裴生矣。"杨愔阖门改葬，托诹之顿作十馀墓志，文皆可观。让之、诹之及皇甫和弟亮并知名于洛下，时人语曰："诹胜于让，和不如亮。"司空高乾致书曰："相屈为户曹参军。"诹之复书不受署。皇甫和：字长谐，安定朝那人，其先因官寓居汉中。祖澄，南齐秦、梁二州刺史。父皇甫徽，字子玄，梁安定、略阳二郡守。魏正始二年，随其妻父夏侯道迁入魏，道迁别上勋书，欲以徽为元谋。徽曰："创谋之始，本不关预，虽贪荣赏，内愧于心。"遂拒而不许。梁州刺史羊灵祐重其敦实，表为征虏府司马，卒。和十一而孤，母夏侯氏，才明有礼则，亲授以经书。及长，深沉有雅量，尤明礼仪，宗亲吉凶，多相谘访。卒于济阴太守。

(4) 皇甫亮：字君翼，皇甫和弟，安定朝那人。九岁丧父，哀毁有若成人。齐神武起义，为大行台郎中。亮率性任真，不乐剧职，除司徒东阁祭酒。思还乡里，启乞梁州褒中，即本郡也。后降梁。以母兄在北，求还。梁武不夺也。至邺，无复宦情，遂入白鹿山，恣泉石之赏，纵酒赋诗，超然自乐。复为尚书殿中郎，摄仪曹事。以参撰禅代仪注，封榆中男。亮疏慢自任，无干务才，每有礼仪大事，常令余司摄焉。

时人为冯祖赵三氏子语

《北齐书》曰[(1)]：齐朝宰相，善始令终唯赵彦深一人[(2)]。然讽朝廷以子叔坚为中书侍郎[(3)]，颇招物议[(4)]。时冯子琮子慈明[(5)]、祖珽子君信并相继居中书[(6)]。故时语云。

【注释】

(1)《北齐书》：见《兖州民为郑氏父子歌》注释 (1)。

(2) 赵彦深 (507—576)：原名隐，字彦深，避齐庙讳以字行，南阳宛（今河南南阳）人，后为平原（今山东平原）人。性聪敏，善书计，初为尚书令司马子如贱客，供写书。子如善其无误用为书令史，补大丞相功曹参军。文翰多出其手，号为敏给。后封宜阳王，武平四年 (573) 转司徒。卒年七十。见《北齐书本传》。

(3) 中书侍郎：中书省的长官，副中书令，帮助中书令管理中书省的事务，是中书省固定编制的宰相。中书令在汉朝开始设置，郎称之为中书郎，魏由通事郎改置，晋朝加“侍”，正式称为中书侍郎，东晋又曾一度改为通事郎，其中一人职掌诏命。南北朝时，设置四人。

(4) 物议：众人的议论，多指非议。

(5) 冯子琮：信都人，北燕主冯跋之后也。父灵绍，度支郎中。子琮性聪敏，涉猎书传。为肃宗除领军府法曹，典机密，摄库部。肃宗曾阅簿领，试令口陈，子琮暗对，无有遗失。子琮妻，胡皇后妹也。迁殿中郎，加东宫管记。又奉别诏，令共胡长粲辅遵太子，转庶子。

(6) 祖珽：字孝征，范阳（今河北容城）人。祖莹之子。开始为秘书郎、尚书仪曹郎中，主管仪注。聚敛贪财，骄纵淫逸，后为秘书丞。中书：为中国古代文官官职名，清代沿明制，于内阁置中书若干人。在清朝之位阶约为从七品。中书职能通常为辅佐主官，为基层官员编制之一。设置在如六部之中央机构官署，负责典章法令编修撰拟、记载、翻译、缮写等工作。或由举人考授，或由特赐。

冯祖及赵。秽我凤池[(1)]。

【注释】

(1) 凤池：凤凰池之省，禁苑中池沼。魏晋南北朝设中书省于禁苑，掌管机要，接近皇帝，故称中书省为凤凰池，亦称凤池。

御史台中为宋游道语[(1)]

《北齐书》曰[(2)]：游道与叔父别居，叔父为奴诬以逆。游道诱令返。雪而杀之，中尉郦善长嘉其气节(3)，引为殿中侍御史(4)。台中语曰。

【注释】

(1) 御史台：西汉初御史大夫之官署称御史府。后期改御史大夫为大司空（东汉称司空），御史之长由其副职御史中丞担任。中丞原在殿中兰台办事，为御史之长后仍留台中，因而称其官署为御史台。历代沿袭，并有宪台、兰台的别称。唐高宗时曾以宪台为正式名称。宋游道：广平人，仕魏为殿钟时御史，后累官御史中尉。天保初兼太府。性过刚直，治狱严酷。重交游，有然诺之分。

(2)《北齐书》：见《兖州民为郑氏父子歌》注释（1）。

(3) 中尉：战国时赵国初置，掌荐举人才等事。秦汉时为武职，指挥禁卫军部队，为负责京师安全的高级军官。《汉书·百官公卿表上》："中尉，秦官，掌徼循京师。"汉武帝太初元年（前104），改称执金吾。不再指挥禁军，专门负责治安、纠察。后无"执金吾"此官。北魏称御史中丞为中尉。郦善长：郦道元（466或472—527），字善长，北魏范阳（今河北省涿州市）人。出生于官宦世家。他的父亲郦范年少有为，在太武帝时期，给事东宫，后来以其战略眼光成为了一个优秀的军师，曾经做过平东将军和青州刺史。郦道元也先后在平城（北魏首都，今山西省大同市）和洛阳（公元493年北魏首都南迁到这里）担任过骑都尉，御史中尉和北中郎将等中央官史，并且多次出任地方官，做过冀州（今河北省冀县）长史，鲁阳郡（今河南省鲁山县）太守，东荆州（今河南省唐河县）刺史，河南（今洛阳）尹等职务。

(4) 殿中侍御史：官名。三国魏派御史二人居殿中，察非法，后乃以之为官名。

见贼能讨[1]，宋游道。

【校记】

[1] 贼：《北史》作"恶"。

时人为宋游道陆操语(1)

《北齐书》曰(2)：游道与顿丘李奖一面便定死交(3)，既而奖为河南尹(4)，辟游道为中正(5)。元颢入洛(6)，奖受其命，出使徐州，都督元孚与城人赵绍兵杀之(7)。游道为奖讼冤(8)，得雪，奖二子构、训居贫。游道后令其求三富人死事，判免之，凡得钱百五十万，尽以入构、训，其使气党侠如此(9)。时人语曰：

【注释】

(1) 宋游道：见《御史台中为宋游道语》注释（1）。陆操：字仲志，陆希道弟希悦孙，代人也。高简有风格，早以学业知名，雅好文。操仕魏，兼散骑常侍聘梁。使还，为廷尉卿。齐文襄为世子，甚好色，崔季舒为掌媒焉。薛氏寘书妻元氏有色，迎入欲通之。元氏正辞，且哭。世子使季舒送付廷尉罪之。操曰："廷尉守天子法，须知罪状。"世子怒，召操，命刀环筑之，更令科罪。操终不挠，乃口责之。后徙御史中丞。天保中，卒于殿中尚书。子孔璋，武平中，卒于高阳太守。

(2)《北齐书》：见《兖州民为郑氏父子歌》注释（1）。

（3）顿丘：河南濮阳的一个县。顿丘有悠久的历史和灿烂的文化，自汉代设县。李奖：字遵穆，李平子，顿丘人也。容貌魁伟，有当世才度。位中书侍郎、吏部郎中。以本官兼尚书，出为相州刺史。初，元叉擅朝，奖为其亲待，频居显职。灵太后反政，削除官爵。

（4）河南尹：东汉时期官职。东汉建都于河南郡洛阳县，为提高河南郡的地位，其长官不称太守而称尹，掌管洛阳附近的二十一县。

（5）中正：官名。秦末陈胜自立为楚王时置，掌纠察群臣的过失。《史记・陈涉世家》："陈王以朱房为中正，胡武为司过，主司羣臣。"三国魏立中正以藻别人物，晋南北朝仍之，唐废。

（6）元颢（？—529）：字子明，北魏宗室，袭父爵为北海王，后累次升迁为散骑常侍、抚军将军、徐州刺史，不久，被御史弹劾而除名。迫于北魏内乱及义军的压力，他投奔南梁；借助南梁的军力，他杀回洛阳称帝，国号"魏"，年号"孝基"、"建武"，立国四个月，兵败被杀。

（7）都督：中国古代军事长官。兴于三国，其后发展成为地方军事长官，明以后成为中央军事长官。一直到民国时都有人沿用，尽管只是沿用名称而已。另有大都督，曹魏置，第一品，不常置，属加官。加此官者，颁与代表天子威权的黄钺以节制持节将军等高级将领。吴同魏制。蜀置中都护，统内外军事。元孚：字秀和，元昌弟。少有令誉。侍中游肇、并州刺史高聪、司徒崔光等见孚，咸曰："此子当准的人物，恨吾徒衰暮，不及见耳。"累迁兼尚书右丞。灵太后临朝，宦者干政，孚乃总括古今名妃贤后，凡为四卷，奏之。迁左丞。

（8）讼冤：申辩冤屈。

（9）党侠：与游侠结为朋党。《后汉书・朱穆传论》："穆徒以友分少全，因绝同志之求；党侠生敝，而忘得朋之义。"

游道猕猴面，陆操科斗形。意识不关貌[1]，何谓丑者必无情。

【校记】

［1］貌：《北史》误作"见"。

邺下为李氏兄弟语(1)

《北史》曰(2)：李浑与弟绘(3)、纬俱为聘使主(4)，每霸朝文武总集，常令绘先发言。音词辩正，风仪都雅(5)，文襄益加敬异(6)。为聘梁使，绘敷对明辨，梁武称传。绘弟纬，少聪慧，有才学。位中散大夫(7)，聘梁使主。绘前后接对凡十八人，颇为称职。邺下为之语曰：

【注释】

（1）邺：古地名，在今河北省临漳县西。

(2)《北史》：是汇合并删节记载北朝历史的《魏书》、《北齐书》、《周书》而编成的纪传体史书。魏本纪五卷、齐本纪三卷、周本纪二卷、隋本纪二卷、列传八十八卷，共一百卷。记述从北魏登国元年（386）到隋义宁二年（618）的历史。《南史》与《北史》为姊妹篇，是由李大师及其子李延寿两代人编撰完成的。见《废帝时童谣三首》注释（1）。

（3）李浑：字季初，除给事中后，为青州征东府司马。天保间除海州刺史。后免官卒。

（4）使主：指使者中的正职。《周书·陆通传》："初修邻好，盛选行人。诏逞为使主，尹公正为副以报之。"

（5）风仪：风度，仪容。

（6）文襄：高澄（521—549），字子惠，北齐高祖神武帝高欢长子，祖籍渤海调蓨（今河北景县南），怀朔（今内蒙古固阳县，近包头市达茂旗）出生，东魏权臣，北齐世宗文襄帝。

（7）中散大夫：官名，简称中散。王莽时置，或作东汉光武置，掌论议政事，员额三十人。历代沿置。唐、宋为文散官，正五品上，为文官第十阶。宋元丰改制后，以换光禄卿至少府监各官。后定为第十四阶。元废。

学则浑绘纬。口则绘纬浑。

时人为义深语

《北史》曰[(1)]：李义深有当世才用[(2)]，而心胸险岨。时人语曰：

【注释】

（1）《北史》：见《废帝时童谣三首》注释（1）。

（2）李义深：字义人，学涉经史有当世才用。初为济州征东府功曹参军。后归神武，以为大行台郎中，见尔朱兆兵盛，遂叛神武以归之。兆平，神武恕其罪。累官光禄大夫，相府司马，齐州刺史等职。

剑戟森森，李义深。

时人为阳休之语[(1)]

《北史》曰[(2)]：阳休之好学，爱文藻。时人为之语曰：

【注释】

（1）阳休之：字子烈，简爽有风概。少勤学爱文藻。弱冠善声，事魏历中书侍郎。天统时除吏部尚书。凡所选用才地俱允。周武帝平齐拜上开府和州刺史，隋开皇初罢。

（2）《北史》：见《废帝时童谣三首》注释（1）。

能赋能诗，阳休之。

时人为阴凤语

《北史》曰[(1)]：贾思伯迁南青州刺史[(2)]，初，思伯与弟思休师事北海阴凤[(3)]。业竟，无资酬之，凤遂质其衣物[(4)]。时人为之语曰云云。及思伯之部，送缣百匹遗凤[(5)]，因具车马迎之，凤惭不往。时人称叹焉。

【注释】

（1）《北史》：见《废帝时童谣三首》注释（1）。

（2）贾思伯：益都人，字休仕。为孝文所知，累迁中书侍讲，入授明帝杜氏春秋。卒谥文贞。青州：在古代是《禹贡》“九州”之一，大体指泰山以东至渤海的一片区域。现代则指中国山东省的一座县级市——青州市，由潍坊市代管。刺史：职官，汉初，文帝以御史多失职，命丞相另派人员出刺各地，不常置。汉武帝元封五年（前106）始置，“刺”，检核问事之意。刺史巡行郡县，分全国为十三部（州），各置部刺史一人，后通称刺史。刺史制度在西汉中后期得到进一步发展，对维护皇权，澄清吏治，促使昭宣中兴局面的形成起着积极的作用。王莽称帝时期刺史改称州牧，职权进一步扩大，由监察官变为地方军事行政长官。

（3）北海：治今山东省潍坊市昌乐县东南。东汉末年割据势力中的孔融为北海相。

（4）质：抵押。

（5）缣：双丝的细绢。

阴生读书不免痴。不识双凤脱人衣。

时人为法上谚(1)

《北山录》曰[1]：法上肇落两髦(2)，嶷然成器。刻意尚行，颇究玄微(3)。时人以为圣沙弥。谚曰：

【校记】

［1］逯按：此谚亦见续高传，文字稍异。齐大统合水寺释法上传云：法上姓刘氏，朝歌人。年暨学岁，创讲法苑，酬抗疑难，无不叹伏。昌言胜负，而形色非美。故时人谚曰：黑沙弥若来，高座逢灾。

【注释】

（1）法上：僧，朝歌刘氏子，博洞清玄，所在推之，住合水寺，文宣帝事之甚恭，授为大统。

（2）两髦：古代一种儿童发式，发分垂两边至眉，谓之“两髦”。《诗·鄘风·柏舟》：“髧彼两髦，实维我仪。”毛传：“髦者，发至眉，子事父母之饰也。”

（3）玄微：深远微妙。晋袁宏《后汉纪·明帝纪下》：“（佛）有经数千万……世俗之人以为虚诞，然归于玄微深远，难得而测。”

沙弥若来。高座逢灾(1)。

【注释】

（1）高座：指僧人，犹言上座。

北 齐 诗

卷 四

郊庙歌辞(1)

陆卬等奉诏作

《历代吟谱》曰(2)：陆卬，字云驹。累迁给事黄门侍郎(3)、吏部郎中(4)。齐之郊庙诸歌，多卬所制。

【注释】

(1) 郊庙：古代天子祭天地与祖先。

(2)《历代吟谱》：宋蔡传撰。传，莆田人，襄之孙也。此编始前汉以迄唐、宋，凡能诗之人，皆纪其姓字。末载厉鹗跋云："此书尝有麻沙刻本，节略不全。"其叙次当以汉迄唐为第一卷，宋为第二卷，名僧为第三卷，闺秀为第四卷，武人为第五卷。今本序次悉与跋同，盖近人因鹗跋更定也。

(3) 黄门侍郎：又称黄门郎，秦代初置，即给事于宫门之内的郎官，是皇帝近侍之臣，可传达诏令，汉代以降沿用此官职。秦汉时，宫门多油漆成黄色，故称黄门。

(4) 吏部郎中：吏部郎中除主管本司事务外，掌流外官选补。

大褅圜丘及北郊歌辞十三首

《隋书·乐志》曰(1)：齐武成时(2)，始定四郊(3)、宗庙(4)、三朝之乐(5)。大褅圜丘及北郊乐并同，祠武帝用圜丘乐[1](6)。

【校记】

[1] 逯按：北郊乐歌八首，辞同南郊，《隋书》南北郊乐合载其文。

【注释】

(1)《隋书》：共八十五卷，其中帝纪五卷，列传五十卷，志三十卷。本书由多人共编撰，分为两阶段成书，从草创到全部修完共历时三十五年。见《武平末童谣》注释 (1)。

(2) 武成：北齐皇帝高湛的谥号。

（3）四郊：都城四周的地区。《周礼·秋官·遂士》：“（遂士）掌四郊。”郑玄注：“郑司农云：‘谓百里外至三百里也。’玄谓其地则距王城百里以外至二百里。”清钱谦益《南征吟小引》：“主忧臣辱，以四郊多垒为耻，故其（袁可立子袁枢）诗凄清悄厉，若刘越石登楼长啸，使人有云深月近，果创饮血之恐。”

（4）宗庙：我国的宗庙制度是祖先崇拜的产物。人们在阳间为亡灵建立的寄居所即宗庙。帝王的宗庙制是天子七庙，诸侯五庙，大夫三庙，士一庙。庶人不准设庙。同时宗庙是供奉历朝历代国王牌位、举行祭祀的地方。

（5）三朝：古代天子、诸侯与群臣会见处。《周礼·秋官·朝士》郑玄注：“周太子诸侯皆有三朝：外朝一，内朝二。”

（6）祠武帝：齐武帝萧赜（440—493），字宣远，小名龙儿，齐高帝萧道成长子，母刘智容。南朝齐第二任皇帝（482—493在位），病死，葬景安陵。年号永明。

肆夏 夕牲，群臣入门奏(1)。

肇应灵序(2)，奄字黎民[1](3)。乃朝万国，爰徵百神(4)。祇展方望(5)，幽显咸臻(6)。礼崇声协，贽列珪陈。翼差鳞次，端拱垂绅[2]。来趋动色，式赞天人(7)。

【校记】

［1］民：《隋书》作“人”，《乐府》同。

［2］拱：《隋书》作“笏”，《乐府》同。

【注释】

（1）夕牲：祭祀前夕，查看牺牲。《汉书·丙吉传》：“从祠高庙，至夕牲日，乃使出取斋衣。”颜师古注：“未祭一日，其夕展视牲具，谓之夕牲。”《后汉书·礼仪志上》：“正月，天郊，夕牲。”刘昭注：“《周礼》‘展牲’，干宝曰：‘若今夕牲。’又郊仪，先郊日未晡五刻夕牲。”

（2）肇：开始。灵：神灵。

（3）奄：忽然。

（4）爰徵：爰，语首助词。徵，求。

（5）祇：地神。

（6）臻：到，到达。

（7）式：用。

高明乐 迎神奏，登歌辞同。

惟神鉴矣[1]，皇灵肃止(1)。圜璧展事[2](2)，成文即始[3]。士备八能，乐合六变[4]。风凑伊雅(3)，光华袭荐。宸卫腾景(4)，灵驾霏烟。严坛生白，绮席凝玄。

【校记】

[1] 鉴:《隋书》作"监",《乐府》同。此句《北郊》云:"惟只监矣。"

[2] 圜:《隋书》作"圆",《乐府》同。圜璧展事:《北郊》云:"方琮展事。"

[3] 成文即始:《北郊》云:"即阴成理。"

[4] 乐合六变:《北郊》云:"乐合八变。"

【注释】

(1) 皇:对先代或神灵的敬称。肃:恭敬。

(2) 展:陈列,展示。

(3) 凑:汇合,凑合。

(4) 宸:北极星所在为宸。后借用为帝王所居,又引申为王位帝王的代称。

昭夏乐(1) 牲出入奏。

刚柔设位(2),惟皇配之。言肃其礼,念畅在兹(3)。饰牲举兽,载歌且舞。既设伊腯[1],致精灵府(4)。物色惟典,斋沐加恭。宗族咸暨(5),罔不率从。

【校记】

[1] 设:《隋书》作"舍",《乐府》同。

【注释】

(1) 昭夏:古乐名,为九夏之一。《周礼·春官·大司乐》:"王出入,则令奏《王夏》。尸出入,则令奏《肆夏》。牲出入,则令奏《昭夏》。"

(2) 刚柔:指祭祀用的猪羊。《礼·曲礼》下:"豕曰刚鬣,豚曰盾肥,羊曰柔毛。"

(3) 念:考虑。

(4) 灵府:古祀五方帝王之庙,苍帝庙曰灵府。

(5) 暨:至,到。

昭夏乐 荐毛血奏。

展礼上月(1),肃事应时。茧栗为用(2),交畅有期。弓矢斯发,瓮簝将事[1](3)。圆神致祀[2],率由先志。和以銮刀,臭以血膋(4)。至哉敬矣,厥义孔高。

【校记】

[1] 瓮:《隋书》作"瓮",《乐府》同。

[2] 圆神致祀:《北郊》云:"方祇致祀。"

【注释】

(1) 展礼:犹行礼,施礼。北周庾信《将命至邺》诗:"交欢值公子,展礼觌王孙。"

(2) 茧栗:曾角初生形如茧如栗,借指牛犊。

(3) 簝(liáo):古代宗庙盛肉的器皿。

(4) 膋(liáo):脂肪。

皇夏乐　进熟皇帝入门奏。

帝敬昭宣(1)，皇诚肃致。玉帛齐轨(2)，屏摄咸次(3)。三垓上列[1](4)，四陛旁升[2](5)。龙陈万骑，风动千乘。神仪天蔼，睟容离曜[3](6)。金根停轸(7)，奉光先导。

【校记】

[1] 三垓上列：《北郊》云："重垓上列。"

[2] 四陛旁升：《北郊》云："分陛旁升。"

[3] 睟：《诗纪》作"晬"。

【注释】

(1) 昭宣：明宣。南朝宋谢灵运《撰征赋》："降俊明以镜鉴，廼风猷以昭宣。"

(2) 轨：法则，制度。

(3) 屏摄：祭祀的地方。

(4) 垓：层，级。

(5) 陛：殿，台的台阶。

(6) 睟（suì）容：容貌温和润泽。

(7) 金根：金根车。秦汉饰车以金，以为乘舆，谓之金根车。轸：古代指车箱底部四周的横木，借指车。

皇夏乐　皇帝升丘奏，坛上登歌辞同。

紫坛云暧[1](1)，绀幄霞褰[2](2)。我其陟止，载致其虔。百灵竦听，万国咸仰。人神咫尺，玄应肸蠁(3)。

【校记】

[1] 紫坛云暧：《北郊》云："层坛云暧。"

[2] 绀幄霞褰：《北郊》云："严幄霞褰。"

【注释】

(1) 紫坛：紫色祭坛。帝王祭祀大典用。《汉旧仪》："祭天紫坛幄帐。"《汉书・礼乐志》："爰熙紫坛，思求厥路。"颜师古注："紫坛，坛紫色也。"唐李白《拟恨赋》："握瑶图而倏升，登紫坛而雄顾。"

(2) 绀（gàn）幄：天青色，深青透红之色。

(3) 肸蠁（xī）（xiǎng）：散布，弥漫。

高明乐　皇帝初献奏。

上下眷(1)，旁午从(2)。爵以质，献以恭。咸斯畅，乐唯雍(3)。孝敬阐，临万邦。

【注释】

（1）上下：泛指相对的两个方面，如天地、山泽、神人等。

（2）旁午：交错，纷繁。

（3）雍：乐声和谐，如“听庙中之雍雍”。

高明乐　皇帝奠爵讫。奏高明之乐、覆焘之舞。

自天子之，会昌神道(1)。丘陵肃事[1]，克光天保(2)。九关洞开(3)，百灵环列。八樽呈备，五声投节(4)。

【校记】

[1] 丘陵肃事：《北郊》云：“方泽祗事。”

【注释】

（1）昌：兴盛。

（2）克：能。

（3）九关：天门九重。谓九重天门或九天之关。《楚辞·招魂》：“魂兮归来，君无上天些。虎豹九关，啄害下人些。”王逸注：“言天门凡有九重，使神虎豹执其关闭。”王夫之通释：“九关，九天之关。”

（4）五声：古乐五声音阶的五个阶名，即宫、商、角、徵、羽。

武德乐　皇帝献太祖配飨神座。奏武德之乐、昭烈之舞。

配神登圣，主极尊灵。敬宣昭烛(1)，咸达窅冥(2)。礼弘化定，乐赞功成。穰穰介福(3)，下被群生。

【注释】

（1）昭：光，明亮。

（2）窅冥：幽暗貌。汉陆贾《新语·资质》：“（楩柟豫章）仆于嵬崔之山，顿于窅冥之溪。”

（3）穰穰（rángráng）：多貌。介福：大福。

皇夏乐　饮福酒奏。

皇心缅且感(1)，吉蠲奉至诚(2)。赫哉光盛德，乾坤照百灵[1]。报福归昌运，承佑播休明(3)。风云驰九域(4)，龙蛟跃四溟(5)。浮幕呈光气，俪象烛华精。护武方知耻，韶夏仅同声(6)。

【校记】

[1] 照：《隋书》作“诏”，《乐府》同。

【注释】

（1）缅：遥远貌。

（2）蠲（juān）：选择的吉日。

（3）休明：美善盛旺。

（4）九州：《晋书·孙惠传》：“今明公明著天下，声振九域。”陶潜《赠羊长史》诗：“九域甫已一，逝将理舟舆。”九：古称九州，大之意。域：天域，亦为大之意思。

（5）四溟：指全国、天下。《宋书·孝武帝纪》：“周王驥迹，实穷四溟。”南朝梁江淹《为萧骠骑让封第三表》：“车轨共文，四溟同宅。”

（6）韶夏：舜乐和禹乐。亦泛指优雅的古乐。晋葛洪《抱朴子·交际》：“单弦不能发《韶》、《夏》之和音，孑色不能成衮龙之玮爗。”

高明乐　送神，降丘南陛奏。

献享毕，悬佾周(1)。神之驾，将上游[1]。超斗极，绝河流[2]。怀万国，宁九州。欣帝道，心顾留。匝上下，荷皇休(2)。

【校记】

［1］将上游：《北郊》云：“将下游。”

［2］超斗极，绝河流：《北郊》云：“超荒极，憩昆丘。”

【注释】

（1）佾（yì）：古代乐舞的行列。

（2）荷：承受。

昭夏乐　紫坛既燎奏(1)。

玄黄覆载(2)，元首照临。合德致礼，有契其心。敬申事阕，絜诚共报[1](3)。玉帛载升[2]，棫朴斯燎。寥廓幽暧，播以馨香。皇灵惟监，降福无疆。

【校记】

［1］共：《隋书》作“云”，《乐府》同。

［2］玉帛载升：《北郊》云：“牲玉载陈。”

【注释】

（1）紫坛：紫色祭坛。帝王祭祀大典用。《汉旧仪》：“祭天紫坛幄帐。”《汉书·礼乐志》：“爰熙紫坛，思求厥路。”颜师古注：“紫坛，坛紫色也。”唐李白《拟恨赋》：“握瑶图而倏升，登紫坛而雄顾。”见《皇夏乐》注释（1）。

（2）玄黄：指天地。汉扬雄《剧秦美新》：“玄黄剖判，上下相呕。”

（3）絜诚：谓洁身诚意。《史记·五帝本纪》：“治气以教化，絜诚以祭祀。”《南齐书·乐志》：“絜诚夕鉴，端服晨晖。”

皇夏乐　皇帝还便殿奏。

天大亲严，匪敬伊孝。永言肆飨，宸明增耀(1)。阳丘既畅[1]，大典逾光(2)。乃安斯息，钦若旧章(3)。天回地旋，鸣銮引警(4)。且万且亿，皇历惟永。

【校记】

［1］阳丘既畅：《北郊》云："阴泽云畅。"

【注释】

（1）宸明：圣明。借指皇帝。《梁书·刘孝绰传》："舞文虚谤，不取信于宸明；在缧婴纆，幸得蠲于庸暗。"

（2）大典：国家的重要法令典章。

（3）旧章：旧时的典章制度。

（4）鸣銮：装在轭首或车衡上的铜铃，车行摇动作响。有时借指皇帝或贵族出行。《文选·班固〈西都赋〉》："大路鸣銮，容与徘徊。"李善注："《周礼》曰：巾车掌玉辂，以銮和为节。郑玄曰：銮在衡，和在轼，皆以金铃也。"吕延济注："銮，车上铃也。"

五郊乐歌五首

《隋书·乐志》曰(1)：齐五郊迎气降神(2)，并奏高明乐。又曰：礼五方上帝(3)，并奏高明之乐，为覆焘之舞。

【注释】

（1）《隋书》：共八十五卷，其中帝纪五卷，列传五十卷，志三十卷。本书由多人共同编撰，分为两阶段成书，从草创到全部修完共历时三十五年。见《武平末童谣》注释（1）。

（2）五郊：谓东郊、南郊、西郊、北郊、中郊。古代礼仪，帝王于五郊设祭迎气。立春之日，迎春于东郊，祭青帝句芒；立夏之日，迎夏于南郊，祭赤帝祝融；立秋前十八日，迎黄灵于中兆，祭黄帝后土；立秋之日，迎秋于西郊，祭白帝蓐收；立冬之日，迎冬于北郊，祭黑帝玄冥。《后汉书·明帝纪》："是岁（中平二年），始迎气于五郊。"

（3）五方：东、南、西、北、中五个方位。

青帝高明乐(1)

岁云献(2)，谷风归。斗东指，雁北飞。电鞭激，雷车遽。虹旌靡(3)，青龙驭(4)。和气洽(5)，具物滋。翻降止，应帝期。

【注释】

（1）青帝：天帝名，东方之神。又东方为春，青帝又为春神。

（2）献：献祭。

（3）虹旌：彩旗。汉王褒《九怀·思忠》："驾八龙兮连蜷，建虹旌兮威夷。"晋左思《魏都赋》："萧斧戢柯以柙刃，虹旌摄麾以就卷。"南朝梁沈约《桐柏山金庭馆碑》："虹旌拂月，龙輈渐汉。"

（4）青龙：在中国传统文化中是四象之一。根据五行学说，它是代表东方的灵兽，青龙既是名字也是种族。青龙的方位是东，左，代表春季；白虎的方位是西，右，代表秋季；

朱雀的方位是南，上，代表夏季；玄武的方位是北，下，代表冬季。在中国二十八星宿中，青龙是东方七星（角、亢、氐、房、心、尾、箕）的总称。

（5）洽：协调，协和。

赤帝高明乐(1)

婺女司旦(2)，仲吕宣(3)。朱精御节，离景延。根荄俊茂，温风发。柘火风水，应炎月。执衡长物(4)，德孔昭。赤旂电曳[1](5)，会今朝。

【校记】

［1］电：《隋书》作“霞”，《乐府》同。

【注释】

（1）赤帝：五天帝之一，南方之神。

（2）婺女：星名，即女宿，二十八宿之一。

（3）仲吕：乐律名，古乐十二律的第六律。

（4）衡：古代掌管山林川泽的官。

（5）旂（qí）：旗帜的总称。

黄帝高明乐(1)

居中匝五运，乘衡毕四时(2)。含养滋群物[1]，协德固皇基。单缓契王风(3)，持载符君德。良辰动灵驾，承祀昌邦国。

【校记】

［1］滋：《隋书》作“资”，《乐府》同。

【注释】

（1）黄帝：少典之子，姓公孙，有土德之瑞。

（2）衡：车辕前端的横木。

（3）缓：宽绰舒缓。

白帝高明乐(1)

风凉露降，驰景飏寒精(2)。山川摇落，平秩在西成(3)。盖藏成积，烝民被嘉祉[1](4)。从享来仪，鸿休溢千祀(4)。

【校记】

［1］民：《隋书》作“人”，《乐府》同。

【注释】

（1）白帝：五帝之一，《周礼·天官·太宰》“祀五帝”疏：“五帝者西方白帝白招拒。”又古以蛇神为白帝。

（2）飏：飞扬。

(3) 平秩：谓辨次耕作的先后。西成：秋天庄稼已熟，农事告成。

(4) 烝民：众民。祉：福。

(5) 鸿休：鸿业，大统。《北齐书·文宣帝纪》："朕入纂鸿休，将承世祀，籍援立之厚，延宗社之算。"

黑帝高明乐(1)

虹藏雉化，告寒。冰壮地坼(2)，年殚。日次月纪，方极。九州万邦[1]，献力。叶光是纪(3)，岁穷。微阳潜兆，方融。天子赫赫(4)，明圣。享神降福，惟敬。

【校记】

[1] 州：《诗纪》作"川"。

【注释】

(1) 黑帝：传说五天帝中主北方之神，名叶光纪。

(2) 坼（chè）：裂开，分开。

(3) 叶光：古代神话中黑帝名。

(4) 赫赫：显赫盛大。

祀五帝于明堂乐歌十一首

肆夏乐　先一日，夕牲，群臣入门奏。

国阳崇祀，严恭有闻[1]。荒华胥暨(1)，乐我大君。冕瑞有列(2)，禽帛载叙[2](3)。群后师师，威仪容与(4)。执礼辨物，司乐考章(5)。率由靡坠，休有烈光(6)。

【校记】

[1] 恭：《诗纪》云：《隋书》作"载"。

[2] 载：《隋书》作"恭"。

【注释】

(1) 荒：远方，边远。胥：语气词无意义。暨：至，到。

(2) 冕：古代帝王、诸侯、卿大夫所戴的礼帽。

(3) 叙：次序，次第。

(4) 容与：安逸自得。

(5) 考：成，落成。

(6) 休：美善，喜庆。烈光：谓有法度。

高明乐　太祝令迎神。奏高明乐、覆焘舞。

祖德光，国图昌。祗上帝(1)，礼四方。辟紫宫(2)，动华阙[1]。龙虎奋[2]，风云发。飞朱雀，从玄武。携日月，带雷雨。耀宇内，溢区中。眷帝道(3)，感皇风。帝道康，皇风扇。粢盛列(4)，椒醑荐(5)。神且宁，会五精。归福禄，幸闾亭(6)。

【校记】

[1] 动：《隋书》作“洞”，《乐府》同。

[2] 虎：《隋书》作“兽”，《乐府》同。

【注释】

(1) 祇：安适，安定。

(2) 紫宫：天帝的居室，也指帝王宫禁。

(3) 眷：怀念。

(4) 粢（zī）：祭品，指盛在祭器之内的黍稷。

(5) 醑（xǔ）：美酒。

(6) 闾亭：指乡里、民间。

武德乐　太祖配飨，奏武德乐、昭烈舞。

我惟我祖，自天之命。道被归仁，时屯启圣(1)。运钟千祀(2)，授手万姓。夷凶掩虐，匡颓翼正。载经载营，庶士咸宁[1]。九功以洽(3)，七德兼盈(4)。丹书入告，玄玉来呈。露甘泉白，云郁河清。声教咸往，舟车毕会。仁加有形，化浃无外[2]。严亲惟重，陟配惟大。既佑斯歌，率土攸赖(5)。

【校记】

[1] 士：《隋书》作“土”，《乐府》同。

[2] 浃：《隋书》作“洽”，《乐府》同。

【注释】

(1) 屯（zhūn）：艰难。

(2) 钟：当，适逢。

(3) 九功：六府三事之功。

(4) 七德：指禁暴、戢兵、保大、定功、安民、合众、丰材七件事。

(5) 攸：是。

昭夏乐　牲出入奏。

孝享不匮，精洁临年。涤牢委溢(1)，形色博牷(2)。于以用之，言承歆祀(3)。肃肃威仪，敢不敬止。载饬载省[1]，惟牛惟羊。明神有察，保兹万方。

【校记】

[1] 饬：《隋书》作“饰”，《乐府》作“饰”。

【注释】

(1) 牢：祭祀用的牺牲。

(2) 牷：牛纯色。古代祭祀用的牛毛色纯一。

(3) 歆：用食品招待宾客祭祀鬼神。

昭夏乐 荐毛血奏。

我将宗祀，夤献厥诚。鞠躬如在，侧听无声。荐色斯纯，呈气斯臭(1)。有涤有濯，惟神其佑。五方来格(2)，一人多祉。明德惟馨，于穆不已(3)。

【注释】

(1) 臭：香气。

(2) 来格：降临。格：至。

(3) 于穆：赞叹词。

皇夏乐 皇帝入门奏，皇帝升坛，奏皇夏，辞同。

象乾上构，仪坤下基。集灵崇祖，永言孝思。室陈簋豆(1)，庭罗悬佾。夙夜畏威，保兹贞吉。舞贵其夜，歌重其升(2)。降斯百禄，惟飨惟应。

【注释】

(1) 簋（guǐ）豆：簋，古代祭祀宴享时盛黍稷的器皿。豆，古代食器，初以木质，形似高足盘。后多用于祭祀。

(2) 重：尊重，高尚。

高明乐 皇帝初献，奏高明乐、覆焘舞。

度几筵，辟牖户。礼上帝，感皇祖。酌惟絜，涤以清。荐心款，达神明。

高明乐 皇帝祼献，奏高明乐、覆焘舞。

帝精来降，应我明德。礼殚义展，流祉邦国(1)。既受多祉，实资孝敬。祀谒其诚[1]，荷天休命。

【校记】

[1] 谒：《隋书》作“竭”，《乐府》同。

【注释】

(1) 流祉：流布的福泽。汉蔡邕《王子乔碑》：“匡流祉，熙帝庭，祐邦国，相黔民。”

皇夏乐 饮福酒奏。

恭祀洽，盛礼宣(1)。英猷烂层景(2)，广泽同深泉。上灵钟百福，群神归万年。月轨咸梯岫，日域尽浮川[3]。瑞鸟飞玄扈[4]，潜鳞跃翠涟。皇家膺宝历[5]，两地复参天。

【注释】

(1) 宣：宣告，宣示。

(2) 英猷：犹良谋。《晋书·宣帝纪》："(宣皇) 雄略内断，英猷外决，殄公孙于百日，擒孟达于盈旬，自以兵动若神，谋无再计。"

(3) 日域：日照的区域。

(4) 玄扈：山名，在陕西洛南县西，与阳虚山相对。传说黄帝在此山拜受凤鸟携来之图。

(5) 宝历：指国祚、皇位。即封建王朝统治的年代。

高明乐　太祝送神，奏高明乐、覆焘舞。

青阳奏[1]，发朱明[2]。歌西皓，唱玄冥[3]。大礼罄，广乐成[4]。神心怿，将远征。饰龙驾，矫凤旍[5]。指阊阖[6]，憩层城[7]。出温谷[8]，迈炎庭。跨西汜，过北溟[9]。忽万亿，耀光精。比电骛[10]，与雷行。嗟皇道，怀万灵。固王业，震天声。

【注释】

(1) 青阳：春天。

(2) 朱明：夏季。

(3) 玄冥：汉郊祀歌名。

(4) 广乐：传说天上的一种乐曲。

(5) 凤旍：古代用牦牛尾或兼五采羽毛饰竿头的旗子。

(6) 阊阖：天门。

(7) 层城：古代神话传说昆仑山上有层城九重，分三级，下层叫楚桐，一名板桐，中层叫玄圃，一名阆风，上层叫层城，一名天庭，为太帝所居。

(8) 温谷：冬暖的山谷。

(9) 北溟：北海。

(10) 电骛 (diànwù)：疾驰貌。汉王褒《九怀·尊嘉》："云旗兮电骛，儵忽兮容裔。"《文选·班固〈东都赋〉》："轻车霆激，骁骑电骛。"吕向注："霆激、电骛，言疾也。"

皇夏乐　帝还便殿奏。

文物备矣[1]，声明有章[2]。登荐惟肃，礼逾前王。闿齐云终[3]，折旋告罄[1]。穆穆旒冕[4]，蕴诚毕敬。屯卫按部[5]，銮跸回途[6]。暂留紫殿，将及清都[7]。

【校记】

[1] 罄：《隋书》作"磬"。是。

【注释】

(1) 文物：旧指礼乐典章制度。

(2) 声明：声教文明。

(3) 鬯：古时祭祀用，以郁金香合黍酿造成的香酒。

(4) 穆：端庄盛美状。旒：古代礼官中最尊贵的一种。

(5) 屯卫：驻兵守卫。

(6) 跸（bì）：古代帝王出行时，禁止行人以清道。

(7) 清都：古时谓天子所居的宫阙。

享庙乐辞十八首

肆夏乐　先一日，夕牲，群臣入门奏。

霜凄雨畅，烝哉帝心(1)。有敬其祀，肃事惟歆(2)。昭昭车服(3)，济济衣簪。鞠躬贡酎，磬折奉琛。差以五列，和以八音。式祗王度[1](4)，如玉如金。

【校记】

[1] 祗：《诗纪》作“祗”。

【注释】

(1) 丞（zhēng）：祭祀的通称。

(2) 歆：用食品招待宾客或鬼神。

(3) 车服：车和章服。

(4) 王度：王者的品德和气量。

高明登歌乐　迎神奏。

日卜惟吉，辰择其良。奕奕清庙(1)，黼黻周张(2)。大吕为角，应钟为羽。路鼗阴竹(3)，德歌昭舞。祀事孔明，百神允穆。神心乃顾，保兹介福(4)。

【注释】

(1) 奕奕：高达，盛美。清庙：《诗·周颂·清庙》、《诗·序》谓为祀文王之歌。

(2) 黼黻（fǔfú）周张：华丽的辞藻。

(3) 鼗（táo）：小鼓，犹今之拨浪鼓。

(4) 介福：大福。

昭夏乐　牲出入奏。

大祀云事，献奠有仪。既歌既展，赞顾迎牺。执从伊竦，刍饰惟栗(1)。俟用于庭，将升于室。且握且骍(2)，以致其诚。惠我贻颂，降祉千龄。

【注释】

（1）刍：草束。杀牲口时用的藁荐。

（2）骍（xīng）：赤色的马和牛，亦泛指赤色。

昭夏乐 荐毛血奏。

缅彼遐慨，悠然永思。留连七享，缠绵四时。神升魄沈，靡闻靡见。阴阳载俟，臭声兼荐。祖考其鉴[1]，言萃王休。降神敷锡[2]，百福是由。

【注释】

（1）祖考：祖先。生曰父，死曰考。

（2）敷：与，赐给。锡：施，布。

皇夏乐 进熟，皇帝入门奏。

齐居严殿[1]，夙驾层闱[2]。车辂垂彩，旒衮腾辉[3]。肃诚载仰，翘心有慕。洞洞自形[4]，斤斤表步。閟宫有邃[5]，神道依稀。孝心缅邈[6]，爰属爰依[7]。

【注释】

（1）齐居严殿：言神人服饰装束之美，以表钦敬之感。

（2）夙驾：早起驾车出行。

（3）旒：古代帝王礼帽前后悬垂的玉串。衮：读音是 gǔn，衮服的意思是中国古代天子祭祀时所穿的绣有龙的礼服。

（4）洞洞：恭敬虔诚貌。《礼记·礼器》："卿大夫从君，命妇从夫人，洞洞乎其敬也，属属乎其忠也。"

（5）閟宫：指《诗经》中《鲁颂·閟宫》。

（6）缅邈（miǎnmiǎo）：遥远。

（7）爰：于是。

登歌乐 太祝裸地奏[1]。

太室窅窅[2]，神居宿设。郁鬯惟芬[3]，珪璋惟洁[4]。彝斝应时[5]，龙蒲代用。藉茅无咎[6]，福禄攸降[7]。端感会事，俨思修礼。齐齐勿勿[8]，俄俄济济[9]。

【注释】

（1）太祝（tàizhù）：又称大祝，官名。太常寺的官，主管祭祀。商官有六太，其一曰太祝。汉景帝时更名为祠祀，汉武帝更名为庙祀，与女巫同为祠祀官，是《周礼》中规定的儒教神职官员之一，官衔下大夫。殷天子建天官，先六太，曰太宰、太宗、太史、太祝、太士、太卜，典司六典。太祝处天人之际，以言告神，在祭祀中迎神送神，以事鬼神示，祈福祥，求永贞。太祝常驻神祠，岁时至祠，持版，掌读祝。太祝以下还有亚祝、少祝。大祝迎神告大宗，少祝导王，亚祝迎王。太祝祭服无旒冕，素青衣，朱裳，蔽膝，无佩绶。

(2) 太室：太室山，位于河南省登封县北，为嵩山之东峰，海拔1440米。据传，禹王的第一个妻子涂山氏生启于此，山下建有启母庙，故称之为“太室”(室：妻也。)。太室山共有三十六峰，岩幛苍翠相间，峰壁环向攒耸，恍若芙蓉之姿。主峰“峻极峰”，则以《诗经·嵩高》“峻极于天”为名。窅窅（yāo)：犹冥冥，潜指隐晦貌。

(3) 郁鬯（yùchàng)：古代祭祀用的酒名。

(4) 珪璋（guīzhāng)：玉制的礼器。古代用于朝聘、祭祀。《庄子·马蹄》：“白玉不毁，孰为珪璋。”《南齐书·礼志上》：“用珪璋等六玉，礼天地四方之神。”

(5) 彝斝（yíjiǎ)：古代用于祭祀的一种酒器，古代青铜器的通称，古代铜制酒器。

(6) 藉茅：用茅草垫祭品。古代表示对神的敬意。语本《易·大过》：“藉用白茅。”孔颖达疏：“荐藉于物用絜白之茅，言以絜素之道，奉事于上也。”《后汉书·光武帝纪下》：“是岁，初起明堂、灵台、辟雍。”李贤注引汉胡广曰：“古清庙盖以茅，今盖以瓦，下藉茅，存古制也。”北周庾信《郊庙歌辞·周祀圆丘歌·皇夏》：“藉茅无咎，扫地惟尊。”

(7) 福禄：幸福与爵禄。

(8) 齐齐：恭敬，严整。勿勿：勉力，殷切。

(9) 济济：美好貌。

登歌乐　皇帝升殿，殿上作。

我祠我祖，永惟厥先。炎农肇圣(1)，灵祉蝉联(2)。霸图中造(3)，帝业方宣。道昌基构(4)，抚运承天。奄家六合(5)，爰光八埏(6)。尊神致礼，孝思惟缠。寒来暑反，惕荐在年。匪敬伊慕，备物不愆。设簴设业(7)，鞉鼓填填(8)。辟公在位(9)，有容伊虔。登歌启佾，下管应悬。厥容无爽，幽明肃然。诚匝厚地，和达穹玄(10)。既调风雨，载协山川。周庭有列，汤孙永延(11)。教声惟被，迈后光前。

【注释】

(1) 炎农：炎帝神农氏的省称。

(2) 蝉联：绵延蝉联不断，连续相承。

(3) 霸图：霸业，王业。谓建立国家。造：成就。

(4) 构：造成，缔造。

(5) 奄：覆盖，包括。

(6) 八埏：八方的边际。

(7) 设簴：谓悬挂起钟磬。簴，古代悬挂编钟编磬的架子。谓征求教益、建议。《文选·王融〈永明九年策秀才文〉一》：“或扬旌求士，或设簴待贤。”李善注引《鬻子》：“昔大禹治天下，以五声听治，为铭于笋簴曰：‘教寡人以道者击鼓；教寡人以义者击钟；教寡人以事者振铎；语寡人以忧者击磬；语寡人以狱者挥鞀。’”

（8）鞉鼓：有柄的小鼓。以木贯之，摇之作声。古祭礼用的一种乐器。亦指鞉鼓之声。《诗·商颂·那》："猗与那与，置我鞉鼓。"毛传："鞉鼓，乐之所成也。"《诗·商颂·那》："鞉鼓渊渊。"孔颖达疏："祭时之乐，其鞉鼓之声渊渊而和也。"填填：象声词，指雷声。

（9）辟公：指诸侯。《诗·周颂·烈文》："烈文辟公，锡兹祉福。"朱熹集传："辟公，诸侯也。"《荀子·王制》："论礼乐，正身行，广教化，美风俗，兼覆而调一之，辟公之事也。"

（10）穹玄：苍天。《乐府诗集·燕射歌辞二·北齐元会大飨歌之一》："宾朝荒夏，扬对穹玄。"

（11）汤孙：商汤之子孙。《诗·商颂·那》："汤孙奏假，绥我思成。"马瑞辰通释："汤孙奏假，谓汤之子孙进假其祖。"

始基乐恢祚舞　皇帝初献六世祖司空公神室奏。

克明克俊，祖武惟昌。业弘营土，声被海方。有流厥德，终耀其光。明神幽赞(1)，景祚攸长(2)。

【注释】

（1）赞：辅助，帮助。

（2）景祚：景福。《晋书·乐志上》："超百代，扬休烈，流景祚，显万世。"南朝梁刘勰《文心雕龙·时序》："文明自天，缉遐景祚。"

始基乐恢祚舞　五世祖吏部尚书室。

显允盛德(1)，隆我前构。瑶源弥泻(2)，琼根愈秀。诞惟有族，丕绪克茂(3)。大业崇新，洪基增旧。

【注释】

（1）显允：显扬。允，语气助词。汉蔡邕《朱公叔鼎铭》："悉心臣事，用媚天子，显允其勋绩。"

（2）瑶源：帝王的族系。泛指家世不凡的人。《乐府诗集·郊庙歌辞九·北齐享庙乐辞》："瑶源弥泻，琼根愈秀。"南朝梁江淹《宋故银青光禄大夫孙敻墓志文》："碧叶独秀，瑶源自清。"《宋史·乐志十》："瑶源诞启，玉牒肇荣。"

（3）丕：大。绪：功业，事业。

始基乐恢祚舞　高祖秦州刺史室。

祖德丕显(1)，明喆知几[1](2)。豹变东国(3)，鹊起西归。礼申官次(4)，命改朝衣。敬思孝享，多福无违。

【校记】

［1］几：《隋书》作"机"，《乐府》同。

【注释】

（1）丕显：大明。

（2）明喆：犹言明智，谓洞察事理。儿：隐微，细微。

（3）豹变：豹文变美。喻润色事业，或迁善去恶。

（4）申：表明，申述。官次：官阶，官吏的等级。《后汉书·郎顗传》："夫有出伦之才，不应限以官次。"

始基乐恢祚舞　曾祖太尉武贞公室。

兆灵有业(1)，潜德无声。韬光戢耀(2)，贯幽洞冥。道弘舒卷，施博藏行。缅追岁事，夜遽不宁。

【注释】

（1）兆灵：百姓。《隋书·音乐志中》："兆灵有业，潜德无声；韬光戢耀，贯幽洞冥。"

（2）韬光：敛藏光采。汉孔融《离合作郡姓名字诗》："玟璇隐曜，美玉韬光。"戢：收敛。

始基乐恢祚舞　祖文穆皇帝室。

皇皇祖德(1)，穆穆其风(2)。语嘿自己(3)，明睿在躬(4)。荷天之锡，圣表克隆。高山作矣，宝祚其崇(5)。离光旦旦(6)，载焕载融。感荐惟永，神保无穷。

【注释】

（1）皇皇：美盛貌。祖德：祖宗的功德。《管子·四称》："循其祖德，辩其顺逆，推育贤人，谗慝不作。"

（2）穆穆：清明，柔和。

（3）嘿（mò）：闭口不说话。通"默"。

（4）睿（ruì）：明智，通达。通"睿"。

（5）宝祚：宝座。

（6）旦旦：明亮。

武德乐昭烈舞　高祖神武皇帝室。

天造草昧(1)，时难纠纷。孰拯斯溺，靡救其焚。大人利见，纬武经文。顾指维极(2)，吐吸风云。开天辟地，峻岳夷海。冥工掩迹，上德不宰(3)。神心有应，龙化无待。义征九服，仁兵告凯。上平下成，靡或不宁。匪王伊帝，偶极崇灵。享亲则孝，洁祀惟诚［1］。礼备乐序，肃赞神明。

【校记】

［1］洁：《乐府》作"絜"。

【注释】

(1) 草昧：天地初开时的混沌状态。

(2) 维：结物的大绳。极：顶点，最高地位。

(3) 宰：杀牲。

文德乐宣政舞　文襄皇帝室。

圣武丕基[1]，睿文显统[2]。眇哉神启，郁矣天纵。道则人弘，德云迈种[3]。昭冥咸叙[4]，崇深毕综。自中徂外[5]，经朝庇野。政反沦风，威还缺雅。帝作穆穆，格于上下[6]。维享维宗，来鉴来假。

【注释】

(1) 丕基：大的基业。

(2) 睿文：指皇帝的文德。

(3) 迈种：勉强其德。

(4) 叙：次序，次第。

(5) 徂：及，至。

(6) 格：纠正。

文正乐光大舞　显祖文宣皇帝室。

玄历已谢，苍灵告期。图玺有属，揖让惟时[1]。龙升兽变，弘我帝基。对扬穹昊[2]，寔启雍熙[3]。钦若皇猷[4]，永怀王度。欣赏斯穆，威刑允措。轨物俱宣[5]，宪章咸布[6]。俗无邪指，下归正路。茫茫九域，振以乾纲[7]。混通华裔，配括天壤。作礼视德，列乐传响。荐祀惟虔，衣冠载仰[8]。

【注释】

(1) 揖让：谓让位于贤，对征诛而言。

(2) 穹昊：天。

(3) 雍熙：和乐升平。《文选·张衡〈东京赋〉》："百姓同于饶衍，上下共其雍熙。"薛综注："言富饶是同，上下咸悦，故能雍和而广也。"

(4) 皇猷：帝王的谋略或教化。南朝梁沈约《齐太尉文宪王公墓铭》："帝图必举，皇猷谐焕。"《北史·牛弘传》："今皇猷遐阐，化覃海外。"

(5) 轨物：法度与准则。

(6) 宪章：典章，制度。

(7) 乾纲：天的纲维，天道。《晋书·华谭传》："圣人之临天下也。祖乾纲以流化，顺谷风以兴仁。"

(8) 衣冠：犹言文明、礼教、斯文。

皇夏乐　饮福酒奏。

孝心翼翼(1)，率礼兢兢(2)。时洗时荐，或降或升。在堂在户，载湛载凝(3)。多品斯奠，备物攸膺(4)。兰芬敬挹(5)，玉俎恭承(6)。受祭之佑[1]，如彼冈陵(7)。

【校记】

［1］佑：《隋书》作“祐”，《乐府》同。

【注释】

（1）翼翼：敬貌。

（2）兢兢：小心谨慎貌。

（3）湛：澄清。凝：液体渐结为固体。

（4）膺：胸。

（5）挹：舀，酌取

（6）玉俎：古代祭祀、设宴时，用以盛牲的礼器。三国魏曹植《九咏赋》：“兰肴御兮玉俎陈，雅音奏兮文虞罗。”南朝齐谢朓《三日侍宴曲水》诗：“金觞摇荡，玉俎推移。”

（7）冈陵：丘陵。《诗·小雅·天保》：“如山如阜，如冈如陵。”

高明乐　送神奏。

仰榱桷(1)，慕衣冠。礼云罄，祀将阑(2)。神之驾，纷奕奕(3)。乘白云，无不适。穷昭域，极幽涂。归帝祉，眷皇都。

【注释】

（1）榱桷：(cuījué)：放在檩上架层瓦的木条。

（2）阑：晚，残尽。

（3）奕奕：盛美。

皇夏　皇帝诣便殿奏。

礼行斯毕，乐奏以终。受嘏先退(1)，载畅其衷。銮轩循辙(2)，麾旌复路(3)。光景徘徊(4)，弦歌顾慕。灵之相矣，有锡无疆。国图日竞[1]，家历天长(5)。

【校记】

［1］竞：《隋书》作“镜”，《乐府》同。

【注释】

（1）嘏（jiǎ）：福。

（2）銮轩：銮舆。晋葛洪《抱朴子·名实》：“汗血驱放而垂耳，跛蹇驰骋于銮轩。”

（3）麾旌：本为指挥旗。后多指将帅之旗。《三国志·蜀志·先主传》“曹公东征先主，先主败绩”，裴松之注引晋王沉《魏书》：“（先主）自将数十骑出望公军，见麾旌，便弃众而走。”

（4）光景：日月的光辉。

（5）家历：皇朝的历数。

燕射歌辞

元会大飨歌十首

《隋书·乐志》曰(1)：北齐元会大飨(2)，协律不得升陛，黄门举麾于殿上。今列其歌辞云。

【注释】

（1）《隋书》：见《武平末童谣》注释（1）。

（2）元会：皇帝于元旦朝会群臣称正会，也称元会。大飨：谓天子宴饮诸侯来朝者。《周礼·春官·大司乐》：“大飨不入牲。”郑玄注：“大飨，飨宾客也。”《礼记·仲尼燕居》：“大飨有四焉。”郑玄注：“大飨，谓飨诸侯来朝者也。”

肆夏 宾入门，四厢奏。

昊苍眷命(1)，兴王统天。业高帝始，道邈皇先。礼成化穆(2)，乐合风宣(3)。宾朝荒夏，对扬穹玄[1](4)。

【校记】

［1］对扬：《隋书》作“扬对”。《乐府》同。

【注释】

（1）昊苍：天，太空。眷命：亦作“睠命”。垂爱并赋予重任。《书·大禹谟》：“皇天眷命，奄有四海，为天下君。”《北史·文苑传·许善心》：“保上天之睠命，膺下土之乐推。”

（2）穆：温和。

（3）宣：宣扬，发扬。

（4）穹玄：苍天。

皇夏 皇帝出阁奏。

夏正肇旦(1)，周物充庭。具僚在位，俯伏无声。大君穆穆(2)，宸仪动睟(3)。日煦天回，万灵胥萃(4)。

【注释】

（1）夏正：农历正月的省称。肇旦：元旦。

（2）大君：天子。

（3）宸：北宸，以喻帝位。睟：润泽貌。
（4）胥：都，皆。

皇夏　皇帝当扆[(1)]。群臣奉贺奏。

天子南面，乾覆离明。三千咸列[(2)]，万国填并[(3)]。犹从禹会，如次汤庭。奉兹一德，上下和平。

【注释】

（1）扆：古代庙堂户牖之间绣有斧形的屏风。《礼记·曲礼下》："天子当依而立，诸侯北面而见天子，曰觐。"孔颖达疏："天子当依而立者，依，状如屏风，以绛为质，高八尺，东西当户牖之间，绣为斧文也。亦曰斧依……设依于庙堂户牖之间，天子见诸侯则依而立，负之而南面以对诸侯也。"陆德明释文："依，本又作扆，同，于岂反。"后以"当扆"指天子临朝听政。

（2）三千：至三千大世界。

（3）填：充塞。

皇夏　皇帝入宁变服[(1)]，黄钟太簇二厢奏[(2)]。

我应天历，四海为家。协同内外，混一戎华[(3)]。鹤盖龙马，风乘云车。夏章夷服，其会如麻。九宾有仪[(4)]，八音有节[(5)]。肃肃于位，饮和在列。四序氤氲[(6)]，三光昭晰[(7)]。君哉大矣，轩唐比辙[(8)]。

【注释】

（1）变服：改变服饰，化装。《战国策·魏策二》："王若欲报齐乎，则不如因变服折节而朝齐，楚王必怒矣。"鲍彪注："不为人君服。"

（2）黄钟：十二律之一，声调最宏大响亮。在宫、商、角、徵、羽五音之中，宫属于中央五音，十二律由此而分。张景岳："自一至九，九九八十一而黄钟之数起焉。黄钟为万事之本。故针数亦应之，而用变无穷也。"《灵枢·九针论》："九而九之，九九八十一，以起黄钟数焉。"太簇：《吕氏春秋·通诠》记载，太簇，是古代音乐十二律中阳律的第二律。清黄宗羲《答刘伯绳问律吕》："太簇长八寸，积六百四十八分。"古人将十二律与十二月相配，太簇配正月，所以太簇也是农历正月的别名

（3）戎华：狄和华夏。犹中外。《隋书·音乐志中》："至永熙中，録尚书长孙承业，共臣先人太常卿莹等，斟酌缮修，戎华兼采，至于钟律，焕然大备。"

（4）九宾：古代朝会大典设九宾。九宾说法不一。其一：认为九宾即《周礼》九仪，即：公、侯、伯、子、男、孤、卿、大夫、士。其二：则认为是在宾主之间传言的九个接待宾客的人。其三：则认为是王、候、公、卿、二千石、六百石下及郎、吏、匈奴侍子，凡九等。

（5）八音：古代称金、石、丝、竹、匏、土、革、木为八音。

（6）四序：即四季。氤氲（yīnyūn）：形容烟或气很盛。

（7）三光：日、月、星。昭晰：光亮，光耀。三国魏曹丕《济川赋》：“美玉昭晰以曜晖，明珠灼灼而流光。”

（8）轩唐：传说中的古代帝王轩辕、唐尧的并称。晋陆云《晋故豫章内史夏府君诔》：“披图承禅，袭化轩唐。”《魏书·郑道昭传》：“将使化越轩唐，德隆虞夏。”

皇夏 帝出升御座(1)，姑洗厢奏(2)。

皇运应箓(3)，廓定区寓(4)。受终以文，构业以武。尧昔命舜(5)，舜亦命禹(6)。大人驭历，重规沓矩。钦明在上(7)，昭纳八夤(8)。从灵体极，诞圣穷神。化生群品，陶育烝人(9)。展礼肆乐，协此元春(10)。

【注释】

（1）御座：御座或宝座，在某些场合可称作王座或皇座，在中国古代还有龙椅的称呼，是君主在典礼场合所坐的椅子。御座还可以象徵王国或王冠，在许多场合亦可解作“君权”。

（2）姑洗：古代乐律名。古乐分十二律，阴阳各六，第五为姑洗。

（3）箓：帝王自称所谓天赐的符命诏书。

（4）廓定：廓清平定。《宋书·王镇恶传》：“入渭之捷，指麾无前，遂廓定咸阳，俘执伪后。”

（5）尧（前2377—前2259）：姓伊祁，名放勋，史称唐尧。公元前2377年农历二月初二，在唐地伊祁山诞生，随其母在庆都山一带度过幼年生活。15岁时在唐县封山下受封为唐侯。20岁时，其兄帝挚为形势所迫让位于他，成为我国原始社会末期的部落联盟长。他践帝位后，复封其兄挚于唐地为唐侯，他也在唐县伏城一带建第一个都城，以后因水患逐渐西迁山西，定都平阳。唐尧在帝位70年，90岁禅让于舜，约公元前2259年，尧118岁时去世。舜（shùn）：是历史上的著名人物，中华五帝之一。名重华。生于姚墟，故姚姓，都城在蒲阪（今山西永济）。舜为四部落联盟首领，以受尧的“禅让”而称帝于天下，其国号为“有虞”，故号为“有虞氏帝舜”。帝舜、大舜、虞帝舜、舜帝皆虞舜之帝王号，故后世以舜简称之。帝颛顼的六世孙，自五世祖穷蝉起都是平民。他的父亲瞽叟是个盲人。瞽叟的妻子握登在姚墟生下了舜。

（6）禹：姒姓夏后氏，名文命，号禹，后世尊称大禹，是黄帝轩辕氏玄孙。通过禅让制得到帝位，传说是夏后氏部落的首领，是子承父位、中国奴隶制的创始人。另外禹是中国的一个姓氏。

（7）钦明：敬肃明察。《书·尧典》：“曰若稽古帝尧，曰放勋，钦明文思安安，允恭克让。”陆德明释文引马融曰：“威仪表备谓之钦，照临四方谓之明。”后遂以“钦明”为对君主的颂词。汉扬雄《剧秦美新》：“伏惟陛下以至圣之德，龙兴登庸，钦明尚古，作民父母。”

（8）八夤：八方的边际。

（9）烝人：民众，百姓。

（10）元春：元旦。

肆夏　王公奠璧奏。

万方咸暨，三揖以申(1)。垂旒冯玉(2)，五瑞交陈(3)。拜稽有章，升降有节。圣皇负扆(4)，虞唐比烈(5)。

【注释】

(1) 三揖：古时礼制，卿、大夫、士向君王行礼时，君王须还揖，故称卿、大夫、士为三揖。一说为古代宾主相见的礼节，按尊卑分为三种，称为“三揖”：一为“土揖”；二为“时揖”；三为“天揖”。

(2) 垂旒；古代帝王贵族冠冕前后的装饰，以丝绳系玉串而成。汉班固《白虎通·绋冕》：“垂旒者，示不视邪。”南朝梁沈约《皇雅》：“执瑁朝羣后，垂旒御百神。”

(3) 五瑞：古代诸侯作信符用的五种玉，即圭、璧、琮、璜、璋。

(4) 负扆（yǐ）：天子朝诸侯，背南面而立，故称负扆，户牖间画有斧纹的屏风。

(5) 虞唐：唐尧与虞舜的并称。亦指尧与舜的时代，古人以为太平盛世。《论语·泰伯》：“唐虞之际，于斯为盛。”《史记·汲郑列传》：“陛下内多欲而外施仁义，奈何欲效唐虞之治乎!”

上寿曲　上寿，黄钟厢奏(1)。

仰三光，奏万寿(2)。人皇御六气(3)，天地同长久。

【注释】

(1) 黄钟：十二律之一。声调最宏大响亮．在宫、商、角、徵、羽五音之中，宫属于中央五音十二律由此而分。张景岳：“自一至九，九九八十一而黄钟之数起焉。黄钟为万事之本。故针数亦应之，而用变无穷也。”《灵枢·九针论》：“九而九之，九九八十一，以起黄钟数焉。”见《皇夏》注释（2）。

(2) 万寿：永元生存，祝颂长寿之词。

(3) 六气：天地四时之气。

登歌三曲　皇太子入，至坐位，酒至御，殿上奏。

大齐统历，道化光明(1)。马图呈宝(2)，龟箓告灵(3)。百蛮非众(4)，八荒非逖(5)。同作尧人，俱包禹迹。

【注释】

(1) 道化：道德风化。《列子·说符》：“圣人恃道化而不恃智巧。”晋·葛洪《抱朴子·刺骄》：“道化凌迟，流遁遂往，贤士儒者，所宜共惜。”宋·沈括《梦溪笔谈·辩证一》：“以二帝道化之盛，始于闺房，则二女当具任姒之德。”

(2) 马图：传说中龙马背负之图。

(3) 龟箓：即洛书。

(4) 百蛮：王畿以外有蛮服，泛指地区以内的各族为百蛮。转指为与华夏对称的诸少数民族。

(5) 八荒：八方荒远的地方。逖：远。

天覆地载，成以四时。惟皇是则，比大于兹。群星拱极[1]，众川赴海。万寓骏奔，一朝咸在。

【注释】

(1) “群星”句：《论语・为政》：“为政以德，譬如北辰，居其所而众星拱之。”拱，拱卫。极，北极星。

齐之以礼，相趋帝庭。应规蹈矩，玉色金声。动之以乐，和风四布[1]。龙申凤舞，鸾歌麟步。

【注释】

(1) 和风：春天温和的微风。

食举乐十曲　食至御前奏。

三端正启[1]，万方观礼[2]。具物充庭[3]，二仪合体[4]。百华照晓，千门洞晨。或华或裔，奉贽惟新[5]。悠悠亘六合[6]，圆首莫不臣[7]。仰施如雨，晞和犹春。风化表笙镛[8]，歌讴被琴瑟[9]。谁言文轨异[10]，今朝混为一。

【注释】

(1) 三端：指文士的笔端、武士的锋端、辩士的舌端。

(2) 万方：指天下各地、全国各地。

(3) 具：供置，供设。

(4) 二仪：指天地。三国魏曹植《惟汉行》：“太极定二仪，清浊始以形。”《周书・武帝纪上》：“二仪创辟，玄象著明。”

(5) 贽：初见尊长时所送的礼品。

(6) 六合：上下和东西南北四方，即天地四方，泛指天下或宇宙。贾谊《过秦论》：“及至始皇，……吞二周而亡诸侯，履至尊而制六合。”

(7) 圆首：指人类。

(8) 笙镛：亦作“笙庸”。古乐器名。镛，大钟。《书・益稷》：“笙镛以间，鸟兽跄跄。”孔颖达疏：“吹笙系钟，更迭而作。”孙星衍注引郑玄曰：“东方之乐谓之笙。笙，生也，东方生长之方，故名乐为笙也。西方之乐谓之庸。庸，功也，西方物熟有成功。亦谓之颂，颂亦是颂其成也。”

(9) 琴瑟：据文献记载，伏羲发明琴瑟。琴与瑟均由梧桐木制成，带有空腔，丝绳为弦。琴初为五弦，后改为七弦；瑟二十五弦。古人发明和使用琴瑟的目的是顺畅阴阳之气和纯洁人心。

(10) 文轨：《中庸》：“今天下同轨，书同文。”后来因以“同文轨”为国家统一之称。

彤庭烂景[1]，丹陛流光[2]。怀黄绾白，鹓鹭成行[4]。文赞百揆[5]，武镇四方。折冲鼓雷电(6)，献替协阴阳(7)。大矣哉，道迈上皇。陋五帝(8)，狭三皇(9)。穷礼物，该乐章。序冠带，垂衣裳(10)。

【注释】

（1）彤庭：汉皇室以朱色漆中庭，称彤庭。

（2）流光：闪动的光。

（3）绾：盘绕，系结。

（4）鹓鹭：鹓和鹭飞行有序，比喻班行有序的朝官。《隋书·音乐志中》："怀黄绾白，鹓鹭成行。文赞百揆，武镇四方。"

（5）百揆：有百度，泛指庶政。

（6）折冲：是敌人的战后车辙，即击退敌军。冲，战车的一种。

（7）献替："献可替否"的略语，即箴言进谏之意。

（8）五帝：中华文化中，五帝一般是指中国上古传说中的五位圣明君主。最为流行的说法是黄帝、颛顼、帝喾、尧、舜。其次是朝廷官方祭祀礼仪的专用词汇，是最高祭祀等级的仪式之一，仅次于"单独郊祭上帝（共五个，又称：五方上帝、五天神）"，五帝属于大祀，祭祀内容包括作为主祭的五方上帝，以及各自配帝、各自从祀官、各自从祀星、三辰、四方七宿等一起组合祭祀的仪式，一年一次。

（9）三皇："三皇"的称谓仅是一种传说。在史料上的传述和在民间的传说多种多样（至少有七种），其中最为流行的当属《史记》中所载的李斯之说即三皇为"天皇"、"地皇"、"泰皇"和《古微书》中记载的三皇"伏羲"、"神农"、"黄帝"。其中的"泰皇"和"黄帝"又都是指的古泰国的国王——人皇太昊伏羲，这也是史书上所说的华夏民族是"炎黄子孙"的基本说法。

（10）垂衣裳：穿着长大的衣服，形容无所事事或文绉绉的样子。后来成为称颂帝王无为而治的套语，也省作垂衣、垂赏。

天壤和，家国穆(1)。悠悠万类，咸孕育。契冥化(2)，侔大造(3)。灵效珍，神归宝。兴云气，飞龙苍。麟一角，凤五光。朱雀降，黄玉表(4)。九尾驯(5)，三足扰(6)。化之定，至矣哉。瑞感德，四方来。

【注释】

（1）穆：温和。

（2）契：投合。冥化：自然的化育。南朝宋宗炳《明佛论》："恒沙阅国界，飞尘纪积劫，普冥化之所容，俱眇末其未央。"《魏书·高祖纪论》："玄览独得，著自不言；神契所标，固以符于冥化。"

（3）侔：齐等。大造：指天地，大自然。南朝宋谢灵运《宋武帝诔》："业盛曩代，惠侔大造，泽及四海，功格八表。"

（4）黄玉：一种铝氟硅酸盐矿物，其成分为 $Al_2(F,OH)_2(SiO_4)$。无色、蓝色、黄色、红色透明的品种可做宝石。表：明示，显扬。

（5）九尾：一指九尾狐，传说中之兽名，为瑞兽。二指九尾龟，传说中之龟名，为神物。九尾的传说源自中国，却无人提及。九尾狐曾经是夏朝第一代王夏禹的妻子。野史记载，夏禹治水经过涂山，听到有白狐歌唱（正史记载的是涂山氏族，可能这个氏族是以九尾狐狸为图腾的）“绥绥白狐，九尾庞庞。成家成室，我造彼昌”，于是在涂山成亲，后来在九尾的帮助下建立了夏朝。也有说九尾是灾难的象征，《封神演义》中的苏妲己就被看成是九尾狐的化身。

（6）三足：三足乌，古代神话中太阳内的神鸟，故太阳又叫三足或金乌。

囹圄空(1)，水火菽粟(2)。求贤振滞(3)，弃珠玉。衣不靡，宫以卑。当阳端嘿(4)，垂拱无为(5)。云云万有，其乐不訾(6)。

【注释】

（1）囹圄：牢狱。

（2）菽粟：豆和小米。泛指粮食。《墨子·尚贤中》：“是以菽粟多而民足乎食。”汉桓宽《盐铁论·授时》：“夫为政而使菽粟如水火，民安有不仁者乎？”

（3）滞：遗落。

（4）当阳：天子南面向明而治。

（5）垂拱：垂衣拱手。谓不亲理事务。《书·武成》：“惇信明义，崇德报功，垂拱而天下治。”孔颖达疏：“谓所任得人，人皆称职，手无所营，下垂其拱。”后多用以称颂帝王无为而治。汉王褒《圣主得贤臣颂》：“雍容垂拱，永永万年。”

（6）訾：数量很大不能以资财计算。

嗟此举时，逢至道。肖形咸自持(1)，赋命无伤夭(2)。行气进皇舆(3)，游龙服帝皂。圣主宁区宇(4)，乾坤永相保。

【注释】

（1）肖形：犹仿形。亦泛指形状。《淮南子·墬形训》：“五类杂种，兴乎外肖形而蕃。”高诱注：“肖，像也，言相代象而蕃多也。”《周书·武帝纪下》：“人肖形天地，禀质五常。”

（2）赋命：指命运。南朝宋鲍照《代空城雀》诗：“赋命有厚薄，长叹欲如何。”

（3）行气：道称呼吸吐纳之法。皇舆：亦作“皇轝”。国君所乘的高大车子。多借指王朝或国君。《楚辞·离骚》：“岂余身之惮殃兮，恐皇舆之败绩。”北魏杨炫之《〈洛阳伽蓝记〉序》：“暨永熙多难，皇舆迁邺。”

（4）区宇：疆土境域。区，指疆域。宇，指上下四方。

牧野征(1)，鸣条战(2)。大齐家万国，拱揖应终禅(3)。奥主廓清都(4)，大君临赤县(5)。高居深视，当扆正殿(6)。旦暮之期，今一见。

【注释】

（1）牧野：牧野是史上的一个地名，其地在今新乡市北部，包括新乡市所辖凤泉区、卫辉、获嘉等地。牧野原非专有名词，这里是相对于殷都朝歌（今河南鹤壁市淇县）而言的。从朝歌城由内向外，分别称作城、郭、郊、牧、野。殷朝忠臣比干、西周国师姜尚都出生于此地。殷商末年，八百诸侯会同盟（其址在今获嘉县同盟山），助周伐纣的牧野之战，就是在这里发生的。今有姜太公祠、比干庙等遗存。

（2）鸣：古地名，又名高侯原，即成汤败夏处，其他所在，异说甚多，已难确指。

（3）拱揖：亦作“拱挹”。拱手作揖以示敬意。《周礼·夏官·小臣》“小臣掌王之小命，诏相王之小法仪。”汉郑玄注：“趋行拱揖之容。”南朝梁任昉《宣德皇后令》：“致天之届，拱揖羣后。”

（4）奥主：身居内室的主人。比喻国君。清都：古时谓天帝所居的宫阙。

（5）大君：天子。赤县：赤县神州的略称。指中国。

（6）当扆：扆，古代庙堂户牖之间绣有斧形的屏风。《礼记·曲礼下》：“天子当依而立，诸侯北面而见天子，曰觐。”孔颖达疏：“天子当依而立者，依，状如屏风，以绛为质，高八尺，东西当户牖之间，绣为斧文也。亦曰斧依……设依于庙堂户牖之间，天子见诸侯则依而立，负之而南面以对诸侯也。”陆德明释文：“依，本又作扆，同，于岂反。”后以“当扆”指天子临朝听政。

两仪分[1]，牧以君[2]。陶有象，化无垠。大齐德，邈谁群。超风火，冠龙云。露以洁，风以薰。荣光至，气氤氲[3]。

【注释】

（1）两仪：指天地。“两仪”一词在文言文中是表示“星球的两种仪容”的意思，代表着上古华人对宇宙星体模糊又抽象的认识。源自古代中国人民的自然观。古人观察到自然界中各种对立又相联的大自然现象，如天地、日月、昼夜、寒暑、男女、上下等，以哲学的思想方式，归纳出“阴阳”的概念。早至春秋时代的易传以及老子的道德经都有提到阴阳。阴阳理论已经渗透到中国传统文化的方方面面，包括宗教，哲学，历法，中医，书法，建筑堪舆，占卜等。阴阳是“对立统一或矛盾关系”的一种划分或细分，两者是种属关系

（2）牧：统治。

（3）氤氲（yīnyūn）：形容烟或气很盛。

神化远，人灵协。寒暑调，风雨燮[1]。披泥检[2]，受图谍。图谍启，期运昌。分四序[3]，缀三光[4]。延宝祚，眇无疆。

【注释】

（1）燮：和，协调。

（2）泥检：金泥玉检之省。古封禅所用书函，封以金泥而着以玉检。金泥，以水银和金粉以为泥，用以封印玉牒玉检诏书等，多于封禅时用之。玉检，玉制的书函署。

（3）四序：指春、夏、秋、冬四季。《魏书·律历志上》：“然四序迁流，五行变易。”

（4）三光：指日、月、星。又以日、月、五星合称三光。《庄子·说剑》：“上法圆天以顺三光，下法方地以顺四时，中和民意以安四乡。”《白虎通·封公侯》：“天道莫不成于三，天有三光，日、月、星；地有三形，高、下、平；人有三尊，君、父、师。”汉班固《灵台诗》：“三光宣精，五行布序。”《史记·天官书》：“衡，太微，三光之廷。”

惟皇道，升平日。河水清，海不溢。云干吕[1]，风入律[2]。驱黔首[3]，入仁寿[4]。与天高，并地厚。

【注释】

（1）吕：中国古代音乐十二律中的阴律，有六种，总称“六吕”。

（2）律：中国古代审定乐音高低的标准，把声音分为六律（阳律）和六品（阴律）。合称“十二律”：律吕（古代用竹管制成的校正乐律的器具，以管的长短来确定音的不同高

度，从低音管算起，成奇数的六个管称“律”；成偶数的六个管称“吕”，后来“律吕”作为音律的统称）。

（3）黔首：战国和秦代对百姓的称呼。战国时期已经广泛使用，含义与当时常见的民、庶民同。至秦代，秦始皇自以为得水德，衣服旄旌节旗皆尚黑。平民以黑巾裹头，故名。本业为农业与小手工业，末业是小商贾等各种不事生产的人。《吕氏春秋·慎人》：“事利黔首，水潦山泽之湛滞壅塞可通者，禹尽为之。”汉贾谊《新书·过秦论上》：“焚百家之言，以愚黔首。”《史记·秦始皇本纪》：“二十六年，更其民曰黔首。”参阅《礼记·祭义》“明命鬼神，以为黔首则”孔颖达疏。

（4）仁寿：谓有仁德而长寿。语出《论语·雍也》：“知者动，仁者静，知者乐，仁者寿。”邢昺疏：“言仁者少思寡欲，性常安静，故多寿考也。”《汉书·王吉传》：“毆一世之民，跻之仁寿之域。”《汉书·董仲舒传》：“尧舜行德，则民仁寿。”

形以厝(1)，颂声扬。皇情邈，眷汾襄。岱山高(2)，配林壮(3)。亭亭耸，云云望。旆葳蕤(4)，驾骙骙(5)，刊金阙(6)，奠玉龟(7)。

【注释】

（1）厝：安置。

（2）岱山：又叫东海蓬莱，位于舟山群岛中部，岛海相依，孤悬海中，为舟山第二大岛。全县406个大小岛屿犹如一串闪亮的宝石镶在东海碧波之中，水天相连，构成了一幅天然画卷。海水、沙滩、礁石、海鲜、渔火是岱山旅游的特色。岛内还有新石器时代的大舜庙后遗墩遗址。早在4000多年前，先民们就在岛上留下了“渔猎煮海”的足迹。“渔盐之利，甲于一方”，岱山贡盐，闻名遐迩。

（3）配林：山名，在泰山西南，诸侯先郊天之礼，祀配林。

（4）葳蕤（wēiruí）：形容枝叶繁盛，羽毛装饰华丽鲜艳的样子，也可形容植物生长茂盛的样子，也可比喻词藻华丽。

（5）騤騤：马行雄壮貌。《诗·小雅·采薇》：“驾彼四牡，四牡騤騤。”晋挚虞《太康颂》：“龙马騤騤，风于华阳。”

（6）金阙：称皇帝之宫阙。

（7）玉龟：是一种占卜工具。应与季节有关产玉龟为圆雕，分背甲和腹甲两部分。龟中空，背甲的龟纹琢磨得十分逼真，背甲和腹甲两部分由孔和暗槽相连。这件玉龟与长方形玉片叠压在一起同时出土，反映两者有紧密联系，应为占卜工具。玉片所显示的意义，说它有度数，有方隅的形象，应毫无问题；图中以八数为天地的维纲，自然可见。这无疑是一件崭新而能引人入胜的思想瑰宝。特别令人关注的是，玉片夹放于龟甲里面，和文献所说“元龟衔符”（《黄帝出军诀》）、“元龟负书叩”（《尚书中侯》）、“大龟负配”（《龙龟河图》）若出一辙，真是匪夷所思。

皇夏　皇帝入，钟鼓奏。

礼终三爵(1)，乐奏九成(2)。允也天子(3)，穹壤和平(4)。载色载笑，反寝晏息[1]。一人有祉(5)，百神奉职(6)。

【校记】

[1] 晏：《隋书》作“宴”，《乐府》同。

【注释】

(1) 三爵：三杯酒爵，雀形酒杯。《诗·小雅·宾之初筵》：“三爵不识，矧敢多又。”郑玄笺：“三爵者，献也，酬也，酢也。”郑笺云：“酬，报也。饮酒之礼，主人献宾，宾酢主人，主人又饮而酌宾，谓之酬。”如《左传·宣公二年》：“臣侍君宴，过三爵，非礼也。”

(2) 九成：犹九阕。乐曲终止叫成。《书·益稷》：“箫韶九成，凤凰来仪。”孔颖达疏：“成犹终也，每曲一终，必变更奏。故《经》言九成，《传》言九奏，《周礼》谓之九变，其实一也。”《隋书·音乐志中》：“礼终三爵，乐奏九成。”唐张祜《箫》诗：“还将九成意，高阁竚芳音。”元马致远《汉宫秋》第四折：“猛听得仙音院凤管鸣，更说甚《箫韶》九成。”

(3) 允：诚信。

(4) 穹壤：指天地。《文选·沈约〈齐故安陆昭王碑文〉》：“思所以克播遗尘，敝之穹壤。”张铣注：“言使遗尘之声，与天地同敝。”《周书·晋荡公护传论》：“若斯人者，固以功与山岳争其高，名与穹壤齐其久矣。”

(5) 祉：福，“既多受祉”。福祉。

(6) 百神：指各种神灵。《诗·周颂·时迈》：“怀柔百神，及河乔岳。”《孟子·万章上》：“使之主祭，而百神享之，是天受之。”《汉书·杜邺传》：“上帝百神收还威怒，祯祥福禄何嫌不报。”

舞曲歌辞

文武舞歌四首

《隋书·乐志》曰(1)：北齐元会大飨(2)，奏文武二舞，二舞将作，并先设阶步焉。

【注释】

(1)《隋书》：见《武平末童谣》注释（1）。

(2) 元会：皇帝于元旦朝会群臣称正会，也称元会。大飨：谓天子宴饮诸侯来朝者。《周礼·春官·大司乐》：“大飨不入牲。”郑玄注：“大飨，飨宾客也。”《礼记·仲尼燕居》：“大飨有四焉。”郑玄注：“大飨，谓飨诸侯来朝者也。”

文舞阶步辞

我后降德(1)，肇峻皇基(2)。摇铃大号(3)，振铎命期(4)。云行雨洽，天临地持。茫茫区宇，万代一时。文来武肃，成定丁兹。象容则舞，歌德言诗。锵锵金石(5)，列列匏丝(6)。凤仪龙至，乐我雍熙(7)。

【注释】

（1）后：古代天子和列国诸侯皆称为后。

（2）皇基：帝王的基业。汉班固《西都赋》："图皇基于亿载，度宏规而大起。"《三国志·吴志·胡综传》："黄农创代，拓定皇基。"《北齐书·宣帝纪》："（高洋）诏故太傅孙腾……等并左右先帝，经赞皇基。"《乐府诗集·燕射歌辞三·隋元会大飨歌》："皇基方峻，匕鬯恒休。"

（3）摇铃大号：号召，大力倡导。

（4）振铎：古代宣布政教法令时，即振铎以警告。文事用木铎警告。文事用木铎，武事用金铎。铎，有舌的大铃。命期：犹历数。指国家治乱兴亡更替的期限。汉王充《论衡·治期》："世谓古人君贤则道德施行，施行则功成治安；人君不肖则道德顿废，顿废则功败治乱……如实论之，命期自然，非德化也。"

（5）锵锵：象声词。形容金石撞击发出的洪亮清越的声音。《诗·大雅·烝民》："四牡彭彭，八鸾锵锵。"郑玄笺："锵锵，鸣声。"汉秦嘉《留郡赠妇》诗之二："肃肃仆夫征，锵锵扬和铃。"金石：钟磬类乐器。

（6）列列：象声词。乐器声。匏丝：笙竽一类的乐器。丝，八音之一，指琴、瑟、琵琶等弦乐器。

（7）雍熙：和乐升平。

文舞辞

皇天有命，归我大齐。受兹华玉，爰锡玄圭(1)。奄家环海(2)，实子蒸黎(3)。图开宝匣，检封芝泥(4)。无思不顺，自东徂西。教南暨朔，罔敢或携。比日之明，如天之大。神化之洽，率土无外。眇眇舟车(5)，华戎毕会。祠我春秋，服我冠带。仪协震象(6)，乐均天籁(7)。蹈武在庭(8)，其容蔼蔼(9)。

【注释】

（1）玄圭：黑玉。

（2）奄家：覆盖，包括。

（3）蒸黎：众民，百姓。

（4）芝泥：指古人缄封书札物件用的封泥。上盖印章，如后世之用火漆印。或称即印泥。北周庾信《汉武帝聚书赞》："芝泥印上，玉匣封来。"

（5）眇眇：微小。舟车：交通船只和车辆。

（6）震象：《易·说卦》："震为龙。"因以"震象"指帝王气象。

（7）天籁：自然界的声响，如风声、鸟声、流水声等。出自《庄子·齐物论》："女闻人籁而未闻地籁，女闻地籁而未闻天籁夫！"也指诗文天然浑成得自然之趣。或指民歌随口而唱，随口用韵，随时换韵的情况。

（8）蹈武：舞步。

（9）蔼蔼：盛多貌。《诗·大雅·卷阿》："蔼蔼王多吉士。"汉刘向《九叹·逢纷》："谗夫蔼蔼而漫著兮，曷其不舒予情。"晋陆机《艳歌行》："蔼蔼风云会，佳人一何繁。"南朝梁刘勰《文心雕龙·议对》："蔼蔼多士，发言盈庭。"

武舞阶步辞

大齐统历，天鉴孔昭(1)。金人降泛(2)，火凤来巢。眇均虞德(3)，干戚降苗(4)。夙沙攻主[1]，归我轩朝。礼符揖让，乐契咸韶。蹈扬惟序，律度时调(5)。

【校记】

[1] 夙：《诗纪》云：《隋书》作"风"。

【注释】

(1) 孔昭：十分显著彰明。《诗·小雅·鹿鸣》："我有嘉宾，德音孔昭。"郑玄笺："孔，甚；昭，明也。"南朝宋宗炳《明佛论》："今曾无暂应，皆咎在无缘而反诬，至法空搆。呜呼，神鉴孔昭，侮圣人之殃，亦可畏也。"

(2) 金人：金铸的佛像。

(3) 均：同。

(4) 干戚：干，盾牌；戚，大斧。

(5) 律度：古代计度，皆出于黄钟之律，故称律度。

武舞辞[1]

天眷横流(1)，宅心玄圣(2)。祖功宗德(3)，重光袭映(4)。我皇恭己，诞膺灵命(5)。宇外斯烛，域中咸镜。悠悠率土，时惟保定。微微动植，莫违其性。仁丰庶物，施洽群生。海宁洛变，契此休明。雅宣茂烈(6)，颂纪英声。铿鍠钟鼓(7)，掩抑箫笙(8)。歌之不足，舞以礼成。铄矣王度，缅迈千龄(9)。

【校记】

[1]《诗纪》云：已上乐章。《诗汇》云祖珽作。按《隋书·音乐志》祖珽上书论乐于文宣之时，至武成时始定四郊、宗庙、三朝之乐，而不著作歌之人，则非珽作明矣，今考北史。陆昂等制。

【注释】

(1) 天眷：上天的眷顾。语出《尚书·大禹谟》："皇天眷命，奄有四海，为天下君。"横流：流商，遍布。

(2) 宅心：居心也，《书·康诰》："宅心知训。"玄圣：指有大德而无爵位的圣人。《庄子·天道》："以此处上，帝王天子之德也；以此处下，玄圣素王之道也。"南朝梁刘勰《文心雕龙·原道》："玄圣创典，素王述训。"

(3) 祖功宗德：指祖有功而宗有德。古代王朝尊始祖或开国之君为祖。有开创之功，其后有德之君则尊为宗。《孔子家语·庙制》："古者祖有功而宗有德，谓之祖宗者，其庙皆不毁。"

（4）重光：比喻累世盛德，辉光相承。《书·顾命》："昔君文王、武王，宣重光。"孔传："言昔先君文武，布其重光累圣之德。"汉班固《典引》："宣二祖之重光，袭四宗之缉熙。"晋袁宏《后汉纪·献帝纪四》："杨彪累世清德，四叶重光。"

（5）诞膺：大受。《三国志·吴书·陆逊传》："陛下以神武之姿，诞膺期远，破操乌林，败备西陵，禽羽荆州。"又《蜀书·刘禅传》注引《诸葛亮集》："诞膺皇纲，不坠于地。"《尚书·周书·武成》王若曰："呜呼，群后！惟先王建邦启土，公刘克笃前烈，至于大王肇基王迹，王季其勤王家。我文考文王克成厥勋，诞膺天命，以抚方夏。"

（6）茂烈：盛业，伟绩。

（7）铿鍠：象声词。形容乐声洪亮。钟鼓：钟和鼓。古代礼乐器。《诗·周南·关雎》："窈窕淑女，钟鼓乐之。"《国语·晋语五》："是故伐备钟鼓，声其罪也。"

（8）掩抑：形容音乐的低昂。笙：管乐器名，一般用十三根长短不同的竹管制成。箫：管乐器名，古代的"排箫"是许多管子排在一起的。

（9）缅迈：远行。

仙　　道

吴猛赠庐山神徐君诗(1)

《水经注》曰(2)：案张华《博物志·曹著传》(3)，其神自云姓徐，受封庐山。后吴猛经过，山神迎猛，猛语曰："君王此山近六百年，符命已尽(4)，不宜久居非据。"乃赠诗云：

【注释】

（1）吴猛，晋代道士。字世云。豫章分宁人，祖籍濮阳（今河南濮阳县）。是净明道信仰体系里十二真君之一，历史上以孝道（恣蚊饱血）著称。庐山：山体呈椭圆形，典型的地垒式长段块山约25公里，宽约10公里，绵延的90余座山峰，犹如九叠屏风，屏蔽着江西的北大门。以雄、奇、险、秀闻名于世，素有"匡庐奇秀甲天下"之美誉，与鸡公山、北戴河、莫干山并称四大避暑胜地。巍峨挺拔的青峰秀峦、喷雪鸣雷的银泉飞瀑、瞬息万变的云海奇观、俊奇巧秀的园林建筑，一展庐山的无穷魅力。庐山尤以盛夏如春的凉爽气候为中外游客所向往，是久负盛名的风景名胜区和避暑游览胜地。

（2）《水经注》：公元6世纪北魏郦道元所著，是中国第一部以记载河道水系为主的综合性地理著作，在历史发展进程中有过深远影响，自明清以后不少学者从各方面对它进行了深入细致的专门研究，形成了一门内容广泛的"郦学"。

（3）张华（232—300）：字茂先，范阳方城（今河北固安）人，西晋时期政治家、文学家，官至司空。晋惠帝执政时期，八王之乱暴发，张华被赵王司马伦杀害。《博物志》：志怪小说集。张华编撰，分类记载异境奇物、古代琐闻杂事及神仙方术等。内容多取材于古籍，包罗很杂，有山川地理的知识，有历史人物的传说，有奇异的草木鱼虫、飞禽走兽的描述，也有怪诞不经的神仙方技的故事，其中还保存了不少古代神话材料。如所记八月有人浮槎至天河见织女的传闻，是有关牛郎织女神话故事的原始资料。

（4）符命：上天预示帝王受命的符兆。《汉书·扬雄传赞》："莽既以符命自立，即位之后欲绝其原以神前事。"南朝宋鲍照《河清颂》："素狐玄玉，聿彰符命。"

仰瞩列仙馆[1]，俯察王神宅。旷载畅幽怀[2]，倾盖付三益[3]。

【注释】

（1）列仙：诸仙。

（2）旷载：犹长年，多年。

（3）倾盖：指途中相遇，停车交谈，双方车盖往一起倾斜。形容一见如故或偶然的接触。《史记·鲁仲连邹阳列传》："谚曰：'白头如新，倾盖如故。'何则？知与不知也。"司马贞索隐引《志林》曰："倾盖者，道行相遇，軿车对语，两盖相切，小欹之，故曰倾。"《孔子家语·致思》："孔子之郯，遭程子于涂，倾盖而语终日，甚相亲。"三益：友直、友谅、友多闻。

武阳山遗咏[1]

《水经注》曰[2]：峨山县东北有武阳龙尾山[3]，并仙者羽化之处[4]，上有仙人及龙马迹[5]，于其处得遗咏。其咏曰：

【注释】

（1）遗咏：指留传下来的诗歌。北魏郦道元《水经注·洣水》："上有仙人及龙马迹，于其处得遗咏。"南朝齐谢朓《齐敬皇后哀策文》："思寒泉之罔极兮，托彤管于遗咏。"

（2）《水经注》：见《吴猛赠庐山神徐君诗》注释（2）。

（3）峨山县：峨山彝族自治县位于云南省，距省会昆明市110公里。自治县近15万人口中，彝族占54.03%，是新中国成立以来第一个彝族自治县。自治县重视发展旅游业，以"彝族旅游"为核心，又地处峨山，环境秀丽，是观光旅游的圣地。龙尾山：位于河南巩义市老城西龙尾村南，为黄土岭，最高海拔不及200米。《读史方舆纪要》："青龙山尾接洛水者，曰龙尾山，在巩西三里。"明清以来县志皆有记载。

（4）羽化：指飞升成仙。《晋书·许迈传》："玄自后莫测所终，好道者皆谓之羽化矣。"北魏郦道元《水经注·洣水》："洣水东北有峩山县，东北又有武阳龙尾山，并仙者羽化之处。"

（5）龙马：指传说中形态象马的龙。《礼记·礼运》："河出马图"孔颖达疏引《尚书中侯·握河纪》："伏羲氏有天下，龙马负图出于河。"

登武阳，观乐薮[1]，峨岭千蕤洋湖口。命飞螭[2]，驾白驹[3]。临天水[4]，心踟蹰。千载后，不知如[5]。

【注释】

（1）薮：比喻人或物聚集的地方。

（2）螭：传说中为无角的龙。

（3）白驹：白马。

（4）天水：郡名，郡治在今甘肃省天水县西南。

（5）如：往，到。

鬼　神

褚士达

士达，仕祖珽为省事[1]。

【注释】

（1）祖珽：字孝征。范阳（今河北容城）人。祖莹之子。开始为秘书郎、尚书仪曹郎中，主管仪注。聚敛贪财，骄纵淫逸，后为秘书丞。

梦人倚户授其诗

《北史》曰[1]：斛律光尝在朝堂[2]，垂帘而坐，祖珽不知，乘马过其前。光怒，谓人曰："此人乃敢尔。"后珽在内省，言声高慢，光过闻之，又怒。珽知光忿。珽省事褚士达梦人倚户授其诗曰云云，以告珽。珽占之曰：角斗，斛字，津却水，何留人，合成律字，非真者，解斛律于我不实，士达又言所梦状，乃其父形也。珽由是惧。

【注释】

（1）《北史》：是汇合并删节记载北朝历史的《魏书》、《北齐书》、《周书》而编成的纪传体史书。魏本纪五卷、齐本纪三卷、周本纪二卷、隋本纪二卷、列传八十八卷，共一百卷。记述从北魏登国元年（386）到隋义宁二年（618）的历史。与《南史》为姊妹篇，是由李大师及其子李延寿两代人编撰完成的。见《废帝时童谣三首》注释（1）。

（2）斛律光（515—572）：中国北齐名将。字明月，朔州（今山西朔县）人，高车族。出身将门。初任都督，善骑射，号称"落雕都督"。后拜大将军、太傅、右丞相、左丞相。他骁勇善战，在与北周近20年的争战中，多次指挥作战，均获胜利。他治军严明，身先士卒，不营私利，为部下所敬重。

九升八合粟，角斗定非真。堰却津中水[1]，将留何处人。

【注释】

（1）堰：挡水的堤坝。

徐铁臼怨歌

《还冤记》[1]曰：宋东海徐某甲，前妻许氏，生一男，名铁臼。而许氏亡，甲改娶陈氏，陈氏凶虐，志灭铁臼。生一男，名铁杵，欲以杵捣铁臼也。于是捶打铁臼，饥不给食，寒不加絮，铁臼竟以冻饿被杖死，时年十六。亡后旬馀，鬼忽还家，日日骂詈[2]，时复歌云云云，声甚伤切，自是自悼不得长成也。于时铁杵六岁，鬼屡打之，月馀而死。

【注释】

（1）《还冤记》：颜之推著。

（2）詈：会意字。从网，从言。本义：从旁编造对方的缺点或罪状责骂。詈，骂也（《说文》）。按，言之触罪网也。“怒不至詈。”（《礼记·曲礼》）“乃使勇士往詈齐王。”（《战国策·秦策》）

桃李花[1]，严霜落奈何(1)。桃李子，严霜早落已[2]。

【校记】

[1] 花：《法苑珠林》作“华”。

[2] 落已：《还冤记》作“已落”。

【注释】

（1）奈何：如何。

北 周 诗

卷 一

周明帝宇文毓

毓，文帝长子(1)。西魏大统中，封宁都郡公。周闵帝受禅(2)，进柱国、岐州刺史(3)。及闵帝废，朝廷迎立之，在位四年。武成二年卒(4)，年二十七。谥曰明皇帝。有集十卷。

【注释】

(1) 文帝：西魏第一位帝王元宝炬，公元535年即位，年号大统。

(2) 周闵帝受禅：西魏恭帝元廓三年（556）十二月，宇文觉受禅称帝，国号周。周闵帝：北周第一位帝王宇文觉。禅：禅让，帝王让位。

(3) 岐州：后魏置东西二岐州，俱在今河南南召县西六十里。

(4) 武成：宇文毓年号，559年8月—560年12月。

贻韦居士诗(1)

《北史》曰：韦夐，字敬远，杜陵人。志尚简澹(2)，州郡征辟(3)，并不就。周文帝经纶王业，侧席礼聘，竟不能屈，时人号为“居士”。明帝即位，礼敬愈厚，乃为诗以贻之，夐答诗愿时朝谒。帝大悦，敕有司日给酒一升(4)，号曰“逍遥公”。

六爻贞遁世(5)，三辰光少微[1](6)。颍阳去犹远[2]，沧洲遂不归[3]。风动秋兰佩[4]，香飘莲叶衣[5]。坐石窥仙洞，乘槎下钓矶(7)。岭松千仞直，岩泉百丈飞(8)。聊登平乐观，遥想首阳薇(9)。傥能同四隐[6](10)，来参余万机。

【校记】

[1] 光少：《艺文类聚》作“少光”。

[2] 去犹：《周书》作“让逾”。《北史》、《文苑英华》同。

[3] 洲：《周书》作“州”。《文苑英华》同。遂：《周书》、《北史》作“去”。《文苑英华》同，又注：“一作‘遂’。”《诗纪》云：“一作‘去’。”

[4] 风：《周书》作“香”。《北史》、《文苑英华》同。

[5] 香：《周书》作“风”。《北史》、《文苑英华》同。衣：《文苑英华》衣韵两句在飞韵下。

[6] 侻：《周书》、《北史》作“讵”。《文苑英华》同，又注：“一作‘侻’。”

【注释】

(1) 韦居士：韦夐（xiòng）。

(2) 简澹：平淡，淡泊。

(3) 征辟（bì）：征召。

(4) 敕：吩咐，告诫。

(5) 爻（yáo）：构成《易》卦的横画，用“六”表示“— —”，是阴爻，用“九”表示“——”，是阳爻。每三爻合成一卦，一共八卦；八卦又两两重叠为六十四卦，每卦六爻，贞：占卜、卜问。遁（dùn）世：避世隐居。

(6) 三辰：指日、月、星。

(7) 槎（chá）：木筏、筏子。钓矶（jī）：钓鱼时所坐的岩石。

(8) 岩泉：指瀑布。

(9) 首阳薇：伯夷叔齐不食周粟，避居首阳山（今山西永济县南），采薇而食。

(10) 四隐：指商山四皓，即东园公、角里先生、绮里季四夏黄公。本为秦博士，后隐居商山。高祖召，不应。后吕后用张良计，迎请四皓，使辅佐太子，打消了刘邦废太子的念头。

过旧宫诗

《北周书》曰：二年九月丁未，行幸同州故宅(1)，赋诗。

玉烛调秋气(2)，金舆历旧宫(3)。还如过白水(4)，更似入新丰(5)。秋潭渍晚菊[1](6)，寒井落疏桐(7)。举杯延故老(8)，今闻歌《大风》[2](9)。

【校记】

[1] 秋：《北周书》作“霜”。渍：《初学记》或作“清”。《万花谷》作“清”。

[2] 今：《周书》作“令”。《文苑英华》同。《初学记》或同。

【注释】

(1) 幸：特指皇帝到某处去。同州：今陕西省渭南市大荔县。

(2) 调：协调，调节。

(3) 舆：车。历：过。

(4) 白水：县名，北魏和平三年取名，以水为名。

(5) 新丰：县名，故城在陕西临潼县东北。

(6) 渍：浸渍。

(7) 疏：稀疏。

(8) 延：邀请。

(9)《大风》：即《大风歌》。汉高祖刘邦成帝业后，回到故乡沛县，大会亲友，酒酣击筑，唱起自己作的歌：“大风起兮云飞扬，威加海内兮归故乡，安得猛士兮守四方！”汉朝人称这篇歌辞为《三侯之章》，后人题为《大风歌》（始于《艺文类聚》）。

和王褒咏摘花(1)

玉椀承花落(2)，花落椀中芳。酒浮花不没，花含酒更香。

【注释】

（1）王褒：传见本卷王褒小传。

（2）椀（wǎn）：同“碗”。

李　昶

昶，小名那，顿丘临黄人。祖彪，魏御史中尉。昶仕西魏(1)，历都官郎中、相州大中正、银青光禄大夫、太祖丞相府记室参军、中书侍郎、御史中尉、大将军仪同三司(2)，赐姓宇文氏。周受禅，天保元年，进骠骑大将军。二年，转御正中大夫。保定五年(3)，出为昌州刺史，遇疾卒，年五十。

【注释】

（1）彪：李彪，参见《北魏诗》卷一韩延之《赠李彪诗》注（1）。

（2）仪同三司：官名，始于东汉。本意指非三公（司马、司徒、司空）而给以与三公同等的待遇。魏晋以后，将军开府置官属者称开府仪同三司。至南北朝末，遂以仪同三司为一种官号，并置开府仪同大将军、仪同大将军等官。隋唐以后仅为散官。明废。为此官者，亦称为开府或仪同。三司，中国古代朝廷中最尊显的三个官职的合称。《后汉书·顺帝纪》：“今刺史、二千石之选，归任三司。”李贤注：“三司，三公也，即太尉、司空、司徒也。”

（3）保定：北周武帝宇文邕的年号。

陪驾幸终南山诗

尧盖临河颍(1)，汉跸践华嵩(2)。日旗回北风[1]，星旆转南鸿[2](3)。青云过宣曲[3](4)，先驱背射熊(5)。金桴拂泉底(6)，玉琯吹云中(7)。古辙称难极，新途或易穷。烟生山欲尽，潭净水恒空。交松上连雾[4]，修竹下来风。仙才道无别，灵气法能同[5]。东枣羞朝座(8)，西桃献夜宫。诏令王子晋(9)，出对浮丘公(10)。

【校记】

［1］旗：《初学记》作“旂”。《诗纪》云：“一作‘旌’。”旂：上画交龙、竿头系铃的旗。

［2］星：《文苑英华》作“皇”，注云：“一作‘星’。”

［3］青：《文苑英华》作“清”，注云：“一作‘青’。”

［4］交：《文苑英华》作“文”，注云：“一作‘交’。”

［5］同：《文苑英华》作“通”。

【注释】

(1) 河颖：河水与颍水。颍河，源出自河南登封县西南，东南流，入淮河。

(2) 跸（bì）：帝王出行时的车架行列。华嵩：华山和嵩山。

(3) 旆（pèi）：古代旗边上下垂的装饰品，也泛指旌旗。

(4) 宣曲：宫名，汉时建于宣曲（今属陕西），取地名为宫名。

(5) 射熊：即射熊馆，汉的别馆，是帝王游猎之馆。

(6) 桴（fú）：竹木筏子。

(7) 玉琯（guǎn）：即“玉管”，同“管”，玉琯是一种玉制的古乐器之一，长一尺，六孔，用以定律。

(8)“东枣”句：用王吉因枣休妻事。据《汉书·王吉传》，王吉求学时曾和妻子住在长安，东面邻居的大枣树伸到王吉的院子中。有一天王吉的妻子摘了几颗枣给王吉吃，王吉便认为这是偷盗，把妻子休了。邻居听说后很不忍心，要砍掉枣树，结果许多邻里相劝，王吉才答应把妻子接回来。

(9) 王子晋：周灵王太子，又名王子乔，后人传说他死后升仙。

(10) 浮丘公：传说黄帝时仙人。王子乔好吹笙，浮丘接他上了嵩山。

奉和重适阳关[1]

衔悲向玉关(1)，垂泪上瑶台(2)。舞阁悬新网(3)，歌梁积故埃。紫庭生绿草，丹墀染碧苔(4)。金扉昼常掩，珠帘夜暗开[2]。方池含水思，芳树结风哀(5)。行雨归将绝，朝云去不回(6)。独有西陵上，松声薄暮来。

【校记】

［1］《文苑英华》二百四十作李那。逯钦立云：“此诗《诗纪》署李那，编入隋诗，今改列于此。”

［2］逯钦立《先秦汉魏晋南北朝诗》二三二五页作“丹墀染碧苔金。扉昼常掩珠。帘夜暗开。”此标点之误。

【注释】

(1) 玉关：即玉门关，又称玉门，在今甘肃敦煌县西北。古为通往西域要道。阳关在其南，亦为通往西域要道。

(2) 瑶台：神话中为神仙所居之所。

(3) 网：指蜘蛛网。

(4) 丹墀（chí）：古代宫殿前的石阶，漆成红色，称为丹墀。墀，台阶。

(5) 结：凝结，聚集。

(6)“朝云”句，用宋玉《高唐赋》中“朝云暮雨”典。“妾在巫山之阳，高丘之阻，旦为朝云，暮为行雨。朝朝暮暮，阳台之下。”

高　琳

琳，字季珉，其先高丽人。仕于燕，后归魏，赐姓羽真人。入周，累官江陵副总管，进位柱国。

宴　诗

《北史》曰：武成三年，讨平文州氐(1)，师还，帝宴群公卿士，仍赋诗言志。琳诗末章云云。帝大悦曰："獯猃陆梁(2)，末时款塞(3)，卿言有验，国之福也。"

寄言窦车骑(4)，为谢霍将军(5)。何以报天子，沙漠静妖氛。

【注释】

（1）文州：北周明帝二年（公元558年）置，治所在建昌（今甘肃文县西）。氐：中国古代的一个少数民族。原在中国北部和西部的广大地区游牧。从东汉起陆续内迁，主要居住在今陕西、甘肃、四川等广大地区。从事畜牧、农业。魏晋时大量接受汉族文化和生产技术。历史上曾建立过仇池、前秦、后凉等国。

（2）獯猃（xūnxiǎn）：匈奴名。

（3）款：敲，叩。

（4）窦车骑：窦宪（？—92年），字伯度，窦融之曾孙。东汉外戚权臣、著名将领。汉族，扶风平陵（今陕西咸阳西北）人。因深入瀚海沙漠三千里，大破北匈奴，在燕然山刻石记功而威震天下。

（5）霍将军：即霍去病。曾六次出击匈奴，远涉沙漠，至狼居胥山。封冠军侯，为骠骑将军。

宗　懔

懔，字元懔，南阳涅阳人(1)。梁元帝镇江陵(2)，以为记室。及帝即位，累迁吏部尚书(3)。及江陵平，入关，拜车骑大将军仪同三司[1]。保定中卒，年六十四。有集十二卷。

【校记】

[1] 逯钦立《先秦汉魏晋南北朝诗》二三二六作"拜车骑大将军、仪同三司"，断句、标点与二三二四"昶仕西魏。历都官郎中、相州大中正、银青光禄大夫、太祖丞相府记室参军、中书侍郎、御史中尉、大将军仪同三司"相左。按：应为"拜车骑大将军仪同三司"，去"、"。

【注释】

（1）涅（niè）阳：今河南镇平。

（2）梁元帝：萧绎（508—554年），字世诚，小字七符，自号金楼子，汉族，南兰陵（今江苏武进）人。南朝梁武帝萧衍第七子，梁朝第三任皇帝，在位三年。有文学才华，著有《金楼子》。天正元年（552）在江陵即位称帝，年号承圣。承圣三年九月西魏宇文泰派于谨、宇文护率军五万南攻江陵。十一月江陵城陷，萧绎被俘遭害。

（3）累：连续，屡次。

和岁首寒望诗

旅骑出平原，钲铙遍野喧(1)。接里开都邑(2)，连车驻小门(3)。稻车回故坞(4)，猎马转新村。古碑空戴石，山龛未上幡(5)。所言春不至，未有桃花源。

【注释】

（1）钲（zhēng）铙（náo）：古代行军时所用乐器。形状似铃，有柄无舌，战争中用来指挥节制士兵前进的乐器。

（2）都邑：城市。

（3）驻：停住马车。

（4）坞：（构筑在村落外围的）作屏障的土堡。

（5）龛（kān）：供奉神佛的石室或小阁子。幡（fān）：用竹竿等直着挂的长条形旗子，泛指旗子。

早春诗

昨暝春风起(1)，今朝春气来。莺鸣一两啭，花树数重开。散粉成初蝶，剪彩作新梅(2)。游客伤千里，无暇上高台(3)。

【注释】

（1）暝（míng）：黄昏，日暮。

（2）剪彩：裁剪彩色的丝绸。

（3）暇：空闲。

春望诗[1]

日暮春台望，徙倚爱馀光[2](1)。都尉新移枣(2)，司空始种杨。一枝犹桂馥(3)，十步有兰香。望望无萱草(4)，忘忧竟不忘。

【校记】

[1]《诗纪》云：《律祖》作陈后主者非。

[2] 倚：《初学记》作“傍”。《文苑英华》作“倚”。

【注释】

（1）徙倚：留连徘徊。馀光：残余之光。

（2）都尉：古代的武官。

（3）馥（fù）：香，香气。

（4）萱草：多年生草本植物。古代传说萱草可使人忘忧，又称忘忧草。

麟趾殿咏新井诗

当为醴泉出[1]，先令浪井开[2]。铜新九龙殿[3]，石胜凌云台[4]。

【注释】

（1）醴（lǐ）泉：甘美的泉水。醴，甜美的泉水。

（2）浪井：泉水腾涌的天然井。逯注：《诗纪》云：“《瑞应图》曰：‘王者清净则浪井出’。”

（3）九龙殿：逯注：鱼豢《魏略》：“明帝九龙殿前为玉井绮栏。”

（4）凌云台：三国魏文帝曹丕所筑。《三国志·魏志·文帝纪》：“（黄初二年）十二月，行东巡，是岁筑凌云台。”北魏杨炫之《洛阳伽蓝记·瑶光寺》：“千秋门内御道北有西游园，园中有凌云台，即是魏文帝所筑者。”

宗 羁

登渭桥诗

仲山朝饮马，还坐渭桥中。南瞻临别馆[1]，北望尽离宫[2]。四面衣裾合[3]，三条冠盖通[4]。兰香想和季[5]，云起忆成公[6]。圯上相知早，鸡鸣幸共同[7]。

【注释】

（1）别馆：别墅。

（2）离宫：古代帝王于正工宫殿之外别筑宫室，以便随时游处，谓之离宫，言与正式宫殿分离。

（3）衣裾（jū）：衣服的前襟。

（4）三条：通达的道路。冠盖：冠：礼帽；官吏的服饰和车乘，借指官吏。盖：车盖。

（5）和季：刘弘字和季，晋沛国相人（今安徽濉溪）。历任太子门大夫、宁朔将军、镇南大将军。《晋书》卷六十六有传。

（6）成公：汉朝的学者，自已隐去姓名，常诵经，不交世利，世人称为成公。汉成帝出游，遇见成公，成公不行礼。成帝说：“朕能富贵人，能杀人，子何逆朕?”成公说：“陛下能贵人，臣不做陛下之官；陛下能富人，臣不受陛下之禄；陛下能杀人，臣不犯陛下之法。”帝不能屈，使郎官二人就受《政事》12 篇。

（7）圯上两句：用黄石传授张良兵书事。圯（yí）上：桥上。逯钦立诗后注：“圯音夷。楚人谓桥为圯。”

萧 撝

撝，字智遐。梁安成王萧秀子[1]。封永丰侯，历[2]黄门侍郎。侯景之乱(3)，从武陵王萧纪为征西大将军，守成都。周文帝伐蜀，遂入西魏，授侍中。武帝时为文学博士(4)，历少傅，改封蔡阳郡公。建德二年卒，年五十九。有集十卷。

【注释】

(1) 萧秀：秀字彦达（475—578），梁武帝萧衍七弟。《梁书》卷22有传。

(2) 历：过，这里为担任过。

(3) 侯景之乱：是在南北时期的梁武帝太清二年（公元548年）八月，东魏降将侯景勾结京城守将萧正德，举兵谋反．萧正德派大船数十艘，暗中接济侯景军辎重。

(4) 博士：古代官学名，战国时所设，秦汉相承，直至明清，专门教授经学、子书，诗赋乃至方技。

孀妇吟

寒夜静房栊(1)，孤妾思偏丛。悲生聚绀黛(2)，泪下浸妆红。蓄恨萦心里，含啼归帐中。会须(3)明月落，那忍见床空。

【注释】

(1) 房栊（lóng）：房间。

(2) 绀（gàn）：天青色，偏青透红色。黛：青黑色。

(3) 会须：该当。

日出行[1]

昏昏隐远雾，团团乘阵云。正值秦楼女，含娇酬使君(1)。

【校记】

[1]《乐府诗集》二十八作“日出东南隅行”。

【注释】

(1)“正值”两句：用汉乐府诗歌《陌上桑》中秦楼罗敷拒绝使君求婚事。

劳　歌

百年能几许(1)，公事罢平生(2)。寄言任立政[1](3)，谁怜李少卿(4)。

【校记】

[1] 政：《文苑英华》作“正”。

【注释】

(1) 几许：疑问代词，多少。

(2) 罢：完毕，终了。

(3) 任立政：字少公，西汉陇西（郡治今甘肃临洮）人。为李陵故交。昭帝即位，霍光、上官桀辅政，均素与陵相善，遣他率使者二人出使匈奴，欲招陵归汉。单于置酒宴使者，陵与卫律侍陪，他数以目示意，阴握陵足，谕其可返汉。后又乘间微言劝之，云汉已大赦。请归故乡。陵恐归再受辱，终不返。

（4）李少卿：李陵，字少卿，汉时名将李广之孙。

和梁武陵王遥望道馆诗

神境流精阙(1)，仙居紫翠房。今有寻真地，迤逦丽通庄[1](2)。九柱含虬重，三台饰夜光(3)。金辉碧海桃，玉笈紫书方(4)。拂筵青鸟集(5)，吹箫白凤翔。履归堪是燕，石在讵非羊。烟霞四照蕊(6)，风月五名香。于兹喜临眺，愿得假霓裳(7)。

【校记】

［1］迤逦：《艺文类聚》作“逦迤”。

【注释】

（1）阙（què）：皇宫前面两边的楼台，中间有道路。宫殿。

（2）迤逦：曲折连绵。

（3）三台：星名。谓上台、中台、下台，共六星。也作三阶、泰阶。夜光：指月光。

（4）玉笈：玉装饰书籍。

（5）青鸟，传为西王母信使。

（6）烟霞：云气。

（7）霓裳：以霓为裳。

上莲山诗

独迈青莲岭，超奇紫盖峰(1)。挂流遥似鹤(2)，插石近如龙。沙崩闻韵鼓，霜落候鸣钟[1]。飞花落丛桂，轻吹起修筇(3)。石蒲今尚有[2](4)，採摘更相逢[3]。

【校记】

［1］候：《初学记》作“似”，《文苑英华》同。

［2］蒲：《文苑英华》作“浦”，注云：“一作‘蒲’。”

［3］採：《文苑英华》作“深”，注云：“一作‘採’。”

【注释】

（1）超奇：出奇，奇特。紫盖峰：南岳七十二峰之一。

（2）挂流：瀑布。

（3）修筇（qióng）：高竹。筇，一种竹子，这里泛指竹子。

（4）石蒲：又名石菖蒲，为禾草状的多年生草本植物，其根茎具气味。

王　褒

褒，字子渊，琅邪临沂人(1)。仕梁，历吏部尚书、右仆射。荆州破(2)，入周，授车骑大将军。明帝即位，笃好文学(3)。褒与庾信才名最高，特被亲待，加开府仪同三司。武帝时为太子少保，迁小司空(4)，出为宣州刺史。建德中卒(5)，年六十四。有集二十一卷。

【注释】

(1) 琅琊临沂：地名。

(2) 荆州：地名，今湖北省西北部和河南省西南部一带。

(3) 笃好：十分爱好。

(4) 迁：调动官职，一般指升职。

(5) 建德：北周武帝宇文邕的年号，572 年 3 月—578 年 3 月。

乐　府

关山篇以下五言

从军出陇阪(1)，驱马度关山。关山恒掩蔼(2)，高峰白云外。遥望秦川水，千里长如带。好勇自秦中，义气多豪雄。少年便习战，十四已从戎。辽水深难度(3)，榆关断未通(4)。

【注释】

(1) 陇阪（bǎn）：陇山。

(2) 掩蔼：遮掩。

(3) 辽水：水名，辽河。远出吉林和内蒙，流经辽宁入海。

(4) 榆关：《汉书·韩安国传》“后蒙恬为秦侵胡，辟数千里，以河为竟，累石为城，树榆为塞。”“榆塞”后括边塞，榆关也为此意。

从军行二首

其　一

兵书久闲习，征战数曾经。讲戎平乐观(1)，学戏羽林亭[1](2)。西征度疏勒(3)，东驱出井陉(4)。牧马滨长渭(5)，营军独上泾。平云如阵色，半月类城形。羽书封信玺，诏使动流星。对岸流白沙，缘河柳色青[2]。将暮恒临斗，旌门常被刑[3]。勋封瀚海石(6)，功勒燕然铭(7)。兵势因麾下，军图送掖庭(8)。谁怜下玉筋(9)，向暮掩金屏。

【校记】

［1］学戏：《文苑英华》云："一作'览献'。"《诗纪》云："一作'览剑'。"

［2］缘：逯钦立注：《乐府诗集》误作"绿"。

［3］刑：《诗纪》作"形"。

【注释】

(1) 讲戎：讲武。平乐观：汉代宫观名，汉高祖时始建。

(2) 学戏：学习武艺。戏，角力。

(3) 疏勒：汉西域城国。

(4) 井陉：山名，太行山的支脉，有要隘名井陉口。

(5) 渭：水名，即渭水。

(6) 瀚海：古代北海名。

(7) 燕然：山名，即蒙古人民共和国境内的杭爱山。后汉永元元年，窦宪大破北单于，登燕然山，即此。班固撰《封燕然山铭》。

(8) 掖庭：皇宫中的旁舍，宫嫔所居的地方。这里指皇宫。

(9) 玉箸（zhù）：玉制的筷子，喻眼泪。

其 二

黄河流水急，骢马远征人[1](1)。谷望河阳县(2)，桥渡小平津(3)。年少多游侠[2]，结客好轻身(4)。代风愁枥马(5)，胡霜宜角筋(6)。羽书劳警急(7)，边鞍倦苦辛。康居因汉使(8)，卢龙称魏臣[3](9)。荒戍唯看柳，边城不识春。男儿重意气，无为羞贱贫。

【校记】

［1］远：《文苑英华》作"送"。《乐府诗集》同。

［2］年：《乐府诗集》云："一作'恶'。"年少多：《文苑英华》作"恶少年"，又"年"下作云："一作'多'。"

［3］称：《文苑英华》作"有"，注云："一作'称'。"

【注释】

(1) 骢（cōng）马：青白相杂的马。

(2) 河阳县：县名，春秋晋地，汉置县，故地在今河南孟县。

(3) 小平津：古渡口名，也名河阳津，在今河南孟津县东北。东汉中平元年，为镇压黄巾军起义，在津上置关戍守，为入关之一。

(4) 结客：结交宾客，多指结交豪侠之士。

(5) 代：代郡，古地名，产骏马。枥马：伏于马槽的骏马。

(6) 角筋：角和筋都是制弓的材料，这里指弓。

(7) 羽书：军事文书，插鸟羽以示紧急。

(8) 唐居：古西域成国名。

(9) 卢龙：古地名，三国魏称卢龙郡。

长安有狭邪行

威纡狭邪道[1](1)，车骑动相喧。博徒称剧孟(2)，游侠号王孙。势倾魏侯府，交尽翟公门(3)。路邪劳夹毂(4)，涂艰倦折辕(5)。日斜宣曲观(6)，春还御宿园。途歌杨柳曲，巷饮榴花樽(7)。独有游梁倦[2]，还守孝文园(8)。

【校记】

[1] 威：《诗纪》云："一作'逶'。"

[2] 倦：《诗纪》云："一作'客'。"

【注释】

(1) 威纡：迂回曲折。狭邪：即"狭斜"，小街曲巷。

(2) 博徒：赌徒。剧孟：汉时洛阳人，史称他喜拯救人于急难，为人称道。

(3) 翟公：西汉郢人，汉武五年到元朔二年（前130年—前127年）为廷尉，宾客盈门。

(4) 夹毂：侍卫于车两侧，犹"夹车"。毂：车轮中间车轴贯入处的圆木。

(5) 折辕：折断车辕。

(6) 宣曲：汉时宫殿名，在昆明池西。

(7) 榴花樽：犹榴花酒。

(8) "独有"二句：用司马相如典。司马相如曾为梁孝王客，晚年曾任孝文园（汉文帝陵园）令。

饮马长城窟行

北走长安道，征骑每经过[1]。战垣临八阵(1)，旌门对两和[2](2)。屯兵戍陇北(3)，饮马傍城阿(4)。雪深无复道，冰合不生波。尘飞连阵聚，沙平骑迹多。昏昏垅底日[3](5)，耿耿雾中河(6)。羽林犹角抵(7)，将军尚雅歌(8)。临戎常拔剑，蒙险屡提戈。秋风鸣马首，薄暮欲如何。

【校记】

[1] 骑：《文苑英华》作"施"，注云："一作'骑'。"

[2] 旌门：《文苑英华》作"门楼"，注云："一作'旌门'。"和：《文苑英华》作"河"。

[3] 底日：原作"坻月"。《文苑英华》作"底日"，注云："一作'月'"，据改。

【注释】

(1) 战垣：营寨的壁垒。

(2) 八阵：古代的八种兵阵。旌门：古代帝王出行，在所著的帷幕前竖立旗帜，其状若门，叫"旌门"。两和：兵营的左右门。

(3) 戍：守卫。陇：即陇山，在今甘肃。

(4) 傍：挨近，靠近。城阿（ē）：城角。

(5) 垅底：丘陵。
(6) 耿耿：明貌。
(7) 羽林：皇帝卫军的名称。角抵：相互角力的一种技艺，类似今天的摔跤。
(8) 雅歌：谓歌《雅》诗。

轻举篇

天地能长久，神仙寿不穷。白玉东华检(1)，方诸西岳童(2)。俄瞻少海北[1]，暂别扶桑东(3)。俯观云似盖，低望月如弓。看棋城邑改，辞家墟巷空。流珠馀旧灶，种杏发新丛。酒酿瀛洲玉(4)，剑铸昆吾铜(5)。谁能揽六博(6)，还当访井公(7)。

【校记】

[1] 俄：《乐府诗集》作“我”。

【注释】

(1) 东华：东华帝君，乃西王母之夫，男神之王，掌管仙籍。检，本指书签，这里指仙籍。
(2) 方诸：古代于月下承露取水之器，远古用蛤，后用铜铸。西岳：即华山。
(3) 扶桑：二社木名，传说日出其下。
(4) 瀛洲：相传瀛洲是仙人所居之山。
(5) 昆吾：山名，《山海经·中山经》：“又西二百里昆吾之山，其上多赤铜。”
(6) 六博：又作陆博，是中国古代一种掷采行棋的博戏类游戏。
(7) 井公：神话故事中人物。

凌云台

高台悬白尺，中夕殊未穷[1](1)。北临酸枣寺，西眺明光宫(2)。城旁抵双府，林里对相风。书题鹿卢榜(3)，观写飞廉铜。窗开神女电，梁映美人虹。虞捐滥天宠[2]，郑瞀特怀忠(4)。庄生垂翠钓，昭仪拒斗熊[3](5)。驰轮有盈缺(6)，人道亦汙隆(7)。还念西陵舞(8)，非复邺城中。

【校记】

[1] 夕：《文苑英华》作“歹”。
[2] 天：《文苑英华》作“失”。
[3] 拒：《乐府》作“抵”。《文苑英华》云：“一作‘抵’。”

【注释】

(1) 中夕：半夜。
(2) 明光宫：汉代宫殿名。
(3) 鹿卢榜：三国魏明帝造凌云台成，误先钉榜，未题署，以笼盛韦诞，辘轳长絙引上，使就榜题，去地二十五丈，韦诞危惧，戒子孙绝此楷法。后用以为典。

(4) 郑瞀：(生卒年不详) 其事迹记于刘向《列女传·节义传》，春秋时郑国人。

(5) 昭仪：古女官名。

(6) 驰轮：指月亮。盈缺：盈满与缺，指月光的圆缺。

(7) 汙 (wū) 隆：本质地形的高低，用以比喻世道的兴衰，兴亡。

(8) 西陵：曹操的陵墓。

出　塞[1]

飞蓬似征客(1)，千里自长驱。塞禽唯有雁，关树但生榆。背山看故垒(2)，系马识馀蒲(3)。还因麾下骑(4)，来送月支图(5)。

【校记】

[1] 出塞：《诗纪》云：一作“塞下曲”。

【注释】

(1) 飞蓬：漂泊无定的蓬草。这里用来比喻长年漂泊在外的征客。

(2) 垒：军营墙壁或防守工事。

(3)“系马”句：《诗纪》云：《三齐略记》，秦始皇至东海，蟠蒲系马，至今其地蒲生皆绯结。

(4) 麾 (huī) 下：对将军的敬称。

(5) 月支：月支亦称月氏，起源于乌拉尔山，南西伯利亚一带，居于河西走廊祁连山的古国家。

入　塞

戍久风尘色，勋多意气豪。建章楼阁迥[1](1)，长安陵树高。度冰伤马骨，经寒坠节旄[2](2)。行当见天子，无假用钱刀(3)。

【校记】

[1] 阁：《文苑英华》作“阕”。迥：《文苑英华》云：“一作‘近’，一作‘回’。”

[2] 旄：《文苑英华》作“毛”。

[3] 无：《文苑英华》作“何”。

【注释】

(1) 建章：汉宫名，汉武帝太初元年建，位于未央宫西。迥 (jiǒng)：卓然独立的样子。

(2) 节旄：节以竹为之，柄长八尺，节上所缀牦牛尾饰物，称节旄。

(3) 钱刀：即钱币。

关山月

关山夜月明[1]，秋色照孤城[2]。影亏同汉阵[3](1)，轮满逐胡兵[4]。天寒光转白[5]，风多晕欲生。寄言亭上吏，游客解鸡鸣。

【校记】

［1］夜月明：《文苑英华》云：“一作‘今夜月’。”

［2］秋：《初学记》、《御览》作“秋”。《文苑英华》同，又注：“一作‘秋’。”

［3］亏：《文苑英华》作“半”，注云：“一作‘影亏’。”《初学记》作“半形”。

［4］轮满：《初学记》作“全影”。《文苑英华》同《诗纪》云：“一作‘全影’。”

［5］天：《文苑英华》作“灰”，注云：“一作‘天’。”

【注释】

（1）“影亏”句：古有却月阵，阵形如半月，故名。

长安道

槐衢回北第(1)，驰道度西宫(2)。树阴连袖色，尘影杂衣风。采桑逢五马(3)，停车对两童。喧喧许史座(4)，钟鸣宾未穷。

【注释】

（1）槐衢（qú）：指朝廷。衢，衢室，皇帝听政之所。

（2）驰道：古代供君王行驶车马的道路，泛指供车马驰行的大道。

（3）五马：古代一车驾四马，太守出行时则增加一马为五马，因以“五马”称太守。

（4）许史：指汉宣帝时外戚许伯和史高的合称，两家皆显贵。

明君词

阑殿辞新宠，椒房馀故情(1)。鸿飞渐南陆，马首倦西征。寄书参汉使，衔涕望秦城(2)。唯馀马上曲，犹作出关声。

【注释】

（1）椒房：汉代皇后所住宫殿，以椒和泥涂壁，取温、香、多子之义。

（2）衔涕：含着眼泪。秦城：代指长安。

游侠篇

京洛出名讴(1)，豪侠竞交游(2)。河南期四姓[1](3)，关西谒五侯(4)。斗鸡横大道，走马出长楸(5)。桑阴徙将夕[2](6)，槐路转淹留(7)。

【校记】

［1］期：《艺文类聚》作“朝”，《乐府》同。《文苑英华》云：“一作‘朝’。”

［2］徙：《乐府》作“徒”。《文苑英华》云：“一作‘徒’。”

【注释】

（1）京洛：即洛阳。因东周、东汉曾建都于此，故称京洛。名讴：著名的歌手。

（2）豪侠：强横任侠。

（3）四姓：东汉外戚樊、郭、阴、马四姓。

（4）关西：指函谷关以西之地。五侯：汉成帝同日封舅氏五人为侯，世称五侯。后泛指权贵豪门。

（5）走马：跑马。长楸：高大的楸树。曹植《名都篇》："斗鸡东郊道，走马出长楸。"

（6）桑阴：阴通"荫"，桑荫：桑树的影。

（7）淹留：滞留，停留。

古曲[1]

青楼临大道(1)，游侠尽淹留[2](2)。陈王金被马(3)，秦女桂为钩(4)。驰轮洛城巷[3](5)，斗鸡南陌头。薄暮风尘起，聊为清夜游。

【校记】

[1]《诗纪》云："一作《杂曲》。"

[2] 尽：《诗纪》云："一作'任'。"

[3] 城：《乐府》作"阳"。

【注释】

（1）青楼：指显贵家之闺阁。此句仿曹植诗《美女篇》："青楼临大路，高门结重关。"

（2）淹留：滞留，停留。

（3）"陈王"句：曹植。金被马：曹植诗《白马篇》有云："白马饰金羁，连翩西北驰。"

（4）"秦女"句："汉乐府诗《陌上桑》中有秦罗敷即此处秦女，诗中描写罗敷的行篮为："青丝为笼系，桂枝为笼钩。"

（5）驰：疾驱。轮：代指车。

高句丽六言

萧萧易水生波(1)，燕赵佳人自多。倾杯覆碗漼漼(2)，垂手奋袖娑娑[1](3)。不惜黄金散尽，只畏白日蹉跎(4)。

【校记】

[1] 婆：《乐府》作"娑"。

【注释】

（1）易水：河流名。在河北省西部。源出易县境，入南拒马河。荆轲入秦行刺秦王，燕太子丹饯别于此。

（2）漼漼（cuǐ）：涕泣垂泪的样子

（3）奋：用力举起或挥动。婆娑：跳舞。

（4）蹉跎：时光白白过去，白白耽误了时光。

燕歌行七言

《北史》本传曰：褒作《燕歌》，妙尽塞北苦寒之言，元帝及诸文士和之，而竞为凄切。及江陵为魏师所破，元帝出降，方验焉。

初春丽景莺欲娇[1]，桃花流水没河桥[2]。蔷薇花开百重叶[3]，杨柳拂地数千条[4]。陇西将军号都护(1)，楼兰校尉称嫖姚(2)。自从惜别春燕分[5]，经年一去不相闻[6]。无复汉地关山月[7]，唯有漠北蓟城云(3)。淮南桂中明月影[8](4)，流黄机上织成文(5)。充国行军屡筑营[9]，阳史讨虏陷平城[10](6)。城下风多能却阵(7)，沙中雪浅讵停兵。属国小妇犹年少[11]，羽林轻骑数征行[12](8)。遥闻陌头采桑曲[13]，犹胜边地胡笳声[14](9)。胡笳向暮使人泣[15]，长望闺中空伫立[16]。桃花落地杏花舒[17]，桐生井底寒叶疏。试为来看上林雁(10)，应有遥寄陇头书[18](11)。

【校记】

[1] 晃：《艺文类聚》作“日”，《乐府》同。《诗纪》云：“一作‘日’。”

[2] 没：《文苑英华辨证》作“绕”。

[3] 花开：《文苑英华》作“开花”。《乐府》云：“一作‘开花’。”

[4] 拂：《艺文类聚》作“覆”，《文苑英华辨证》同。《乐府》云：“一作‘覆’。”数：《乐府》作“散”。拂地数：《文苑英华》作“覆池数”，注云：“一作‘杨柳拂地散’。”

[5] 自从惜别：《文苑英华》作“自惜别如”。

[6] 不相闻：《文苑英华》作“无相亲”，注云：“一作‘相闻’。”

[7] 无：《文苑英华》作“不”，又“不”下注：“一作‘无’。”关山：《文苑英华》云：“一作‘长安’。”月：《乐府》作“长安月”，《文苑英华辨证》同。《诗纪》云：“一作‘长安月’。”

[8] 桂：《文苑英华》作“镜”，注云：“一作‘桂’。”

[9] 行军：《文苑英华》作“军行”，《文苑英华辨证》同，又注：“一作‘行军’。”

[10] 阳：《文苑英华》作“杨”。

[11] 小：《乐府》作“少”。

[12] 数：《乐府》作“散”。

[13] 头：《文苑英华》作“上”。

[14] 边地胡笳：《艺文类聚》作“胡笳边地”。

[15] 胡笳：《文苑英华辨证》作“笳声”。

[16] 长望：《乐府》作“还使”，《文苑英华》同，又注：“一作‘长望’。”《诗纪》云：“一作‘还使’。”

[17] 桃花落地：《乐府》无“地”字，《艺文类聚》作“桃抽覆地”。杏：《艺文类聚》作“春”。桃花落地杏花舒：《文苑英华》云：“一作‘桃花复地杏花舒’。”

[18] 应：《乐府》作“必”。《文苑英华》云：“一作‘必’。”

【注释】

(1) 陇西：地名，今属甘肃省。都护：官名。汉时有西域都护，带兵监护西域地区。

(2) 楼兰：汉西域城国，在今新疆罗布泊西，地处西域通道上。今尚存古城遗址。校尉：武职名。嫖（piāo）姚：劲疾貌。汉霍去病为嫖姚校尉。

(3) 漠北：古代泛称蒙古高原大沙漠以北地区。蓟（jì）地名，故地在今北京市西南。

(4) 淮南：泛指淮水以南之地，大致为今江苏安徽两省长江以北、淮河以南的地方。流黄：本指褐花色或褐黄色的物品，此处指绢。

(5) 流黄：褐黄色的物品，特指绢。《乐府诗集·相和歌辞九·相逢行》："大妇织绮罗，中妇织流黄。"

(6) 平城：即今大同市。

(7) 却：退。

(8) 羽林：汉代禁卫军。

(9) 胡笳：古代北方民族的管乐器，其音悲凉。

(10) 上林：即上林苑。

(11) 陇头：指陇山，借指边塞。

日出东南隅行以下杂言

晓星西北没，朝日东南隅(1)。阳窗临玉女(2)，莲帐照金铺。凤楼称独立，绝世良所无。镜悬四龙网，枕画七星图。银镂明光带，金地织成襦(3)。调弦大垂手(4)，歌曲凤将雏(5)。采桑三市路，卖酒七条衢。道逢五马客，夹毂来相趋(6)。将军多事势，夫巩好形模。高箱照云母(7)，壮马饰当颅(8)。单衣火浣布(9)，利剑水精珠。自知心所爱，仕宦执金吾(10)。飞甍雕翡翠[1](11)，绣桷画屠苏(12)。银烛附弹映鸡羽，黄金步摇动襜褕(13)。兄弟五日时来归，高车竟道生光辉。名唱两行堂上起[2]，鸳鸯十七阶前飞。少年任侠轻年月，珠丸出弹遂难追。

【校记】

[1] 翡翠：《诗纪》云："《玉台》作'翠羽'。"

[2] 唱：《乐府》作"倡"。

【注释】

(1) 隅（yú）：角，角落。

(2) 玉女：美女。

(3) 襦（rú）：短袄，短上衣。

(4) 大垂手：乐府杂曲歌辞名。

(5) 凤将雏：古曲名。

(6) 夹毂：夹车。毂：车轮中心有圆孔可以插轴的地方。

(7) 高箱：借指高车。《后汉书·宣秉郭丹等传赞》："少卿志仕，终乘高箱。"

（8）当颅：马首的镂金饰物。因饰于马额中央，故称。

（9）火浣布：石绵织成之布。

（10）执金吾：官名，掌管京师治安的长官。金吾：仪仗棒，用铜做成，两边涂以黄金。

（11）飞甍：即飞檐。

（12）桷（jué）：方形的椽子。屠苏：房屋，草庵。

（13）步摇：古代妇女的一种首饰，行动则动故名。襜褕（chānyú）：一种短便衣。

墙上难为趋

昔称梁孟子，兼闻鲁孔丘。访政聊为述，问陈岂相酬。末代多侥倖(1)，卿相尽经由。台郎百金价(2)，台司千万求(3)。当朝少直笔，趋代皆曲钩(4)。廷尉十年不得调，将军百战未封侯(5)。夜伏拥门作常伯(6)，自有蒲萄得凉州(7)。白璧求善价，明珠难暗投。高墙不可践，井水自难浮。风胡有年岁(8)，铦利比吴钩(9)。

【注释】

（1）侥倖：求利不止。

（2）台郎：官名，指尚书郎。

（3）台司：指三公的宰辅大臣。

（4）曲钩：比喻奸邪。汉末有童谣："曲如钩，反封侯。"（见《后汉书·五行志一》）

（5）"廷尉"二句：此二句引用张释之、李广的典故，汉张释之："以訾为骑郎，事孝文帝，十岁不得调，无所知名。"汉李广久经战阵，不得封侯。

（6）常伯：周官名，以从诸伯选拔而名。

（7）蒲萄：一作"葡萄"，果名。可以造酒。凉州：州名，今甘肃省宁夏和青海湟水流域，内蒙古纳林河，穆林河流域。

（8）风胡：春秋楚人即风胡子。也作风湖子，善识剑。

（9）铦利：锐利。吴钩：钩，兵器，形似剑而曲。春秋时吴人善铸钩，故名。

九日从驾诗以下五言

黄山猎地广(1)，青门官路长(2)。律改三秋节(3)，气应九钟霜(4)。曙影初分地，暗色始成光。高旆长楸坂[1](5)，缇幕杏间堂(6)。射马垂双带，丰貂佩两璜。苑寒梨树紫，山秋菊叶黄。华露霏霏冷，轻飚飒飒凉[2]。终惭属车对(7)，空假侍中郎。

【校记】

［1］高：《文苑英华》作"交"。

［2］风：《文苑英华》作"伤"。

【注释】

(1) 黄山：在陕西省兴平县北，又称“黄麓山”。

(2) 青门：本为汉长安城东南门，后泛指京城城门。

(3) 律：用竹管或金属管做战的定音或侯气的仪器。

(4) 九钟霜：九钟：传说丰山有九口钟，霜降而鸣。《山海经·中山经》：“有九钟焉，是知霜鸣。”

(5) 旆（pèi）：古时末端形状像燕尾的旗子。坂：山坡、斜坡。

(6) 缇（tí）：黄赤色，橘红色。

(7) 属车：帝王出行时的侍从车，也代指帝王。

入朝守门开诗[1]

凤池通复道[2](1)，严驾早凌晨(2)。铁符行警曙，银棨未开闉(3)。堑暗城无影，晴新路不尘。屯兵引画剑，骑吹动班轮(4)。徒知仰睿藻(5)，抽辞殊未申[3]。

【校记】

[1]《诗纪》云：梁简文有《守东华门开诗》。

[2] 凤池：《文苑英华》作“直城”。《诗纪》云：“一作‘直城’。”

[3] 殊：《文苑英华》作“惭”。

【注释】

(1) 凤池：即“凤凰池”，唐以前指中书省，唐以后指宰相之职。复道：楼层间有上下两重通道，驾空者称复道。

(2) 严驾：整备车马。

(3) 棨（qǐ）：古代用木制成的一种符信，凭此可通过关津。闉（yīn）：城曲重门。

(4) 班轮：古代巧匠。

(5) 睿（ruì）藻：旧时对帝王创作的谀称。

赠周处士诗(1)

我行无岁月，征马屡盘桓(2)。崤曲三危岨(3)，关重九折难。犹持汉使节(4)，尚服楚臣冠(5)。巢禽疑上幕(6)，惊羽畏虚弹(7)。飞蓬去不已[1](8)，客思渐无端[2]。壮志与时歇，生年随事阑(9)。百龄悲促命，数刻念馀欢。云生陇坻黑(10)，桑疏蓟北寒。鸟道无蹊径(11)，清汉有波澜[3]。思君化羽翮(12)，要我铸金丹(13)。

【校记】

[1] 蓬：《文苑英华》云：“一作‘鸿’。”

[2] 思：《文苑英华》云：“一作‘念’。”

［3］汉：《艺文类聚》作“溪”。《文苑英华》作“濑”。

【注释】

（1）周处士，即周弘让，《陈书》卷二四、《南史》卷三四有传。《周书·王褒传》载：“初，褒与梁处士汝南周弘让相善。及弘让兄弘正自陈来聘，高祖许褒等通亲知音问，褒赠弘让诗并致书。”此诗或即王褒借周弘正北地出使之际赠周弘让之作。

（2）征马：远行的马。盘桓：徘徊。

（3）崤（xiáo）：山名，在河南省西部。岨：通“阻”，险要。

（4）汉使节：汉使的符节。此处用苏武被匈奴流放北海牧羊仍持汉节事。

（5）楚臣冠：楚国臣子的帽子。此句用春秋时晋俘楚囚钟仪仍著楚冠事。

（6）巢禽：指燕。疑上幕：疑其巢于幕上。《左传·襄公二十九年》：吴公子札自卫如晋，宿于戚，闻孙林父击钟声，曰：“夫子获罪于君以在此，惟猎不足，而又何乐？夫子之在此也，猎燕之巢于幕上。”以燕巢幕上喻处境危险。

（7）惊羽：受惊之鸟。《战国策·楚策四》：“更羸与魏王处京台之下，仰见飞鸟，更羸谓魏王曰‘臣为王引弓，虚发而下鸟。’魏王曰：‘然则，射可至此呼?’更羸曰：‘可。’有间，雁从东方来，更羸以虚发而下之。”

（8）飞蓬：漂泊不定的蓬草。这里用来比喻自己漂泊异国。

（9）阑（lán）：末尾，将尽。

（10）陇坻（dǐ）：甘肃六盘山南段的别名，亦称陇阪。

（11）鸟道：只有鸟能飞过的小路。

（12）化羽翮：化为飞鸟。羽翮：鸟翅，此处用以指鸟。

（13）要：通“邀”，邀请，相邀。金丹：古代方士炼金石为丹药，认为服之可以长生不老。

别陆子云诗[1]

解缆出南浦(1)，征棹且凌晨(2)。还看分手处[2]，唯馀送别人。中流摇盖影，边江落骑尘。平湖开曙日，细柳发新春。沧波不可望，行云聊共因(3)。

【校记】

［1］《艺文类聚》二十九作《别陆才子》。

［2］手：《文苑英华》作“守”。

【注释】

（1）缆：系船的粗绳。

（2）棹（zhào）：船桨。

（3）因：依靠，凭借。

奉和赵王途中五韵诗[1]

飘飘映车幕(1)，出没望连旗。度云还翊阵，回风即送师(2)。峡路沙如月，山峰石似眉。村桃拂红粉，岸柳被青丝(3)。锦城遥可望(4)，回鞍念此时。

【校记】

[1]《诗纪》云:"《庾信集》亦载此首。"

【注释】

(1) 车幕:车上的帷幔。

(2) 师:古代军队编制单位之一,以二千五百人为师,后泛指军队。

(3) 被:通"披",穿或披在身上。

(4) 锦城:古代成都以出产蜀锦而著称,故称锦城。

和张侍中看猎诗

上林冬狩返,回中讲射归(1)。还登宣曲观(2),更猎黄山围(3)。严冬桑柘惨,寒霜马骑肥。绁卢随兔起(4),高鹰接雉飞(5)。独嗟来远客,辛苦倦边衣。

【注释】

(1) 回中:秦汉时宫殿名,故址在今陕西陇县西北。汉文帝十四年被匈奴焚毁。

(2) 宣曲:参见本卷《长安有狭邪行》注(6)。

(3) 黄山:参见本卷《九日从驾诗》注(1)。

(4) 绁(xiè)卢:猎犬。绁,拴牲畜的绳子。

(5) 雉:一种鸟,俗称野鸡。

和庾司水修渭桥诗[1]

东流仰天汉(1),南渡似牵牛[2](2)。长堤通甬道(3),飞梁跨造舟(4)。使者开金堰(5),太守拥河流。广陵候涛水(6),荆峡望阳侯(7)。波生从故舶,沙涨涌新洲。天星识辩对[3](8),检玉应沈钩(9)。空悦《浮云赋》(10),非复采莲讴。

【校记】

[1]《初学记》七,又《艺文类聚》九作"和治渭桥诗"。引牛、舟、流、侯、洲、钩六韵。

[2] 渡:《艺文类聚》作"度"。

[3] 辩:《初学记》作"辨"。

【注释】

(1) 天汉:天河,银河。

(2) 牵牛:星名,即河鼓,俗称牛郎星。

(3) 甬道:两侧有墙的通道。

(4) 造舟:连船为桥即今之浮桥。

(5) 金堰:即千金堰,古代水利工程,在河南洛阳境内的谷水上。堰:指水的堤坝。

(6) 广陵:郡名,今江苏省扬州市东北。

(7) 阳侯:传说中的波神,借指波涛。

(8)"大星"句:化用牛郎、织女二星隔天河相对事。

(9)“检玉”句：指沉玉祭河。

(10)《浮云赋》：晋陆机有《浮云赋》。

玄圃浚池临泛奉和诗

长洲春水满[1]，临泛广川中(1)。石壁如明镜，飞桥类饮虹(2)。垂杨夹浦绿(3)，新桃缘径红[2]。对楼还泊岸(4)，迎波暂守风(5)。渔舟钓欲满，莲房采半空[3]。于兹临北阙[4](6)，非复坐墙东[5](7)。

【校记】

[1] 洲：《文苑英华》作“沙”。

[2] 径：《文苑英华》作“树”。

[3] 采：《文苑英华》作“珠”。

[4] 阙：《文苑英华》作“阁”。

[5] 墙：《文苑英华》作“墟”。

【注释】

(1) 临泛：临流泛舟。广川：宽广的河流。

(2) 饮虹：传说虹能吸引。

(3) 浦（pǔ）：通大河的水渠，干渠。

(4) 泊：停留。

(5) 守风：等候适合行船的风势。

(6) 北阙：古代宫殿背面的门楼，是臣子等候朝见或上书奏事之处。

(7) 墙东：指隐居之地。

和从弟祐山家诗二首

其　一

采药名山顶，时节无春冬。散云非一色，连岩异众峰。合沓似无径(1)，间关定有踪(2)。山窗临绝顶，檐溜俯危松(3)。空林鸣暮雨，虚谷应朝钟。仙童时可遇，羽客屡相逢(4)。若值韩众药(5)，当御长房龙(6)。

【注释】

(1) 合沓：重叠，聚集。

(2) 间关：道路崎岖难行。

(3) 溜：通“霤”，屋檐滴水处。

(4) 羽客：道士，又称“羽人”。

(5) 韩众：又作韩终，传说中仙人名。《史记·秦始皇本纪》：“因使韩终、侯公、石生求仙人不死之药。”

(6) 长房龙：东汉费长房，从壶中翁学仙道，老翁给他一支竹杖，他乘竹仗回到家中，把竹杖投入葛陂，原来是一条龙。

其　二

结交非俗士，仙侣自招携[1]。少华隐日月(1)，太乙寻虹霓[2](2)。众林积为籁(3)，围竹茂成埤[3](4)。幽谷曙无景(5)，荒途昼欲迷。滴沥寒泉溜(6)，叫啸秋猿啼。白云帝乡起，神禽丹穴棲。箭筱时通径[4](7)桃李复成蹊。今身得其所，群物可令齐(8)。

【校记】

[1] 仙：《文苑英华》作“山”。

[2] 乙：《文苑英华》作“一”。虹：文苑云：一作云。

[3] 竹：文苑作林。埤：《文苑英华》作“卑”，注云：一作栱成枅。

[4] 筱：《文苑英华》作“莜”。

【注释】

(1) 少华：山名。

(2) 太乙：又“太一”，山名，即终南山。

(3) 籁：自然界发出的声音。

(4) 埤（pí，又 bì）：矮墙，此句言竹茂攒聚如矮墙。

(5) 曙：破晓，天刚亮的时候。景：日光。

(6) 滴沥：水下滴。

(7) 箭筱（xiǎo）：箭竹。筱：小竹，细竹。

(8) 齐：一样，同样。

咏雁诗

伺潮闻曙响(1)，妒垄有春翚(2)。岂若云中雁，秋时塞外归。河长犹可涉，海阔故难飞。霜多声转急，风疏行屡稀(3)。园池若可至，不复怯虞机(4)。

【注释】

(1) 伺潮：指伺潮鸡，一种潮来即啼的鸡。梁顾野王《舆地志》：“移风县有鸡，雄鸣，长且清，如吹角，每潮至则鸣，故呼为潮鸡。

(2) 妒垄：陆佃《埤雅》：“雉性妒垄设疆。”翚（huī）：五彩的野鸡。

(3) 疏：小。

(4) 怯：忧虑，担心。虞机：虞人的弓弩。虞，掌管山泽的官吏。机，弩机。

送观宁侯葬诗(1)

蒙羽高峻极(2)，淮泗导清源(3)。刑茅广裂地(4)，跗萼盛开蕃(5)。纷纶彤艧彩(6)，从容琼玉温(7)。冲飚摇柏干(8)，烈火壮曾昆(9)。畴昔同羁旅(10)，辛苦涉凉暄。观风方听乐，垂泪遽伤魂(11)。造舟虚客礼(12)，高闬掩宾垣(13)。桂树思公子，芳草惜王孙。今晨向郊郭，犹似背轘辕[1](14)。丹旐书空位(15)，素帐设虚樽。楚琴南操绝(16)，韩书旧说存(17)。西靡伤新树(18)，东陵惜故园(19)。自怜悲谷影(20)，弥怆玉关门[2]。馀辉尽天末[3]，夕雾拥山根[4]。平原看独树，亭皋望列村[5](21)。寂寥还盖静[6](22)，荒茫归路昏。挽铎已流唱[7]，歌童行自喧[8]。睠言千载后[9](23)，谁将游九原(24)。（文苑英华三百五。诗纪百十三。又类聚三十四引樽，存，园，门，根，昏，喧，原九韵。）

【校记】

［1］似：《文苑英华》作"以"。

［2］弥怆：《艺文类聚》作"天念"。《诗纪》云："一作'念'。"

［3］天末：《艺文类聚》作"天尽"。

［4］拥：《艺文类聚》作"起"。《诗纪》云："一作'起'。"

［5］亭皋：《文苑英华》作"亭皋"，据改。

［6］寂寥：《文苑英华》作"莫"。静：《艺文类聚》作"靖"，《文苑英华》同。

［7］唱：《文苑英华》作"歇"，逯按：当是"唱"。

［8］歌童：《艺文类聚》作"童歌"。

［9］睠：《艺文类聚》作"眷"。

【注释】

（1）观宁侯：萧永，梁时封观宁侯，梁亡后与庾信、王褒一起流寓西魏，558年卒，庾信作《思旧铭》。

（2）蒙羽：蒙山和羽山。《尚书·禹贡》："蒙羽其艺。"蒙山，在今山东蒙阴县西南。羽山，在今江苏赣榆县西南。

（3）淮泗：淮水，泗水，皆水名。

（4）刑茅：《左传·僖公二十四年》："凡、蒋、刑、茅、胙、祭，周公之胤也。"这里指萧永列土封侯。

（5）跗（fū）萼：同"跗萼"。《诗·小雅·常棣》："常棣之华，鄂（萼的借字）不韡韡，凡今之人，莫如兄弟。"后常以"跗萼"作兄弟关系亲密之典。

（6）纷纶：杂乱貌。彤：朱红色。丹雘，赤石脂之类，古代用作颜料。

（7）琼玉：美玉。比喻美好的人才或诗文。

（8）冲飚（biāo）：大风。飚，冲卷相击的疾风，旋风。

（9）昆：即昆仑。

（10）畴昔：往日，畴，助词，无意。

（11）遽：就。

（12）造舟：连船为桥即今之浮桥。

（13）閈（hàn）：墙垣，围墙。

（14）轘（huàn）辕：山名，关口名。

（15）丹旐：祭祀或丧礼中用的铭旌。

（16）"楚琴"句：《左传·成公九年》："晋侯观于军府，见仲仪，问之曰：'南冠而絷者，谁也？'有司对曰：'郑人所献楚囚也。'使税之，召而吊之。再拜稽首。问其族，对曰：'伶人。'公曰：'能乐乎？'对曰：'先父之职官也，尽有二事？'与之琴，操南音。"这里指萧永流亡北方，今已去逝。

(17)"韩书"句：《史记·韩非列传》：韩非本韩国诸公子，为李斯所陷，死于秦国。"申子、韩子皆著书，传于后世，学者多有。"此处指萧永有著作传世。

(18)"西靡"句：《文选》刘孝标《重答刘秣陵沼书》："冀东平之树，望咸阳而西靡"，唐李善注："东平思王冢在东平，无盐人传云：'思王归国京师，后葬，其冢上松柏西靡。"西靡即向西倾倒。这里指萧永新亡。

(19)"东陵"句：《史记·萧相国世家》："召平者，故秦东陵侯。秦破，为布衣。"东陵为秦始皇父母的陵墓，召平秦时于此看护管理陵园。这里指萧永未能归葬。

(20)悲谷：《淮南子·天文训》："(日)至于悲谷，是谓晡时。"高诱注："悲谷，西南方之大壑，言其深峻，临其上令人悲思，故曰'悲谷'。"悲谷影，即西斜将落的太阳。

(21)亭皋(gāo)：水边的平地。

(22)还盖：返回的车。盖，车盖。

(23)睠(juàn)：反顾。言：言尾，无义。

(24)九原：本为春秋时晋国卿大夫的墓地，后泛指坟墓。

送刘中书葬诗

昔别伤南浦，今归去北邙(1)。书生空托梦，久客每思乡。塞近边云黑，尘昏野日黄。陵谷俄迁变(2)，松柏易荒凉。题铭无复迹[1]，何处验龟长(3)。

【校记】

[1] 铭：《文苑英华》作"名"。

【注释】

(1)北邙(méng)：山名，一作"北芒"，即邙山，今河南洛阳市东北。东汉时贵族多葬于此，后因泛指墓地。

(2)俄：顷刻，片刻。

(3)验：验证，检验。龟：代指长寿。

别王都官诗

连翩悯流客[1](1)，凄怆惜离群(2)。东西御沟水(3)，南北会稽云(4)。河桥两堤绝，横歧数路分(5)。山川遥不见，怀袖远相闻(6)。

【校记】

[1] 连翩：《初学记》作"联绵"。客：《艺文类聚》作"水"。《文苑英华》云："《艺文类聚》作'落'。"

【注释】

(1)连翩：连续不断。流客：流浪而客居他乡的人。

(2) 惜：痛惜，哀伤。离群：离开同伴。

(3) 御沟：流经宫苑的河道。

(4) 会稽：山名，在浙江绍兴县东南。

(5) 横歧：交错。岐：分叉，分岔。

(6) 怀袖：怀抱。

送别裴仪同诗

河桥望行旅，长亭送故人。沙飞似军幕，蓬卷若车轮。边衣苦霜雪，愁貌损风尘[1]。行路皆兄弟，千里念相亲。

【校记】

[1] 愁：《诗纪》云："一作'秋'。"

渡河北诗[1]

秋风吹木叶，还似洞庭波(1)。常山临代郡(2)，亭障绕黄河(3)。心悲异方乐(4)，肠断《陇头歌》[2](5)。薄暮临征马[3](6)，失道北山阿[4](7)。

【校记】

[1]《诗纪》云："《苑诗类选》作'范云者'非。"

[2] 断：《初学记》作"绝"。《文苑英华》同。

[3] 暮临：《文苑》云：一作"暮驱"。

[4] 阿：《文苑英华》作"河"。

【注释】

(1)"秋风"二句：用《楚辞·九歌·湘夫人》："袅袅兮秋风，洞庭波兮木叶下。"写黄河秋色引起的故国之感。

(2) 常山：恒山，或是关名，皆北临代郡。代郡：汉代北方边郡，治所在今河北省蔚县。

(3) 亭：岗哨。障：堡垒，亭、障皆边防工事。

(4) 异方乐：异国音乐。

(5)《陇头歌》：乐府梁角横吹曲名，原为北朝民歌，即上言"异方乐"，内容书写离乡行役之悲。

(6) 征马：出征或远行的马。

(7) 失道：迷路。

咏月赠人诗

月色当秋夜，斜晖映薄帷(1)。上弦如半璧，初魄似蛾眉(2)。渡云光忽驶(3)，中天影更迟。高阳怀许掾，对此益相思[1](4)。

【校记】

［1］益：《文苑英华》作“忆”。

【注释】

（1）斜晖：斜光。晖通“辉”，光辉，光彩。薄帷：轻薄的幔子。

（2）初魄：农历月初时的月光。

（3）驶：泛指迅疾。

（4）“高阳”二句：疑“高阳”当作“丹阳”。东晋刘惔为丹阳尹，与许询相知交好。许询在都城住了一个月，刘惔天天去看望他，还说：“清风朗月，辄思玄度。”许询字玄度，因曾为司徒掾，人称许掾。

和殷廷尉岁暮诗[1]

岁晚悲穷律(1)，他乡念索居[2](2)。寂寞灰心尽，摧残生意馀[3](3)。产空交道绝(4)，财殚密亲疏(5)。空悲赵壹赋[4](6)，还著虞卿书(7)。

【校记】

［1］《御览》二十七作“岁暮诗”。

［2］居：《御览》作“除”。

［3］摧：《御览》作“推”。

［4］壹：《御览》作“一”。

【注释】

（1）穷律：岁暮节尽。律：指律管，古人用十二律管盛以葭灰来确定月份。

（2）索居：离群独居。

（3）馀：残存，遗留。

（4）产：产业。空：尽。交道：郊游。绝：断绝。

（5）财：财产。殚：空，尽。密亲：关徐系甚密的亲交。疏：疏远。

（6）赵壹：汉代赋家。曾作《刺世疾邪赋》，抒发失意愤世之情。

（7）虞卿：战国时策士。《史记·虞卿列传》：“（虞卿）不得意，乃著书，……以刺讥国家得失，世传之曰《虞氏春秋》。”

看斗鸡诗

躞蹀始横行(1)，意气欲相倾(2)。妒敌金芒起[1](3)，猜群芥粉生(4)。入场疑挑战，逐退似追兵。谁知函谷下，人去独开城。

【校记】

［1］妒：《初学记》作“诟”。

【注释】

（1）躞（xiè）蹀（dié）：往来小步貌。

（2）意气：意志和气概。

(3) 金芒：即金距。斗鸡时装在鸡距上的金属护套。芒：通“铓”，刀剑等的尖端。
(4) 芥粉：芥末，斗鸡时撒在鸡身上，可以使对方的鸡眼睛暂时失明。

弹棋诗

投壶生电影(1)，六博值仙人(2)。何处镜奁上(3)，自有拂轻巾(4)。隔涧疑将别，陇头如望秦(5)。握笔徒思赋，辞短竟无陈(6)。

【注释】

(1)“投壶”句：据《神异经·东荒经》，东王公常与一玉女玩投壶的游戏，每次投一千二百支，不中则天为之笑。天笑时，流火闪耀，就是闪电。投壶：古人宴会上的一种游戏，设特质之壶，宾主以次投矢其中，中多者为胜，负者饮。
(2)“六博”句：曹植《仙人篇》：“仙人揽六箸，对博太山隅。”六博：又作陆博，是中国古代一种掷采行棋的博戏类游戏，因使用六根博箸所以称之为六博，以吃子为胜。
(3) 镜奁（lián）：镜匣。
(4) 拂：掸。邯郸淳《艺经·弹棋》：“文帝于此技特好，用手巾拂之，无不中。”
(5) 陇：山名，在今甘肃东部。
(6) 陈：说，写。

从驾北郊诗[1]

维皇敬明祀(1)，望拜出河东(2)。地灵开复道(3)，营星发紫宫(4)。衡街响清跸(5)，侦候起相风(6)。森沈羽林骑(7)，肃穆虎贲弓(8)。

【校记】

[1]《万花谷》后十七作“王褒诗”。

【注释】

(1) 维：句首助词，无实义。明祀：神明之祀。
(2) 望拜：遥望而拜祭。河东：黄洒流经山西省境，自北而南，故称山西省境内黄河以东地区为河东。
(3) 复道：见前《入朝守门开》注(1)。
(4) 紫宫：星座名，即紫微十五星。星相家以为是上帝之所居，因而又引申指帝王宫禁。
(5) 衡：通“横”。清跸（bì）：帝王出行时清道戒严。
(6) 侦候：观察天气。相风：测定风向的仪器。
(7) 森沉：本指林木繁茂，这里指军容之盛。羽林骑：羽林军的骑兵。羽林：皇帝卫军的名称。
(8) 虎贲：勇士的通称。

奉和赵王隐士诗[1]

凫鹄均长短(1)，鹏鷃共逍遥[2](2)。清襟蕴秀气，虚席满风飚(3)。断弦惟续葛[4]，独酌止倾瓢[3][5]。菖蒲九重节[6]，桑薪七过烧[7]。

【校记】

[1]《诗纪》云：庾信同赋。

[2] 鹏：《诗纪》作"雕"。

[3] 止：《文苑英华》作"只"。

【注释】

(1)"凫（fú）鹄（hú）"句：《庄子·骈拇》："长者不为有馀，短者不为不足。是故凫胫虽短，续之则忧；鹤胫虽长，断之则悲。"凫，野鸭。鹄，天鹅。

(2) 鹏鷃（yàn）：鹏高举九天，远达南海，蓬间斥鷃笑之。见《庄子·逍遥游》，后因以喻物有大小，情感悬殊。

(3) 风飚：飚风。

(4) 葛：蔓生植物名，纤维坚韧可织布。

(5) 倾：倾尽，全部倒出。

(6) 菖蒲：水草名，生于水边，有香气，根可入药，从之浸洒可避瘟气。古人常用菖蒲一寸九节者泛洒避瘟气。

(7) 桑薪：桑木的木柴。

始发宿亭诗

送人亭上别，被马枥中嘶[1]。漠漠村烟起[2]，离离岭树齐[3]。落星侵晓没[4]，残月半山低。

【注释】

(1) 枥：马槽。

(2) 漠漠：弥漫貌。

(3) 离离：分披繁茂貌。

(4) 侵晓：拂晓。

山池落照诗

竹馆掩荆扉[1]，池光晦晚晖[2]。孤舟隐荷出，轻棹染苔归。浴禽时侣窜[3]，惊羽忽单飞。

【注释】

(1) 荆扉：柴门。

(2) 晦：形容词的使动用法。使昏暗，使暗昧。晖：通"辉"，光辉，光彩。

(3) 侣窜（cuàn）：成双成对地奔蹿。

咏雾应诏诗

七条开早陌[1]，五里暗朝氛[2]。带楼疑海气[3]，含盖似浮云[4]。方从河水上，预奉绿图文。

【注释】

（1）七条：都都的大路。陌：田间的土埂、小路。

（2）五里：即五里雾。《后汉书·郑范陈贾张列传》：“（张楷）性好道术，能作五里雾。”氛：雾气，尘雾。

（3）海气：即海市蜃楼。

（4）盖：车盖。

入关故人别诗

百年馀古树[1]，千里暗黄尘。关山行就近[2]，相看成远人。

【注释】

（1）馀：遗留，遗存。

（2）行：即将。

过藏矜道馆诗

松古无年月，鹄去复来归[1]。石壁藤为路，山窗云作扉[2]。

【注释】

（1）鹄：天鹅。

（2）扉：门。

明庆寺石壁诗

夏水悬台际[1]，秋泉带雨馀。石生铭字长[2]，山久谷神虚[3]。

【注释】

（1）悬：吊，挂。

（2）铭字：刻于石上的字。

（3）谷神：《道德经》：“谷神不死，是谓玄牝。玄牝之门，是谓天地根。”这里指山谷。

云居寺高顶诗

中峰云已合，绝顶日犹晴[1]。邑居随望近[2]，风烟对眼生。

【注释】

（1）日犹晴：日边无云，日光明媚。

（2）邑居：城中居住。

咏定林寺桂树

岁馀凋晚叶，年至长新围。月轮三五映[1]，乌生八九飞[2]。

【注释】

(1) 月轮：指月亮。三五：农历十五。相传月中有桂树，故言。“乌生”句：《汉乐府·乌生八九子》：“乌生八九子，端坐秦氏桂树间。”

杨文佑

为周宣帝歌

《隋书》曰：周宣帝荒淫日甚，恶闻其过，诛杀无度，既酣饮过度。尝中饮，有下士杨文佑白宫伯长孙览[1]，求歌曰云云，郑译奏之，帝怒，命赐杖二百四十而致死。

朝亦醉，暮亦醉，日日恒常醉[1]，政事日无次[2]。

【注释】

(1) 恒常：常常。

(2) 次：次序。

周宣帝宇文赟

赟，字乾伯，武帝长子。建德元年，立为皇太子，宣政元年六月即位。明年，改元大成。其二月，传位太子衍，改元大象，自称天元皇帝，在位二年。大象二年卒，年二十二。谥曰宣皇帝。

歌

自知身命促，把烛夜行游[1]。

【注释】

(1) 行游：行游乐之事。

赵王宇文招[1]

招，字豆卢突，文帝第七子。好属文，学庾信体。武成初，封赵国公，历大司马，进爵为王。隋文帝将迁周鼎，招欲图之。大象二年，谋泄见害。有集八卷。

从军行

辽东烽火照甘泉[1]，蓟北亭障接燕然[2]。水冻菖蒲未生节，关寒榆荚不成钱[1]。

【校记】

［1］荚：《乐府诗集》作“叶”。《文苑英华》云：“一作‘叶’。”

【注释】

（1）辽东：郡名，辖有今辽宁东南部辽河以东地。甘泉：甘泉宫。

（2）蓟：古地名，在今北京城西南，曾为周朝燕国国都。亭障：古代边塞要地设置的堡垒。燕然：山名。今蒙古境内之杭爱山。

腾王宇文逌(1)

逌，字尔固突，文帝第十三子。初封腾国公，大象元年，诏以荆州新野郡邑万户为滕国，逌出就国。二年，朝京师，为隋文帝所害。国除。有集八卷。

至渭源诗

源渭奔禹穴[1](1)，轻澜起客亭。浅浅满涧响[2](2)，荡荡竟川鸣(3)。潘生称运石，冯子听波声。斜去临天半，横来对始平。合流应不杂，方知性本清。

【校记】

［1］禹：《初学记》作“鸟”。

［2］浅浅：逯钦立注“平声”。

【注释】

（1）禹穴：在陕西洵阳县东，高八尺，深九尺，旁刻“禹穴”二字，穴右有泉，味甚清冽，相传禹决汉水时居此。

（2）浅浅（jiānjiān）：水疾流的样子。

（3）竟：整个。

王　晞

晞，字叔明。北齐天保初，行太原郡事。昭帝践阼，除散骑常侍，仍领兼吏部郎中。武平初，迁大鸿胪，监修起居注，待诏文林馆。入周为仪同大将军，太子谏议大夫。隋开皇元年卒，年七十一。

诣晋祠赋诗

日落应归去，鱼岛见留连(1)。

【注释】

（1）留连：舍不得离开的意思。

北 周 诗

卷 二

庾 信

信，字子山，南阳新野人(1)。梁中书令肩吾子(2)。仕梁，历湘东国常侍、尚书度支郎中、郢州别驾、东宫学士、建康令。侯景之乱(3)，奔江陵(4)，仕元帝为御史中丞(5)，封武康县侯。聘魏(6)，留不遣。江陵陷，仕魏。历右金紫光禄大夫、车骑大将军仪同三司。周受禅(7)，封临清县子，除司水下大夫，出为弘农郡守，迁司宪中大夫，进爵义成县侯，拜洛州刺史，征为司宗中大夫。大象初(8)，以疾去职。隋开皇元年卒(9)，年六十九(10)。有集二十一卷。

【注释】

(1) 新野：今河南新野县。庾信祖籍新野，后迁居江陵。

(2) 肩吾：庾肩吾（487？—552?)，字子慎。初为晋安王萧纲常侍，与徐摛等抄撰群书，号“高斋学士”。中大通三年（531)，萧纲被立为皇太子，庾肩吾兼东宫通事舍人，除安西湘东王录事参军。萧纲即位后，以庾肩吾为度支尚书。侯景之乱时，庾肩吾逃奔江陵。不久后去世。在文学史上，庾肩吾是“徐庾体”的代表作家，是“宫体诗”的创始人。

(3) 侯景之乱：梁武帝太清二年（548）八月，本为东魏叛将的梁南豫州牧侯景在寿阳（今安徽寿县）起兵叛梁。叛军攻破建康，围梁武帝萧衍于台城，直至将其饿死。后侯景自立为帝，国号汉。侯景派军队四出攻掠，对长江下游的社会造成极大的破坏。承圣元年(552)，梁元帝萧绎派陈霸先、王僧辩带兵攻破建康，侯景出逃，为部将所杀。

(4) 江陵：今湖北江陵县。

(5) 元帝：梁元帝萧绎（508—554)，字世诚，小字七符，自号金楼子。梁武帝萧衍第七子。侯景之乱平定后，于天正元年（552）在江陵即位称帝。承圣三年（554)，西魏于谨、杨忠等领兵进攻江陵，梁元帝战败出降，不久为侄子萧詧以土袋闷死，时年四十七岁。

(6) 聘魏：梁元帝承圣三年（554)，庾信奉命出使西魏。聘：出使。

(7) 周受禅：西魏恭皇帝元廓三年（556）十二月，宇文觉受禅称帝，国号周。

(8) 大象：周静帝宇文衍年号，579—580 年。

(9) 开皇：隋文帝杨坚年号，581—600 年。

（10）年六十九：庾信生于513年，卒于581年，计六十九岁。

乐 府

对酒歌[1]以下五言。

春水望桃花(1)，春洲藉芳杜(2)。琴从绿珠借[2](3)，酒就文君取(4)。牵马向渭桥[3]，日曝山头脯[4](5)。山简接䍦倒(6)，王戎如意舞(7)。筝鸣金谷园(8)，笛韵平阳坞(9)。人生一百年[5]，欢笑惟三五[6](10)。何处觅钱刀(11)，求为洛阳贾(12)。

【校记】

［1］《诗纪》云："《文苑英华》作范云。"逯钦立云：《文苑英华》百九十五作范荣。

［2］从：《诗集》作"随"。《文苑英华》同，又注云："一作'从'。"《诗纪》云："一作'随'。"

［3］马：《诗集》作"牛"。《文苑英华》同，又注："一作'马'。"《诗纪》云："一作'牛'。"

［4］曝：《诗纪》云："一作'落'。"

［5］一：《诗集》作"乙"。按，当作"《诗集》作'已'。"

［6］惟：《本集》作"唯"。《文苑英华》同。

【注释】

（1）"春水"句：《汉书·沟洫志》："如使不及今冬成，来春桃华水盛，必羡溢，有填淤反壤之害。"颜师古注："盖桃方华时，既有雨水，川谷冰泮，众流猬集，波澜盛长，故谓之桃华水耳。"

（2）籍（jí）：踏。芳杜：杜若，一种香草。《楚辞·九歌·湘君》："采芳洲兮杜若，将以遗兮下女。"

（3）绿珠：《晋书·石崇传》："（石）崇有妓曰绿珠，美而艳，善吹笛。"

（4）文君：卓文君。西汉临邛（属今四川邛崃）人，富商卓王孙之女。卓文君与司马相如私奔后，先去成都，后"相如与俱之临邛，尽卖其车骑，买一酒舍酤酒，而令文君当垆。"（《史记·司马相如列传》）

（5）曝（pù）：晒。脯：通"晡（bū）"，申时，即现在下午三点到五点。

（6）"山简"句：山简（253—312），字季伦，河内怀县（今河南武陟西）人，山涛第五子。据《晋书·山简传》，"永嘉三年，出为征南将军、都督荆湘交广四州诸军事、假节，镇襄阳。于时四方寇乱，天下分崩，王威不振，朝野危惧。简优游卒岁，唯酒是耽。诸习氏，荆土豪族，有佳园池，简每出嬉游，多之池上，置酒辄醉，名之曰高阳池。时有童儿歌曰："山公出何许，往至高阳池。日夕倒载归，茗艼无所知。时时能骑马，倒著白接䍦。举鞭向葛疆：'何如并州儿？'"接：一种头巾。

（7）"王戎"句：王戎（234—305），字濬冲，琅琊临沂（今山东临沂北）人。西晋名士，"竹林七贤"之一。《世说新语·任诞》："王长史、谢仁祖同为王公掾。长史云：'谢掾能作异舞。’谢便起舞，神意甚暇。王公熟视，谓客曰：‘使人思安丰。’”安丰即王戎，可见王戎以善舞著称。

(8) 金谷园：石崇的别馆，因位于金谷，故名。在今河南洛阳市西北。

(9)“笛韵”句：《文选》汉马融《长笛赋序》：“（融）又性好音，能鼓琴吹笛，而为督邮，无留事，独卧郿平阳邬中。有雒客舍逆旅，吹笛为《气出》、《精列》相和。”李善注：“平阳邬，聚邑之名也。”

(10)“人生”二句：《庄子·盗跖》：“人上寿百岁，中寿八十，下寿六十，除病庾死丧忧患，其中开口而笑者，一月之中不过四五日而已矣。”

(11) 钱刀：钱、刀皆指货币。

(12) 洛阳贾：《汉书·食货志》：“（桑）弘羊，洛阳贾人之子。以心计，年十三侍中。”贾（gǔ），商人。

王昭君诗[1](1)

拭啼辞戚里(2)，回顾望昭阳(3)。镜失菱花影(4)，钗除却月梁(5)。围腰无一尺，垂泪有千行。绿衫承马汗[2]，红袖拂秋霜[3]。别曲真多恨，哀弦须更张[4](6)。

【校记】

[1]《诗纪》云：“《玉台》作《昭君词》。”《文苑英华》二百四作《昭君怨》。

[2] 绿衫：《乐府诗集》作“衫身”。《诗集》同。《诗纪》云：“一作‘衫身’。”

[3] 拂：《诗集》字缺。

[4] 张：《庾子山集注》作“长”。又云：“《英华》、屠本并作‘张’。”

【注释】

(1) 王昭君：名嫱，字昭君，汉元帝时宫人。竟宁元年（前 33），入匈奴和亲，卒葬于匈奴。

(2) 戚里：本指帝王外戚聚居之处，此处指京城。

(3) 昭阳：即昭阳殿，西汉时后宫嫔妃所居宫殿之一，在未央宫。

(4) 菱花：古代铜镜的背面作菱花之状，称为菱花镜。据旧题伶玄《赵飞燕外传》，赵合德送给姐姐赵飞燕二十件礼物，其中有“七出菱花镜一奁”。

(5) 却月：半月形。龙辅《女红余志》：“燕昭王赐旋娟以金梁却月之钗。”此二句是说离开宫廷后，不能再使用宫中首饰。

(6) 张：设。

《昭君辞》应诏[1](1)

敛眉光禄塞(2)，还望夫人城[2](3)。片片红颜落[3]，双双泪眼生。冰河牵马渡，雪路抱鞍行[4](4)。胡风入骨冷[5]，夜月照心明。方调琴上曲，变作胡笳声[6](5)。

【校记】

［1］《诗纪》云："《玉台新咏》作《明君词》。"《文苑英华》二百四作《昭君怨》。

［2］还：《文苑英华》作"遥"。

［3］颜：《文苑英华》作"妆"。

［4］渡：《文苑英华》作"度"。

［5］入：《乐府诗集》云："一作'作'。"

［6］作：原作"入"，《文苑英华》作"作"，《诗纪》云"一作'作'"，据改。胡：《文苑英华》作"朔"。

【注释】

（1）《昭君辞》：《乐府》诗题。庾信这篇题为"应诏"，当是奉和梁简文帝萧纲（时为太子）的《明君词》（见《梁诗》卷二十）。

（2）敛眉：皱眉。光禄塞：在今内蒙古包头市西北，汉武帝时筑。汉宣帝甘露三年（前51），匈奴呼韩邪单于请留居于此。

（3）夫人城：指范夫人城，在今蒙古达兰扎达加德之西。《汉书·匈奴传上》："乘胜追北，至范夫人城。"颜师古注引应劭曰："本汉将筑此城。将亡，其妻率馀众完保之，因以为名也。"

（4）抱鞍：伏于马鞍之上。

（5）胡笳：古代北方民族的管乐器，其音悲凉。《太平御览》卷五八一："笳者，胡人卷芦叶吹之以作乐也，故谓曰胡笳。"

出自蓟北门行

蓟门还北望[1](1)，役役尽伤情[2](2)。关山连汉月，陇水向秦城(3)。笳寒芦叶脆(4)，弓冻纻弦鸣(5)。梅林能止渴(6)，复姓可防兵(7)。将军朝挑战[3]，都尉夜巡营(8)。燕山犹有石，须勒几人名(9)。

【校记】

［1］还：《诗集》作"遂"。

［2］役：《艺文类聚》作"徭"。

［3］朝挑：《乐府诗集》作"连转"。《诗集》同。

【注释】

（1）蓟门：即蓟丘，故址在今北京德胜门外。

（2）役役：劳作不休的样子。

（3）陇水：河流名。源出陇山，故名。这里指边境地区的河流。秦城：指长安。

（4）"笳寒"句：见前诗注（5）。

（5）纻弦：苎麻所制的弓弦。

（6）"梅林"句：刘义庆《世说新语·假谲》："魏武行役，失汲道，军皆渴，乃令曰：'前有大梅林，饶子，甘酸，可以解渴。'士卒闻之，口皆出水。乘此得及前源。"

（7）"复姓"句：后周时为武将赐姓如普屯、纥干、尔绵、贺兰、步六孤、普六茹等都是复姓。

(8) 都尉：秦与汉初，每郡置郡尉，秩比二千石，辅助太守主管军事。汉景帝时改名为都尉。

(9)“燕山”二句：《后汉书·和帝本纪》：“（永元元年（89））夏六月，车骑将军窦宪……与北匈奴战于稽落山，大破之，追至私渠比鞮海。窦宪遂登燕然山，刻石勒功而还。”燕山：即燕然山之省称。勒：刻。

结客少年场行[1]

结客少年场，春风满路香[2]。歌撩李都尉[3](1)，果掷潘河阳(2)。隔花遥劝酒[4]，就水更移床[5]。今年喜夫婿，新拜羽林郎(3)。定知刘碧玉，偷嫁汝南王(4)。

【校记】

[1]《诗集》上作《赋得结客少年场行》。

[2] 满路：《文苑英华》作“路满”。

[3] 撩：《文苑英华》云：“一作‘嫌’。”

[4] 隔：《乐府》作‘折’。注云：“一作‘隔’。”《文苑英华》、《诗纪》并云：“一作‘折’。”

[5] 更：《文苑英华》云：“一作‘便’。”

【注释】

(1) 撩：招引。李都尉：指西汉李延年。《汉书·佞幸传》：“延年善歌，为新变声。是时，上方兴天地祠，欲造乐，令司马相如等作诗颂。延年辄承意弦歌所造诗，为之新声曲。而李夫人产昌邑王，延年由是贵为协律都尉，佩二千石印绶，而与上卧起，其爱幸埒韩嫣。”

(2) 潘河阳：晋时潘岳，曾任河阳令，故称。《世说新语·容止》：“潘岳妙有姿容，好神情。”刘孝标注引《语林》：“安仁至美，每行，老妪以果掷之满车。”

(3) 羽林郎：汉代所置官名，是皇家禁卫军军官。

(4)“定知”二句：《乐府诗集·清商曲辞三·碧玉歌》郭茂倩题解引《乐苑》：“《碧玉歌》者，晋汝南王所作也。碧玉，汝南王妾名。以宠爱之甚，所以歌之。”汝南王：司马义，为晋宗室，官至散骑常侍。

道士步虚词十首[1](1)

其　一

浑成空教立(2)，元始正涂开[2](3)。赤玉灵文下(4)，朱陵真气来(5)。中天九龙馆(6)，倒景八风台(7)。云度弦歌响，星移空殿回[3]。青衣上少室(8)，童子向蓬莱(9)。逍遥闻四会(10)，倏忽度三灾(11)。

【校记】

[1]《道士步虚词十首》:《乐府诗集》卷七十八作《步虚词十首》。

[2] 途:原作"图",《乐府诗集》作"涂",《文苑英华》云"一作'涂'",据改。

[3] 空殿:中华书局1979版《乐府诗集》卷七十八校语云:"似当作'宫殿'。"

【注释】

(1)《道士步虚词》:《乐府解题》:"《步虚词》,道家曲也,备言众仙缥缈轻举之美。"

(2) 浑成:《老子》:"有物浑成,先天地生。"指道。空教:即道教,老子贵虚无,所以谓之空教。

(3) 元始:元始天尊,是道教所尊奉的最高天神。正涂:正确的道路。涂,通"途"。

(4) 赤玉灵文:书于赤玉之上的宗教经文。

(5) 朱陵:即朱陵洞天,道家所称三十六洞天之一,在湖南衡山县。这里指神仙居所。真气:天地元气。

(6) 中天:半天。九龙馆:九龙,周时殿名,门上有三根铜柱,柱上三龙缠绕,因而名为九龙。此指华丽的宫殿。

(7) 倒景:道家指天上最高的地方。景:同"影",影子。八风台:汉王莽所造台名。此指高耸的台观。

(8) 青衣:仙人身边的青衣童子。少室:山名,在河南登封县北。少室山为嵩山的一部分,嵩山亦为道教三十六洞天之一,名曰司马洞天。

(9) 蓬莱:传说中东海中的神山。

(10) 四会:四方乐声相会合。

(11) 三灾:《楼炭经》:"天地有三灾变:一者火灾变,二者水灾变,三者风灾变。"道家所谓灾变,相当于佛家所说的劫数。

其 二

东明九芝盖(1),北烛五云车[1](2)。飘摇入倒景(3),出没上烟霞。春泉下玉霤[2](4),青鸟向金华(5)。汉帝看桃核(6),齐侯问枣花(7)。上元应送酒,来向蔡经家[3](8)。

【校记】

[1] 烛:《乐府诗集》作"属",注云:"一作'烛'。"《文苑英华》云:"一作'属'。"

[2] 霤:《乐府诗集》作"溜",注云:"一作'霤'。"《书画汇考》作"雷"。

[3]《诗纪》云:"石刻云:'应逐上元酒,同来访蔡家。'向:《文苑英华》云:"一作'在'。"

【注释】

(1) 东明:道家尊奉夏启为仙人,号东明公。《真诰》:"夏启为东明公。"九芝盖:车盖如有九茎连叶的芝草。《西京赋》:"芝盖九葩。"后指仙家之车。

(2) 北烛:仙人名,即北烛仙人。五云车:道家谓仙人所乘的车。五云,五彩祥云,仙人以云为车,故云。

（3）倒景：见本题其一注（7）。

（4）玉霤：下垂的冰柱。

（5）“青鸟”句：旧题汉班固《汉武故事》：“七月七日，上（汉武帝）于承华殿斋，正中，忽有一青鸟从西方来，集殿前。上问东方朔，朔曰：‘此西王母欲来也。’有顷，王母至，有两青鸟如乌，夹侍王母旁。”金华亦汉宫殿名。

（6）“汉帝”句：旧题汉班固《汉武帝内传》：“又命侍女更索桃果。须臾，以玉盘盛仙桃七颗，大如鸭卵，形圆青色，以呈王母。母以四颗与帝，三颗自食。桃味甘美，口有盈味。帝食辄收其核，王母问帝，帝曰：‘欲种之。’母曰：‘此桃三千年一生实，中夏地薄，种之不生。’帝乃止。”

（7）“齐侯”句：《晏子春秋·外篇第八》：“景公谓晏子曰：‘东海之中，有水而赤，其中有枣，华而不实，何也？’晏子对曰：‘昔者秦缪公乘龙舟而理天下，以黄布裹烝枣，至东海而捐其布，破黄布，故水赤；烝枣，故华而不实。’”

（8）“上元”句：据晋葛洪《神仙传》卷三，吴人蔡经得仙人王远相助，得道成仙。十余年后之七月七日，王远又带领众多仙人会于蔡经家，并且赐给蔡经家人出自天厨的酒。上元：上元夫人，神女名。《汉武帝内传》：“帝因问王母：‘不审上元何真也？’王母曰：‘是三天上元之官，统领十方玉女名箓者也。’”此泛指仙人。

其　三

归心游太极(1)，回向入无名(2)。五香芬紫府(3)，千灯照赤城(4)。凤林采珠实[1](5)，春山种玉荣[2](6)。夏簧三舌响[3](7)，春钟九乳鸣(8)。绛河应远别(9)，黄鹄来相迎(10)。

【校记】

［1］珠：《艺文类聚》作“桐”。

［2］春：原作“龙”。《艺文类聚》作“春”。《诗集》、《乐府诗集》同，《文苑英华》作“春”，注云：“又作‘龙’。”逯按，作“春”是，今从逯说。

［3］响：《文苑英华》、《诗集》、《乐府诗集》并作“夏笛三山响”。《诗纪》云：“一作‘夏笛三山响’。”

【注释】

（1）归心：安心。太极：指原始混沌之气。

（2）回向：改变方向。无名：道家指天地形成前的状态。《老子》：“无名，天地之始。有名，万物之母。”

（3）五香：烹调食物所用的茴香、花椒、大料、桂皮、丁香等五种主要香料。紫府：天上的宫殿。

（4）赤城：山名，在浙江天台县西北，为天台山南门。山上有玉京洞，被道教视为第六洞天。

（5）凤林：凤凰所居之处。珠实：如珍珠的果实，凤凰所食。《艺文类聚》卷九十引《庄子》曰：“吾闻南方有鸟，其名为凤，所居积石千里，天为生食，其树名琼枝，高百仞，以璆琳、琅玕为实。”按：今本《庄子》无此文。

（6）春山：传说中山名。《穆天子传》卷二：“季夏丁卯，天子北升于春山之上，以望四野。……天子于是得玉荣、枝斯之英。”玉荣：玉华，可作玉种。

（7）“夏簧”句：据《神仙传》卷八，王遥有仙术，某夜冒雨而行三十多里，“登小山，入石室，室中先有二人，遥既至，取弟子所担箧，发之。中有五舌竹簧三枚，遥自鼓一枚，以二枚与室中二人，并坐鼓之。”簧：古乐器，像笙，有竹制五管。

（8）“春钟”句：《乐叶图微》：“黄钟生一，一生万物，故君子铄金为钟。钟有九乳。”乳：钟乳，又称枚，钟上如乳头的突起。

（9）绛河：银河。

（10）黄鹄：即黄鹤，传说中的仙人常乘此以游。

其 四

凝真天地表(1)，绝想寂寥前[1](2)。有象犹虚豁(3)，忘形本自然(4)。开经壬子世[2](5)，值道甲申年(6)。回云随舞曲，流水逐歌弦[3](7)。石髓香如饭(8)，芝房脆似莲(9)。停鸾燕瑶水(10)，归路上鸿天[4](11)。

【校记】

［1］想：《诗集》作“相”。《文苑英华》同，又注云：“一作‘想’。”《诗纪》云：“一作‘相’。”

［2］世：《乐府诗集》作“岁”。《文苑英华》、《诗纪》并云：“一作‘岁’。”

［3］弦：《庾子山集注》作“筵”。

［4］鸿：《文苑英华》作“鸣”。《乐府诗集》同。

【注释】

（1）凝真：凝聚真气。表：外。

（2）绝想：停止思维，心灵归于虚静。寂寥：寂静空虚，此指道。《老子》：“有物混成，先天地生。寂兮寥兮，独立而不改，周行而不殆，可以为天下母。吾不知其名，字之曰道，强为之名曰大。”

（3）有象：此指道。《老子》：“惚兮恍兮，其中有象。”虚豁：虚空。

（4）忘形：忘记自己的形体。《庄子·让王》：“养志者忘形。”自然：《老子》：“道法自然。”

（5）“开经”句：《汉书·艺文志》：“《古五子》十八篇。自甲子至壬子，说《易》阴阳。”

（6）“值道”句：《符在本经》：“桐柏真人授道士许远游言：‘至甲申、乙亥、癸巳岁九月一日、七月一日、四月八日，当有道士著七色法衣，手持九曲策杖。子若见之，勤请其道，必授子神虎上符。此南岳真人也。’”

（7）“回云”二句：此二句形容音乐妙造自然。

（8）石髓：石钟乳。可入药，道士常用以服食求仙。

（9）芝房：指成丛的灵芝。《文选》张衡《南都赋》：“芝房菌蠢生其隈，玉膏滵溢流其隅。”李善注：“芝房，芝生成房也。”

（10）鸾：凤凰之类的神鸟，仙人所乘。燕：通“宴”，宴会，会饮。瑶水：即瑶池。《穆天子传》卷三：“乙丑，天子觞西王母于瑶池之上，西王母为天子谣。”

（11）鸿天：高天。

其　五

洞灵尊上德(1)，虞石会明真(2)。要妙思玄牝[1](3)，虚无养谷神(4)。丹丘乘翠凤(5)，玄圃御斑麟[2](6)。移梨付苑吏[3](7)，种杏乞山人(8)。自此逢何世，从今复几春。海无三尺水，山成数寸尘(9)。

【校记】

［1］牝：《艺文类聚》作“绝”。《文苑英华》、《诗集》同，又注：“一作‘纪’。”《乐府诗集》作“纪”，注云：“一作‘绝’。”

［2］御：《艺文类聚》作“驭”。麟：《文苑英华》云：“一作‘驎’。”

［3］梨：《本集》作“藜”。《庾子山集注》作“梨”，又云：“《英华》作‘梨’，屠本作‘藜’，按作‘梨’近是。”

【注释】

（1）洞灵：洞仙，仙人好居洞壑，故称。上德：最高的道德。《老子》：“上德不德，是以有德。”

（2）虞石：未详。疑当作“裴君”，形近而误。明真：台名。《云笈七签》卷一〇五《清灵真人裴君传》：“五年之中，五帝日君遂与裴君骖乘飞龙之车，东到日窟之天、东蒙长丘、大桑之宫、八极之城，登明真之台，坐希琳之殿。”

（3）要妙：精深微妙。《老子》：“不贵其师，不爱其资，虽智大迷，是谓要妙。”玄牝：道家指衍生万物的本源。《老子》：“谷神不死，是谓玄牝。玄牝之门，是谓天地根，绵绵若存，用之不勤。”

（4）谷神：谷中空虚之处，虚怀深藏之意。参见上注。

（5）丹丘：神话中神仙所居之地，昼夜长明。翠凤：指由翠凤所驾的车。

（6）玄圃：相传昆仑山顶，有金台五所，玉楼十二，为神仙所居。斑麟：身上有花纹的麒麟。

（7）“移梨”句：用《神仙传》所载介象事。《神仙传》卷九：“象在吴连求去，先主不许。象言某月日病，先主使左右以梨一奁赐象，象食之，须臾便死。先主殡埋之。以日中死，其日晡时已至建邺，以所赐梨付苑内种之。”

（8）“种杏”句：用《神仙传》所载董奉事。《神仙传》卷十：“又君异（董奉字）居山间，为人治病，不取钱物，使人重病愈者，使栽杏五株，轻者一株，如此数年，计得十万余株，郁然成林。”

（9）“海无”二句：指沧海桑田的变化。《神仙传》卷三：“麻姑自说：‘接待以来，已见东海三为桑田，向到蓬莱，水又浅于往昔，会时略半也，岂将复还为陵陆乎。’方平笑曰：‘圣人皆言，海中行复扬尘也。’”

其 六

无名万物始(1)，有道百灵初(2)。寂绝乘丹气(3)，玄明上玉虚[1](4)。三元随建节(5)，八景逐回舆(6)。赤凤来衔玺(7)，青鸟入献书(8)。坏机仍成机[2](9)，枯鱼还作鱼(10)。栖心浴日馆(11)，行乐止云墟(12)。

【校记】

［1］明：《乐府诗集》作“冥”。

［2］机：《诗集》作“杌”。下同。

【注释】

（1）无名：见本组诗其三注（2）。

（2）百灵：百神。

（3）丹气：《文选》左思《蜀都赋》：“干青霄而秀出，舒丹气而为霞。”李善注：“《河图》曰：‘昆仑山有五色水，赤水之气，上蒸为霞而赫然也。’”

（4）玄明：幽暗与光明。玉虚：神仙所居之境。

（5）三元：道教以为玉清境有上元宫、中元宫和下元宫。建节：执持符节。

（6）八景：即八景舆。南朝梁陶弘景《真诰・甄命授第一》：“君曰：‘仙道有八景之舆，以游行上清。’”回舆：回车。

（7）赤凤：传说中的神鸟。

（8）青乌：即青鸟。《二十四应经》：“三者青鸟衔书，以告五帝，正天分度。”“六者琼龙衔玺，以献帝王，安国保祚，五镇长存。”二句所言，殆此之类。

（9）“坏机”句：旧题东方朔《海内十洲三岛记》：“煮凤喙及麟角，合煎作膏，名之为续弦胶，或名连金泥。此胶能续弓弩已断之弦、刀剑断折之金，更以胶连续之，使力士掣之，他处乃断，所续之际终无断也。武帝天汉三年，帝幸北海，祠恒山。四月，西国王使至，献此胶四两，及吉光毛裘，武帝受以付外库，不知胶、裘二物之妙用也。以为西国虽远，而上贡者不奇，稽留使者未遣。又，时武帝幸华林园射虎，而弩弦断。使者时从驾，又上胶一分，使口濡以续弩弦。帝惊曰：‘异物也！’乃使武士数人，共对掣引之，终日不脱，如未续时也。”机：弩机。

（10）“枯鱼”句：用《神仙传》葛玄使死鱼复生事。《太平广记》卷七十一引《神仙传》：“（葛）玄见买鱼者在水边，玄谓鱼主曰：‘欲烦此鱼至河伯处，可乎？’鱼人曰：‘鱼已死矣，何能为？’玄曰：‘无苦也。’乃以鱼与玄，玄以丹书纸纳鱼腹，掷鱼水中。俄顷，鱼还跃上岸，吐墨书青色，如大叶而飞去。”

（11）栖心：犹寄心。浴日馆：指太阳落下的地方。《淮南子・天文训》：“日出于旸谷，浴于咸池，拂于扶桑，是谓晨明。”

（12）云墟：传说神仙所居之处。

其 七

道生乃太乙[1](1)，守静即玄根(2)。中和炼九气[2](3)，甲子谢三元(4)。居心受善水(5)，教学重香园(6)。凫留报关吏(7)，鹤去画城门(8)。更以忻无迹，还来寄绝言(9)。

【校记】

[1] 乙：《乐府诗集》作“一”。

[2] 炼：《乐府诗集》作“练”。《书画汇考》同。

【注释】

(1) 太乙：神名。

(2)“守静”句：《老子》：“致虚极，守静笃。万物并作，吾以观复。夫物芸芸，各复归其根。”玄根：道家指道之本。

(3) 中和：《太平经·和三气兴帝王法》曰：“元气有三：太阳、太阴、中和。”中和之气是阴阳调和之气，可以供养万物。九气：道家术语。指生气、死气、阳气、阴气、土气、地气、乘气、聚气、纳气。

(4) 甲子：十天干与十二地支排列组合，如甲子、乙丑等，可得六十数，因甲是天干第一位，子是地支第一位，因而统称六十甲子。古人以六十甲子纪年、纪日，后引申指岁月、年岁。三元：数术家以一百八十年为一个周期，第一甲子为上元，第二甲子为中元，第三甲子为下元。天地经三元而一变化。

(5)“居心”句：《老子》：“上善若水。水善利万物而不争，处众人之所恶，故几于道。居善地，心善渊，与善仁，言善信，正善治，事善能，动善时。夫唯不争，故无尤。”

(6) 香园：芳香的苑园。比喻仙境。

(7)“凫留”句：用《后汉书·方术传》载王乔事。《后汉书·方术传》：“乔有神术，每月朔望，常自县诣台朝。帝怪其来数，而不见车骑，密令太史伺望之。言其临至，辄有双凫从东南飞来。于是候凫至，举罗张之，但得一只舄焉。乃诏上方诊视，则四年中所赐尚书官属履也。”关吏：守卫城门的小吏。

(8)“鹤去”句：用《神仙传》所载苏仙公化鹤事。《太平广记》卷十三引《神仙传》：“自后有白鹤来止郡城东北楼上，人或挟弹弹之，鹤以爪攫楼板，似漆书云：城郭是，人民非，三百甲子一来归，吾是苏君弹何为?”

(9)“更以”句：言王乔，苏仙公已仙去，还使凫、鹤来寄言。忻，同“欣”。

其八

北阙临玄水[1](1)，南宫生绛云[2](2)。龙泥印玉策[3](3)，大火炼真文[4](4)。上元风雨散(5)，中天歌吹分(6)。灵驾千寻上[5]，空香万里闻(7)。

【校记】

[1] 阙：《艺文类聚》作“阁”。《初学记》、《诗集》、《乐府诗集》同。玄：《书画汇考》作“丹”。

[2] 生：《艺文类聚》作“坐”。《初学记》、《诗集》、《乐府诗集》同。

[3] 策：《书画汇考》作“简”。

[4] 大：《艺文类聚》作“天”。《初学记》、《诗集》、《乐府诗集》同。

［5］灵：《初学记》作“虚”。《书画汇考》同。

【注释】

（1）北阙：古代宫殿北面的门楼。玄水：传说中的北方水名。《庄子·知北游》：“知北游于玄水之上，登隐弅之丘，而适遭无为焉。”

（2）绛云：赤云。绛，深红色。

（3）龙泥：即龙泥印，在封缄的泥上打上的龙纹印章。玉策：指仙家秘籍。

（4）真文：佛道所指经文、符箓等。《云笈七签》卷七“火炼真文”条：“《本相经》曰：‘吾昔赤明元年，与高上大圣玉帝于此土中炼其真文，以火莹发字形。尔时真文火漏余处，气生化为七宝林，是以枝叶成紫书，金地银镂玉文其中，及诸龙禽猛兽一切神虫，常食林露，真气入身，命皆得长寿，三千万劫。当终之后，皆转化为飞仙，从道不辍，亦得正真无为之道。’”

（5）上元：见本题其二注（8）。

（6）中天：天空之中。歌吹：歌声和鼓吹声。

（7）“灵驾”二句：《汉武帝内传》：“至明旦，王母与上元夫人同乘而去，人马龙虎，导从音乐如初，而时云彩郁勃，尽为香气，极望西南，良久乃绝。”灵驾：仙驾。寻：古代长度单位名。八尺为寻，两寻为常。

其 九

地境阶基远[1](1)，天窗影迹深(2)。碧玉成双树，空青为一林[2](3)。鹄巢堪炼石[3](4)，蜂房得煮金(5)。汉武多骄慢(6)，淮南不小心(7)。蓬莱入海底[4](8)，何处可追寻。

【校记】

［1］境：《艺文类聚》作“镜”。《乐府诗集》同。

［2］一：《艺文类聚》作“迥”。《乐府诗集》云：“一作‘迥’。”

［3］鹄：《艺文类聚》作“鹊”。

［4］莱：《艺文类聚》作“瀛”。

【注释】

（1）阶基：台阶与房基。

（2）天窗：高窗。

（3）空青：矿石名，青色，产于山谷铜矿中，可入药，中医以为有延年益寿之效。

（4）炼石：冶炼石头。

（5）煮金：烹煮金属。

（6）“汉武”句：《汉武帝内传》：“刘彻好道，适来视之，见彻了了，似可成进。然形慢神秽，脑血淫漏，五脏不淳，关胃彭孛，骨无津液，脉浮反升，肉多精少，瞳子不夷，‘三尸’狡乱，玄白失时。虽当语之以至道，殆恐非仙才也。”

（7）“淮南”句：《太平广记》卷八引《神仙传》：“（刘）安未得上天，遇诸仙伯，安少习尊贵，稀为卑下之礼，坐起不恭，语声高亮，或误称‘寡人’。于是仙伯主者奏安云：

‘不敬，应斥遣去。’八公为之谢过，乃见赦，谪守都厕三年。后为散仙人，不得处职，但得不死而已。”

(8) 蓬莱：传说中东海中三神山之一。

其　十

麟洲一海阔(1)，玄圃半天高(2)。浮丘迎子晋(3)，若士避卢敖[1](4)。经餐林虑李(5)，旧食绥山桃(6)。成丹须竹节(7)，刻髓用芦刀[2](8)。无妨隐士去，即是贤人逃。

【校记】

[1] 敖：《艺文类聚》作“放”。

[2] 芦：《诗纪》作“卢”。

【注释】

(1) 麟洲：古代传说八方大海中有十洲，皆为神仙所居之地，在西海中央皆为凤麟州，省作麟州。旧题东方朔《海内十洲记》：“凤麟洲在西海之中央，地方一千五百里。洲四面有弱水绕之，鸿毛不浮，不可越也。洲上多凤麟，数万各为群。又有山川池泽，及神药百种，亦多仙家。”

(2) 玄圃：见本题其五注 (6)。

(3)“浮丘”句：《列仙传》：“王子乔者，周灵王太子晋也。好吹笙，作凤凰鸣。游伊洛之间，道士浮丘公接以上嵩高山三十馀年。”

(4)“若士”句：《神仙传》卷一：“若士者，古之神仙也。莫知其姓名。燕人卢敖，秦时游于北海，经于太阴，入于玄关，至于蒙谷之山，而见若士焉。”

(5) 林虑：山名，在今河南安阳市林县西北。据《神仙传》卷四，孙博“后入林虑山中，合神丹而仙矣”。餐李事不详。

(6)“旧食”句：《列仙传》：“葛由者，羌人也。周成王时，好刻木羊卖之。一旦骑羊而入西蜀，蜀中王侯贵人追之上绥山。绥山在峨嵋山西南，高无极也，随之者不复还，皆得仙道。故里谚曰：‘得绥山一桃，虽不得仙，亦足以豪。’”

(7)“成丹”句：《神仙传》卷一记沈文泰得“红泉神丹法”，以传李文渊，“今以竹根汁煮丹，黄土去三尸，出此二人也”。

(8) 芦刀：割芦草的刀。

乌夜啼

桂树悬知远(1)，风竿讵肯低(2)。独怜明月夜[1]，孤飞犹未栖[2](3)。虎贲谁见惜(4)，御史讵相携(5)。虽言入弦管[3]，终是曲中啼。

【校记】

[1] 怜：《艺文类聚》作“来”。

[2] 飞：《艺文类聚》作“情”。

[3] 言：《文苑英华》作“然”，注云：“一作‘言’。”

【注释】

(1) 悬知：预知，料想。《乐府诗集·相和曲下·乌生》：“乌生八九子，端坐秦氏桂树间。”

(2) 风竿：古代测定风向的器具。此处指风乌。《三辅黄图》卷五《台榭》引郭延生《述征记》云：“长安宫南有灵台，高十五仞，上有浑仪，张衡所制。又有相风铜乌，遇风乃动。”此即相风乌，简称风乌，风竿的一种。讵：岂。

(3) “独怜”二句：曹操《短歌行》：“月明星稀，乌鹊南飞。绕树三匝，何枝可依?”

(4) “虎贲”句：《太平御览》卷七百三十六《方术部十七》“祝”字条：“《风俗通论》曰：‘案《明帝起居注》，东巡太山，到荥阳，有乌飞鸣乘车上，虎贲王吉射之，中。而祝曰：‘乌鸣哑哑，引弓射，洞右掖。陛下寿万岁，臣为二千石。’明帝赐钱二百万。’”

(5) “御史”句：《汉书·朱博传》：“是时，御史府吏舍百余区井水皆竭；又其府中列柏树，常有野乌数千栖宿其上，晨去暮来，号曰‘朝夕乌’，乌去不来者数月，长老异之。”

怨歌行以下六言

家住金陵县前(1)，嫁得长安少年[1](2)。回头望乡泪落，不知何处天边。胡尘几日应尽(3)，汉月何时更圆。为君能歌此曲，不觉心随断弦。

【校记】

[1] 安：《乐府诗集》作“干”。《诗集》同。

【注释】

(1) 金陵：战国时楚国设金陵邑，在今江苏省南京市。庾信本梁人，梁都建康，即古之金陵。

(2) 长安：西魏都长安，此两句暗示自己聘于魏而不得南归。

(3) 胡尘：胡人兵马扬起的沙尘，喻胡兵的凶焰。

舞媚娘

朝来户前照镜，含笑盈盈自看。眉心浓黛直点(1)，额角轻黄细安[1](2)。秖疑落花慢去[2](3)，复道春风不还。少年唯有欢乐，饮酒那得留残[3]。

【校记】

[1] 细：《诗集》作“自”。

[2] 秖：《庾子山集注》作“祇”。慢：《诗集》作“谩”。

[3] 残：《庾子山集注》云：“一作‘钱’。”

【注释】

(1) “眉心”句：古代妇女以黛（一种青黑色颜料）画眉，称黛眉。直：竖。

(2) “额角”句：六朝至隋唐时期，妇女于额上加黄色涂饰，称额黄。

(3) 秖（zhǐ）：通“只”。慢：同“漫”，随意，徒然。

乌夜啼以下七言

促柱繁弦非《子夜》(1)，歌声舞态异《前溪》(2)。御史府中何处宿(3)，洛阳城头那得栖(4)。弹琴蜀郡卓家女(5)，织锦秦川窦氏妻[1](6)。讵不自惊长泪落[2]，到头啼乌恒夜啼[3]。

【校记】

[1] 秦川窦：《文苑英华》作"城头刘"，注云："一作'秦川窦'。"

[2] 泪落：《文苑英华》作"渡洛"，注云：一作"泪落"。

[3] 头：《艺文类聚》作"道"。《文苑英华》作"处"，注云："一作'头'，一作'道'。"恒夜：《文苑英华》作"何处"。

【注释】

(1) 促柱：柱是琴上张弦的木柱，可移动以调整音高。促，近。柱促则音高调急。《文选》晋左思《蜀都赋》："起西音于促柱"，吕向注："急弦也。"。繁弦，犹急弦，与促柱同义。《子夜》：指《子夜歌》、《子夜四时歌》等南朝流行的乐府民歌。《乐府诗集》四十五："初歌《子夜》曲，改调促鸣筝。四座暂寂静，听我歌《上声》。"由此可知，《子夜歌》声调舒缓，故曰"促柱繁弦非子夜"。

(2)《前溪》：即《前溪歌》。郗昂《乐府解题》云："前溪，舞曲也。"《乐府诗集》卷四十七引《古今乐录》曰："《乌夜啼》，旧舞十六人。"据此，《乌夜啼》也是舞曲，但与《前溪》不同。

(3)"御史"句：见前《乌夜啼》注（5）。

(4)"洛阳"句：《后汉书·五行志》："汉桓帝时，有乌鸦栖洛阳城头，有童谣说：'城上乌，尾毕逋。公为吏，子为徒。'"

(5) 卓家女：指西汉卓文君。《史记·司马相如传》："是时卓王孙有女文君新寡，好音，故相如缪与令相重，而以琴心挑之。"

(6) 窦氏妻：指前秦窦滔妻苏蕙，字若兰。《晋书·窦滔妻苏氏传》："前秦苻坚时，窦滔为秦州刺史，被徙流沙。其妻苏氏思之，织锦为回文诗以赠滔，宛转循环以读之，词甚凄惋。"

燕歌行

代北云气昼昏昏[1](1)，千里飞蓬无复根。寒雁嗈嗈渡辽水[2](2)，桑叶纷纷落蓟门(3)。晋阳山头无箭竹(4)，疏勒城中乏水源(5)。属国征戍久离居(6)，阳关音信绝能疎[3](7)。愿得鲁连飞一箭，持寄思归燕将书(8)。渡辽本自有将军[4](9)，寒风萧萧生水纹[5]。妾惊甘泉足烽火[6](10)，君讶渔阳少阵云[7](11)。自从将军出细柳(12)，荡子空床难独守[8](13)。盘龙明镜饷秦嘉(14)，辟恶生香寄韩寿[9](15)。春分燕来能几日，二月蚕眠不复久[10](16)。洛阳游丝百丈连[11](17)，黄河春冰千片穿。桃花颜色好如马[12](18)，榆荚新开巧似钱[13](19)。蒲桃一杯千日醉(20)，无事九转学神仙(21)。定取金丹作几服(22)，能令华表得千年(23)。

【校记】

［1］代：《艺文类聚》作“岱”。

［2］嗈嗈：《艺文类聚》作“一一”。《乐府诗集》作“丁丁”。《诗集》同。《文苑英华》云：“一作‘丁丁’，一作‘一一’。”

［3］踈：《艺文类聚》作“疏”。

［4］渡：《艺文类聚》作“度”。

［5］纹：《艺文类聚》作“滨”。

［6］足：《艺文类聚》作“旦”。

［7］少：《艺文类聚》作“多”。《文苑英华》、《诗纪》云：“一作‘多’。”

［8］难独：《艺文类聚》作“定难”。

［9］韩：《艺文类聚》作“塞”。

［10］不复久：《诗纪》云：“《玉台》作‘不能食’。”

［11］连：《诗集》误作“莲”。

［12］好如：《艺文类聚》作“如好”。《文苑英华》云：“一作‘如好’。”

［13］巧似：《文苑英华》作“巧细”。《艺文类聚》作“似细”。

【注释】

(1) 代北：泛指今山西北部及河北西北部一带。代本为春秋时北狄建立的诸侯国，在今河北省西北部、山西省东北部，春秋末年为赵襄子所灭。

(2) 嗈嗈（yōng）：鸟声和鸣。辽水：今辽河。

(3) 蓟门：见本卷《出自蓟北门行》注（1）。

(4)“晋阳”句：春秋末晋智伯率韩、魏攻赵襄子，赵襄子退保晋阳。其从者原过路遇三位天使，“与原过竹二节，莫通。曰：‘为我以是遗赵毋卹。’”赵简子剖开后，内写“余将使女反灭知氏”，“至于后世，且有伉王”等预言，后皆见应验。事见《史记·赵世家》。晋阳：指晋阳邑，在今太原市西南。

(5)“疏勒”句：汉明帝时，耿恭等带兵入西域，为戊己校尉。后匈奴来攻，耿恭“以疏勒城傍有涧水，可固，五月，乃引兵据之。”匈奴于“城下拥绝涧水。恭于城中穿井十五丈不得水，吏士渴乏，笮马粪汁而饮之”。耿恭“乃整衣服向井再拜，为吏士祷。有顷，水泉奔出，众皆称万岁。乃令吏士扬水以示虏。虏出不意，以为神明，遂引去。”事见《后汉书·耿弇列传》附《耿恭传》。疏勒：汉时西域诸国之一，在今新疆喀什一带。此二句说没有胜利的希望。

(6) 属国：汉时把归附的少数民族安置在北方边境地区，不变其旧俗，称为属国。这里指北方的少数民族。

(7) 阳关：在今甘肃敦煌市西南。绝：极，非常。踈：同“疏”，稀少。

(8)“愿得”两句：战国时，“齐田单攻聊城岁馀，士卒多死而聊城不下。鲁连乃为书，约之矢以射城中。”燕将见信而泣，三日不能决，最后走投无路，“乃自杀。聊城乱，田单遂屠聊城。”事见《史记·鲁仲连传》。

(9)“渡辽”句：《汉书·昭帝纪》：“(元凤三年)冬，辽东乌桓反，以中郎将范明友为度辽将军，将北边七郡，郡二千骑击之。”

(10)甘泉：指汉甘泉宫，在今陕西淳化县西北甘泉山。汉文帝后元6年(前158)，“胡骑入代句注边，烽火通于甘泉、长安。”(《史记·匈奴列传》)

(11)渔阳：秦郡，辖境相当于今北京市及以东各县。

(12)细柳：即细柳营，在长安西。汉文帝后元6年(前158)冬，为抵御匈奴入侵，汉于边境及长安附近屯驻军队，其中“河内守周亚夫为将军，居细柳”。(《史记·文帝本纪》)

(13)荡子：远行在外，游荡不归的人。

(14)盘龙：指铜镜背面的盘龙纹饰。饷(xiǎng)：馈赠。秦嘉：字士会(?—164)，汉桓帝时陇西人，以上计入洛阳，为黄门郎，后病逝于津乡亭(在今湖北江陵境内)。秦嘉有《赠妇诗》：“何用叙我心，遗思致款诚。宝钗好耀首，明镜可鉴形。”据此可知，秦嘉赠明镜与其妻徐淑以寄托情思，而并非其妻徐淑赠明镜与秦嘉。此系诗人误记。

(15)“辟邪”句：晋司空韩寿与尚书贾充女贾午私通，“后会诸吏，闻寿有奇香之气，是外国所贡，一着人则历月不歇。充计武帝唯赐己及陈骞，余家无此香，疑寿与女通。”虽然后来探知实情，“充秘之，以女妻寿。”(《世说新语·惑溺》)辟邪：指麝香，能辟除恶气。

(16)蚕眠：蚕四次蜕皮始作蚕成蛹，每次蜕皮前不食不动，状如眠。

(17)游丝：蜘蛛或其他虫类所吐的丝，在空中飘荡，称为游丝。

(18)“桃花”句：马有桃花马，白毛红点，形似桃花。

(19)榆荚：榆树的果实。榆未生叶先生荚，色白成串，形似钱而小，一名榆钱。

(20)蒲桃：同“葡萄”，这里指“葡萄酒”。《博物志》卷五：“西域有蒲萄酒，积年不败。彼俗云：‘可十年饮之，醉弥月乃解。’”又卷十：“(刘)玄石饮酒，一醉千日。”

(21)九转：道家谓烧炼金丹，以九转为贵。转：循环变化之意，如把丹砂烧成水银，再把水银炼成丹砂。烧炼时间愈久，则转数愈多，功效愈高。详见《抱朴子·金丹》。

(22)金丹：古代方士烧炼金石为药，认为服之可以使人不老不死。

(23)华表：古代立于陵墓前的木柱。《搜神记》卷十八记晋张华语：“世传燕昭王墓前华表木已经千年。”

杨柳歌

河边杨柳百丈枝，别有长条踠地垂[1](1)。河水冲激根株危[2]，倏忽河中风浪吹。可怜巢里凤凰儿，无故当年生别离[3]。流槎一去上天池，织女支机当见随[4](2)。谁言从来荫数国[5]，直用东南一小枝(3)。昔日公子出南皮(4)，何处相寻玄武陂[6](5)。骏马翩翩西北驰[7](6)，左右弯弧仰月支(7)。连钱障泥渡水骑(8)，白玉手板落盘螭(9)。君言丈夫无意气[8](10)，试问燕山那得碑[9](11)。凤凰新管箫史吹[10](12)，朱鸟春窗玉女窥(13)。衔云酒杯赤玛瑙(14)，照日食螺紫琉璃(15)。百年霜露奄离披(16)，一旦功名不可为。定是怀王作计误[11]，无事翻复用张仪[12](17)。不如饮酒高阳池，日暮归时倒接离[13](18)。武昌城下谁见移[14](19)，官渡营前那可知[15](20)。独忆飞絮鹅毛下[16]，非复青丝马尾垂[17](21)。欲与梅花留一曲[18](22)，共将长笛管中吹[19](23)。

【校记】

[1] 踠：原作“宛”，《庾子山集注》作“踠”，又云“一作‘宛’”，据改。《文苑英华》作“窈”。

[2] 危：《文苑英华》作“色”，注云：“疑作‘危’。”

[3] 生：《文苑英华》作“老”。

[4] 当：《文苑英华》作“应”。《诗记》云：“一作‘将’。”

[5] 言：《文苑英华》作“信”。

[6] “何处”句：《文苑英华》此句在“支”韵句下。

[7] 西北：《诗集》作“四牡”。

[8] 意：《文苑英华》作“志”。

[9] 试：《文苑英华》作“为”。碑：《文苑英华》作“知”。又此上二句在“璃”韵下。

[10] 管箫：《文苑英华》作“箫管”。箫：《庾子山集注》作“萧”。

[11] 误：《文苑英华》作“嫿”。

[12] 复：《文苑英华》作“覆”。

[13] 离：《诗集》作“离”。

[14] 下：《文苑英华》作“南城”。谁见：《文苑英华》作“可”。

[15] 可：《文苑英华》作“得”。《诗纪》云：“一作‘得’。”

[16] 独：《文苑英华》作“尚”。飞：《文苑英华》作“落”。

[17] 非：《文苑英华》作“无”。

[18] 欲：《文苑英华》作“共”。

[19] 将：《文苑英华》作“在”。

【注释】

(1) 踠地：屈曲斜垂着地貌。

(2) “流槎”二句：《太平御览》卷八引南朝宋刘义庆《集林》：“昔有一人寻河源，见妇人浣纱，以问之，曰：‘此天河也。’乃与一石而归。问严君平，云：‘此支机石也。’”

(3) “谁言”二句：汉王充《论衡·说日》：“儒者论：日旦出扶桑，暮入细柳。扶桑，东方地；细柳，西方野也。”《法苑珠林》卷二八《神异篇·杂异部》所引《孙绰子》：“邓林有木，围三万寻，直上千里，傍荫数团。”诗人合用二典，想象柳树高大繁茂异常，只用少许枝条就可以荫庇数个国家。直：但。

(4) 公子：指曹丕。南皮：县名，今属河北省。曹丕曾与吴质、阮瑀等文士游宴于此。曹丕《与吴质书》：“每念昔日南皮之游，诚不可忘。”

(5) 玄武陂：湖泊名，在邺城西。曹丕《于玄武陂作诗》：“柳垂重荫绿，向我池边生。”

(6) “骏马”句：曹植《白马篇》：“白马饰金羁，连翩西北驰。”翩翩即连翩，本指鸟飞轻疾貌，此指马奔驰轻疾。

(7)“左右”句：曹植《白马篇》：“控弦破左的，右发摧月支。”弧：木弓。月支：练习射箭用的一种箭靶。

(8)“连钱”句：《世说新语·术解》：“王武子善解马性。尝乘一马，着连钱障泥。前有水，终日不肯渡。王云：‘此必是惜障泥。’使人解去，便径渡。”此处诗人反用典故。障泥：马饰，垂在马腹两侧，用以遮挡尘土泥水。障泥上饰花纹如连钱，故称连钱障泥。

(9)“白玉”句：《太平御览》卷六百九十二《服章部九》引《郡国志》：“晋明帝为太子时，尝戏殿前，以玉手板弄铜蟠螭口，手倾溜入螭腹中，不能出。人后见一白鼠出入螭口。”手板：即笏，古代关吏上朝或谒见上司时所执，用以记事。盘螭：同“蟠螭”，盘曲的龙。

(10)“君言”句：《乐府诗集》卷四一《白头吟》：“男儿重意气，何用钱刀为?”

(11)“试问”句：用窦宪刻石燕然山事，见本卷《出自蓟北门行》注(9)。

(12)“凤凰”句：《列仙传》：“箫史者，秦穆公时人也。善吹箫，能致孔雀、白鹤于庭。穆公有女，字弄玉，好之，公遂以女妻焉。日教弄玉作凤鸣，居数年，吹似凤声，凤凰来止其屋。公为作凤台，夫妇止其上，不下数年。一旦，皆随凤凰飞去。”

(13)“朱鸟”句：《博物志》卷八：“时东方朔窃从殿南厢朱鸟牖中窥母，母顾之谓帝曰：‘此窥牖小儿，尝三来盗吾此桃。’帝乃大怪之。”朱鸟：又名朱雀，南方神鸟。玉女：仙女。

(14)“衔云”句：《文选》卷七扬雄《甘泉赋》：“吸清云之流瑕兮，饮若木之露英。”李善注：“‘霞’与‘瑕’古字通。”传说仙人以流霞为饮品。杯中盛流霞，看似红色的玛瑙。

(15)“照日”句：不详。大意为日光下见螺壳如紫色的琉璃。螺：或为鹦鹉螺之省。《艺文类聚》卷九十七《鳞介部下》“螺”字条下引《南州異物志》曰：“鹦鹉螺，状如覆杯，头如鸟头。向其腹，视似鹦鹉，故以为名。……若为鱼所食，壳乃浮出。人所得，质白而紫，文如鸟形，与觞无异。”

(16)“百年”句：《楚辞》：“白露既下百草兮，奄离披此梧楸。”奄：忽然。离披：散乱貌。

(17)“定是”二句：前313年，秦惠王为破坏齐楚联盟，派张仪游说楚国。张仪对楚怀王说：“王为仪闭关而绝齐，今使使者从仪西取故秦所分楚商于之地方六百里”，楚怀王听信张仪，便与齐国断绝盟友关系。派人到秦国接收土地，张仪却只以六里之地归还楚国。楚怀王大怒，兴兵伐秦，反被秦兵打败，又失去丹阳、汉中之地。前311年，秦分汉中地与楚讲和。楚王说：“愿得张仪，不愿得地。”张仪请入楚，买通楚国的权臣靳尚为之关说，楚王重又善待张仪。事见《史记》卷四十《楚世家》及卷七十《张仪列传》。

(18)“不如”二句：见本卷《对酒歌》注(5)。

(19)“武昌”句：用晋陶侃明察盗柳事。《世说新语·政事》：“陶公性检厉，勤于事”，刘孝标注引孙盛《晋阳秋》：“(陶侃)性纤密好问，颇类赵广汉。尝课营种柳，都尉夏施盗拔武昌郡西门所种。侃后自出，驻车施门，外问：‘此是武昌西门柳，何以盗之?’夏施惶怖首伏。三军称其明察。”

(20)“官渡”句：曹丕《柳赋序》：“昔建安五年，上(武帝曹操)与袁绍战于官渡，是时余始植斯柳。自彼迄今，十有五载矣。左右仆御已多亡，感悟伤怀，乃作斯赋。”

（21）“非复”句：汉乐府《陌上桑》：“何用识夫婿？白马从骊驹。青丝系马尾，黄金络马头；腰中鹿卢剑，可直千万余。”诗人借用典故，自叹非复昔日权贵。

（22）“欲与”二句：梅花：指《梅花落》。郭茂倩《乐府诗集》卷二十四：“《梅花落》，本笛中曲也。”《梅花落》属于横吹曲，横吹曲中又有《折杨柳》、《折杨柳歌辞》等曲，诗人本诗题为《杨柳歌》，类同《折杨柳》，也属于横吹曲，也可视为“笛中曲”。

诗

奉和泛江诗以下五言

春江下白帝(1)，画舸向黄牛(2)。锦缆回沙碛(3)，兰桡避荻洲(4)。湿花随水泛，空巢逐树流。建平船柹下[1](5)，荆门战舰浮[2](6)。岸社多乔木[3](7)，山城足迥楼[4](8)。日落江风静，龙吟回上游(9)。

【校记】

［1］柹：《诗集》作“旆”。

［2］战：《初学记》作“载”。

［3］乔木：《初学记》作“群树”，《文苑英华》同。《诗集》作“长树”。

［4］足：《初学记》作“是”。迥：《本集》作“回”，《文苑英华》同。

【注释】

（1）白帝：地名，在今重庆市奉节县城东瞿塘峡口。

（2）画舸：装饰华丽的船。黄牛：即黄牛山。下有黄牛滩，在今湖北宜昌县西。

（3）锦缆：本指锦制的缆绳，后用为缆绳的美称。碛：有石的水滩。

（4）兰桡（ráo）：饰以兰草的船桨，后用为船桨的美称。荻洲：长有芦荻的水中沙洲。

（5）“建平”句：《晋书·王濬传》：“（王）濬造船于蜀，其木柹蔽江而下。吴建平太守吾彦取流柹以呈孙皓曰：‘晋必有攻吴之计，宜增建平兵。建平不下，终不敢渡。’皓不从。”柹（fèi）：削下的木片。

（6）荆门：山名，在今湖北宜都县西北。

（7）社：祭祀土神的地方。

（8）迥：远。

（9）上游：《汉书·项籍传》：“古之帝者，地方千里，必居上游。”

奉和山池诗(1)

乐宫多暇豫[1](2)，望苑暂回舆(3)。鸣笳陵绝浪[2](4)，飞盖历通渠(5)。桂亭花未落，桐门叶半疏。荷风惊浴鸟，桥影聚行鱼。日落含山气，云归带雨馀。

【校记】

［1］宫：原作“官”，《庾子山集校注》作“宫”，据改。

［2］浪：原作“限”，《诗集》作“恨”，《庾子山集校注》作“浪”，据改。

【注释】

（1）《奉和山池诗》：逯注："《诗纪》云：'梁简文有《山池诗》。'"此诗为酬和梁简文帝《山池诗》（见《先秦汉魏晋南北朝诗·梁诗卷二十一》）之作。

（2）乐宫：即长乐宫，西汉时宫殿，在长安（今陕西西安）西北。《长安志》引《关中记》曰："长乐宫，本秦之兴乐宫也，周回二十余里，有殿十四。汉太后常居之。"暇豫：闲逸。

（3）望苑：即博望苑。汉武帝为太子刘据开博望苑，以交接宾客，在长安城南。回舆：回车，出游归来。

（4）鸣笳：吹奏笳笛。古代贵官出行，前导鸣笳以示尊严。陵：超越。绝浪：翻腾得很高的波浪。

（5）飞盖：驱车。盖，车盖。通渠：四通八达的水道。

陪驾幸终南山和宇文内史诗(1)

玉山乘四载(2)，瑶池宴八龙[1](3)。鼋桥浮少海[2](4)，鹄盖上中峰(5)。飞狐横塞路，白马当河冲(6)。水奠三川石[3](7)，山封五树松(8)。长虹双瀑布，圆阙两芙蓉(10)。戍楼鸣夕鼓(11)，山寺响晨钟。新蒲节转促(12)，短笋箨犹重(13)。树宿含樱鸟，花留酿蜜蜂。迎风下列缺(14)，洒酒召昌容[4](15)。且欣陪北上[5]，方欲待东封[6](16)。

【校记】

［1］八：《文苑英华》作"行"，注云："《艺文类聚》作'八'。"

［2］少：《文苑英华》作"沙"。

［3］石：《艺文类聚》作"后"。

［4］洒：《艺文类聚》作"酾"。

［5］"且欣"句：《文苑英华》作"欣陪北山上"，注云："《艺文类聚》作'且欣陪此上'。"

［6］封：《文苑英华》作"风"。

【注释】

（1）宇文内史：即李旭，赐姓宇文氏。李旭作《陪驾幸终南山》，本诗为追和之作。李旭小传及诗见《北周诗》卷一。

（2）玉山：《山海经·西山经》卷二："又西北三百五十里，曰玉山，是西王母所居也。"四载：指古代的四种交通工具。《书·益稷》："予乘四载，随山刊木。"孔传："所载者四：水乘舟，陆乘车，泥乘輴（chūn），山乘樏（léi）。"

（3）瑶池：传说中西王母居处，在昆仑山上。八龙：天子所乘八骏之乘，古代马高八尺以上称为龙。此指代天子。《穆天子传》卷三："乙丑，天子觞西王母于瑶池之上。"

（4）鼋桥：《竹书纪年·周纪》："三十七年，大起九师，东至于九江，架鼋鼍以为梁，遂伐越。"少海：即今渤海。

（5）鹄盖：车盖。形如飞鹄张翼，因称。中锋：即终南山，也作"中南山"，古人以为在天之中。在今陕西西安市南。

(6)“飞狐”二句：《汉书·郦食其传》：“距飞狐之口，守白马之津，以示诸侯形制之势，则天下知所归矣。”飞狐即飞狐口，地名，在今河北省涞源县。白马，即白马津，渡口名，在今河南滑县北。河冲：黄河要冲。

(7)“三川”句：三条河流的合称，所指不一。西周以泾、渭、洛为三川，东周以河、洛、伊为三川。

(8)“山封”句：《史记·秦始皇本纪》：“二十八年，……乃遂上泰山，立石，封，祠祀。下，风雨暴至，休于树下，因封其树为五大夫。”

(9)圆阙：两座圆形的山峰。

(10)戍楼：军营中的瞭望楼。

(11)新蒲：新生的蒲草。节转促：茎节短促。

(12)箨（tuò）：笋壳，竹笋上一片一片的皮。

(13)樱：樱桃，又名含桃。

(14)列缺：神话中指天的缝隙，即天门。

(15)昌容：《列仙传》：“昌容者，常山道人也，自称殷王子。食蓬根，往来上下，见之者二百余年，而颜色如二十许人。能致紫草，卖与染家，得钱以遗孤寡，历世而然，奉祠者万计。殷女忘荣，曾无遗恋。怡我柔颜，改华标。心与化迁，日与气炼。坐卧奇货，惠及孤贱。”

(16)东封：封禅泰山。五岳之中，泰山称东岳。

和宇文内史春日游山诗

游客值春辉[1](1)，金鞍上翠微(2)。风逆花迎面[2]，山深云湿衣。雁持一足倚，猿将两臂飞。戍楼侵岭路(3)，山村落猎围。道士封君达(4)，仙人丁令威(5)。煮丹于此地(6)，居然未肯归。

【校记】

[1] 辉：《诗集》作“晖”。

[2] 逆：《诗集》作“送”。

【注释】

(1)春辉：春阳，春光。

(2)翠微：轻淡青葱的山色，借指青山。

(3)戍楼：见本卷《陪驾幸终南山和宇文内史诗》注(10)。

(4)封君达：《神仙传》卷十：“封君达者，陇西人也。服黄精五十余年，又入乌鼠山，服炼水银，百余岁往来乡里，视之年如三十许人。常骑青牛，闻人有疾病时死者，便过与药治之，应手皆愈。不以姓字语人，世人识其乘青牛，故号为青牛道士。后二百余年，入玄丘山仙去也。”

(5)丁令威：《搜神后记》卷一：“丁令威，本辽东人，学道于灵虚山。后化鹤归辽，集城门华表柱。时有少年，举弓欲射之。鹤乃飞，徘徊空中而言曰：‘有鸟有鸟丁令威，去家千年今始归。城郭如故人民非，何不学仙冢垒垒。’遂高上冲天。今辽东诸丁云其先世有升仙者，但不知名字耳。”

（6）煮丹：炼丹。

游山诗[1]

聊登玄圃殿(1)，更上增城山(2)。不知高几里，低头看世间。唱歌云欲聚(3)，弹琴鹤欲舞(4)。涧底百重花，山根一片雨。婉婉藤倒垂(5)，亭亭松直竖。

【校记】

[1] 游山诗：《诗纪》云：“一作‘游仙’。”

【注释】

（1）玄圃：见本卷《道士步虚词十首》其五注（6）。《淮南子·地形训》：“昆仑之丘，或上倍之，是谓凉风之山，登之而不死；或上倍之，是谓悬圃，登之乃灵，能使风雨。”玄圃即悬圃。

（2）增城山：古代神话中的地名。《淮南子·地形训》：“掘昆仑虚以下地，中有增城九重，其高万一千里百一十四步二尺六寸。”

（3）“唱歌”句：《列子·汤问》：“薛谭学讴于秦青，未穷青之技，自谓尽之，遂辞归。秦青勿止，饯于郊衢，扶节悲歌，声震林木，响遏行云。”

（4）“弹琴”句：《韩非子·十过》：“师旷不得已，援琴而鼓。一奏之，有玄鹤二八道南方来，集于郎门之垝；再奏之，而列；三奏之，延颈而鸣，舒翼而舞，音中宫商之声，声闻于天。”

（5）婉婉：婉转屈伸的形态。

和宇文京兆游田诗[1](1)

小苑禁门开，长杨猎客来(2)。悬知画眉罢，走马向章台(3)。涧寒泉反缩，山晴云倒回。熊饥自舐掌(4)，雁惊独衔枚(5)。美酒馀杭至[2](6)，芙蓉即奉杯。

【校记】

[1]《诗集》“和”上有“五言”二字。

[2] 至：原作“醉”，《诗纪》云“一作‘至’”，据改。

【注释】

（1）宇文京兆：宇文神举。《周书·宇文神举传》“神举雅好篇什”，又“建德元年（572），迁京兆尹”。

（2）长杨：即长杨宫，汉时行宫名，故址在今陕西周至县东南。

（3）“悬知”二句：指张敞为妇画眉事。《汉书·张敞传》：“然敞无威仪，时罢朝会，过走马章台街，使御吏驱，自以便面拊马。又为妇画眉，长安中传张京兆眉怃。”悬知，见本卷《乌夜啼》注（1）。章台，章台宫，宫中有章台，故名。战国时所建，故址在今陕西长安县故城西南隅。台下有街名章台街。

（4）舐（shì）：舔。

（5）“雁惊”句：崔豹《古今注·鸟兽第四》：“雁自河北渡江南，瘦瘠能高飞，不畏缯缴。江南沃饶，每至还河北，体肥不能高飞，恐为虞人所获，尝衔芦长数寸，以防缯缴焉。”衔枚：枚之状如箸，古代行军、田猎、丧礼等场合衔枚于口中，以禁喧哗。大雁“尝衔芦长数寸”，禁止鸣叫，正如人之衔枚。

（6）“美酒”句：据《神仙传》卷三，王远与麻姑在蔡经家饮酒，一会儿酒尽，“以千钱与馀杭姥，相闻求其酤酒。须臾信还，得一油囊，酒五十斗许，信传馀杭姥答言，恐地上酒不中尊者饮耳”。

奉报《寄洛州诗》(1)

舟师会孟津(2)，甲子阵东邻[1](3)。雷辕惊战鼓(4)，剑室动金神[2](5)。幕府风云气(6)，军门关塞人(7)。长旍析鸟羽[3](8)，合甲抱犀鳞(9)。星芒一丈焰(10)，月晕七重轮(11)。黎阳水稍渌(12)，官渡柳应春(13)。无庸奉天眷(14)，驱传牧南秦(15)。繁词劳简牍(16)，杂俗弊风尘。上洛逢都尉(17)，商山见逸民(18)。留滞终南下，唯当一史臣(19)。

【校记】

［1］阵：《本集》作“陈”。《文苑英华》同。

［2］动：《诗集》作“对”。

［3］析：《文苑英华》作“拆”。

【注释】

（1）奉报：奉和。洛州：在今陕西商洛市。

（2）舟师：水军。会孟津：《尚书·周书·泰誓上》：“惟十有三年，春，大会于孟津。”此言北周出师东征。

（3）甲子：《尚书·周书·牧誓》：“时甲子昧爽，王朝至于商郊牧野，乃誓。”东邻：指北齐。《易·既济》：“九五：东邻杀牛，不如西邻之礿祭，实受其福。”崔憬曰：“居中当位。于既济之时，则当是周受命之日也。”又周在西，齐在东，方位一如当年的周与商。

（4）雷辕：隆隆作响的战车。《淮南子》：“雷以为车轮。”

（5）剑室：剑鞘。金神：西方之神。”《汉书·五行志》：“金，西方，万物既成，杀气之始也。”金神主杀伐，故此句意为剑未出鞘，杀气已动。

（6）幕府：将帅在外的营帐。

（7）军门：军营之门。

（8）旍（jīng）：同“旌”，古代旗帜的一种，竿头缀牦牛尾，下有五束析羽（散开的彩色鸟羽），用以指挥或开道。

（9）合甲：削去革的里肉，取两张表皮，合以为甲，号称合甲，最为坚固。抱：相向合抱，这里指两张表皮里面相向，粘合在一起。犀鳞：犀牛皮。

（10）星：此指慧星，古人以为慧星现则人间兵起，大水，主扫除，除旧布新。

（11）“月晕”句：《史记·天官书》：“平城之围，月晕参、毕七重。”

(12) 黎阳：古县名，故城在今河南省浚县东北。这里指黎阳境内的黄河渡口，名黎阳津。渌（lù）：清澈。

(13) 官渡：参见本卷《杨柳歌》注（20）。

(14) 无庸：没有功劳。天眷：皇帝对臣下的恩宠、眷顾。

(15) 驱传（zhuàn）：驾御驿车。牧：作州郡长官。南秦：秦地之南部，这里指洛州。

(16) 简牍：竹简与木牍，古代的书写工具，这里指书信。

(17) 上洛：地名，西汉置县，西晋兼置郡，在今陕西省商县。都尉：见本卷《出自蓟北门行》注（8）。

(18) 商南：县名，北魏始设，在今陕西省商南县。逸民：避世隐居的人。《汉书·王贡两龚鲍传》："汉兴有园公、绮里季、夏黄公，角里先生，此四人者，当秦之世，避而入商雒深山，以待天下之定也。"

(19) "留滞"二句：《史记·太史公自序》："是岁天子始建汉家之封，而太史公留滞周南，不得与从事，故发愤且卒。"终南，即终南山，一名周南山。周武帝建德五年（576），庾信出为洛州刺史。是年冬，周武帝宇文邕亲征北齐，次年（577）春正月，破邺，平齐。诗人未能随驾东征，故有此叹。

奉报《穷秋寄隐士诗》[1](1)

王倪逢啮缺(2)，桀溺偶长沮[2](3)。藜床负日卧[3](4)，麦陇带经锄(5)。自然曲木几(6)，无名科斗书(7)。聚花聊饲雀，穿池试养鱼(8)。小村治涩路[4](9)，低田补坏渠。秋水牵沙落，寒藤抱树疏。空杠平原骑(10)，来过仲蔚庐(11)。

【校记】

[1]《诗纪》云："《诗汇》作王褒诗，非也。"《艺文类聚》三十六作"穷秋寄隐士诗"。《文苑英华》二百三十二、《庾开府诗集》上作"春殿穷秋寄隐士"。

[2] 偶：《艺文类聚》作"遇"，《诗集》同。《庾子山集注》作"耦"。

[3] 卧：《庾子山集注》作"荷"。

[4] 村：《文苑英华》作"径"。

【注释】

(1)《穷秋寄隐士诗》：赵王宇文招所作。

(2) "王倪"句：《庄子·齐物论》："啮缺问乎王倪。"王倪和啮缺是庄子虚拟的两个人名。

(3) "桀溺"句：《论语·微子》："长沮、桀溺耦而耕。"桀溺和长沮是孔子时代的两位隐士。

(4) 藜床：藜制之床。负日：向日曝背。

(5) 陇：通"垄"。带经锄：《汉书·兒宽传》："时行赁作，带经而锄，休息辄读诵，其精如此。"

(6) 几：小桌子。古人设于座侧，以便凭倚。

(7) 科斗书：又称科斗文，古代一种字体，以笔画头粗尾细似蝌蚪而得名。科斗，今作“蝌蚪”。

(8) 穿池：开凿池塘。

(9) 涩路：高低不平的道路。

(10) 平原：指战国时赵国的平原君，以礼贤下士而著称。这里指赵王宇文昭。

(11) 仲蔚：晋皇甫谧《高士传》卷上：“张仲蔚者，平陵人也，与同郡魏景卿俱修《道德》，隐身不仕。明天官博物，善属文，好诗赋，常居穷素，所处蓬蒿没人，闭门养性，不治荣名，时人莫识，唯刘龚知之。”

上益州上柱国赵王诗二首(1)

铜梁影棠树(2)，石镜写褰帷[1](3)。两江恒渍锦[2](4)，双峰似画眉[3]。穿荷低晚盖，蓑柳挂残丝。风流盛儒雅，泉涌富文词。无因同子淑，暂得侍临淄(5)。

【校记】

[1] 写：《诗集》作“袅”。

[2] 恒：本作“如”，《庾子山集注》云“朱本作‘恒’”，据改。

[2] 峰：《庾子山集注》云：“朱本作‘岚’。”似：《庾子山集注》云：“朱本作‘自’。”

【注释】

(1) 益州：益州总管的省称。上柱国赵王：宇文招。小传见《北周诗》卷一。

(2) 铜梁：山名，在今四川省合川县南，连绵二十馀里。这里指代蜀地。棠树：《诗经·召南·甘棠》毛注：“《甘棠》，美召伯也。召伯之教，明于南国。”此句言赵王出镇益州，必将德教敷于一方。

(3) 石镜：石制之镜。旧题任昉《述异记》卷下：“武都丈夫化为女子，颜色美丽，盖山之精也。蜀王娶以为妻，无几物故。遂葬于成都。郭中以石镜一枚，径二丈，高五尺，同葬之。”此处以石镜指代成都。褰帷：撩起车上的帷幔。《后汉书·贾琮传》：“旧典，传车骖驾，垂赤帷裳，迎于州界。及琮之部，升车言曰：‘刺史当远视广听，纠察美恶，何有反垂帷裳以自掩塞乎?’乃命御者褰之。百城闻风，自然竦震。”此句言赵王到任，将使地方安定。

(4) 两江：指流经成都的郫江、流江。渍锦：犹濯锦。谯周《益州志》：“成都织锦既成，濯于江水，其文分明，胜于初成，他水濯之不如江水也。”

(5)“无因”两句：《三国志·魏书·王卫二刘傅传》注引《魏略》：“(邯郸)淳一名竺，字子叔。博学有才章，又善《苍》、《雅》、虫、篆、许氏《字指》。初平时，从三辅客荆州。荆州内附，太祖素闻其名，召与相见，甚敬异之。时五官将博延英儒，亦宿闻淳名，因启淳欲使在文学官属中。会临淄侯植亦求淳，太祖遣淳诣植。植初得淳甚喜，延入坐，不先与谈。时天暑热，植因呼常从取水自澡讫，傅粉。遂科头拍袒，胡舞五椎锻，跳丸击剑，诵俳优小说数千言讫，谓淳曰：‘邯郸生何如邪?’于是乃更著衣帻，整仪容，与淳评说混元造化之端，品物区别之意，然后论羲皇以来贤圣名臣烈士优劣之差，次颂古今文章赋诔及当官政事宜所先后，又论用武行兵倚伏之势。乃命厨宰，酒炙交至，坐席默然，无与伉者。及暮，淳归，对其所知叹植之材，谓之‘天人’。”此处庾信以赵王比于曹植，而自比于邯郸淳。

寂寞岁阴穷[1](1)，苍茫云貌同。鹤毛飘乱雪，车毂转飞蓬(2)。雁归知向暖，鸟巢解背风。寒沙两岸白，猎火一山红。愿想悬鹑弊(3)，时嗟陋巷空(4)。

【校记】

[1] 阴：《庾子山集注》云："朱本作'阳'。"

【注释】

(1) 岁阴：犹言岁月。

(2) 车毂：车轮中心插轴的部分，这里指车轮。

(3) 悬鹑：鹌鹑毛斑尾秃，像褴褛的衣服，因以悬鹑形容破烂的衣服。《荀子·大略》："子夏家贫，衣若悬鹑。"

(4) 陋巷：《论语·雍也》："贤哉，回也！一箪食，一瓢饮，在陋巷，人不堪其忧，回也不改其乐。"

谨赠司寇淮南公诗(1)

危邦久乱德(2)，天策始乘机(3)。九河闻誓众(4)，千里见连旂(5)。虢亡垂棘返(6)，齐平宝鼎归(7)。久弊风尘俗，殊劳关塞衣。绊骥还千里(8)，垂鹏更九飞(9)。犹怜马齿进(10)，应念节旄稀(11)。回轩入故里(12)，园柳始依依(13)。旧竹侵何径[1]，新桐益几围。寒谷梨应重，秋林栗更肥。美酒还参圣(14)，雕文本入微(15)。促歌迎赵瑟(16)，《游弦》召楚妃(17)。小人司刺举(18)，明勚实滥吹(19)。南部治都尉(20)，军谋假建威(21)。商山隐士石(22)，丹水凤凰矶(23)。野亭长被马(24)，山城早掩扉(25)。传呼拥绛节(26)，交戟映彤闱(27)。遂令忘楚操(28)，何但食周薇(29)。三十六水变，四十九条非(30)。丹灶风烟歇(31)，年龄蒲柳衰(32)。同僚敢不尽(33)，畴日惧难追(34)。

【校记】

[1] 何：本作"行"，《文苑英华》云"一作'何'"，据改。

[2] 促：《诗集》缺"促"字。

[3] 瑟：《诗集》"瑟"上衍"但"字。

[4] 勚：《诗集》作"时"。《诗纪》云："《集》作'时'。"

[5] 吹：《文苑英华》作"推"。

[6] 石：《诗纪》云："一作'宅'。"

【注释】

(1) 司寇淮南公：即元伟。元伟字献道，河南洛阳人，魏宗室。元伟少好学，有文雅。初仕西魏，封淮南县公。入周，曾任陇右总管府长史、成州刺史、小司寇等职。建德四年(575)出使北齐，因是年秋宇文邕东征，被齐人拘禁。直到齐被平定，元伟才获释。高祖因其久囚于齐，加封他为上开府，位至大将军。

（2）危邦：危乱的国家。这里指北齐。

（3）天策：帝王的谋略。

（4）九河：古代黄河自孟津以下分为九道，故名。誓众：训导部队。《书·泰誓下》：“时厥明，王乃大巡六师，明誓众士。”

（5）旍：同“旗”。

（6）“虢（guó）亡”句：《左传·僖公二年》：“晋荀息请以屈产之乘与垂棘之璧，假道于虞以伐虢。”至僖公五年（前655），晋第二次假道伐虢，遂灭虢；并在返途中偷袭虞国，灭虞，马与璧又重为晋国所获。垂棘：地名，春秋时晋地，产美玉，后借此称美玉。

（7）宝鼎：古多以鼎为王朝相传的重器，故称宝鼎。

（8）绊骥：受羁绊的千里马。《淮南子·俶真训》：“身蹈于浊世之中，而责道之不行也，是犹两绊骐骥而求其致千里也。”后因以“绊骥”喻人受拘束不能施展其所长，这里指元伟被北齐拘禁。又《淮南子·齐俗训》：“骐骥千里，一日而通；驽马十舍，旬亦至之。”

（9）“垂鹏”句：《庄子·逍遥游》：“北冥有鱼，其名曰鲲，鲲之大，不知其几千里也；化而为鸟，其名为鹏，鹏之背，不知其几千里也，怒而飞，其翼若垂天之云。”又：“鹏之徙于南冥也，水击三千里，抟扶摇而上者九万里。”

（10）马齿：马的牙齿。马齿随年龄而增长，故后来用以比喻人的年龄。

（11）节旄稀：《汉书·苏武传》：“武既至海上，廪食不至，掘野鼠去草实而食之。仗汉节牧羊，卧起操持，节旄尽落。”节：古代使者所持的凭证，以竹为之，长八尺。节旄：节上所缀的牦牛尾饰物。

（12）回轩：回车。

（13）依依：茂盛的样子。《诗·小雅·采薇》：“昔我往矣，杨柳依依；今我来思，雨雪霏霏。”

（14）圣：圣人，这里指美酒。《三国志·魏书·徐邈传》：“平日醉客谓酒清者为圣人，浊者为贤人。”参：等齐。

（15）雕文：修饰精美的文辞。

（16）促歌：音调急促的歌曲。赵瑟：赵地的瑟。战国秦汉时，赵地的女子善于鼓瑟。如西汉杨恽《报孙会宗书》：“妇，赵女也，雅善鼓瑟。”

（17）游弦：古曲名。楚妃：楚地的歌女。

（18）小人：庾信自称。刺举：侦视揭发。西汉时始设刺史，职责是监察地方、刺举州事。时庾信任洛州刺史，故云。

（19）明敭：同“明扬”，选拔。滥吹：虚在其位，名不副实。《韩非子·内储说上》：“齐宣王使人吹竽，必三百人。南郭处士请为王吹竽，宣王说之，廪食以数百人。宣王死，湣王立，好一一听之，处士逃。”又《文选》江淹《杂体诗·卢中郎谌》：“更以畏友朋，滥吹乖名实。”

（20）南部：泛指南方。都尉：见本卷《出自蓟北门行》注（8）。

（21）建威：汉耿弇，“决策河北，定计南阳”，屡立战功，是东汉的开国元勋。“光武即位，拜弇为建威大将军。”事见《后汉书·耿弇传》。

（22）“商山”句：见本卷《奉报寄洛州诗》注（18）。

(23) 丹水：水名。发源于陕西商县冢岭山，向东流入河南省，注入均水。凤凰矶：《山海经·南山经》："丹水出焉，而南流注于渤海。有鸟焉，其状如鸡，五采而文，名曰凤皇。"

(24) 野亭：建于路边，供行人休息的亭子。

(25) 山城：指洛州。掩扉：关城门。

(26) 传呼：《汉书·萧望之传》"（王）仲翁出入从仓头庐兒，下车趋门，传呼甚宠。"颜师古注："下车而向门，传声而呼侍从者，甚有尊宠也。"绛节：使者所持的红色符节。

(27) 交戟：执戟相交，古代的一种仪仗。彤闱：本指宫中。闱，宫旁门，涂朱色，故称彤闱。这里指刺史衙署。

(28) 楚操：《左传·成公九年》："晋侯观于军府，见钟仪，问之曰：'南冠而絷者，谁也？'有司对曰：'郑人所献楚囚也。'使税之，召而吊之。再拜稽首。问其族，对曰：'伶人也。'公曰：'能乐乎？'对曰：'先父之职官也，敢有二事？'使与之琴，操南音。……公语范文子，文子曰：'楚囚，君子也。言称先职，不背本也。乐操土风，不忘旧也。"

(29) 食周薇：《史记·伯夷叔齐列传》："武王已平殷乱，天下宗周，而伯夷、叔齐耻之，义不食周粟，隐于首阳山，采薇而食之。"以上两句反用典故，言自己忘本失节。

(30)"三十六"两句：三十六水、四十九条，不详，盖道家经典、法术之类。

(31) 丹灶：道士炼丹的炉灶。

(32)"年龄"句：南朝宋刘义庆《世说新语·言语》："顾悦与简文同年，而发早白。简文曰：'卿何以先白？'对曰：'蒲柳之姿，望秋而落；松柏之质，经霜弥茂。'蒲柳：水杨。

(33) 同僚：同官之人。《周书·元伟传》："世宗初，拜师氏中大夫，受诏于麟趾殿刊正经籍。"武成二年（560），信亦为麟趾殿学士。天和初，为司宗中大夫，与元伟是同僚。

(34) 畴日：畴昔，过去。

正旦上司宪府诗(1)

诘旦启门阑[1](2)，繁辞涌笔端。苍鹰下狱吏(3)，獬豸饰刑官(4)。司朝引玉节(5)，盟载捧珠盘(6)。穷纪星移次(7)，归馀律未殚(8)。雪高三尺厚，冰深一丈寒。短笋犹埋竹，香心未起兰。孟门久失路(9)，扶摇忽上抟(10)。栖乌还得府(11)，弃马复归栏[2]。荣华名义重，虚薄报恩难(12)。枚乘还起疾(13)，贡禹遂弹冠(14)。方垂莲叶剑(15)，未用竹根丹(16)。一知悬象法(17)，谁思垂钓竿(18)。

【校记】

[1] 阑：本作"栏"，《庾子山集注》作"阑"，据改。

[2] 栏：本作"拦"，《艺文类聚》、《本集》、《诗集》并作"栏"，据改。

【注释】

(1) 正旦：农历正月初一。上：犹今言"上班"之"上"。司宪：官职名，负责纠察弹劾，古代多称御史台，北周时称司宪。

(2) 诘旦：平明，清晨。门阑：门框。这里指门。

(3) 苍鹰：指汉朝酷吏郅都。《汉书·酷吏传》："是时，民朴，畏罪自重，而都独先严酷，致行法不避贵戚，列侯宗室见都侧目而视，号曰‘苍鹰’。”

(4) 獬（xiè）豸（zhì）：传说中的独角神兽，能辨别邪正。《后汉书·舆服志下》：“法冠，……执法者服之，……或谓之獬豸冠。獬豸神羊，能别曲直，楚王尝获之，故以为冠。”

(5) 司朝：朝堂上负责礼仪的官员。玉节：玉制的符节。《周礼·地官·掌节》：“守邦国者用玉节。”

(6) 盟载：盟誓的文书，也称“载书”。珠盘：《周礼·天官·玉府》：“若合诸侯，则供珠盘、玉敦。”

(7) “穷纪”句：《礼记·月令》：“是月也，日穷于次，月穷于纪，星回于天，数将几终，岁将更始。”穷纪：古以一年为一纪，十二月为年终之月，故称穷纪。次：所处的位置。

(8) 归馀：《左传·文公元年》：“先王之正时也，履端于始，举正于中，归馀于终。”杜预注：“月有馀日，则归之于终，积而为闰，故言‘归馀于终’。”律未殚：指律管内的葭灰还有残存。古人烧苇膜成灰，装入律管中，置于密室内，以占气候。某一节候到，对应律管中的葭灰即飞出，示该节候已到。律：用竹管或金属管制成的定音或侯气的仪器。殚：尽。

(9) 孟门：《左传·襄公二十三年》：“齐侯遂伐晋，取朝歌，为二队，入孟门，登太行。”杜预注：“孟门，晋隘道。”在今河南辉县西。

(10) “扶摇”句：《庄子·逍遥游》：“鹏之徒于南冥也，水击三千里，抟扶摇而上者九万里。”扶摇：盘旋而上的暴风。抟：环绕，盘旋。

(11) “栖乌”句：见本卷《乌夜啼》注（3）。

(12) 虚薄：肤浅。

(13) “枚乘”句：《汉书·枚乘传》：“乘久为大国上宾，与英俊并游，得其所好，不乐郡吏，以病去官。……武帝自为太子闻乘名，及即位，乘年老，乃以安车蒲轮征乘，道死。”

(14) “贡禹”句；《汉书·王吉传》：“吉与贡禹为友，世称‘王阳在位，贡公弹冠’，言其取舍同也。”弹冠：弹去帽子上的灰尘，表示庆贺。

(15) 莲叶剑：汉袁康《越绝书·外传记宝剑》载越王句践有宝剑名“纯钧”，相剑者薛烛以“手振拂扬，其华捽如芙蓉始出”。后因以指利剑。

(16) 竹根丹：《神仙传》卷一“沈文泰”：“今以竹根汁煮丹，黄土去三尸，出此二人也。”据此，竹根丹是用竹根煮制的丹药。

(17) 悬象法：《周礼·秋官·大司寇》：“正月之吉，始和，布刑于邦国都鄙，乃县刑象之法于象魏，使万民观刑象，挟日而敛之。”

(18) “谁思”句：《诗·卫风·竹竿》：“籊籊竹竿，以钓于淇。”毛传：“《竹竿》，卫女思归也。适异国而不见答，思而能以礼者也。”

任洛州酬薛文学见赠别诗[1](1)

子居河之曲(2)，英彦本连踪(3)。盐形或变虎(4)，鼎气乍成龙(5)。若人承载德(6)，宫墙定数重(7)。五衢开辩路(8)，四照起文烽(9)。曰余滥推毂(10)，民愿始天从(11)。上洛分都尉(12)，弘农开附庸(13)。羊肠连九阪(14)，熊耳对双峰(15)。白石仙人芋(16)，青林隐士松(17)。北梁送孙楚(18)，西堤别葛龚(19)。故人倘书札[2]，黎阳土足封(20)。

【校记】

［1］州：《诗集》作“阳”。

［2］札：《诗集》作“礼”。

【注释】

(1) 薛文学：不详。

(2) 河之曲：薛氏籍贯河东汾阴（在今山西万荣县），世为河东望族。

(3) 英彦：才智杰出的人。连踪：踪迹相连。

(4)“盐形”句：《左传·僖公三十年》：“国君，文足昭也，武可畏也，则有备物之飨，以象其德。荐五味，羞嘉谷，盐虎形。嘉谷，熬稻黍也，以象其文也。盐虎形，以象武也。”盐即形盐，制成某种形状，供祭祀、接待宾客之用。盐虎形，形盐制成虎形。

(5)“鼎气”句：《列仙传》：“仙书云：‘黄帝采首山之铜，铸鼎于荆山之下，鼎成，有龙垂胡髯下迎帝，乃升天。群臣百僚悉持龙髯，从帝而升，攀帝弓及龙髯，拔而弓坠，群臣不得从，望帝而悲号。故后世以其处为鼎湖，名其弓为乌号焉。’”

(6) 若人：这个人。载德：犹积德。《国语·周语上》：“奕世载德，不忝前人。”韦昭注：“载，成也。”

(7)“宫墙”句：《论语·子张》：“叔孙武叔语大夫于朝，曰：‘子贡贤于仲尼。’子服景伯以告子贡。子贡曰：‘譬之宫墙，赐之墙也及肩，窥见室家之好。夫子之墙数仞，不得其门而入，不见宗庙之美，百官之富。得其门者或寡矣。夫子之云，不亦宜乎！’”

(8)“五衢”句：《山海经》卷五《中山经》：“又东五十里，曰少室之山，百草木成囷。其上有木焉，其名曰帝休，叶状如杨，其枝五衢，黄华黑实，服者不怒。”郭璞注：“言树枝交错，相重五出，有象衢路也。”这里指薛氏的言辩交错迭出，难以穷尽。

(9) 四照：《山海经》卷一《南山经》：“南山之首曰鹊山。其首曰招瑶之山，临于西海之上。……有木焉，其状如谷而黑理，其华四照。其名曰迷谷，佩之不迷。”其华四照，即光华四射。这里指薛氏文笔出众，辞采焕发。

(10) 曰：助词，无义。滥：冒充无实。推毂：比喻助人成事，如助人推车毂，使之前进。毂，车轮轴。《史记·荆燕世家》：“今吕氏雅故本推毂高帝就天下，功至大。”此言自己效力于北周，助成王霸大业。

(11)“民愿”句：《尚书·泰誓上》：“天矜于民，民之所欲，天必从之。尔尚弼予一人，永清四海。时哉！弗可失。”此言北周顺天应人，国运兴旺。

(12) 上洛：见本卷《奉报〈寄洛州诗〉》注（17）。都尉：见本卷《出自蓟北门行》注（8）。

(13) 弘农：郡名，辖境相当于今河南内乡、宜阳以西，黄河、华山以南，陕西柞水县以东，治弘农县。附庸：《礼记·王制》：“公侯田方百里，伯七十里，子男五十里；不能五十里者，不合于天子，附于诸侯，曰附庸。”

(14) 羊肠：阪名，在今山西东南地区与河南林县交界处。阪：山坡，斜坡。

(15) 熊耳：山名，在今河南省，秦岭东段山脉。熊耳山有东西两峰相对，状如熊耳，故名。

(16)“白石”句：《太平广记》卷第九引《神仙传》云：“焦先者，字孝然，河东人也，年一百七十岁。常食白石，以分与人，熟煮如芋食之。”

(17) 隐士松：晋高士戴安道，修道成功，有真气结成五色祥云，浮在松树上，号为隐士之松。

(18) 北梁：在北边的桥。古多指送别之地。汉王褒《九怀·陶壅》：“济江海兮蝉蜕，绝北梁兮永辞。”孙楚：字子荆（？—293），晋太原中都（今山西平遥县西北）人，史称其“才藻卓绝，爽迈不群”。年四十余始为镇东将军参军，后去职。惠帝初为冯翊太守，卒。《晋书》卷五十六有传。孙楚《征西官属送于陟阳候作诗》：“倾城远追送，饯我千里道。”

(19) 葛龚：字元甫，东汉宁陵（今属河南省）人。和帝时，以善长为文作记而知名。后为荡阴令、临汾令，皆有治绩。《后汉书·文苑列传》有传。

(20)“黎阳”二句：《东观汉记》卷九：“邓训尝将黎阳（古县名，故址在今河南浚县东北。）营兵屯狐奴（古地名），后迁护乌桓校尉，黎阳营故吏皆恋慕。故吏最贫羸者举国，念训常所服药北州少乏，又知训好青泥封书，从黎阳步推鹿车于雒阳市药，还过赵国易阳，并载青泥一襆，至上谷遗训，其得人心如是。”封：封信札。

将命至邺酬祖正员诗[1](1)

我皇临九有(2)，声教洎无堤(3)。兴文盛礼乐，偃武息氓黎[2](4)。承乏驱骐骥[3](5)，旌旗事琬珪[4](6)。古碑文字尽，荒城年代迷。被陇文瓜熟(7)，交塍香穗低(8)。投琼实有慰[5]，报李更无蹊(9)。

【校记】

[1] 将命至邺酬祖正员诗：《艺文类聚》五十三作“酬祖正员诗”。

[2] 息：《诗集》作“自”。氓：《类聚类聚》作“民”。

[3] 骥：《艺文类聚》作“马”。

[4] 旗：《艺文类聚》作“旃”。琬珪：《艺文类聚》作“鼓鼙”。旌旗事琬珪：《诗纪》云：“一作‘旌旃事鼓鼙’。”

[5] 慰：《艺文类聚》作“意”。

【注释】

(1) 将命：奉命。邺：地名，故城在今河北临漳县北。东魏、北齐定都于此。祖正员，即祖孝隐。《北史》卷四十七《祖莹传》附《祖孝隐传》：“珽弟孝隐，亦有文学，早知名。词章虽不逮兄，机警有口辨，兼解音律。魏末为兼散骑常侍，迎梁使。时徐君房、庾信来聘，名誉甚高，魏朝闻而重之。接对者多取一时之秀，卢元景之徒，并降阶摄职，更递司宾。孝隐少处其中，物议称美。”

(2) 我皇：指梁武帝。九有：《诗·商颂·玄鸟》：“方命厥后，奄有九有。”毛传：“九有，九州也。”

(3) 声教：声威与教化。《尚书·禹贡》："东渐于海，西被于流沙，朔南暨，声教讫于四海。"洎：及，到。无堤：无限。

(4) 偃武：停息武备。氓黎：百姓。

(5) 承乏：谦辞，表示所任职位一时无恰当人选，暂且由自己充数。骐骥：千里马。

(6) 琬珪：《周礼·地官·考工记》："琬圭九寸而缫，以象德。"郑注："琬，犹圆也。王使之瑞节也。诸侯有德，王命赐之，使者执琬圭以致命焉。"珪，同"圭"。此言旌旗布道，奉命出使。

(7) 被陇：覆盖田垄。

(8) 交塍：连着田埂。

(9) "投琼"二句：《诗·卫风·木瓜》："投我以木李，报之以琼玖。匪报也，永以为好也。"《汉书·李广传赞》："谚曰：'桃李不言，下自成蹊。'"

将命至邺诗(1)

大国修聘礼(2)，亲邻自此敦[1](3)。张旜事原隰[2](4)，负扆报成言[3](5)。西过犯风露，北指度轘辕(6)。交欢值公子(7)，展礼觌王孙[5](8)。何以誉嘉树(9)，徒欣赋采蘩(10)。四牢盈折俎(11)，三献满罍樽[6](12)。人臣无境外(14)，何由欣此言。风俗既殊阻[7](15)，山河不复论。无因旅南馆(16)，空欲祭西门[8](17)。眷然惟此别，夙期幸共存[9](18)。

【校记】

[1] 亲：《诗集》作"新"。

[2] 旜：《本集》作"旃"。《初学纪》、《文苑英华》同。

[3] 扆：《初学记》作"序"。负扆：《文苑英华》作"宾序"。《诗集》同。

[4] 礼觌：《初学记》作"觌遇"。《诗纪》作"觌过"。

[5] 满：《初学记》作"尽"。《文苑英华》、《诗集》同。

[6] 由：《初学记》作"日"。《文苑英华》、《诗集》同。

[7] 殊：《艺文类聚》作"险"。

[8] 祭：《广文选》作"际"。《诗集》作"登"。

[9] 夙：《初学记》作"风"。《文苑英华》、《诗集》同。

【注释】

(1) 将命至邺诗：《诗纪》云："按《本传》，信在梁为通直散骑常侍，聘于东魏。文章辞令，甚为邺下所称。"

(2) 大国：尊称东魏。聘礼：诸侯间通问修好的礼仪。

(3) 敦：亲厚。

(4) 张旜（zhān）：打开旗帜，表明奉使而来。旃是一种赤色曲柄的旗，同"旜"。《仪礼·聘礼》："及竟，张旜，誓，谒关人。"原隰（xí）：广平低湿之地。《诗·小雅·皇皇者华》为"君教使臣"之诗，其中有言："皇皇者华，于彼原隰。駪駪征夫，每怀靡及。"

(5) 负扆（yǐ）：负，背向。扆，户牖间画有斧纹的屏风。古代天子会见诸侯，背扆南面而立，故称负扆。这里是指东魏孝静帝元善见。成言：订约。

（6）北指：向北。轘（huán）辕：山名，山有险阻，曲折回环，上有轘辕关，是东汉所设“八关”之一，在今河南偃师县东南。

（7）交欢：结交并取得对方欢心。值：相遇。公子：诸侯之子，泛指权贵。《左传·襄公二十九年》“吴公子札来聘，见叔孙穆子，说之”；又“故遂聘于齐，说晏平仲”；又“聘于郑，见子产，如旧相识”；又“适卫，说蘧瑗、史狗、史鳅，公子荆、公叔发、公子朝”；又“适晋，说赵文子、韩宣子、魏献子”。

（8）觌（dí）：相见。王孙：王族的子孙。《国语·楚语下》：“王孙圉聘于晋，定公飨之。赵简子鸣玉以相。”

（9）誉嘉树：据《左传·昭公二年》，晋侯派韩宣子至鲁聘问，鲁襄公设享礼接待，“既享，宴于季氏，有嘉树焉，宣子誉之。武子曰：‘宿敢不封殖此树，以无忘《角弓》。’遂赋《甘棠》。宣子曰：‘起不堪也，无以及召公。’”

（10）赋《采蘩》：《左传·昭公元年》：“赵孟为客，礼终乃宴。穆叔赋《鹊巢》。赵孟曰：‘武不堪也。’又赋《采蘩》，曰：‘小国为蘩，大国省穑而用之，其何实非命?’”《采蘩》是《诗·召南》中的一篇，蘩，白蒿，用来进献或祝祭，不求其礼厚，求其讲信义。

（11）四牢：祭祀或宴享时用牺牲，羊、豕（猪）各一为一牢。侯伯初见时用四牢。折俎（zǔ）：把牺牲解体折盛在俎内。俎，盛牺牲的礼器。

（12）三献：三次献酒，以表敬重，是聘礼的礼仪。罍（léi）：酒器，形似壶。樽：酒器。

（13）无境外：指无境外之交。《礼记·郊特牲》：“朝觐，大夫之私觌非礼也。……为人臣者无外交，不敢贰君也。”

（14）“风俗”二句：《世说新语·言语》：“过江诸人，每至美日，辄相邀新亭，藉卉饮宴。周侯中坐而叹曰：‘风景不殊，正自有山河之异!’皆相视流泪。”殊阻：差异，阻隔。

（15）旅南馆：指受到优厚的礼遇。曹丕《与朝歌令吴质书》：“弛骛北场，旅食南馆，浮甘瓜于清泉，沈朱李于寒水。”

（16）祭西门：《史记·田敬仲完世家》：“吾吏有黔夫者，使守徐州，则燕人祭北门，赵人祭西门，徙而从者七千馀家。”此指因自己出使，欲使东魏心怀敬畏之情。

（17）眷然：留恋的样子。

（18）夙期：早已有的期待。

入彭城馆诗(1)

襄君前建国(2)，项氏昔棱威(3)。鶂飞伤楚战(4)，鸡鸣悲汉围(5)。年代殊氓俗[1](6)，风云更盛衰。水流浮磬动(7)，山喧双翟飞[2]。夏馀花欲尽，秋近燕将稀。槐庭垂绿穗，莲浦落红衣。徒知日云暮，不见舞雩归[3](8)。

【校记】

［1］年：《诗集》作“世”。《诗纪》云：“一作‘世’。”氓：《诗集》作“民”。

［2］翟：《诗集》字缺。

［3］雩：《诗集》作“云”。

【注释】

(1) 彭城：地名，在今江苏省铜山县。馆：馆驿。

(2) 襄君：指春秋时宋襄公。彭城在西周、春秋战国时属宋国。

(3) 项氏：指项籍。《史记·项羽本纪》：“项王自立为西楚霸王，王九郡，都彭城。”棱威：威势。

(4)“鶂飞”句：《春秋·僖公十六年》：“春王正月戊申朔，陨石于宋五。是月，六鷁退飞，过宋都。”《春秋·僖公二十二年》：“冬十有一月己巳朔，宋公及楚人战于泓，宋师败绩。”鶂：同“鷁”，一种水鸟。

(5)“鸡鸣”句：《史记·项羽本纪》：“项王军壁垓下，兵少食尽，汉军及诸侯兵围之数重。夜闻汉军四面皆楚歌，项王乃大惊曰：‘汉皆已得楚乎？是何楚人之多也！’”《集解》引应劭语：“楚歌者，谓《鸡鸣歌》也。”

(6) 氓俗：民俗。

(7) 浮磬：《禹贡》：“泗滨浮磬”，孔颖达疏：“泗水旁山而过，石为泗水之涯。石在水旁，水中见石，似若水中浮然，此石可以为磬，故谓之‘浮磬’也。”

(8) 舞雩（yú）归：古代祭天求雨，设坛命女巫为舞，称为舞雩。后鲁国称舞雩所设的坛为“舞雩”。《论语·先进》：“暮春者，春服既成，冠者五六人，童子六七人，浴乎沂，风乎舞雩，咏而归。”

同州还诗(1)

赤岸绕新村(2)，青城临绮门(3)。范雎新入相[1]，穰侯始出蕃(4)。上林催猎响(5)，河桥争渡喧(6)。窜雉飞横涧[2]，藏狐入断原[3]。将军高宴晚，来过青竹园。

【校记】

［1］雎：《庾子山集注》作“睢”。按：《史记》作“睢”，《战国策》作“雎”。

［2］窜：《诗集》作“爨”。涧：《文苑英华》误作“间”。

［3］狐：《文苑英华》作“乌”。

【注释】

(1) 同州：地名，在今陕西大荔县。

(2) 赤岸：指赤岸泽，在同州。《周书·宣帝纪》：“幸同州，自应门至于赤岸泽，十里间幡旗相蔽。”

(3) 青城：《三辅黄图》卷一《都城十二门》：“长安城东出南头第一门曰霸城门，民见门色青，名曰青城门，或曰青门。”绮门：“霸城门一曰青绮门”。按：青城门即绮门，不可谓“临”，疑此句传抄有误。

(4)“范雎”二句：范雎：战国时魏人，深通谋略，为秦昭王所用。穰侯：魏冉，秦昭王母宣太后弟，封于穰（今河南郑县），故称穰侯，为秦相，擅权三十余年。后秦昭王重用范雎，“秦王乃拜范雎为相。收穰侯之印，使归陶。”（事见《史记·范雎蔡泽列传》）周静帝大象元年（579），隋王杨坚为大后丞，赵王宇文招等人都回到自己的封地，与范雎、穰侯事相类。

（5）上林：苑名。本为秦旧苑，汉武帝时加以扩建，方圆三百里，有离宫七十所。《三辅黄图》卷四《苑囿》引《汉旧仪》云："上林苑方三百里，苑中养百兽，天子秋冬射猎取之。"

（6）河桥：古桥名。故址在今陕西大荔东大庆关与山西永济西蒲州镇之间黄河上。战国秦昭襄王建，黄河上建桥始于此。

从驾观讲武诗[1](1)

校战出长杨(2)，兵栏入斗场(3)。置阵横云起，开营雁翼张。门嫌磁石碍(4)，马畏铁菱伤(5)。龙渊触牛斗[2](6)，繁弱骇天狼(7)。落星奔骥騄(8)，浮云上骕骦(9)。急风吹战鼓，高尘拥贝装[3](10)。骇猿时落木，惊鸿屡断行。树寒条更直，山枯菊转芳[4]。豹略推全胜[5](11)，龙图揖所长[6](12)。小臣欣寓目(13)，还知奉会昌(14)。

【校记】

[1] 讲：《诗集》误作"降"。

[2] 触：《文苑英华》作"出"。

[3] 贝：《艺文类聚》作"具"。《文苑英华》同。

[4] 芳：《诗集》作"香"。《诗纪》云："一作'香'。"

[5] 豹：《诗集》误作"伯"。

[6] 图：《文苑英华》云："一作'韬'。"

【注释】

（1）讲武：讲习武事。

（2）校战：阅兵校武。长杨：即长杨宫。见本卷《和宇文京兆游田诗》注（2）。

（3）兵栏：放置兵器的架子。

（4）"门嫌"句：《三辅黄图》卷一《秦宫·阿房宫》："以磁石为门"，使身怀兵刃的人不得入内。

（5）铁菱：铁蒺藜。铁制三角物，尖刺如蒺藜。撒置在路上，可以阻碍敌人行军。

（6）"龙渊"句：龙渊：传说中宝剑名。《越绝书·越绝外传记宝剑第十三》："欧冶子、干将凿茨山，泄其溪，取铁英，作为铁剑三枚：一曰龙渊、二曰泰阿、三曰工布。"斗牛：即斗宿、牛宿，星座名。《晋书·张华传》："初，吴之未灭也，斗牛之间常有紫气，道术者皆以吴方强盛，未可图也，惟华以为不然。及吴平之后，紫气愈明。华闻豫章人雷焕妙达纬象，乃要焕宿，屏人曰：'可共寻天文，知将来吉凶。'因登楼仰观，焕曰：'仆察之久矣，惟斗牛之间颇有异气。'华曰：'是何祥也?'焕曰：'宝剑之精，上彻于天耳。'"

（7）"繁弱"句：繁弱：弓名。天狼：星座名。《史记·天官书》"其东有大星曰狼。狼角变色，多盗贼。"正义："狼一星，参东南。狼为野将，主侵掠。"又"下有四星曰弧，直狼。"正义："弧九星，在狼东南，天之弓也。以伐叛怀远，又主备贼盗之知奸邪者。"弧即弓。

(8) 落星：流星。骥騄：良马。赤骥、騄耳，都是周穆王的八骏之一。

(9) 骕骦：骏马。

(10) 贝装：甲胄戎装。

(11) 豹略：古代兵书《六韬》中有《豹韬》篇，后因以“豹略”指用兵的韬略。

(12) 龙图：天子的谋略。揖：辞让。

(13) 寓目：过目，亲眼看到。

(14) 会昌：《文选》左思《蜀都赋》：“天帝运期而会昌，景福肸蚃而兴作。”李善注：“昌，庆也。言天帝于此会庆建福也。”当时将出师蜀地，故言。

奉报赵王出师在道赐诗(1)

上将出东平(2)，先定下江兵(3)。弯弓伏石动[1](4)，振鼓沸沙鸣[2](5)。横海将军号(6)，长风骏马名[3]。雨歇残虹断，云归一雁征[4]。暗岩朝石湿，空山夜火明。低桥涧底渡，狭路花中行[5]。锦车同建节[6](7)，鱼轩异泊营[7](8)。军中女子气(9)，塞外夫人城(10)。小人乖摄养(11)，歧路阻逢迎。几月芝田熟(12)，何年金灶成(13)。哀笳关塞曲，嘶马别离声(14)。王子身为宝(15)，深思不倚衡(16)。

【校记】

[1] 弓：《文苑英华》作“弧”。《诗纪》云：“一作‘弧’。”

[2] 沸：《文苑英华》作“拂”。

[3] 骏：《诗集》作“骙”。

[4] 归：《文苑英华》作“偏”。

[5] 狭：《诗集》作“便”。

[6] 建：《诗集》作“达”。

[7] 泊营：《文苑英华》作“伯荣”。

【注释】

(1) 赵王：见本卷《上益州上柱国赵王诗二首》注（1）。

(2)“上将”句：上将：文昌星名。东平：汉时一王国。

(3) 下江兵：西汉末绿林军的分支。王莽地皇三年（22），“王常、成丹西入南郡，号下江兵。”（《后汉书·刘玄传》）

(4)“弯弓”句：《韩诗外传》卷六：“昔者楚熊渠子夜行，寝石以为伏虎，弯弓而射之，没金饮羽，下视，知其为石，石为之开，而况人乎！”

(5)“振鼓”句：《异苑》：“凉州西有沙山，俗云昔有覆师于此者，积尸数万，从是有大风吹沙覆其上，遂成山阜，因名沙山，时闻有鼓角声。”

(6)“横海”句：《汉书·韩王信传》：“（韩说）以校尉击匈奴，封龙额侯。后坐酎金失侯，复以待诏为横海将军，击破东越，封按道侯。”

(7)“锦车”句：《汉书·西域传》：“遣谒者竺次、期门甘延寿为副，送冯夫人。冯夫人锦车持节，诏乌就屠诣长罗侯赤谷城，立元贵靡为大昆弥，乌就屠为小昆弥，皆赐印绶。”服虔注：“锦车，以锦衣车也。”建节：见本卷《道士步虚词十首》（其六）注（5）。

（8）鱼轩：《左传·闵公二年》："归夫人鱼轩。"杜预注："鱼轩，夫人车，以鱼皮为饰。"泊营：驻军扎营。

（9）"军中"句：《汉书·李广传》："（李）陵曰：'吾士气少衰而鼓不起者，何也？军中岂有女子乎？'始军出时，关东群盗妻子徙边者随军为卒妻妇，大匿车中。"时赵王携妻纥豆陵氏同行，故用此典。

（10）夫人城：见本卷《〈昭君辞〉应诏》注（3）。

（11）"小人"句：称自己患病在身。小人：庾信自称。乖：背离。摄养：养生。

（12）芝田：仙人种芝草的地方。

（13）金灶：炼丹用的灶。

（14）"哀笳"两句：《文选》李陵《与苏武书》："胡笳互动，牧马悲鸣。"

（15）王子：谓赵王。身为宝：《道德经》："祸莫大于轻敌。轻敌几丧吾宝。"

（16）倚衡：《史记·袁盎晁错列传》："盎曰：'臣闻千金之子坐不垂堂，百金之子不骑衡。'"裴骃《集解》引如淳曰："骑，倚也。衡，楼殿边栏楯也。"司马贞《索隐》引韦昭曰："衡，车衡也。骑音倚，谓跨之。"

和赵王送峡中军诗[1](1)

楼船聊习战(2)，白羽试撝军(3)。山城对却月(4)，岸阵抵平云[2]。赤蛇悬弩影[3](5)，流星抱剑文(6)。胡笳遥警夜，塞马暗嘶群。客行明月峡(7)，猿声不可闻。

【校记】

［1］《庾子山集注》云："一作《和赵王送从军》。"

［2］阵：《文苑英华》作"陈"。

［3］蛇：《文苑英华》作"地"。

【注释】

（1）赵王：见本卷《上益州上柱国赵王诗二首》注（1）。

（2）"楼船"句：《西京杂记》卷一："武帝作昆明池。欲伐昆吾夷，教习水战。"又卷六："昆明池中，有戈船、楼船各数百艘。"楼船：有叠层的大船，多用作战船。

（3）"白羽"句：《书·牧誓》："王左杖黄钺，右秉白旄以麾。"白旄即白羽，古代军中主帅所执的指挥旗，竿头以牦牛尾为饰。麾，通"撝"，指挥。

（4）却月：见本卷《王昭君诗》注（5）。

（5）"赤蛇"句：《风俗通义·怪神》："予之祖父郴为汲令，以夏至日请见主薄杜宣，赐酒。时北壁上有悬赤弩，照于杯中，其形如蛇。"

（6）流星：宝剑名。

（7）明月峡：长江流经的峡谷，在今重庆市巴南区境内。

奉和赵王途中五韵诗[1]

飘飘映车幕[2]，出没望连旗。度云还翊阵(1)，回风即送师(2)。峡路沙如月，山峰石似眉。村桃拂红粉，岸柳被青丝。锦城遥可望(3)，回鞍念此时[3]。

【校记】

[1]《诗纪》云：“《艺文》云王褒作，《庾集》载此，疑误收也。”

[2] 车：《庾子山集住》云：“《类聚》作‘军’。”

[3] 时：《庾子山集住》云：“《类聚》作‘诗’。”

【注释】

(1) 度云：空中飞过的云。翊（yì）：护卫。

(2) 回风：旋风。

(3) 锦城：成都的别称。

侍从徐国公殿下军行诗(1)

八风占阵气(2)，六甲候兵韬(3)。置府仍张幕[1](4)，麾军即秉旄(5)。长旗临广武(6)，烽火照成皋[2](7)。巡寒重挟纩(8)，酌水胜单醪(9)。阵后云逾直，兵深星转高。电焰驱龙马(10)，山精镂宝刀(11)。塞迥翻榆叶(12)，关寒落雁毛(13)。既得从神武，何须念久劳(14)。

【校记】

[1] 张：《庾子山集注》作“开”。

[2] 车：《庾子山集住》作“对”。

【注释】

(1) 徐国公：即若干凤。若干凤，字达摩，代郡武川（今内蒙古自治区武川县）人。“保定四年（564），追录佐命之功，封凤徐国公，增邑并前五千户。”（《周书·若干惠传附若干凤传》）

(2) 八风：《吕氏春秋·有始览》：“何谓八风？东北曰炎风，东方曰滔风，东南曰熏风，南方曰巨风，西南曰凄风，西方曰飂风，西北曰厉风，北方曰寒风。”占：视，由征兆看出。阵气：兵阵的气象。

(3) 六甲：用天干地支相配计算时日，其中有甲子、甲戌、甲申、甲午、甲辰、甲寅，叫六甲。候：伺望。兵韬：军事谋略。

(4)“置府”句：在军营中以帐幕为府署。

(5)“麾军”句：见本卷《和赵王送峡中军诗》注（3）。

(6) 广武：地名，在今河南荥阳市西北。秦末楚、汉两军曾在此对垒。《史记·项羽本纪》：“于是项王乃即汉王相与临广武间而语。”

(7) 成皋：地名，在今今河南荥阳市泗水镇西。秦末楚、汉两军曾相持于此。

(8)“巡寒”句：《左传·宣公十二年》：“申公巫臣曰：‘师人多寒。’王巡三军，拊而勉之。三军之士，皆如挟纩。”纩：絮衣服的新丝绵。

(9)“酌水”句：《三略》：“昔良将之用兵，有馈箪醪者，使投诸河，与士卒同流而饮，夫一箪之醪，不能味一河之水，而三军之士，思为致死者，以滋味之及己也。”单醪，即箪醪。

(10) 电焰：秦始皇有马，名曰奔电。龙马：古以马高八尺为龙。

(11)“山精”句：《吴越春秋》载古名剑干将，人们认为采五山之铁精铸就。

(12)“塞迥”句：秦汉时，北方往往树榆为塞。

(13)“关寒”句：雁门关，雁经此飞出塞外，故名。

(14)“既得”二句：魏王粲《从军诗五首》其一：“从军有苦乐，但闻所从谁。所从神且武，焉得久劳师。”

同卢记室《从军诗》(1)

河图论阵气(2)，金匮辨星文(3)。地中鸣鼓角(4)，天上下将军(5)。函犀恒七属(6)，络铁本千群[1](7)。飞梯聊度绛(8)，合弩暂凌汾(9)。寇阵先中断[2]，妖营即两分。连烽对岭度，嘶马隔河闻。箭飞如疾雨，城崩似坏云。英王于此战(10)，何用武安君(11)。

【校记】

[1] 络：《乐府诗集》作“浴”。络铁：《诗集》作“路铁”。

[2] 阵：《诗集》作“狂”。

【注释】

(1) 卢记室：卢恺。《隋书·卢恺传》：“卢恺，字长仁，涿郡范阳人也。父柔，终于魏中书监。恺性孝友，神情爽悟，略涉书记，颇解属文。周齐王宪引为记室。其后袭爵容城伯，邑千一百户。从宪伐齐，恺说柏杜镇下之。”

(2)《河图》：《书·顾命》：“大玉、夷玉、天球、河图，在东序。”孔传：“河图，八卦。伏羲氏王天下，龙马出河，遂则其文以画八卦。谓之河图。”诸葛亮根据八卦的原理，作有《八阵图》。

(3)《金匮》：传说姜太公有《金匮书》。辨星文：根据星象推测凶吉。

(4)“地中”句：据《后汉书·公孙瓒列传》，公孙瓒被袁绍围困时，致书其子公孙续：“袁氏之攻，状若鬼神，梯冲舞吾楼上，鼓角鸣于地中，日穷月急，不遑启处。鸟厄归人，滀水陵高，汝当碎首于张燕，驰骤以告急。”

(5) 将军：指周亚夫。据《汉书·周勃传》附《周亚夫传》，周亚夫将东击吴、楚叛军，赵涉对他说：“且兵事上神密，将军何不从此右去，走蓝田，出武关，抵雒阳，间不过差一二日，直入武库，击鸣鼓。诸侯闻之，以为将军从天而下也。”

(6)“函犀”句：《周礼·考工记》：“函人为甲。犀甲七属。”函甲，函人用犀牛皮制成的甲胄。所谓“犀甲七属”，意为犀甲的上身和下身都以七片革片连缀而成。

(7) 络铁：指披挂铁甲的战马。

(8) 飞梯：古代攻城的器械，即云梯。绛：绛州，地名，在今山西省运城市。

(9) 合弩：即连弩。装有机栝，可数矢并发的弓。汾：汾州，在今山西省吕梁市。

(10) 英王：指齐王宇文宪。

(11) 武安君：秦将白起。《史记·白起列传》：“其明年，攻楚，拔郢，烧夷陵，遂东至竟陵。楚王亡去郢，东走徙陈。秦以郢为南郡。白起迁为武安君。武安君因取楚，定巫、黔中郡。”

伏闻游猎诗

虞旗喜旦晴[1](1)，猎马向山横。石关鱼贯上(2)，山梁雁翅行[2](3)。雪平寻兔迹，林蘩听雉声[3]。马嘶山谷响，弓寒桑柘鸣(4)。闻弦鸟自落，望火兽空惊。无风树即正，不冻水还平。谁知茂陵下(5)，愿入睢阳城(6)。

【校记】

［1］旦：《诗集》作“且”。

［2］山良雁翅：《本集》误作“良雁翅山”。

［3］声：《庾子山集注》云：“朱本作‘鸣’。”

【注释】

(1) 虞旗：虞师的旗帜。虞师是古代掌管山泽的官员。

(2) 鱼贯：连续而进，如鱼群相接。

(3) 雁翅行：即雁行。相次而行，如群雁飞行之有序。

(4) 桑柘：桑木与柘木。桑木与柘木都是古代制弓的材料。

(5) 茂陵：汉武帝的陵墓，在今陕西兴平县。《汉书·司马相如列传》：“相如既病免，家居茂陵。”

(6) 睢阳：地名，故址在今河南商丘县南。西汉时梁孝王都于此，广治宫殿园林，延揽四方豪杰，司马相如曾客于此，“梁孝王令与诸生同舍，相如得与诸生游士居数岁，乃著《子虚》之赋。”（《史记·司马相如列传》）

见征客始还遇猎诗

贰师新受诏(1)，长平正凯归(2)。犹言乘战马，未得解戎衣。上林遇逐猎(3)，宜春暂合围(4)。汉帝熊犹愤(5)，秦王雉更飞(6)。故人迎借问，念旧始依依。河边一片石，不复肯支机(7)。

【注释】

(1) 贰师：《史记·大宛列传》：“拜李广利为贰师将军，发属国六千骑，及郡国恶少年数万人，以往伐宛。期至贰师城取善马，故号‘贰师将军’。”

(2) 长平：《史记·外戚列传》：“卫子夫立为皇后，后弟卫青字仲卿，以大将军封为长平侯。”

(3) 上林：见本卷《同州还诗》注（5）。

(4) 宜春：《三辅黄图》卷三：“宜春宫，本秦之离宫，在长安城东南杜县东，近下杜。”

(5)“汉帝”句：指汉时冯婕妤当雄而立庇护圣驾之事。《汉书·外戚传》：“建昭中，上幸虎圈斗兽，后宫皆坐。熊佚出圈，攀槛欲上殿。左右贵人傅昭仪等皆惊走，冯婕妤直前当熊而立。左右格杀熊，上问：‘人情惊惧，何故前当熊?’婕妤对曰：‘猛兽得人而止，妾恐熊至御坐，故以身当之。’元帝嗟叹，以此倍敬重焉。”

（6）“秦王”句：用秦文公时二童子化雉事。《艺文类聚》卷九十引《列异传》：“秦穆公时，陈仓人掘地得物，若羊非羊，若猪非猪，牵以献穆公。道逢二童子，童子曰：‘此名为媪，常在地食死人脑。若欲杀之，以柏插其首。’媪复曰：‘彼二童．名为陈宝．得雄者王．得雌者霸。”陈仓人舍媪，逐二童子，童子化为雉，飞入乎林。陈仓人告穆公，穆公发徒大猎，果得雌。又化为石，置之汧、渭之间。”

（7）“河边”二句：见本卷《杨柳歌》注（2）。

奉和阐弘二教应诏诗(1)

五明教已设(2)，三元法复开(3)。鱼山将鹤岭[1](4)，清梵两边来(5)。香烟聚为塔[2]，花雨积成台[3]。空心论佛性(6)，贞气辨仙才[4][5](7)。露盘高掌滴(8)，风乌平翅回(9)。无劳问待诏[6]，自识昆明灰(10)。

【校记】

［1］山：《艺文类聚》作“出”。

［2］为：《艺文类聚》作“成”。

［3］成：《艺文类聚》作“为”。

［4］贞：《艺文类聚》作“真”，《诗集》同。

［5］辨：《艺文类聚》作“辩”。

［6］问：《诗纪》云：“一作‘访’。”

【注释】

（1）阐弘：阐发弘扬。二教：指释、道二教。

（2）五明：古印度学者通习的五种科目：内明、因明、工巧明、医方明、声明。内明为哲学，因明为逻辑，工巧明为工艺技术、天文算术，医方明为医术、药剂、卫生，声明为文法、训诂。

（3）三元：见本卷《道士步虚词十首》其六注（5）。

（4）鱼山：旧题南朝宋刘敬叔《异苑》卷五：“陈思王曹植，字子建，尝登鱼山，临东阿。忽闻岩岫里有诵经声，清通深亮，远谷流响，肃然有灵气，不觉敛衿祇敬，便有终焉之志。即效而则之，今之梵唱皆植依拟所造。”鹤岭：《豫章记》：“西山中峰最高，顶名鹤岭，即子乔控鹤经过之所。”此处鱼山代表释教，鹤岭代表道教。”

（5）清：指道教所尊的玉清、上清、太清三清境。梵：谓梵天。色界诸天离淫欲而清净，总名曰梵天。

（6）“空心”句：佛教以修心为主，主张性空。

（7）“贞气”句：道教以修炼为主，服食养气。

（8）露盘：《三辅黄图》卷三《建章宫》：“神明台，《汉书》曰：‘建章有神明台。’《庙记》曰：‘神明台，武帝造，祭仙人处，上有承露盘，有铜仙人，舒掌捧铜盘玉杯，以承云表之露，以露和玉屑服之，以求仙道。’”

（9）风乌：见《北周诗》卷二《乌夜啼》注（2）。

（10）“无劳”二句：待诏：汉时诸臣有才技而无正官，名叫待诏。此处待诏指东方朔。据《汉书·东方朔传》，东方朔先待诏公车，后待诏金马门。昆明灰：《三辅黄图·池沼·汉昆明池》：“武帝初，穿池得黑土。帝问东方朔，东方朔曰：‘西域胡人知。’乃问胡人，胡人曰：‘劫烧之余灰也。’”

至老子庙应诏诗

虚无推驭辩[1](1)，寥廓本乘蜺(2)。三门临苦县(3)，九井对灵谿[2](4)。盛丹须竹节[3](5)，量药用刀圭(6)。石似临邛芋(7)，芝如封禅泥(8)。毻毛新鹊小(9)，盘根古树低。野戍孤烟起，春山百鸟啼。路有三千别(10)，途经七圣迷(11)。唯当别关吏[4]，直向流沙西(12)。

【校记】

［1］辩：原作“辨”，《庾子山集注》作“辩”，据改。

［2］谿：《艺文类聚》作“溪”。《文苑英华》、《诗集》同。按：谿，同“溪”。

［3］盛：《本集》作“成”。《文苑英华》、《诗集》同。

［4］唯：《诗纪》云：“一作‘行’。”

【注释】

（1）虚无：《淮南子·精神训》：“虚无者，道之所居也。”驭辩：《庄子·逍遥游》：“若夫乘天地之正，御六气之辩，以游无穷者，彼且恶乎待哉？”驭，同“御”。辩，同“变”，与前文“正”相对而言。

（2）寥廓：高远空旷，指天。乘蜺：驾着彩虹。蜺，同“霓”，副虹。雨后天空中与虹同时出现的彩色圆弧，在虹的外圈，颜色稍淡。

（3）苦县：在今河南鹿邑县东。《史记·老子列传》：“老子者，楚苦县厉乡曲仁里人也。”

（4）九井：《括地志·亳州》：“苦县在亳州谷阳县界，有老子宅及庙，庙中有九井尚存。”

（5）“盛丹”句：制竹为桶，以盛丹药。

（6）刀圭：古代量取药的用具。

（7）临邛（qióng）芋：《汉书·货殖传》：“唯卓氏曰：‘此地狭薄。吾闻岷山之下沃野，下有踆鸱，至死不饥。民工作布，易贾。’乃求远迁，致之临邛。”颜师古注：“踆鸱谓芋也，其根可食，以充粮，故无饥年。《华阳国志》曰：‘汶山郡都安縣有大芋如蹲鸱也。’”临邛，古地名，在今四川省邛崃县。

（8）芝：灵芝，传说神仙常服食之。封禅泥：《白虎通义》卷五：“或曰：封者，金泥银绳。或曰：石泥金绳，封以印玺。”

（9）毻（tuò）：鸟兽脱毛。

（10）三千：《礼记·王制》：“凡四海之内，断长补短，方三千里。

（11）“途经”句：《庄子·徐无鬼》：“黄帝将见大隗乎具茨之山，方明为御，昌寓骖乘，张若、谐朋前马，昆阍、滑稽后车。至于襄城之野，七圣皆迷，无所问涂。”

（12）别关吏：《史记·老子列传》：“老子修道德，其学以自隐无名为务。居周久之，见周之衰，乃遂去。至关，关令尹喜曰：‘子将隐矣，强为我著书。’于是老子乃著书上下篇，言道德之意五千馀言而去，莫知其所终。”

奉和赵王游仙诗(1)

藏山还采药，有道得从师。京兆陈安世(2)，成都李意期[1](3)。玉京传相鹤(4)，太乙授飞龟(5)。白石香新芋[2](6)，青泥美熟芝(7)。山精逢照镜(8)，樵客值围棋(9)。石纹如碎锦，藤苗似乱丝。蓬莱在何处，汉后欲遥祠(10)。

【校记】

［1］期：《艺文类聚》作“其”。

［2］芋：《诗集》误作“竿”。

【注释】

(1) 赵王：宇文招。小传见《北周诗》卷一。

(2) 陈安世：京兆人（今属陕西西安），与二仙相遇，授之药，后道成仙去。《神仙传》卷三有传。

(3) 李意期：蜀地人，汉文帝时于成都角中作土窟而居，刘玄德伐吴请他占卜，皆中。后入山中，不复出来。《神仙传》卷十有传。

(4) 玉京：天阙，道家称为三十二帝之都，在无为之天。相鹤：道士浮丘公有《相鹤经》。

(5) 太乙：神名。飞龟：道家经典名。《要诀灵宝经》有《正机》、《平衡》、《飞龟》三篇。

(6) “白石”句：见本卷《任洛州酬薛文学见赠别诗》注（16）。

(7) 青泥：《神仙传》卷六：“王烈，字长休，邯郸人。……烈入太行山，闻山裂声，往视之，山断数百丈，有青泥出如髓，取抟之，须臾成石，如热腊之状，食之味如粳米。”

(8) “山精”句：《抱朴子·内篇·登涉》：“又万物之老者，其精悉能假托人形，以眩惑人目而常试人，唯不能于镜中易其真形耳。是以古之入山道士，皆以明镜径九寸已上，悬于背后，则老魅不敢近人。”

(9) “樵客”句：任昉《述异记》卷上：“信安郡有石室山，晋时王质伐木至，见童子数人棋而歌，质因听之。童子以一物与质，如枣核，质含之而不觉饥。俄童子谓曰：‘何不去？’质起视，斧柯尽烂。既归，无复时人。”

(10) “蓬莱”二句：《史记·封禅书》：“少君言于上曰：‘祠灶则致物，致物而丹沙可化为黄金，黄金成以为饮食器则益寿，益寿而海中蓬莱仙者可见，见之以封禅则不死，黄帝是也。臣尝游海上，见安期生，食臣枣，大如瓜。安期生仙者，通蓬莱中，合则见人，不合则隐。’于是天子始亲祠灶，而遣方士入海求蓬莱安期生之属，而事化丹沙诸药齐为黄金矣。”

奉和同泰寺浮图诗(1)

岧岧凌太清[1](2)，照殿比东京[2](3)。长影临双阙(4)，高层出九城(5)。栱积行云碍(6)，幡摇度鸟惊(7)。凤飞如始泊[3](8)，莲合似初生[4](9)。轮重对月满(10)，铎韵拟鸾声(11)。画水流全住[5]，图云色半轻[6](12)。露晚盘犹滴[7](13)，珠朝火更明[8](14)。虽连博望苑(15)，还接银沙城(16)。天香下桂殿(17)，仙梵入伊笙(18)。庶闻八解乐[9](19)，方遣六尘情(20)。

【校记】

[1] 岧岧：《文苑英华》作"苕苕"。《广弘明集》作"迢迢"。注云："三本、宫本作'迢迢'。"太：《文苑英华》云："一作'泰'。"

[2] 比：《诗集》作"北"。

[3] 凤：《文苑英华》作"花"。注云："一作'凤'。"泊：《文苑英华》作"落"。注云："一作'迩'。"《诗集》作"落"。

[4] 合：《广弘明集》云："元本作'答'。"

[5] 画：《艺文类聚》、《诗集》误作"昼"。

[6] 半：《诗集》作"玉"。轻：《文苑英华》作"行"。注云："一作'轻'。"《诗纪》云："一作'行'。"《诗集》作"行"。又注："一作'轻'。"

[7] 盘：《广弘明集》作"泉"。注云："明本作'全'。"盘犹滴：《文苑英华》作"烟露晚"。注云："一作'露晚盘'。"《诗集》作"烟露晚"。

[8] 珠朝：《文苑英华》作"史朝"。

[9] 解：《诗集》作"界"。闻八解：《文苑英华》作"同八界"。注云："一作'庶闻八解乐'。"

【注释】

(1)《诗纪》云："和梁简文帝。"按：梁简文帝萧纲有《幸同泰寺浮屠诗》。同泰寺：梁武帝萧衍所创建的寺院，在台城内。浮屠：塔。

(2) 岧岧：形容高。太清：天空。

(3) 东京：东汉都城洛阳。

(4) 双阙：古代宫殿、祠庙、陵墓前两边高台上的楼观。此处借指宫门。

(5) 九城：指京都。旧时京都多设城门九座，故称。

(6) 栱（gǒng)：我国传统木结构建筑中一种弧形支承撑构件，处于柱与屋顶之间。

(7) 幡：经幡，寺院中的旗帜。

(8)"凤飞"句：屋脊上的凤形饰物如同凤凰刚停栖。

(9)"莲合"句：藻井口饰有莲花图形，如同初生之时。

(10)"轮重"句：言塔上悬镜如月。

(11)"铎韵"句：言塔角悬挂的风铃摇动时发出的声音像天子车驾上的鸾铃。

(12)"画水"二句：形容塔上画有水和云的图饰。

(13) 盘：汉武帝所建承露盘之类。

(14) 珠：夜明珠之类。

(15) 博望苑：《三辅黄图·苑囿》："博望苑，武帝立子据为太子，为太子开博望苑以通宾客。……又云：'博望苑在长安城南，杜门外五里有遗址。'"

（16）银沙城：指佛教。

（17）天香：祭神的香。桂殿：对寺观殿宇的美称。

（18）仙梵：僧人诵经的声音。伊笙：《列仙传》："王子乔者，周灵王太子晋也。好吹笙，作凤凰鸣。游伊、洛之间，道士浮丘公接以上嵩高山三十馀年。"

（19）庶：副词，表示希望。八解：佛教中所谓能使人解脱束缚的八种禅定。

（20）六尘：指色、音、香、味、触、法。眼入色，耳入声，鼻入香，舌人味，身人触，意入法，是为六入，又称六根或六识。

奉和法筵应诏诗(1)

五城邻北极(2)，百雉壮西昆[1](3)。钩陈横复道(4)，阊阖抵灵轩(5)。千柱莲花塔，由旬紫绀园(6)。佛影胡人记，经文汉语翻。星窥朱鸟牖(7)，云宿凤凰门(8)。新禽解杂啭，春柳卧生根。早雷惊蛰户，流雪长河源。建始移交让(9)，徽音种合昏(10)。风飞扇天辩[2](11)，泉涌属丝言(12)。羁臣从散木(13)，无以预中天[3](14)。□□遥可望[4]，终类仰鹍弦(15)。

【校记】

［1］昆：《本集》作"崑"。

［2］辩：《诗纪》作"辨"。

［3］无：《庾子山集注》作"何"，又云："朱本作'无'。"

［4］□□：《庾子山集注》云："首二字各本俱脱，惟清吴兆宜《庾开府集笺注》补为'中天'，仅备一说而已。"

【注释】

（1）法筵：僧人讲说佛法的坐席。

（2）五城：传说昆仑山上有五城。《抱朴子内篇·地真》："仙经曰：'九转丹，金液经，守一诀，皆在昆仑五城之内，藏以玉函，刻以金札，封以紫泥，印以中章焉。'"北极：北极星。

（3）雉：城墙方丈为堵，三堵为雉，一雉之墙，长三丈，高一丈。西昆：指昆仑山。

（4）钩陈：星名。在紫微垣内，最近北极。复道：楼阁上间架设在空中的木质通道，类似现在的天桥。

（5）阊阖：天门。灵轩：窗户。

（6）由旬：古代印度计长度的单位。军行一日的行程。或言四十里，或言三十里，或言十六里。

（7）朱鸟牖：见本卷《杨柳歌》注（13）。

（8）凤凰门：《史记·孝武本纪》："其东则凤阙，高二十馀丈。"司马贞《索隐》引《三辅故事》："北有圜阙，高二十丈，上有铜凤皇，故曰凤阙也。"

（9）建始：殿名。建安二十五年（220），曹操在洛阳起建始殿。交让：树名。《文选》左思《蜀都赋》"交让所植"刘渊林注："交让，木名也。两树对生，一树枯则一树生，如是岁更，终不俱生俱枯也。出岷山，在安都县。"

(10) 徽音：殿名，在洛阳。合昏：植物名，即槿树，叶子晨舒昏合。
(11) 天辩：皇帝的辩说。
(12) 丝言：皇帝的言论。《礼记》："王言如丝，其出如纶。"
(13) 羁臣：庾信自谓本羁旅之臣。散木：不材之木，无所可用。
(14) 中天：台名，传为周穆王所筑。
(15) 鹍弦：《鹍鸡》与《游弦》，古代的琴曲。

和从驾登云居寺塔诗[1]

重峦千仞塔，危磴九层台[2](1)。石关恒逆上[3](2)，山梁乍斗回[4](3)。阶下云峰出[5]，窗前风洞开。隔岭钟声度[6]，中天梵响来(4)。平时欣侍从[7]，于此暂徘徊[8](5)。

【校记】

[1]《庾子山集注》云："一作《和赵王游云居寺》。"塔：《诗集》无此字。
[2] 磴：《艺文类聚》作"登"。
[3] 恒：《文苑英华》作"还"。注云："一作'常'。"
[4] 乍：《文苑英华》作"作"。
[5] 阶：《艺文类聚》作"跗"。
[6] 隔：《艺文类聚》作"蹑"。度：《文苑英华》作"应"。
[7] 平：《庾子山集注》云："《英华》、朱本作'于'。"
[8] 暂：《文苑英华》作"共"。

【注释】

(1) 磴（dèng）：山路的石级。
(2) 石关：石阙。两山相对如阙。
(3) 斗回：如北斗曲折。
(4) 梵响：诵经声。
(5) 暂：同"暂"。

和何仪同讲竟述怀诗[1]

无名即讲道(1)，有动定论机[2](2)，安经让礼席[3](3)，正业理儒衣(4)。似得游焉趣(5)，能同舍讲归(6)。石渠人少歇[4](7)，华阴市暂稀(8)。秋云低晚气[5]，短景侧馀辉(9)。萤排乱草出(10)，雁舍断芦飞(11)。别有平陵径(12)，萧条客鬓衰[6]。饥噪空仓雀，寒惊懒妇机(13)。实欣怀谀问[7](14)，逢君理入微。

【校记】

[1]《诗集》"和"上有"五言"二字。
[2] 机：《初学记》作"参微"。
[3] 经：《诗集》作"弦"。

［4］少：《初学记》作“未”。
［5］低：《初学记》作“从”。
［6］客：《诗集》作“容”。
［7］謏：原作“谀”，《庾子山集注》作“謏”，据改。

【注释】

（1）无名：见本卷《道士步虚词十首》（其三）注（2）。
（2）机：《易·系辞》：“几者，动之微。”机：同“几”。
（3）安经：安放经书。礼席：即讲席。
（4）正业：把书籍放正。
（5）游焉：《礼记·学记》：“故君子之于学也，藏焉，修焉，息焉，游焉。”游焉，闲暇无事时用心于学业。
（6）舍讲：《后汉书·朱祐传》：“祐初学长安，帝往候之，祐不时相劳苦，而先升讲舍。后车驾幸其第，帝因笑曰：‘主人得无舍我讲乎？’”
（7）石渠：《三辅黄图》卷六：“石渠阁，萧何所造。其下础石为渠以道水，若今御沟，因为阁名。所藏入关所得秦之图籍。至于成帝，又于此藏秘书焉。”
（8）华阴市：《后汉书·张楷传》：“楷字公超，通《严氏春秋》、《古文尚书》，门徒常百人。……隐居弘农山中，学者随之，所居成市，后华阴山南遂有公超市。”
（9）短景：谓白昼将尽。
（10）“萤排”句：《礼记·月令》：“季夏之月……腐草为萤。”
（11）“雁舍”句：见本卷《和宇文京兆游田诗》注（5）。
（12）平陵：地名，今属陕西省。
（13）懒妇：指蟋蟀。
（14）謏闻：《礼记·学记》：“发虑宪，求善良，足以謏闻，不足以动众。”謏（xiǎo）闻，小有名声。问，通“闻”，声誉。

奉和赵王隐士诗(1)

洛阳征五隐(2)，东都别二贤(3)。云气浮函谷(4)，星光集颍川(5)。霸陵采樵路[1](6)，成都卖卜钱(7)。鹿裘披稍裂(8)，藜床坐欲穿(9)。阮籍唯长啸[2](10)，嵇康讶一弦[3](11)。涧险无平石，山深足细泉。短松犹百尺[4]，少鹤已千年。野鸟繁弦啭，山花焰火然(12)。洞风吹户里，石乳滴窗前[5]。虽无亭长识(13)，终见野人传[6](14)。

【校记】

［1］路：《文苑英华》、《诗纪》并云：“一作‘径’。”
［2］唯：《文苑英华》作“推”。
［3］一：《文苑英华》作“下”。
［4］短：《艺文类聚》作“低”。《文苑英华》同。尺：《文苑英华》云：“一作‘丈’。”
［5］窗：《庾子山集注》云：“朱本作‘床’。”

［6］传：《庾子山集注》云："《类聚》、《英华》并作'船'。"

【注释】

（1）《诗纪》云："王褒同赋。"按，王褒《奉和赵王隐士诗》见《北周诗》卷一。

（2）"洛阳"句：《后汉书·徐穉列传》："延熹二年（159），尚书令陈蕃、仆射胡广等上疏荐穉等曰：'……伏见处士豫章徐穉、彭城姜肱、汝南袁闳、京兆韦著、颍川李昙，德行纯备，著于人听。若使擢登三事，协亮天工，必能翼宣盛美，增光日月矣。'桓帝乃以安车玄纁，备礼征之，并不至。"

（3）"东都"句：据《汉书·疏广传》，疏广与其侄疏受分别任太子的太傅和少傅，"父子并为师傅，朝廷以为荣。"但二疏认为应该知足而止，功成身退，于是称病辞职。离开洛阳时，"公卿大夫、故人、邑子设祖道，供张东都门外，送者车数百两，辞决而去。及道路观者皆曰：'贤哉二大夫！'或叹息为之下泣。"二贤：指疏广与其侄疏受。

（4）"云色"句：《史记·老子列传》："老子修道德，其学以自隐无名为务。居周久之，见周之衰，乃遂去。至关，关令尹喜曰：'子将隐矣，强为我著书。'于是老子乃著书上下篇，言道德之意五千馀言而去，莫知其所终。"《索隐》引《列仙传》云："老子西游，关令尹喜望见有紫气浮关，而老子果乘青牛而过也。"老子所经之关，或曰函谷关，或曰散关。

（5）星光：少微星，古代以为处士星。颍川：郡名。《后汉书》卷六十二所记荀淑荀爽父子、孙悦、韩韶、钟皓、陈寔、陈纪父子等人，均为颍川人，皆以道德学问称誉一时。《三国志·郭嘉传》记曹操言，已有"汝颍固多奇士"之说。

（6）"霸陵"句：《后汉书·逸民传》："居有顷，妻曰：'常闻夫子欲隐居避患，今何为默默？无乃欲低头就之乎？'（梁）鸿曰：'诺。'乃共入霸陵山中，以耕织为业，咏《诗》、《书》，弹琴以自娱。"

（7）"成都"句：《汉书·王贡两龚鲍传》："（严）君平卜筮于成都市，以为：'卜筮者贱业，而可以惠众人。有邪恶非正之问，则依蓍龟为言利害。与人子言依于孝，与人弟言依于顺，与人臣言依于忠，各因势导之以善，从吾言者，已过半矣。'裁日阅数人，得百钱足自养，则闭肆下帘而授《老子》。"

（8）"鹿裘"句：《高士传》卷上："荣启期者，不知何许人也。鹿裘带索，鼓琴而歌。"

（9）"藜床"句：《高士传》卷下："管宁字幼安，北海朱虚人也。……宁凡征命十至，舆服四赐。常坐一木榻上，积五十五年未尝箕踞，榻上当膝皆穿。"

（10）"阮籍"句：《三国志·魏书·王卫二刘付传》注引《魏氏春秋》："（阮）籍少時尝游苏门山，苏门山有隐者，莫知名姓，有竹实数斛、臼杵而已。籍从之，与谈太古无为之道，及论五帝三王之义，苏门生萧然曾不经听。籍乃对之长啸，清韵响亮，苏门生逌尔而笑。籍既降，苏门生亦啸，若鸾凤之音焉。至是，籍乃假苏门先生之论以寄所怀。"

（11）"嵇康"句：《太平广记·神仙女仙卷》卷九引《神仙传》："孙登者，不知何许人也。……嵇叔夜有迈世之志，曾诣登，登不与语。叔夜乃扣难之，而登弹琴自若。久之，叔夜退，登曰：'少年才优而识寡，劣于保身，其能免乎？'俄而叔夜竟陷大辟。叔夜善弹琴，于是登弹一弦之琴，以成音曲。叔夜乃叹息绝思也。"

（12）然：同"燃"。

（13）"虽无"句：《后汉书·逸民列传》："韩康字伯休，一名恬休，京兆霸陵人。……桓帝乃备玄纁之礼，以安车聘之。使者奉诏造康，康不得已，乃许诺。辞安车，自乘柴车，冒晨先使者发。至亭，亭长以韩征君当过，方发人牛修道桥。及见康柴车幅巾，以为田叟也，使夺其牛。康即释驾与之。有顷，使者至，知夺牛翁乃征君也。使者欲奏杀亭长。康曰：‘此自老子与之，亭长何罪！’乃止。康因中道逃遁，以寿终。”

(14)“终见”句：《后汉书·逸民列传》：“汉阴老父者，不知何许人也。桓帝延熹中，幸竟陵，过云梦，临沔水，百姓莫不观者，有老父独耕不辍。尚书郎南阳张温异之，使问曰：‘人皆来观，老父独不辍，何也？’老父笑而不对。温下道百步，自与言。老父曰：‘我野人耳，不达斯语。请问天下乱而立天子邪？理而立天子邪？立天子以父天下邪？役天下以奉天子邪？昔圣王宰世，茅茨采椽，而万人以宁。今子之君，劳人自纵，逸游无忌。吾为子羞之，子何忍欲人观之乎！’温大惭。问其姓名，不告而去。”

经陈思王墓诗(1)

公子独忧生(2)，丘垄擅馀名(3)。采樵枯树尽[1]，犁田荒隧平(4)。宁追宴平乐[2](5)，讵想谒承明(6)。且余来锡命(7)，兼言事结成(8)。飘飖河朔远(9)，飐飙飓风鸣[3](10)。雁与云俱阵，沙将蓬共惊。枯桑落古社[4](11)，寒鸟归孤城[5]。陇水哀笳曲(12)，渔阳惨鼓声(13)。离家来远客，安得不伤情。

【校记】

[1] 采樵：《文苑英华》作“樵采”。

[2] 宴：《文苑英华》误作“晏”。

[3] 飐飙飓风：风狂暴貌。又注：“‘飒’一作‘飙’。”

[4] 古：《文苑英华》云：“一作‘故’。”

[5] 鸟：《文苑英华》作“鸦”。归：《文苑英华》云：“一作‘思’。”

【注释】

(1)《文苑英华》三百六作庾肩吾。逯按：“此当是子山之作。说见肩吾此诗下。”陈思王：曹植，封陈王，谥思，故称。

(2)“公子”句：谢灵运《拟魏太子邺中集诗序》：“平原侯值，公子不及世事，但美遨游，然颇有忧生之嗟。”公子：诸侯之子，这里指曹植。

(3) 丘垄：亦作“丘陇”，此指坟墓。擅：独占。馀名：身后名。

(4) 荒隧：墓道。

(5) 宴平乐：曹植《名都篇》：“我归宴平乐，美酒斗十千。”平乐：平乐观，在洛阳西门外，汉明帝所建。

(6) 谒承明：曹植《赠白马王彪》：“谒帝承明庐，逝将归旧疆。”谒：谒见，进见。承明：汉长安有承明庐，在石渠阁外。

(7) 锡命：天子赐予诸侯爵服等赏命。此行为庾信奉命出使东魏时途经曹植墓。

(8) 结成：缔结和约。

(9) 河朔：泛指黄河以北的地方。

(10) 飐（zhǎn）飙：风吹物动。飓风：发生在海洋上的强烈风暴。

(11) 古社：古社庙。社：祭土地之所，即社宫、社庙。

(12)“陇水”句：《乐府诗集·横吹曲辞五·陇头流水歌辞》其一：“陇头流水，流离山下。念吾一身，飘然旷野。”笸：吹器。同“笳”。陇水：见本卷《出自蓟北门行》注(3)。

(13)“渔阳”句：《后汉书·祢衡传》：“次至衡，衡方为《渔阳》参挝，蹀而前，容态有异，声节悲壮，听者莫不慷慨。”渔阳：地名，秦郡，辖境内相当今北京市及以东各县。

北　周　诗

卷　三

庾　信

拟咏怀诗二十七首(1)

其　一

步兵未饮酒(2)，中散未弹琴(3)。索索无真气(4)，昏昏有俗心[1](5)。涸鲋常思水(6)，惊飞每失林[2](7)。风云能变色(8)，松竹且悲吟[3]。由来不得意，何必往长岑(9)。

【校记】

[1] 俗：《艺文类聚》作“欲”。

[2] 飞：《诗集》作“羽”。《诗纪》云：“一作‘羽’。”

[3] 吟：《艺文类聚》作“喑”。

【注释】

(1) 拟咏怀：魏阮籍曾作五言《咏怀诗》八十二首，庾信取法前贤，模拟《咏怀》，故名为“拟咏怀”。

(2) 步兵：即阮籍（210—263），字嗣宗，陈留尉氏（今河南尉氏县）人，世称阮步兵。《三国志》卷二十一注引《魏氏春秋》：“（阮籍）闻步兵校尉缺，厨多美酒，营人善酿酒，求为校尉，遂纵酒昏酣，遗落世事。”

(3) 中散：即嵇康（223—262），字叔夜，谯郡铚（今安徽宿州）人，世称嵇中散。《文选》卷十八注引臧荣绪《晋书》：“（嵇康）幼有奇才，博览无所不见。拜中散大夫。以吕安事诛。”《三国志》卷二十一注引《嵇氏谱》：“善属文论，弹琴咏诗，自足于怀抱之中。”

(4) 索索：寥落无生气的样子。

(5) 昏昏：迷乱的样子。

(6) 涸鲋（fù）：即涸辙之鲋，困在干涸的车辙中的鲫鱼。《庄子·外物》：“庄周家贫，故往贷粟于监河侯。监河侯曰：‘诺。我将得邑金，将贷子三百金，可乎？’庄周忿然作色，曰：‘周昨来，有中道而呼者，周顾视车辙中有鲋鱼焉。周问之曰：“鲋鱼来，子何为者耶?”对曰：“我，东海之波臣也。君岂有斗升之水而活我哉?”’”

(7) 惊飞，受惊而飞。《战国策·楚策四》：“有间，雁从东方来，更嬴以虚发而下之。魏王曰：‘然则射可至此乎?’更嬴曰：‘此孽也。’王曰：‘先生何以知之?’对曰：‘其飞徐而鸣悲。飞徐者，故疮痛也；鸣悲者，久失群也，故疮未息，而惊心未去也。闻弦音，引而高飞，故疮发而陨也。’”

(8) 能：乃。

(9)“由来”两句：《后汉书·崔骃传》：“（窦）宪擅权骄恣，骃数谏之，及出击匈奴，道路愈多不法。骃为主簿，前后奏记数十，指切长短。宪不能容，稍疏之，因察骃高第，出为长岑长。骃自以远去，不得意，遂不之官而归。永元四年，卒于家。”长岑：汉县名，属乐浪郡，在今朝鲜境内。

其 二

赭衣居傅岩(1)，垂纶在渭川(2)。乘舟能上月(3)，飞幰欲扪天(4)。谁知志不就，空有直如弦(5)。洛阳苏季子，连衡遂不连。既无六国印，翻思二顷田(6)。

【注释】

(1)“赭衣”句：赭（zhě）衣，赤色的衣服，这里指囚徒所穿的、用赤土染成的囚服。傅岩：相传为傅说做苦役的地方，在今山西平陆县东。据《尚书·商书·说命上》，殷高宗梦到天帝派贤人来辅佐他：“俾以形旁求于天下，说筑傅岩之野，惟肖，爰立作相。”当时傅说在傅岩做囚徒，服苦役。

(2)“垂纶”句：垂纶，垂丝线钓鱼。渭川：渭水。《史记·齐太公世家》：“吕尚盖尝穷困，年老矣，以渔钓奸周西伯。西伯将出猎，卜之，曰：‘所获非龙非彲，非虎非罴；所获霸王之辅。’于是周西伯猎，果遇太公于渭之阳。”后吕尚（姜子牙）被周文王尊为师尚父，佐武王伐纣。

(3) 乘舟”句：《竹书纪年》：“伊挚将应汤命，梦乘船过日月之傍。”

(4)“飞幰”句：幰，车前的帷幔，与车顶齐而稍仰。飞幰，指可以飞腾的车。扪（mén）天：触天。

(5) 直如弦：《后汉书·五行志一》：“顺帝之末，京都童谣曰：‘直如弦，死道边。曲如钩，反封侯。’”

(6)“洛阳”四句：苏季子，即苏秦，战国时东周洛阳人。据《史记·苏秦列传》，苏秦开始用“连衡”游说秦惠王，不为所用，于是往六国说“合纵”以抗秦，最终佩六国相印，为纵约长。显达后返回故乡，“苏秦之昆弟妻嫂侧目不敢仰视，俯伏侍取食。苏秦笑谓其嫂曰：‘何前倨而后恭也?’嫂委蛇蒲服，以面掩地而谢曰：‘见季子位高金多也。’苏秦喟然叹曰：‘此一人之身，富贵则亲戚畏惧之，贫贱则轻易之，况众人乎！且使我有雒阳负郭田二顷，吾岂能佩六国相印乎！’于是散千金以赐宗族朋友。”季子，犹今言小叔子。

其 三

俎豆非所习(1)，帷幄复无谋(2)。不言班定远，应为万里侯(3)。燕客思辽水(4)，秦人望陇头(5)。倡家遭强聘[1](6)，质子值仍留(7)。自怜才智尽，空伤年鬓秋。

【校记】

［1］聘，原作“娉”，《本集》作“聘”，据改。

【注释】

（1）俎豆：俎和豆是古代祭祀、宴会时所用的礼器，俎是置肉的几案，豆是盛干肉一类食物的器皿。这里借指礼仪之事。

（2）帷幄：军营中的帐幕，借指军事谋略。

（3）“不言”二句：班定远即班超（33—103），字仲升，扶风安陵人，东汉名将。班超少有大志，相者曾说他“生燕颔虎头，飞而食肉，此万里侯相也”。后出使西域，平定诸国，任西域都护，封定远侯。“超自以久在绝域，年老思土。”永元十二年（100）上书汉和帝，“但愿生入玉门关”，诏还。事见《后汉书・班超传》。应：曾。

（4）燕客：来自燕地的游客。辽水：即今辽河。

（5）陇头：即陇山，亦名陇阪、陇坻、陇首，古属秦地，在今陕西陇县与甘肃清水县之间。

（6）倡家：歌舞艺人。聘：古诗指订婚或迎娶。

（7）质子：古代国家间订立盟约，常把国君的儿子派往他国作为人质，故名“质子”。仍留：一再地被扣留。此二句以倡家、质子自喻。

其 四

楚材称晋用(1)，秦臣即赵冠(2)。离宫延子产(3)，羁旅接陈完(4)。寓卫非所寓(5)，安齐独未安(6)。雪泣悲去鲁(7)，凄然忆相韩(8)。唯彼穷途恸[1](9)，知余行路难。

【校记】

［1］途：《诗集》作“达”。

【注释】

（1）“楚材”句：本指楚国的材料，借指楚国的人才。《左传・襄公二十六年》：“虽楚有材，晋实用之”。称：适合。

（2）“秦臣”句：《后汉书・舆服志下》：“胡广说曰：‘赵武灵王效胡服，以金珰饰首，前插貂尾，为贵职。秦灭赵，以其君冠赐近臣。’”

（3）“离宫”句：据《左传・襄公三十一年》，子产陪同郑简公访晋，晋君未能及时接见，且安排他们居住的馆舍甚为简陋。子产让人拆除了馆舍的围墙，以便车马出入。晋侯派人责问子产，子产批评晋国作为盟主，如此招待宾客不礼貌，于是晋侯很好地接待他们，还特别兴建了接待诸侯的馆舍。离宫：古代帝王于正式宫殿之外别筑宫室，以便游处，称为离宫。这里指接待外宾的馆舍。延：邀请。子产：公孙侨（？—前522），字子产，春秋时期郑国著名的政治家。

（4）“羁旅”句：据《左传·庄公二十二年》，陈人杀太子御寇，公子完奔齐，齐侯用陈完为卿，陈完辞让说：“羁旅之臣，岂敢为卿以辱高位。”于是被用为工正。陈完：陈公子完，陈厉公之子。

（5）寓卫：《诗·邶风·旄丘》毛序：“狄人迫逐黎侯，黎侯寓于卫。”

（6）安齐：据《左传·僖公二十三年》，晋公子重耳出亡到齐国，齐桓公妻之以女。重耳安于齐国的生活，不愿离开，随行的人施以巧记，才使他离去。

（7）雪泣：擦去涕泪。去鲁：《韩诗外传》卷三：“至乎孔子去鲁，迟迟乎其行也，可以去而去，可以止而止，去父母国之道也。”借指自己离开故国。

（8）相韩：《史记·留侯世家》：“韩破，良家僮三百人，弟死不葬，悉以家财求客刺秦王，为韩报仇，以大父、父五世相韩故。”借指庾氏父子仕梁。

（9）穷途恸：《三国志》卷二十一裴注引《魏氏春秋》：“（阮籍）时率意独驾，不由径路，车迹所穷，辄恸哭而反。”

其　五

惟忠且惟孝，为子复为臣。一朝人事尽，身名不足亲。吴起尝辞魏[1](1)，韩非遂入秦(2)。壮情已消歇，雄图不复申(3)。移住华阴下(4)，终为关外人(5)。

【校记】

［1］尝，原作“常”，《本集》作“尝”，据改。

【注释】

（1）“吴起”句：吴起（？—前378），卫国人，战国时军事家。据《史记·吴起列传》，吴起先为鲁将，又归魏，为魏文侯所信用，拜西河守，屡建战功。魏武侯时，魏相公叔谗毁吴起，“吴起惧得罪，遂去，即之楚”。

（2）“韩非”句：韩非（前280？—前233），韩国人，战国时法家思想的代表人物。韩非著《孤愤》、《五蠹》等十馀万言，秦王见其书而思其人，急攻韩，“韩王始不用非，及急，乃遣非使秦。”（《史记·老子韩非列传》）

（3）申：同“伸”，伸展。

（4）华阴，华山之北。

（5）“终为”句：《汉书·武帝纪》：“三年冬，徙函谷关于新安，以故关为弘农县。”东汉应劭注：“时楼船将军杨仆数有大功，耻为关外民，上书乞徙东关，以家财给其用度。武帝意亦好广阔，于是徙关于新安，去弘农三百里。”

其　六

畴昔国士遇，生平知己恩(1)。直言珠可吐[1](2)，宁知炭欲吞[2](3)。一顾重尺璧(4)，千金轻一言(5)。悲伤刘孺子(6)，凄怆史皇孙(7)。无因同武骑，归守灞陵园(8)。

【校记】

［1］珠：本集作“殊”。

［2］欲：原作“可”，《艺文类聚》作“欲”，《诗纪》云“一作‘欲’”，据改。

【注释】

（1）畴昔：从前，指在梁朝时。国士：一国之中的优秀人才。据《史记·刺客列传》，豫让为晋国大夫智伯的门客，智伯待他极为尊宠。后智伯为赵襄子所灭，智伯决心为智伯报仇。他发誓道：“嗟乎！士为知己者死，女为说己者容。今智伯知我，我必为报雠而死，以报智伯，则吾魂魄不愧矣。”为了报仇，他“乃变名姓为刑人”，后竟“漆身为厉，吞炭为哑，使形状不可知，行乞于市”。刺杀失败后被擒，“襄子乃数豫让曰：‘子不尝事范、中行氏乎？智伯尽灭之，而子不为报雠，而反委质臣于智伯。智伯亦已死矣，而子独何以为之报雠之深也？’豫让曰：‘臣事范、中行氏，范、中行氏皆众人遇我，我故众人报之。至于智伯，国士遇我，我故国士报之。’”

（2）直言：只道。珠可吐：《庄子·秋水》：“子不见夫唾者乎？喷则大者如珠，小者如雾。”《后汉书·赵壹传》：“势家多所宜，咳唾自成珠。”

（3）宁知：岂知。炭欲吞：见本诗注（1）。

（4）一顾：《战国策·燕策二》：“伯乐乃还而视之，去而顾之。一旦而马价十倍。”后伯乐一顾用以比喻受人知遇赏识。尺璧：直径一尺的大璧，言其珍贵。

（5）“千金”句：《越绝书·越绝外传纪策考第七》：“吴使子胥救蔡，诛强楚，笞平王墓，久而不去，意欲报楚。楚乃购之千金，众人莫能止之。有野人谓子胥曰：‘止！吾是于斧掩壶浆之子，发箪饭于船中者。’子胥乃知是渔者也，引兵而还。故无往不复，何德不报。渔者一言，千金归焉，因是还去。”

（6）刘孺子：汉平帝元始五年（前5），王莽杀平帝，立汉宣帝玄孙刘婴为皇太子，年仅二岁，号孺子。始建国元年（前9），王莽废孺子为定安公，正式篡汉称帝。东汉光武帝建武元年（25年）正月，平陵人方望于临泾立刘婴为帝。2月，更始帝刘玄派兵攻打临泾，刘婴为乱兵所杀。

（7）史皇孙：汉武帝子刘据（戾太子）纳史良娣，生刘进，称史皇孙。后值巫蛊之祸，刘据自杀，史良娣及史皇孙皆遇害。谥曰“悼”。

（8）“无因”二句：据《史记·司马相如列传》，司马相如始“以赀为郎，事孝景帝，为武骑常侍”。汉武帝时，“相如拜为孝文园令”。孝文园即汉文帝的灞陵，故孝文园又称灞陵园。

其 七

榆关断音信(1)，汉使绝经过。胡笳落泪曲，羌笛断肠歌(2)。纤腰减束素[1](3)，别泪损横波(4)。恨心终不歇，红颜无复多。枯木期填海(5)，青山望断河(6)。

【校记】

［1］纤：《诗集》、《诗纪》作“孅”。

【注释】

（1）榆关：汉代要塞名，在今内蒙古自治区准格尔旗境内。

(2)“胡笳”二句：胡笳、羌笛都是古代北方民族的吹奏的乐器。此二句互文见义，意为胡笳、羌笛吹奏出令人落泪、断肠的乐曲。

(3)束素：一束白绢，这里比喻女子的纤腰。宋玉《登徒子好色赋》：“腰如束素。”

(4)横波：眼神流动如水波，这里指代眼睛。傅毅《舞赋》：“目流睇而横波。”

(5)枯木”句：《山海经·北山经》：“是炎帝之少女，名曰女娃。女娃游于东海，溺而不返，故为精卫，常衔西山之木石，以堙于东海。”

(6)“青山”句：《水经注·河水》引古语：“华岳本一山，当河，河水过而曲行。河神巨灵，手荡脚踏，开而为两，今掌足之迹，仍存华岩。”诗人根据这一神话传说，反其意而用之。

其 八

白马向清波(1)，乘冰始渡河(2)。置兵须近水(3)，移营喜灶多(4)。长坂初垂翼(5)，鸿沟遂倒戈(6)。的颅于此去(7)，虞兮奈若何(8)。空营卫青冢(9)，徒听田横歌(10)。

【注释】

(1)白马：《史记·五帝本纪》：“(帝尧)黄收纯衣，彤车乘白马。”这里指梁元帝。清波：古地名，今河南新蔡。战国时属楚地，这里指代江陵。《史记·陈涉世家》：“鄱盗当阳君黥布之兵相收，复击秦左右校，破之青波，复以陈为楚。会项梁立怀王孙心为楚王。”

(2)乘冰：《后汉书·光武帝纪》：“(光武)至呼沱河，无船，适遇冰合，得过，未毕数车而陷。”

(3)“置兵”句：《史记·淮阴侯列传》：“信乃使万人先行，出，背水陈。赵军望见而大笑。”然而将士拼死一战，终于大破赵军。

(4)“移营”句：《后汉书·虞诩传》：“诩因其兵散，日夜进道，兼行百馀里。令吏士各作两灶，日增倍之，羌不敢逼。或问曰：‘孙膑减灶而君增之。兵法日行不过三十里，以戒不虞，而今日且二百里。何也?’诩曰：‘虏众多，吾兵少。徐行则易为所及，速进则彼所不测。虏见吾灶日增，必谓郡兵来迎。众多行速，必惮追我。孙膑见弱，吾今示强，势有不同故也。’”以上两句是指梁元帝派王僧辩等讨平侯景。

(5)长坂：即长坂坡，在今湖北荆门县西南。建安十三年(208)，曹操带兵追击刘备，“一日一夜行三百馀里，及于当阳之长坂。先主弃妻子，与诸葛亮、张飞、赵云等数十骑走，曹公大获其人众辎重。”(《三国志·蜀书·先主传》)垂翼：《易·明夷》：“明夷于飞，垂其翼。”王弼注：“怀惧而行，行不敢显，故曰垂其翼。”后用垂翼指遭遇失败。按梁元帝与岳阳王萧詧结怨，萧詧引西魏军来攻江陵，并自襄阳出兵会合。

(6)鸿沟：古渠名，战国魏惠王时凿，在今河南省境内。《史记·河渠书》：“荥阳下引河东南为鸿沟，以通宋、郑、陈、蔡、曹、卫，与济、汝、淮、泗会。”《史记·项羽本纪》：“汉王复使侯公往说项王，项王乃与汉约，中分天下，割鸿沟以西者为汉，鸿沟而东者为楚。”这里喻西魏与梁南北对峙。倒戈：倒转矛头攻击己方。这里指萧詧附庸西魏，在江陵称帝。

(7) 的颅：东汉末刘备的坐骑。《三国志·蜀志·先主传》注引《世语》："备屯樊城，刘表礼焉，惮其为人，不甚信用。曾请备宴会，蒯越、蔡瑁欲因会取备，备觉之，伪如厕，潜遁出。所乘马名的卢，骑的卢走，堕襄阳城西檀溪水中，溺不得出。备急曰：'的卢，今日厄矣，可努力。'的卢乃一踊三丈，遂得过。乘桴渡河，中流而追者至，以表意谢之，曰：'何去之速乎？'"

(8) "虞兮"句：《史记·项羽本纪》："项王军壁垓下，兵少食尽，汉军及诸侯兵围之数重。夜闻汉军四面皆楚歌，项王乃大惊曰：'汉皆已得楚乎？是何楚人之多也！'项王则夜起，饮帐中。有美人名虞，常幸从；骏马名骓，常骑之。于是项王乃悲歌慷慨，自为诗曰：'力拔山兮气盖世，时不利兮骓不逝。骓不逝兮可奈何，虞兮虞兮奈若何！'歌数阕，美人和之。项王泣数行下，左右皆泣，莫能仰视。"以上两句喻梁元帝之死。

(9) 卫青：字仲卿（？—前106），西汉河东平阳人，官至大将军。自元朔二年（前127）至元狩四年（前119）先后七次出击匈奴，屡立战功，封长平侯。据《汉书·卫青传》，卫青去世后，"与主合葬，起冢象庐山云。"颜师古注："在茂陵东，次去病冢之西，相并者是也。"

(10) 田横：秦末，齐被韩信攻破后，齐相田横自立为齐王，率从属五百人逃亡海岛。刘邦称帝后招降，横与客二百人往洛阳，未至二十里，羞为汉臣，自杀。留在岛上的徒众闻横死，亦皆自杀。西晋崔豹《古今注》卷中《音乐第三》："《薤露》、《蒿里》，并丧歌也，出田横门人。横自杀，门人伤之，为作悲歌，言人命如薤上露，易晞灭也。亦谓人死，魂魄归于蒿里，故用二章。"以上两句是说，江陵倾覆，诸臣不能象卫青那样御敌立功，也不能象田横的徒众那样为之死难，有自责之意。

其 九

北临玄菟郡(1)，南戍朱鸢城(2)。共此无期别，俱知万里情。昔尝游令尹(3)，今时事客卿(4)。不特贫谢富(5)，安知死羡生(6)。怀秋独悲此，平生何谓平。

【注释】

(1) 玄菟郡：汉元封三年（前108）置，治所在沃沮县（今朝鲜境内），这里借指北方极远之地。

(2) 朱鸢城：西汉置朱鸢县，治所在今越南境内。这里借指南方极远之地。

(3) 令尹：春秋时楚国的宰相称令尹。此句指从前在梁为官。

(4) 客卿：战国时秦国招致别国的人来做官，其位为卿，而以客礼待之，称客卿。此句指今日出仕北朝。

(5) 谢：推辞。

(6) 死羡生：《庄子·齐物论》："丽之姬，艾封人之子也。晋国之始得之也，涕泣沾襟。及其至于王所，与王同筐床，食刍豢，而后悔其泣也。予恶乎知夫死者不悔其始之蕲生乎？"

其十

悲歌度易水[1](1)，弭节出阳关(2)。李陵从此去(3)，荆卿不复还(4)。故人形影灭，音书两俱绝。遥看塞北云，悬想关山雪[2]。游子河梁上，应将苏武别(5)。

【校记】

[1] 易：原作“燕”，《诗纪》一作“易”，《庾子山集注》作“辽”，又曰：“一作‘易水’，一作‘燕水’。”据改。

[2] 关：《诗纪》云：“一作‘天’。”

【注释】

(1)“悲歌”句：用荆轲入刺秦王，燕太子丹于易水饯别事。《史记·刺客列传》：“太子及宾客知其事者，皆白衣冠以送之。至易水之上，既祖，取道，高渐离击筑，荆轲和而歌，为变徵之声，士皆垂泪涕泣。又前而为歌曰：‘风萧萧兮易水寒，壮士一去兮不复还！’复为羽声慷慨，士皆瞋目，发尽上指冠。于是荆轲就车而去，终已不顾。”

(2) 弭（mǐ）节：驾车。阳关：古代通往西域的要塞，在今甘肃敦煌市西南，此处泛指边塞。据下文“李陵从此去”，此处当指李陵击匈奴道经敦煌事。

(3) 李陵：字少卿（？—前74），汉陇西成纪人，名将李广之孙。汉武帝时为骑都尉，天汉二年（前99）出击匈奴，兵败投降，在匈奴二十馀年，病死。

(4) 荆卿：即荆轲（？—前227年）。本卫人，游于燕，受燕太子丹之命入秦刺秦王，未能成功，遇害。以上两句自比使魏被留。

(5)“河梁”二句：这里用李陵送别苏武事。《文选》无名氏《李陵与苏武诗》：“携手上河梁，游子暮何之。”河梁：桥梁。苏武：字子卿（前140—前60），西汉杜陵人。汉武帝天汉元年（前100）出使匈奴被留，十九年间牧羊北海，不改志节。汉昭帝与匈奴和亲，始得还，拜典属国。宣帝时赐爵关内侯，图形于麒麟阁。

其十一

摇落秋为气(1)，凄凉多怨情。啼枯湘水竹(2)，哭坏杞梁城(3)。天亡遭愤战(4)，日蹙值愁兵[1](5)。直虹朝映垒(6)，长星夜落营(7)。楚歌饶恨曲(8)，南风多死声(9)。眼前一杯酒，谁论身后名(10)。

【校记】

[1] 愁：《诗集》作“然”。

【注释】

(1)“摇落”句：《楚辞》宋玉《九辩》：“悲哉秋之为气也，萧瑟兮草木摇落而变衰。”

(2)“啼枯”句：《楚辞·九歌·湘夫人》注：“尧二女娥皇、女英随帝不返，堕于湘水之渚。”张华《博物志·史补》：“尧之二女，舜之二妃，曰湘夫人，帝崩，二妃啼，以泪挥竹，竹尽斑。”

(3)“哭坏”句：刘向《说苑·善说篇》：“昔华舟、杞梁战而死，其妻悲之，向城而哭，隅为之崩，城为之阤。”此二句隐喻梁元帝败亡。

(4)“天亡”句：据《史记·项羽本纪》，项羽于垓下溃围而出，仅有二十八骑相随，知道大势已去，感慨道：“此天之亡我，非战之罪也。”此处指梁军江陵之败。

(5)日蹙：指国土日渐缩小。《诗经·大雅·召旻》：“昔先王受命，有如召公，日辟国百里，今也日蹙国百里。于乎哀哉！维今之人，不尚有旧。”此指承圣三年（554）十一月江陵陷落。

(6)“直虹”句：古代认为长虹至地，映照营垒是兵败之象。

(7)“长星”句：《三国志·蜀书·诸葛亮传》：“其年八月，亮疾病，卒于军，时年五十四。”注引《晋阳秋》曰：“有星赤而芒角，自东北西南流，投于亮营，三投再还，往大还小。俄而亮卒。”

(8)“楚歌”句：见前卷《入彭城馆诗》注（5）。

(9)“南风”句：《左传·襄公十八年》：“晋人闻有楚师，师旷曰：‘不害。吾骤歌北风，又歌南风，南风不竞，多死声。楚必无功。’”南风：南方的曲调。

(10)“眼前”二句：《世说新语·任诞》：“张季鹰纵放不拘，时人号为‘江东步兵’。或谓之曰：‘卿乃可纵适一时，独不为身后名耶？’答曰：‘使我有身后名，不如即时一杯酒。’”

其十二

周王逢郑忿(1)，楚后值秦冤(2)。梯冲已鹤列(3)，冀马忽云屯(4)。武安檐瓦振(5)，昆阳猛兽奔(6)。流星夕照境[1](7)，烽火夜烧原。古狱饶冤气(8)，空亭多枉魂(9)。天道或可问，微兮不忍言[2](10)。

【校记】

[1] 境：原作“镜”，《艺文类聚》作“境”，《诗集》同，据改。

[2] 兮：《艺文类聚》作“子”。

【注释】

(1)“周王”句：据《左传·僖公二十四年》：“郑公子士、泄堵俞弥帅师伐滑。王使伯服、游孙伯如郑请滑。郑伯怨惠王之入而不与厉公爵也，又怨襄王之与卫、滑也，故不听王命而执二子。王怒，将以狄伐郑。”富辰谏止周王，认为这是“天子不忍小忿以弃郑亲”。这里指梁元帝与萧詧结怨。

(2)“楚后”句：见前卷《杨柳歌》注（17）。后：君主。这里用指梁与西魏失和，招致西魏发兵来攻江陵。

(3)梯冲：云梯和冲车，都是攻城的器械。鹤列：兵卒如鹤之行列。

(4)冀马：北方的战马。《后汉书·袁绍刘表列传》：“鱼俪汉舳，云屯冀马。”

(5)“武安”句：《史记·廉颇蔺相如列传》：“秦军军武安西，秦军鼓噪勒兵，武安屋瓦尽振。”

(6)“昆阳”句：据《后汉书·光武帝纪》，更始元年（23），王莽派王寻、王邑等带领大军进讨汉军，王莽军“选练武卫，招募猛士，旌旗辎重，千里不绝”，“又驱诸猛兽虎豹犀象之属，以助威武”。后两军决战于昆阳，汉军最终以少胜多。

(7)“流星”句：古人以为，流星坠落，当有兵燹之灾。

(8)“古狱”句：《太平御览》卷五十三《地部十八·阪》引《郡国志》曰：“雍州咸阳县北十五里长平坂，汉武帝幸甘泉，驰道有虫覆地，赤如生肝。问东方朔，朔曰：‘秦狱地冤气也。臣闻酒能消愁。’以酒浇之，果销矣。”

(9)“空亭”句：《后汉书·独行传》：“王忳字少林，广汉新都人也。……举茂才，除郿令。到官，至郿亭。亭长曰：‘亭有鬼，数杀过客，不可宿也。’忳曰：‘仁胜凶邪，德除不祥，何鬼之避！’即入亭止宿。夜中闻有女子称冤之声。忳咒曰：‘有何枉状，可前求理乎?’女子曰：‘无衣，不敢进。’忳便投衣与之。女子乃前诉曰：‘妾夫为涪令，之官过宿此亭，亭长无状，贼杀妾家十余口，埋在楼下，悉取财货。’忳问亭长姓名。女子曰：‘即今门下游徼者也。’忳曰：‘汝何故数杀过客?’对曰：‘妾不得白日自诉，每夜陈冤，客辄眠不见应，不胜感恚，故杀之。’忳曰：‘当为汝理此冤，勿复杀良善也。’因解衣于地，忽然不见，明旦召游徼诘问，具服罪，即收系，及同谋十馀人悉伏辜。遣吏送其丧归乡里，于是亭遂清安。”空亭：指斄（tái）亭，即郿县（今陕西扶风县东南）的驿亭。以上两句指江陵城破，杀伤惨重。

(10)微：深奥。

其十三

横流遘屯慝(1)，上埁结重氛(2)。哭市闻妖兽(3)，颓山起怪云(4)。绿林多散卒(5)，清波有败军(6)。智士今安用，忠臣且未闻。惜无万金产，东求沧海君(7)。

【注释】

(1)横流：比喻动荡的局势。遘（gòu）：遇，遭受。屯（zhūn）慝（tè）：时运艰难。

(2)上埁（chěn）：天空混浊不清的样子。重氛：很多的妖气，指灾祸。

(3)“哭市”句：出处不详。倪璠《庾子山集注》云：“疑用春秋齐襄公见公子彭生事。”事见《左传·庄公八年》：“冬十二月，齐侯游于姑棼，遂田于贝丘。见大豕，从者曰：‘公子彭生也。’公怒曰：‘彭生敢见!’射之，豕人立而啼。公惧，坠于车，伤足丧屦。”

(4)颓山：倾坏的山，形容云。《后汉书·光武纪》：“夜有流星坠营中，昼有云如坏山，当营而陨，不及地尺而散，吏士皆厌伏。”注引《后汉志》：“云如坏山，谓营头之星也。占曰：‘营头之所坠，其下覆军杀将，血流千里。’”

(5)“绿林”句：《后汉书·刘玄传》：“新市人王匡、王凤为平理诤讼，遂推为渠帅，众数百人。于是诸亡命马武、王常、成丹等往从之；共攻离乡聚，臧于绿林中，数月间至七八千人。地皇二年，荆州牧某发奔命二万人攻之，匡等相率迎击于云杜，大破牧军，杀数千人，尽获辎重，遂攻拔竟陵。”喻梁元帝用候景旧时部将任约。谢答仁率兵迎击武陵王萧纪。

（6）“清波”句：见本题其八注（1）。指胡僧祐、朱买臣等抗击西魏军，败绩。清波：战国时楚地，借指江陵。

（7）“惜无”二句：《史记·留候世家》：“韩破，（张）良家僮三百人，弟死不葬，悉以家财求客刺秦王，为韩报仇，以大父、父五世相韩故。良尝学礼淮阳，东见沧海君，得力士，为铁椎重百二十斤。秦皇帝东游，良与客狙击秦皇帝博浪沙中，误中副车。”此二句说自己不能为梁报仇，感到遗憾。

其十四

吉士长为吉(1)，善人终日善(2)。大道忽云乖(3)，生民随事蹇(4)。有情何可豁，忘怀固难遣(5)。麟穷季氏罝(6)，虎振周王圈(7)。平生几种意，一旦冲风卷(8)。

【注释】

（1）吉士：犹贤人。《书·立政》：“继自今立政，其勿以憸人，其惟吉士，用励相我国家。”

（2）善人：君子。《论语·子路篇》：“子曰：‘善人为邦百年，亦可以胜残去杀矣。诚哉是言也。’”《老子》第七十九章：“天道无亲，常与善人。”

（3）大道：常理正道。乖：背离。

（4）生民：民众。蹇（jiǎn）：不顺利，困苦。

（5）“有情”二句：《世说新语·言语》：“卫洗马初欲渡江，形神惨悴，语左右云：‘见此芒芒，不觉百端交集。苟未免有情，亦复谁能遣此！’”豁：豁达，心胸开阔。忘情：不介意。遣：排遣。

（6）季氏：《左传·哀公十四年》：“春，西狩于大野，叔孙氏之车子锄商获麟，以为不祥，以赐虞人。仲尼观之，曰：‘麟也。’然后取之。”罝（jū）：捕兽的网。

（7）周王：指周穆王。《穆天子传》卷五：“天子将至，七萃之士高奔戎请生搏虎，必全之，乃生搏虎而献之。天子命之为柙，而畜之东虢，是曰虎牢。”以上两句是说自己当前的处境如麟在罝中，虎居圈内。

（8）冲风：疾风。

其十五

六国始咆哮(1)，纵横未定交(2)。欲竞连城玉(3)，翻征缩酒茅(4)。折骸犹换子(5)，悬爨已登巢[1](6)。壮冰初开地[2](7)，盲风正折胶(8)。轻云飘马足，明月动弓弰[3](9)。楚师正围巩(10)，秦兵未下崤(11)。始知千载内，无复有申包(12)。

【校记】

［1］悬爨已登巢：诸本皆作“登爨已悬巢”，扞格不通。庾信《周柱国大将军纥干弘神道碑》有“登巢悬爨”之语，此当同，据改。

［2］冰：《诗纪》云：“一作水。”

［3］ enumerate 弰：《诗集》作“梢”。

【注释】

（1）六国：战国时，韩、魏、赵、燕、齐、楚与秦对言，合称六国。咆哮：怒吼，这里指激烈争斗。

（2）纵横：“纵”指合纵，六国联合抗秦；“横”指连横，六国西向事秦。以上两句是说六国与秦的敌友关系尚未确定，比喻承圣二年（553）武陵王萧纪东下西陵峡与江陵军对峙时，梁元帝曾求助于西魏，此前岳阳王萧詧已在襄阳依附西魏，对西魏来说，这可以说是连横。梁元帝与萧詧间本应联合抗西魏，即所谓合纵，但他们之间却发生了冲突，西魏与他们的亲疏关系此时尚未明确。

（3）“欲竞”句：《史记·廉颇蔺相如列传》：“赵惠文王时，得楚和氏璧。秦昭王闻之，使人遗赵王书，愿以十五城请易璧。”连城玉：指价值连城的和氏璧。竞：争。

（4）“翻征”句：《左传·僖公四年》：“尔贡苞茅不入，王祭不共，无以缩酒，寡人是征。”苞茅是指束成捆的菁茅。苞，通“包”。古代祭祀时，以裹束着的菁茅置于柙中，用来滤去酒中渣滓。

（5）“析骸”句：《左传·宣公十五年》：“宋人惧，使华元夜入楚师，登子反之床，起之曰：‘寡君使元以病告，曰：“敝邑易子而食，析骸以爨。虽然，城下之盟，有以国毙，不能从也。去我三十里，唯命是听。”’子反惧，与之盟而告王。”析骸：析骸以爨，拆散尸体用以烧火做饭。换子：易子而食，交换子女，杀以充饥。

（6）悬爨（cuàn）：因地面积水，将炉灶悬起做饭。登巢：《左传·成公十六年》：“楚子登巢车，以望晋军。”巢车古代一种设有望楼，用以登高观察敌情的车辆。车上高悬望楼如鸟之巢，故名。

（7）“壮冰”句：《礼记·月令》：“仲冬之月，……冰益壮，地始坼。”指承圣三年冬十一月，地冻风寒时西魏来攻。

（8）盲风：疾风。折胶：胶为制弓材料之一，喜燥恶湿，至秋季则劲而可折，故以折胶喻秋天弓弩可用。

（9）弰（shāo）：弓的末端，这里指弓。

（10）“楚师”句：《史记·项羽本纪》：“楚遂拔成皋，欲西。汉使兵距之巩，令其不得西。”楚师：汉相争时的项羽军队。巩：巩县，今属河南。这里以楚、汉喻西魏与梁。

（11）崤（xiáo）：崤山，在今河南洛宁县西北。秦兵西出，往往道经于此。秦兵未来喻西魏南下攻打江陵之前，梁朝君臣皆以为西魏不会来攻。

（12）申包：申包胥，春秋时楚国的大臣。“（秦哀公）三十一年，吴王阖闾与伍子胥伐楚，楚王亡奔随，吴遂入郢。楚大夫申包胥来告急，七日不食，日夜哭泣。于是秦乃发五百乘救楚，败吴师。”（见《史记·秦本纪》）此二句自伤出使西魏未能取得成果，以救江陵之祸。

其十六

横石三五片，长松一两株。对君俗人眼(1)，真兴理当无(2)。野老披荷叶(3)，家童扫栗跗(4)。竹林千户封(5)，甘橘万头奴[1](6)。君见愚公谷(7)，真言此谷愚。

【校记】

［1］橘：《诗集》作“树”。

【注释】

（1）俗人眼：《世说新语·简傲》注引《晋百官志》：“（阮）籍能为青白眼，见凡俗之士，则以白眼对之。”

（2）真兴：淳朴自然的意趣。

（3）披荷叶：《楚辞·离骚》：“制芰荷以为衣，集芙蓉以为裳。”比喻修身苦行，也指隐者的服装。

（4）栗跗（fū）：板栗外层带刺的壳。此二句写隐居生活。

（5）“竹林”句：《史记·货殖列传》：“渭川千亩竹……此其人皆与千户侯等。”

（6）“甘橘”句：《三国志·吴书·三嗣主传》注引《襄阳记》：“（李）衡每欲治家，妻辄不听，后密遣客十人于武陵龙阳汜洲上作宅，种甘橘千株。临死，敕儿曰：‘汝母恶我治家，故穷如是。然吾州里有千头木奴，不责汝衣食，岁上一匹绢，亦可足用耳。’”

（7）愚公谷：《韩非子·政理》：“齐威公入山，问父老曰：‘此何谷？’曰：‘臣旧畜牛，生犊。以子买驹，少年谓牛不生驹，遂持而去。傍邻以臣为愚，遂名为“愚公谷”’。”

其十七

日晚荒城上（1），苍茫馀落晖（2）。都护楼兰返（3），将军疏勒归（4）。马有风尘气，人多关塞衣。阵云平不动，秋蓬卷欲飞。闻道楼船战，今年不解围（5）。

【注释】

（1）荒城：这里指弘农郡城。

（2）落晖：落日的馀晖。

（3）都护：官名。汉宣帝神爵三年（前59）始置西域都护，督护西域各国。这里泛指边将。楼兰：汉时西域国名，其地在今新疆罗布泊一带。据《汉书·傅介子传》，汉昭帝时楼兰国数反复，霍光遣傅介子携带大量黄金和丝绸，以赏赐外国为名至楼兰。楼兰王与介子饮，介子令壮士二人刺杀楼兰王，持其首以归。

（4）疏勒：汉时西域国名，其地在今新疆喀什一带。据《后汉书·耿恭传》：东汉明帝时，耿恭据守疏勒城，匈奴来攻，虽食尽援绝而坚持不降，后由汉派出援兵，迎归耿恭。

（5）楼船：见《北周诗》卷二《和赵王送峡中军诗》注（2）。

其十八

寻思万户侯（1），中夜忽然愁［1］（2）。琴声遍屋里，书卷满床头。虽言梦蝴蝶，定自非庄周（3）。残月如初月，新秋似旧秋。露泣连珠下，萤飘碎火流。乐天乃知命，何时能不忧（4）。

【校记】

[1] 然：《诗集》作“声”。

【注释】

(1) 万户侯：汉代食邑一万户的侯爵，有大功勋者封之。

(2) 中夜：半夜。以上两句自叹在梁之日未能建立功勋。

(3)“虽言”二句：《庄子·齐物论》：“昔者庄周梦为胡蝶，栩栩然胡蝶也。自喻适志与！不知周也。俄然觉，则蘧蘧然周也。不知周之梦为胡蝶与？胡蝶之梦为周与？周与胡蝶则必有分矣。此之谓物化。”这是说不能像庄子那样豁达适志，随遇而安。

(4)“乐天”二句：《易·系辞》：“乐天知命，故不忧。”这里反用其意，是说即使把国家兴亡、个人遭际统归于“天命”，又岂能化解心中的忧愁。

其十九

愦愦天公晓(1)，精神殊乏少(2)。一郡催曙鸡(3)，数处惊眠鸟。其觉乃于于[1](4)，其忧惟悄悄(5)。张仪称行薄(6)，管仲称器小(7)。天下有情人，居然性灵夭(8)。

【校记】

[1] 觉：《诗集》、《诗纪》误作“学”。

【注释】

(1) 愦愦：昏乱。

(2) 精神：精力，活力。

(3) 郡：指弘农郡。曙：天亮。

(4) 觉：睡醒。于于：悠然自得。《庄子·盗跖》：“神农之世，卧则居居，起则于于。”

(5) 悄悄：忧愁的样子。《诗·邶風·柏舟》：“忧心悄悄，愠于群小。”

(6) 行薄：品德不好。《史记·张仪传》：“张仪已学而游说诸侯。尝从楚相饮，已而楚相亡璧，门下意张仪，曰：“仪贫无行，必此盗相君之璧。”共执张仪，掠笞数百，不服，醳之。”

(7) 器小：《论语·八佾》：“管仲之器小哉！”

(8) 性灵：性情。夭：摧折。

其二十

在死犹可忍，为辱岂不宽。古人持此性，遂有不能安。其面虽可热(1)，其心长自寒。匣中取明镜，披图自照看。幸无侵饿理(2)，差有犯兵栏[1](3)。拥节时驱传(4)，乘亭不据鞍(5)。代郡蓬初转(6)，辽阳桑欲干(7)。秋云粉絮结，白露水银团。一思探禹穴(8)，无用鏖皋兰(9)。

【校记】

[1] 有：《诗集》作“不”。

【注释】

(1) 面热：脸发烧，惭愧的样子。

(2) 饿理：脸上有会饿死的纹理。据《史记·绛侯周勃世家》，许负为周亚夫相面，说他："有从（同"纵"）理入口，此饿死法也。"

(3) 兵栏：见前卷《从驾观讲武诗》注（3）。

(4) 拥节：执持符节。驱传（zhuàn）：参见《北周诗》卷二《奉报寄洛州诗》注（15）。

(5) 亭：驿亭，驿路旁供停宿的馆舍。据鞍：骑在马鞍上。据《后汉书·马援传》，马援请命出征五溪蛮夷，"时年六十二，帝愍其老，未许之。援自请曰：'臣尚能披甲上马。'帝令试之。援据鞍顾眄，以示可用。帝笑曰：'矍铄哉是翁也！'"

(6) 代郡：指今河北蔚县、山西大同一带。

(7) 辽阳：北魏孝昌中以轑阳县改名辽阳，治所即今山西左权。

(8) 探禹穴：《史记·太史公自序》："二十而南游江、淮，上会稽，探禹穴，窥九疑，浮于沅、湘。"禹穴：相传为夏禹葬地，在今浙江绍兴市南。

(9) 鏖皋兰：《汉书·霍去病传》："转战六日，过焉支山千有馀里，合短兵，鏖皋兰下，杀折兰王，斩卢侯王。"皋兰：山名，在今甘肃临夏县南下。

其二十一

倏忽市朝变(1)，苍茫人事非(2)。避谗应采葛(3)，忘情遂食薇(4)。怀愁正摇落(5)，中心怆有违。独怜生意尽，空惊槐树衰(6)。

【注释】

(1) 倏忽：迅速，指极短的时间。市朝变：《文选》曹操《步出夏门行》李善注引乐府古辞："市朝人易，千岁墓平。"闻争名者于朝，争利者于市，争名逐利者换人，意味着社会发生了大变动。这里喻指江陵倾覆。

(2) 苍茫：急速。

(3) 采葛：《毛诗序》："《采葛》，惧谗也。"郑笺："桓王之时，政事不明，臣无大小使出者，则为谗人所毁，故惧之。"借指自己出使在外。庾信于承圣三年（554）四月奉使西魏，十一月，江陵陷，被留不返。

(4) 忘情：喜怒不动于心的样子。食薇：见前卷《谨赠司寇淮南公诗》注（29）。

(5) 摇落：见本题（摇落秋为气）注（1）。这里用来比喻年事已高。

(6)"独怜"二句：《世说新语·黜免》："恒玄败后，殷仲文还为大司马咨议，意似二三，非复往日。大司马厅前有一老槐，甚扶疏。殷因月朔与众在厅视槐，良久叹曰：'槐树婆娑，无复生意。'"

其二十二

日色临平乐(1)，风光满上兰(2)。南国美人去(3)，东家枣树完(4)。抱松伤别鹤(5)，向镜绝孤鸾(6)。不言登陇首(7)，唯得望长安(8)。

【注释】

(1) 平乐：汉代观名，在上林苑中。

(2) 上兰：汉代观名，在上林苑中。

(3) 南国：指江汉流域。《诗·小雅·四月》："滔滔江汉，南国之纪。"

(4) "东家"句：《汉书·王吉传》："始吉少时学问，居长安。东家有大枣树垂吉庭中，吉妇取枣以啖吉。吉后知之，乃去妇。东家闻而欲伐其树，邻里共止之，因固请吉令还妇。里中为之语曰：'东家有树，王阳妇去；东家枣完，去妇复还。'其厉志如此。"这里反用其意，比喻自己如出妇，有去无回，不得南归。

(5) 抱松：巢于松上。别鹤：古人往往以别鹤比喻人的离别。嵇康《琴赋》："王昭、楚妃，千里别鹤。"

(6) "向镜"句：南朝宋刘敬叔《异苑》卷三："罽宾国王买得一鸾，欲其鸣不可，致饰金繁，飨珍羞，对之愈戚，三年不鸣。夫人曰：'尝闻鸾见类则鸣，何不悬镜照之？'王从其言，鸾睹影悲鸣，冲霄一奋而绝。"

(7) 登陇首：据钟嵘《诗品序》，古诗有"清晨登陇首"之句。陇首：即陇头，见本题(俎豆非所习)注(5)。

(8) 望长安：王粲《七哀诗》："南登霸陵岸，回首望长安。"这里以登陇首的秦人回望故乡长安，借指自己始终心向江南。

其二十三

斗麟能食日[(1)]，战水定惊龙[(2)]。鼓鼙喧七萃[(3)]，风尘乱九重[(4)]。鼎湖去无返[(5)]，苍梧悲不从[(6)]。徒劳铜雀妓，遥望西陵松[(7)]。

【注释】

(1) "斗麟"句：晋张华《博物志·物性》："麒麟斗而日蚀。"食：通"蚀"。

(2) "战水"句：不详。这里"斗麟"、"战水"指梁与西魏的战争，受惊被食的是梁元帝兵败被杀。

(3) 鼓鼙(pí)：本指行军时所使用的大小战鼓，借指战争。七萃：《穆天子传》卷一："赐七萃之士战。"本指周穆王的七支精锐部队，后泛指精锐之师。

(4) 九重：指皇宫，极言其深邃。

(5) "鼎湖"句：《史记·封禅书》："黄帝采首山铜，铸鼎于荆山下。鼎既成，有龙垂胡须下迎黄帝。黄帝上骑，群臣后宫从上者七十馀人，龙乃上去。馀小臣不得上，乃悉持龙须，龙须拔，堕，堕黄帝之弓。百姓仰望黄帝既上天，乃抱其弓与胡须号，故后世因名其处曰鼎湖，其弓曰乌号。'"

(6) "苍梧"句：《礼记·檀弓》："舜葬于苍梧之野，盖二妃未之从也。"苍梧：即九嶷山，在今湖南省。

(7) "徒劳"二句：宋郭茂倩《乐府诗集·相和歌辞六·铜雀台》题解："一曰《铜雀妓》。《邺都故事》曰：'魏武帝遗命诸子曰："吾死之后，葬于邺之西岗上，与西门豹祠相近，无藏金玉珠宝。馀香可分诸夫人，不命祭吾。妾与伎人，皆著铜雀台，台上施六尺床，下穗帐，朝晡上酒脯粻糒之属。每月朝十五，辄向帐前作伎，汝等时登台，望吾西陵墓田。”'” 铜雀：指铜雀台，建安十五年（210）曹操建于邺城。西陵松：即西陵墓田。以上两句是说自己在北方时刻想念故国。

其二十四

无闷无不闷(1)，有待何可待。昏昏如坐雾，漫漫疑行海。千年水未清(2)，一代人先改。昔日东陵侯[1]，唯见瓜园在(3)。

【校记】

［1］日：《艺文类聚》作“说”。

【注释】

（1）无闷：没有烦恼苦闷。《易·乾》：“不易乎世，不成乎名；遁世无闷，不见是而无闷。”

（2）“千年”句：旧说黄河千年始一清，喻盛世难逢。

（3）“昔日”二句：《史记·萧相国世家》：“召平者，故秦东陵侯。秦破，为布衣，贫，种瓜于长安城东，瓜美，故世俗谓之“东陵瓜”，从召平以为名也。”自比在北周犹如秦东陵侯在汉，以示不忘曾为梁臣。

其二十五

怀抱独惛惛[1](1)，平生何所论。由来千种意，并是桃花源(2)。縠皮两书帙[2](3)，壶卢一酒樽(4)。自知费天下(5)，也复何足言。

【校记】

［1］惛惛：《庾子山集注》作“昏昏”。

［2］縠：原作“谷”，据《庾子山集注》改。

【注释】

（1）惛惛：糊涂。

（2）桃花源：陶渊明有《桃花源记》，记一虚幻的理想世界。此言终作避世隐居之意。

（3）縠皮：縠树之皮，纤维坚韧，可作造纸原料。

（4）壶卢：即葫芦。

（5）费：辞费，多而无谓的空话。

其二十六

萧条亭障远(1)，凄惨风尘多[1]。关门临白狄[2](2)，城影入黄河。秋风别苏武(3)，寒水送荆轲(4)。谁言气盖世[3]，晨起帐中歌(5)。

【校记】

［1］惨：《艺文类聚》作“怆”。

［2］狄：《诗集》作“社”。

［3］盖世：《诗集》作“梗邑”。世：《文镜秘府》作“代”。

【注释】

（1）亭障：边境上所筑的伺敌守卫的堡垒。

（2）白狄：春秋时期，北方狄族有赤、白之分，白狄衣尚白。

（3）“秋风”句：据《汉书·苏武传》，汉昭帝时苏武将归汉。李陵置酒与之别，感慨“异域之人，一别长绝！”，并“起舞，歌曰：‘径万里兮度沙幕，为君将兮奋匈奴。路穷绝兮矢刃摧，士众灭兮名已聩。老母已死，虽欲报恩将安归！’陵泣下数行，因与武决”。这是说流寓北朝的士子有的已南归，唯独自己被留下。

（4）“寒水”句：《史记·刺客列传》：“太子及宾客知其事者，皆白衣冠以送之。至易水之上，既祖，取道，高渐离击筑，荆轲和而歌，为变徵之声，士皆垂泪涕泣。又前而为歌曰：‘风萧萧兮易水寒，壮士一去兮不复还！’复为羽声慷慨，士皆瞋目，发尽上指冠。于是荆轲就车而去，终已不顾。”

（5）“谁言”二句：《史记·项羽本纪》：“项王则夜起，饮帐中。有美人名虞姬，常幸从；骏马名乌骓，常骑之。于是项王乃悲歌慷慨，自为诗曰：‘力拔山兮气盖世，时不利兮骓不逝。骓不逝兮可柰何，虞兮虞兮奈若何！’歌数阕，美人和之。项王泣数行下，左右皆泣，莫能仰视。”此处以项羽英雄末路之叹比喻自己无可奈何的心情。

其二十七

被甲阳云台(1)，重云久未开。《鸡鸣》楚地尽(2)，鹤唳秦军来(3)。罗梁犹下礌(4)，杨排久飞灰[1](5)。出门车轴折，吾王不复回(6)。

【校记】

［1］杨：《庾子山集注》作“扬”。

【注释】

（1）被甲：即“披甲”，指战事。被，同“披”。阳云台：司马相如《子虚赋》：“于是楚王乃登阳云之台。”《汉书》孟康注：“云梦中高唐之台，宋玉所赋者，言其高出云之阳。”

（2）“鸡鸣”句：见前卷《入彭城馆诗》注（5）。

（3）“鹤唳”句：《晋书·谢玄传》：“（符）坚众奔溃，自相蹈藉投水死者不可胜计，肥水为之不流。馀众弃甲宵遁，闻风声鹤唳，皆以为王师已至，草行露宿，重以饥冻，死者十七八。”

（4）罗：罗列。梁：横架的大木。礌：礌石，古代作战时从高处滚坠而下以打击敌人的大石。

（5）“杨排”句：《后汉书·杨琁列传》：“琁初举孝廉，稍迁，灵帝时为零陵太守。是时苍梧、桂阳猾贼相聚，攻郡县，贼众多而琁力弱，吏人忧恐，琁乃特制马车数十乘，以排囊盛石灰于车上，系布索于马尾，又为兵车，专彀弓弩，克期会战。乃令马车居前，顺风鼓灰，贼不得视，因以火烧布，布然马惊，奔突贼阵，因使后车弓弩乱发，钲鼓鸣震。群盗波骇破散，追逐伤斩无数，枭其渠帅，郡境以清。”排：排囊，内装石灰，置于车上，冲突敌阵，顺风扬灰。以上两句写江陵之战。

（6）“出门”二句：《汉书·十三王传》：“三岁，坐侵庙壖地为宫，上征荣。荣行，祖于江陵北门，既上车，轴折车废。江陵父老流涕窃言曰：‘吾王不反矣！’荣至，诣中尉府对簿。中尉郅都簿责讯王，王恐，自杀。”

和张侍中述怀(1)

阳穷乃悔吝(2)，世季诚屯剥(3)。奔河绝地维[1]，折柱倾天角(4)。成群海水飞(5)，如雨天星落(6)。负锸遂移山(7)，藏舟终去壑(8)。生民忽已鱼(9)，君子徒为鹤(10)。畴昔逢知己(11)，生平荷恩渥(12)。故组竟无闻(13)，程婴空寂寞(14)。永嘉独流寓(15)，中原惟鼎镬[2](16)。道险卧榹栌(17)，身危累素壳(18)。漂流从木梗(19)，风卷随秋箨(20)。张翰不归吴(21)，陆机犹在洛(22)。汉阳钱遂尽(23)，长安米空索(24)。时占季主龟(25)，乍贩韩康药(26)。伏辕终入绊(27)，垂翅犹离缴(28)。徒怀琬琰心(29)，空守黄金诺(30)。虢郐终无寄(31)，齐秦竟何托(32)。大夫唯闵周[3](33)，君子常思亳(34)。寂寥共羁旅，萧条同负郭(35)。农谈止谷稼，野膳唯藜藿(36)。操乐楚琴悲[4](37)，忘忧鲁酒薄[5](38)。渭滨观坐钓(39)，谷口看秋获(40)。唯有丘明耻(41)，无复荣期乐(42)。夷则火星流(43)，天根秋水涸(44)。冬严日不暖，岁晚风多朔[6](45)。扬浮有怪云[7](46)，细凌闻灾雹(47)。木皮三寸厚(48)，泾泥五斗浊(49)。虽忻曲辕树(50)，犹惧雕陵鹊(51)。生涯实有始[8]，天道终虚橐(52)。且悦善人交，无疑朋友数(53)。何时得云雨，复见翔寥廓[9](54)。

【校记】

[1] 河：《诗集》作“波”。

[2] 惟：《本集》作“唯”。《诗集》同。

[3] 闵：《诗集》作“门”。

[4] 悲：《诗纪》云：“《集》作‘泣’。”

[5] 忘：《诗集》作“亡”。

[6] 朔：《诗集》误作“翔”。

[7] 扬：原作“杨”，《庾子山集注》作“扬”，据改。

[8] 始：《诗集》作“殆”。

[9] 廓：《诗集》作“郭”。

【注释】

（1）张侍中：或即张绾。张绾字孝卿，范阳方城人。承圣二年（553）以尚书右仆射加侍中。明年，江陵为西魏攻破，朝士都被俘入关，张绾以病免。后卒于江陵。传见《梁书》卷第三十四。

（2）“阳穷”句：《易·乾》：“上九：亢龙有悔。”“亢龙有悔，穷之灾也”。九为阳，上已穷，故上九为阳穷之像。悔吝：犹言悔恨。

(3) 世季：时代衰落。屯剥：屯与剥都是《周易》卦名，屯为艰难，剥为剥落，后指时代动乱，遭遇艰难。

(4) “奔河”二句：《淮南子·原道训》：“昔者，共工与颛顼（zhuānxū）争为帝，怒而触不周之山，天柱折，地维绝。天倾西北，故日月星辰移焉；地不满东南，故水潦尘埃归焉。”

(5) “成群”句：《文选》扬雄《剧秦美新》：“神歇灵液，海水群飞。”刘良注：“海水群飞，喻天下乱也。”

(6) “如雨”句：《汉书·五行志》：“严公七年‘四月辛卯，夜，恒星不见；夜中，星陨如雨’。董仲舒、刘向以为，常星二十八宿者，人君之象也；众星，万民之类也。列宿不见，象诸侯微也；众星陨坠，民失其所也。”

(7) 移山：《列子·汤问》：“北山愚公者，年且九十，面山而居。惩山北之塞，出入之迂也。……遂率子孙荷担者三夫，叩石垦壤，箕畚（běn）运于渤海之尾。”锸：锹、铲。

(8) “藏舟”句：《庄子·大宗师》：“夫藏舟于壑，藏山于泽，谓之固矣，然而夜半有力者负之而走，昧者不知也。”

(9) 已鱼：《左传·昭公元年》：“美哉禹功！明德远矣。微禹，吾其鱼乎！”

(10) 为鹤：《太平御览》卷七十四、八十五、九百十六引《抱朴子·释滞》作：“周穆王南征，一军尽化，君子为猿为鹤，小人为虫为沙。”此二句言梁朝太清、承圣之乱，公私涂炭。

(11) 畴昔：见本卷《拟咏怀》（畴昔国士遇）注（1）。

(12) 恩渥：帝王给予的恩宠。

(13) 故组：疑为胡组，人名，汉宣帝乳母。

(14) 程婴：春秋时赵国权臣赵朔的门客。屠岸贾作乱，族灭赵氏，赵氏门客程婴与公孙杵臼决定救护赵氏遗孤赵武。公孙杵臼取他的孩子代替赵武而死，而程婴将赵武藏于山中十五年。后赵武为赵氏复仇，并恢复爵邑。程婴完成使命，自杀以报公孙杵臼。事见《史记·赵世家》。此二句暗指梁朝旧臣蒙君主知遇之恩，但无一人忠心回报。

(15) 永嘉：晋怀帝年号（307—312）。永嘉五年（311），匈奴人刘聪派兵攻破洛阳，俘获晋怀帝，杀王公士民三万馀人，史称“永嘉之乱”；大量北方人口为躲避战乱从中原迁往长江中下游，史称“衣冠南渡”。

(16) 鼎镬：鼎、镬俱为烹饪器。镬形似大鼎而无足。古代有用鼎镬烹人的酷刑。

(17) 樚栌：安在井上用于汲水的器械，即辘轳。此句是说人卧于辘轳之上，则有坠井之患，比喻危险之极。《世说新语·排调》记：“桓南郡与殷荆州语次，……次作危语……顾曰：‘井上辘轳卧婴儿。’”

(18) 素壳：指蛋。潘岳《西征赋》：“危素卵之累壳，甚玄燕之巢幕。”此句犹言危如累卵。

(19) “漂流”句：《战国策·齐三》：“（苏秦）谓孟尝君曰：‘今者臣来，过于淄上，有土偶人与桃梗相与语。桃梗谓土偶人曰：“子，西岸之土也，挺子以为人，至岁八月，降雨下，淄水至，则汝残矣。”土偶曰：“不然。吾西岸之土也，吾残则复西岸耳。今子，东国之桃梗也，刻削子以为人，降雨下，淄水至，流子而去，则子漂漂者将何如耳。”今秦四塞之国，譬若虎口，而君入之，则臣不知君所出矣。’孟尝君乃止。”

(20)“风卷”句：《诗·王风·萚兮》：“萚兮萚兮，风其吹女。”萚：笋皮。

(21)“张翰”句：《世说新语·识鉴》：“张季鹰辟齐王东曹掾，在洛，见秋风起，因思吴中菰菜羹、鲈鱼脍，曰：‘人生贵得适意尔，何能羁宦数千里以要名爵?’遂命驾便归。俄而齐王败，时人皆谓见机。”张翰字季鹰。

(22)“陆机”句：《晋书·陆机传》：“陆机，字士衡，吴郡人也。……至太康末，与弟云俱入洛，造太常张华。华素重其名，如旧相识，曰：‘伐吴之役，利获二俊。’”

(23)“汉阳”句：《后汉书·文苑列传下》：“赵壹字元叔，汉阳西县人也。体貌魁梧，身长九尺，美须豪眉，望之甚伟。而恃才倨傲，为乡党所摈，乃作《解摈》。

(24)“长安”句：《汉书·东方朔传》：“臣朔生亦言，死亦言。侏儒长三尺余，奉一囊粟，钱二百四十。臣朔长九尺余，亦奉一囊粟，钱二百四十。侏儒饱欲死，臣朔饥欲死。臣言可用，幸异其礼；不可用，罢之，无令但索长安米。”

(25)“时占”句：《史记·日者列传》：“司马季主者，楚人也。卜于长安东市。”

(26)“乍贩”句：《后汉书·逸民列传》：“韩康字伯休，一名恬休，京兆霸陵人。家世著姓。常采药名山，卖于长安市，口不二价，三十馀年。”

(27)伏辕：承辕驾车。入绊：被用绳子绊住。

(28)离缴：被射中。缴(zhuó)，系在箭上的丝绳，用于射鸟。

(29)“徒怀”句：《楚辞》汉东方朔《七谏·自悲》：“厌白玉以为面兮，怀琬琰以为心。”琬琰，美玉，喻美德。

(30)“空守”句：《史记·季布列传》：“楚人谚曰：‘得黄金百，不如得季布一诺。’”

(31)“虢郐”句：《国语·郑语》：“是其子男之国，虢、郐为大，虢叔恃势，郐仲恃险，是皆有骄侈怠慢之心，而加之以贪冒。君若以周难之故，寄孥与贿焉，不敢不许。周乱而弊，是骄而贪，必将背君，君若以成周之众，奉辞伐罪，无不克矣。”

(32)“齐秦”句：见《北周诗》卷二《杨柳歌》注(17)。

(33)“大夫”句：《〈诗·王风·黍离〉序》：“闵宗周也。周大夫行役至于宗周，过故宗庙宫室，尽为禾黍，闵周之颠覆，彷徨不忍去，而作是诗也。”

(34)“君子”句：《史记·宋微子世家》：“其后箕子朝周，过故殷虚，感宫室毁坏，生禾黍，箕子伤之，欲哭则不可，欲泣为其近妇人，乃作麦秀之诗以歌咏之。”亳：殷朝旧都，故址在今河南商邱县北。

(35)负郭：靠近城郭，贫者所居之处。

(36)藜藿：藜与藿，贫者所食野菜。

(37)“操乐”句：见前卷《谨赠司寇淮南公诗》注(28)。

(38)“忘忧”句：《庄子·祛箧》：“鲁酒薄而邯郸围。”

(39)渭滨：渭水之滨。参见本卷《拟咏怀》(其二)注(2)。

(40)谷口：《汉书·王贡两龚鲍传》：“谷口郑子真不诎其志，耕于岩石之下，名震于京师。”

(41)丘明耻：《论语·公冶长》：“子曰：‘巧言、令色、足恭，左丘明耻之，丘亦耻之。匿怨而友其人，左丘明耻之，丘亦耻之。’”

(42)荣期乐：《列子·天瑞》：“孔子游于太山，见荣启期行乎郕之野，鹿裘带索，鼓琴而歌。孔子问曰：‘先生所以乐，何也?’对曰：‘吾乐甚多：天生万物，唯人为贵；而吾得为人，是一乐也。男女之别，男尊女卑，故以男为贵；吾既得为男矣，是二乐也。人生有不见日月、不免襁褓者，吾既已行年九十矣，是三乐也。贫者士之常也，死者人之终也，处常得终，当何忧哉？'孔子曰：'善乎！能自宽者也。'"

(43) 夷则：七月。流火：《诗·豳風·七月》："七月流火。"流火，火星渐向西下。

(44)"天根"句：《国语·周语中》："天根见而水涸。"天根：星名，即氐宿星。氐宿星位于角、亢星之下，好像木之根，因而古人名之为"天根"。

(45) 冬严：冬天的严寒。朔：北方，这里指北风。

(46)"扬浮"句：《汉书·礼乐志》所录《郊祀歌》十九章之《五神》："五神相，包四邻，土地广，扬浮云。"

(47) 细凌：细小的冰块。灾雹：发生雹灾。

(48)"木皮"句：《汉书·晁错传》："夫胡貉之地，积阴之处也，木皮三寸，冰厚六尺，食肉而饮酪，其人密理，鸟兽毳毛，其性能寒。"此处指自己身居西北严寒之地。

(49)"泾泥"句：《汉书·沟洫志》："泾水一石，其泥数斗。"

(50) 曲辕树：《庄子·人间世》："匠石之齐，至于曲辕，见栎社树。其大蔽牛，絜之百围，其高临山，十仞而后有枝，其可以舟者旁十数。观者如市，匠伯不顾，遂行不辍。曲辕之树，比喻不材之木。

(51) 雕陵鹊：《庄子·山木》："庄周游于雕陵之樊，睹一异鹊自南方来者。翼广七尺，目大运寸，感周之颡，而集于栗林。庄周曰：'此何鸟哉！翼殷不逝，目大不睹。'蹇裳躩步，执弹而留之。"

(52)"天道"句：《道德经》："天地之间，其犹橐籥乎！虚而不屈，动而愈出。"

(53) 朋友数：《论语·里仁》："子游曰：'事君数，斯辱矣；朋友数，斯疏矣。'"数，多次。

(54) 寥廓：见《北周诗》卷二《至老子庙应诏诗》注(2)。

奉和示内人诗

燃香郁金屋(1)，吹管凤凰台(2)。春朝迎雨去，秋夜隔河来(3)。听歌云即断(4)，闻琴鹤倒回(5)。春窗刻凤下，寒壁画花开。定取流霞气(6)，时添承露杯(7)。

【注释】

(1) 郁金屋：郁金香装饰的屋子。

(2) 凤凰台：秦穆公为其女弄玉及其婿萧史所筑的台。详见前卷《杨柳歌》注(12)。

(3)"秋夜"句：梁吴均《续齐谐记》："桂阳成武丁，有仙道，常在人间，忽谓其弟曰：'七月七日，织女当渡河，诸仙悉还宫。吾向已被召，不得停，与尔别矣。'弟问曰：'织女何事渡河？去当何还？'答曰：'织女暂诣牵牛。吾复三年当还。'明日失武丁，至今云织女嫁牵牛。"

(4)"听歌"句：《列子·汤问》："薛谭学讴于秦青，未穷青之技，自谓尽之，遂辞归。秦青弗止。饯于郊衢，抚节悲歌，声振林木，响遏行云。"

（5）“闻琴”句：蔡邕《琴操》：“《别鹤操》者，商陵牧子所作也。牧子娶妻五年，无子，父兄欲为改娶。妻闻之，中夜惊起，倚户悲啸。牧子闻之，援琴鼓之云：‘痛恩爱之永离，叹别鹤以舒情。’故曰《别鹤操》。后仍为夫妇。”此处反用其事，以鹤倒回暗示夫妇团圆。

（6）流霞：飘动的红色云彩。《文选》扬雄《甘泉赋》：“吸清云之流瑕兮，饮若木之露英。”李善注：“‘霞’与‘瑕’古字通。”

（7）承露杯：指汉武帝时建章宫前的承露盘。

奉和赵王美人春日诗

直将刘碧玉(1)，来过阴丽华(2)。只言满屋里，并作一园花。新藤乱上格(3)，春水漫吹沙。步摇钗梁动(4)，红输被角斜[1](5)。今年逐春处，先向石崇家(6)。

【校记】

［1］输被：《本集》、《文苑英华》作“轮帔“。《诗集》、《诗纪》并云：“一作‘轮帔’。”

【注释】

（1）刘碧玉：见《北周诗》卷二《结客少年场行》注（4）。

（2）阴丽华：《后汉书·皇后纪》：“光烈阴皇后讳丽华，南阳新野人。初，光武适新野，闻后美，心悦之。后至长安，见执金吾车骑甚盛，因叹曰：‘仕宦当作执金吾，娶妻当得阴丽华。’”

（3）格：支架。

（4）步摇：女子头上所戴的一种饰品。《释名·释首饰》：“步摇，上有垂珠，步则摇动也。”钗梁：一种首饰。

（5）“红输”句：未详。

（6）石崇（249—300）：字季伦，晋南皮人，历任散骑常侍、荆州刺史等职。与潘岳、陆机等谗附贾后、贾谧，号称“二十四友”。永康元年（300），赵王伦杀贾后等，石崇以党与免官。不久为孙秀所谮，被杀。石崇家产不赀，生活奢靡，于河内县置金谷园。

奉和赵王春日诗

城傍金谷苑(1)，园里凤凰池。细管调歌曲，长衫教舞儿。向人长曼脸[1](2)，由来薄面皮。梅花绝解作(3)，树叶本能吹(4)。香烟龙口出(5)，莲子帐心垂[2]。莫畏无春酒，须花但见随。

【校记】

［1］“向人”句：《庾子山集注》云：“朱本作‘作人长眼脸’。”曼：《诗集》、《诗纪》并作“眼”。

［2］心：《庾子山集注》云：“朱本作‘中’。”

【注释】

(1) 金谷苑：即金谷园，见《北周诗》卷二《对酒歌》注（7）。

(2) 曼脸：润泽的面庞。

(3) 梅花：笛曲中有《落梅花曲》。

(4) 树叶：指笳。傅玄《笳赋》："吹叶为声。"

(5)"香烟"句：指香炉刻为龙形，熏香烟从口中吐出。

梦入堂内诗[1]

雕梁旧刻杏[2](1)，香壁本泥椒(2)。幔绳金麦穗，帘钩银蒜条。画眉千度拭，梳头百遍撩(3)。小衫裁裹臂，缠弦掐抱腰[3](4)。日光钗炎动，窗影镜花摇。歌曲风吹韵，笙簧火炙调(5)。即今须戏去[4]，谁复待明朝。

【校记】

[1] 堂内：《庾子山集注》云："朱本作'内台'。"

[2] 杏：《本集》误作"杳"。

[3] 掐：《庾子山集注》作"掐"。

[4] 今：《本集》误作"金"。

【注释】

(1)"雕梁"句：《文选》司马相如《长门赋》："刻木兰以为榱兮，饰文杏以为梁。"

(2)"香壁"句：《三辅黄图》卷三《未央宫》："椒房殿，在未央宫，以椒和泥涂，取其温而芬芳也。"

(3) 撩（liáo）：理。

(4) 掐（tāo）：通"掏"。

(5)"笙簧"句：吹笙前，需用火烘暖簧片。

和咏舞诗(1)

洞房花烛明(2)，燕馀双舞轻(3)。顿履随疏节[1](4)，低鬟逐上声。步转行初进[2]，衫飘曲未成[3]。鸾回镜欲满[4](5)，鹤顾市应倾[5](6)。已曾天上学，讵是世中生[6]。

【校记】

[1] 随疏：《艺文类聚》作"疏随"。

[2] 步：《玉台新咏》作"伴"。《文苑英华》同。《初学记》作"伴"。《诗集》同，又注云："《类聚》作'步'。"

[3] 飘：《玉台新咏》作"飘衫"。

[4] 鸾回：《玉台新咏》作"回鸾"。

[5] 鹤：《玉台新咏》作"鹄"。

[6] 是：《玉台新咏》作"似"。《诗集》作"见"。

【注释】

（1）逯按：诗纪云："梁简文有《咏舞诗》。"

（2）洞房：深邃的内室。

（3）燕馀：张衡《七辩》："淮南清歌，燕馀材舞。"

（4）顿履：顿足。

（5）"鸾回"句：见本卷《拟咏怀》（日色临平乐）注（5）。

（6）"鹤顾"句：《吴越春秋·阖闾内传第四》："吴王有女滕玉，因谋伐楚，与夫人及女会食蒸鱼，王前尝半而与女，女怒曰：'王食鱼辱我，不忘久生。'乃自杀。阖闾痛之，葬于国西阊门。外凿池积土，文石为椁，题凑为中，金鼎玉杯、银樽珠襦之宝，皆以送女。乃舞白鹤于吴市中，令万民随而观之，还使男女与鹤俱入羡门，因发机以掩之。杀生以送死，国人非之。"

夜听捣衣诗(1)

秋夜捣衣声[1]，飞度长门城(2)。今夜长门月，应如昼日明。小鬟宜粟瑱[2](3)，圆腰运织成。秋砧调急节(4)，乱杵变新声(5)。石燥砧逾响，桐虚杵绝鸣。鸣石出华阴(6)，虚桐采凤林(7)。北堂细腰杵(8)，南市女郎砧[3](9)。击节无劳鼓，调声不用琴。并结连枝缕[4]，双穿长命针。倡楼惊别怨，征客动愁心。同心竹叶碗，双去双来满。裙裾不奈长(10)，衫袖偏宜短。龙文镂剪刀(11)，凤翼缠篸管(12)。风流响和韵，哀怨声凄断。新声绕夜风，娇转满空中。应闻长乐殿(13)，判彻昭阳宫(14)。花鬟醉眼缬(15)，龙子细文红(16)。湿折通夕露(17)，吹衣一夜风。玉阶风转急，长城雪应暗。新绶始欲缝(18)，细锦行须纂(19)。声烦广陵散(20)，杵急渔阳掺(21)。新月动金波(22)，秋云泛滥过。谁怜征戍客，今夜在交河(23)。栩阳离别赋[5](24)，临江愁思歌(25)。复令悲此曲[6]，红颜馀几多。

【校记】

［1］捣：《艺文类聚》作"擣"。

［2］粟：《诗集》作"栗"。瑱：《艺文类聚》作"缜"。

［3］市：《诗集》作"帝"。

［4］枝：《艺文类聚》作"支"。

［5］栩阳：《诗集》作"羽觞"。《诗纪》云："一作'羽觞'。"

［6］此：《诗集》此下衍"中"字。

【注释】

（1）逯按：《诗纪》云："梁简文有《咏舞诗》。"

（2）长门城：即长门宫，汉代离宫。《文选》司马相如《长门赋》："孝武皇帝陈皇后，时得幸，颇妒。别在长门宫，愁闷悲思。"又"虚言而望诚兮，期城南之离宫"。可见长门宫在长安城南。

(3) 粟：即粟眉。《东观汉记·明德马皇后传》："眉不施黛，独左眉角小缺，补之如粟。"瑱：耳饰，以玉制成，垂在冠冕两侧，恰在双耳的位置。

(4) 砧（zhēn）：捣衣时垫在下面的石头。急节：急速的乐曲节奏。

(5) 杵：捣衣的棒槌。

(6) 华阴：华山之北。

(7) 凤林：凤凰所居之处。古人传说凤凰必栖于梧桐之上。《诗·大雅·卷阿》："凤凰鸣矣，于彼高冈。梧桐生矣，于彼朝阳。"

(8) "北堂"句：《搜神记》卷十八："魏郡张奋者，家本巨富，忽衰老，财散，遂卖宅与程应。应入居，举家病疾，转卖邻人阿文。文先独持大刀，暮入北堂中梁上，至三更竟，忽有一人长丈馀，高冠，黄衣，升堂，呼曰：'细腰！'细腰应诺。曰：'舍中何以有生人气也？'答曰：'无之。'便去。须臾，有一高冠青衣者。次之，又有高冠白衣者。问答并如前。及将曙，文乃下堂中，如向法呼之，问曰：'黄衣者为谁？'曰：'金也。在堂西壁下。''青衣者为谁？'曰：'钱也。在堂前井边五步。''白衣者为谁？'曰：'银也。在墙东北角柱下。''汝复为谁？'曰：'我，杵也。今在灶下。'及晓，文按次掘之：得金银五百斤，钱千万贯。仍取杵焚之。由此大富。宅遂清宁。"

(9) "南市"句：《水经注》卷二十七："南有女郎山，山上有女郎冢，远望山坟，嵬嵬壮高，及即其所，裁有坟形。山上直路下出，不生草木，世人谓之女郎道。下有女郎庙及捣衣石，言张鲁女也。"

(10) 裙裾：裙幅。

(11) "龙文"句：剪刀上刻镂龙形花纹。

(12) "凤翼"句：洞箫上缠绕着凤凰的纹饰。篸（cēn）管：洞箫。

(13) 长乐殿：见《北周诗》卷二《奉和山池诗》注（1）。

(14) 昭阳殿：汉宫殿名，在未央宫中。《三辅黄图》卷三："成帝赵皇后居昭阳殿，有女弟，俱为婕好，贵倾后宫。"

(15) 缬（xié）：眼发花。

(16) 龙子：《古今注》："蝘蜓，守宫，一名龙子。"蜥蜴之属。《博物志》卷四："蜥蜴或名蝘蜓，以器养之，食以朱砂，体尽赤。所食满七斤，捣以万杵，点女人肢体，终年不灭，唯房室事则灭，故号守宫。"

(17) 折：指屏风。

(18) 绶：丝带。

(19) 纂（zuǎn）：赤色或五色的绦带。

(20) 广陵散：琴曲名。

(21) 渔阳掺：鼓曲名，即《渔阳参挝》。

(22) 金波：月光。

(23) 交河：古城名，在今新疆吐鲁番县西北的雅儿和屯。

(24) 栩阳：《汉书·艺文志》有《别栩阳赋》五篇。

(25) 临江：《汉书·艺文志》有《临江王及愁思节士歌》四篇。

预麟趾殿校书和刘仪同诗[1](1)

止戈兴礼乐(2)，修文盛典谟(3)。壁开金石篆(4)，河浮云雾图(5)。芸香上延阁(6)，碑石向鸿都(7)。诵书征博士(8)，明经拜大夫(9)。璧池寒水落[2](10)，学市旧槐疏[3](11)。高谭变白马[4](12)，雄辩塞飞狐[5](13)。月落将军树(14)，风惊御史乌(15)。子云犹汗简[6](16)，温淑正削蒲(17)。连云虽有阁[7]，终欲想江湖[8](18)。

【校记】

[1]《文苑英华》二百四十作《和刘仪同》。

[2] 璧：《文苑英华》或作“壁”。

[3] 市：《文苑英华》或作“树”。疏：《文苑英华》作“枯”，《诗集》同。

[4] 谭：《初学记》作“谈”。《文苑英华》同。

[5] 辩：《文苑英华》误作“办”。

[6] 犹：《初学记》作“方”。

[7] 连：《文苑英华》或作“莲”。

[8] 欲：《文苑英华》或作“叹”。

【注释】

(1) 麟趾：宫殿名。《周书·明帝纪》：“及即位，集公卿已下有文学者八十馀人于麟趾殿，刊校经史。”刘仪同：刘臻。刘臻（527—598)，字宣挚，沛国相（今安徽濉溪）人。传见《北史》卷八十三。

(2) 止戈：停止干戈，平息战事。《左传·宣公十二年》：“夫文，止戈为武。”

(3) 典谟：《尚书》中有《尧典》、《舜典》和《大禹谟》、《皋陶谟》等篇并称。后指经典。

(4)“壁开”句：孔安国《尚书序》：“至鲁共王好治宫室，坏孔子旧宅，以广其居，于壁中得先人所藏古文虞夏商周之书及传、《论语》、《孝经》，皆科斗文字。王又升孔子堂，闻金石丝竹之音，乃不坏宅，悉以书还孔氏。”

(5)“河浮”句：据《竹书纪年》，黄帝五十年，“天雾三日三夜，昼昏。……龙图出河龟书出洛。赤文篆字。以授轩辕。”

(6) 芸香：可以防蠹虫的香料。延阁：汉代皇家藏书处。《汉书·艺文志》：“于是建藏书之策”，颜师古注引如淳曰：“刘歆《七略》曰：‘外则有太常、太史、博士之藏，内则有延阁、广内、秘室之府。’”

(7) 鸿都：东汉宫门名，灵帝时于门内置学校及书库。《后汉书·蔡邕列传》：“光和元年（178)，遂置鸿都门学，画孔子及七十二弟子像。”碑石：指熹平石经。《后汉书·蔡邕列传》：“熹平四年（175)，乃与五官中郎将堂谿典，光禄大夫杨赐，谏议大夫马日磾，议郎张驯、韩说，太史令单飏等，奏求正定《六经》文字。灵帝许之，邕乃自书丹于碑，使工镌刻立于太学门外。于是后儒晚学，咸取正焉。及碑始立，其观视及摹写者，车乘日千余两，填塞街陌。”

(8)“诵《书》”句：《汉书·晁错传》：“孝文时，天下亡治《尚书》者，独闻齐有伏生，故秦博士，治《尚书》，年九十余，老不可征。乃诏太常，使人受之。太常遣错受《尚书》伏生所，还，因上书称说。”

(9)“明经”句：《汉书·韦贤传》附《韦玄成传》：“以明经擢为谏大夫，迁大河都尉。”

(10)璧池：古代学宫前半月形的水池。借指太学。《三辅黄图》卷五：“周文王辟雍，在长安西北四十里，亦曰璧雍。如璧之圆，雍之以水，象教化流行也。”

(11)“学市”句：《太平御览》卷八百二十六引《三辅黄图》云：“元始四年，起明堂、辟雍长安城南，北为会市，但列槐树数百行为队，无墙屋，诸生朔望会此市，各持其郡所出货物，及经书传记、笙磬器物，与卖买，雍容揖让，或论议槐下。”学市：指太学东北的会市。

(12)谭：同“谈”。白马：即“白马非马”论，战国时哲学家公孙龙提出的著名逻辑学论题。详见《公孙龙子·白马论》。

(13)飞狐：要塞名。《汉书·郦食其传》：“距飞狐之口”，颜师古注引臣瓒曰：“飞狐在代郡西南。”

(14)将军树：《后汉书·冯异列传》：“每所止舍，诸将并坐论功，异常独屏树下，军中号曰‘大树将军’。”

(15)御史乌：见《北周诗》卷二《乌夜啼》注(5)。

(16)子云：汉扬雄，字子云，曾“校书天禄阁上”(《汉书·扬雄传》)。汗简：汉刘向《别录》：“杀青者，以火炙简令汗，取其青易书，复不蠹，谓之杀青，亦谓汗简。”

(17)“温舒”句：《汉书·路温舒传》：“路温舒，字长君，巨鹿东里人也。父为里监门。使温舒牧羊，温舒取泽中蒲，截以为牒，编用写书。”

(18)“连云”二句：潘岳《秋兴赋序》：“晋十有四年，余春秋三十有二，始见二毛。以太尉掾兼虎贲中郎将，寓直于散骑之省。高阁连云，阳景罕曜，珥蝉冕而袭纨绮之士，此焉游处。仆野人也，偃息不过茅屋茂林之下，谈话不过农夫田父之客。摄官承乏，猥厕朝列，夙兴晏寝，匪遑底宁，譬犹池鱼笼鸟，有江湖山薮之思。”

和宇文内史入重阳阁诗[1](1)

北原风雨散(2)，南宫容卫疎(3)。待诏还金马(4)，儒林归石渠(5)。徒悬仁寿镜(6)，空聚茂陵书(7)。竹泪垂秋笋，莲衣落夏蕖[2](8)。顾成始移庙[3](9)，阳陵正徙居[4](10)。旧兰憔悴长，残花烂熳舒。别有昭阳殿(11)，长悲故婕好[5](12)。

【校记】

[1]《文苑英华》三百十四作《登宇文内史入重阳阁》。

[2] 夏：《文苑英华》、《诗集》并作“故”。《诗纪》云：“《集》作‘故’。”

[3] 成：《诗集》作“城”。

[4] 徙：《文苑》作“徒”。

[5] 故：《诗纪》云：“一作‘班’。”

【注释】

(1)宇文内史：即李昶，传见《北周诗》卷一。《周书·李昶传》：“六官建，拜内史下大夫，进爵为侯，增邑五百户，迁内史中大夫。”重阳阁：《周书・明帝纪》：“三月辛酉，重阳阁成，会群公列将卿大夫及突厥使者于芳林园，赐钱帛各有差。”此后不久，明帝即中毒身亡。此诗睹物思人，追悼周明帝。

（2）北原：指周明帝的陵墓。

（3）南宫：指皇宫。容卫：古代的仪仗、侍卫。

（4）金马：《三辅黄图》卷三：“金马门，宦者署。武帝得大宛马，以铜铸像，立于署门，因以为名。东方朔、主父偃、严安、徐乐，皆待诏金马门，即此。”金马门在未央宫。

（5）儒林：儒者之群。石渠：见《北周诗》卷二《和何仪同讲竟述怀诗》注（7）。

（6）仁寿镜：《太平御览》卷七一七引陆机《与弟云书》：“仁寿殿前有大方铜镜，高五尺馀，广三尺二寸，立着庭中，向之便写人形了了，亦怪也。”

（7）“空聚”句：《汉武内传》：“又帝崩时，遗诏以杂经三十馀卷，常读玩之，使随身敛。”茂陵：汉武帝的陵墓，在今陕西兴平县东北。

（8）蕖：荷花。

（9）顾成：汉文帝之庙。《三辅黄图》卷五：“文帝庙，号顾成庙。孝文四年作顾成庙，在长安城南。文帝自为庙，制度逼狭，若顾望而成，犹文王灵台不日成之，故曰顾成也。”

（10）阳陵：汉景帝的陵墓。《三辅黄图》卷六：“景帝阳陵，在长安城东北四十五里。按景帝五年作阳陵，起邑阳陵山，方百二十步，高十丈。”《汉书・景帝纪》：“五年春正月，作阳陵邑。夏，募民徙阳陵，赐钱二十万。”

（11）昭阳殿：见本卷《夜听捣衣诗》注（13）。

（12）故婕妤：指班婕妤。《汉书・外戚传》：“孝成班婕妤。帝初即位选入后宫。始为少使，俄而大幸，为婕妤，居增成舍。……赵氏姊弟骄妒，婕妤恐久见危，求供养太后长信宫，上许焉。婕妤退处东宫，作赋自伤悼。……至成帝崩，婕妤充奉园陵，薨，因葬园中。”

忝在司水看治渭桥诗[1](1)

大夫参下位(2)，司职渭之阳(3)。富平移铁锁[2](4)，甘泉运石梁(5)。跨虹连绝岸(6)，浮鼋续断航(7)。春洲鹦鹉色，流水桃花香(8)。星精逢汉帝(9)，钓叟值周王(10)。平堤石岸直，高堰柳阴长。羡言杜元凯[3]，河桥独举觞(11)。

【校记】

［1］《艺文类聚》九作《看治渭桥诗》。

［2］铁锁：《诗纪》云：“一作‘锁柱’。”

［3］羡：《诗集》作“美”。

【注释】

（1）忝：有愧于。司水：指司水下大夫。《北史・文苑传・庾信》：“周孝闵帝践阼，封临清县子，除司水下大夫。”

（2）“大夫”句：说自己任司水下大夫之职。

（3）渭之阳：渭水北岸。

（4）“富平”句：《晋书・杜预传》：“预又以孟津渡险，有覆没之患，请建河桥于富平津。议者以为殷周所都，历圣贤而不作者，必不可立故也。预曰：'"造舟为梁"，则河桥之谓也。'及桥成，帝从百僚临会，举觞属预曰：'非君，此桥不立也。'对曰：'非陛下之明，臣亦不得施其微巧。'"富平：即富平津，古黄河津渡名，在今河南孟县西南、孟津东北。

（5）"甘泉"句：《博物志》卷六："始皇陵在骊山之北，高数十丈，周回六七里。今在阴盘县界。北陵虽高大，不足以销六十万人积年之功，其用功力或隐不见，不见者，骊山水泉本北流者，陂障使东西流。又此山有土无石，运取大石于渭南诸山，故歌曰：'运石甘泉口，渭水为不流。千人唱，万人钩，金陵余石大如塸。'其余功力皆如此类。"

（6）跨虹：指桥。

（7）浮鼋：指浮在水中用于支撑浮桥的船。航：船。

（8）"流水"句：见《北周诗》卷二《对酒歌》注（1）。

（9）"星精"句：干宝《搜神记》卷四："蜀郡张宽，字叔文，汉武帝时为侍中。从祀甘泉，至渭桥，有女子浴于渭水，乳长七尺。上怪其异，遣问之。女曰：'帝后第七车者知我。'所来时，宽在第七车。对曰：'天星。主祭祀者，斋戒不洁，则女人见。'"

（10）"钓叟"句：见《北周诗》卷三《拟咏怀》（其二）注（2）。钓叟，指吕尚。

（11）"羡言"二句：见本诗注（4）。

北园新斋成应赵王教诗[1]

虹枌跂鸟翼[2](1)，山节拱兰枝[3](2)。画梁云气绕(3)，彫窗玉女窥(4)。月悬唯返照(5)，莲开长倒垂(6)。盘根纽坏石[4]，行雨暴浇池。长藤连格徙(7)，高树带巢移。鸟声唯杂曲，花风直乱吹。白虎题书观(8)，玄熊帖射皮(9)。文弦入舞曲(10)，月扇掩歌儿(11)。玉节调笙管(12)，金船代酒卮(13)。若论曹子建，天人本共知(14)。

【校记】

[1]《文苑英华》百七十九作《北园新斋成应教》。

[2] 枌：《本集》、《诗集》作"粉"。《文苑英华》作"扮"。

[3] 拱：《文苑英华》作"共"。

[4] 纽：《文集》作"细"。

【注释】

（1）"虹枌"句：《文选》班固《西都赋》："列棼橑以布翼"，吕向注："言栋上布椽如翼也。"虹枌：房梁的美称。枌，即"棼"，楼阁的栋梁。跂：通"歧"，分歧，此处引申为布列的意思。

（2）山节：刻成山形的斗拱。兰枝：木兰枝。

（3）"画梁"句：屋梁上画有云彩的图饰。

（4）"彫窗"句：《文选》王延寿《鲁灵光殿赋》："玉女窥窗而下视。"彫窗：雕饰华美的窗户。

（5）"月悬"句：《文选》王延寿《鲁灵光殿赋》："皓壁皜曜以月照"，李善注："言壁之白，如月之照。"

（6）“莲开”句：天花板上的藻井画有莲花的图案，枝叶向下倒垂。

（7）格：木头架子。

（8）“白虎”句：指北园中建有藏书讲学之处。后汉时洛阳北宫曾有白虎观，为藏书讲学之处。汉章帝建初四年（79）会学者于此，讲五经同异，成《白虎通德论》书。事见《后汉书·肃宗孝章帝纪》。

（9）“玄熊”句：以黑熊皮制成箭靶。玄熊：黑熊。射皮：箭靶。

（10）文弦：指华美的琴。

（11）月扇：团扇。

（12）玉节：古代一种用以调节乐声的乐器。

（13）金船：行酒用的小船。宾客列坐曲水池边，让酒船载酒顺流而行，酒船经过谁，谁就取酒自饮。酒卮：酒杯。

（14）“若论”二句：见《北周诗》卷二《上益州上柱国赵王诗二首》（其一）注（5）。曹子建：曹植。

同会河阳公新造山池聊得寓目诗[1](1)

横阶仍凿涧，对户即连峰。暗石疑藏虎(2)，盘根似卧龙。沙洲聚乱荻，洞口碍横松。引泉恒数派(3)，开岩即十重。北阁闻吹管，南邻听击钟(4)。菊寒花正合，杯香酒绝浓。由来魏公子(5)，今日始相逢。

【校记】

[1]《文苑英华》百六十五作《同会河阳公新造暗山池聊得寓目》。

【注释】

（1）河阳公：李纶，辽东襄平人也。有文武才用。以功臣子，少居显职，历吏部、内史下大夫，并获当官之誉。位至司会中大夫、开府仪同三司，封河阳郡公。为聘齐使主。早卒。传见《周书·李弼传》。

（2）“暗石”句：楚熊渠子、汉李广夜射，都把石头当成了老虎。

（3）派：水的支流。

（4）“北阁”二句：左思《咏史诗》（其四）：“南邻击钟磬，北里吹笙竽。”

（5）魏公子：战国时魏国的信陵君。河阳旧属魏地，故称河阳公为魏公子。

登州中新阁诗

跨虚凌倒景(1)，连云拒少阳[1](2)。璇极龙鳞上(3)，雕甍鹏翅张(4)。千寻文杏照，十里木兰香(5)。开窗对高掌[2](6)，平坐望河梁(7)。歌响闻长乐[3](8)，钟声彻建章(9)。赋用王延寿(10)，书须韦仲将(11)。龙来随画壁(12)，风起逐吹簧(13)。石作芙蓉影[4]，池如明镜光。花梁反披叶(14)，莲井倒垂房(15)。徒然思燕贺(16)，无以预鹍翔(17)。

【校记】

［1］拒：原作“讵”，据《庾子山集注》作“拒”，《文苑英华》作“拒”，据改。

［2］窗：《诗集》作“堂”。

［3］闻长：《文苑英华》作“开天”。

［4］蓉：《本集》作“容”。

【注释】

(1) 倒景：参见《北周诗》卷二《道士步虚词》其一注（7）。

(2) 拒：对。少阳：东方。

(3)“璇极”句：意谓阁顶高出于众屋之上。璇（xuán）极：用美玉装饰的房梁。龙鳞：比喻屋舍参差，有如龙鳞。《文选》王文考《鲁灵光殿赋》：“郁坱圠以嶒宏，崱缯绫而龙鳞。”

(4) 雕甍（méng）：雕饰华美的屋脊。鹏翅张：屋顶向屋脊两面张开，形如鹏翅张开。

(5)“千寻”二句：见本卷《梦入堂内诗》注（1）。

(6) 高掌：指华山。《文选》张衡《西京赋》：“缀以二华，巨灵赑屃，高掌远跖，以流河曲，厥迹犹存。”李善注：“华，山名也。巨灵，河神也。巨，大也。古语云：‘此本一山，当河水过之而曲行，河之神以手擘开其上，足踏离其下。中分为二，以通河流。手足之迹，于今尚在。’”

(7) 河梁：黄河上的桥梁。

(8) 长乐：见《北周诗》卷二《奉和山池诗》注（1）。

(9) 建章：汉宫官名。《三辅黄图》卷二：“建章宫，武帝太初元年，柏梁殿灾。粤巫勇之曰：‘粤俗有火灾，即复起大屋以压之。’帝于是作建章宫，度为千门万户，宫在未央宫西，长安城外。”

(10) 王延寿：《汉书・文苑列传》：“王逸字叔师，南郡宜城人也。……子延寿，字文考，有俊才。少游鲁国，作《灵光殿赋》。后蔡邕亦造此赋，未成，及见延寿所为，甚奇之，遂辍翰而已。曾有异梦，意恶之，乃作《梦赋》以自厉。后溺水死，时年二十余。”

(11) 韦仲将：《世说新语・巧艺》：“韦仲将能书。魏明帝起殿，欲安榜，使仲将登梯题之。既下，头鬓皓然，因敕儿孙：‘勿复学书。’”

(12)“龙来”句：意谓墙壁上画有飞龙的图案。

(13) 簧：笙。

(14)“花梁”句：屋梁上所画的花卉枝叶向下。

(15)“莲井”句：藻井上所画的莲花莲房倒垂。

(16) 燕贺：即燕雀相贺。《淮南子・说林训》：“汤沐具而虮虱相吊，大厦成而燕雀相贺，忧乐别也。”燕雀因大厦落成有栖身之所而互相庆贺。后多用作祝贺新屋落成之语。

(17) 鹍：鹍鸡，似鹤而大、毛色黄白的一种鸟。《穆天子传》卷一：“鶤鸡飞八百里。”鶤鸡即鹍鸡。

岁晚出横门诗(1)

年华改岁阴(2)，游客喜登临。据鞍垂玉帖(3)，横腰带水心[1](4)。冰弱浮桥没，沙虚马迹深。倚弓依石岸，回床向柳阴[2]。智琼来劝酒(5)，文君过听琴(6)。明朝云雨散，何处更相寻[3](7)。

【校记】

［1］水：本作“锦”，《庾子山集注》云“朱本作‘水’”，据改。

［2］阴：《庾子山集注》云：“朱本作‘林’。”

［3］相：《庾子山集注》云：“朱本作‘追’。”

【注释】

(1) 横门：横木为门，极简陋的院门。

(2) 岁阴：岁暮。

(3) 据鞍：见本卷《拟咏怀》(在死犹可忍)注(5)。玉帖：即玉帖镫，用玉装饰的马镫。

(4) 横腰：横在腰间。水心：传说中的宝剑名。南朝梁吴均《续齐谐记·曲水》：“秦昭王三月上巳置酒河曲，见金人自河而出奉水心剑，曰：‘令君制有西夏。’及秦霸诸侯，乃因此处立为曲水。”

(5) 智琼：成公智琼。干宝《搜神记》卷一：“魏济北郡从事掾弦超，字义起，以嘉平中夜独宿，梦有神女来从之。自称：‘天上玉女，东郡人，姓成公，字知琼，早失父母，天帝哀其孤苦，遣令下嫁从夫。’超当其梦也，精爽感悟，嘉其美异，非常人之容，觉寤钦想，若存若亡，如此三四夕。一旦，显然来游，驾辎軿车，从八婢，服绫罗绮绣之衣，姿颜容体，状若飞仙，自言年七十，视之如十五六女。车上有壶榼，青白琉璃五具。食啖奇异，馔具醴酒，与超共饮食。”

(6) 文君：卓文君。四川富人卓王孙女，后为司马相如的妻子。《史记·司马相如列传》：“是时卓王孙有女文君新寡，好音，故相如缪与令相重，而以琴心挑之。相如之临邛，从车骑，雍容闲雅甚都；及饮卓氏，弄琴，文君窃从户窥之，心悦而好之，恐不得当也。既罢，相如乃使人重赐文君侍者通殷勤。文君夜亡奔相如，相如乃与驰归成都。”

(7) “明朝”句：《文选》宋玉《高唐赋》：“昔者先王尝游高唐，怠而昼寝，梦见一妇人曰：‘妾，巫山之女也。为高唐之客。闻君游高唐，愿荐枕席。’王因幸之。去而辞曰：‘妾在巫山之阳，高丘之阻，旦为朝云，暮为行雨。朝朝暮暮，阳台之下。’旦朝视之，如言。故为立庙，号曰‘朝云’。”

北园射堂新成诗(1)

轩台聊可习(2)，仙的不难登(3)。转箭初调筈[1](4)，横弓先望堋(5)。惊心一雁落(6)，连臂两猿腾(7)。直知王济巧(8)，谁觉魏舒能[2](9)。空心不死树，无叶未枯藤。择贤方至此[3](10)，传卮欣得朋[4](11)。

【校记】

［1］调筈：《艺文类聚》作“辞竿”。

［2］觉：《庾子山集注》云：“《类聚》作‘见’。”

［3］至：《本集》作“知”。

［4］欣：《庾子山集注》作“喜”，又云：“《类聚》、屠本、朱本并作‘欣’。”

【注释】

（1）射堂：古时习射的场所。

（2）轩台：即轩辕台。《山海经·大荒西经》："有轩辕之台，射者不敢西向射，畏轩辕之台。"

（3）仙的：仙人的箭靶。登：射中。

（4）筈（kuò）：箭尾，箭末扣弦处。

（5）堋（péng）：悬挂箭靶的矮墙。

（6）"惊心"句：见本卷《拟咏怀诗》（步兵未饮酒）注（7）。

（7）"连臂"句：用养由基事。《文选》卷十九张华《励志》："养由矫矢，兽号于林。"李善注引《淮南子》曰："楚恭王游于林中，有白猿缘木而矫，王使左右射之，腾跃避矢不能中。于是使由基抚弓而眄，猿乃抱木而长号。何者？诚在于心，而精通于物。"

（8）王济（约246—291）：字武子，太原晋阳（今山西太原）人，爱好弓马，勇力超人。《世说新语·汰侈》："王君夫有牛名'八百里驳'，常莹其蹄角。王武子语君夫：'我射不如卿，今指赌卿牛，以千万对之。'君夫既恃手快，且谓骏物无有杀理，便相然可，令武子先射。武子一起便破的，却据胡床，叱左右：'速探牛心来！'须臾，炙至，一脔便去。"

（9）魏舒（209—290）：字阳元，任城樊（今山东兖州西南）人，性好骑射。《晋书·魏舒传》："累迁后将军钟毓长史，毓每与参佐射，舒常为画筹而已。后遇朋人不足，以舒满数。毓初不知其善射。舒容范闲雅，发无不中，举坐愕然，莫有敌者。毓叹而谢曰：'吾之不足以尽卿才，有如此射矣，岂一事哉！'"

（10）择贤：《礼记·射义》："是故古者天子以射选诸侯、卿大夫、士。"又"天子将祭，必先习射于泽。泽者，所以择士也。"

（11）卮：酒杯。

七夕诗(1)

牵牛遥映水，织女正登车。星桥通汉使，机石逐仙槎(2)。隔河相望近，经秋离别赊(3)。愁将今夕恨，复著明年花。

【注释】

（1）七夕：农历七月初七夜。

（2）"星桥"句：见《北周诗》卷二《杨柳歌》注（2）。宋周密《癸辛杂识·前集》云："及梁宗懔作《荆楚岁时记》，乃言武帝使张骞使大夏，寻河源，乘槎见所谓牵牛、织女，不知懔何所据而云。"然检今本《荆楚岁时记》，无此段文字。

（3）赊：久。

园庭诗

杖乡从物外(1)，养学事闲郊(2)。穷愁方汗简(3)，无遇始观爻(4)。谷寒已吹律(5)，檐空更剪茅。樵隐恒同路，人禽或对巢。水蒲开晚结，风竹解寒苞。古槐时变火[(6)]，枯枫乍落胶[(7)]。倒屣迎悬榻[(8)]，停琴听解嘲[(9)]。香螺酌美酒[(10)]，枯蚌藉兰肴[(11)]。飞鱼时触钓，翳雉屡悬庖[(12)]。但使相知厚，当能来结交。

【注释】

（1）杖乡：六十岁的代称。《礼记·王制》："六十杖于乡。"物外：世俗之外。

（2）养学：七十岁的代称。《礼记·王制》："七十养于学。"

（3）汗简：见本卷《预麟趾校书和刘仪同诗》注（16）。

（4）爻：构成《易》卦的基本符号，有阳爻、阴爻两种，这里指《易》卦。

（5）"谷寒"句：汉刘向《七略别录·诸子略》："邹衍在燕，有谷地美而寒，不生五谷，邹子居之，吹律而温至黍生，至今名黍谷。"

（6）"古槐"句：《淮南子·泛论》："老槐生火，久血为磷，人弗怪也。"

（7）胶：树脂。

（8）倒屣：《三国志·魏书·王粲传》："献帝西迁，徙粲长安，左中郎将蔡邕见而奇之。时邕才学显著，贵重朝廷，常车骑填巷，宾客盈坐。闻粲在门，倒屣迎之。"。悬榻：《后汉书·徐穉传》："（陈）蕃在郡，不接宾客，唯穉来特设一榻，去则县之。"后以"悬榻"喻礼待贤士。这里指贤士。

（9）解嘲：《汉书·扬雄传》："或嘲雄以玄尚白，而雄解之，号曰《解嘲》。"

（10）香螺：即香螺卮，以香螺壳制成的酒杯。

（11）枯蚌：以蚌壳制成的盛食器。兰肴：饭菜的美称。

（12）翳雉：即雉。庖：厨房。

归田诗

务农勤九谷[(1)]，归来嘉一廛[(2)]。穿渠移水碓[(3)]，烧棘起山田[(4)]。树阴逢歇马，鱼潭见酒船[1][(5)]。苦李无人摘[(6)]，秋瓜不直钱。社鸡新欲伏[(7)]，原蚕始更眠[(8)]。今日张平子[(9)]，翻为人所怜。

【校记】

［1］酒：《诗集》作"洒"。

【注释】

（1）九谷：黍、稷、秫、稻、麻、大豆、小豆、大麦、小麦。

（2）廛（chán）：一户人家的房屋、田产。《孟子·滕文公上》："远方之人，闻君行仁政，愿受一廛而为氓。"

（3）水碓（duì）：利用水流作为动力的舂米器具。

（4）烧棘：焚烧野草。棘：荆棘。

（5）酒船：见本卷《北园新斋成应赵王教诗》注（13）。

（6）苦李：《世说新语·雅量》："王戎七岁，尝与诸小儿游，看道旁李树多子折枝，诸儿竞走取之，唯戎不动。人问之，答曰：'树在道旁而多子，此必苦李。'取之信然。"

（7）社鸡：用于祭社的鸡，这里指鸡。

（8）原蚕：《周礼·夏官·马质》："禁原蚕者。"郑注："原，再也。"原蚕，再度育种的蚕。这里指蚕。

(9) 张平子：东汉张衡，字平子，曾作《归田赋》。此处庾信以张衡自比。

寒园即目诗

寒园星散居[1]，摇落小村墟[2](1)。游仙半壁画(2)，隐士一床书。子月泉心动(3)，阳爻地气舒(4)。雪花深数尺，冰床厚尺馀。苍鹰斜望雉，白鹭下看鱼[3]。更想东都外，群公别二疏[4](5)。

【校记】

[1] 居：《诗集》作“后”。

[2] 摇：《诗纪》作“遥”。

[3] 看：《庾子山集注》作“观”，又云：“屠本、朱本并作‘看’。”

[4] 别：《庾子山集注》云：“朱本作‘祖’。”

【注释】

(1) 村墟：村落。

(2)“游仙”句：墙壁上画有神仙。

(3) 子月：农历十一月。泉心动：《礼记·月令》：“仲冬之月……水泉动。”

(4) 阳爻：见《园庭诗》注(3)。这里指阳气。

(5)“更想”二句：见《北周诗》卷二《奉和赵王隐士诗》注(3)。

幽居值春诗

山人久陆沉(1)，幽径忽春临[1]。决渠移水碓(2)，开园扫竹林[2]。欹桥久半断(3)，崩岸始邪侵。短歌吹细笛，低声泛古琴(4)。钱刀不相及(5)，耕种且须深[3]。长门一纸赋，何处觅黄金(6)。

【校记】

[1] 临：《诗纪》作“心”。

[2] 园：《诗纪》作“窗”。

[3] 深：《庾子山集注》云：“朱本作‘心’。”

【注释】

(1) 陆沉：无水而沉，喻隐居。

(2) 水碓：见本卷《归田诗》注(3)。

(3) 欹(qī)：倾斜。

(4) 泛：泛声，演奏时为使乐音和谐合于节奏，配衬轻弹缓奏的虚声，称“泛声”。

(5) 钱刀：古代的一种刀形钱币，后泛指金钱。

(6)“长门”两句：言自己富于文采而生活清贫。《文选》司马相如《长门赋序》：“孝武皇帝陈皇后，时得幸，颇妒。别在长门宫，愁闷悲思。闻蜀郡成都司马相如天下工为文，奉黄金百斤，为相如、文君取酒，因于解悲愁之辞。”

卧疾穷愁诗

危虑风霜积[(1)]，穷愁岁月侵。留蛇常疾首[(2)]，映弩屡惊心[(3)]。稚川求药录[(4)]，君平问卜林[(5)]。野老时相访，山僧或见寻。有菊翻无酒[(6)]，无弦则有琴[(7)]。讵知长抱膝，独为梁父吟[(8)]。

【注释】

(1) 危虑：忧虑。

(2)“留蛇”句：似用孙叔敖遇蛇事。贾谊《新书·礼》：“孙叔敖之为婴儿也，出游而还，忧而不食。其母问其故，泣而对曰：‘今日吾见两头蛇，恐去死无日矣。’其母曰：‘今蛇安在?’曰：‘吾闻见两头蛇者死，吾恐他人又见，吾已埋之也。’其母曰：‘无忧，汝不死。吾闻之：“有阴德者，天报以福。”’人闻之，皆谕其能仁也。及为令尹，未治而国人信之。”

(3)“映弩”句：汉应劭《风俗通义·怪神》：“予之祖父郴为汲令，以夏至日请见主簿杜宣，赐酒。时北壁上有悬赤弩，照于杯中，其形如蛇。宣畏恶之，然不敢不饮，其日便得胸腹痛切，妨损饮食，大用羸露，攻治万端，不为愈。后郴因事过至宣家，窥视，问其变故，云‘畏此蛇，蛇入腹中’。郴还厅听事，思惟良久，顾见悬弩，必是也。则使门下史将铃下侍徐扶辇载宣，于故处设酒，杯中故复有蛇，因谓宣：‘此壁上弩影耳，非有他怪。’宣意遂解，甚夷怿，由是瘳平，官至尚书，历四郡，有威名焉。”

(4) 稚川：《晋书·葛洪传》：“葛洪，字稚川，丹阳句容人也。……洪传（葛）玄业，兼综练医术，凡所著撰，皆精核是非，而才章富赡。”著有《金匮药方》一百卷、《肘后要急方》四卷。

(5) 君平：见《北周诗》卷二《奉和赵王隐士诗》注（7）。卜林：汉京房著《周易占》十二卷、《周易守林》三卷、《周易集林》十二卷、《周易飞候》九卷，后世合称“卜林”。今皆佚。

(6)“有菊”句：《艺文类聚》卷 217 引《晋阳秋》：“陶潜九月九日无酒，坐宅边菊丛中，采摘盈把，望见白衣人至，乃王宏遣送酒，即便就酌。”

(7)“无弦”句：《晋书·陶渊明传》“性不解音，而畜素琴一张，弦徽不具，每朋酒之会，则抚而和之，曰：‘但识琴中趣，何劳弦上声!’”

(8)“讵知”二句：《三国志·蜀书·诸葛亮传》：“每自比于管仲、乐毅，时人莫之许也。惟博陵崔州平、颖川徐庶元直与亮友善，谓为信然。”裴注引《魏略》曰：“亮在荆州，以建安初与颍川石广元、徐元直、汝南孟公威等俱游学，三人务于精熟，而亮独观其大略。每晨夜从容，常抱膝長啸，而谓三人曰：‘卿三人仕进可至刺史、郡守也。’三人问其所至，亮但笑而不言。”又，“亮躬耕垄亩，好为《梁父吟》。”

山斋诗

寂寥寻静室，蒙密就山斋[(1)]。滴沥泉浇路[1]，穹窿石卧阶。浅槎全不动，盘根唯半埋。圆珠坠晚菊[(2)]，细火落空槐[(3)]。直置风云惨[(4)]，弥怜心事乖。

【校记】

［1］浇：《文苑英华》作“饶”。注云：“一作‘浇’。”

【注释】

（1）蒙密：茂密的草木。

（2）圆珠：露水。

（3）“细火”句：见本卷《园庭诗》注（5）。

（4）置：放，犹言置之不理。

望野诗

试策千金马(1)，来登五丈原(2)。有城仍旧县，无树即新村。水向兰池泊(3)，日斜细柳园(4)。涸渚通沙路，寒渠塞水门。但得风云赏(5)，何须人事论。

【注释】

（1）千金马：骏马。《战国策·燕策一》：“古之君王，有以千金求千里马者，三年不能得。”

（2）五丈原：地名，在今陕西岐山县南，宝鸡县东，周至县西，渭水南岸。

（3）兰池：兰池陂，在咸阳县界。

（4）细柳：古地名，今在陕西咸阳市西南。

（5）风云赏：《后汉书·朱景王杜马刘傅坚马列传》：“中兴二十八将，前世以为上应二十八宿，未之详也。然咸能感会风云，奋其智勇，称为佐命，亦各志能之士也。”

蒙赐酒诗

金膏下帝台(1)，玉历在蓬莱(2)。仙人一遇饮，分得两三杯。忽闻桑叶落[1](3)，正值菊花开(4)。阮籍披衣进，王戎含笑开(5)。从今觅仙药，不假向瑶台(6)。

【校记】

［1］闻：《草堂诗笺》作“逢”。

【注释】

（1）金膏：传说中的仙药。《穆天子传》卷一“黄金之膏”，晋郭璞注：“金膏，亦犹玉膏，皆其精汋也。”精汋，精华。帝台：传说中神人名。《山海经·中山经》：“东三百里，曰鼓钟之山，帝台之所以觞百神也。”又，“又东南五十里，曰高前之山。其上有水焉，甚寒而清，帝台之浆也，饮之者不心痛。”

（2）玉历：倪璠《庾子山集注》：“玉历，疑作‘玉沥’，郭璞《山海经注》所谓‘白玉膏’是也。”蓬莱：传说中东海上三神山之一。

（3）桑叶落：《水经注》卷四：“民有姓刘名堕者，宿擅工酿，采挹河流，酝成芳酎，悬食同枯枝之年，排于桑落之辰，故酒得其名矣。”

(4) 菊花开：《西京杂记》卷三："九月九日佩茱萸，食蓬饵，饮菊华酒，令人长寿。菊华舒时，并采茎叶杂黍米酿之，至来年九月九日始熟，就饮焉，故谓之菊华酒。"

(5) "阮籍"二句：《世说新语·简傲》："王戎弱冠诣阮籍，时刘公荣在坐，阮谓王曰：'偶有二斗美酒，当与君共饮，彼公荣者无预焉。'二人交觞酬酢，公荣遂不得一杯，而言语谈戏三人无异。或有问之者，阮答曰：'胜公荣者，不可不与饮酒；不如公荣者，不可不与饮酒；唯公荣，可不与饮酒。'"

(6) 瑶台：传说中西王母所居之处，在昆仑山。

奉报赵王惠酒诗[1]

梁王修竹园(1)，冠盖风尘喧(2)。行人忽枉道，直进桃花源(3)。稚子还羞出，惊妻倒闭门[2]。始闻传上命，定是赐中樽(4)。野炉然树叶，山杯捧竹根(5)。风池还更暖(6)，寒谷遂长暄(7)。未知稻粱雁(8)，何时能报恩[3]。

【校记】

[1]《诗纪》云："一作《奉报赐酒》。"《庾开府诗集》上作《春报赐酒》。

[2] 闭：逯按，《艺文类聚》作"閇"。古通。

[3] 能报：《艺文类聚》作"报君"。

【注释】

(1) 梁王：刘武（前184? —前144），汉文帝子，前168年被封为梁王。《西京杂记》卷二："梁孝王好营宫室苑囿之乐，作曜华之宫，筑兔园。"兔园中多种竹，故又名竹圃。北魏郦道元《水经注》卷二十四："睢水又东南流，历于竹圃。水次绿竹荫渚，菁菁实望，世人言梁王竹园也。"

(2) 冠盖：冠，冠冕。盖，车盖。官吏的服饰和车乘，借指官吏。

(3) 桃花源：陶渊明著《桃花源记》，虚构一世外理想世界。

(4) 中樽：盛酒的器具。《尔雅》："卣，中樽也。"

(5) "山杯"句：王韶《南雍州记》："辛居士名宣仲，家贫，春月鬻笋充殇酌，截竹为罂，用充盛置。人问其故，宣仲曰：'我惟爱竹好酒，欲令二物常相并耳。'"

(6) 风池：不详。倪璠《庾子山集注》云："如风井之类。宋玉《风赋》曰：'夫风，生于地，起于青蘋之末，侵淫溪谷，盛怒于之口。'李善注引盛弘之《荆州记》曰："宜都佷山县有山，山下有穴，大数尺，为风井。"土囊，当此之类也。'此云'风池'，亦犹是矣。"

(7) 寒谷：见本卷《园庭诗》注（5）。

(8) 稻粱雁：刘向《说苑·至公》："齐景公尝赏赐及后宫，文绣被台榭，菽粟食凫雁。"

有喜致醉诗

忽见庭生玉(1)，聊欣蚌出珠(2)。兰芬犹载寝(3)，蓬箭始悬弧(4)。既喜枚都尉[1](5)，能欢陵大夫(6)。频朝中散客(7)，连日步兵厨(8)。杂曲随琴用，残花听酒须。脆梨裁数实(9)，甘查唯一株[2](10)。兀然已复醉(11)，摇头歌《风雏》(12)。

【校记】

［1］枚：《诗集》作“梅”。

［2］查：《诗集》作“且”。

【注释】

（1）庭生玉：《世说新语·言语》：“谢太傅问诸子侄：‘子弟亦何预人事，而正欲使其佳？’诸人莫有言者，车骑答曰：‘譬如芝兰玉树，欲使其生于阶庭耳。’”

（2）蚌出珠：《史记·龟策列传》：“明月之珠出于江海，藏于蚌中，蚗龙伏之。”此处喻得子。

（3）兰芬：《左传·宣公三年》：“郑文公有贱妾曰燕姞，梦天使与己兰，曰：‘余为伯儵。余，而祖也。以是为而子。以兰有国香，人服媚之如是。’既而文公见之，与之兰而御之。辞曰：‘妾不才，幸而有子。将不信，敢征兰乎？’公曰：‘诺。’生穆公，名之曰兰。”后因称妇人怀孕为“梦兰”。载寝：《诗经·小雅·斯干》：“乃生男子，载寝之床，载衣之裳，载弄之璋。”

（4）蓬箭悬弧：古人生男子则用桑弧蓬矢六枝射天、地、四方。《礼记·内则》：“子生，男子设弧于门左，女子设帨于门右。三日，始负子，男射女否。国君世子生，告于君，接以大牢，宰掌具。三日，卜士负之，吉者宿齐朝服寝门外，诗负之，射人以桑弧蓬矢六，射天地四方。保受乃负之，宰醴负子，赐之束帛，卜士之妻、大夫之妾，使食子。”

（5）枚都尉：据《汉书·枚乘传》，枚乘，字叔，淮阳人。曾两度上书谏吴王不要谋逆，不听。七国之乱平定后，“景帝召拜乘为弘农都尉”。枚乘有孽子枚皋，“皋不通经术，诙笑类俳倡，为赋颂好嫚戏，以故得媟黩贵幸，比东方朔、郭舍人等，而不得比严助等得尊官。”

（6）陆大夫：据《汉书·陆贾传》，陆贾因游说南越王赵佗有功，“归报，高帝大说，拜贾为太中大夫。”吕后执政时，病免归家。“有五男，乃出所使越橐中装，卖千金，分其子，子二百金，令为生产。贾常乘安车驷马，从歌鼓瑟侍者十人，宝剑直百金，谓其子曰：‘与女约：过女，女给人马酒食极欲，十日而更。所死家，得宝剑车骑侍从者。一岁中以往来过它客，率不过再过，数击鲜，毋久溷女为也。’”

（7）频朝：连日。中散：指嵇康。《晋书·嵇康传》：“与魏宗室婚，拜中散大夫。”

（8）步兵：指阮籍。《三国志·魏书·王卫二刘傅传》：“瑀子籍，才藻艳逸，而倜傥放荡，行己寡欲，以庄周为模则。官至步兵校尉。”裴注引《魏氏春秋》：“闻步兵校尉缺，厨多美酒，营人善酿酒，求为校尉，遂纵酒昏酣，遗落世事。”

（9）裁：通“才”。

（10）查：同“查”，通“楂”，山楂。

（11）“兀然”句：《文选》刘伶《酒德颂》：“兀然而醉，豁尔而醒。”

（12）《凤雏》：古曲名。《宋书·乐志》：“《凤将雏歌》者，旧曲也。应璩《百一诗》云：‘为作《陌上桑》，反言《凤将雏》。’然则《凤将雏》其来久矣，将由讹变以至于此乎？”

喜晴应诏敕自疏韵诗

御辩诚膺录[1](1)，维皇称有建(2)。雷泽昔经渔[2]，负夏时从贩(3)。柏梁骖驷马(4)，高陵驰六传(5)。有序属宾连(6)，无私表平宪[3](7)。河堤崩故柳，秋水高新堰(8)。心斋愍昏垫(9)，乐彻怜胥怨(10)。禅河秉高论(11)，法轮开胜辩[4](12)。王城水斗息[5](13)，洛浦河图献(14)。伏泉还习坎(15)，归风已回巽(16)。桐枝长旧围，蒲节抽新寸。山薮欣藏疾(17)，幽栖得无闷(18)。有庆兆民同(19)，论年天子万(20)。

【校记】

［1］辩：《文苑英华》作“辨”。

［2］经：《文苑英华》作“缉”。

［3］平：《文苑英华》作“中”。

［4］“禅河”二句：《文苑英华》此二句颠倒。又“辩”作“辨”。

［5］斗：《文苑英华》误作“阙”。

【注释】

（1）御辩：《庄子·逍遥游》：“若夫乘天地之正，而御六气之辩。”郭象注：“御六气之变者，即是游变化之涂也。”辩，通“变”。膺录，即膺箓，谓帝王承受符命。

（2）“维皇”句：意谓君主建立法则。《尚书·洪范》“次五曰建用皇极。”极，法则。

（3）“雷泽”二句：《史记·五帝本纪》：“舜耕历山，渔雷泽，陶河滨，作什器于寿丘，就时于负夏。”《索隐》：“就时犹逐时，若言乘时射利也。《尚书大传》曰：‘贩于顿丘，就时负夏’，《孟子》曰‘迁于负夏’是也。”雷泽：古泽名，在今山东菏泽东北，已淤。

（4）“柏梁”句：据清张澍辑《三秦记》：“柏梁台高二十丈，以香柏为梁也，香闻十里。汉武帝元封三年，武帝作柏梁台，尝置酒其上，诏群臣二千石有能为七言诗者乃得上坐。帝曰：‘日月星辰和四时。’梁王曰：‘骖驾驷马从梁来。’”柏梁台：《三辅黄图》卷五：“柏梁台，武帝元鼎二年春起。此台在长安城中北阙内。”

（5）“高陵”句：《史记·文帝本纪》：“乃命宋昌参乘，张武等六人乘传诣长安。至高陵休止，而使宋昌先驰之长安观变。”

（6）宾连：古代称象征继嗣良好的一种瑞木。《白虎通义·封禅》：“继嗣平明则宾连生于房户。宾连者，木名也，连累相承，故在于房户，象继嗣也。”

（7）平宪：公平的法则。

（8）堰：堤岸。

（9）心斋：不为外界所干扰，保持心境的空虚明澈。《庄子·人间世》：“回曰：‘敢问心斋。’仲尼曰：‘若一志，无听之以耳而听之以心；无听之以心而听之以气。听止于耳，心止于符。气也者，虚而待物者也。唯道集虚。虚者，心斋也。’”心不旁骛，所思必依道。愍：怜悯。昏垫：《尚书·益稷》：“洪水滔天，浩浩怀山襄陵，下民昏垫”，指陷溺。

（10）彻：撤去。胥怨：相怨。多指百姓对上的怨恨。《书·盘庚上》：“盘庚五迁，将治亳殷，民咨胥怨。”

（11）禅河：即尼连禅河。为恒河之支流，位于中印度摩揭陀国伽耶城之东方，由南向北流。据《过去现在因果经》卷三、卷四载，释尊出家后，于尼连禅河畔静坐思惟，修苦行六年。后舍苦行而入此河沐浴，净身后接受牧牛女难陀波罗之乳糜供养，寻至此河对岸之毕波罗树（即菩提树）下发愿而成道，故此河沿岸颇多释尊成道之古迹。

（12）法轮：法轮，正法之轮。在古印度，“轮”既是一种农具，也是一种兵器，佛教借用“轮”来比喻佛法无边，具有摧邪显正的作用。《佛说四十二章经》：“佛祖在鹿野苑中，轮四谛法轮，度陈如等五人证得道果。”胜辩：精彩的论辩。

（13）王城：东周都城洛邑。水斗：《国语·周语下》：“灵王二十二年，谷、洛斗，将毁王宫。”

（14）洛浦：洛水之滨。河图：《周易·系辞上》：“河出图，洛出书，圣人则之。”

（15）伏泉：从地下流出的水。习坎：《周易·坎》：“习坎，有孚维心，亨，行有尚。”《象》曰：“习坎，重险也。”意为坑中有坑。又《周易·说卦》：“坎为水。”

（16）归风：回风。巽：《周易·说卦》：“巽……为风。”

（17）“山薮”句：《左传·宣公十五年》：“谚曰：‘高下在心，川泽纳污，山薮藏疾，瑾瑜匿瑕。’国君含垢，天之道也。”杜注：“山之有林薮，毒害者藏之。”

（18）幽栖：隐居。无闷：《易·乾》：“不成乎名，遁世无闷。”孔颖达疏：“谓逃遁避世，虽逢无道，心无所闷。”

（19）“有庆”句：《尚书·吕刑》：“一人有庆，兆民赖之，其宁惟永。”

（20）“论年”句：《诗·大雅·江汉》：“虎拜稽首，天子万年。”

同颜大夫初晴诗[1](1)

夕阳含水气，反景照河堤[2](2)。湿花飞未远[3]，阴云敛向低[4]。燕燥还为石[5](3)，龙残更是泥[6](4)。香泉酌冷涧，小艇钓莲溪。但使心齐物，何愁物不齐(5)。

【校记】

[1]《艺文类聚》二、《初学记》二、《万花谷》二俱作《初晴诗》，引低、泥二韵。

[2] 河：《诗集》作“移”。

[3] 未：《诗集》作“来”。

[4] 向：《初学记》作“尚”。《万花谷》同。

[5] 燥：《万花谷》作“噪”。

[6] 更：《艺文类聚》作“便”。《万花谷》同。

【注释】

（1）颜大夫：颜之仪（523—591），字子升，琅邪临沂人。梁时献《神州赋》，为梁元帝所称。后入西魏，北周时为司书上士、小宫尹。周宣帝即位，迁上仪同大将军、御正中大夫，进爵为公。隋文帝践极，进爵新野郡公。开皇五年（585），拜集州刺史。卒。《周书》有传。

（2）反景：反射的日光，夕照。景：同“影”。

（3）“燕燥”句：《初学记》卷一引庾仲雍《湘州记》曰：“零陵山有石燕，遇雨则飞。雨止还化为石也。”

（4）“龙残”句：《淮南子·齐俗训》：“譬若刍狗土龙之始成，文以青黄，绢以绮绣，缠以朱丝，尸祝袀袨，大夫端冕，以送迎之。及其已用之后，则壤土草蓟而已，夫有孰贵之！”古人常用土龙来求雨，以成谷物。

（5）“但使”二句：《庄子》有《齐物论》，主张齐一万物。

奉和赵王喜雨诗[1]

玄霓临日谷（1），封蚁对云台（2）。投壶欲起电[2]（3），倚柱稍惊雷[3]（4）。白沙如湿粉，莲花类洗杯[4]。惊乌洒翼度[5]，湿雁断行来[6]。浮桥七星起（5），高堰六门开（6）。犹言祀蜀帝（7），即似望荆台（8）。厥田终上上（9），原野自莓莓（10）。

【校记】

［1］《艺文类聚》二作《和赵王喜雨诗》，引“台”、“雷”、“杯”、“来”、“开”、“莓”六韵。

［2］壶：《艺文类聚》作“地”。冯校作“台”。

［3］稍：《诗集》作“欲”。

［4］洗：《艺文类聚》作“玉”。

［5］乌：《艺文类聚》作“鸟”。洒翼度：《诗集》作“栖翼湿”。

［6］湿：《诗集》作“度”。

【注释】

（1）玄霓：虹。日谷：旸谷，传说为日出之处。

（2）“封蚁”句：《东观汉记》卷七：“沛献王辅，善京氏《易》。永平五年秋，京师少雨，上御云台，召尚席取卦具自卦，以《周易卦林》占之，其繇曰：‘蚁封穴户，大雨将集。’明日大雨。上即以诏书问辅曰：‘道岂有是耶?’辅上书曰：‘案《易》卦《震》之《蹇》，“蚁封穴户，大雨将集。”《蹇》，艮下坎上，艮为山，坎为水。山出云为雨，蚁穴居而知雨，将云雨，蚁封穴，故以蚁为兴文。’”

（3）“投壶”句：《神异经·东荒经》：“东荒山中有大石室，东王公居焉。……恒与一玉女投壶，每投千二百矫。设有入不出者，天为之嘘，矫出而脱误不接者，天为之笑。”

（4）“倚杜”句：《世说新语·雅量》：“夏侯太初尝倚柱作书，时大雨，霹雳破所倚柱，衣服焦然，神色无变，书亦如故。宾客左右，皆跌荡不得住。”

（5）“浮桥”句：《华阳国志·蜀志》：“西南两江有七桥……长老传言：李冰造七桥，上应七星。”

（6）“高堰”句：《水经注》卷二十九：“湍水又径穰县为六门陂。汉孝元之世，南阳太守邵信臣，以建昭五年，断湍水，立穰西石堨。至元始五年，更开三门为六石门，故号六门堨也，溉穰、新野、昆阳三县五千馀顷。”堨（è），遏水的土堰。

（7）祀蜀帝：《华林国志·蜀志》：“蜀人因名北门曰咸阳门，为蜀侯恽立祠。其神有灵，能兴云致雨，水旱祷之。”

（8）望荆台：《文选》宋玉《高唐赋》：“昔者楚襄王与宋玉游于云梦之台，望高唐之观，”荆台即云梦之台、阳台。

（9）“厥田”句：《尚书·禹贡》：“黑水西河惟雍州……厥土惟黄壤，厥田惟上上。”上上：最上等。

(10)“原野”句：《左传·僖公二十八年》：“听舆人之诵曰：‘原田每每，舍其旧而新是谋。’公疑焉。”莓莓，同“每每”，草美盛貌。

和李司录喜雨诗[1]

纯阳实久亢(1)，云汉乃昭回[2](2)。临河沈璧玉[3](3)，夹道画龙媒(4)。离光初绕电(5)，震气始乘雷[4](6)。海童还碣石[5](7)，神女向阳台(8)。云逐鱼鳞起(9)，渠随龙骨开(10)。崩沙杂水去，卧树拥槎来(11)。嘉苗双合颖[6](12)，熟稻再含胎(13)。属此欣膏露(14)，逢君摛掞才(15)。愧乏琼将玖[7](16)，无酬美且偲(17)。

【校记】

[1] 诗集无“司”字。又《类聚》二作《喜雨诗》，引“雷”、“开”、“来”、“胎”四韵。

[2] 乃：《诗集》作“仍”。

[3] 河：《诗集》作“池”。

[4] 乘：《诗集》作“成”。

[5] 碣：《诗集》误作“竭”。

[6] 苗：《文苑英华》作“禾”。

[7] 乏：《文苑英华》作“之”。注云：“疑作‘乏’。”琼将玖：《诗集》作“将琼玖”。

【注释】

(1) 纯阳：纯一的阳气。亢：过度。

(2)“云汉”句：《诗经·大雅·云汉》：“倬彼云汉，昭回于天。”笺云：“云汉，谓天河也。昭：光也。倬然天河水气也，精光转运于天。时旱渴雨，故宣王夜仰视天河，望其候焉。”

(3)“临河”句：谓沉璧于河。古代盟誓或祭祀时所举行的一种仪式。这里指祭祀祈雨。《诗经·大雅·云汉》：“圭璧既卒，宁莫我听。”笺云：“礼神之圭璧又已尽矣，曾无所听聆我之精诚而兴云雨。”

(4) 画龙媒：画龙为媒，以祈求降雨。亦“土龙致雨”之意。

(5)“离光”句：《易·说卦》：“离……为电”。离，《周易》八卦之一。

(6)“震气”句：《易·说卦》：“震为雷”。震，《周易》八卦之一。

(7)“海童”句：《文选》左思《吴都赋》：“江斐于是往来，海童于是宴语。”李善注引《神异经》曰：“西海有神童，乘白马，出则天下大水。”碣石：古山名，在今河北昌黎西北。

(8)“神女”句：《文选》宋玉《高唐赋》：“妾在巫山之阳，高丘之阻，旦为朝云，暮为行雨。朝朝暮暮，阳台之下。”

(9)“云逐”句：《淮南子·览冥训》：“故山云草莽，水云鱼鳞，旱云烟火，涔云波水，各象其形类，所以感之。”高诱注：“水气出云似鱼鳞。”

(10)“渠从”句：《史记·河渠书》：“穿渠得龙骨，故名曰龙首渠。”

（11）槎：树木的枝丫。

（12）"嘉苗"句：两棵禾苗合在一起，长出一个谷穗，古人以为是祥瑞之兆。《孙氏瑞应图》："嘉禾，五谷之长，盛德之精也。文者则二本而同秀，质者则同本而异秀，此夏殷时嘉禾也。"颖：带芒的谷穗。

（13）胎：指萌芽。

（14）膏露：指雨。

（15）摛掞（shàn）：铺陈，这里指组织文字，结为篇章。

（16）琼、玖：美玉名。《诗·卫风·木瓜》："投之以木李，报之以琼玖。"

（17）美且偲：《诗·齐风·卢令》："卢重鋂，其人美且偲。"偲，有才华。

郊行值雨诗

风云俱惨惨，原野共茫茫。雪花开六出（1），冰珠映九光[1]（2）。还如驱玉马，暂似猎银獐。阵云全不动，寒山无物香。薛君一狐白（3），唐侯两骕骦（4）。寒关日欲暮，披雪渡河梁。

【校记】

［1］光：《诗集》作"荒"。

【注释】

（1）六出：六瓣。《宋书·符瑞志下》："草木花多五出，雪花独六出。"

（2）九光：九光灯。《汉武帝内传》："燃九光之灯，列玉门之枣，酌蒲萄之醴，宫监香果，为天宫之馔。"

（3）"薛君"句：《史记·孟尝君列传》："此时孟尝君有一狐白裘，直千金，天下无双，入秦献之昭王，更无他裘。"孟尝君的采邑为薛，故又称"薛君"。

（4）"唐侯"句：《左传·定公三年》："唐成公如楚，有两肃爽馬，子常欲之，弗与，亦三年止之。"贾逵云："色如霜纨者也。"肃爽，同"骕骦"。

奉和赵王西京路春旦诗

直城龙首抗（1），横桥天汉分（2）。风乌疑近日（3），露掌定高云（4）。新渠还入渭（5），旧鼎更开汾（6）。汉猎熊攀槛[1]（7），秦田雉失群（8）。宜年动春律（9），御宿敛寒氛（10）。弄玉迎箫史（11），东方觅细君（12）。杨柳成歌曲（13），蒲桃学绣文（14）。鸟鸣还独解[2]，花开先自薰[3]。谁知灞陵下，犹有故将军（15）。

【校记】

［1］攀：《诗集》作"扳"。

［2］乌：原作"鸟"，《庾子山集注》作"乌"，《文苑英华》作"乌"，据改。

［3］花开：《诗集》作"开花"。

【注释】

（1）直城：《三辅黄图》卷一《都城十二门》："长安城西出第二门曰直城门。"龙首：

山名。在陕西省长安县北。一名龙首原。汉萧何营造未央宫于此。抗：对。《文选》张衡《西京赋》："疏龙首以抗殿。"

(2)"横桥"句：《三辅黄图》卷一《咸阳故城》："始皇穷极奢侈，筑咸阳宫，因北陵营殿，端门四达，以则紫宫，象帝居。渭水贯都，以象天汉；横桥南渡，以法牵牛。"天汉：天河，这里指渭水。

(3) 风乌：见《北周诗》卷二《乌夜啼》注(2)。

(4) 露掌：即承露盘。见《北周诗》卷二《奉和阐弘二教应招诗》注(8)。

(5)"新渠"句：《汉书·武帝纪》："六年冬，初算商车。春，穿漕渠通渭。"

(6)"旧鼎"句：《汉书·武帝纪》："元鼎元年夏五月，赦天下，大酺五日。得鼎汾水上。"

(7)"汉猎"句：《汉书·外戚传》："孝元冯昭仪，平帝祖母也。……建昭中，上幸虎圈斗兽，后宫皆坐。熊佚出圈，攀槛欲上殿。左右贵人傅昭仪等皆惊走，冯婕妤直前当熊而立，左右格杀熊。上问：'人情惊惧，何故前当熊?'婕妤对曰：'猛兽得人而止，妾恐熊至御坐，故以身当之。'元帝嗟叹，以此倍敬重焉。"

(8)"秦田"句：晋干宝《搜神记》卷八："秦穆公时，陈仓人掘地，得物，若羊非羊，若猪非猪。牵以献穆公。道逢二童子，童子曰：'此名为媪。常在地，食死人脑。若欲杀之，以柏插其首。'媪曰：'彼二童子，名为陈宝。得雄者王，得雌者伯。'陈仓人舍媪逐二童子，童子化为雉，飞入平林。陈仓人告穆公，穆公发徒大猎，果得其雌。又化为石。置之汧、渭之间，至文公时，为立祠陈宝。"田：通"畋"，打猎。

(9) 宜年：疑为宜春宫。《三辅黄图》卷三《宜春宫》："宜春宫，本秦之离宫，在长安城东南杜县东，近下杜。"

(10) 御宿：汉武帝所建宫名。《三辅黄图》卷四《苑囿》："御宿苑，在长安城南御宿川中，汉武帝为离宫别馆，禁御人不得入。往来游观，止宿其中，故曰御宿。"寒氛：寒气。

(11)"弄玉"句：见《北周诗》卷二《杨柳歌》注(12)。

(12)"东方"句：《汉书·东方朔传》："久之，伏日，诏赐从官肉。大官丞日晏不来，朔独拔剑割肉，谓其同官曰：'伏日当蚤归，请受赐。'即怀肉去。大官奏之。朔入，上曰：'昨赐肉，不待诏，以剑割肉而去之，何也?'朔免冠谢。上曰：'先生起，自责也!'朔再拜曰：'朔来！朔来！受赐不待诏，何无礼也！拔剑割肉，一何壮也！割之不多，又何廉也！归遗细君，又何仁也!'上笑曰：'使先生自责，乃反自誉!'复赐酒一石，肉百斤，归遗细君。"细君：妻子的代称。

(13) 杨柳：古曲有《折杨柳》、《杨柳歌》等。

(14)"蒲桃"句：《西京杂记》："霍光妻遗淳于衍蒲桃锦二十四匹，散花绫二十五匹。"蒲桃，同"葡萄"。蒲桃锦，绣有葡萄花纹的丝绸。

(15)"谁知"二句：《史记·李将军列传》："尝夜从一骑出，从人田间饮。还至霸陵亭，霸陵尉醉，呵止广。广骑曰：'故李将军。'尉曰：'今将军尚不得夜行，何乃故也!'止广宿亭下。"

奉和夏日应令诗

朱帘卷丽日[1]，翠幕蔽重阳(1)。五月炎蒸气[2](2)，三时刻漏长(3)。麦随风里熟[3]，梅逐雨中黄。开冰带井水，和粉杂生香。衫含蕉叶气，扇动竹花凉[4]。早菱生软角，初莲开细房。愿陪仙鹤举，洛浦听笙簧(4)。

【校记】

［1］朱：《文苑英华》作“珠”。丽：《文苑英华》作“严”。

［2］蒸气：《初学记》作“气蒸”。

［3］熟：《诗集》误作“热”。

［4］花：《文苑英华》作“风”。

【注释】

(1) 重阳：指天。

(2) 炎蒸：酷暑。

(3) 三时：夏至后半月为三时，头时三日，中时五日，三时七日。刻漏：古代计时的器具。刻指刻箭，漏指漏壶。这里指时间。

(4)“愿陪”二句：《列仙传》：“王子乔者，周灵王太子晋也。好吹笙，作凤凰鸣。游伊、洛之间，道士浮丘公接以上嵩高山三十余年。后求之于山上，见桓良曰：‘告我家，七月七日待我于缑氏山巅。’至时，果乘白鹤驻山头，望之不得到。举手谢时人，数日而去。”

和乐仪同苦热诗[1](1)

火井沈荧散(2)，炎洲高焰通(3)。鞭石未成雨(4)，鸣鸢不起风(5)。思为鸾翼扇(6)，愿借明光宫[2](7)。临淄迎子礼(8)，中散就安丰(9)。美酒含兰气[3]，甘瓜开蜜筒(10)。寂寥人事屏，还得隐墙东(11)。

【校记】

［1］《文苑英华》二百十作《苦热和乐仪同》。《乐府诗集》六十五作《苦热集》。

［2］明光：《文苑英华》作“光明”。

［3］含：《文苑英华》作“合”。注云：“一作‘含’。”

【注释】

(1) 乐仪同：乐逊（499—581）北周时河东猗氏（今山西临猗县）人。北朝著名儒家学者。《北史·儒林列传下》：“（大象）二年，进位开府仪同大将军，出为汾阴郡守。”

(2)“火井”二句：《文选》左思《蜀都赋》：“火井沉荧于幽泉，高爓飞煽于天垂。”刘渊林注：“蜀郡有火井，在临邛县西南。火井，盐井也。欲出其火，先以家火投之，须臾许，隆隆如雷声，爓出通天，光辉十里，以桶盛之，接其光而无炭也。”李善注：“《广雅》曰：‘荧，光也。’《说文》：‘爓，火焰也。’音艳。天垂，天四垂也。”炎洲：东方朔《十洲记》：“炎洲在南海中，地方二千里，去北岸九万里。”

(3)“鞭石“句：虞喜《志林》：“夷陵有阴阳石，阴石常润，阳石常燥。旱则鞭阴石，必雨；久雨，鞭阳石则止。”

(4)“鸣鸢”句：《礼记·曲礼》：“前有尘埃，则载鸣鸢。”郑注：“乌鸢鸣则将风。”

(5) 鸾翼扇：用鸾鸟的羽毛制成的扇子。

(6)“愿借”句：《汉书·元后传》：“初，成都侯（王）商尝病，欲避暑，从上借明光宫。”

(7)“临淄”句：见《北周诗》卷二《上益州上柱国赵王诗二首》（其一）注（5）。临淄：指临淄侯曹植。子礼：邯郸淳一字子礼。

(8)中散：指中散大夫嵇康。安丰：王戎封安丰侯。

(9)“美酒”句：《汉书·礼乐志》所载《郊祀歌·景星》：“百末旨酒布兰生。”颜师古注：“百末，百草华之末也。旨，美也。以百草华末杂酒，故香且美也。”

(10)密筒：瓜名，其甘如蜜，形如断竹，故名。

(11)隐墙东：《后汉书·逸民列传》：“初，(逢)萌与同郡徐房、平原李子云、王君公相友善，并晓阴阳，怀德秽行。房与子云养徒各千人，君公遭乱独不去，侩牛自隐。时人谓之论曰：‘避世墙东王君公。’”

和裴仪同秋日诗[1]

萧条依白社[2]，寂寞似东皋[3]。学异南宫敬[4]，贫同北郭骚[5]。蒙吏观秋水[6]，莱妻纺落毛[7]。旅人嗟岁暮，田家厌作劳。霜天林木燥，秋气风云高。栖遑终不定[8]，方欲涕沾袍。

【注释】

(1)裴仪同：裴政。字德表，河东闻喜人。梁时曾任枝江令、壮武将军等职。北周时，历任员外散骑侍郎、少司宪。“开皇元年，转率更令，加位上仪同三司。”(《北史·裴政传》)裴政有《秋日》诗，子山和之。

(2)白社：地名。在今河南省洛阳市东。《晋书·隐逸列传》：“董京，字威辇，不知何郡人也。初与陇西计吏俱至洛阳，被发而行，逍遥吟咏，常宿白社中。时乞于市，得残碎缯絮，结以自覆，全帛佳绵则不肯受。或见推排骂辱，曾无怒色。”

(3)东皋：东边的高地，后常用以指隐居躬耕之所。阮籍《秦记》：“方将耕于东皋之阳，输黍稷之余税。”

(4)南宫敬：孟懿子南宫敬叔，春秋时鲁国人，曾师事孔子。据《左传·昭公八年》，南宫敬叔的父亲孟僖子临终前，认为孔子是“圣人之后也”，要求两个儿子孟懿子与南宫敬叔学礼于孔子，“师事仲尼”。

(5)北郭骚：《吕氏春秋·季冬纪·士节》：“齐有北郭骚者，结罘罔，捆蒲草，织履，以养其母，犹不足，踵门见晏子曰：“愿乞所以养母。”庾信之父肩吾奔赴江陵，未几而卒。携母入关，蒸蒸色养。此二句自喻父死之后，学异南宫，有母在堂，贫同北郭。

(6)蒙吏：指庄子，《史记·老子韩非列传》：“庄子者，蒙人也，名周。周尝为蒙漆园吏，与梁惠王、齐宣王同时。”秋水：指《庄子·秋水》篇。

(7)“莱妻”句：《高士传》卷上：“老莱子者，楚人也。当时世乱，逃世，耕于蒙山之阳。莞葭为墙，蓬蒿为室，枝木为床，蓍艾为席，饮水食菽，垦山播种。人或言于楚王，王于是驾至莱子之门。莱子方织畚，王曰：‘守国之政，孤愿烦先生。’老莱子曰：‘诺。’王去，其妻樵还，曰：‘子许之乎？’老莱曰：‘然。’妻曰：‘妾闻之，可食以酒肉者，可随而铁棰，可拟以官禄者，可随而鈇钺。妾不能为人所制者。’妻投其畚而去。老莱子亦随其妻，至于江南而止。曰：‘鸟兽之毛，可绩而衣，其遗粒足食也。’”

（8）栖遑：奔忙不定。

咏园花诗

暂住春园傍，聊过看果行。枝繁类金谷(1)，花杂映河阳(2)。自红无假染，真白不须妆。燕送归菱井(3)，蜂衔上蜜房。非是金炉气(4)，何关柏殿香(5)。裛衣偏定好(6)，应持奉魏王(7)。

【注释】

（1）金谷：见《北周诗》卷二《对酒歌》注（7）。

（2）河阳：地名，故地在今河南孟州市。唐白居易《白帖》卷七七："潘岳为河阳令，满植桃李花，人号曰'河阳一县花。'"

（3）菱井：画有荷花图饰的藻井。

（4）金炉：香炉。

（5）柏殿：以香柏为梁筑成的宫殿。参见本卷《喜晴应诏敕自疏韵诗》注（4）。

（6）裛（yì）衣：用香熏衣。

（7）奉魏王：《王子年拾遗记》卷七："夜来妙于针工，虽处于深帷之内，不用灯烛之光，裁制立成。非夜来缝制，帝则不服。宫中号为'针神'也。"

西门豹庙诗(1)

君子为利博，达人树德深(2)。蘋藻由斯荐(3)，樵苏幸未侵(4)。恭闻正臣祀[1]，良识佩韦心(5)。容范虽年代(6)，徽猷若可寻(7)。菊花随酒馥(8)，槐影向窗临。鹤飞疑逐舞(9)，鱼惊似听琴(10)。漳流鸣磴石(11)，铜雀影秋林[2](12)。

【校记】

［1］臣：《艺文类聚》作"直"。《诗纪》云："一作'直'。"

［2］雀：《文苑英华》作"爵"。

【注释】

（1）西门豹：《史记·滑稽列传》：战国魏文时人，为邺令，废河伯娶女的淫祀之风，凿渠溉田，深得民心，后人为他立祠。

（2）达人：《论语·雍也》："夫仁者，己欲立而立人，己欲达而达人。能近取譬，可谓仁之方也已。"这里指能达人之人，即西门豹。

（3）蘋藻：《左传·隐公三年》："苟有明信，涧溪沼沚之毛，蘋蘩蕰藻之菜，筐筥锜釜之器，潢污行潦之水，可荐于鬼神，可羞于王公，而况君子结二国之信。"蘋与藻，皆水草，古人取供祭祀之用。荐：进献。

（4）樵苏：打柴割草。

（5）佩韦：《韩非子·观行》："西门豹之性急，故佩韦以缓己；董安于之性缓，故佩弦以自急。"韦，柔软的皮革。

（6）容范：音容及仪范。

(7) 徽猷：高明的谋略。《诗·小雅·角弓》："君子有徽猷，小人与属。"

(8) 馥：香气。

(9) "鹤飞"句：见《北周诗》卷二《游山诗》注(4)。

(10) "鱼惊"句：《荀子·劝学篇》："昔者瓠巴鼓瑟，而流鱼出听；伯牙鼓琴，而六马仰秣。故声无小而不闻，行无隐而不形。"

(11) "漳流"句：《水经注》卷十："漳水又东北，径西门豹祠前。"又"昔魏文侯以西门豹为邺令也，引漳以溉邺，民赖其用。其后至魏襄王，以史起为邺令，又堰漳水以灌邺田，咸成沃壤，百姓歌之。魏武王又堨漳水，回流东注。号天井堰。二十里中，作十二墱，墱相去三百步，令互相灌注。一源分为十二流，皆悬水门。"

(12) 铜雀：见本卷《拟咏怀》(斗麟能食日)注(7)。《水经注》卷十："魏武又以郡国之旧，引漳流自城西东入，径铜雀台下，伏流入城东注，谓之长明沟也。"

和王少保遥伤周处士诗[1](1)

冥漠尔游岱(2)，凄凉余向秦。虽言异生死，同是不归人。昔余仕冠盖[2](3)，值子避风尘(4)。望气求真隐，伺关待逸民[3](5)。忽闻泉石友(6)，芝桂不防身(7)。怅然张仲蔚(8)，悲哉郑子真(9)。三仙犹有鹤(10)，五柳更应春(11)。遂令从渭水，投吊往江滨[4](12)。

【校记】

[1]《艺文类聚》三十四作《伤周处士》。

[2] 仕：《诗集》作"任"。

[3] 伺：《诗集》作"候"。

[4] 吊：《艺文类聚》作"钓"。《诗集》、《文苑英华》同。

【注释】

(1) 王少保：王褒。传见《北周诗》卷一。周处士：梁故处士周弘让。生卒年不详，性简素，博学多通。梁时隐于句容之茅山，屡受征召，不就。侯景之乱时，畏祸出仕，为侯景中书侍郎，为世所讥。元帝时，为国子监酒，迁仁威将军。陈文帝初，以白衣领太常卿、光禄大夫，加金章紫授。著有文集前后二十一卷，已散佚。今存诗四首。《南史》卷三十四有传。

(2) 冥漠：虚无。指死亡。岱：泰山。晋张华《博物志》卷一："泰山，一曰天孙，言为天帝孙也，主召人魂魄。"此言周处士之死。

(3) 冠盖：指仕宦的冠服和车驾。也用作仕宦的代称。

(4) 风尘：指污浊、纷扰的生活，多指仕宦。陆机《为顾彦先赠妇》："京洛多风尘，素衣化为缁。"

(5) "望气"二句：见《北周诗》卷二《奉和赵王隐士诗》注(4)。逸民：逸人，隐士。

(6) 泉石友：以泉石为友者，指隐士，这里具体指周弘让。

(7) "芝桂"句：喻周弘让之死。芝桂：灵芝与丹桂，隐士所服用，以求长生。

(8) 张仲蔚：见《北周诗》卷二《奉报穷秋寄隐士诗》注(11)。

(9) 郑子真：见本卷《和张侍中述怀》注 (40)。

(10) 三山：《史记·封禅书》："自威、宣、燕昭使人入海求蓬莱、方丈、瀛洲。此三神山者，其傅在勃海中，去人不远；患且至，则船风引而去。盖尝有至者，诸仙人及不死之药皆在焉。"

(11) 五柳：陶渊明《五柳先生传》："先生不知何许人也，亦不详其姓字。宅边有五柳树，因以为号焉。"

(12) 投吊：《史记·屈原贾生列传》："自屈原沈汨罗后百有馀年，汉有贾生，为长沙王太傅，过湘水，投书以吊屈原。"江滨：长江之滨，指弘让隐居之处。

伤王司徒褒诗

昔闻王子晋(1)，轻举逐神仙。谓言君积善(2)，还得嗣前贤(3)。四海皆流寓(4)，非为独播迁(5)。岂意中台坼[1](6)，君当风烛前(7)。自君钟鼎族[2](8)，江东三百年[3]。宝刀仍世载(9)，琱戈本旧传(10)。绿绂纡槐绶[4](11)，黄金饰侍蝉(12)。地建忠臣国(13)，家开孝子泉(14)。自能枯木润(15)，足得流水圆(16)。以君承祖武[5](17)，诸侯无间然(18)。青衿已对日(19)，童子即论天(20)。颍阴珠玉丽[6](21)，河阳脂粉妍(22)。名高六国共(23)，价重十城连(24)。辩足观秋水(25)，文堪题马鞭(26)。回鸾抱书字[7](27)，别鹤绕琴弦[8](28)。拥旄裁甸服[9](29)，垂帷非被边[10](30)。静亭空系马[11](31)，闲烽直起烟(32)。不废披书案[12]，无妨坐钓船[13]。茂陵忽多病[14](33)，淮阳实未痊(34)。侍医逾默默(35)，神理遂绵绵(36)。永别张平子(37)，长埋王仲宣(38)。柏谷移松树(39)，阳陵买墓田(40)。陕路秋风起，寒堂已飒焉(41)。丘杨一摇落(42)，山火即时燃(43)。昔为人所羡，今为人所怜(44)。仕途旦复旦[15](45)，人情玄又玄(46)。故人伤此别，留恨满秦川(47)。定名于此定[16]，全德以斯全(48)。唯有山阳笛，凄余思旧篇[17](49)。

【校记】

[1] 坼：《文苑英华》作"裂"。

[2] 自：《文苑英华》作"王"。

[3] 东：《诗纪》云："《集》作'南'。"

[4] 绂：《文苑英华》作"紱"。

[5] 以君：《文苑英华》作"苍□"。

[6] 颍：《文苑英华》作"颢"。

[7] 字：逯按，《文苑英华》误作"别"。

[8] 别：逯按，《文苑英华》误作"字"。绕：《文苑英华》作"沈"。

[9] 旄：《诗集》作"麾"。

[10] 帷：逯按，《诗集》误作"维"。

[11] 系：《文苑英华》作"击"。《诗集》"同"。

［12］废：《文苑英华》作“发”。

［13］钓：逯按，《文苑英华》误作“钩”。

［14］多：《文苑英华》作“移”。

［15］旦复旦：《文苑英华》作“且或且”。

［16］名：《文苑英华》作“若”。

［17］余：《文苑英华》作“馀”。

【注释】

（1）王子晋：见本卷《奉和夏日应令诗》注（4）。

（2）积善：《周易·坤·文言》：“积善之家，必有馀庆。”

（3）嗣：继承。前贤：指王氏前辈。《周书·王褒传》：“王褒，字子渊，琅邪临沂人也。曾祖俭，齐侍中、太尉、南昌文宪公。祖骞，梁侍中、金紫光禄大夫、南昌安侯。父规，梁侍中、左民尚书、南昌章侯。并有重名于江左。”

（4）流寓：寄居他乡。

（5）播迁：流离迁徙。

（6）中台：星宿名。《史记·天官书》称：“魁下六星，两两相比者，名曰三能。”《集解》引苏林注：“能音台。”《索隐》云：“魁下六星，两两相比，曰三台。案《汉书》东方朔‘愿陈泰阶六符’。孟康曰：‘泰阶，三台也。每台二星，凡六星。符，六星之符验也。’应劭引《黄帝泰阶六符经》曰：‘泰阶者，天之三阶也。上阶，上星为男主，下星为女主；中阶，上星为诸侯三公，下星为卿大夫；下阶，上星为元士，下星为庶人。三階平，则阴阳和，风雨时；不平，则稼穑不成，冬雷夏霜，天子行暴令，好兴甲兵，修宫榭，广苑囿，则上阶为之坼也。’”中阶即中台。中台坼后用于指大臣去世。檀道鸾《续晋阳秋》：“张华死后，中台遂坼。”坼，疏远。

（7）风烛：《乐府诗集·相和歌辞十六·怨诗行·古辞》：“天德悠且长，人命一何促，百年未几时，奄若风吹烛。”

（8）钟鼎族：即钟鸣鼎食之家，指贵族豪门。汉张衡《西京赋》：“击钟鼎食，连骑相过。”

（9）“宝刀”句：《晋书·王祥传》：“初，吕虔有佩刀，工相之，以为必登三公，可服此刀。虔谓祥曰：‘苟非其人，刀或为害。卿有公辅之量，故以相与。’祥固辞，强之乃受。祥临薨，以刀授览，曰：‘汝后必兴，足称此刀。’览后奕世多贤才，兴于江左矣。”世载：世代相传。按，王褒为王览第十一世孙。

（10）“琱戈”句：指东晋王导受命专征，平定王敦，辅佐幼主，位居太保。后又加大司马，假黄钺，带兵讨伐石勒。王褒是王导的九代孙。琱戈：刻镂有花纹的戈。

（11）“绿绂”句：指东晋初王导为宰相。绿绂：系官印的绿色丝带，这里指宰相。《后汉书·舆服志》：“诸国贵人、相国皆绿绂，三采，绿、紫、绀。”纡：系，结。槐绶：三公的印绶。

（12）“黄金”句：指王褒的曾祖王俭为齐侍中。祖王骞、父王规为梁侍中。《后汉书·舆服志》：“侍中、中常侍加黄金珰，附蝉为文，貂尾为饰，谓之‘赵惠文冠’。”侍蝉：指侍中之冠。因以蝉为饰，故名。

（13）“地建”句：指王氏先祖多列土封侯。

（14）“家开”句：指王氏以孝道传家。孝子泉：《后汉书·列女传》：“广汉姜诗妻者，同郡庞盛之女也。诗事母至孝，妻奉顺尤笃。母好饮江水，水去舍六七里，妻常溯流而汲。……姑嗜鱼鲙，又不能独食，夫妇常力作供鲙，呼邻母共之。舍侧忽有涌泉，味如江水，每旦辄出双鲤鱼，常以供二母之膳。”又《晋书·王祥传》：“母常欲生鱼，时天寒冰冻，祥解衣将剖冰求之，冰忽自解，双鲤跃出，持之而归。”二事颇为相类。

(15) 枯木润：《荀子·劝学》：“玉在山而草木润，渊生珠而涯不枯。”

(16) 流水圆：《尸子》：“凡水，其圆折者有珠。”

(17) 武：足迹。

(18) 无间然：《论语·泰伯》：“子曰：‘禹，吾无间然矣。菲饮食，而致孝乎鬼神；恶衣服，而致美乎黻冕；卑宫室，而尽力乎沟洫。禹，吾无间然矣。’”间，罅隙，引申为非难。无间，无罅隙可非议。

(19) 青衿：《诗·郑风·子衿》：“青青子衿，悠悠我心。”毛传：“青衿，青领也。学子之所服。”后称学子为青衿。对日：《后汉书·黄琬传》：“琬字子琰。少失父，早而辩慧。祖父琼，初为魏郡太守，建和元年正月日食，京师不见而琼以状闻。太后诏问所食多少，琼思其对而未知所况。琬年七岁，在傍，曰：‘何不言日食之余，如月之初?’琼大惊，即以其言应诏，而深奇爱之。”

(20) 论天：《三国志》卷三十八《蜀书·秦宓传》：“秦宓字子敕，广汉绵竹人也。……建兴二年，丞相亮领益州牧，选宓迎为别驾，寻拜左中郎将、长水校尉。吴遣使张温来聘，百官皆往饯焉。众人皆集而宓未往，亮累遣使促之，温曰：‘彼何人也?’亮曰：‘益州学士也。’及至，温问曰：‘君学乎?’宓曰：‘五尺童子皆学，何必小人?’温复问曰：‘天有头乎?’宓曰：‘有之。’温曰：‘在何方也?’宓曰：‘在西方。《诗》曰：“乃眷西顾。”以此推之，头在西方。’温曰：‘天有耳乎?’宓曰：‘天处高而听卑，《诗》云：“鹤鸣于九皋，声闻于天。”若其无耳，何以听之?’温曰：‘天有足乎?’宓曰：‘有。《诗》云：“天步艰难，之子不犹。”若其无足，何以步之?’温曰：‘天有姓乎?’宓曰：‘有。’温曰：‘何姓?’宓曰：‘姓刘。’温曰：‘何以知之?’答曰：‘天子姓刘，故以此知之。’温曰：‘日生于东乎?’宓曰：‘虽生于东而没于西。’答问如响，应声而出，于是温大敬服。宓之文辩，皆此类也。”

(21)“颍阴”句：指王褒娶王室之女为妻。《周书·王褒传》：“梁武帝喜其才艺，遂以弟鄱阳王恢之女妻之。”颍阴：指颍阴长公主。《后汉书·皇后纪下》：“皇女坚，七年封颍阴长公主。”

(22) 河阳：当作“阳阿”，指汉阳阿公主。《汉书·外戚传下》：“及壮，属阳阿主家，学歌舞，号曰飞燕。成帝尝微行出。过阳阿主，作乐，上见飞燕而说之，召入宫，大幸。有女弟复召入，俱为婕妤，贵倾后宫。”颜师古注：“阳阿，平原之县也。今俗书‘阿’作‘河’，又或为‘河阳’，皆后人所妄改耳。”

(23)“名高”句：《史记·苏秦列传》：“于是六国从合而并力焉。苏秦为从约长，并相六国。”

(24)“价重”句：《史记·廉颇蔺相如列传》：“赵惠文王时，得楚和氏璧。秦昭王闻之，使人遗赵王书，愿以十五城请易璧。”

(25) 秋水：《庄子》有《秋水篇》。

(26) 题马鞭：以马鞭书写。曹丕《临涡赋序》曰：“上建安十八年至谯，余兄弟从上拜坟墓。遂乘马游观，经东园，遵涡水，相佯乎高树之下，驻马书鞭，为《临涡赋》。”

(27) 回鸾：形容书法体势飘逸。索靖《草书状》：“盖草书之为状也，婉若银钩，漂若惊鸾，舒翼未发，若举复安。”王褒擅长书法。《周书·王褒传》：“梁国子祭酒萧子云，褒之姑夫也，特善草隶。褒少以姻戚，去来其家，遂相模范。俄而名亚子云，并见重于世。”

(28)“别鹤”句：见本卷《奉和示内人诗》注(5)。

(29) 拥旄：持旄，借指统率军队。旄，旗杆顶上饰有牦牛尾的旗帜。裁：通“才”。甸服：古制称王城四面五百里以内的区域为甸服。《书·禹贡》：“五百里甸服。”后泛指京城附近的地方。

(30) 垂帷：垂下车帷，指出任州刺史。《后汉书·贾琮传》：“旧典，传车骖驾，垂赤帷裳，迎于州界。”被边：靠近边界。

(31)“静亭”句：指武备松弛。亭：亭候，亦作“亭堠”，古代边境上用以监视敌情的岗亭。

(32)“闲烽”句：指敌兵来犯。烽：烽燧，烽火台。

(33)“茂陵”句：《史记·司马相如列传》：“相如既病免，家居茂陵。”

(34)“淮阳”句：据《史记·汲黯列传》，汲黯体弱多病，武帝以淮阳“民多盗铸钱”，“召拜黯为淮阳太守”，请汲黯“卧而治之”。

(35) 侍医：负责皇帝的医疗保健的医生。

(36)“神理”句：《世说新语·伤逝》：“戴公见林法师墓，曰：‘德音未远，而拱木已积。冀神理绵绵，不与气运俱尽耳!’”绵绵，连续不断貌。

(37) 张平子：东汉张衡字平子。

(38) 王仲宣：汉末王粲字仲宣。

(39)“柏谷”句：《晋书·王濬传》：“太康六年卒，时年八十，谥曰武。葬柏谷山，大营茔域，葬垣周四十五里，面别开一门，松柏茂盛。”柏谷：在今河南灵宝县西南。

(40)“阳陵”句：《汉书·李广传》：“广死明年，李蔡以丞相坐诏赐冢地阳陵当得二十亩，蔡盗取三顷，颇卖得四十余万。”阳陵：汉景帝刘景墓，在今陕西咸阳市西北。

(41) 寒堂：凄冷的灵堂。飒：风声。

(42) 丘杨：墓地所种的白杨。

(43) 山火：即鬼火，墓地的磷火。

(44)“昔为”二句：《汉书·五行志》：“成帝时歌谣又曰：‘邪径败良田，谗口乱善人。桂树华不实，黄爵巢其颠。故为人所羡，今为人所怜。’”

(45) 旦复旦：一天又一天。《尚书大传》所载《卿云歌》云：“卿云烂兮，糺缦缦兮。日月光华，旦复旦兮。”

(46) 玄又玄：极其玄妙。《老子》：“玄之又玄，众妙之门。”

(47) 秦川：渭水平原。

(48)“定名”二句：指王褒从此可以盖棺定论。

(49)“唯有”二句：《文选》向秀《思旧赋序》云：“逝将西迈，经其旧庐。于时日薄虞泉，寒冰凄然。邻人有吹笛者，发声寥亮。追想曩昔游宴之好，感音而叹。”又赋云：“济黄河以泛舟兮，经山阳之旧居。”山阳：在今河南焦作市东南。《晋书·向秀传》：“康善锻，秀为之佐，相对欣然，傍若无人。又共吕安灌园于山阳。”

仰和何仆射还宅怀故诗

紫阁旦朝罢[1](1)，中台夕奏稀[2](2)。无复千金笑(3)，徒劳五日归(4)。步檐朝未扫(5)，兰房昼掩扉。苔生理曲处(6)，网积回文机(7)。故瑟馀弦断，歌梁秋燕飞(8)。朝云虽可望(9)，夜帐定难依。愿凭甘露入，方假慧灯辉(10)。宁知洛城晚，还泪独沾衣。

【校记】

[1] 旦：《诗集》作“思”。

[2] 夕：《玉台新咏》作“文”。《诗集》同。

【注释】

(1) 紫阁：金碧辉煌的殿阁。多指帝居。

(2) 中台：见前诗注 (6)。汉时以中台指尚书。

(3) 千金笑：鲍照《代白纻曲》(其二)：“齐讴秦吹庐女弦，千金顾笑买芳年。”

(4) 五日归：《史记·万石君列传》：“建为郎中令，每五日洗沐归谒亲。”汉时官员每五日一休假。

(5) 步檐：屋檐下的走廊。

(6) 理曲：演奏乐曲。

(7) 回文机：用苏若兰织锦为回文诗典。见《北周诗》卷二《乌夜啼》注 (6)。

(8) 歌梁：《列子·汤问》：“昔韩娥东之齐，匮粮，过雍门，鬻歌假食，既去而余音绕梁，三日不绝，左右以其人弗去。”

(9)“朝云”句：用巫山云雨典。见本卷《岁晚出横门诗》注 (3)。

(10) 慧灯：佛教语。犹慧炬，谓无幽不照的智慧。

送炅法师葬诗[1]

龙泉今日掩(1)，石洞即时封(2)。玉匣摧谈柄(3)，悬河落辩锋[2](4)。香炉犹是柏，麈尾更成松(5)。郭门未十里，山回已数重。尚闻香阁梵(6)，犹听竹林钟。送客风尘拥，寒郊霜露浓。性灵如不灭[3](7)，神理定何从(8)。

【校记】

[1]《文苑英华》三百五作《送灵法师葬》。

[2] 河：《初学记》作“浮”。辩：《初学记》作“辨”。

[3] 灭：《诗集》作“减”。

【注释】

(1) 龙泉：《法苑》：“庐山西有龙泉精舍，慧远沙门之所立也。”

(2) 石洞：僧人修行的洞穴。

(3) 玉匣：即死者所用玉衣。谈柄：魏晋人清谈时，多执麈尾，僧人讲法或用如意，故称麈尾或如意为谈柄。

（4）“悬河”句：犹言“口若悬河”，形容人能言善辩。《世说新语·赏誉》：“郭子玄语议如悬河泻水，注而不竭。”辩锋：论辩的锋芒。

（5）麈尾：古人用驼鹿尾制成的拂尘。

（6）香阁：佛寺的台阁。梵：即梵呗，佛教徒作法事时的赞叹歌咏之声。

（7）“性灵”句：佛教以为生生死死相续，此身之前已经无量身，而只有性灵不灭，积而修习，精神清净，深见佛性，以成至道。

（8）神理：见本卷《伤王司徒褒诗》注（36）。

北　周　诗

卷　四

庾　信

和春日晚景宴昆明池诗[1](1)

春馀足光景[2]，赵李旧经过(2)。上林柳腰细[3](3)，新丰酒径多[4](4)。小船行钓鲤，新盘待摘荷[5]。兰皋徒税驾(5)，何处有凌波(6)。

【校记】

［1］春：原作“人”，《庾子山集注》云：“春：《英华》、屠本、朱本并作‘人’。”诗中内容未涉及人日，故据改。又，《艺文类聚》九作《晚燕昆明池》。

［2］春馀：《岁时杂咏》、《文苑英华》作“馀春”。《诗集》同。《诗纪》云：“一作‘馀春’。”

［3］柳：《艺文类聚》作“枣”。《诗集》、《文苑英华》同。

［4］径：《艺文类聚》、《岁时杂咏》、《诗集》作“泛”。《诗纪》云：“一作‘泛’。”

［5］摘：《文苑英华》作“滴”。

【注释】

(1) 昆明池：《三辅黄图》卷四：“汉昆明池，武帝元狩三年穿，在长安西南，周回四十里。《西南夷传》曰：‘天子遣使求身毒国市竹，而为昆明所闭。天子欲伐之，越巂昆明国有滇池，方三百里，故作昆明池以象之，以习水战，因名曰昆明池。’。《食货志》曰：‘时越欲与汉用船战逐，乃大修昆明池也。’”

(2) 赵李：汉成帝皇后赵飞燕及汉武帝李夫人的并称。二人都以能歌善舞受到天子宠爱。

(3) 上林：苑名。见《北周诗》卷二《同州还诗》注（5）。

(4) 新丰：县名，故城在今陕西临潼县东北。本为秦骊邑，汉高祖七年，因太上皇思乡，遂按丰县街里格局改造骊邑，并迁来丰民，故称新丰，唐废。新丰以出产美酒而著称。

(5)“兰皋”句：曹植《洛神赋》：“尔乃税驾乎兰皋，秣驷乎芝田。”兰皋：有兰草的堤岸。税驾：解驾，停车。

（6）凌波：曹植《洛神赋》："凌波微步，罗袜生尘。"这里指水中神女。

对宴齐使诗(1)

归轩下宾馆(2)，送盖出河堤(3)。酒正离杯促(4)，歌工别曲凄(5)。林寒木皮厚，沙迥雁飞低[1]。故人倘相访，知余已执珪(6)。

【校记】

［1］迥：《诗集》作"回"。

【注释】

（1）《周书·武帝纪》："（天和四年）夏四月乙巳，齐遣使来聘。"

（2）下：离开。

（3）盖：车盖，这里指使者的车驾。

（4）酒正：官名，掌酒的生产与供给。《周礼·天官·酒正》："酒正掌酒之政令，以式法授酒材。……共宾客之礼酒，共后之致饮于宾客之礼医酏糟，皆使其士奉之。"

（5）歌工：乐师。

（6）执珪：春秋战国时楚国之爵名，又称上执珪，为楚最高爵位。朝见时以手持珪，故称。珪，古玉器名。长条形，上尖下方。《史记·张仪列传》："陈轸对曰：'王闻夫越人庄舄乎?'王曰：'不闻。'曰：'越人庄舄仕楚执珪，有顷而病。楚王曰："舄故越之鄙细人也，今仕楚执珪，贵富矣，亦思越不?"中谢对曰："凡人之思故，在其病也。彼思越则越声，不思越则楚声。"使人往听之，犹尚越声也。今臣虽弃逐之楚，岂能无秦声哉!'"庾信身仕异国，有如庄舄。

聘齐秋晚馆中饮酒诗[1]

欣兹河朔饮(1)，对此洛阳才(2)。残秋欲屏扇(3)，馀菊尚浮杯(4)。漳流鸣二水(5)，日色下三台(6)。无因侍清夜，同此月徘徊(7)。

【校记】

［1］饮：逯按，《文苑英华》误作"丞"。

【注释】

（1）河朔：泛指黄河以北的地方。

（2）洛阳才：本指贾谊。《史记·屈原贾生列传》："贾生名谊，雒阳人也。"这里指齐国的才学之士。

（3）屏：弃。

（4）"馀菊"句：指菊花酒。见《北周诗》卷三《蒙赐酒诗》注（4）。

（5）"漳流"句：漳河上游有清漳河与浊漳河之分，清漳河与浊漳河于河北省涉县合漳乡汇合。

（6）三台：即曹操在邺城所建的铜雀台、金虎台与冰井台。《水经注》卷十："城之西北有三台，皆因城为之基，巍然崇举，其高若山。建安中魏武所起，平坦略尽。"

（7）“无因”二句：曹植《公宴诗》“清夜游西园”，又“明月澄清影”。

奉和浚池初成清晨临泛诗[1]

千金高堰合（1），百顷浚源开[2]（2）。翻逢积翠浪[3]（3），更识昆明灰[4]（4）。猿啸风还急[5]，鸡鸣潮即来（5）。时看青雀舫（6），遥逐桂舟回[6]（7）。

【校记】

[1]《艺文类聚》九作《奉和初浚池成清晨临泛诗》。

[2] 浚：《诗集》作“凌”。

[3] 翠：《艺文类聚》、《文苑英华》、《诗集》并作“草”。《诗纪》云：“一作‘草’。”

[4] 昆：《文苑英华》作“崑”。

[5] 猿：《艺文类聚》作“虎”。

[6] 桂：《艺文类聚》作“贵”。舟：《诗纪》云：“一作‘洲’。”《文苑英华》、《诗集》作“贵洲”。

【注释】

（1）千金高堰：指千金堰，古代水利工程，在河南洛阳境内的谷水上。《洛阳伽蓝记·城西》：“长分桥西有千金堰，计其水利，日益千金，因以为名。”

（2）浚源：充沛的源头。

（3）翻：反而。

（4）昆明灰：见《北周诗》卷二《奉和阐弘二教应招诗》注（10）。

（5）“鸡鸣”句：旧题汉东方朔《神异经》：“盖扶桑山有玉鸡，玉鸡鸣则金鸡鸣，金鸡鸣则石鸡鸣，石鸡鸣则天下之鸡鸣，悉鸣则潮水应之矣。”

（6）青雀舫：《方言》卷九：“舟……或谓之鷁首。”郭璞注：“鷁，鸟名也。今江东贵人船前作青雀，是其像也。”后因称船首画有青雀之舟为“青雀舫”。泛指华贵游船。

（7）桂舟：用桂木造的船，用为船的美称。

和灵法师游昆明池诗二首（1）

其　一

游客重相欢，连镳出上兰（2）。值泉倾盖饮（3），逢花驻马看[1]。平湖泛玉舳（4），高堰歇金鞍（5）。半道闻荷气，中流觉水寒。

【校记】

[1] 驻：《文苑英华》作“住”。

【注释】

（1）昆明池：见本卷《和春日晚景宴昆明池诗》注（1）。

（2）连镳（biāo）：两骑并接。镳：马嚼子两边露在口外的部分。上兰：汉代上林苑中有上兰观。

（3）倾盖：使车盖倾侧。

（4）玉舳（zhú）：船的美称。

（5）金鞍：马鞍的美称。

其 二

秋光丽晚天[1]，鹢舸泛中川(1)。密菱障浴鸟，高荷没钓船[2]。碎珠萦断菊[3](2)，残丝绕折莲(3)。落花催斗酒[4](4)，栖乌送一弦[5](5)。

【校记】

［1］晚：《初学记》作“晓”。

［2］没：《诗集》作“浸”。《文苑英华》作“投”。

［3］珠：《文苑英华》作“硃”。

［4］斗：《本集》作“十”。《诗集》、《文苑英华》同。《诗纪》云：“一作‘十’。”

［5］乌：《文苑英华》作“鸟”。

【注释】

（1）鹢（yì）舸：指船。参见前诗注（6）

（2）碎珠：露珠。

（3）残丝：荷梗断而有丝相连。

（4）落花：指古曲《梅花落》。斗酒：以斗盛酒。

（5）栖乌：指古曲《乌栖曲》。一弦：指一弦琴。

见游春人诗[1]

长安有狭斜(1)，金穴盛豪华(2)。连杯劝上马，乱果掷行车(3)。深红莲子艳，细锦凤凰花。那能学噀酒，无处似栾巴(4)。

【注释】

（1）“长安”句：古乐府《长安有狭邪行》：“长安有狭邪，狭邪不容车。”狭邪，同“狭斜”，小街曲巷。

（2）金穴：《后汉书·皇后纪上》：“（郭）况迁大鸿胪。帝数幸其第，会公卿诸侯亲家饮燕，赏赐金钱缣帛，丰盛莫比，京师号况家为金穴。”

（3）“乱果”句：见《北周诗》卷二《结客少年场行》注（2）。

（4）“那能”二句：《神仙传》卷五：“（栾）巴为尚书，正旦，会群臣，饮酒，巴乃含酒起望西南噀之，奏云：‘臣本乡成都市失火，故为救之。’帝驰驿往问之，云：‘正旦失火时，有雨自东北来，灭火，雨皆作酒气也。’”噀（xùn）：（含着液体）喷。

别周尚书弘正诗[1](1)

扶风石桥北[2](2)，函谷故关前(3)。此中一分手，相逢知几年。黄鹄遂反顾[3](4)，徘徊应怆然[4](5)。自知悲不已，徒劳减瑟弦(6)。

【校记】

［1］《本集》五作《别周处士弘正》。《艺文类聚》二十九作《别周弘王诗》。《文苑英华》二百三十作《别周处士弘正》。注云："'处士'一作'尚书'。"

［2］石桥：《文苑英华》作"天柱"。注云："一作'石桥'。"

［3］遂：原作"一"，《本集》、《诗集》及《文苑英华》作"遂"，据改。

［4］应：《文苑英华》云："一作'恋'。"《艺文类聚》作"恋"。按："《文苑英华》云：'一作"恋"'"原在"徘徊"下，误。

【注释】

(1) 周弘正：字思行（496—574），汝南安城（今河南平舆县）人。起家梁太学博士。晋安王为丹阳尹，引为主簿。出为鄚令，丁母忧去职。服阕，历曲阿、安吉令。普通中，为司义侍郎。后至江陵，迁左民尚书，寻加散骑常侍。入陈，累官尚书右仆射。卒，谥简子。周弘正特善玄言，兼明释典，著作甚丰。《陈书》、《南史》有传。

(2) 扶风：郡名，故址在今陕西省凤翔县等地。

(3)"函谷"句：见《北周诗》卷三《拟咏怀》（惟忠且惟孝）注(5)。

(4) 黄鹄：《乐府诗集·舞曲歌辞·淮南王》："我欲渡河河无梁，愿化双黄鹄还故乡。还故乡，入故里。徘徊故乡，苦身不已。繁舞寄声无不泰，徘徊桑梓游天外。"

(5) 徘徊：《文选》苏武《诗四首》："黄鹄一远别，千里顾徘徊。"

(6)"自知"二句：《史记·封禅书》："太帝使素女鼓五十弦瑟，悲，帝禁，不止，故破其瑟为二十五弦。"

别张洗马枢诗

别席惨无言，离悲两相顾。君登苏武桥(1)，我见杨朱路(2)。关山负雪行，河水乘冰渡。愿子著朱鸢(3)，知余在玄菟(4)。

【注释】

(1) 苏武桥：指苏武与李陵分手的桥梁。《文选》李陵《与苏武三首诗》（其三）："携手上河梁，游子暮何之。"

(2) 杨朱路：指歧路。《淮南子·说林训》："杨子见逵路而哭之，为其可以南，可以北。"

(3) 朱鸢：汉代县名，在今越南境内。指南方。

(4) 玄菟：汉代郡名，在今朝鲜境内。指北方。

别庾七入蜀诗

峻岭拂阳乌(1)，长城连蜀都(2)。石铭悬剑阁[1](3)，沙洲聚阵图(4)。山长半腹断[2]，树古中心枯[3]。由来兄弟别，共念一荆株(5)。

【校记】

［1］阁：原作"壁"，《庾子山集注》作"阁"。据改。

［2］腹：原作“股”，《庾子山集注》云“朱本作‘腹’”，据改。折：原作“断”。《庾子山集注》作“折”，并云“屠本、朱本并作‘断’”，据改。

［3］古：《庾子山集注》作“老”，并云：“屠本、朱本并作‘古’。”中：原作“半”，《庾子山集注》云“朱本作‘中’”，据改。

【注释】

（1）阳乌：太阳。传说太阳中有三足乌，故称。

（2）蜀都：成都。

（3）“石铭”句：指晋张载的《剑阁铭》，见《文选》卷五十六。李善注引臧荣绪《晋书》云：“张载父收为蜀郡太守，载随父入蜀，作《剑阁铭》。益州刺史张敏见而奇之，乃表上其文。世祖遣使镌石记焉。”

（4）阵图：指八阵图，诸葛亮所创制的一种战斗队形及兵力部署图。《三国志·蜀书·诸葛亮传》：“推演兵法，作八阵图。”关于诸葛亮八阵图练兵的遗址，说法不一：1. 在陕西沔县，见《水经注》二七《沔水》；2. 在重庆市奉节县，见《水经注》三三《江水》、《晋书·桓温传》、《太平寰宇记》一四八《夔州奉节县》；3. 在在四川新繁县，见《太平寰宇记》七二《益州新都县》引李膺《益州记》。以重庆市奉节县的八阵图遗址最为著名。

（5）一荆株：梁吴均《续齐谐记》：“京兆田真兄弟三人，共议分财。生资皆平均，惟堂前一株紫荆树，共议欲破三片。明日，就截之，其树即枯死，状如火然。真往见之，大惊，谓诸弟曰：“树本同株，闻将分斫，所以憔悴。是人不如木也。”因悲不自胜，不复解树。树应声荣茂，兄弟相感，合财宝，遂为孝门。真仕至太中大夫。”

将命使北始渡瓜步江诗(1)

校尉始辞国(2)，楼船欲渡河(3)。輶轩临碛岸(4)，旌节映江沱(5)。观涛想帷盖(6)，争长忆干戈(7)。虽同燕市泣(8)，犹听赵津歌(9)。

【注释】

（1）瓜步：山名，在江苏六合东南，亦名桃叶山。水际谓之步，古时此山南临大江，又相传吴人卖瓜于江畔，因以为名。步，一作埠。

（2）校尉：本指汉张骞，张骞曾为汉使者出使西域。后“骞以校尉从大将军击匈奴，知水草处，军得以不乏，乃封骞为博望侯。”（《汉书·张骞传》）这里指庾信。

（3）楼船：见《北周诗》卷二《和赵王送峡中军诗》注（1）。

（4）輶轩：有栏杆的长廊或小室。碛岸：堤岸。

（5）旌节：古代使者所持之节。节，竹节。以牦牛尾作饰，为信守的象征。江沱：江。

（6）“观涛”句：《文选》枚乘《七发》：“衍溢漂疾，波涌而涛起。其始起也，洪淋淋焉，若白鹭之下翔。其少进也，浩浩溰溰，如素车白马帷盖之张。”

（7）争长：《左传·哀十三年》：“秋七月辛丑，盟，吴、晋争先。吴人曰：‘于周室，我为长。’晋人曰：‘于姬姓，我为伯。’”

（8）燕市泣：《史记·刺客列传》：“荆轲嗜酒，日与狗屠及高渐离饮于燕市，酒酣以往，高渐离击筑，荆轲和而歌于市中，相乐也，已而相泣，旁若无人者。”

（9）赵津歌：《列女传》卷六：“赵津女娟者，赵河津吏之女，赵简子之夫人也。……

简子悦，遂与渡，（娟）中流为简子发河激之歌，其辞曰：‘升彼阿兮面观清，水扬波兮查冥冥，祷求福兮醉不醒，诛将加兮妾心惊，罚既释兮渎乃清，妾持楫兮操其维，蛟龙助兮主将归，呼来棹兮行勿疑。’”

反命河朔始入武州诗(1)

轻车初逐李(2)，定远未随班(3)。受诏祁连返[1](4)，申威疏勒还(5)。飞蓬损腰带，秋鬓落容颜。寄言旧相识，知余生入关(6)。

【校记】

［1］祁：原作“祈”，《庾子山集注》作“祁”，据改。

【注释】

（1）河朔：见《北周诗》卷二《经陈思王墓诗》注（9）。武州：在今安徽省睢宁县。

（2）李：指汉轻车将军李蔡。《汉书·李广传》：“初，广与从弟李蔡俱为郎，事文帝。景帝时，蔡积功至二千石。武帝元朔中，为轻车将军，从大将军击右贤王，有功中率，封为乐安侯。”

（3）班：指汉定远侯班超。

（4）“受诏”句：《汉书·霍去病传》：“去病至祁连山，捕首虏甚多。”

（5）“申威”句：据《后汉书·耿弇列传》附《耿恭传》，耿恭引兵据疏勒城，抗击匈奴，处境危险。汉遣兵迎耿恭，遂归。疏勒：见《北周诗》卷二《燕歌行》注（5）。

（6）生入关：《后汉书·班超传》：“超自以久在绝域，年老思土。十二年，上疏曰：‘……臣不敢望到酒泉郡，但愿生入玉门关。……’”

冬狩行四韵连句应诏诗

三川羽檄驰(1)，六郡良家选(2)。观兵细柳城(3)，校猎长杨苑(4)。惊雉逐鹰飞[1]，腾猿看箭转。鸣笳河曲还(5)，犹忆南皮返(6)。

【校记】

［1］逐：《庾子山集注》云：“朱本作‘避’。”

【注释】

（1）三川：郡名，战国时韩始置，秦沿用。在今河南洛阳市西南一带，因有伊、洛、河三川得名。羽檄：羽书。古时征调军队的文书，上插鸟羽以示紧急，必须速递。

（2）“六郡”句：《汉书·地理志》：“汉兴，六郡良家子选给羽林、期门，以材力为官，名将多出焉。”六郡：指天水、陇西、安定、北地、上郡、西河。

（3）细柳：见《北周诗》卷二《燕歌行》注（12）。

（4）长杨苑：见《北周诗》卷二《和宇文京兆游田诗》注（2）。

（5）河曲：河道弯曲之处。《文选》曹丕《与朝歌令吴质书》：“时驾而游，北遵河曲。”

（6）南皮：见《北周诗》卷二《杨柳歌》注（4）。

和王内史从驾狩诗[1]

冬狩出离宫[2]，还过猎武功[3]。涧横偏碍马，山虚绝响弓[4]。更羸承落雁[5]，韩卢斗蛰熊[6]。犹开三面网[7]，谁肯一山重。

【注释】

(1) 王内史：王褒。传见《北周诗》卷一。《周书·王褒传》："保定中，除内史中大夫。"

(2) 离宫：见《北周诗》卷三《拟咏怀》(楚材称晋用) 注 (3)。

(3) 武功：山名，在陕西省武功县南，北连太白山。

(4) 绝：极。

(5)"更羸"句：见《北周诗》卷三《拟咏怀》(步兵未饮酒) 注 (7)。

(6) 韩卢：战国时韩国的名犬。

(7)"犹开"句：《吕氏春秋·异用》："汤见祝网者，置四面，其祝曰：'从天坠者，从地出者，从四方来者，皆离吾网。'汤曰：'嘻！尽之矣。非桀其孰为此也?'汤收其三面，置其一面，更教祝曰：'昔蛛蝥作网罟，今之人学纾。欲左者左，欲右者右，欲高者高，欲下者下，吾取其犯命者。'汉南之国闻之曰：'汤之德及禽兽矣。'四十国归之。"

入道士馆诗

金华开八景[1]，玉洞上三危[2]。云袍白鹤度[3]，风管凤凰吹[4]。野衣缝蕙叶[5]，山巾篸笋皮[6]。何必淮南馆，淹留攀桂枝[7]。

【注释】

(1) 金华：山名，在今浙江省金华市北，为道教名山胜地。八景：道教传说中神人居住的地方。《太平御览》卷二十三《道部》第十六章《理所》："八景城在上清，玉晨道君所居。"

(2) 玉洞：岩洞的美称。亦指仙道或隐者的住所。三危：山名。《山海经·西山经》："又西二百二十里，曰三危之山，三青鸟居之。"

(3) 云袍：道士穿用的袍子。白鹤度：指道袍上有白鹤的纹饰。

(4) 风管：指笙。

(5)"野衣"句：用蕙叶缝制衣服。蕙：一种香草。

(6)"山巾"句：以竹皮制成头巾。篸 (zān)：同"簪"。

(7)"何必"二句：西汉时淮南王刘安喜好文艺，招徕文士。其中有淮南小山，作《招隐士》，云："桂树丛生兮山之幽。"又云："攀援桂树兮仍淹留。"

奉和永丰殿下言志诗十首[1]

其一

立德齐今古，资仁一毁誉[2]。无机抱瓮汲[3]，有道带经锄[4]。处下唯名惠[5]，能言本姓蘧[6]。未论惊宠辱[7]，安知系惨舒[8]。

【注释】

(1) 永丰殿下：梁故永丰侯萧撝，字智遐，梁武帝萧衍弟成安王萧秀之子，在梁封为永丰侯。

(2) 资仁：以仁德为资。

(3) "无机"句：《庄子·天地》："子贡南游于楚，反于晋，过汉阴，见一丈人方将为圃畦，凿隧而入井，抱瓮而出灌，搰搰然用力甚多而见功寡。子贡曰：'有械于此，一日浸百畦，用力甚寡而见功多，夫子不欲乎?'为圃者仰而视之曰：'奈何?'曰：'凿木为机，后重前轻，挈水若抽，数如泆汤，其名为槔。'为圃者忿然作色而笑曰：'吾闻之吾师，有机械者必有机事，有机事者必有机心。机心存于胸中则纯白不备。纯白不备则神生不定，神生不定者，道之所不载也。吾非不知，羞而不为也。'子贡瞒然惭，俯而不对。"

(4) 带经锄：《汉书·倪宽传》："(宽) 受业孔安国，尝为弟子都养，时行赁作，带经而锄，休息辄诵读，其精如此。"

(5) 惠：指柳下惠。柳下惠，展氏，名获，字禽，春秋时期鲁国人，是鲁孝公的儿子公子展的后裔。"柳下"是他的食邑，"惠"则是他的谥号，所以后人称他"柳下惠"。据《论语·微子》，"柳下惠为士师，三黜。人曰：'子未可以去乎?'曰：'直道而事人，焉往而不三黜？枉道而事人，何必去父母之邦。'"所谓"处下"，当指"三黜"之事。

(6) 蘧：疑为蘧伯玉。《左传·襄十四年》："蒯惧，告文子。文子曰：'君忌我矣，弗先。必死。'并帑于戚而入，见蘧伯玉曰：'君之暴虐，子所知也。大惧社稷之倾覆，将若之何?'对曰：'君制其国，臣敢奸之？虽奸之，庸如愈乎?'遂行，从近关出。"又《左传·襄二十六年》："子鲜不获命于敬姒，以公命与宁喜言，曰：'苟反，政由宁氏，祭则寡人。'宁喜告蘧伯玉，伯玉曰：'瑗不得闻君之出，敢闻其入?'遂行，从近关出。"所谓"能言"，当指此二事。

(7) 惊宠辱：《老子》："宠辱若惊。"

(8) 惨舒：《文选》张衡《西京赋》："夫人在阳时则舒，在阴时则惨。"

其 二

王子从边服[1]，临邛惜第如[2]。星桥拥冠盖[3]，锦水照簪裾[4]。论文报潘岳[5]，咏史答应璩[6]。帐幕参三顾[7]，风流盛七舆[8]。

【注释】

(1) 边服：边境地区。萧撝曾为益州刺史。

(2) "临邛"句：《史记·司马相如列传》："文君久之不乐，曰：'长卿第俱如临邛，从昆弟假贷犹足为生，何至自苦如此!'"第：但，且。如：去，往。

(3) 星桥：成都近郊的桥梁。《水经注》卷三十三《江水》："李冰沿水造桥，上应七宿，故世祖谓吴汉曰：'安军宜在七桥连星间。'"冠盖：见《北周诗》卷三《奉报赵王惠酒诗》注 (2)。

(4) 锦水：即锦江，流经成都的岷江支流。"锦工织锦，则濯之江流，而锦至鲜明；濯以佗江，则锦色弱矣”（《水经注》卷三十三《江水》），故称。

（5）潘岳（247—330）：字安仁，晋荥阳中牟（今河南中牟）人，西晋著名的文学家。岳美资容，善文辞，少有才名。举秀才，十年不调。后为河阳令、尚书度支郎、给事黄门侍郎等职，终为孙秀所害。

（6）应璩（190—252）：字休琏，汝南（今河南汝南东南）人，应玚之弟，三国时曹魏文学家。璩博学好文，善于书记。文帝、明帝时，历官散骑常侍。曹芳即位，迁侍中、大将军长史。当时大将军曹爽擅权，举措失当，应璩曾作《百一诗》讽劝。应璩原有集10卷，已散佚。

（7）三顾：《文选》诸葛亮《出师表》：“先帝不以臣卑鄙，猥自枉屈，三顾臣于草庐之中，咨臣以当世之事，由是感激，遂许先帝以驱驰。”

（8）七舆：官名，春秋时有七舆大夫，为军事将领。

其　三

茫茫实宇宙，与善定冯虚(1)。大夫伤鲁道(2)，君子念殷墟(3)。程乡既开国[1](4)，安平逐徙居(5)。讵能从小隐(6)，终然游太初[2](7)。

【校记】

［1］乡：原作“卿”，《庾子山集注》作“乡”，据改。

［2］然：《诗集》作“能”。

【注释】

（1）与善：《老子》：“天道无亲，常与善人。”冯虚：不可信。冯，通“凭”，靠，依托。

（2）“大夫”句：《史记·鲁周公世家》：“太史公曰：余闻孔子称曰：‘甚矣鲁道之衰也！洙泗之间断断如也。’”大夫：指孔子。

（3）“君子”句：《史记·宋微子世家》：“其后箕子朝周，过故殷虚，感宫室毁坏，生禾黍，箕子伤之，欲哭则不可，欲泣为其近妇人，乃作《麦秀之诗》以歌咏之。”

（4）程乡：《史记·太史公自序》：“故重黎氏世序天地。其在周，程伯林甫其后也。”《集解》引应劭曰：“封为程国伯，休甫，字也。”《正义》引《括地志》云：“安陵故城在雍州咸阳东二十一里，周之程邑也。”程乡即程邑。此言萧撝归魏仕周，封蔡阳郡公，是开国也。

（5）“安平”句：《左传·庄公三年》：“秋，纪季以酅入于齐，纪于是乎始判。”杜预注：“季，纪侯弟。酅，纪邑，在齐国东安平县。齐欲灭纪，故季以邑入齐为附庸，先祀不废，社稷有奉，故书字贵之。”此喻指萧撝从蜀迁至魏，武陵灭而永丰封，若春秋时纪亡而季存。

（6）讵（jù）：岂，难道。小隐：晋王康琚《反招隐》诗：“小隐隐陵薮，大隐隐朝市。”

（7）太初：指天地未分以前的元气。

其　四

直城风日美[(1)]，平陵云雾除[(2)]。来往金张馆[(3)]，弦歌许史闾[(4)]。凤台迎弄玉[(5)]，河阳送婕妤[(6)]。五马遥相问[(7)]，双童来夹车[(8)]。

【注释】

(1) 直城：见《北周诗》卷三《奉和赵王西京路春旦诗》注(1)。

(2) 平陵：汉昭帝刘弗之陵，位于陕西咸阳市西。

(3) 金、张馆：汉金日磾家族，自武帝至平帝，七世为内侍。张安世的后代，自宣帝、元帝以来为侍中、中常侍者十余人，后因以金、张为功臣世族的代称。

(4) 许、史闾：许：指汉宣帝许皇后家族。许皇后的儿子汉元帝即位后，“许氏侯者凡三人。”(《汉书·外戚传》) 史：指外戚史良娣家族。史良娣为汉宣帝的祖母，宣帝即位后，“侯者凡四人”。(《汉书·外戚传》)《文选》左思《咏史》：“朝集金张馆，暮宿许史庐。”

(5)“凤台”句：见《北周诗》卷二《杨柳歌》注(12)。

(6)“河阳”句：见《北周诗》卷三《伤王司徒褒诗》注(22)。河阳：地名，故地在今河南孟县。婕(jié)妤(yú)：宫中女官，汉武帝时置官，位视上卿，秩比列侯。

(7) 五马：《乐府诗集·相和歌辞·陌上桑》：“使君从南来，五马立踟蹰。”

(8)“双童”句：古诗《相逢狭路间》：“相逢狭路间，道路不容车。如何两少年，夹毂问君家。”

其　五

托情忻六学[(1)]，游目爱三馀[(2)]。覆局能悬记[(3)]，看碑解暗疏[(4)]。讵尝游魏冉[(5)]，那时说范雎[(6)]。池水朝含墨[(7)]，流萤夜聚书[(8)]。

【注释】

(1) 六学：即六经，《诗》、《书》、《礼》、《易》、《乐》、《春秋》；或指六艺，礼、乐、射、御、书、数。

(2) 三馀：《三国志·魏志·董遇传》：“人有从学者，(董)遇不肯教，而云：‘必当先读百遍。’言读书百遍而义自见。从学者云：‘苦渴无日。’遇言：‘当以三馀。’或问三馀之意，遇言：‘冬者岁之馀，夜者日之馀，阴雨者时之馀也。’由是诸生稍从遇学。”

(3)“覆局”句：《三国志·魏书·王粲传》：“观人围棋，局坏，(王)粲为覆之。棋者不信，以帊盖局，使更以他局为之。用相比校，不误一道。其强记默识如此。”

(4)“看碑”句：《世说新语·捷悟》：“魏武尝过曹娥碑下，杨修从。碑背上见题作‘黄绢幼妇，外孙齑臼’八字，魏武谓修曰：‘卿解不？’答曰：‘解。’魏武曰：‘卿未可言，待我思之。’行三十里，魏武乃曰：‘吾已得。’令修别记所知。修曰：‘黄绢，色丝也，于字为“绝”；幼妇，少女也，于字为“妙”；外孙，女子也，于字为“好”；齑臼，受辛也，于字为“辞”；所谓“绝妙好辞”也。’魏武亦记之，与修同，乃叹曰：‘我才不及卿，乃觉三十里。’”

(5) 魏冉：即穰侯，战国时秦国大臣。原为楚国人，秦昭襄王之舅，宣太后异父同母的长弟。从惠王、武王时任职用事，昭襄王立，年幼，宣太后使魏冉主持国政，封于穰（今河南省邓州市），号曰穰侯。曾保举白起为将，东向攻城略地，击败三晋和强楚，战绩卓著，威震诸侯。《史记》有传。据《史记》，陈筮为韩国、须贾为魏国、苏代为韩、赵都曾游说魏冉，此处不知具体所指。

(6) 那：奈何。范雎：字叔，战国时魏国人。初事魏中大夫须贾，从贾使齐，以有通齐之嫌，受到魏相魏齐的鞭笞，佯死得活。随秦王稽入秦，建议秦昭王远交近攻、加强王权，得到重用，官至相国，封为应侯。后听从蔡泽的规劝，称病去相。《史记》有传。所谓"说范雎"，当指蔡泽游说范雎之事，事见《史记·蔡泽列传》。这两句说萧撝擅长外交辞令。《周书·萧撝传》："东魏遣李谐、卢元明使于梁，梁武帝以撝辞令可观，令兼中书侍郎，受币于宾馆。"

(7)"池水"句：《后汉书·张奂列传》附《张芝传》："长子芝，字伯英，最知名。"李善注引王愔《文志》："尤好草书，学崔、杜之法。家之衣帛，必书而后练。临池学书，水为之黑。下笔则为楷则，号匆匆不暇草书，为世所宝，寸纸不遗，韦仲将谓之'草圣'也。"这句是说萧撝擅长书法。《周书·萧撝传》："撝善草隶，名亚于王褒。"

(8)"流萤"句：《晋书·车胤传》："车胤恭勤不倦，博学多通，家贫不常得油，夏月则练囊盛数十萤火以照书，以夜继日焉。"这句是说萧撝勤奋博学。《周书·萧撝传》："年十二，入国学，博观经史，雅好属文。"

其 六

兴云榆荚晚(1)，烧薙杏花初(2)。滮池侵黍稷(3)，谷水播菑畬(4)。六月蝉鸣稻(5)，千金龙骨渠(6)。含风摇古度，防露动林於(7)。

【注释】

(1) 榆荚：榆钱。

(2) 烧薙（tì）：田间除草后，晒干焚烧，等有雨水时渗入土壤，以增加肥力。薙：芟除（野草等）。

(3) 滮（biāo）池：水名，又名滤沱，在今陕西西安市西北。《诗·小雅·白华》："滮池北流，浸彼稻田。"

(4) 菑（zī）畬（shē）：开荒。菑：已耕一年的田。畬：已耕三年的田。

(5) 蝉鸣稻：蝉鸣时成熟的稻子。《齐民要术·水稻》引晋郭义恭《广志》："南方有蝉鸣稻，七月熟。"

(6) 千金：本指千金堰。北魏杨炫之《洛阳伽蓝记·城西》："长分桥西有千金堰，计其水利，日益千金，因以为名。"龙谷渠：汉武帝时，"发卒万馀人穿渠，自徵引洛水至商颜山下。""穿渠得龙骨，故名曰龙首渠。"（《史记·河渠书》）

(7)"含风"两句：《诗纪》云："古度，树名。见《吴都赋》。林于，竹名。越女试剑竹也。见戴庆《豫竹谱》。"又曰："上密防露，下疏来风。"

其 七

自怜循短绠(1)，方欲问长沮(2)。茂陵体犹瘠(3)，淮阳疾未袪(4)。翻疑承毒水(5)，忽似遇昌菹(6)。汉阳嗟欲尽(7)，咎繇惧忽诸(8)。

【注释】

(1) 短绠(gěng)：《庄子·至乐》："褚小者不可以怀大，绠短者不可以汲深。"绠，汲水器上的绳子。

(2) 长沮：春秋时的一位隐士。《论语·微子》："长沮、桀溺耦而耕。"

(3)"茂陵"句：《史记·司马相如列传》："相如既病免，家居茂陵。"瘠：瘦。

(4)"淮阳"句：汲黯为西汉武帝时名臣，体弱多病。"会更五铢钱，民多盗铸钱，楚地尤甚。上以为淮阳，楚地之郊，乃召拜黯为淮阳太守"，"淮阳政清"，终卒于任上。事见《史记·汲黯列传》。

(5) 承毒水：《左传·襄公十四年》："秦人毒泾上流，师人多死。"

(6) 遇昌菹(zū)：《左传·僖公三十年》："冬，王使周公阅来聘，飨有昌蜀、白、黑、形盐。辞曰：'国君，文足昭也，武可畏也，则有备物之飨以象其德。荐五味，羞嘉谷，盐虎形，以献其功。吾何以堪之？'"昌菹：菖蒲根的腌制品。昌，通"菖"，昌蒲。后以为主国盛礼款待他国使者之典实。

(7)"汉阳"句：《左传·僖公二十八年》："栾贞子曰：'汉阳诸姬，楚实尽之，思小惠而忘大耻，不如战也。'"

(8)"咎繇"句：《左传·文公五年》："冬，楚公子燮灭蓼，臧文仲闻六与蓼灭，曰：'皋陶庭坚，不祀忽诸。德之不建，民之无援，哀哉！'"杜预注："蓼与六，皆皋陶后也。伤二国之君不能建德结缘大国，忽然而亡。"咎繇，同"皋陶"。庭坚即皋陶之字。

其 八

弱龄参顾问(1)，畴昔滥吹嘘(2)。绿槐垂学市(3)，长杨映直庐(4)。连盟翻灭郑(5)，仁义反亡徐(6)。还思建邺水，终忆武昌鱼(7)。

【注释】

(1) 弱龄：少年。

(2) 畴昔：见《北周诗》卷三《拟咏怀》(畴昔国士遇)注(1)。

(3)"绿槐"句：见《北周诗》卷三《预麟趾校书和刘仪同诗》注(11)。

(4) 直庐：值宿的住所。

(5)"连盟"句：《史记·郑世家》："郑君乙立二年，郑负黍反，复归韩。十一年，韩伐郑，取阳城。二十一年，韩哀侯灭郑，并其国。"

(6)"仁义"句：《韩非子·五蠹》："徐偃王处汉东，地方五百里，行仁义，割地而朝者三十有六国。荆文王恐其害己也，举兵伐徐，遂灭之。"这里喻指梁武帝崇佛，仍不免败亡。

(7)“还思”二句：《宋书·五行志》：“孙皓初童谣曰：‘宁饮建业水，不食武昌鱼。宁还建业死，不止武昌居。’”建业，故址在今江苏南京市，三国吴、东晋及南朝四国建都处。武昌：在今湖北武汉。这里化用旧典，表达对南朝故国的思念之情。

其　九

崩堤压故柳，衰社卧寒樗(1)。野鹤能自猎，江鸥解独渔。汉阴逢荷篠(2)，缁林见杖拏[1](3)。阮籍长思酒[2](4)，嵇康懒著书(5)。

【校记】

[1] 缁：《诗集》作“繶”。拏：《诗集》作“藜”。

[2] 长：《庾子山集注》作“尝”，且云：“屠本作‘长’。”

【注释】

(1) 樗（chū）：树名，又名臭椿，木材质地疏松。

(2)“汉阴”句：见本题其一注（3）。《论语·微子》：“子路从而后，遇丈人，以杖荷篠。”汉阴：汉水之南。篠（xiǎo）：疑为“蓧（diào）”字之误。蓧：竹制耕田工具。

(3)“缁（zī）林”句：《庄子·渔父》：“孔子游于缁帷之林，休坐乎杏坛之上。弟子读书，孔子弦歌鼓琴。奏曲未半，有渔父者，下船而来，须眉交白，被发揄袂，行原以上，距陆而止，左手据膝，右手持颐以听。曲终而招子贡子路，二人俱对。客指孔子曰：‘彼何为者也?’子路对曰：‘鲁之君子也。’客问其族。子路对曰：‘族孔氏。’客曰：‘孔氏者何治也?’子路未应，子贡对曰：‘孔氏者，性服忠信；身行仁义，饰礼乐，选人伦，上以忠于世主，下以化于齐民，将以利天下。此孔氏之所治也。’又问曰：‘有土之君与?’子贡曰：‘非也。’‘侯王之佐与?’子贡曰：‘非也。’客乃笑而还，行言曰：‘仁则仁矣，恐不免其身；苦心劳形以危其真。呜呼，远哉其分于道也!’子贡还，报孔子。孔子推琴而起曰：‘其圣人与!’乃下求之，至于泽畔，方将杖拏而引其船，顾见孔子，还乡而立。”缁林：即缁帷之林。其林茂密幽深、遮天蔽日，故以之名。缁帷，黑帷。杖拏（ná）：拄着船篙。

(4)“阮籍”句：《三国志·魏书·王衛二劉傅》附《阮籍传》注引《魏氏春秋》：“籍以世多故，禄仕而已，闻步兵校尉缺，厨多美酒，营人善酿酒，求为校尉，遂纵酒昏酣，遗落世事。”

(5)“嵇康”句：《文选》嵇康《与山巨源绝交书》：“素不便书，又不喜作书，而人间多事，堆案盈机，不相酬答，则犯教伤义，欲自勉强，则不能久，四不堪也。”

其　十

披林求木实(1)，拂雪就园蔬。浊醪非鹤髓[1](2)，兰肴异蟹蛆[2](3)。野情风月旷，山心人事疏。徒知守瓴甓[3](4)，空欲报璠玙(5)。

【校记】

[1] 醑：《庾子山集注》作“胶”，且云：“屠本作‘醪’。”

[2] 蛆：《本集》作“胥”。《诗纪》云：“一作‘胥’。”

［2］瓴甓：《诗集》作“甓瓴”。

【注释】

（1）披：分开，打开。

（2）浊醪：浊酒。鹤髓：鹤的髓液。

（3）兰肴：饭食的美称。蟹胥：蟹酱。

（4）瓴（líng）甓（pì）：砖。

（5）璠（fán）玗（yú）：美玉。这里子山自谦自己才如砖石，而萧则如美玉。发于萧撝，子山和之，因而言“报”。

率尔成咏诗

昔日谢安石[1]，求为淮海人(1)。彷佛新亭岸，犹言洛水滨(2)。南冠今别楚(3)，荆玉遂游秦(4)。倘使如杨仆，宁为关外人(5)。

【校记】

［1］日：《诗集》作“为”。

【注释】

（1）谢安石：即东晋谢安，字安石。《晋书·谢安传》：“寓居会稽，与王羲之及高阳许询、桑门支遁游处，出则渔弋山水，入则言咏属文，无处世意。”又：“有司奏安被召，历年不至，禁锢终身，遂栖迟东土。尝往临安山中，坐石室，临浚谷，悠然叹曰：‘此去伯夷何远！’”

（2）“彷佛”二句：《世说新语》：“过江诸人，每至美日，辄相邀新亭，藉卉饮宴。周侯中坐而叹曰：‘风景不殊，正自有山河之异！’皆相视流泪。唯王丞相愀然变色曰：‘当共戮力王室，克复神州，何至作楚囚相对！’”此二句用“风景不殊，正自有山河之异”之意。

（3）“南冠”句：见《北周诗》卷二《谨赠司寇淮南公诗》注（28）。

（4）荆玉：荆山之玉，即和氏璧。游秦：指战国赵国蔺相如奉璧游秦之事，见《史记·廉颇蔺相如列传》。此句以荆玉游秦喻自己被迫羁留长安。

（5）“倘使”二句：见《北周诗》卷二《咏怀诗》（惟忠且惟孝）注（5）。这两句是说自己今日出使西魏，屈节仕周，非内心所愿。

慨然成咏诗

新春光景丽，游子离别情。交让未全死(1)，梧桐唯半生(2)。值热花无气，逢风水不平。宝鸡虽有祀，何时能更鸣(3)。

【注释】

（1）交让：树名。两树对生，一树枯，则一树生，如此岁岁更替，最终也不会一同枯或一同生。

（2）“梧桐”句：《文选》枚乘《七发》：“龙门之桐，高百尺而无枝，其树半死半生。”这里比喻自己非死非生，如同枯树。

(3)“宝鸡”二句：《汉书·郊祀志》：“作鄜后九年，文公获若石云，于陈仓北阪城祠之。其神或岁不至，或岁数。来也常以夜，光辉若流星，从东方来，集于祠城，若雄雉，其声殷殷云，野鸡夜鸣。以一牢祠之，名曰陈宝。”比喻自己如同宝鸡为秦所得，虽位望通显，不能更鸣。

奉和赐曹美人诗[1]

月光如粉白，秋露似珠圆。络纬无机织(1)，流萤带火寒。何年迎弄玉[2](2)，今朝得梦兰(3)。讶许能含笑，芙蓉宜熟看。

【校记】

[1] 曹：《诗集》作“曾”。

[2] 弄：《诗集》作“美”。

【注释】

(1) 络纬：莎鸡。古人以为莎鸡鸣叫是督促妇女纺织。

(2) 弄玉：秦穆公女。见《北周诗》卷二《杨柳歌》注(12)。

(3) 梦兰：指妇女怀孕。见《北周诗》卷三《有喜致醉诗》注(3)

和赵王看伎诗[1]

绿珠歌扇薄(1)，飞燕舞衫长[2](2)。琴曲随流水，箫声逐凤凰。细缕缠钟格(3)，圆花钉鼓床[3](4)。悬知曲不误，无事畏周郎[4](5)。

【校记】

[1]《艺文类聚》四十二作《看妓诗》。《庾开府诗集》上作《奉和赵王看伎》。

[2] 衫：《艺文类聚》作“袖”。

[3]“细缕”二句：《诗纪》云：“一作‘膺风蝉鬓乱，映日凤钗光’。”缕：《艺文类聚》作“莚”。《诗集》作“苣”。格：《艺文类聚》作“板”。

[4] 畏：《艺文类聚》作“顾”。《诗纪》云：“一作‘顾’。”

【注释】

(1) 绿珠：见《北周诗》卷二《对酒歌》注(2)。

(2) 飞燕：见《北周诗》卷三《伤王司徒褒诗》注(22)。

(3) 钟格：悬钟的木架。

(4) 鼓床：鼓架。

(5)“悬知”两句：《三国志·吴志·周瑜传》：“瑜少精意于音乐，虽三爵之后，其有阙误，瑜必知之，知之必顾。故时人谣曰：‘曲有误，周郎顾。’”悬知：料想；预知。

奉答赐酒诗

仙童下赤城[1](1)，仙酒饷王平(2)。野人相就饮，山鸟一群惊。细雪翻沙下，寒风战鼓鸣。此时逢一醉，应枯反更荣[2]。

【校记】

［1］童：《诗集》作“章”。

［2］反：逯按，《诗纪》误作“及”。

【注释】

（1）赤城：道教传说中山名。

（2）王平：即仙人王远。《神仙传》卷三：“王远，字方平，东海人也。”又王远在蔡经家宴请麻姑，“良久，酒尽，方平语左右曰：‘不足复还取也。’以千钱与余杭姥，相闻求其酤酒。须臾信还，得一油囊，酒五十斗许，信传余杭姥答言，恐地上酒不中尊者饮耳。”

奉答赐酒鹅诗

云光偏乱眼，风声特噤心(1)。冷猿披雪啸，寒鱼抱冻沈。今朝一壶酒，实是胜千金。负恩无以谢，惟知就竹林(2)。

【注释】

（1）噤（jìn）心：感到寒冷。

（2）竹林：《三国志・魏书・王卫二刘傅》附《嵇康传》注引《魏氏春秋》：“（康）与陈留阮籍、河内山涛、河南向秀、籍兄子咸、琅邪王戎、沛人刘伶相与友善，游于竹林，号为七贤。”

正旦蒙赵王赉酒诗[1](1)

正旦辟恶酒(2)，新年长命杯(3)。柏叶随铭至(4)，椒花逐颂来(5)。流星向碗落(6)，浮蚁对春开(7)。成都已救火，蜀使何时回[2](8)。

【校记】

［1］《庾开府诗集》上作《正旦蒙赉酒》。

［2］回：《诗集》作“来”。

【注释】

（1）正旦：农历正月初一。

（2）辟恶酒：即椒柏酒。旧俗，正月一日饮椒实、柏叶所浸酒，谓饮之可辟恶气、消疾疫，故名。

（3）长命杯：崔寔《四民月令》：“子妇曾孙，各上椒柏酒于家长，称觞举寿，欣欣如也。”

（4）“柏叶”句：梁萧统《锦带启・太簇正月》：“柏叶泛三元之酒。”

（5）“椒花”句：《晋书・列女传・刘臻妻陈氏传》：“刘臻妻陈氏者，亦聪辩能属文。尝正旦献《椒花颂》，其词曰：‘旋穹周回，三朝肇建。青阳散辉，澄景载焕。标美灵葩，爰采爰献。圣容映之，永寿于万。’又撰元日及冬至进见之仪，行于世。”

（6）流星：指酒。

（7）浮蚁：酒面上的浮沫，指酒。

（8）“成都”二句：见本卷《见游春人诗》注（6）。

卫王赠桑落酒奉答诗(1)

愁人坐狭斜[1](2)，喜得送流霞(3)。跂窗催酒熟(4)，停杯待菊花(5)。霜风乱飘叶，寒水细澄沙。高阳今日晚，应有接䍦斜(6)。

【校记】

［1］愁：《诗集》作“愁”。

【注释】

（1）卫王：卫剌王宇文直，字豆罗突，文帝六子。魏恭帝三年，封秦郡公，邑一千户。武成初，出镇蒲州，拜大将军，进卫国公。保定初，为雍州牧，寻进位柱国，转大司空，出为襄州总管。建德三年，进爵为王。后因叛乱而被处死。桑落酒：起源于北魏时期的一种名酒。《水经注》卷四《河水》：“民有姓刘名堕者，宿善工酿，采挹河流，酝成芳酎，悬食同枯枝之年，排于桑落之辰，故酒得其名矣。”

（2）愁人：庾信自指。狭斜：见本卷《见游春人诗》注（1）。

（3）流霞：神话中的仙酒。

（4）跂（qí）窗：倚窗。

（5）待菊花：古人有九月九日饮菊花酒的习俗。见《北周诗》卷三《蒙赐酒诗》注（4）。

（6）“高阳”二句：见《北周诗》卷二《对酒歌》注（5）。

就蒲州使君乞酒诗[1](1)

萧瑟风声惨[2]，苍茫雪貌愁[3]。鸟寒栖不定，池凝聚未流。蒲城桑叶落[4](2)，灞岸菊花秋(3)。愿持河朔饮[5](4)，分劝东陵侯(5)。

【校记】

［1］《草堂诗笺》八《九日诗》注作《就蒲州刺史乞酒诗》，引秋、候二韵。

［2］惨：《艺文类聚》作“掺”。

［3］雪：《庾子山集注》云：“朱本作‘云’。”

［4］落：《草堂诗笺》作“酒”。

［5］河朔：《庾子山集注》云：“朱本作‘北河’。”朔：《诗集》作“北”。

【注释】

（1）蒲州：县名，今山西永济市。蒲州使君：宇文训。《周书·武帝纪》：“（天和元年）二月戊申，以开府、中山公训为蒲州总管。”

（2）桑叶落：见前诗注（1）。

（3）灞岸：灞水岸。菊花：见《北周诗》卷三《蒙赐酒诗》注（4）。

（4）河朔：见《北周诗》卷二《经陈思王墓诗》注（9）。

（5）东陵候：见《北周诗》卷三《拟咏怀》（无闷无不闷）注（3）。

蒲州刺史中山公许乞酒一车未送诗(1)

细柳望蒲台(2)，长河始一回。秋桑几过落(3)，春蚁未曾开(4)。莹角非难驭(5)，搥轮稍可催(6)。只言千日饮，旧逐中山来(7)。

【注释】

（1）蒲州刺史中山公：见前诗注（1）。乞（qì）：给与。

（2）细柳：地名。参见《北周诗》卷二《燕歌行》注（12）。这里指长安。蒲台：这里指蒲州。

（3）“秋桑”句：见本卷《卫王赠桑落酒奉答诗》注（1）。

（4）春蚁：指春日酒瓮上所生浮蚁。浮蚁见本卷《正旦蒙赵王赉酒诗》注（6）。

（5）莹角：装饰牛的角，借指牛。

（6）搥轮：同“椎轮”，原始的无辐车轮，借指车。

（7）“只言”二句：《博物志》卷十：“昔刘玄石与中山酒家沽酒，酒家与千日酒，忘言其节度。归至家当醉，而家人不知，以为死也，权葬之。酒家计千日满，乃忆玄石前来沽酒，醉向醒耳。往视之。云：‘玄石亡来三年，已葬。’于是开棺，醉始醒。俗云：‘玄石饮酒，一醉千日。’”

答王司空饷酒诗(1)

今日小园中，桃花数树红。开君一壶酒，细酌对春风[1]。未能扶毕卓[2](2)，犹足舞王戎(3)。仙人一捧露(4)，判不及杯中(5)。

【校记】

［1］酌对：《诗集》作“雨三”。

［2］扶：《诗集》作“浮”。

【注释】

（1）王司空：即王褒。饷：赠。

（2）毕卓：《晋书·毕卓传》：“毕卓字茂世，新蔡鲖阳人也。父谌，中书郎。卓少希放达，为胡毋辅之所知。太兴末，为吏部郎，常饮酒废职。比舍郎酿熟，卓因醉夜至其瓮间盗饮之，为掌酒者所缚，明旦视之，乃毕吏部也，遽释其缚。卓遂引主人宴于瓮侧，致醉而去。卓尝谓人曰：‘得酒满数百斛船，四时甘味置两头，右手持酒杯，左手持蟹螯，拍浮酒船中，便足了一生矣。’及过江，为温峤平南长史，卒官。”

（3）“犹足”句：见《北周诗》卷二《对酒歌》注（6）。

（4）仙人：指汉武帝所造金铜仙人，用以承接露水。

（5）判：必定。

舟中望月诗

舟子夜离家，开舲望月华[1](1)。山明疑有雪，岸白不关沙。天汉看珠蚌(2)，星桥视桂花[2](3)。灰飞重晕阙(4)，蓂落独轮斜(5)。

【校记】

［1］开：《初学记》作“船”。

［2］视：《庾子山集注》作“似”，又云：“《英华》、朱本并作‘视’。”

【注释】

(1) 舲（líng）：有窗的小船。

(2) 天汉：银河。珠蚌：见《北周诗》卷三《有喜致醉诗》注（2）。此处言月光似珠之明。

(3) 星桥：银河之桥，即传说中的鹊桥。桂花：神话传说中月中有桂树，此处指月亮。

(4)“灰飞”句：《淮南子·览冥训》：“画随灰而月运阙，鲸鱼死而彗星出，或动之也。”高注：“以芦草灰随牖下月光中令圆匼画，缺其一面，则月晕亦缺于上也。”运，通“晕”。阙，同“缺”。

(5)“蓂落”句：今本《竹书纪年·帝尧陶唐氏》：“又有草夹阶而生，月朔始生一荚，月半而生十五荚，十六日以后，日落一荚，及晦而尽，月小则一荚焦而不落，名曰‘蓂荚’，一曰‘历荚’。”独轮：月亮。

望月诗

夜光流未曙(1)，金波影尚赊[1](2)。照人非七子(3)，含风异九华(4)。蓂新半壁上[2](5)，桂满独轮斜(6)。乘舟聊可望，无假逐仙槎[3](7)。

【校记】

［1］尚：《文苑英华》作“上”，注云：“疑作‘尚’。”

［2］壁：《文苑英华》作“壁”，注云：“疑作‘壁’。”

［3］仙：《文苑英华》作“灵”，《诗纪》云：“一作‘灵’。”

【注释】

(1) 曙：天刚亮。

(2) 金波：谓月光。赊：有余。

(3) 七子：镜名。因安装在饰有七子图案的镜台上而得名。

(4) 九华：扇名。曹植《九华扇赋序》：“昔吾先君常侍，得幸汉桓帝，时赐尚方竹扇。其扇不方不圆，其中结成文，名曰九华扇。”

(5)“蓂新”句：见前诗注（5）。

(6)“桂满”句：见前诗注（3）及（5）。

(7) 仙槎：见《北周诗》卷三《七夕诗》注（2）。

对雨诗

繁云犹暗岭，积雨未开庭。阶含侵角路(1)，镬满溜疏泙(2)。湿杨生细椹(3)，烂草变初萤(4)。徒劳看蚁封[1](5)，无事祀灵星(6)。

【注释】

［1］封：原作“对”，《庾子山集注》作“封”，据改。

【注释】

（1）阶含：指雨水漫上台阶。

（2）镬（huò）：古代无足的鼎，用于煮食。溜：小股的水流。

（3）椹（shèn）：树上生的菌。

（4）“烂草”句：见《北周诗》卷二《和何仪同讲竟述怀诗》注（10）。

（5）蚁封：汉焦延寿《易林》卷十三：“蚁封户穴，大雨将集。”

（6）无事：不要从事。灵星：即灵星祠，汉高帝建。《后汉书·祭祀下》：“汉兴八年，有言周兴而邑立后稷之祀，于是高帝令天下立灵星祠。言祠后稷而谓之灵星者，以后稷又配食星也。旧说，星谓天田星也。一曰，龙左角为天田官，主谷。祀用壬辰位祠之。壬为水，辰为龙，就其类也。牲用太牢，县邑令长侍祠。舞者用童男十六人。舞者象教田，初为芟除，次耕种、芸耨、驱爵及获刈、舂簸之形，象其功也。”祭祀灵星为风调雨顺，以求丰收，今雨水充沛，故曰“无事祀灵星”。

喜晴诗

比日思光景(1)，今朝始暂逢。雨住便生热[1]，云晴即作峰[2]。水白澄还浅，花红燥更浓[3]。已欢无石燕(2)，弥欲弃泥龙[4](3)。

【校记】

［1］住：《诗集》作“注”。

［2］晴：《诗集》作“暗”。峰：《文苑英华》误作“风”。

［3］燥：《初学记》作“曝”。

［4］泥：《文苑英华》作“土”。《诗集》作“二”。

【注释】

（1）比日：连日。光景：阳光。

（2）石燕：见《北周诗》卷三《同颜大夫初晴诗》注（3）。

（3）泥龙：见《北周诗》卷三《同颜大夫初晴诗》注（4）。

咏春近馀雪应诏诗

送寒开小苑，迎春入上林(1)。丝条变柳色，香气动兰心。待花将对酒[1]，留雪拟弹琴(2)。陪游愧并作，空见奉恩深。

【校记】

［1］将：《诗集》作“留”。《诗纪》云：“一作‘思’。”

【注释】

（1）上林：苑名。见《北周诗》卷二《同州还诗》注（5）。

（2）“留雪”句：《文选》宋玉《风赋》：“臣援琴而鼓之，作《幽兰》、《白雪》之曲。”

奉和初秋诗

落星初伏火(1)，秋霜正动钟(2)。北阁连横汉[1](3)，南宫应凿龙[2](4)。祥鸾栖竹实(5)，灵蔡上芙蓉[3](6)。自有《南风》曲(7)，还来吹九重(8)。

【校记】

[1] 连：《庾子山集注》云："一作'更'。"

[2] 宫：《初学记》作"空"。应：《初学记》、《诗集》作"映"，《文苑英华》同。

[3] 上：《文苑英华》作"止"。

【注释】

(1)"落星"句：指黄昏时心宿偏西，是初秋时的天象。火，大火星，心宿。

(2)"秋霜"句：《山海经》："又东南三百里，曰丰山。……有九钟焉，是知霜鸣。"

(3) 横汉：天汉，即银河。

(4) 南宫：古称尚书省。南宫本为南方列宿，汉用它比拟尚书省。凿龙：指龙门山。在今河南省洛阳市南，即伊阙。

(5) 祥鸾：凤凰。传说凤凰以竹实为食。《白虎通义》："黄帝之时，凤凰蔽日而至，止于东园，食常竹实，栖常梧桐，终身不去。"

(6)"灵蔡"句：《史记·龟策传》："余至江南，观其行事，问其长老，云龟千岁乃游莲叶之上，蓍百茎共一根。"灵蔡：龟。

(7)《南风》：舜创作的古琴曲。《礼记·乐记》："昔者，舜作五弦之琴以歌《南风》，夔始制乐以赏诸侯。"

(8) 九重：指宫禁，即言其深远。《楚辞·九辩》："岂不郁陶而思君兮，君之门以九重。"

晚秋诗

凄清临晚景，疏索望寒阶(1)。湿庭凝坠露[1]，抟风卷落槐(2)。日气斜还冷[2]，云峰晚更霾(3)。可怜数行雁，点点远空排。

【校记】

[1] 湿庭：《文苑英华》作"庭湿"。《诗纪》云："《初学》作'温庭'。"

[2] 日：《文苑英华》作"白"。

【注释】

(1) 疏索：冷淡，稀疏。

(2) 抟风：旋风。

(3) 霾（mái）：低沉阴暗。

和颍川公秋夜诗[1]

泬寥空色远(1)，叶黄凄序变(2)。洞浦落遵鸿(3)，长飚送巢燕(4)。千秋流夕景，百籁含宵啭[2]。峻雉聆金柝(5)，曾台切银箭[3](6)。

【校记】

[1]《庾开府诗集》下作《晚秋和颍川公秋夜》。

[2] 宵：《诗集》作“霄”。

[3] 曾：《庾子山集注》作“层”。

【注释】

(1) 泬（xuè）廖：空旷貌。《楚辞》宋玉《九辩》：“泬廖兮天高而气清。”

(2) 序变：季节变化。

(3) 洞浦：洞庭之滨。遵鸿：即鸿。《诗·豳风·九罭》：“鸿飞遵渚。公归无所，于女信处。鸿飞遵陆。公归不复，于女信宿。”

(4) 长飚：长风。

(5) 峻雉：高城。金柝（tuò）：即刁斗。军用铜器，三足一柄，白天用于炊煮，晚上用于巡夜打更。

(6) 曾台：高台。曾，通“层”。银箭：刻漏之箭，古代的计时器。

咏画屏风诗二十五首

其　一[1]

侠客重连镳(1)，金鞍被桂条(2)。细尘障路起，惊花乱眼飘。酒醺人半醉[2](3)，汗湿马全骄。归鞍畏日晚，争路上河桥。

【校记】

[1]《本集》二作《侠客行》。《艺文类聚》三十三作庾信诗。《文苑英华》百九十六作《侠客行》。

[2] 醺：《诗纪》作“熏”。

【注释】

(1) 连镳：两骑并接。镳，马嚼子露出口外两边的部分。

(2) 桂条：马名。古代名马。

(3) 醺（xūn）：浸染。

其　二

浮桥翠盖拥(1)，平旦雍门开(2)。石崇迎客至(3)，山涛载妓来(4)。水纹恒独转，风花直乱回。谁能惜红袖(5)，宁用捧金杯[1](6)。

【校记】

[1] 宁：《诗纪》云：“一作‘迎’。”

【注释】

(1) 翠盖：用翠鸟羽毛装饰的车盖。

（2）平旦：清晨。雍门：春秋齐城门名。

（3）石崇：见《北周诗》卷三《奉和赵王美人春日诗》注（6）。

（4）山涛：晋人，字巨源（205—283），晋河内怀县人。好老庄，与阮籍、嵇康等七人作竹林之游，时称竹林七贤。三国魏时为赵国相，迁尚书吏部郎，入晋为吏部尚书十馀年，甄拔人物，各为品题，人称山公启事。《晋书》有传。

（5）红袖：妇女的红色衣袖。

（6）捧金杯：梁萧衍《碧玉歌》："碧玉奉金杯，绿酒助花色。"奉：同"捧"。

其　三

停车小苑外，下渚长桥前[1]。澁菱迎拥楫(1)，平荷直盖船。残丝绕折藕，芰叶映低莲(2)。遥望芙蓉影，只言水底燃。

【校记】

［1］下渚：《诗集》云："一作'杯酒'。"

【注释】

（1）澁："涩"的俗字。楫：船桨。

（2）芰：菱。

其　四[1]

昨夜鸟声春，惊鸣动四邻[2]。今朝梅树下，定有咏花人[3]。流星浮酒泛(1)，粟瑱绕杯唇[4](2)。何劳一片雨，唤作阳台神(3)。

【校记】

［1］《艺文类聚》六十九作《咏屏风诗》。又《初学记》三作《咏春诗》，引邻、人二韵。

［2］鸣：《庾子山集注》作"闻"。且云："《类聚》作'啼'，《初学记》、朱本并作'鸣'。"

［3］咏：《初学记》作"折"。

［4］粟：《艺文类聚》作"钿"。

【注释】

（1）流星：见本卷《正旦蒙赵王赍酒诗》注（6）。

（2）粟瑱：见《北周诗》卷三《夜听捣衣诗》注（3）。

（3）"何劳"句：见《北周诗》卷三《岁晚出横门诗》注（7）。

其　五[1]

逍遥游桂苑(1)，寂绝到桃源[2](2)。狭石分花径，长桥映水门。管声惊百鸟，人衣香一园。定知欢未足，横琴坐石根[3]。

【校记】

[1]《文苑英华》百五十七作《咏春》。

[2] 到:《艺文类聚》作“想”。

[3] 石:《艺文类聚》作“树”。

【注释】

(1) 桂苑:栽有桂树的林园。《文选·谢庄》:“乃清兰路,肃桂苑。”李善注:“桂苑,有桂之苑。”

(2) 桃源:见《北周诗》卷三《拟咏怀》(怀抱独惛惛)注(2)。

其 六

三春冠盖聚(1),八节管弦游(2)。石险松横植,岩悬涧竖流。小桥飞断岸,高花出迥楼(3)。定须催十酒(4),将来宴五侯(5)。

【注释】

(1) 三春:春季三个月。冠盖:见《北周诗》卷三《奉报赵王惠酒诗》注(2)。

(2) 八节:八个气节。即立春、立夏、立秋、立冬、春分、秋分、夏至、冬至。

(3) 迥楼:远处的楼。

(4) 十酒:见本卷《和灵法师游昆明池诗二首》其二注(2)。

(5) 五侯:《汉书·元后传》:“河平二年,上悉封舅(王)谭为平阿侯,商成都侯,立红阳侯,根曲阳侯,逢时高平侯。五人同日封,故世谓之‘五侯’。”

其 七

高阁千寻起(1),长廊四注连(2)。歌声上扇月(3),舞影入琴弦[1]。涧水才窗外[2],山花即眼前。但愿长欢乐[3],从今尽百年[4]。

【校记】

[1] 琴:《艺文类聚》作“闻”。

[2] 才:《艺文类聚》作“绕”。

[3] 愿:《艺文类聚》作“顾”。

[4] 尽:《艺文类聚》作“一”。

【注释】

(1) 寻:见《北周诗》卷二《道士步虚词十首》(北阙临玄水)注(7)。

(2)“长廊”句:长廊四周环绕。《文选》司马相如《上林赋》:“高廊四注,重坐曲阁。”吕延济注:“注,犹帀也;高廊,行廊也。谓行廊帀于四边也。”

(3) 扇月:圆月。以其如团扇,故称。

其 八

日晚金槌路[1](1),朱轩流水车(2)。幰拂缘堤柳[2](3),甍飘夹路花(4)。定迎刘碧玉(5)，将过阴丽华(6)。非是高阳路，莫畏接䍦斜(7)。

【校记】

[1] 路，原作“络”。《本集》作“路”，《诗纪》云：一作“路”，据改。

[2] 缘：《本集》误作“绿”。

【注释】

(1) 金槌路：用金槌筑的路。《汉书·贾山传》：“道广五十步，三丈而树，厚筑其外，隐以金椎，树以青松。”槌，同“椎”。

(2) 朱轩：古代王侯或朝廷使者所乘的红漆车。这里指达官贵人的车辆。

(3) 幰（xiǎn）：车前的帷幔，与车顶平而稍仰。

(4) 甍（méng）：屋脊。

(5) 刘碧玉：见《北周诗》卷二《结客少年场行》注（4）。

(6) 阴丽华：见《北周诗》卷三《奉和赵王美人春日诗》注（2）。

(7)“非是”二句：见《北周诗》卷二《对酒歌》注（5）。

其九

徘徊出桂苑(1)，徙倚就花林(2)。下桥先劝酒，跂石始调琴(3)。蒲低犹抱节，竹短未空心。绝爱猿声近，唯怜花径深。

【注释】

(1) 桂苑：见本题其五注（1）。

(2) 徙倚：流连徘徊。

(3) 跂石：垂足而坐于石上。

其十

千寻木兰馆(1)，百尺芙蓉堂(2)。落日低莲井[1](3)，行云碍芰梁[2](4)。流水桃花色(5)，春洲杜若香(6)。就阶犹不进[3]，催来上伎床[4]。

【校记】

[1] 莲：《诗纪》作“连”。

[2] 芰：《诗集》作“女”。《诗纪》云：“《集》作‘女’。”

[3] 就：《庾子山集注》云：“朱本作‘上’。”

[4] 上：《庾子山集注》云：“朱本作‘就’。”

【注释】

(1) 木兰馆：宫室的美称。

(2) 芙蓉堂：宫室的美称。

(3) 莲井：见《北周诗》卷三《登州中新阁诗》注（15）。

(4) 芰梁：绘有荷花图饰的房梁。

(5)“流水”句：见《北周诗》卷二《对酒歌》注（1）。

（6）“春洲”句：《楚辞·九歌·湘夫人》：“搴汀洲兮杜若，将以遗兮远者。”

其十一[1]

捣衣明月下[2]，静夜秋风飘。锦石平砧面(1)，莲房接杵腰[3](2)。急节迎秋韵(3)，新声入手调。寒衣须及早，将寄霍嫖姚(4)。

【校记】

[1]《艺文类聚》六十七作《捣衣诗》。

[2] 捣：《艺文类聚》作“擣”。

[3] 莲：《艺文类聚》或作“连”。

【注释】

（1）锦石：有纹理的美石。砧：见《北周诗》卷三《夜听捣衣诗》注（4）。

（2）杵：见《北周诗》卷三《夜听捣衣诗》注（5）。

（3）急节：见《北周诗》卷三《夜听捣衣诗》注（4）。

（4）霍嫖姚：本指汉霍去病。《汉书·霍去病传》：“善骑射，再从大将军。大将军受诏，予壮士，为票姚校尉，与轻勇骑八百直弃大军数百里赴利，斩捕首虏过当。”这里指远征的将士。

其十二

出没看楼殿，间关望绮罗(1)。翔禽逐节舞，流水赴弦歌。细管吹藂竹(2)，新杯卷半荷(3)。南宫冠盖下(4)，日暮风尘多。

【注释】

（1）间关：道路曲折。

（2）“细管”句：指吹奏笙竽之类的管乐器。藂：同“丛”。

（3）“新杯”句：以荷叶为酒杯。荷叶中心凹处下连茎，刺破后可作杯。

（4）南宫：见本卷《奉和初秋诗》注（4）。冠盖：见《北周诗》卷三《奉报赵王惠酒诗》注（2）。

其十三

玉柙珠帘卷(1)，金钩翠幔悬。荷香薰水殿，阁影入池莲。平沙临浦口(2)，高柳对楼前。上桥还倚望，遥看采菱船。

【注释】

（1）玉柙：收帘子的玉制盒子。

（2）浦口：小河入江之处。

其十四[1]

高阁千寻跨(1)，重檐百丈齐[2]。云度三分近，花飞一倍低。吹箫迎白鹤[3](2)，照镜舞山鸡(3)。何劳愁日暮，未有夜乌啼。

【校记】

[1]《初学记》二十五作《咏屏风诗》。

[2] 丈：《初学记》作“尺”。

[3] 迎：《初学记》作“近”。

【注释】

(1) 寻：见《北周诗》卷二《道士步虚词十首》(北阙临玄水) 注 (7)。

(2)“吹箫”句：见《北周诗》卷二《杨柳歌》注 (12)。

(3)“照镜”句：南朝宋·刘敬叔《异苑》卷三：“山鸡爱其毛羽，映水则舞。魏武时南方献之。帝欲其鸣舞而无由，公子苍舒令置大镜其前，鸡鉴形而舞，不知止，遂乏死。韦仲将为之赋其事。”

其十五

河流值浅岸，敛辔暂经过。弓衣湿溅水(1)，马足乱横波。半城斜出树，长林直枕河。今朝游侠客，不畏风尘多。

【注释】

(1) 弓衣：装弓的袋。

其十六

度桥犹徙倚(1)，坐石未倾壶。浅草开长埒(2)，行营绕细厨(3)。沙洲两鹤迥，石路一松孤。自可寻丹灶(4)，何劳忆酒垆(5)。

【注释】

(1) 徙倚：见本组 (其九) 注 (2)。

(2) 埒：矮墙，场地四周的土围墙。这里指马埒，习射之驰道。两边有矮墙，使马不外骛。

(3) 行营：出征时使用的营幕。

(4) 丹灶：见《北周诗》卷二《谨赠司寇淮南公诗》注 (31)。

(5) 忆酒垆：《世说新语·伤逝》：“王浚冲为尚书令，著公服，乘轺车，经黄公酒垆下过。顾谓后车客：‘吾昔与嵇叔夜、阮嗣宗共酣饮于此垆。竹林之游，亦预其末。自嵇生夭、阮公亡以来，便为时所羁绁。今日视此虽近，邈若山河。’”酒垆：酒店中安放酒坛的土台子，借指酒店。

其十七

上林春径密(1)，浮桥柳路长。龙媒逐细草(2)，鹤氅映垂杨(3)。水似桃花色(4)，山如甲煎香(5)。白石春泉上[1]，谁能待月光。

【校记】

［1］春：《本集》作“青”。《诗纪》云：“一作‘青’。”

【注释】

（1）上林：汉苑名。见《北周诗》卷二《同州还诗》注（5）。

（2）龙媒：指骏马。《汉书·礼乐志·天马歌》：“天马徕，龙之媒”。

（3）鹤氅：鸟羽制成的裘。用作外套。

（4）“水似”句：见《北周诗》卷二《对酒歌》注（1）。

（5）甲煎：香名，又名甲香。

其十八

白石春泉满，黄金新埒开(1)。戚里车先度(2)，兰池马即来(3)。落花承舞席，春衫拭酒杯。行厨半路待(4)，载妓一双回。

【注释】

（1）“黄金”句：《晋书·王济传》：“济买地为马埒，编钱满之，时人谓之‘金沟’。”埒：见本组其十六注（12）。

（2）戚里：见《北周诗》卷二《王昭君诗》注（2）。

（3）兰池：或称兰池陂。为秦始皇引水所造的池，秦在池之北侧造宫殿一座，名曰“兰池宫”。大体地址在咸阳市东四十五华里杨家湾之南。

（4）行厨：出行途中的临时烹饪设置。

其十九

将军息边务，校尉罢从戎(1)。池台临戚里(2)，弦管入新丰(3)。浮云随走马(4)，明月逐弯弓(5)。比来多射猎，唯有上林中(6)。

【注释】

（1）校尉：武职名。从戎：从军。

（2）戚里：见《北周诗》卷二《王昭君诗》注（2）。

（3）新丰：见《北周诗》卷四《和春日晚景宴昆明池诗》注（4）。

（4）“浮云”句：《西京杂记》卷二：“文帝自代还，有良马九匹，皆天下之骏马也。一名浮云，一名赤电，一名绝群，一名逸骠，一名紫燕骝，一名绿螭骢，一名龙子，一名麟驹，一名绝尘，号为九逸。”

（5）“明月”句：弓上缀有宝珠。明月：明月珠。

（6）上林：见《北周诗》卷二《同州还诗》注（5）。

其二十

三危上凤翼[1](1)，九坂度龙鳞(2)。路高山里树，云低马上人。悬岩泉溜响，深谷鸟声春。住马来相问[2]，应知有姓秦(3)。

【校记】

［1］上：《初学记》作“出”。

［2］住：《初学记》误作“生”。

【注释】

(1) 三危：见本卷《入道士馆诗》注（2）。

(2) 九坂：即九折坂。在今四川省荥经县西邛崍山。山路险阻回曲，需九折乃得上，故名。

(3)“住马”二句：《宋书·乐志·艳歌罗敷行》：“使君从南来，五马立踟蹰。使君遣吏往，问是谁家姝？‘秦氏有好女，自名为罗敷。’”

其二十一

聊开郁金屋(1)，暂对芙蓉池。水光连岸动，花风合树吹。春杯犹杂泛，细果尚连枝。不畏歌声尽，先看筝柱欹(2)。

【注释】

(1) 郁金屋：以郁金香装饰的屋子。梁武帝萧衍《河中之水歌》：“卢家兰室桂为梁，中有郁金苏合香。”

(2) 欹：斜。

其二十二

洞灵开静室(1)，云气满山斋(2)。古松裁数树，盘根无半埋。爱静鱼争乐，依人鸟入怀。仲春征隐士[1](3)，蒲轮上计偕(4)。

【校记】

［1］隐：《诗集》字缺。

【注释】

(1) 洞灵：见《北周诗》卷二《道士步虚词十首》（洞灵尊上德）注（1）。

(2) 山斋：山中居室。

(3) 仲春：农历二月。

(4) 蒲轮，用蒲草裹轮，使车不震动，古时征聘贤士时使用，以示礼敬。上计：战国、秦、汉时地方官于年终将境内户口、赋税、盗贼、狱讼等项编造计簿，遣吏逐级上报，奏呈朝廷，借以考核政绩，称为上计。偕：俱。

其二十三

今朝好风日，园苑足芳菲。竹动蝉争散[1]，莲摇鱼暂飞。面红新著酒，风晚细吹衣。跂石多时望(1)，莲船始复归。

【校记】

［1］竹：《诗纪》作“行”。

【注释】

（1）跂石：见本组其九注（3）。

其二十四

金鞍聚碛岸(1)，玉舳泛中流[1](2)。画鹢先防水(3)，媒龙即负舟(4)。沙城疑海气(5)，石岸似江楼。崩槎时半没(6)，坏舸或空浮(7)。定是汾河上，戈船聊试游(8)。

【校记】

［1］舳：《庾子山集注》作“轴”，误。

【注释】

（1）碛岸：沙石岸。

（2）玉舳：船的美称。

（3）“画鹢”句：《晋书·王濬传》：“又画鹢首怪兽于船首，以惧江神。”鹢，一种似鹭的水鸟。古人常画其像于船头，称为“鹢首”。

（4）“媒龙”句：《吕氏春秋·知分》：“禹南省，方济乎江，黄龙负舟。”媒：招引。

（5）海气：即蜃气，海市蜃楼。

（6）崩槎：崩坏的船。

（7）舸：船。

（8）“定是”二句：汉武帝《秋风辞》：“泛楼船兮济汾河，横中流兮扬素波。”戈船：古代战船的一种。船下安戈戟以御蛟龙水虫之害。

其二十五

竟日坐春台(1)，芙蓉承酒杯(2)。水流平涧下，山花满谷开。行云数番过，白鹤一双来。水影摇藂竹(3)，林香动落梅。直上山头路，羊肠能几回(4)。

【注释】

（1）春台：登眺游玩的高台。《老子·二十章》：“众人熙熙，如享太牢，如登春台。”

（2）“芙蓉”句：见本组诗其十二注（3）。

（3）藂：见本组诗其十二注（2）。

（4）羊肠：指崎岖曲折的小路。

镜　诗

玉匣聊开镜[1](1)，轻灰暂拭尘[2]。光如一片水，影照两边人。月生无有桂(2)，花开不逐春(3)。试挂淮南竹[3]，堪能见四邻(4)。

【校记】

[1] 开:《万花谷》作“玉”。

[2] 试:《万花谷》作“燕”。

[3] 挂:《万花谷》作“取”。

【注释】

(1) 玉匣:盛放镜子的玉盒。

(2)“月生”句:《太平御览》卷九百五十七引《淮南子》:“月中有桂树。”镜虽形似明月而无桂树生其中。

(3)“花开”句:古人常于铜镜背面饰有莲花图案,铜镜上的莲花四时开放,与春天无关。

(4)“试挂”两句:《淮南万毕术》云:“高悬大镜,坐见四邻。”高诱注:“取大镜高悬,置水盆于其下,则见四邻矣。”

梅花诗

常年腊月半[1](1),已觉梅花阑(2)。不信今春晚,俱来雪里看。树动悬冰落,枝高出手寒。早知觅不见,真悔著衣单。

【校记】

[1] 常:《本集》作“当”。《初学记》同。

【注释】

(1) 腊月:农历十二月。

(2) 阑:尽,完。

咏树诗

交柯乍百顷[1](1),擢本或千寻(2)。枫子留为式(3),桐孙待作琴[2](4)。残核移桃种(5),空花植枣林(6)。幽居对蒙密[3](7),蹊径转深沉(8)。

【校记】

[1] 乍:《文苑英华》作“将”。注云:“一作‘乍’。”顷:《艺文类聚》作“倾”。

[2] 待:《诗纪》云:“一作‘持’。”

[3] 密:《文苑英华》误作“蜜”。

【注释】

(1) 柯:树枝。乍:恰好。

(2) 擢(zhuó):抽。本:根,这里指树干。

(3) 枫子:枫树的枝干。式:车前扶手横木,同“轼”。

(4) 桐孙:桐树新生的小枝。

(5)“残核”句:《汉武帝内传》:“命侍女更索桃果。须臾,以玉盘盛仙桃七颗,大如鸭卵,形圆青色,以呈王母。母以四颗与帝,三颗自食。桃味甘美,口有盈味。帝食辄收其核，王母问帝，帝曰：‘欲种之。’母曰：‘此桃三千年一生实，中夏地薄，种之不生。’帝乃止。”

（6）“空花”句：《晏子春秋》卷八：“景公谓晏子曰：‘东海之中，有水而赤，其中有枣，华而不实，何也?’晏子对曰：‘昔者秦缪公乘龙舟而理天下，以黄布裹烝枣，至东海而捐其布，破黄布，故水赤；烝枣，故华而不实。’”

（7）蒙密：见《北周诗》卷三《山斋诗》注（2）。

（8）蹊径：小路。

斗鸡诗

开轩望平子(1)，骤马看陈王(2)。狸膏熏斗敌(3)，芥粉壒春场(4)。解翅莲花动(5)，猜群锦臆张(6)。

【注释】

（1）轩：窗。平子：指春秋时鲁国季平子，名意如。《左传·昭公二十五年》：“季、郈之鸡斗。季氏介其鸡，郈氏为之金距。”

（2）骤马：使马奔驰，纵马。陈王：陈思王曹植。曹植《名都篇》：“斗鸡东郊道，走马长楸间。”

（3）狸膏：狸的脂膏。古时斗鸡时取以涂抹鸡头，使对方畏怯，从而战胜对方。三国魏曹植《斗鸡篇》：“愿蒙狸膏助，常得擅此场。”

（4）芥粉：芥末。古代斗鸡者把芥末洒在鸡的羽毛上，用以蒙住对方的眼睛。壒（ài）：灰尘。此处用为动词。春场：春季于郊外为射猎、斗鸡等活动而修整出的空地。

（5）“解翅”句：展开翅膀，状如莲花。

（6）锦臆：文采美丽的胸脯。

应令诗

望别非新馆(1)，开舟即旧湾。浦喧征棹发，亭空送客还。路尘犹向水，征帆独背关。

【注释】

（1）馆：馆驿。

杏花诗

春色方盈野，枝枝绽翠英(1)。依稀暎村坞(2)，烂漫开山城。好折待宾客[1]，金盘衬红琼(3)。

【校记】

［1］客：《艺文类聚》作“旅”。

【注释】

（1）翠英：此处指杏花。

(2) 暎：同“映”。村坞：村庄。坞，周围高而中间低的地方。

(3) 红琼：红色的宝玉。此处指杏花。

赠周处士诗(1)

九丹开石室(2)，三径没荒林(3)。仙人翻可见，隐士更难寻。篱下黄花菊(4)，丘中《白雪》琴(5)。方欣松叶酒(6)，自和《游仙》吟(7)。

【注释】

(1) 周处士：即周弘让。见《北周诗》卷三《和王少保遥伤周处士诗》注（1）。

(2) 九丹：道教谓服后可长生或成仙的丹药，即：丹华、神符、神丹、还丹、饵丹、炼丹、柔丹、伏丹、塞丹。

(3) “三径”句：汉赵岐《三辅决录·逃名》：“蒋诩归乡里，荆棘塞门，舍中有三径，不出，唯求仲、羊仲从之游。”后因以“三径”指归隐者的家园。

(4) “篱下”句：檀道鸾《续晋阳秋》：“陶潜九月九日无酒，于宅边东篱下菊丛中，摘盈把，坐其侧。未几望见一白衣人至，乃刺史王宏送酒也。即便就酌而后归。”又陶渊明《饮酒》(其五)：“采菊东篱下，悠然见南山。”

(5) “丘中”句：左思《招隐诗》：“岩穴无结构，丘中有鸣琴。”《白雪》：古乐曲名。

(6) 松叶酒：以松叶为辅料制成的酒，具有保健作用。

(7)《游仙》吟：指《游仙》诗。

寻周处士弘让诗

试逐赤松游[1](1)，披林对一丘。梨红大谷晚[2](2)，桂白小山秋(3)。石镜菱花发(4)，桐门琴曲愁[3](5)。泉飞疑度雨，云积似重楼。王孙若不去，山中定可留(6)。

【校记】

[1] 逐：《艺文类聚》诗作“遂”。

[2] 梨：原作“黎”，《艺文类聚》、《文苑英华》作“梨”，据改。

[3] 曲愁：《文苑英华》云：“《集》作‘曲道’。”《诗纪》云：“一作‘遒’。”

【注释】

(1) 赤松：《列仙传》：“赤松子者，神农时雨师也。服水玉以教神农，能入火自烧。往往至昆仑山上，常止西王母石室中，随风雨上下。炎帝少女追之，亦得仙，俱去。至高辛时，复为雨师。今之雨师本是焉。”

(2) “梨红”句：潘岳《洛阳记》：“洛阳有张公，居大谷，有大梨，海内唯此一株。”

(3) “桂白”句：《楚辞·招隐士》王逸注：“《招隐士》者，淮南小山之所作也。”又《招隐士》：“桂树丛生兮山之幽，偃蹇连蜷兮枝相缭。”

(4) 石镜：晋王嘉《拾遗记》卷三：“(周灵王) 时异方贡玉人、石镜，此石色白如月，照面如雪，谓之‘月镜’。”菱花发：指镜上装饰有菱花图案。

(5) 桐门：《文选》枚乘《七发》："龙门之桐，高百尺而无枝。"桐木是适于制琴的材料。

(6)"王孙"二句：《楚辞·招隐士》："王孙兮归来，山中兮不可久留。"王孙，此处喻周处士。

集周公处连句诗

市朝一朝变(1)，兰艾本同焚(2)。故人相借问，平生如所闻。

【注释】

(1)"市朝"句：谢朓《和伏武昌登孙权故城诗》："参差世祀忽，寂寞市朝变。"

(2) 兰艾：《晋书·孔坦传》："兰艾同焚，贤愚所叹。"

寄徐陵诗(1)

故人倘思我，及此平生时(2)。莫待山阳路，空闻吹笛悲(3)。

【注释】

(1) 徐陵：字孝穆（507—583），东海郯（今山东郯城）人，徐摛之子。南朝梁、陈间的著名文学家。八岁能文，十二岁通《庄子》、《老子》。长大后，博涉史籍，有口才。梁武帝萧衍时期，任东宫学士，常出入禁闼，为当时宫体诗的代表作家，与庾信齐名，并称"徐庾"。入陈后历任尚书左仆射，中书监等职，继续宫体诗创作，诗文皆以轻靡绮艳见称。至德元年去世，赠镇右将军、特进，其侍中、左光禄、鼓吹、侯如故，谥曰章。

(2) 平生：一生，此生。

(3)"莫待"二句：见《北周诗》卷三《伤王司徒褒诗》注（49）。

寄王琳诗(1)

玉关道路远(2)，金陵信使疏(3)。独下千行泪，开君万里书。

【注释】

(1) 王琳：字子珩（526—573），会稽山阴人。本仕梁，平侯景之乱有功。梁元帝萧绎被杀，西魏立梁王萧詧，王琳为元帝举哀，出兵攻萧詧。后陈霸先篡静帝位，王琳又与陈霸先对抗，兵败被杀。

(2) 玉关：玉门关，今在甘肃敦煌县西。此句暗用班超年老上疏请还事，班超事见《北周诗》卷三《拟咏怀》（俎豆非所习）注（3）。

(3) 金陵：梁朝故都建业（今江苏南京）。疏：稀少。

奉和赵王诗

花径日相携[1]，花林鸟未栖。比看中郎醉(1)，堪闻乌夜啼。

【校记】

［1］逯按，携：《诗集》误作“隽”。

【注释】

（1）中郎醉：中郎指东汉蔡邕。据明蒋一葵《尧山堂外纪》卷七：“邕饮至一石，尝醉，在路上卧，人名曰‘醉龙’。”不详所出。

和刘仪同臻诗(1)

南登广陵岸(2)，回首落星城(3)。不言临旧浦，烽火照江明。

【注释】

（1）刘仪同：见《北周诗》卷三《预麟趾校书和刘仪同诗》注（1）。

（2）广陵：郡名，郡治故城在今江苏扬州市东北。

（3）落星城：吴国建邺东北有落星楼，这里指建邺。

和庾四诗

离关一长望，别恨几重愁。无妨对春日，怀抱只言秋(1)。

【注释】

（1）“怀抱”句：《礼记·乡饮酒义》：“西方者秋，秋之为言愁也，愁之以时察，守义者也。”

和侃法师三绝诗[1]

其　一

秦关望楚路(1)，灞岸想江潭(2)。几人应落泪[2]，看君马向南。

【校记】

［1］《诗纪》云：“一作《和侃法师别诗》。”《庾开府诗集》下作《和侃法师前后三绝》。

［2］落泪：《庾子山集注》作“泪落”，又云：“《类聚》、屠本并作‘落泪’。”泪：《诗集》作“发”。

【注释】

（1）秦关：指函谷关。

（2）灞岸：见《北周诗》卷四《就蒲州使君乞酒诗》注（3）。指长安。江潭：长江边。

其　二

客游经岁月，羁旅故情多。近学衡阳雁(1)，秋分俱渡河。

【注释】

（1）衡阳雁：《文选》张衡《西京赋》：“上春候来，季秋就温。南翔衡阳，北栖雁门。”

其　三

回首河堤望，眷眷嗟离绝(1)。谁言旧国人(2)，到在他乡别(3)。

【注释】

(1) 眷眷：依恋向往貌。《诗·小雅·小明》："念彼共人，眷眷怀顾。"

(2) 旧国：指梁。

(3) 他乡：指长安。

送周尚书弘正诗(1)

其　一

交河望合浦(2)，玄菟想朱鸢[1](3)。共此无期别，知应复几年。

【校记】

[1] 想：《诗集》作"憩"。

【注释】

(1) 周尚书弘正：见《北周诗》卷四《别周尚书弘正诗》注（1）。

(2) 交河：见《北周诗》卷三《夜听捣衣诗》注（23）。合浦：汉代郡名。汉武帝元鼎六年（前111）设置的九郡之一。郡治在徐闻，即今广东省海康县。

(3) 玄菟：见《北周诗》卷三《拟咏怀》（北临玄菟郡）注（1）。朱鸢：见《北周诗》卷三《拟咏怀》（北临玄菟郡）注（2）。

其　二

离期定已促，别泪转无从。惟愁郭门外(1)，应足数株松(2)。

【注释】

(1) 郭门：城门。

(2) 数株松：古人常于墓上种植松柏，此处暗示自己将老死于长安。

重别周尚书诗二首[1](1)

其　一

阳关万里道[2](2)，不见一人归。唯有河边雁，秋来南向飞。

【校记】

[1]《庾开府诗集》下作《别周尚书弘正》。又作《重别周尚书》。

[2] 道：《诗集》或作"路"。

【注释】

(1) 周尚书：见《北周诗》卷四《别周尚书弘正诗》注（1）。

（2）阳关：见《北周诗》卷二《燕歌行》注（7）。

其 二

河桥两岸绝[1]，横歧数路分(1)。山川遥不见，怀袖远相闻(2)。

【校记】

[1] 岸：《诗集》作“堤”。

【注释】

（1）横歧：交错的岔路。

（2）怀袖：怀抱。此处指相思之情。

赠别诗

藏啼留送别，拭泪强相参(1)。谁言畜衫袖，长代手中浛(2)。

【注释】

（1）相参：相陪。

（2）浛（hàn）：水与泥相掺和。《辞源》引此为例，以为“指衫袖与泪水相和”。窃疑“代”当作“使”，意谓使手中沾湿。

徐报使来止得一相见诗(1)

一面还千里，相思那得论。更寻终不见，无异桃花源(2)。

【注释】

（1）徐报使：徐陵，见本卷《寄徐陵诗》注（1）。

（2）桃花源：见《北周诗》卷三《拟咏怀》（怀抱独惛惛）注（2）。指与世隔绝的地方。

行途赋得四更应诏诗

四更天欲曙，落月垂关下。深谷暗藏人，欹松横碍马(1)。

【注释】

（1）欹：见《北周诗》卷三《幽居值春诗》注（3）。

和江中贾客诗[1](1)

五两开船头(2)，长樯发新浦[2]。悬知岸上人(3)，遥振江中鼓。

【校记】

[1]《乐府诗集》四十八作《贾客词》。

[2] 樯：原作“桥”。《乐府诗集》作“樯”，据改。

【注释】

(1) 贾客：商人。

(2) 五两：古代测风器。用鸡毛五两（或八两）结在高竿顶上，借以观测风向、风力。

(3) 悬知：预先知道。

奉和平邺应诏诗[(1)]

天策引神兵[(2)]，风飞扫邺城。陈云千里散，黄河一代清[(3)]。

【注释】

(1) 平邺：周武帝建德六年（577），周军攻破齐都邺城。邺城：北齐首都，在今河北省临漳县西南。

(2) 天策：帝王的谋略。

(3)"黄河"句：王子年《拾遗记》卷一："又有丹丘千年一烧，黄河千年一清，至圣之君以为大瑞。"

送卫王南征诗[(1)]

望水初横阵，移营寇未降。风尘马足起，先暗广陵江[(2)]。

【注释】

(1) 卫王：宇文直，见本卷《卫王赠桑落酒奉答诗》注（1）。《周书·卫剌王直传》："天和中，陈湘州刺史华皎举州来附。诏直督绥德公陆通、大将军田弘、权景宣、元定等兵赴援，与陈将淳于量、吴明彻等战于沌口。"

(2) 广陵：见本卷《和刘仪同臻诗》注（2）。

仙山诗二首

其　一

金灶新和药[(1)]，银台旧聚神[(2)]。相看但莫怯，先师应识人。

【注释】

(1) 金灶：炼丹用的灶。

(2) 银台：神仙居处。

其　二

石软如香饭[(1)]，铅销似熟银[(2)]。蓬莱暂近别，海水遂成尘[(3)]。

【注释】

(1)"石软"句：见《北周诗》卷二《奉和赵王游仙诗》注（7）。

(2)"铅销"句：《抱朴子》卷四："以铅百斤，以药百刀圭，合火之成白银，以雄黄水和而火之，百日成黄金，金或太刚者，以猪膏煮之，或太柔者，以白梅煮之。”又《神仙传》卷九：“有人遭大丧，当年而食穷不及，（尹）公度见而嗟之，孝子说其孤苦，公度怆然曰：“‘君能得数斤铅否?’孝子曰：‘可得耳。’乃具铅数十斤，公度将入山中小屋下，炉火中销铅，以神药如枣大投沸铅中，搅之，皆成银，以与之曰：‘吾念汝贫困，不能营业，故以相与，慎勿言也。’”

（3）“蓬莱”二句：见《北周诗》卷二《道士步虚词十首》（洞灵尊上德）注（9）。山名，古代方士传说为仙人所居。

山斋诗

石影横临水，山云半绕峰。遥想山中店，悬知春酒浓。

野步诗

值泉仍饮马，逢花即举杯。稍看城阙远(1)，转见风云来。

【注释】

（1）城阙：城楼，这里指城市。

山中诗

涧暗泉偏冷，岩深桂绝香。住中能不去，非独淮南王(1)。

【注释】

（1）淮南王：应指淮南小山。曾作《招隐士》，中有：“王孙兮归来，山中兮不可以久留。”

闺怨诗

明镜圆花发(1)，空房故怨多。几年留织女，还应听渡河(2)。

【注释】

（1）“明镜”句：见本卷《寻周处士弘让诗》注（4）。

（2）“几年”二句：传说农历七月七日织女渡河与牛郎相聚。

和赵王看妓诗[1]

长思浣纱石[2](1)，空想捣衣砧[3]。临邛若有便[4]，为说解琴心(2)。

【校记】

[1]《初学记》十五作《看妓诗》。《庾开府诗集》下作《看妓》。

[2] 纱：《初学记》作“沙”。《文苑英华》同。

[3] 空想：《文苑英华》作“定忆”。《诗纪》云：“一作‘定忆’。”想：《初学记》作

“忆”。

［4］使：《初学记》作“使”。《诗集》同。《文苑英华》、《诗纪》云：“一作‘使’。”

【注释】

（1）浣纱石：浙江诸暨县苎萝山下浣纱石，传说西施当年浣纱于此。《太平寰宇记》卷九十六：“苎萝山。山下有石迹水，是西施浣纱之所，浣纱石犹在。”

（2）“临邛”二句：见《北周诗》卷二《对酒歌》注（4）。

看舞诗

鸾回不假学，凤举自相关(1)。到嫌衫袖广(2)，恒长碍举鬟。

【注释】

（1）“鸾回”二句：鸾回、凤举：皆喻舞姿之美妙。

（2）到：通“倒”。

听歌一绝诗[1]

协律新教罢(1)，河阳始学归(2)。但令闻一曲，馀声三日飞(3)。

【校记】

［1］《初学记》十五作《听歌诗》。《万花谷》三十二作庾信诗。

【注释】

（1）协律：见《北周诗》卷二《结客少年场行》注（1）。

（2）河阳：见《北周诗》卷三《伤王司徒褒诗》注（22）。

（3）“馀声”句：见本卷《仰和何仆射还宅怀故诗》注（8）。

暮秋野兴赋得倾壶酒诗

刘伶正捉酒(1)，中散欲弹琴(2)。但使逢秋菊(3)，何须就竹林(4)。

【注释】

（1）刘伶：字伯伦，魏沛国（今安徽淮北市濉溪县）人，“竹林七贤”之一。曾为建威将军王戎幕府下的参军。晋武帝泰始初，对朝廷策问，强调无为而治，以无能罢免。平生嗜酒，曾作《酒德颂》。蔑视礼法，宣扬老庄思想和纵酒放诞之情趣。

（2）中散：见《北周诗》卷三《拟咏怀》（步兵未饮酒）注（3）。

（3）秋菊：指菊花酒。参见本卷《卫王赠桑落酒奉答诗》注（5）。

（4）竹林：见本卷《奉答赐酒鹅诗》注（2）。

对酒诗

数杯还已醉，风云不复知[1]。唯有龙吟笛(1)，桓伊能独吹(2)。

【校记】

[1] 风云：《文苑英华》作“春风”，注云：“一作‘风云’。”《诗纪》云：“一作‘春风’。”

【注释】

(1) 龙吟：似龙鸣之声。梁刘孝先《咏竹诗》：“谁能制长笛，当为作龙吟。”

(2) 桓伊：《晋书·桓伊传》：“（伊）善音乐，尽一时之妙，为江左第一。有蔡邕‘柯亭笛’，常自吹之。王徽之赴召京师，泊舟青溪侧。素不与徽之相识，伊于岸上过，船中称伊小字曰：‘此桓野王也。’徽之便令人谓伊曰：‘闻君善吹笛，试为我一奏。’伊是时已贵显，素闻徽之名，便下车，踞胡床，为作三调，弄毕，便上车去，客主不交一言。”

春日极饮诗

槛间闻鸟啭(1)，园里对花开。就中言不醉，红袖捧金杯(2)。

【注释】

(1) 槛（jiàn）：栏杆。

(2) 红袖句：见本卷《咏画屏风诗二十五首》其二注（6）。

春望诗

春望上春台(1)，春窗四面开。落花何假拂，春风会并来。

【注释】

(1) 春台：见本卷《咏画屏风诗》其二十五注（1）。

新月诗

郑环唯半出(1)，秦钩本独悬(2)。若交临酒影，堪言照弩弦(3)。

【注释】

(1) 郑环：《左传·昭公十六年》：“宣子有环，其一在郑商。”

(2) 秦钩：不详。钩指帘钩。

(3) 弩弦：《释名》卷一：“弦，月半之名也。其形一旁曲一旁直，若张弓施弦也。”

秋日诗

苍茫望落景(1)，羁旅对穷秋。赖有南园菊，残花足解愁。

【注释】

(1) 落景：落日。

望渭水诗

树似新亭岸(1)，沙如龙尾湾(2)。犹言吟暝浦[1](3)，应有落帆还。

【校记】

［1］吟：《初学记》作“今”。暝：《庾子山集注》作“溟”。

【注释】

(1) 新亭：见本卷《率尔成咏诗》注 (2)。

(2) 龙尾：地名，不详。

(3) 暝：日暮。

尘镜诗[1]

明镜如明月[2]，恒常置匣中。何须照两鬓，终是一秋蓬(1)。

【校记】

［1］《草堂诗笺》三十一《八月诗》注作《磨镜诗》，引一句。

［2］明：《草堂诗笺》作“晓”。

【注释】

(1)“何须”二句：《诗经·卫风·伯兮》：“自伯之东，首如飞蓬。岂无膏沐，谁适为容。”

和淮南公听琴闻弦断诗(1)

嗣宗看月夜(2)，中散对行云(3)。一弦虽独韵[1]。犹足动文君(4)。

【校记】

［1］虽：《诗集》作“终”。

【注释】

(1) 淮南公：见《北周诗》卷二《谨赠司寇淮南公诗》注 (1)。

(2) 嗣宗：见《北周诗》卷三《拟咏怀》(步兵未饮酒) 注 (2)。

(3) 中散：见《北周诗》卷三《拟咏怀》(步兵未饮酒) 注 (3)。

(4)“犹足”句：见《北周诗》卷二《对酒歌》注 (4)。

弄琴诗二首

其　一

雉飞催晚别(1)，乌啼惊夜眠(2)。若交新曲变，惟须促一弦。

【注释】

(1) 雉飞：指琴曲《雉朝飞》。

(2) 乌啼：指琴曲《乌夜啼》。

其　二

不见石城乐(1)，惟闻乌噪林[1](2)。新声逐弦转，应得动春心。

【校记】

[1] 乌：《诗集》作“鸟”。

【注释】

(1) 石成乐：古乐曲名。

(2) 乌噪林：指琴曲《乌夜啼》。

咏羽扇诗

摇风碎朝翮(1)，拂汗落毛衣(2)。定似回溪路，将军垂翅归(3)。

【注释】

(1) 翮（hé）：羽茎，也代指鸟翼。

(2) 毛衣：鸟的羽毛。

(3)“定似”二句：《后汉书·冯异传》：“玺书劳异曰：‘赤眉破平，士吏劳苦，始虽垂翅回溪，终能奋翼黾池，可谓失之东隅，收之桑榆。方论功赏，以答大勋。’”

题结线袋子诗

交丝结龙凤，镂彩织云霞。一寸同心缕，千年长命花。

赋得鸾台诗

九成吹玉琯(1)，百尺上瑶台(2)。能将秦女去，终是凤凰来(3)。

【注释】

(1) 九成：多次演奏。《尚书》：“《箫韶》九成，凤凰来仪。”玉琯（guǎn）：玉制的古乐器之一。长一尺，六孔，用以定律。琯，同“管”。

(2) 瑶台：见《北周诗》卷三《蒙赐酒诗》注（6）。

(3)“能将”二句：见《北周诗》卷三二《杨柳歌》注（12）。秦女：指弄玉。

赋得集池雁诗

逢风时迥度，逐侣乍争飞。犹忆方塘水(1)，今秋已复归。

【注释】

(1) 方塘水：刘桢《杂诗》：“方塘含白水，水中凫与雁。”

咏雁诗

南思洞庭水，北想雁门关。稻粱俱可恋，飞去复飞还。

忽见槟榔诗[1]

绿房千子熟，紫穗百花开[2]。莫言行万里，曾经相识来。

【校记】

[1]《艺文类聚》八十七作《咏槟榔诗》。

[2] 穗：《诗集》作“穟”。《诗纪》云：“《集》作‘穟’。”

赋得荷诗

秋衣行欲制(1)，风盖渐应欹(2)。若有千年蔡，须巢但见随(3)。

【注释】

(1)“秋衣”句：《楚辞》屈原《离骚》：“制芰荷以为衣兮，集芙蓉以为裳。”

(2)“风盖”句：《楚辞》汉王褒《九怀·尊嘉》：“抽蒲兮陈坐，援芙蕖为盖。”盖，车盖。

(3)“若有”二句：见本卷《奉和初秋诗》注（6）。

移树诗

酒泉移赤柰[1](1)，河阳徙石榴(2)。虽言有千树，何处似封侯(3)。

【校记】

[1] 赤柰：《诗集》作“石榛”。

【注释】

(1) 酒泉，郡名，汉武帝时开。其水似酒，因名酒泉。

(2) 河阳：见本卷《咏园花诗》注（2）。

(3)“虽言”两句：《汉书·货殖传》：“故曰陆地牧马二百蹄，牛千蹄角，千足羊，泽中千足彘，水居千石鱼波，山居千章之荻。安邑千树枣；燕、秦千树栗；蜀、汉、江陵千树橘；淮北、荥南、河济之间千树萩；陈、夏千亩漆；齐、鲁千亩桑麻；渭川千亩竹；及名国万家之城，带郭千亩亩钟之田，若千亩卮茜，千畦姜韭。此其人皆与千户侯等。”

奉梨诗

接枝秋转脆[1]，含消落更香[2](1)。擎置仙人掌(2)，应添瑞露浆[3]。

【校记】

[1] 脆：《诗集》或作“晚”。

[2] 消：原作“情”，《诗集》作“销”。《诗纪》云：“一作‘销’。”《庾子山集注》作“消”，据改。

[3] 添：《诗集》或作“甜”。瑞：《诗集》或作“甘”。

【注释】

(1) 含消：《三辅黄图》卷四：“《三秦记》云：‘御宿园出栗，十五枚一胜。大梨如五胜，落地则破。其取梨，先以布囊承之，号曰含消，此园梨也。’”

(2) 仙人掌：即汉武帝所建承露金盘。见《北周诗》卷二《奉和阐弘二教应招诗》注

(8)。

伤往诗二首

其　一

见月长垂泪，看花定敛眉。从今一别后，知作几年悲。

其　二

镜尘言苦厚，虫丝定几重(1)。还是临窗月，今秋迥照松。

【注释】

(1) 虫丝：蛛丝。

春日离合诗二首(1)

其　一

秦青初变曲(2)，未有逐琴心[1]。明年花树下，月月来相寻。(春字)

【校记】

[1] 未：《诗集》作“来”。

【注释】

(1) 离合诗：杂诗的一种。离合字的偏旁以成诗。如本诗其一从“秦”字离出“夫”，从“明”字离出“日”，合而为“春”字；其二从“田”字离出“口”，从“三”字离出“一”，合而为“日”字。

(2)“秦青”句：《列子·汤问》：“薛谭学讴于秦青，未穷青之技，自谓尽之，遂辞归。秦青弗止，饯于郊衢，抚节悲歌，声振林木，响遏行云。薛谭乃谢求反，终身不敢言归。”

其　二

田家足闲暇，士友暂流连[1]。三春竹叶酒(1)，一曲《鹍鸡》弦(2)。(日字)

【校记】

[1] 流：《诗集》作“留”。

【注释】

(1) 竹叶酒：美酒名。张华《轻薄篇》：“苍梧竹叶清，宜城九酝醝。”

(2) 鹍鸡：见《北周诗》卷二《奉和法筵应诏诗》注（14）。

和回文诗(1)

旱莲生竭镬(2)，嫩菊养秋邻。满池留浴鸟，分桥上戏人。

【注释】

(1)《诗纪》云:“和湘东王《后园》。”回文诗:诗词字句回环往复,都能成义可读的诗歌。

(2)镂:见《北周诗》卷三《和张侍中述怀》注(16)。

问疾封中录诗

形骸违学宧[1](1),狭巷幸为闲。虹回或有雨,云合又含寒。横湖韵鹤下(2),回溪狭猿还[2]。怀贤为荣卫(3),和缓惠绮纨[3](4)。

【校记】

[1] 违:《诗集》作“为”。

[2] 狭:《诗纪》云:“一作‘挟’。”疑当作“峡”。

[3] 绮纨:《诗纪》云:“疑是‘何丸’。”

【注释】

(1)形骸:人的形体、躯壳。学宧:学业与官宧。

(2)韵鹤:即鹤。鹤善鸣,故称。

(3)怀贤:以贤德自我修养。荣卫:中医指人体的营养作用、卫外机能和血气循环。

(4)和缓:《左传》所记良医有医和、医缓。惠:施恩于。绮纨:富贵子弟。

示封中录诗二首[1]

贵馆居金谷(1),关扃隔藁街(2)。冀君见果顾,郊间光景佳。

【校记】

[1]《诗集》连为一首,又后四句在“冀君”句上。

【注释】

(1)金谷:见《北周诗》卷二《对酒歌》注(7)。

(2)关扃:门户。藁街:汉长安街名,招待国内各族君长或外国使人的邸第,皆在此街。

高阶既激涧,广阁更交柯。葛巾久乖角(1),菊径简经过。

【注释】

(1)“葛巾”句:《后汉书·郭太列传》:“尝于陈梁间行遇雨,巾一角垫,时人乃故折巾一角,以为‘林宗巾’。”乖:不一致,出差错。

秋夜望单飞雁诗以下七言。

失群寒雁声可怜,夜半单飞在月边。无奈人心复有忆,今暝将渠俱不眠(1)。

【注释】

(1) 暝：夜。渠：它。

代人伤往诗二首

其　一

青田松上一黄鹤(1)，相思树下两鸳鸯(2)。无事交渠更相失(3)，不及从来莫作双。

【注释】

(1) 青田：山名，在今浙江青田县。此山以产鹤著称。

(2)“相思”句：晋干宝《搜神记》卷十一：“宋康王舍人韩凭娶妻何氏，美，康王夺之。凭怨，王囚之，论为城旦。”其后夫妻先后自杀殉情，分葬两处，“宿昔之间，便有大梓木，生于二冢之端，旬日而大盈抱，屈体相就，根交于下，枝错于上。又有鸳鸯，雌雄各一，恒栖树上，晨夕不去，交颈悲鸣，音声感人。宋人哀之，遂号其木曰‘相思树’。‘相思’之名，起于此也。南人谓：此禽即韩凭夫妇之精魂。”

(3) 交：使。渠：见前诗注（1)。

其　二

杂树本唯金谷苑(1)，诸花旧满洛阳城。正是古来歌舞处，今日看时无地行。

【注释】

(1) 金谷苑：见《北周诗》卷二《对酒歌》注（7)。

孟　　康[1]

【校记】

[1]《诗纪》云“《初学记》云隋康孟”，然隋无赵王，故列于此。

咏日应赵王教诗

金乌升晓气(1)，玉槛漾晨曦(2)。先泛扶桑海(3)，返照若华池(4)。洛浦全开镜(5)，衡山半隐规(6)。相欢承爱景，共惜寸阴移[1](7)。

【校记】

[1] 惜：《初学记》作“情”。

【注释】

(1) 金乌：指太阳。传说太阳中有三足乌，故名。

(2) 玉槛（jiàn)：玉制的栏杆。晨曦：清晨的阳光。

(3) 扶桑：神木名，传说日出其下。

(4) 若华：古代神话中若木的花。《楚辞·天问》："羲和之未扬，若华何光?"王逸注："言日未出之时，若木何能有明赤之光华乎。"若木，神话传说中长在日入处的树木。《山海经·大荒北经》："大荒之中，有衡石山、九阴山、泂野之山，上有赤树，青叶赤华，名曰若木。"注："生昆仑西，附西极，其华光赤照地。"若华池：或即华池，神话传说中的池名，在昆仑山上。王充《论衡·谈天》："《禹本纪》言河出昆仑，其高三千五百馀里，日月所于辟隐为光明也，其上有玉泉、华池。"

(5) 洛浦：洛水之滨。

(6) 衡山：山名，在湖南省。规：画圆的工具，圆形，这里借指太阳。谢灵运《游南亭》："密林含馀清，远峰隐半规。"

(7) 寸阴：短暂的光阴。《淮南子·原道》："故圣人不贵尺之璧而重寸之阴，时难得而易失也。"

徐　谦

短歌行二首[1]

其　一

穷通皆是运，荣辱岂关身。不愿门前客[2]，看时逢故人。

【校记】

[1]《乐府诗集》作一首。

[2] 愿：《文苑英华》云："一作'顾'。"

其　二[1]

意气青云里(1)，爽朗烟霞外[2](2)。不羡一囊钱[3](3)，惟重心襟会。

【校记】

[1]《草堂诗笺》九《晦日诗》注作《短歌》。

[2] 霞：《草堂诗笺》作"雾"。

[3] 钱：《草堂诗笺》作"金"。

【注释】

(1) 青云：指高空，喻隐逸。

(2) 烟霞：云气，喻隐逸。

(3) 一囊钱：赵壹《刺世疾邪赋》："文籍虽满腹，不如一囊钱。"

杂歌谣辞

周初童谣

《隋书》曰：周初有童谣。按静帝隋氏甥，既逊位而崩，诸舅强盛。

白杨树头金鸡鸣，秖有阿舅无外甥[1](1)。

【校记】

[1] 秖：《诗纪》作“裁”。

【注释】

(1) 秖：同“只”。阿舅：指隋文帝杨坚。外甥：指周静帝宇文衍。

玉浆泉谣

《隋书》曰：豆卢勣，周武帝时为渭州刺史，有惠政，华夷悦服，大致祥瑞。乌鼠山俗呼为高武陇，其山绝壁千寻，由来乏水，诸羌苦之。勣马足所践，忽飞泉涌出。有白乌翔止厅前，乳子而后去，民为之谣。后因号其泉曰玉浆泉。

我有丹阳(1)，山出玉浆[1](2)。济我民夷[2](3)，神乌来翔[3]。

【校记】

[1] 出：《御览》或作“飞”。

[2] 我民夷：《御览》或作“戎夷人”。民：《北史》、《乐府诗集》作“人”。《诗纪》同。

[3] 乌：《御览》或作“鸟”。

【注释】

(1) 丹阳：即丹阳郡公。《隋书·豆卢勣传》：“魏大统十二年，太祖以勣勋臣子，封义安县侯。周闵帝受禅，授稍伯下大夫、开府仪同三司，改封丹阳郡公，邑千五百户。”

(2) 玉浆：指泉水。

(3) 民夷：少数民族。

蜀中为于仲文语

《隋书》曰：于仲文，字次武。北周时，迁安固太守。有任、杜两家各失牛，后得一牛，两家俱认，州郡久不能决。仲文令二家各驱牛至。乃放所认者，遂向任氏群中。又阴使人微伤其牛，任氏嗟惋，杜家自若。仲文于是诃诘杜氏，杜氏服罪而去。始州刺史屈突尚、宇文护之党先坐事下狱，无敢绳者，仲文至郡穷治，遂竟其狱。蜀中为之语曰：

明断无双有于公，不避强御有次武(1)。

【注释】

(1) 强御：横暴有势力者。次武：于仲文字次武。

时人为裴诹、柳虬语

《周书》曰：独孤信镇洛阳。旧京荒废，人物罕极。唯有柳虬在阳城，裴诹在颍川，信等俱征之，以虬为行台郎中，诹为都督府属，并掌文翰。时人为之语曰：

北府裴诹(1)，南省柳虬[1](2)。

【校记】

[1] 省：《北史》作“府”。

【注释】

(1) 北府：指行台。

(2) 南省：指都督府。

诸生为吕思礼语

《周书》曰：吕思礼，东平寿张人。性温雅，不杂交游。年十四，受学于徐尊明。长于论难。诸生为之语曰：

讲《书》论《易》(1)，其锋难敌[1]。

【校记】

[1] 其：《北史》无“其”字。《太平御览》同。

【注释】

(1) 书：指《尚书》。易：指《周易》。

《周地图记》引语

《周地图记》曰：太白山上恒积雪，无草木。半山有横云，如瀑布则澍雨，人常以为候。验之如离毕焉。故语曰：

南山瀑布，非朝即暮。

北　周　诗

卷　五

郊庙歌辞

庾　信

周祀圜丘歌十二首(1)

【注释】

(1)《隋书·音乐志》:"周闵帝受禅，居位日浅。明帝虽革魏氏之乐，而未臻雅正。天和元年。武帝初造《山云舞》。以备六代。南北郊、雩壇、太庙、禘祫俱用之。六舞者，《大夏》、《大濩》、《大武》、《正德》、《武德》、《山云》也。于是正定雅音，为郊庙乐。宣帝嗣位，皆循用之。"

昭夏(1)降神

重阳禋祀大报天(2)，丙午封壇肃且圜[1](3)。孤竹之管云和弦(4)，神光未下风肃然[2](5)。王城七里通天台(6)，紫微斜照影徘徊(7)。连珠合璧重光来(8)，天策暂转钩陈开(9)。

【校记】

[1] 丙:《隋书·音乐志》、《乐府诗集》作"景"。

[2] 未:《乐府诗集》作"来"。

【注释】

(1)《昭夏》:乐章名。《周礼》有《三夏》《九夏》，皆为乐章名。《大司乐》认为《三夏》包括《王夏》、《肆夏》《昭夏》。夏:大。乐中之大者。秦时以钟鼓为主。

(2) 重阳:重视阳光。圆丘祭天在冬至，而冬至后白天渐长，阳气始动，故古人有"冬至一阳生"的说法。禋(yīn)祀:祭祀。

(3) 丙午:在南方，指在国都之阳(南面)。肃且圜:指壝(坛及四周的矮墙)整齐浑圆。

(4)“孤竹”二句:《周礼》:“孤竹之管,云和之琴瑟,冬日至,于地上圜丘奏之。”

(5)神光:神之光彩。风肃然:天帝之神未下,然而其风肃然如至。

(6)王城七里:后周圆丘设于国都之南七里之郊,故云。王城:后周之都长安。通天台:汉代通天台。

(7)紫微:即北极星,又指天帝,即北极耀迫宝,以帝喾配祀。

(8)连珠合璧;古人谓五星为连珠,日月为合璧。

(9)天策:傅说星。钩陈:星名,在紫微垣内。钩陈口中一星叫天皇大帝,其神耀迫宝,主御神灵,执《万神图》。

皇夏[1]皇帝入门

旋回外壝,跸静郊门[2]。千乘按辔,万骑云屯[3]。藉茅无咎[4],扫地唯尊。揖让展礼,衡璜节步[5]。星汉就列,风云相顾[6]。取法于天,降其永祚[7]。

【注释】

(1)皇夏:《周礼》:“王出入,则奏《王夏》”,周代天子称王,故称《王夏》。秦汉以后称天子为皇帝,因称《皇夏》。

(2)跸静:儆跸清道。

(3)千乘、万骑:天子出行备千乘万骑。《东都赋》:“千乘雷动,万骑纷纭。”按辔:扣紧马缰绳,使马停止前进。云屯:像云的聚集,形容盛多。

(4)“藉茅”句:《易·大过》“藉用白茅,无咎。藉茅:用白茅做草垫。

(5)衡璜:珩与璜。衡,通“珩”,杂佩上部的横玉。璜,玉半璧为璜,系在珩的两端。

(6)“星汉”二句:星汉如就列位,风云流行若相顾盼。

昭夏俎入

日至大礼[1],丰牺上辰[2]。牲牢修牧,茧栗毛纯[3]。俎豆斯立[4],陶匏以陈。大报反命,居阳兆日[5]。六变鼓钟,三和琴瑟[6]。俎奇豆偶[7],惟诚惟质。

【注释】

(1)日至:日南至,指冬至日。大礼:圆丘之祭。

(2)上辰:上吉之辰。

(3)茧栗:祭天地之牛,角小如茧如栗。毛纯:毛色纯一不杂。

(4)俎豆:俎和豆,皆礼器。

(5)“居阳”句:在国都之南设神坛祭日。天之神,日为尊,祭天以祭日为主。

(6)“六变”二句:《周礼·大司乐》:“凡乐,圜钟为宫,黄钟为角,大簇为徵,姑洗为羽，雷鼓雷鼗。孤竹之管，云和之琴瑟，云门之舞，冬日至，于地上圜丘奏之。若乐六变，则天神皆降。”

（7）俎奇豆偶：祭礼时鼎俎奇而豆偶，象阴阳之义。

昭夏奠玉帛

员玉已奠[1]，苍币斯陈(1)。瑞形成象(2)，璧气含春(3)。礼从天数，智总圜神[2](4)。为祈为祀，至敬咸遵(5)。

【校记】

［1］员：《乐府诗集》作“圆”。

［2］圜：《隋书·音乐志》作“员”。《乐府诗集》作“圆”。

【注释】

（1）“员玉”二句：冬日圜丘礼天，奠以圆玉，苍币，玉之形圆，币之色苍，以象天。员，通“圆”。币：丝绸。

（2）瑞形成象：圆璧礼天以类天象。

（3）璧气含春：春为苍精，苍璧祭天，苍为东方春色，故云。

（4）智总圆神：《易》：“蓍之德，圆而神；卦之德，方以智。”

（5）遵：遵循祭祀之礼。

皇夏皇帝升坛

七里是仰[1](1)，八陛有凭(2)。就阳之位，如日之升。思虔肃肃(3)，致敬绳绳[2](4)。祝史陈信[3](5)，玄象斯格(6)。惟类之典(7)，惟灵之泽。幽显对扬(8)，人神咫尺。

【校记】

［1］里：《隋书·音乐志》作“星”。《诗纪》云：“一作‘星’。”

［2］致：《隋书·音乐志》作“施”。《乐府诗集》同。

［3］祝：《庾子山集》作“祀”。《诗纪》同。

【注释】

（1）七里：后周圜丘在国阳七里之郊。

（2）八陛：指圆坛，古坛有八陛。陛，台阶。

（3）肃肃：庄敬貌。

（4）绳绳：小心戒慎貌。

（5）祝史陈信：祝史陈信于鬼神，无愧辞。

（6）玄象斯格：以诚敬天。玄象：天象。格：通“恪”，敬。

（7）类：同“禷”，祭祀名。

（8）幽显对扬：人与神对答称颂。幽，指神。显，指人。

云门舞初献

献以诚，郁以清(1)。山罍举(2)，沉齐倾(3)。惟尚飨(4)，洽皇情。降景福(5)，通神明。

【注释】

(1) 郁：古代祭祀用酒名。

(2) 山罍（léi）：古代刻有山云纹形的盛酒器具。

(3) 沉齐：酒名。酒成就渣滓下沉之酒。

(4) 惟尚飨：古人祭祀或祭奠时习惯用语，表示希望鬼神来享用祭品。

(5) 景福：大福。

云门舞初献配帝(1)

长丘远历，大电遥源(2)。弓藏高陇，鼎没寒门(3)。人生于祖，物本于天[1](4)。奠神配德[2](5)，迄用康年(6)。

【校记】

[1] 于：《隋书·音乐志》作“亐”。《乐府诗集》同。

[2] 奠：《隋书·音乐志》作“尊”。

【注释】

(1) 配帝：即人帝，炎帝神农氏。后周圆丘之礼，以其先祖炎帝神农氏配昊天上帝。

(2)“长丘”两句：黄帝母亲附宝，去祁野，见大电绕北斗枢星，感而怀孕，二十四月而生黄帝于寿丘。

(3)“弓藏”二句：黄帝铸鼎于荆山，鼎成，有龙下迎帝，小臣攀龙须而坠，黄帝的弓也坠落人间。寒门，谷口。

(4)“人生”二句：《礼记·郊特牲》：“万物本乎天，人本乎祖，此所以配上帝也。”

(5) 配德：德足以配天。

(6) 迄：竟，终于。用：享用。康年：丰年。

登歌(1)初献及献配帝毕

岁之祥(2)，国之阳。苍灵敬(3)，翠云长。象为饰(4)，龙为章(5)。乘长日(6)，坏蛰户[1](7)。列云汉[2]，迎风雨(8)。六吕歌(9)，云门舞(10)。省涤濯(11)，奠牲牷(12)。郁金酒(13)，凤凰樽。回天睠(14)，顾中原。

【校记】

[1] 坏：原作“坯”，《乐府诗集》作“坏”，据改。

[2] 烈：《隋书·音乐志》作“列”。

【注释】

(1) 登歌：下神时必须合乐，此时太师帅瞽师登堂，于西阶之东北面坐，歌唱奏乐，故云“登歌”。

(2) 岁：太岁。古代天文学中假设的星名，与岁星相应（即木星），又称岁阴或太阴，古人常用来纪年。

(3) 苍灵：天色苍，故云。

(4) 象为饰：以象骨装饰酒尊。

(5) 龙为章：龙形图纹，装饰旗帜，同时上画日月以象天。

(6) 乘长日：（郊祭于冬至日）迎长日到来。

(7) 坏蛰户：蛰虫益户。坏：益。

(8)“列云汉”二句：天地感祭而降雨泽。

(9) 六吕：我国古代音乐十二律中的阴律。

(10) 云门舞：周六乐舞之一，即《云门大卷》。

(11) 省涤濯：《周礼》：大祭祀，省牲胝涤濯。

(12) 牲牷（quán）：毛色纯而体完具的牲畜。

(13) 郁金酒：捣郁金而煮，用来和酒。

(14) 睠（juàn）：同“眷”，眷顾。

皇夏饮福酒

国命在礼，君命在天。陈诚惟肃，饮福惟虔。洽斯百礼(1)，福以千年。钩陈掩映(2)，天驷徘徊(3)。彫禾饰斝(4)，翠羽承罍。受斯茂祉，从天之来(5)。

【注释】

(1) 洽斯百礼：《诗·周颂·丰年》：“以洽百礼，降福孔皆。”洽：合。

(2) 钩陈：在紫宫外，营陈星。

(3) 天驷：星名，指汉中四星。

(4)“彫禾”句：在酒杯上彫画禾稼之形。斝（jiǎ）：古代的一种酒器，圆口，三足。

(5)“受斯茂祉”二句：国之礼至，天降福泽。茂祉：鸿福。

雍乐[1]撤奠

礼将毕，乐将阑(1)。回日辔(2)，动天关。翠凤摇(3)，和鸾响[2](4)。五云飞，三步上。风为驭，云为车(5)。无辙迹，有烟霞。畅皇情，休灵命(6)。雨留甘，云馀庆(7)。

【校记】

[1] 雍乐：本集、《诗纪》作《雍夏》。

[2] 鸾：《乐府诗集》作“銮”。

【注释】

（1）阑：尽，结束。

（2）日箸：即日御，指帝王的车驾。

（3）翠凤：以翠鸟羽毛装饰的旗帜。

（4）和鸾：古代车上的铃铛。

（5）“风为驭”二句：《楚辞》：“云为车兮风为马”，此义同。

（6）灵命：神灵之命。

（7）云余庆：《汉书·天文志》：“若烟非烟，若云非云，郁郁纷纷，是谓庆云。”

皇夏就望燎位

六典联事(1)，九司咸则(2)。率由旧章(3)，于焉允塞(4)。掌礼移次(5)，燔柴在焉(6)。烟升玉帛，气敛牲牷(7)。休气馨香，膋芳昭晰(8)。翼翼虔心，明明上彻(9)。

【校记】

［1］于：《隋书·音乐志》作“于”。《乐府诗集》同。

【注释】

（1）六典：周时太宰辅佐周王治邦国，设六典。有治典、教典、礼典、政典、型典、事典。

（2）九司：周时九种官职。司空、司徒等。则：依照，遵守。

（3）率由：遵循，服从。

（4）允塞：公平，得当。

（5）掌礼移次：《周礼》有掌次之官，分大次、小次。次：幄。

（6）燔柴：祭天之礼。燔：烧。

（7）“烟升”二句：祭天燔柴时，积薪烧之。柴中堆放牺牲，玉帛，故云。

（8）膋（liáo）：脂膏，尤指肠上的脂肪。

（9）“翼翼”二句：意指聪明鉴察。翼翼：恭敬。明明：察。

皇夏还便殿

玉帛礼毕，神人事分[1]。严承乃睠，瞻仰回云。辇路千门(1)，王城九轨(2)。式道移候(3)，司方回指(4)。得一惟清，于万斯宁(5)。受兹景命，于天告成[2]。

【校记】

［1］神人：《隋书·音乐志》作“人神”。《乐府诗集》同。

［2］于：《庾子山集》作“于”。

【注释】

（1）千门：《汉书》载，汉代建章宫有千门万户。

（2）九轨：周朝都城有九轨，指道路四通八达。

（3）“式道”句：式道候开始返回。式道：《汉书》有“式道左右中候”，官职名，凡皇帝还官，式道候持麾到宫门，宫门乃开。

（4）司方：指南车。

（5）“得一”二句：《老子》：“天得一以清，地得一以宁，神得一以灵，谷得一以盈，侯王得一，以为天下贞”。

周祀方泽歌四首方泽舞辞同圜丘(1)

昭夏降神[1]

报功阴泽(2)，展礼玄郊(3)。平琮镇瑞(4)，方鼎升庖(5)。调歌丝竹[2]，缩酒江茅(6)。声舒钟鼓[3]，器质陶匏(7)。列燿秀华(8)，凝芳都荔[4](9)。川泽茂祉，丘陵容卫[5](10)。云饰山罍(11)，兰浮泛齐[6](12)。日至之礼(13)，歆兹大祭(14)。

【校记】

［1］降神：《隋书？音乐志》、《初学记》作“方泽降神歌”。

［2］丝：《初学记》作“孤”。《乐府诗集》作“孙”。《广文选》云“一作孙”。

［3］舒：《初学记》作“扬”。

［4］都：《初学记》误作“郁”。

［5］卫：《初学记》作“裔”。

［6］泛：《初学记》作“沉”，是。

【注释】

（1）方泽：古代夏至祭地祇的地方，于水泽中方形丘陵上设坛以祭，故名。

（2）阴泽：方泽。礼昆仑之神必于夏至，地为阴，夏至之日一阴始生，故于阴生之日祭之。

（3）玄郊：后周方丘筑于国北面六里之郊。北方黑神名“玄冥”，故称“玄郊”。

（4）平琮：以黄琮礼地，琮八方以象地。

（5）方鼎：鼎四足为方。升庖：进入厨房。

（6）缩酒：束菁茅而灌之以酒。茅：菁茅，用以滤酒。

（7）陶匏：器用陶匏，以象天地之性。

（8）列燿秀华：乐器的装饰，黄金为支，若草木之秀华。

（9）凝芳都荔：《安世房中歌》有“都荔遂芳”。都荔：指荔枝类植物。

（10）容卫：起伏貌。

（11）云饰山罍：刻画的酒器为山云之影。

（12）泛齐：酒名。

（13）日至：夏日至。

（14）歆：祭祀时鬼神享用祭品的香气。

昭夏奠玉帛

曰若厚载(1)，钦明方泽(2)。敢以敬恭，陈之玉帛(3)。德包含养，功藏灵迹。斯箱既千(4)，子孙则百(5)。

【注释】

(1) 载物：《易·坤》曰："坤厚载物。"

(2) 钦明：敬肃明察。

(3) 玉帛：指黄琮（琮：古代一种玉质礼器，方柱形，中有圆孔。）、黄币。

(4)"斯箱"句：指粮食丰收。《诗·小雅·甫田》："乃求千斯仓，乃求万斯箱"。

(5)"子孙"句：指子嗣众多。《大雅·思齐》："则百斯男。"

登歌初献

质明孝敬，求阴顺阳(1)。坛有四陛(2)，琮分八方[1](3)。牲牷荡涤(4)，萧合馨香(5)。和鸾戾止(6)，振鹭来翔(7)。威仪简简(8)，钟鼓喤喤(9)。声和孤竹(10)，韵入空桑(11)。封中云气(12)，坎上神光(13)。下元之主，功深盖藏(14)。

【校记】

[1] 分：《隋书·音乐志》作"为"。《乐府诗集》同。

【注释】

(1) 求阴顺阳：夏至日阳气极盛，阴气始生，所以说"求阴顺阳"。

(2) 坛有四陛：祭坛四面有台阶。

(3) 琮分八方：黄琮礼地，分置八方。

(4) 牲牷：毛色纯一，肢体完具，用以祭祀的牲畜。荡涤：洁净。

(5) 萧合馨香：取萧，染以脂膏，合黍稷燔烧，取烟气升天祭神。

(6) 戾：至，到。

(7)"振鹭"句：《诗·周颂·振鹭》："振鹭于飞，来下西维。"后以振鹭喻操行纯洁的贤士。

(8) 简简：大。

(9) 喤喤：钟鼓洪亮而和谐的声音。

(10) 孤竹：竹独生者。

(11) 空桑：空桑生大野中，作琴瑟最佳。

(12) 封：指祭坛周围，壝墙之内。

(13) 坎：指方泽。

(14)"下元"二句：地气长养万物，功深德厚，超过储藏。下元：地气，为万物之始，生育长养。

皇夏望坎位(1)

司筵撤席(2)，掌礼移次(3)。回顾封坛，恭临坎位(4)。瘗玉埋俎，藏芬敛气(5)。是曰就幽[1]，成斯地意[2]。

【校记】

[1] 曰：《广文选》作“白”。

[2] 斯：《广文选》作“此”。

【注释】

(1) 望坎位：言瘗埋玉、帛、牲。

(2) 司筵：司几筵，掌五几五席之名物，辨其功用。

(3) 次：幄也，处所。分大幄、小幄，大幄为起始去时所居地；小幄为接祭退离等待之处所。

(4) 坎位：坎居北方。坎位，阴位也。

(5)“瘗（yì）玉”二句：埋，埋葬。瘗玉、帛、牲，取其藏敛于地。

周祀五帝歌十二首(1)

【注释】

(1) 五帝，五方之帝，与昊天上帝为六。王者之先祖皆感太微五帝之精以生。五天帝为：灵威仰、赤熛（biāo）怒，含枢纽、白招拒、汁光纪。五人帝为：太昊、神农、黄帝、少昊、颛顼。祀五天帝以五人帝配之。兆五帝于四郊，春迎青帝于东郊，夏迎赤帝于南郊，秋迎白帝于西郊，冬迎黑帝于北郊，各于其所感之月祭之。此乐歌咏祭品、祭礼、祭仪。

皇夏奠玉帛

嘉玉惟芳(1)，嘉币惟量(2)。成形惟礼[1]，禀色随方(3)。神班其次[2](4)，岁礼惟常(5)。威仪抑抑(6)，率由旧章(7)。

【校记】

[1] 惟：本集作“依”。《隋书·音乐志》、《乐府诗集》同。《诗纪》云：“或作依。”

[2] 班：《隋书·音乐志》作“有”。

【注释】

(1) 嘉玉：玉的美称。

(2) 嘉币：丝绸的美称。

(3) 禀色随方：享神以玉与币，各如其方之色。

(4) 神班其次：东、南、西、北、中及天人之神各有班次。

(5) 岁礼惟常：每岁各有常祭，如正月南郊，五时迎气、四月雩，九月大飨等。

(6) 抑抑：美。

(7) 率由：遵循，服从。

皇夏初献

惟令之月，惟嘉之辰(1)。司坛宿设(2)，掌史诚陈[1](3)。敢用明礼，言功上神。钩陈旦辟(4)，阊阖朝分(5)。旒垂象冕(6)，乐奏《山云》。将回霆策(7)，暂转天文(8)。五运周环(9)，四时代序(10)。鳞次玉帛(11)，循回樽俎。神其降之，介福斯许(12)。

【校记】

［1］掌：或作“长”。

【注释】

（1）令月、嘉辰：皆指吉辰。

（2）司坛宿设：掌管祭坛建设的官员提前做好准备。

（3）掌史：太史、小史。诚陈：向鬼神陈说诚信。

（4）钩陈：星座名，其六星下应六宫，借指皇宫。

（5）阊阖：天门，指皇宫大门。

（6）旒（liú）：古代帝王冕冠前后悬垂的玉串。象冕：北周时皇帝所戴的一种礼帽。

（7）霆策：雷电。

（8）天文：天体在宇宙运行的天象。

（9）五运：指东方青木、南方赤火、中央黄土、西方白金、北方黑水。

（10）四时：春迎青帝于东郊，夏迎赤帝于南郊，季夏迎黄帝于南郊，秋迎白帝于西郊，冬迎黑帝于北郊，五郊本为五时，因赤帝，黄帝之郊俱在夏，故云四时。

（11）鳞次玉帛：玉、帛按次序陈列。玉有青圭、赤璋、白琥、玄璜。帛：币。有礼神之币、从爵之币。

（12）介福：大福。

青帝云门舞(1)以下并初献奏

甲在日(2)，鸟中星(3)。礼东后，奠苍灵(4)。树春旗，命青史(5)。候雁还(6)，东风起。歌木德(7)，舞震宫(8)。泗滨石(9)，龙门桐(10)。孟之月，阳之天(11)。亿斯庆，兆斯年。

【注释】

（1）青帝：即天帝灵威仰，其色青，在东方，主木。

（2）甲在日：即《礼记·月令》所谓“孟春之月，……其日甲乙”，指春天。

（3）鸟中星：即《尚书·尧典》所谓“星鸟，以殷中春”，指仲春。鸟指南方朱鸟，七宿。春分之日的黄昏，鸟星毕见，以正仲春之节气。

（4）东后、苍灵：皆指东方青帝。

（5）命青史：据《礼记·月令》，立春前三天，太史谒见天子禀告：“某日立春。”于是命太史守典奉法。青史即太史。

（6）候雁还：《吕氏春秋》：“三月，候雁来。”

（7）歌木德：《月令》孟春：“盛德在木。”

（8）震：东方。古人以为春玉万物出于震，故舞于震宫。

（9）泗滨石：泗滨产的石做磬最佳。

（10）龙门桐：龙门桐树做琴瑟音色最佳。

（11）孟之月，阳之天：孟春之月，春为阳，故云。

配帝舞(1)

帝出于震，苍德于神[1](2)。其明在日，其位居春(3)。劳以定国，功以施人(4)。言从配祀(5)，近取诸身。

【校记】

[1] 于：《乐府诗集》作“于”。

【注释】

（1）配帝：指人帝。配青帝灵威仰者有二：南郊之祀配莫那；迎春之祭，大飨祀青帝配太昊。

（2）“帝出于震”二句：青帝出于东方，以人帝之神德配青帝灵威仰。

（3）其位居春：青帝于东方，司职于春，故云。

（4）“劳以定国”二句：姬周后稷，后周莫那皆开国之君，有劳于子孙，有功于人民，太昊虽远，亦自古著德立功之人。

（5）配祀：南郊为莫那，五方则为太昊，皆以配青帝。

赤帝云门舞(1)

招摇指午对南宫(2)。日月相会实沈中(3)。离光布政动温风(4)。纯阳之月乐炎精(5)。赤雀丹书飞送迎(6)。朱弦绛鼓罄虔诚(7)。万物含养各长生(8)。

【注释】

（1）赤帝：天帝赤熛怒之神在南方，主火，色赤。立夏之日，祭之于南郊，雩祭、大飨亦皆祭之。其祭，玉用赤璋，牲、币亦如其色，乐用苏钟，大吕等。人帝神农配祀。

（2）招摇：北斗第七星。指午：直指正南。南宫：朱鸟宿。

（3）日月相会：日月相会为辰，十二辰以纪日月所会。古人以为日行迟，月行疾，一齐循天度而行二十九日，日过半，月行一周天，赶上日，而与日相会，称“辰”。实沈：参星之神。

（4）离：南方之卦，指南方。动温风：温风始生。

（5）纯阳：古人谓夏至以前为纯阳。到夏至，阴使生。炎精：《礼记·月令》：“孟夏之月，……其帝炎帝。”炎帝为火精。

（6）赤雀丹书：《吕氏春秋·应同》：“周文王时，天先见大赤鸟衔丹书，集于周社。”

（7）朱弦绛鼓：朱、绛皆为红色。

（8）各长生：夏日景风来，长养万物。

配帝舞(1)

以炎为政，以火为官(2)。位司南陆(3)，享配离坛(4)。三和实俎，百味浮兰。神其茂豫(5)，天步艰难(6)。

【注释】

(1) 配帝，炎帝神农氏之神，五方人帝之一。立夏之祭，祀天帝赤熛怒于南郊，雩祭、大飨皆以神农氏配之。后周此祀同于姬周。

(2) 以火为官：《左传》昭十七年："子郯曰：'炎帝氏以火纪，故为火师而火名。'"

(3) 南陆：南方。

(4) 享配离坛：南方之神炎帝配享天帝赤熛怒。《易·说卦》："离为日，为火。"离坛，即祭祀赤帝的祭坛。

(5) 茂豫：犹"茂育"。豫通"育"。

(6) "天步"句：《诗·小雅·白华》："天步艰难"，毛传："天地之气，无微不著，无不覆养也。"

黄帝云门舞(1)

三光仪表正(2)，四气风云同(3)。戊己行初历，黄钟始变宫(4)。平琮礼内镇(5)，阴管奏司中(6)。斋坛芝晔晔[1](7)，清野桂冯冯(8)。夕牢芬六鼎(9)，安歌韵八风(10)。神光乃超忽，嘉气恒葱葱[2]。

【校记】

[1] 斋：《乐府诗集》作"齐"。古通。

[2] 嘉：《隋书·音乐志》作"佳"。《乐府诗集》同。

【注释】

(1) 黄帝，天帝含枢纽之神，居中，主土，色黄。季夏之月祭之于南郊，雩祭，大飨亦祭之。祭用黄玉，牲、币各如其色，乐用黄钟大吕，人帝轩辕氏配祀。

(2) 三光：日、月、五星。

(3) 四气：四时之气。

(4) "戊己"二句：《礼记·月令》："中央土，其日戊已，其帝黄帝，其神后土，气音宫，律中黄钟之宫。"

(5) 平琮：黄琮，八方，以象地。内镇：镇人地。

(6) 阴管：黄钟宫，制十二管，阳管为律，阴管为吕。司中：司中央。

(7) 晔晔（yèyè）：明盛美茂貌。

(8) 冯冯：盛满貌。

(9) 夕牢：夕牲日，先祭一日。

(10) 八风：《左传·隐公五年》："夫舞者，所以节八音，而行八风。"《经典释文》：八方之风，谓东方谷风、东南清明风、南方凯风、西南凉风、西方阊阖风、西北不周风、北方广莫风、东北融风。

配帝舞(1)

四时咸一德(2)，五气或同论(3)。犹吹凤凰管，尚对梧桐园(4)。器圜居土厚(5)，位总配神尊(6)。始知今奏乐，还用我云门(7)。

【注释】

(1) 配帝，黄帝轩辕氏，五方人帝之一。季夏之祭，配天帝含枢纽于南郊。雩祭，大飨皆以轩辕氏配祀。

(2) 四时咸一德：土每一季节寄居十八天，四时都有。

(3) 五气或同论：中央土气与四方之气合为五气。

(4)“犹吹”二句：用黄帝制乐凤凰来集典。

(5) 器居圜土厚：其器圜以闳，象土周布于四时。

(6) 位总配神尊：土气四时俱有，季夏总而祀。五方之神，中央含枢纽最尊，顾配帝轩辕与俱尊也。

(7) 云门：《云门》为周六乐舞之一。黄帝乐用《云门》，今祀黄帝，还用此乐奏。

白帝云门舞(1)

肃灵兑景(2)，承配秋坛(3)。云高火落，露白蝉寒。帝律登年(4)，金精行令(5)。瑞兽霜耀[1]，祥禽雪映。司藏肃杀(6)，万宝咸宜[2]。厥田上上，收功在斯。

【校记】

[1] 耀：《隋书·音乐志》作“辉”。

[2] 宝：《隋书·音乐志》作“保”，《乐府诗集》同。

【注释】

(1) 白帝：即天帝白找拒，在西方，主金，色白。立秋祭于西郊，雩祭，大飨亦祭之。玉用白琥，牲、币各如其色，乐用黄钟，大吕等。配祭人帝为少皞氏。

(2) 兑：西方之卦，主秋分。

(3) 配：配享，祭祀时兼祀它神以配其所祭。

(4) 登，成熟，完成。

(5) 金精：西方之气。

(6) 司藏：秋气白而主收藏。肃杀：严酷肃索之意。一般用来形容深秋或冬季草木枯落时的天气。

配帝舞(1)

金行秋令(2)，白帝朱宣(3)。司正五雉(4)，歌庸九川(5)。执文之德，对越彼天(6)。介以福祉(7)，君子万年(8)。

【注释】

(1) 配帝：指少皞金天氏之神，五方人帝之一。

(2) 金行秋令：据五行说，秋为金。

(3) 白帝朱宣：少皞氏。

（4）五雉：《左传·昭公十七年》："郯子曰：'我高祖少皞挚之立也，……为鸟师而鸟名。……五雉为五工正。'"

（5）庸：用。九川：当作《九渊》，少皞氏所制作的音乐。

（6）对越：犹"对扬"。对是报答，扬是颂扬。

（7）介：祈求。

（8）君子：古代统治者和一般贵族男子的通称。

黑帝云门舞(1)

北辰为政玄坛(2)，北陆之祀员官(3)。宿设玄璜浴兰[1](4)，坎德阴风御寒(5)。次律将回穷纪(6)，微阳欲动细泉。管犹调于阴竹(7)，声未入于春弦(8)。待归赊于送历[2](9)，方履庆于斯年。

【校记】

［1］璜：《隋书·音乐志》作"圭"，《乐府诗集》同。

［2］历：《隋书·音乐志》作"历"，《乐府诗集》同。

【注释】

（1）黑帝：天帝协光纪，居北方，主水，色黑。立冬之日祭于北郊，雩祭、大飨皆祭之。玉用玄璜，牲、币各如其色，乐用黄钟，大吕之等，人帝颛顼所配之帝。

（2）北辰：北极，天中以正四时。玄坛：北郊之坛，北方有黑、玄二色，故云。

（3）北陆：北方。陆，道。员官：北方水府之官，司水之玄冥。

（4）玄璜：半璧曰璜，象冬闭藏，地上无物，惟天半见。浴兰：用兰花煮水沐浴。

（5）坎：正北方之卦，即坎卦。这里指北方。

（6）"次律"句：《礼记·月令》："是月也（按：十二月），日穷于次，月穷于纪，星周于天，数将几终，岁又更始。"

（7）阴竹：生于山北之竹。把葭莩灰置于律管之中，察历之人等候观察，气至则灰飞而管通。

（8）"声未"句：《淮南子·时则训》："孟春之月，……鼓琴瑟。"北方黑帝司冬令，故声未入于春之弦。

（9）归赊：有赊日则归于终，积以成闰。

配帝舞(1)

地始坼，虹始藏(2)。服玄玉，居玄堂(3)。沐蕙气，浴兰汤(4)。匏器洁，水泉香(5)。陟配彼(6)，服无疆。君欣欣，此乐康(7)。

【注释】

（1）配帝：谓颛顼高阳氏，五方人帝之一。立冬之祭，配天帝协光纪于北郊。

（2）虹始藏：《周书·时训解》："小雪之日，虹藏不见。"

（3）"服玄玉"二句：《礼记·月令》："孟冬之月，……天子居玄堂左个，服玄玉。"

(4)“沐蕙气”二句：用蕙和兰煮过的香汤沐浴。

(5)“匏器洁”二句：《礼记·月令》：“水泉必香，陶器必良。”

(6)陟配彼：配祀黑帝叶光纪。

(7)“君欣欣”二句：神既降福，君心亦欣欣然乐也。

周祀宗庙歌十二首(1)

皇夏皇帝入庙门

肃肃清庙(2)，岩岩寝门(3)。欹器防满(4)，金人戒言(5)。应㡉悬鼓(6)，崇牙树羽(7)。阶变升歌(8)，庭纷象舞(9)。闲安象设[1](10)，缉熙清奠(11)。春鲔初登(12)，新萍先荐(13)。僾然入室，俨乎在位[2](14)。凄怆履之，非寒之谓(15)。

【校记】

[1] 象：《庾子山集》作“追”。

[2] 在：《隋书·音乐志》作“其”，《乐府诗集》同。

【注释】

(1)宗庙：谓高祖以下四亲庙。

(2)肃肃：庄严肃穆。

(3)岩岩：高俊貌。

(4)欹器：倾斜易覆之器。此器虚则欹，中则正，满则覆。明君以为可诫人，常放置在座位旁。

(5)金人：铜铸之人像。《说苑·敬慎》：“孔子之周，观于太庙，右阶之前，有金人焉。三缄其口，而铭其背曰：“古之慎言人也，戒之哉！戒之哉！无多言，多言多败。”

(6)应㡉(yǐn)：小鼓。悬鼓：悬挂在架子上的鼓。

(7)崇牙：悬挂钟磬的架子上端的锯齿。树羽：栽饰羽毛。

(8)升歌：古代祭祀、宴会登堂时所春天的乐歌。

(9)象舞：象用兵时刺伐之舞，武王制。

(10)“闲安”句：《楚辞·招魂》：“像设君室，静闲安。”

(11)缉熙：光明。

(12)春鲔初登：《月令》：“季春荐鲔于寝庙。”

(13)新萍：新生的浮萍，古人常用来祭鬼神。

(14)“僾然”二句：《礼记·祭义》：“祭之日，入室，僾然必有见乎其位。”僾(ài)然：仿佛。

(15)“凄怆”二句：《礼记》：“霜露既降，君子履之，必有凄怆之心。”

昭夏降神

永维祖武[1](1)，潜庆灵长。龙图革命(2)，凤历归昌(3)。功移上墋[2](4)，德耀中阳[3](5)。清庙肃肃(6)，猛虡煌煌[4](7)。曲高《大夏》[5](8)，声和盛唐(9)。牲牷荡涤(10)，萧合馨香(11)。和鸾戾止[6]，振鹭来翔[7]。永敷万国(12)，是则四方(13)。

【校记】

[1] 维：《初学记》作“惟”。祖：《初学记》作“神”。

[2] 墋：《初学记》作“惨”。

[3] 耀：《初学记》作“跃”。

[4] 煌煌：《初学记》作“趪趪”。

[5] 曲高大夏：《初学记》作“曲台大厦”。

[6] 止：《初学记》作“立”。

[7] 翔：《初学记》作“朔”。

【注释】

(1) 武：足迹。

(2) 龙图：指《河图》。

(3) 凤历：相传以凤鸟为名的历正之官。

(4) 上墋（chěn）：上天浑浊不清。墋：混浊不清。

(5) 中阳：汉高祖为沛县丰邑中阳里人。

(6) 肃肃：敬貌。

(7) 虡：悬挂钟器的木架。上有猛兽之形，以喻大声有力，故称猛虡。

(8)《大夏》：禹时之乐。

(9) 盛唐：指唐尧之时，其乐《咸池》。

(10) 牲牷：古代祭祀用的牲畜。

(11) 萧：香蒿。

(12) 敷：广布。

(13)“是则”句：四方效法。

皇夏俎入，皇帝升阶

年祥辨日，上协龟言(1)。奉酎承列(2)，来庭骏奔(3)。雕禾饰斝(4)，翠羽承樽(5)。敬殚如此，恭惟执燔(6)。

【注释】

(1) 龟言：龟卜所得之兆。

(2) 酎（zhòu）：重酿的醇酒。承列：按照次序，排成队列。

(3) 骏奔：奔走来集。

(4) 斝（jiǎ）：古代铜制酒器，上画禾稼作装饰。

(5) 樽（zūn）：盛酒器，祭祀用牺樽用翠鸟羽作装饰。

(6) 燔：通“膰”，祭肉。

皇夏皇帝献皇高祖

庆绪千重秀(1)，鸿源万里长。无时犹戢翼(2)，有道故韬光(3)。盛德必有后，仁义终克昌(4)。明星初肇庆，大电久呈祥(5)。

【注释】

(1)“庆绪”句：言宇文氏本神农之后，历传至宇文韬，世系久远。

(2)戢翼：敛翅不飞。比喻谦退自处。戢：敛。

(3)韬光：隐藏光采，比喻隐藏才华名声。韬：遮掩，隐藏。

(4)克：能。

(5)“明星”二句：用黄帝母附宝见大电绕北斗而生皇帝事。肇庆：开启吉祥。

皇夏皇帝献皇曾祖德皇帝

克昌光上烈，基圣穆西藩(1)。崇仁高涉渭(2)，积德被居原(3)。帝图张往迹，王业茂前尊(4)。重芬德阳庙(5)，叠庆寿陵园(6)。百灵光祖武，千年福孝孙。

【注释】

(1)基圣：开基先圣。西藩：后周的起源地代地。

(2)崇仁高涉渭：指周先祖公刘自漆、沮渡渭事。

(3)积德被居原：指古公亶父去豳，越过梁山，止于岐下。

(4)“帝图”二句：指闵帝受禅，宇文肱为皇祖，追尊为德皇帝事。

(5)德阳庙：汉景帝中四年三月修筑德阳宫，实为景帝庙，讳言“庙”，因又称“德阳宫”。

(6)寿陵园：汉明帝的陵园。

皇夏皇帝献皇祖太祖文皇帝(1)

雄图属天造(2)，宏略遇群飞(3)。风云犹听命，龙跃遂乘机(4)。百二当天险(5)，三分拒乐推(6)。函谷风尘散(7)，河阳氛雾晞(8)。济弱沦风起，扶危颓运归(9)。地纽崩还正(10)，天枢落更追(11)。原祠乍超忽(12)，毕陇或绵微(13)。终封三尺剑(14)，长卷一戎衣(15)。

【注释】

(1)太祖文皇帝：姓宇文氏，讳泰，字黑獭，代武川人。魏时，出战有功，封安定公，位至太师。孝闵受禅，追尊为文王，庙曰太祖。武成元年，追尊为文皇帝。

(2)雄图：宏伟的谋略。

(3)群飞：乱。指文帝生逢魏之乱世。

(4)龙跃遂乘机：指文帝乘时而起，建立功业。

(5) 百二当天险：《汉书·高祖本纪》"田肯曰：'秦，形胜之国也，带河山之险，县隔千里，持戟百万，秦得百二焉。'"这里指宇文泰占据秦地。

(6) 三分拒乐推：《论语·泰伯》言周文王："三分天下有其二，以服事殷。"此句言天命人情皆已归往，宇文泰犹不废人臣之礼。

(7) 函谷风尘散：指周太祖武帝居长安。函谷：秦关名，今陕西省境内。

(8) 河阳氛雾晞：齐神武推清河王都邺，离开洛阳。河阳：地名，汉时河南郡洛阳县。晞：晒干。

(9) "济弱"二句：言周太祖辅魏西迁，济弱扶危，遂成中兴之业。

(10) 地纽：即地纪，地维，神话传说中维系大地四角的绳索。

(11) 天枢：星名，北斗七星第一星。

(12) 原祠：指高祖原庙沛宫。

(13) 毕陇：文王墓地名。陇：坟墓。

(14) 三尺剑：《汉书·高祖本纪》："高祖曰：'吾以布衣提三尺剑取天下，此岂非天命乎!'"

(15) 一戎衣：《礼记·中庸》："一戎衣而有天下。"

皇夏皇帝献文宣帝太后(1)

月灵兴庆(2)，沙祥发源(3)。功参禹迹(4)，德赞尧门(5)。言容典礼(6)，褕狄徽章(7)。仪形温德，令问昭阳(8)。日月不居，岁时晼晚(9)。瑞云缠心(10)，閟宫惟远(11)。

【注释】

(1) 文宣皇太后：文宣叱奴皇后，代人也。太祖为丞相，纳后为姬，生高祖。天和二年六月，尊为皇太后。建德三年三月癸酉，崩。四月丁已，葬永固陵。

(2) "月灵"句：月为后妃之象，故云。

(3) "沙祥"句：《汉书·元后传》："元城建公曰：'昔春秋沙麓崩，晋史卜之曰：'阴为阳雄，土火相乘，故有沙麓奔。后六百四十五年，宜有圣女兴。'……'"汉时孝元皇后王政君应之。

(4) 功参禹迹：指大禹的妻子涂山氏。此言文宣皇太后为文帝姬，称其妇道。

(5) 德赞尧门：用武帝夫人赵氏生钩弋典（见《列仙传》）钩弋夫人怀孕十四个月乃生昭帝，与传说中的尧母相同，武帝因此把钩弋夫人寝宫的大门称为尧母门。此处言文宣皇太后为武帝母，称其母德。

(6) 言容：指妇德、妇言、妇容、妇功。

(7) 褕狄：古代王后的祭服，以衣上绘制长尾野鸡的图形而称。徽章：表示崇敬的旌旗。

(8) 温德、昭阳：皆汉代殿名。

(9) 晼晚：日落貌，日暮也。

(10) 瑞云：庆云。心：星名。此言武帝即位，则瑞应于天王之宫。

（11）閟宫：后稷的母亲姜嫄的神庙。此言太后称尊，斯祭拟于姜嫄之庙。

皇夏皇帝献闵皇帝[1]

龙图基代德[2]，天步属艰难。讴歌还受瑞，揖让乃登坛[3]。升舆芒刺重，入位據关寒[4]。卷舒云泛滥，游扬日浸微[5]。出郑终无反，居桐竟不归[6]。祀夏今惟旧，尊灵谥更追[7]。

【注释】

（1）孝闵皇帝，讳觉，字罗尼，太祖第三子。魏恭帝三年三月，命为安定公世子。十月，大祖崩，嗣位太师、大冢宰。十二月丁亥，魏恭帝诏以岐阴地封帝为周公。庚子，禅位于帝。在位一年。

（2）龙图：《竹书纪年》："黄帝五十年，龙图出河，龟书出洛。"代德：取代前朝以治天下之德。

（3）"讴歌"二句：《周书》本纪："魏帝临朝，遣（派）民部中大夫、济北公元迪致皇帝玺绂，固辞（不接受）。公卿百僚劝进，太史陈祥瑞，乃从之（同意授禅）。"指闵帝受魏禅让之事。揖让：让位于贤者。

（4）"升舆"二句：《汉书·霍光传》："宣帝立，谒见高庙，大将军霍光骖乘（陪乘），上内严惮之，若有芒刺在背。"又《汉书·邹阳传》：邹阳上书曰："孝文帝据关入立，寒心销志，不明求衣。"这两句是说晋公宇文护专政之事。

（5）"卷舒"二句：谓君弱臣强。云喻臣，"泛滥"言其势盛。日喻君，"浸微"言其势衰。

（6）"出郑"二句：谓晋公护幽禁闵帝，杀之而崩事。出郑：《春秋·僖公二十四年》："冬，天王出居于郑。"居桐：《史记·殷本纪》："帝太甲既立三年，不明，暴虐，不遵汤法，乱德，于是伊尹放之于桐。"出郑，居桐喻闵帝幽于旧邸。无反、不归，言竟被杀驾崩。

（7）"祀夏"两句：《左传·哀元年》："伍员曰：'祀夏配天，不失旧物。'"闵帝驾崩未得追谥祭祀，武帝即位，诛护，追谥为孝闵皇帝，陵曰静陵。谥：古代帝王、贵族、大臣或其他有地位的人死后被加的带有褒贬意义的称号。

皇夏皇帝献明皇帝[1]

若水逢降君[2]，穷桑属惟政[3]。丕哉驭帝箓，郁矣当天命[4]。方定五云官[5]，先齐八风令[6]。文昌气似珠[7]，太史河如镜[8]。南宫学已开[9]，东观书还聚[10]。文辞金石韵，毫翰风飙竖[11]。清室桂冯冯[12]，齐房芝诩诩[13]。宁思玉管笛[14]，空见灵衣舞。

【注释】

（1）明皇帝：世宗明皇帝宇文毓，太祖长子，大统十四年封宁都郡公。孝闵继位，进位柱国、岐州刺史。闵帝废，晋公宇文护迎帝即天王位。在位四年，崩。谥明，庙号世宗。

（2）若水逢降君：黄帝生二子，皆有天下。其二曰昌意，降居若水。明帝为太祖庶长子，与被弑的闵帝宇文觉是兄弟，是若水降居之事。若水，在今四川。《史记·五帝本纪》："穷桑属为政：闵帝为明帝三弟，嗣安定公，卒受魏禅，故云。"

（3）"穷桑"句：《左传·昭二十九年》："少皞氏四叔，世不失职，遂济穷桑。"穷桑，少皞氏的封号。此处指晋公宇文护继续辅政专权。

（4）"丕哉"二句：言明帝始降居，而终应天命。帝箓：天帝的符命。

（5）五云官：黄帝受命，有云端，故以云纪事名官。春官青云，夏官缙云，秋官白云，冬官为黑云，中官黄云。

（6）八风：据《说文解字》，东方曰明庶风，东南曰清明风，南方曰景风，西南曰凉风，西方曰阊阖风，北方曰广莫风，西北曰不周风，东北曰融风。

（7）文昌：星座名。

（8）太史：古代黄河下游分为九河，其一名太史。

（9）南宫：肃宗诏贾逵入讲《尚书》南宫云台。

（10）东观：学者称东观为老臧室，道家蓬莱山。

（11）"文辞"二句：言帝好文学。

（12）清室：斋戒的房间。桂冯冯：《汉书·乐志》所载《安世房中歌》有《桂华》："冯冯翼翼，承天之则。"冯冯：盛满貌。

（13）齐房：《安世房中歌》又有《齐房歌》："齐房产草，九茎连叶。"齐，通"斋"。诩诩：茂盛的样子。

（14）玉管笛：高祖入咸阳宫，周行府库，见一玉笛，长二尺三寸，六孔。（见《西京杂记》）

皇夏皇帝献高祖武皇帝[(1)]

南河吐云气[(2)]，北斗降星辰[(3)]。百灵咸仰德，千年一圣人[(4)]。书成紫微动，律定凤凰驯[(5)]。六军命西土，甲子陈东邻[(6)]。戎衣此一[(7)]定，万里更无尘。烟云同五色[(8)]，日月并重轮。流沙既西静，蟠木又东臣[(9)]。凯乐闻朱雁[(10)]，铙歌见白麟。今为六代祀[(11)]，还得九疑宾[(12)]。

【注释】

（1）高祖武皇帝：宇文邕，太祖第四子，孝闵登基，拜大将军，出镇同州。世宗即位，进柱国、蒲州刺史。武成元年封鲁国公，领宗师。二年，世宗崩，遗诏传位于帝。在位七年，崩，谥曰武，庙号高祖。

（2）南河：星座名。东井西曲星名钺，钺南北分别为南河、北河。南河三星，北河三星，分夹东井南北。

（3）星辰：众星的总称。

（4）千年一圣人：古人以为，黄河千年一清，至圣之君以为大瑞。

（5）律定凤凰驯：据《汉书·律历志》："黄帝使伶伦造律，制为十二筒，以听凤凰之鸣。

(6)“六军”二句：言武帝平邺之功。东邻：指北齐。

(7)“戎衣”二句：《书·武成》：“一戎衣，天下大定。”

(8)五色：又称五彩，青、赤、白、黑、黄。

(9)“流沙”二句：《史记·五帝本纪》：“西至于流沙，东至于蟠木。”沙漠。沙常因风而流动转移，故云。蟠木：东海度索山上有文桃树，蟠曲三千里。

(10)朱雁、白麟：《汉书·武帝纪》：“上行幸东海，获赤雁，作《赤雁歌》。”“上行幸雍，获白麟，作《白麟歌》。”

(11)六代祀：《隋书·音乐志》：“天和九年，武帝初造《山云舞》，以备六代。具用六舞。六代，《大夏》、《大濩》、《正德》、《武德》、《山云》之舞也。”

(12)九疑：舜陵，位于九疑山，又称零陵。

皇夏皇帝还东壁，饮福酒

礼殚祼献(1)，乐极休成。长离前掞(2)，宗祀文明。缩酌浮兰(3)，澄罍合鬯(4)。磬折礼容(5)，旋回灵贶(6)。受釐撤俎(7)，饮福移樽。惟光惟烈，文子文孙。

【注释】

(1)礼殚祼(guàn)献：祼献之礼结束。殚：尽，结束。祼献：古代帝王、王后祭祀时，以香酒灌地、以腥熟之食献神的礼仪。

(2)“长离”句：《汉书·礼乐志》：“长离前掞光耀明。”长离，又作“长丽”，灵鸟。掞(shàn)：舒展，铺排。

(3)缩：滤酒，把酒倒在茅上渗下去。

(4)罍：盛酒或水用的工具。鬯：古时祭祀用的酒，用黑黍和郁金香草酿成。

(5)磬折：弯腰如磬之形，形容十分恭敬。礼容：礼制仪容。

(6)灵贶(kuàng)：佳气灵光之类。

(7)受釐(xǐ)：接受神灵的降福。俎：古代祭祀或宴公时用来盛牲的礼器。

皇夏皇帝还便殿

庭阕四始(1)，筵终三荐。顾步阶墀(2)，徘徊馀奠(3)。六龙矫首(4)，七萃警途(5)。鼓移行漏(6)，风转相乌(7)。翼翼从事(8)，绵绵四时(9)。惟神降嘏(10)，永言保之。

【注释】

(1)阕：停止。四始：本指《诗经》的《风》、《大雅》、《小雅》、《颂》。这里指祭祀的乐章。

(2)墀：台阶。

(3)奠：设酒而祭。

(4)六龙：指为皇帝驾车的六匹马。

(5) 七萃：七支精干队伍，周穆王禁卫军。后泛指皇帝的禁卫军。
(6) 行漏：古人以漏壶水位下移来计时，引申指时间。
(7) 相乌：相风铜乌，古人测定风向的仪器。
(8) 翼翼：恭貌。
(9) 绵绵：详密貌四时，指四时之祭。
(10) 嘏（gǔ）：福。

周大祫(1)歌二首

昭夏降神

律在夹钟(2)，服居苍衮(3)。杳杳清思(4)，绵绵长远(5)。就祭于合[1](6)，班神于本[2]。来庭有序(7)，助祭有章(8)。乐舞六代(9)，宾歌二王。和铃以节，鞗革斯锵(10)。斋宫馔玉(11)，郁罍浮金。洞庭钟鼓，龙门瑟琴(12)。其乐已变，惟神是临(13)。

【校记】

[1] 于：《庾子山集》作“于”。《乐府诗集》、《广文选》同。
[2] 于：《庾子山集》作“于”。《乐府诗集》、《广文选》同。

【注释】

(1) 祫（xiá）：古代天子或诸侯在太庙中合祭先祖。
(2)“律在”句：指农历二月。
(3) 苍：青色。衮：古代帝王或公侯穿的绣龙的礼服。
(4) 杳杳：遥远的样子。
(5) 绵绵：连续不断貌。
(6) 合：合祭。
(7) 来庭：来到朝廷，指朝见天子，表示臣服。
(8) 助祭：举时祫祭时，天子主祭，诸侯助祭。章：本指织物的经纬纹理，引申为次序。
(9) 乐舞六代：黄帝乐《云门》、尧乐《咸池》、舜乐《大招》、禹乐《大夏》、殷乐《大濩》、周乐《大武》。
(10) 和铃：铃子。和在车上，铃在旗上。鞗革：马笼头的下垂装饰。
(11) 斋宫：皇帝斋戒的宫室。馔（zhuàn）玉：珍美如玉的食品。
(12) 龙门：地名。龙门产桐树做琴瑟音色最佳。
(13)“其乐”二句：《周礼·春官·大司乐》：“若乐九变，则人鬼皆降，可得而礼矣。”

登歌奠玉帛

神惟显思(1)，不言而令。玉帛之礼(2)，敢陈庄敬。奉如弗胜，荐如受命。交于神明，悫于言行(3)。

【注释】

(1)”神惟“句：《诗·周颂·敬之》：“敬之敬之，天惟显思。”显，明白。思，语辞，无义。

(2) 玉帛：指祭祀用的璧、束帛等。

(3) 悫：诚信，诚实。

燕射歌辞

周五声调曲二十四首

序曰：元正飨会大礼(1)。宾至食举，称觞荐玉(2)。六律既从(2)，八风斯畅。以歌大业，以舞成功。

【注释】

(1) 元正：元旦，农历正月初一。飨会：宴会。

(2) 称觞：举杯祝酒。荐玉：向神灵献玉。

(3) 六律：古以十二律管来确定音乐的高低，由低至高的顺序是：黄钟、大吕、太簇、夹钟、姑洗、中吕、蕤宾、林钟、夷则、南吕、无射、应钟。其中奇数为阳类，称六律。偶数为阴类，称六吕。

宫调曲五首

其　一

气离清浊割，元开天地分(1)。三才初辨正(2)，六位始成文(3)。继天爰立长(4)，安民乃树君。其明广如日，其泽厚如云(5)。惟昔我文祖(6)，拨乱拒讴歌(7)。三分未抚运(8)，八百不陵河(9)。礼敷天下信，乐正神人和(10)。风尘行息警，江海欲无波(11)。

【注释】

(1)“气离”二句：《说文·土部》：“地，元气初分，轻清阳为天，重浊阴为地，万物所陈列也。”

(2) 三才：天、地、人。

(3) 六位：易学术语。指每一卦一至六爻的爻位。

(4)“继天”句：指皇帝承天意而为民长。

(5)“其明”二句：《史记·五帝本纪》：“（帝尧）就之如日，望之如云。”

(6) 文祖：周太祖文皇帝宇文泰。

(7) 拨乱：太祖克齐致胜事。拒讴歌：《孟子·万章上》：“讴歌者，不讴歌尧之子而讴歌舜。”太祖辞王就公，天下将归，如舜避丹诛。

(8) 三分未抚运：《论语·泰伯》：“三分天下有其二，以服事殷。”抚运：顺应时运。

(9)“八百”句：《史记·周本纪》：“武王渡河，……是时，诸侯不期而会盟津者八百诸侯。”这里指宇文泰未行征伐。

(10)“礼敷”二句：言太祖有制礼做乐之功。

(11)“江海”句：据《韩诗外传》卷五：越裳氏重译来朝，献白雉，曰：“海不波溢三年于兹矣，意者中国有圣人。”

其 二

我皇承《下武》，革命在君临(1)。应图当舜玉[1](2)，嗣德受尧琴(3)。沈首多推运(4)，阳城有让心(5)。就日先知远(6)，观渊早见深。玄精实委御(7)，苍正乃皆平(8)。履端朝万国(9)，年祥庆百灵[2]。玉帛咸观礼(10)，华戎各在庭(11)。凤响中夷则(12)，天文正玉衡。皇基自天保，万物乃由庚(13)。

【校记】

[1] 应：《乐府诗集》作“膺”。

[2] 祥：《乐府诗集》云“一作期”。

【注释】

(1)“我皇”二句：谓周闵帝受命革魏，如姬周武王继嗣文王。《诗·大雅·下武》毛序：“《下武》，继文也。武王有圣德，复受天命，能昭先人之功也。”

(2) 图：《河图》。当舜玉：据《帝王世纪》，尧以昭华之玉赐舜。

(3) 嗣：继。受尧琴：此指尧赐琴给舜。

(4) 沈首多推运：《尚书大传》：“帝沉首而笑曰：‘明哉，一人天下也。’乃见于钟石。”

(5) 阳城有让心：《史记·夏本纪》：“禹避于舜之子商均阳城，天下诸侯皆去商均而朝禹，禹于是遂即天子位。”

(6) 就日：接近皇帝。就，靠近。日：喻皇帝。

(7) 玄精：黑精，指黑帝之神协光纪。

(8) 苍正：指苍帝灵威仰。

(9) 履端：帝王初即位。

(10) 玉帛：《左传》：“禹会涂山，执玉帛者万国。”此处代指各诸侯。

(11) 华：中国。戎：西北少数民族。言天下诸侯尽至。

(12) 凤响中夷则：据《汉书·律历志》：黄帝使伶伦作律，“制为十二筒（竹管），以听凤之鸣。《礼记·月令》七月律中夷则。”夷则：古十二乐律之一。夷，平；则，法则。

(13) 由庚：笙曲名。《诗·小雅》逸篇名。《序》：“《由庚》，万物得由其道也。”

其 三

握衡平地纪(1)，观象正天枢(2)。祺祥钟赤县(3)，灵瑞炳皇都(4)。更受昭华玉(5)，还披兰叶图(6)。金波来白兔(7)，弱水下苍乌(8)。玉斗调元协[1](9)，金沙富国租。青丘还扰圃(10)，丹穴更巢梧(11)。安乐新成庆[2]，长生百福符。

【校记】

［1］元：《乐府诗集》阙“元”字。

［2］成：《乐府诗集》作“咸”。

【注释】

（1）地纪：《文选》左思《蜀都赋》：“地以四海为纪。”这里指大地。纪，极。

（2）天枢：星名，北斗第一星。

（3）祺：吉祥。赤县：赤县神州。

（4）炳：明亮，显著。皇都：天子国都。

（5）更受昭华玉：尧得舜而尊礼之，赐舜昭华之玉。

（6）还披兰叶图：据《河图括地象》，帝斋于河洛间，有大卢鱼负河图而出，真图“兰采朱文”。

（7）金波：此处指月。白兔：传说月中有捣药白兔。

（8）弱水：《山海经·大荒西经》：（昆仑之丘），“其下有弱水之渊。”这里指日入处。苍乌：传说太阳中有三足乌，这里指太阳。

（9）玉斗：北斗星。以色明朗如玉，亦称玉斗。

（10）青丘：一名长洲，上皆林木，故名青丘。传说中神仙居住。

（11）丹穴更巢梧：《山海经》：“丹丘之山有鸟焉，名曰凤凰，现则天下大安宁。”

其　四

明明九族序(1)，穆穆四门宾(2)。阴陵朝北附(3)，蟠木引东臣(4)。涧途求版筑(5)，溪源取钓纶(6)。多士归贤戚，维城属茂亲(7)。贵位连南斗(8)，高荣据北辰(9)。迎时乃推策(10)，司职且班神。日月之所照，霜露之所均(11)。永从文轨一，长无外户人(12)。

【注释】

（1）明明：察貌。

（2）“穆穆”句：《尚书·舜典》：“宾于四门，四门穆穆。”穆穆：美貌。四门：四方之门。舜流四凶族，四方诸侯来朝见者，尽有美德之人，无凶人。

（3）阴陵：古属九江郡，项羽曾于此迷路。当时九江属南朝，此言南朝将北附。

（4）“蟠木”句：此句说平齐后，东方诸侯，莫不来朝王。蟠木，地名，位于东方。

（5）“涧途”句：用高宗得傅说典。

（6）“溪源”句：用文王得姜太公典。

（7）维城：《诗·大雅·板》：“怀德维宁，宗子维城。”借指皇室宗族。茂亲：有才德的亲属。

（8）南斗：主爵禄。

（9）北辰：北极。

（10）迎时：四时迎气。推策：占卜。策，古时占卜用的蓍草。

（11）均：调和，调节。

（12）“永从”二句：调武帝破齐之后，欲平突厥，定江南，使天下一统。王者以天下为一家，四海之内皆文轨所及，故无外户之人。文轨一：书同文，车同轨。

其　五

郁盘舒栋宇，峥嵘侔大壮(1)。拱木诏林衡，全模徵梓匠(2)。千栌绮翼浮(3)，百栱长虹抗(4)。北去邯郸道，南来偃师望。龙首载文榥(5)，云楣承武帐(6)。居者非求隘(7)，卑宫岂难尚(8)。壮丽天下观，是以从萧相(9)。

【注释】

（1）“郁盘”二句：《易·系辞下》：“上古穴居而野处，后世圣人易之以宫室，上栋下宇，以待风雨，盖取诸《大壮》。”郁盘：重厚貌。峥嵘：高浑貌。侔（mòu）：相等。大壮：卦名。

（2）“拱木”二句：《文选》左思《魏都赋》：“僝拱木于林衡，授全横于梓匠。”拱木：可用两手围抱的树木。林衡：古官名，《周礼》地官之属，掌保护巡守林木。梓匠：木匠。

（3）千栌绮翼浮：柱头欂栌全部刻有绮文，如同鸟儿舒展翅膀。

（4）拱：柱顶上承托栋梁的方木。我国传统木结构中的一种弧形。长虹：形容屋梁高大弯曲象长虹。抗：高举，高出。

（5）龙首：山名，在陕西省长安县北。萧何在此营造未央宫。文榥(pí)：绘有纹彩的屋檐前板。

（6）云楣：绘有云气的屋梁。楣：梁。武帐：置有兵器的帷帐，帝王所用。

（7）居者非求隘：皇居贵于壮丽，不必有心以求狭隘之居。

（8）卑宫：《史记·夏本纪》：禹“卑宫室”。

（9）“壮丽”二句：据《史记·高祖本纪》萧何造未央宫，高祖见其壮丽，怒。萧何回答说：“且夫天子四海为家，非壮丽无以重其威，且无令后世有以加也。”

变宫调二首(1)

其　一

帝游光出震(2)，君明擅在离(3)。岩廊惟眷顾，钦若尚无为(4)。龙穴非难附，鸾巢欲可窥(5)。具茨应不远(6)，汾阳宁足随(7)。烝民播植重[1](8)，沟洫劬劳多(9)。桑林还注雨(10)，积石遂开河(11)。明徵逢永命，平秩值年和(12)。更有薰风曲(13)，方闻晨露歌(14)。

【校记】

［1］植：《乐府诗集》作“殖”。

【注释】

（1）变宫调：乐有五声、六律、七音。七音：宫、商、角、徵、羽、变宫、变徵。黄钟为宫，太簇为商，姑洗为角，林钟为徵，南吕为羽，应钟为变宫，蕤宾为变徵。时周宣帝传位太子衍，自号天元皇帝，于事为变，即取变宫歌曲事。

(2) 帝游光出震：《易》曰："帝出乎震。"

(3) 君明擅在离：《易》曰："明两在离。"明两：指帝王，言其光照四方。

(4) "岩廊"二句：尧舜时居岩廊之上，无为而天下治。岩廊，高峻的廊。钦若：敬顺。

(5) "龙穴"二句：言其攀龙附凤，有求仙之志。

(6) 具茨应不远：《庄子·徐无鬼》："黄帝将见大隗于具茨之山。"

(7) 汾阳宁足随：《庄子·逍遥游》："尧治天下之民，平海内之政，往见四子藐姑射之山，汾水之阳，窅然丧其天下焉。"

(8) 烝民：众民，百姓。

(9) 沟洫：古方里为井，井间有沟，沟宽四尺。十里为成，成间有洫，洫深八尺。劬(qú)劳：辛勤劳苦。

(10) 桑林：用汤祷于桑林求雨典。《桑林》，因汤祷雨得成，遂以《桑林》名其乐。

(11) 积石：山名，在青海南部。黄河流经此山。

(12) 平秩：分别次序，辨次耕作的先后，务农。

(13) 薰风曲：《家语》："帝舜歌曰：'南风之薰兮，可以解吾民之愠兮。'"

(14) 晨露歌：《吕氏春秋·古乐》："汤命伊尹作《大濩》，歌《晨露》。"

其　二

移风广轩历(1)，崇德盛唐年(2)。成文兴大雅，出豫动钧天(3)。黄钟六律正(4)，阊阖八风宣(5)。孤竹调阳管，空桑节雅弦。舞林鸾更下，歌山凤欲前(6)。闻音能辨俗，听曲乃思贤(7)。感物观治乱(8)，心恒防未然[1]。君子得其道，大平何有焉(9)。

【校记】

[1] 心恒：《乐府诗集》作"治心"。

【注释】

(1) 轩历：指黄帝轩辕氏统治时期。

(2) 唐年：尧唐盛世。

(3) "成文"二句：《易·豫》："先王以作乐崇德。"这里指作乐。钧天：天帝所居。

(4) 六律：参见本卷《周五声调曲二十四首·序》注(3)。

(5) 八风：参见本卷《黄帝云门舞》注(10)。

(6) "舞林"二句：言鸾凤亦解歌舞，见舞而下，闻歌而来。

(7) 听曲乃思贤：《礼记》："君子听钟声则思武臣，听磬声则思死封疆之臣，听琴瑟则思志义之臣，听笙竽则思畜聚之臣，听鼓鼙之声则思将帅之臣。"

(8) 感物：音为感物而生。治乱：《礼记》："治世之音安以乐，其政和。乱世之音怨以怒其政乖。"

(9) "君子"二句：言人君能得其道以治天下，则可以实现太平之世。

商调曲四首(1)

其 一

君以宫唱，宽大而谟明。臣以商应，闻义则可行(2)。有熊为政，访道于容成[1](3)。殷汤受命(4)，委任于阿衡[2](5)。忠其敬事，有罪不逃刑。诵其箴谏，言之无隐情。有刚有断，四方可以宁。既颂既雅，天下乃升平。专精一致，金石为之开。动其两心[3]，妻子恩情乖(6)。苟利社稷，无有不尽怀。昊天降祐(7)，元首唯康哉(8)。

【校记】

［1］于：《庾子山集》作“于”。《乐府诗集》同。

［2］于：《庾子山集》作“于”。《乐府诗集》同。

［3］其：《乐府诗集》作“有”。《诗纪诗集》同。

【注释】

（1）商调曲：燕射时宾客有诸侯、卿大夫、皆天子之臣。商以为臣，故以商调歌其臣下。郑注《月令》：“商属金，以其浊，次宫，臣之象也。”商七十二丝，次宫，如臣得次君之贵重也。

（2）“君以宫唱”四句：《礼记·乐记》曰：“宫为君，商为臣，闻其宫声，使人温良而宽大；闻其商声，使人方廉而好义。”谟明：谋略高明。

（3）有熊为政：黄帝受国于有熊，居轩辕之丘，因而以有熊为名号。容成公，自称为黄帝师。

（4）殷汤：商朝的开国皇帝。

（5）阿衡：伊尹。

（6）“妻子”二句：《孟子》：“身不行道，不能行于君子者也。”乖：不顺，不和谐。

（7）昊天：上天。

（8）元首：君主。

其 二

百川俱会，大海所以深。群材既聚，故能成邓林(1)。猛虎在山，百兽莫敢侵。忠臣处国，天下无异心。昔我文祖，执心且危虑。驱剪豺狼，经营此天步(2)。今我受命，又无敢逸豫(3)。惟尔弼谐(4)，各可知兢惧(5)。

【注释】

（1）邓林：《山海经·海外北经》：夸父“弃其杖，化为邓林。”邓林，树林。

（2）天步：参见本卷《赤帝云门舞》之《配帝舞》注（6）。

（3）逸豫：安逸享乐。

（4）弼谐：辅佐，调和。

(5) 兢惧：戒慎恐惧。

其　三

礼乐既正，神人所以和[1]。玉帛有序(1)，志欲静干戈。各分符瑞(2)，俱誓裂山河。今日相乐，对酒且当歌。道德以喻，听撞钟之声(3)。神奸不若，观铸鼎之形(4)。酆宫既朝(5)，诸侯于是穆(6)。岐阳或狩(7)，淮夷自此平(8)。若涉大川，言凭于舟楫。如和鼎实，有寄于盐梅。君臣一体，可以静氛埃。得人则治，何世无奇才。

【校记】

[1] 神人：《乐府诗集》作“人神”。

【注释】

(1) 玉帛有序：《礼记·聘礼》：“执玉致命，执帛致享。”又《左传·哀公七年》：“禹会诸侯于涂山，执玉帛者万国。”

(2) 符瑞：符信。

(3)“道德”二句：古人认为黄钟生于一，一生万物。因而君子以金为钟，撞钟以知君道德。

(4)“神奸不若”二句：据《左传·宣公三年》，夏时“铸鼎象物，百物而为之备，使民知神奸。故民入川泽山内核模块，不逢不若。”神奸，害人的鬼神怪异之物。若，顺。

(5) 酆宫：周文王宫名，故址在陕西户县东。

(6) 穆：恭敬。

(7) 岐阳：地名，在今陕西省。周成王曾于岐阳狩猎。

(8) 淮夷：古代居于淮河流域的少数民族。

其　四

风力是举，而台阶序平(1)。重黎既登(2)，而天地位成。功无与让，铭太常之旌(3)。世不失职，受骍毛之盟(4)。辑瑞班瑞(5)，穆穆于尧门。惟翰惟屏(6)，朊朊于周原(7)。功成而治，定礼乐斯存。复子而明，辟姬旦何言。

【注释】

(1) 风力是举：黄帝曾推举风后、力牧、常先、大鸿治理人民。台阶：又作“泰阶”，星座名，上台、中台、下台共六星，两两并列斜上如阶梯。古人以为上阶为天子，中阶为诸侯公卿大夫，下阶为士庶人，三阶平则天下太平。

(2) 重、黎：颛顼时二贤臣，重为南正，“司天以属神”，黎为火正，“司地以属民”。

(3) 太常：旗名。为天子所树大旗，上画日月。

(4) 骍（xīng）毛：赤牛，周平王曾以赤牛为牲与诸侯。盟誓：世世不失职。

(5)“辑瑞”句：《尚书·舜典》：“辑五瑞，既月乃日，觐四岳群牧，班瑞于群后。”

辑：收敛集聚。班：赋，散布，分发赏赐。

（6）“惟翰”句：《诗·大雅·板》：“大邦惟屏，大宗惟翰。”屏，屏障。翰，骨干。

（7）“朊朊”句：《诗·大雅·绵》：“周原朊朊。”朊（ruǎn）朊：美。周原：岐山下的平原，周人曾定居于此。

角调曲二首(1)

其 一

止戈见于绝辔之野(2)，称伐闻于丹水之征。信义俱存，乃先忘食[1](3)，五材并用，谁能去兵(4)。虽圣人之大宝曰位(5)，实天地之大德曰生。泾渭同流，清浊异能(6)，琴瑟并御，雅郑殊声(7)。扰扰烝人声教不一(8)，茫茫禹迹车轨未并(9)。志在四海而尚恭俭，心包宇宙而无骄盈(10)。言而无文，行之不远(11)，义而无立，勤则无成(12)。恻隐其心，训以慈惠(13)，流宥其过，哀矜典刑(14)。

【校记】

［1］忘：《诗纪》作“忌”。

【注释】

（1）角调曲：歌其民安物阜庶绩咸熙。以角为民，故以角调歌其民。《乐记》：“角为民。”郑注《月令》：“角属木，以其清浊中，民之象也。”

（2）止戈：《左传·宣公十二年》：“于文，止戈为武。”绝辔：古地名，炎帝杀蚩尤于此。

（3）忘食：去食，不食。

（4）五材：金、木、水、火、土。

（5）“虽圣人”句：《周易·系辞》之文。

（6）泾、渭：二水名，一清一浊。

（7）雅郑：雅乐与郑风。

（8）扰扰：纷乱的样子。烝人：众人。

（9）车轨未并：车不同轨。

（10）宇：四方上下为宇。宙：舟车所至为宙。

（11）“言而”二句：据《左传·襄公二十五年》，孔子曾说：“言之无文，行而不远。”

（12）“义而”二句：《礼记·学记》曰：“时过然后学，则勤苦而难成。”

（13）恻隐：同情。训：教诲。

（14）流宥：《尚书·舜典》作“流宥五刑”，即以流放之法宽五刑。哀矜：哀怜。典刑：常刑。

其 二

匡赞之士或从渔钓(1)，云雨之才，乍叹幽谷(2)。寻芳者追深径之兰，识韵者探穷山之竹[1](3)。克明其德，贡以三事(4)，树之风声，言于九牧(5)。协用五纪(6)，风若从事[2]，农用八政(7)，甘作其谷。殊风共轨，见之周南(8)，异亩同颖，闻之康叔(9)。祁寒暑雨，是无胥怨(10)，天覆云油，滋焉渗漉(11)。幸无谢上古之淳人(12)，庶可以封之于比屋(13)。

【校记】

[1] 探：《诗纪》云“一作‘采’”。

[2] 事：《乐府诗集》作“时”。

【注释】

(1) 匡赞：匡正辅佐。从鱼钓：指姜太公钓鱼待文王事。

(2) 幽谷：深暗的山谷，《诗经·小雅·伐木》：“出自幽谷，迁于乔木。”

(3) 穷山：深山。

(4) 贡：推荐选择优秀士子给朝廷。三事：古称三公为三事大夫。

(5) 树：树立。风声：土地风俗以立声教。九牧：九州牧伯。

(6) 协：和。五纪：岁、月、日、星辰、历数。

(7) 八政：古代国家施政的八个方面。《书·洪范》：“三，八政：一曰食，二曰货，三曰祀，四曰司空，五曰司徒，六曰司寇，七曰宾，八曰师。”

(8) 周南：周公旦的采地，得圣人之化。

(9)“异亩”二句：《周书序》：唐叔得禾，异亩同颖。颖：带芒的谷穗。康叔：当作唐叔，即唐叔虞，周初人，晋国的始祖。

(10) 祁寒：严寒。胥怨：积怨，怨咨。

(11) 云油：司马相如《封禅书颂》：“自我天覆，云之油油。”渗漉：水下流貌。

(12) 淳人：质朴敦厚之人。

(13) 封之于比屋：即比屋可封，意为家家可以封爵。比：紧靠并列。

徵调曲六首(1)

其　一

乾坤以含养覆载(2)，日月以贞明照临(3)。达人以四海为务(4)，明君以百姓为心(5)。水波澜者源必远，树扶疏者根必深(6)。云雨取施无不洽(7)，廊庙求才多所任(8)。

【注释】

(1) 徵调曲：《乐记》：“徵为事。”郑注《月令》：徵次之，用五十四丝。事胜于物而劣于民，故于民后物前。古人以为徵属夏，夏时生长万物，万物皆成形体，事亦有体，故以徵陪事。

(2) 覆载：指天地养育，包容万物。

(3) 贞明：正而明。

(4) 达人：显贵的人。

(5)“明君”句：《老子》：“圣人无常心，以百姓心为心。”

(6) 扶疏：四面分布。

(7) 洽：温润。

(8) 廊：宫殿。庙：宗庙。二者合起来指朝廷。

其 二

淳风布政常无欲[1]，至道防人能变俗。求仁义急于水火，用礼让多于菽粟[2]。屈轶无佞人可指[3]，獬豸无繁刑可触[4]。王道荡荡用无为，天下四人谁不足[5]。

【注释】

(1) 淳风：敦厚朴实的风俗。布政：施政。

(2)“求仁火”二句：《孟子·尽心上》：“民非水火不生活，昏暮叩人之门户求水火，无弗与者，至足矣。圣人治天下，使有菽粟如水火。菽粟如水火，而民焉有不仁者乎?”

(3) 屈轶：神话中的草名。《竹书纪年》：“黄帝轩辕氏有屈轶之草，生于庭，佞人入朝，则草指之，是以佞人不敢进。”

(4) 獬（xiè）豸（zhì）：传说中的兽名，在东北荒山中，能辨曲直。“见人斗则触不直者，闻人论则咋不正者。”（见《异物志》）

(5) 四人：士、农、工、商。

其 三

圣人千年始一生，黄河千年始一清。摄提以之而从纪[1]，玉烛于是而文明[2]。东南可以补地阙，西北可以正天倾[3]。浮鼋则东海可厉，运锸则南山可平[4]。众仙就朝于瑶水，群帝受享于明庭[5]。怀和则靺任并秦[6]，功烈则钟鼎俱铭[7]。

【注释】

(1) 摄提：《尔雅》：“岁在寅摄提格。”

(2) 玉烛：四季气候调和，亦指太平盛世。文明：文采光明，文德辉耀。

(3)“东南”二句：用共工触不周山、女娲补天神话。

(4) 鼋（yuán）：大鳖。厉：涉水。据《竹书纪年》，周穆王率军南征，“叱鼋鼍以为梁。”锸（chā）：锹、铲，挖土用的工具。

(5) 明庭：甘泉。

(6) 靺（mèi）：东乐名。任：南乐名。

(7) 铭：刻，勒。

其 四

三光以记物呈形[1]，四时以裁成正位。雷风大山岳之响，寒暑通阴阳之气。武功则六合攸同(2)，文教则二仪经纬(3)。有道则咸浴其德，好生则各繁其类(4)。白日经天中则移，明月横汉满而亏。能亏能缺既无为，虽盈虽满则不危(5)。开信义以为苑囿，立道德以为城池。周监二代所损益，郁郁乎文其可知(6)。庖牺之亲临佃渔(7)，神农之躬秉耕稼(8)。汤则救旱而忧勤(9)，禹则正冠而无暇(10)。草上之风无不偃(11)，君子之甿知可化(12)。将欲比德于三皇(13)，未始追踪于五霸(14)。

【注释】

(1) 三光：日、月、五星。

(2) 六合：四方上下。攸：乃，于是，就。

(3) 二仪：天、地。经纬：纲纪法度。

(4)“好生”句：《尚书大禹谟》：“好生之德，洽于民心。”

(5)“白日”四句：《春秋元命苞》：“日尊，故满。满，故明。明，故精在外。日满者，常盛无亏也。”《礼记·礼运》：“月三五而盈，三五而阙。”四句总说白日当天，必会西沉，明月盈满，必会亏缺，人事也有盛衰，贵在知满亏之理引以为戒。

(6)“周监”二句：《论语·八佾》：“子曰：‘周监于二代，郁郁乎文哉，吾从周。’”监(jiàn)：借鉴。二代：夏商两代。郁郁：文采盛貌。

(7) 庖牺：即伏羲。佃：耕作，耕种。渔：渔猎。

(8) 躬秉：亲自操持。

(9) 汤则救旱而忧勤：《尸子》：“汤之救旱也，素车白马，布衣，身婴（缠绕）白茅，以身为牲。”

(10) 禹则正冠而无暇：《淮南子·原道训》：“禹之趋（小步走）时也，履遗而弗取，冠挂而弗顾。”

(11)“草上”句：《论语·颜渊》：“君子之德风，小人之德草，草上之风，必偃。”偃：倒。

(12) 甿(méng)：民，指住在郊野的百姓。

(13) 三皇：伏羲、神农、女娲。

(14) 五霸：齐桓、晋文、宋襄、楚庄、秦穆。

其　五

纤纤不绝林薄成(1)，涓涓不止江河生。事之毫发无谓轻，虑远防微乃不倾(2)。云官乃垂拱大君(3)，凤历唯钦明元首(4)。类上帝而禋六宗(5)，望山川而朝群后(6)。地镜则山泽俱开(7)，河图则鱼龙合负。我之天纲莫不该[1](8)，阊阖九关天门开(9)。卿相则风云玄感(10)，匡赞则星辰下来(11)。既兴周室之三圣(12)，乃举唐朝之八才(13)。莘臣参谋于左相(14)，大老教政于中台(15)。其宜作则于明哲，故无祟信于奸回(16)。

【校记】

［1］纲：《诗纪》作“网”。

【注释】

（1）纤纤：细微，微小。林薄：竹木为林；草丛生为薄。

（2）防微：于事物出现不良迹象之前即加以限制，不使扩大和发展。倾：偏差。

（3）云官：黄帝之官。《史记·五帝本纪》：“（黄帝）官名皆以云命，为云师。”垂拱：垂衣拱手，形容无所事事，不费力气。

（4）凤历：历正之官凤鸟氏。钦明：敬肃明察。

（5）类：古祭名，祭天。禋：敬祀。六宗：星、晨、司中、司命、风师、雨师。

（6）群后：四方诸侯。后，君。

（7）地镜：古有《地镜图》。

（8）天纲：国法。

（9）天门：上帝所居之紫微宫。

（10）“卿相”句：《文选》傅亮《为宋公修张良庙教》：“风云玄感，蔚为帝师。”《易》曰：“从龙，风从虎，圣人作而万物睹。”

（11）匡赞：匡正辅佐。星辰下来：《春秋佐助经》：“汉相萧何，昴星精。”

（12）三圣：文、武、周公。

（13）八才：高阳氏之才子八人，号为“八恺”；高辛氏之才子八人，号为“八元”。

（14）莘（shēn）臣：伊尹。左相：汤相仲虺（huǐ）。

（15）大老：黄帝有三臣：大老、力牧、容成。中台：天有上、中、下三台。

（16）“其宜作则”二句：言当法明哲之君子，无信奸回之小人。奸回：邪恶。

其　六

正阳和气万类繁(1)，君王道合天地尊。黎人耕植于义圃[1](2)，君子翱翔于礼园。落其实者思其树，饮其流者怀其源(3)。咎繇为谋不仁远(4)，十会为政群盗奔(5)。克宽则昆虫内向(6)，彰信则殊俗宅心(7)。渭桥有月支抱马(8)，上苑有乌孙学琴(9)。赤玉则南海输赆(10)，白环则西山献琛(11)。无劳凿空于大夏(12)，不待蹶角于蹛林(13)。

【校记】

［1］圃：《诗纪》作“图”。

【注释】

（1）正阳：夏居南方，称正阳。

（2）黎人：众百姓。

（3）“落其”二句：《吴越春秋·无余外传》：“食其实，不伤其枝。饮其水者，不浊其源。”

（4）“咎繇”句：《论语·颜渊》：“舜有天下，选于众，举皋陶，不仁者远矣。”咎繇：

即皋陶。

(5)“士会”句:《左传·宣十六年》:“以黻冕命士会为中军,且为大傅,于是晋国之盗逃奔于秦。”

(6)内向:归顺中央政权。

(7)彰:显明。宅心:归心。

(8)月(yuè)支:古西域国名,为单于所并,此云“月支抱马”。

(9)上苑有乌孙学琴:《汉书·西域传》:“乌孙国大昆弥治赤谷,去(离)长安八千九百里。元康二年,上以乌孙主解忧弟子相夫为公主,置官属侍御百余人,舍土林中,学乌孙言。宣帝时,乌孙公主遣女来至京师,学鼓琴。”

(10)赆:进贡的财物。

(11)琛:珍宝。

(12)无劳:无庸,没有辛劳。凿空:开通。此指张骞开通西域大夏事。

(13)蹶角:以额角叩地。蹛(dài)林:绕林木而祭。

羽调曲五首(1)

其一

树君所以牧人(2),立法所以静乱(3)。首恶既其南巢(4),元凶于是北窜(5)。居休气而四塞(6),在光华而两旦(7)。是以雨施作《解》(8),是以风行惟《涣》(9)。周之文武洪基(10),光宅天下文思(11)。千载克圣咸熙(12),七百在我应期(13)。实昊天有成命(14),惟四方其训之(15)。

【注释】

(1)羽调曲:《礼乐·乐记》曰:“羽为物。”《正义》曰:“郑注《月令》云:‘羽属水,以其最清,物之象也。’”羽用四十八丝。物次于事,因处最末。羽属冬,冬天物聚川成财用,与财相类。

(2)牧:统治。

(3)静:通“靖”,平定。

(4)首恶既其南巢:汤流放夏桀于南巢。

(5)元凶于是北窜:舜流放共工于幽州。元:大。共工为四凶,言为大凶之人。北窜:幽州位于北部故云北窜。

(6)休气:美善之气。《尚书中候》:“帝尧修坛河洛。昧爽,礼备。荣光出河,休气四塞。

(7)“在光华”句:《尚书大传·虞夏传·卿云歌》:“日月光华,旦复旦兮。”

(8)雨施作《解》:《易·解》:“雷雨作,解。”《解》,《周易》六十四卦之一,坎下震上,有“雷雨作”之象。

(9)风行惟《涣》:《易·涣》:“风行水上,涣。”《涣》,《周易》六十四卦之一,坎下巽上,有“风行水上”之象。

(10)周之文武:周文王、周武王。借指北周帝王。洪基:大业。

(11)“光宅”句:《尚书序》:“昔在帝尧，聪明文思，光宅天下。”文思：指帝王的才智与道德。光宅：广有。

(12) 咸：全。熙：振头。

(13)“七百”句:《左传·宣三年》:“成王定鼎于郏鄏，卜世三十，卜年七百，天所命民。”

(14)“实昊天”句:《诗·周颂·昊天有成命》:“昊天有成命，二后受之。”昊天，苍天。成命，既定的天命。

(15)“实四方”句:《诗·大雅·抑》:“四方其训之。”训：顺从。

其 二

运平后亲之俗，时乱先疏之雄。逾桂林而驱象(1)，济弱水而承鸿(2)。既浮干吕之气，还吹入律之风。钱则都内贯朽(3)，仓则常平粟红(4)。火中乃寒乃暑(5)，年和一风一雨。听钟磬，念封疆。闻笙竽，思畜聚(6)。瑶琨筱簜汤既从[1]，怪石铅松即序(7)。长乐善马成厩(8)，水衡黄金为府(9)。

【校记】

[1] 簜:《庾子山集》作“荡”。《乐府诗集》同。

【注释】

(1) 桂林：郡名，秦置。

(2) 弱水：传说中水名，源出昆仑，南流入海，水弱不胜重物，非毛舟不可渡。

(3) 都内：内府，国家的金库。贯朽：穿钱的绳子朽烂。

(5) 粟红：粟米储藏日久而变赤红。

(5) 火：星名，大火星。

(6)“听钟磬”四句:《史记·乐书》:“君子听钟声则思武臣，听磬声则思死封疆之臣，听笙竽箫管运声则思畜聚之臣。”

(7)“瑶琨”二句：瑶、琨，皆美玉。筱(xiǎo)：竹箭。簜：大竹。都是地方特，用于进贡。

(8) 长乐：汉宫名。

(9) 水衡：天子私人藏库。

其 三

百川乃宗巨海(1)，众星是仰北辰(2)。九州攸同禹迹(3)，四海合德尧臣。朝阳栖于鸣凤(4)，灵畤牧于般麟。云玉叶而五色(5)，月金波而两轮。凉风迎时北狩，小暑戒节南巡(6)。山无藏于紫玉，地不爱于黄银(7)。虽南征而北怨(8)，实西略而东宾(9)。既永清于四海(10)，终有庆于一人(11)。

【注释】

(1) 巨海：东海。

(2) 北辰：北极星。

(3)“九州”句：《尚书·禹贡》：“于是九州攸同，四隩既宅。”攸（yōu）同：聚居。

(3)“朝阳”句：《诗·大雅·卷阿》：“凤凰鸣矣，于彼高岗。梧桐生矣，于彼朝阳。”朝阳：山的东面。

(5) 云玉叶而五色：据《古今注》，黄帝战蚩尤，常有五色之云，金枝玉叶止于帝上。

(6) 戒节：告知节候，谓当令。

(7)“山无藏”二句：《礼斗威仪》：“君乘金而王，则紫玉见于深山。”又曰：“君乘金而王，则黄银见。”

(8)“虽南征”句：《书·仲虺之诰》：“东征而西夷怨，南征而北狄怨。”

(9) 宾：服从，归顺。

(10)“既永清”句：《书·泰誓》：“尔尚弼予一人，永清四海。”

(11)“终有庆”句：《书·吕刑》：“一人有庆，兆民赖之。”

其四

定律零陵玉管(1)，调钟始平铜尺(2)。龙门之下孤桐，泗水之滨鸣石。河灵于是让珪，山精所以奉璧。涤九州而赋税，乘三危而纳锡(3)。北里之禾六穗，江淮之茅三脊(4)。可以玉检封禅(5)，可以金绳探册(6)。终永保于鸿名，足扬光于载籍。

【注释】

(1) 零陵玉管：汉应劭《风俗通·声音》：“《尚书大传》：‘舜之时，西王母来献其白玉琯。’昔章帝时，零陵文学奚景于泠道舜祠下得生白玉琯。后乃易之以竹耳。”

(2) 始平铜尺：《晋书·律历志上》：“荀勖造新钟律，与古器谐韵，时人称其精密。惟散骑侍郎陈留阮咸讥其声高，……必古今尺有长短所致也。……后始平掘地得古铜尺，岁久欲腐，不知所出何代，果长勖尺四分，时人服咸之妙，而莫能厝意焉。”

(3) 纳锡：入贡，依君命而贡献地方特产。三危：三危山。《尚书·禹贡》：“三危既宅”，孔传：“西裔之山删除异常。”

(4)“北里”二句：《史记·封禅书》：“管仲曰：‘……古之封禅，鄗上之黍，北里之禾，所以为盛；江淮之间，一茅三脊，所以为藉也。’”

(5) 玉检：盛放玉牒书的玉箧，封禅时所用。封禅：在泰祭天地神祇。

(6) 金绳：古封禅仪，以金为绳编玉简。

其五

太上之有立德，其次之谓立言(1)。树善滋于务本，除恶穷于塞源(2)。冲深其智则厚，昭明其道乃尊。仁义之财不匮，忠信之礼无繁。动天无有不届，唯时无幽不彻。作德心逸日休，作伪心劳日拙(3)。自非刚克掩义(4)，无所离于剿绝(5)。

【注释】

（1）“太上”二句：《左传·襄公二十四年》：“穆叔曰：‘太上立德，其次立功，其次立言。’”

（2）塞源：堵塞恶源。

（3）“作德心”二句：《尚书·周官》语。

（4）刚克：古所谓三德之一，以刚制刚。

（5）剿（jiǎo）绝：剿灭。

北 周 诗

卷 六

释 氏

释亡名

亡名，俗姓宋，名阙，南郡人。事梁元帝，深见礼待。梁亡，远客岷蜀。有集十卷。

五苦诗(1)

生 苦

可患身为患，生将忧共生[1]。心神恒独苦，宠辱横相惊(2)。朝光非久照，夜烛几时明。终成一聚土，强觅千年名(3)。

【校记】

[1] 将：《广弘明集》作“时”，注云：三本、宫本作“将”。

【注释】

(1) 五苦：即“苦谛”，佛教所谓“四谛（苦、集、灭、道）”之一。佛教以为社会人生原是一大“苦聚”，全无幸福欢乐可言，“苦谛”为全部佛教的出发点。佛教关于“苦”的分类很多，有四苦、五苦、八苦、九苦、十一苦等。此处“五苦”是指：生苦、老苦、病苦、死苦、爱别离苦。

(2) 横：横加。

(3) 强觅：强执地追求觅求。

老 苦

少日欣日益[1]，老至苦年侵(1)。红颜既罢艳(2)，白发宁久吟(3)。阶庭唯仰杖(4)，朝府不胜簪(5)。甘肥与妖丽(6)，徒有壮时心。

【校记】

［1］日：《广弘明集》作“时”。

【注释】

(1) 侵：迫害，欺凌。

(2) 红颜：代指年轻色艳。罢：停止。艳：长得漂亮。

(3) 白发：代指老年。

(4) 仰：倚赖。

(5) 朝府：官署。不胜簪：头发稀疏，不能插好簪子。

(6) 甘肥：美食。妖丽：指女子。

病　苦

拔剑平四海，横戈却万夫(1)。一朝床枕上，回转仰人扶(2)。壮色随肌减(3)，呻吟与痛俱。绮罗虽满目[1](4)，愁眉独向隅(5)。

【校记】

［1］目：《广弘明集》作“口”。

【注释】

(1) 却：退，打退。

(2) 仰：倚赖，依靠。

(3) 壮色：年轻气壮之态。

(4) 绮罗：有花纹的丝织品。

(5) 隅：角落。

死　苦

可惜凌云气，忽随朝露终(1)。长辞白日下，独入黄泉中(2)。池台既已没，坟陇向应空(3)。唯当松柏里，千年恒劲风[1](4)。

【校记】

［1］劲：《广弘明集》作“动”，注云：“明本作‘劲’。”

【注释】

(1)“忽随”句：形容人生短暂如朝露。

(2) 黄泉：即古人所谓死后的归宿。

(3) 坟陇：坟墓。

(4)“千年”句：指历经千年坚韧而不为风所折断。

爱　离

谁忍心中爱，分为别后思。几时相握手，呜噎不能辞。虽言万里隔，犹有望还期。如何九泉下(1)，更无相见时。

【注释】

（1）九泉：地下深处，指坟墓。

五盛阴诗(1)

《诗纪》云：佛书有五阴譬喻，谓以聚沫喻色；水中泡喻痛；热时欿喻想(2)；芭蕉喻行；幻喻识言，皆空虚也。

先去非长别，后来非久亲。新坟将旧塚[1](3)，相次似鱼鳞。茂陵谁辨汉[2](4)，骊山讵识秦(5)。千年与昨日，一种并成尘。定知今世土[3]，还是昔时人(6)。焉能取他骨，复持埋我身。

【校记】

［1］塚：《广弘明集》云："明本作'冢'。"

［2］辨：《广弘明集》作"辩"，注云："宋、元、宫本作'辨'。"

［3］土：《广弘明集》云："宋、宫本作'者'。"

【注释】

（1）五盛阴："五阴"为佛教对"人"的一种特殊称谓。"五盛阴"指对人生的爱恋与追求。

（2）欿（kǎn）：忧愁。

（3）冢：坟。相次：依次排列。

（4）茂陵：汉武帝陵园。

（5）骊山：山名，今陕西省临潼县东南，山北有秦始皇墓。讵：（jù）难道，岂能。

（6）"定知"二句：佛教认为人死还土、化土，今世之土也许为昔人身躯腐化之物。无名法师或即是释亡名。

过徐君墓诗(1)

延陵上国返，枉道访徐公(2)。死生命忽异，欢娱意不同。始往邙山北(3)，聊践平陵东(4)。徒解千金剑，终恨九泉空。日尽荒郊外，烟生松柏中。何言愁寂寞，日暮白杨风。

【注释】

（1）徐君墓：《史记·吴太伯世家》："季札之初使，北过徐君。徐君好季札剑，口弗敢言。季札心知之，为使上国，未献。还至徐，徐君已死，于是乃解其宝剑，系之徐君冢树而去。"徐君：徐国国君。

（2）"延陵"二句：参见注（1）。延陵：指春秋时吴国公子季札，封于延陵（今江苏省常州市），故称。汉成帝墓名。上国：京师，首都。枉道：绕道。

（3）邙（máng）山：山名，即河南省洛阳东北。

(4) 平陵：旧县名，故地在今陕西省兴平县东北，汉昭帝死，葬此。

尚法师

饮马长城窟

长城征马度，横行且劳群。入冰穿冻水，饮浪聚流文。澄鞍如渍月(1)，照影若流云。别有长松气，自解逐将军。

【注释】

(1) 渍：浸。

仙 道

无名氏

青帝歌

东望重拜手(1)，苍帝玉皇君(2)。灵风鼓橐龠(3)，育物布元春(4)。云龙辔严驾(5)，玉衡拥琼轮(6)。枯萌泛霑及(7)，大惠无不均。万仙歌以道，委曲戒天人。心根迷自固(8)，拱跽戴鸿仁(9)。

【注释】

(1) 拜手：跪拜礼之一种。

(2) 苍帝：即主东方之青帝灵威仰。

(3) 橐 (tuó) 龠 (yuè)：古代冶炼用以鼓风吹火的装备。橐：袋子。龠：吹火用的一种竹筒。

(4) 元春：元旦。

(5) 严驾：整备马车。

(6) 玉衡：北斗七星之一，斗柄的第一颗星。琼轮：车轮的美称。

(7) 霑 (zhān)：润泽，沾濡。

(8) 心根迷自固：佛教认为人生世间，心神为物界种种欲望追求色乐迷乱，沉浸而不知返。

(9) 拱：拱手。跽 (jì)：长跪，两膝着地，上身挺直。戴：尊奉、推崇、鸿仁：大仁大德。鸿：通“洪”，大。

白帝歌

六甲抱金关(1)，七政守灵坛(2)。流铃掷火化[1](3)，威剑巨龙蟠。恳彼素灵真(4)，明宪孰敢干(5)。束制妖鬼魔，凛落霄风寒。沴气既已息[2](6)，万天俄而安。真俦荷太庇(7)，抵顙相歌欢(8)。

【校记】

[1] 火化：原作“化火”，《上经大法》作“火化”，据改。

[2] 沴：《上经大法》作“流”。

【注释】

(1) 六甲：紫微垣的六颗星。抱：保，宁。

(2) 七政：日、月和金、木、水、火、土五星。

(3) 流铃：法铃，道家用以降神伏魔。掷火：道家语，指仙人之行。

(4) 素灵：指白帝，秋之神。

(5) 明宪：严明的法度。

(6) 沴（lí）气：天地四时之气，专指反常而起的不祥之气。

(7) 真俦：仙侣。

(8) 顙（sǎng）：额头。

赤帝歌

太景开玉枢(1)，洞堂启金除(2)。骞林廕瑶砌(3)，丹鸾踏琼株[1](4)。宝房名曲丽，明珰神所居(5)。飞游豁云道[2]，引目盼真都(6)。天日永不息，重烟锁青庐[3](7)。太上敕印开(8)，帕几罗简书(9)。禅风树玄化[4](10)，慇辛谅有馀(11)。

【校记】

[1] 株：《上经大法》作“珠”。

[2] 云：《上经大法》作“飞”。

[3] 青：《上经大法》作“清”。

[4] 禅：《上经大法》作“禅”。

【注释】

(1) 玉枢：门上的转轴。

(2) 金除：台阶的美阶。除：宫殿的台阶。

(3) 骞林：传说中月中的树林。廕：荫蔽，遮蔽。砌：台阶。

(4) 丹鸾：丹凤。鸾，凤凰之类的神鸟。

(5) 明珰：用珠玉串成的耳饰。

(6) 引目：举目。盼：望。真都：仙都。

(7) 青庐：古代婚俗，以青布幔为屋，于此交拜迎妇。

(8) 太上：指道教最高神太上老君。敕印：印信。

(9) 帕几：覆以巾帕的几案。

(10) 禅风：有益风化。玄化：圣德教化。

(11) 慇（yīn）辛：恳切。“慇”通“殷”。

黑帝歌

无质统有物[(1)]，渊兮上帝心。不启不发道，蕴妙化机深。恐尔漏未尽[(2)]，阴想忽侵淫[(3)]。转轮无涯波，苦道相迷寻。万年常谨约，一旦自湮沉[(4)]。无冲落鬼境，殃遣不可任。

【注释】

(1) 无质：没有实质。

(2) 漏：佛教称烦恼为“漏”。

(3) 侵淫：渐漫貌。

(4) 湮沉：埋没。

黄帝歌

黄天拱中宸[(1)]，控驾玉化根[(2)]。翘机贯亿历[(3)]，洞朗辟四门[(4)]。大有混皇真，纠制星宿魂[(5)]。非帝道不运，有方赖之存。威忿即霜秋，和预为阳春[(6)]。生成握元纪，仰荷戴无垠[(7)]。

【注释】

(1) 中宸：指帝王居住的地方，引申为王位、帝王。

(2) 玉化：疑为“王化”之误。

(3) 翘机：发露生机。机：时机。亿历：形容时间特别长，亿万年之久。

(4) 四门：指明堂四方的门。

(5) 纠制：纠集并控制。

(6) 和预：当作“和豫”，安乐。

(7) 仰荷：承受恩泽。垠：边尽，尽头。

金章太空章以制万魔

大魔乘空发，万精骇神庭。托化谣歌章[(1)]，随变入无名[(2)]。嚣气何纷纷[(3)]，秽道当涂生。云中舍朱宫[(4)]，北帝踊神兵[(5)]。鼓洋自知道，玄运来相征[(6)]。上景御飞辔，迅驾检云营。促校北帝录，收执群魔名。豁落张天罗[(7)]，放威掷流铃。金真辅空洞，玉光焕八冥[(8)]。金玄守上宫，神虎戮天精。剪灭万妖气，亿亿悉齐平。上承九天信，啸命靡不倾。招真究三洞[(9)]，慧诵朗自清。八道望玄霞，七转纬天经。混合第一真，拔度七祖程。消灭五苦根[(10)]，反魂更受荣。金光曜寂室，神仙自然生。香华散玉宇，烟气彻玉京[(11)]。帝遣徘徊辇，三元降绿軿[(12)]。迅驾腾九玄[(13)]，朝我玉皇庭。

【注释】

(1) 托化：道家谓寄迹人世以示化导。

(2) 无名：道家指天地形成前的状态。

(3) 嚣气：喧嚣之气，指尘世扰攘。

(4) 舍：离开。

(5) 北帝：全称北方真武玄天上帝，道教神中统领北方及所有水族之神。

(6) 征：征伐。

(7) 豁落：广阔貌。

(8) 焕：照亮。八冥：同"八溟"，即八海，也指天下。

(9) 三洞：道家把诸经分为洞真、洞玄、洞神三部分，合称三洞。

(10) 五苦：指人生在世会经受的五种痛苦，通常指苦心、苦神、苦行、苦魂、苦精。

(11) 玉京：指帝都。

(12) 三元：指道教的神仙。軿（píng）：古代一种有帷幔遮蔽的车子，多供妇女乘坐。

(12) 九玄：九天。

步虚辞十首

其　一

稽首礼太上(1)，烧香归虚无。流明随我回，法轮亦三周(2)。玄愿四大兴[1](3)，灵庆及王侯(4)。七祖生天堂(5)，煌煌曜景敷[2](6)。啸歌观太漠[3](7)，天乐适我娱。斋馨无上德[4](8)，下仙不与俦[5](9)。妙想明玄觉[6](10)，诜诜乘虚游[7](11)。

【校记】

[1] 愿：《昇玄步虚》作"元"。

[2] 曜：《升虚步虚》作"光"。

[3] 观：《玉音法事》作"冠"。太：原作"大"，《玉京步虚》作"太"，据改。

[4] 斋：《玉京步虚》作"齐"。

[5] 不：《玉音法事》作"弗"。

[6] 想：《玉音法事》作"相"。

[7] 乘：《玉音法事》作"巡"。

【注释】

(1) 稽首：旧时所行跪拜礼。太上：道教尊老子的太上老君。

(2) 法轮：佛法别称。佛教谓佛之说法，能摧破众生恶业，犹如轮王之轮宝，能辗转推平山岳岩石。又佛法说不停滞于一人一处，辗转传人，犹如车轮，故称法轮。

(3) 四大：道家以道、天、地、王为四大。

(4) 灵庆：古人迷信谓灵验吉祥的符谶。

(5) 七祖：佛教称七位传承各宗法统之祖师。净土、华严、密教等宗皆立七祖之说。然各宗所立七祖俱不相同。

（6）煌煌：光辉貌。曜景：光芒。敷：广布。

（7）太漠：太空。

（8）无上德：道德高深之人。

（9）俦（chóu）：伴侣，同伴。

（10）妙想：一作妙相，庄严的形象。

（11）诜诜（shēn）：同“莘莘”，众多的样子。

其 二

旋行蹑云纲(1)，乘虚步玄纪(2)。吟咏帝一尊，百关自调理。俯命八海童(3)，仰携高仙子(4)。诸天散香华[1]，翛然灵风起[2](5)。宿愿定命根，故致高标拟[3]。欢乐太上前(6)，万劫犹未始(7)。

【校记】

[1] 华：《昇玄步虚》作“华”，《玉京步虚》同。

[2] 翛：《昇玄步虚》作“萧”，《玉京步虚》同。

[3] 高标：《玉京步虚》作“标高”。

【注释】

（1）蹑：蹬。

（2）乘：坐，驾

（3）八海童：八海指四方四隅之海。海童，传说中的海中神童。《文选·左思〈吴都赋〉》：“江斐于是往来；海童于是宴语。”

（4）高仙：即道教上仙。

（5）翛然：自由自在，没有约束。灵风：仙风。

（6）太上：太古。

（7）万劫：万世。

其 三

嵯峨玄都上(1)，十方宗皇一。苕苕天宝台(2)，光明焰流日。炜烨玉林华[1](3)，倩粲曜珠实[2](4)。常念餐元精[3](5)，炼液固形质(6)。金光散紫微(7)，窈窕大乘逸。

【校记】

[1] 林华：《玉京步虚》作“华林”。

[2] 珠：《昇虚步虚》作“朱”。

[3] 精：《玉京步虚》作“猾”。

【注释】

（1）嵯峨：高峻的样子。玄都：传说中神仙居处。

（2）苕苕：同“迢迢”，高远貌。

（3）炜烨：光亮，光彩焕发。

（4）倩（qiàn）粲：鲜明貌。

（5）元精：旧称天地的精气。

（6）炼液：炼精，道家的一种养生方法。

（7）紫微：星名。

其　四

俯仰存太上，华景秀丹田。左顾提郁仪(1)，右盼携结璘(2)。六度冠梵行(3)，道德随日新。宿命积福应[1](4)，闻经若至亲[2]。天挺超世才，乐诵希微篇(5)。冲虚太和炁(6)，吐纳流霞津(7)。胎息静百关(8)，寥寥究三便。泥丸洞明景(9)，遂成金华仙(10)。魔王敬受事[3]，故能朝诸天。皆从斋戒起，累功结宿缘(11)。飞行凌太虚，提携高上人(12)。

【校记】

［1］应：《昇玄步虚》作“庆”，《玉京步虚》同。

［2］至：原作“玉”，《玉京步虚》作“至”，据改。

［3］授：《昇玄步虚》作“受”。教授：《玉京步虚》作“敬受”。

【注释】

（1）郁仪：神仙名。

（2）结璘：月神。

（3）六度：佛教用语，六种到彼岸的方法。即布施、持戒、忍辱、精进、禅定、智慧。梵行：佛教修行。

（4）福应：预示吉祥幸福的征兆。

（5）希微篇：指道家经典。《道德经》：“听之不闻名曰希，搏之不得名曰微。”

（6）冲虚：恬淡虚静。太和：古时阴阳会和冲和的元气。炁（qì）：同“气”

（7）流霞：传说中天上神仙的饮料。

（8）胎息：古时道家修炼之气。

（9）泥丸：道家以人体为小天地，各部分皆赋以神名，脑神称精根，字泥丸，后因称人头为泥丸宫。

（10）金华山：据《太平广记》卷七《神仙》，黄初平随道士入金华山，修炼成仙。这里指仙人。金华：山名，在今浙江金华市北。

（11）宿缘：宿世的缘分。

（12）高上人：指持戒严格并精于佛学的僧侣。

其　五

控辔适十方(1)，旋憩玄景阿(2)。仰观劫仞台[1](3)，俯眄紫云罗(4)。逍遥太上京，相与坐莲华[2]。积学为真人，恬然荣卫和(5)。永享无期寿，万椿奚足多[3](6)。

【校记】

[1] 仞：原作“刃”，《昇玄步虚》作“仞”，《玉京步虚》同，据改。

[2] 华：《昇玄步虚》作“花”，《玉京步虚》同。

[3] 椿：《玉音法事》作“春”。

【注释】

(1) 控辔：驾马。

(2) 旋：不久，很快。憩：休息。玄景：神话传说中天帝的藏书台。阿：边。

(3) 劫仞台：《皇经集注》卷二：“仰观劫仞宝台，府盻紫云弥罗。”注：“八尺曰仞，天之宝台，历众劫难毁，非可摩消者，故曰劫仞。”

(4) 盻（xì）：俯视。

(5) 荣卫：中医学名词，荣指血的循环，卫指气的周流。

(6) 万椿：万年的椿树。奚：如何，为何。

其 六

大道师玄寂(1)，昇仙友无英。公子度灵符，太一奉洞章(2)。舍利曜金姿(3)，龙驾欻来迎(4)。天尊盻云舆(5)，飘飘乘虚翔。香花若飞雪，纷霭茂玄梁[1]。头脑礼金阙(6)。携手遨玉京[2]。

【校记】

[1] 纷：《昇玄步虚》作“氛”，《玉京步虚》同。

[2] 遨：《昇玄步虚》作“邀”，《玉京步虚》同。

【注释】

(1) 玄寂：守道无为。

(2) 太一：神名，《史记·封禅书》：“天神贵者太一。”洞章：指道教经书。

(3) 舍利：佛骨。

(4) 欻（xū）：忽然。

(5) 天尊：道教最高神有元始天尊、灵宝天尊和道德天尊。

(6) 金阙：道家谓天上有黄金阙，为仙人或天帝所居。《神异经·西北荒经》：“西北荒中有两金阙，高百丈。后文玉京与之同。

其 七

骞树圆景园[1](1)，焕烂七宝林(2)。天兽三百名[2]，师子巨万寻[3](3)。飞龙踯躅吟[4]，神凤应节鸣[5](4)。灵风扇奇华[6]，清香散人衿(5)。自无高仙才，焉能耽此心(6)。

【校记】

[1] 圆：《玉京步虚》作“玄”。

[2] 天：原作“夭”，《玉京步虚》作“天”，据改。

[3] 师：《昇玄步虚》作“狮”。巨：《灵宝受授仪》作“臣”，《玉音法事》、《昇玄步虚》同。

[4] 吟：《昇玄步玄》作“鸣”，《玉京步虚》同。

[5] 鸣：《昇玄步虚》作“吟”。《玉京步虚》同。

[6] 华：《玉京步虚》作“花”。

【注释】

(1) 骞树：即骞林，参见本卷《赤帝歌》注(3)。园景：指月亮。

(2) 焕烂：光耀灿烂。七宝：指七种珍宝，又称七珍，一般为金、银、琉璃、珊瑚、玛瑙、砗磲、琥珀。

(3) 师子：即狮子。寻：古代长度单位，八尺叫一寻。

(4) 应节：应合节拍。

(5) 衿：衣襟。

(6) 耽：沉溺，迷恋。

其　八

严我九龙驾，乘虚以逍遥。八天如指掌[1]，六合何足辽(1)。众仙诵洞玄[2](2)，太上唱清谣。香花随风散，玉音成紫霄。五苦一时迸(3)，八难顺经寥(4)。妙哉灵宝圃[3](5)，兴此大法桥(6)。

【校记】

[1] 掌：《灵宝受授仪》作“堂”，《玉音法事》、《玉京步虚》同。

[2] 玄：《昇玄步虚》作“经”。《玉京步虚》同。

[3] 圃：《玉京步虚》作“囿”。

【注释】

(1) 六合：天地四方。

(2) 洞玄：道教经典分洞真、洞玄、洞神三部，合称“三洞”。

(3) 五苦：指人生在世会经受的五种痛苦，通常指苦心、苦神、苦行、苦魂、苦精。

(4) 八难：佛教指障碍见闻佛法的八种障难，即在地狱难、在恶鬼难、在畜生难、在长寿天难、在边地之郁单越难、盲聋喑哑难、世智辩聪难、生在佛前佛后难。

(5) 灵宝圃：道家修炼之所。

(6) 大法桥：出自佛学，指以佛法构筑的桥，能使人渡过生死之河。

其　九

天真帝一宫，蔼蔼冠耀灵(1)。流焕法轮网，旋空入无形。虚皇拊云璈(2)，众真诵洞经。高仙凛手赞，弥劫保利贞(3)。

【注释】

(1) 蔼蔼：盛多貌。

(2) 虚皇：道教神名。拊：拊搏，即今弹奏。云璈：乐器名，弦乐器。

(3) 利贞：和谐贞正，《易经》："元亨利贞。"孔颖达疏："利，和也。贞，正也。"

其 十

至真无所待，时或辔飞龙。长斋会玄都(1)，鸣玉叩琼钟(2)。十华诸仙集，紫烟结成宫。宝盖罗太上，真人把芙蓉。散花陈我愿[1]，握节征魔王。法鼓会群仙(3)，灵唱弥不同[2]。无可无不可，思与希微通(4)。

【校记】

[1] 花：《玉京步虚》作"华"。

[2] 弥：《昇玄步虚》作"靡"。

【注释】

(1) 长斋：佛规，过午而不食为持斋，长时如此则谓之长斋。玄都：传说中神仙的居处。

(2) 鸣玉：古人佩戴在腰间的玉饰，行走时相发声。

(3) 法鼓：指道观或佛寺的大鼓。

(4) 希微：空寂玄妙。《老子》："听之不问名曰希，搏之不得名曰微。"

三徒五苦辞

其 一

三才及万物(1)，倚伏各有龄(2)。终始待劫数(3)，福尽天地倾。往反于五道(4)，苦哉更死生。辗转三徒中[1](5)，去来与祸并。

【校记】

[1] 徒：《玉音法事》作"塗"。

【注释】

(1) 三才：天、地、人。

(2) 倚伏：事物相互依存，相互影响，相互转化。

(3) 劫数：佛教语，指极其漫长的时间。

(4) 五道：道教本身轮回转世体系，为神道、人道、畜生道、饿鬼道、地狱道。

(5) 三徒：佛教指地狱、恶鬼、畜牲三道。

其 二

大贤慎兹诫，忍性念割情(1)。愚夫不信法，罪痛常自婴(2)。吾念世无己，今故重告明。若欲度斯患，归命太上经(3)。

【注释】

(1) 割情：抛弃私人情感。

（2）婴：缠绕。

（3）太上经：此处指道教。

其　三

罪福不由他，谅自发尔身[1](1)。大贤故闭口，欲绝诸恶缘。灭念归兼至[2](2)，倚伏待长泯。弘道以安世，终当见正真[3](3)。

【校记】

[1] 身：原作“声”，《玉音法事》作“身”，据改。

[2] 至：《玉音法事》作“忘”。

[3] 正：《玉音法事》作“其”。

【注释】

（1）“罪福”二句：佛教认为行、口、意皆同造业，因则修道应谨于言行。

（2）兼至：即兼忘，指很容易完全忘掉。

（3）正真：真正的真谛。

其　四

淫嫉为祸首[1](1)，灭身之至患。含养如此害[2]，岂是道所安[3]。知恶而不革(2)，恐必致夭残[4]。怀毒日斋直(3)，令我发长叹。

【校记】

[1] 淫：《玉音法事》作“婬”。

[2] 害：《玉音法事》作“辈”。

[3] 岂是道所安：《玉音法事》作“恐必致夭残”。

[4] 恐必致夭残：《玉音法事》作“岂是道所道”。

【注释】

（1）淫嫉：邪淫与嫉。

（2）革：革除。

（3）怀毒：怀着强烈的怨恨。斋直：犹斋戒。

其　五

宿命有信然(1)，弱丧谓之死(2)。皆欲眼前见，过目即言悠[1]。大贤明道教，惨慼愍顽夫(3)。依依念子苦，勤勤令我忧(4)。

【校记】

[1] 即：《玉音法事》作“则”。

【注释】

（1）宿命：佛教语。前世的生命，对今生、今世而言。信然：确实。

（2）弱丧：少而失其故居，长而安于所在，不知返归故乡的人。这里指执著当下，不信宿命的人。旡（jì）：当作“无”。

（3）慼（qī）：“戚”的异体字，忧愁，悲哀。愍：悲怜，忧愁。

（4）勤勤：诚挚的。

其　六

人命以消尽，亦犹膏中火。四大暂相寓(1)，五物权时假(2)。盛年当勤学，趣求存告我[1]。福尽身神散，冥冥地狱下(3)。上圣畏是故，寻道度斯福。

【校记】

［1］告：《玉音法事》作“吾”。

【注释】

（1）四大：佛教指地、水、风、火、。

（2）五物：指五种地形上的物产，即林、泽、丘陵、坟衍、原隰五种地形。

（3）冥冥：幽暗深远。

其　七

学仙行为急，奉戒制情心。虚夷正气居(1)，仙圣自相寻。若不信法言，胡为栖山林。大贤乐经戒，受之为身宝。就学常苦晚[1]，治身恨不早。比当披幽迹，倏欻年已老[2](2)。执卷叹尔极[3](3)，将更死痛恼。吾故及弱龄(4)，弃世以学道。

【校记】

［1］常：《玉音法事》作“恒”。

［2］倏：《玉音法事》作“忽”。

［3］汉：原作“吸”，《玉音法事》作“叹”，据改。

【注释】

（1）虚夷：恬淡寡欲。

（2）倏欻：忽然，很快地。

（3）极：最终。

（4）弱龄：少年。

碧落空歌

妙哉元始道，大梵敷真文(1)。上开龙汉劫(2)，焕烂光彩分。三十二天书(3)，五老赤字传(4)。垂慈度生死，郁勃吐祥云(5)。中有长命诀，植芽炼飞仙。开函发玄奥(6)，稽首生精勤(7)。仰思高灵降，乘气归三清(8)。

【注释】

(1) 大梵：佛教创世之神。敷：施与，给予。

(2) 龙汉劫：道家所谓天地五劫之一。

(3) 三十二天：佛教称欲界十天、色界十八天、无色界四天为三十二天。

(4) 五老：神话传说中五星之精。

(5) 郁勃：盛貌。

(6) 函：匣，盒子。玄奥：玄虚深奥。

(7) 精勤：专心勤勉。

(8) 三清：玉清、太清、上清，神仙居住的地方。

魔王歌章

梵行冠太罗(1)，淳风抗玄纪。无形有常存，观世翻然理(2)。屡践不终劫，探幽度生死。三乘通便路(3)，清虚无尘滓(4)。长夜对一魂，地狱五苦解。剑树不摇条，刀上不伤体。门有浩劫翁(5)，地无夭年子。今日庆斯会，诸天并欢喜。不胜情欣悦，高唱稽首礼。

【注释】

(1) 梵行：清净、尊贵、值得赞叹的行为。太罗：又大罗，大罗天，道教三十六天最高的一层。

(2) 翻然：改变貌。

(3) 三乘：道家以洞真部为大乘，洞玄部为中乘，洞神部为小乘。

(4) 尘滓：比喻世间繁琐的事名。

(5) 浩劫：巨劫，历时长久的劫数。

第一欲界飞空之音

其 一

人道渺渺，仙道莽莽(1)，鬼道乐兮，当人生门。天道贵生，鬼道贵终。仙道常自吉，鬼道常自凶。

【注释】

(1) 渺渺：远貌。莽莽：长远天际貌。

其 二

高上清灵爽(1)，悲歌朗太空。唯愿仙道成，不欲人道穷。北都泉曲府(2)，中有万鬼群。但欲遏人算，断绝人命门。阿人歌洞章(3)，北摄北罗邦(4)。束送妖灵鬼，斩馘六鬼锋(5)。诸天炁荡荡(6)，我道日兴隆。

【注释】

（1）清灵：犹清冥，天。

（2）北都泉曲府：即阴曹地府。

（3）洞章：指道教经历。

（4）北罗邦：简称北邦，指罗邦山，道家以为上有鬼神判定人的命运。

（5）馘（guó）：敌人首级。

（6）炁：同“气”。荡荡：浩大广远貌。

第二色界魔王之章

其 一

落落高照明炁四骞[1]，梵行诸天周回十方。无量大神皆由我身，我有洞章万遍成仙。仙道贵度鬼道相连，天地渺莽秽气氛氛[2]。三界乐兮过之常存，身入我界体入自然。此时乐兮薄由我恩。

【注释】

（1）落落：高超不凡貌。

（2）秽气：指污秽之气。

其 二

龙汉荡荡何能别真[1]。我界难度故作洞文[2]。变化飞空以试尔身。成败懈退度者几人。笑而不度故为歌音。

【注释】

（1）龙汉：道家为天地之数有五劫：龙汉、赤明、上皇、开皇、延康。

（2）洞文：即洞章，道教经典。

第三无色界魔王歌

其 一

三界之上眇眇大罗[1]，上无色根云层峨峨[2]。唯有元始浩劫之象[3]，部制我界统乘玄都[4]。有过我界身入玉虚[5]，我位上王匡御众魔[6]。

【注释】

（1）三界：佛教用语，佛教把生死流转的人世间分为三界：欲界、色界、无色界。大罗：道家诸天名，为三十六天最高天。

（2）色根：佛教用语。六根（眼、耳、鼻、舌、身、意）之一，眼为色根。峨峨：高峻，高耸。

（3）元始：开始。

（4）玄都：神仙所居之所。
（5）玉虚：神仙所在之境。
（6）匡御：匡正制御。

其二

空中万变秽气纷葩[1]，保真者少迷惑者多[2]。仙道难固鬼道易邪，人道者心谅不由他[3]。仙道贵实人道贵华，尔不乐仙道，三界那得过。其欲转五道[4]，我当复奈何。

【注释】

（1）纷葩：盛多貌。
（2）保真：保全天真。
（3）谅：料想。
（4）五道：道教本身轮回转世体系，为神道、人道、畜生道、饿鬼道、地狱道。

后　记

自“永嘉之乱”，衣冠南渡，五胡乱华，中州板荡，僭伪相属，是为十六国。拓跋鲜卑崛起塞漠，蚕食鲸吞，包举河朔，爰有北魏；裂而为东魏、西魏，继之以北齐、北周，是为北朝。当是时也，礼乐陵夷，文学式微。逮夫“北地三才”，藻思秀发，声华远被，文运始兴。染翰操觚之士，络绎不绝。体物缘情之作，纷纭并出。而王褒、庾信，本南朝哲匠，为北国羁臣，遂纵横健笔，牢笼一代。

北朝篇什，以《先秦汉魏晋南北朝诗》所收为完备。逯钦立先生积二十馀年之功，网罗放轶，删汰繁芜，勒成巨著，嘉惠后学。然有诗无注，或词语雅驯，或故实生僻，郑笺未作，读者恨焉。与二三同仁，不揣愚陋，甘冒烦难，为之校雠，更作注疏，庶几筚路蓝缕，其功可称。今一以《先秦汉魏晋南北朝诗》为据，校雠则是者是之，非者非之；注疏则生者熟之，晦者明之。主其事者，赵建军也，预其事者三人：孙红梅女史、赵彩娟女史、闫春慧女史。其分工如下：

赵建军：《北齐诗》卷四“郊庙歌辞”、“燕射歌辞”部分，《北周诗》卷二、三、四，凡十五万六千馀字。

孙红梅女史：《北魏诗》卷一、二、三、四，《北齐诗》卷四“舞曲歌辞”、“仙道”部分，凡五万三千馀字。

赵彩娟女史：《北齐诗》卷一、二、三，凡五万四千馀字。

闫春慧女史：《北周诗》卷一、五、六，凡五万七千馀字。

古人云“三人同心，其利断金”，其吾侪之谓乎！

越岁馀，始蒇事，是为记。

赵建军

2013 年 7 月 2 日